校訂 中院本平家物語（下）

今井正之助
千明守 編

中世の文学
三弥井書店刊

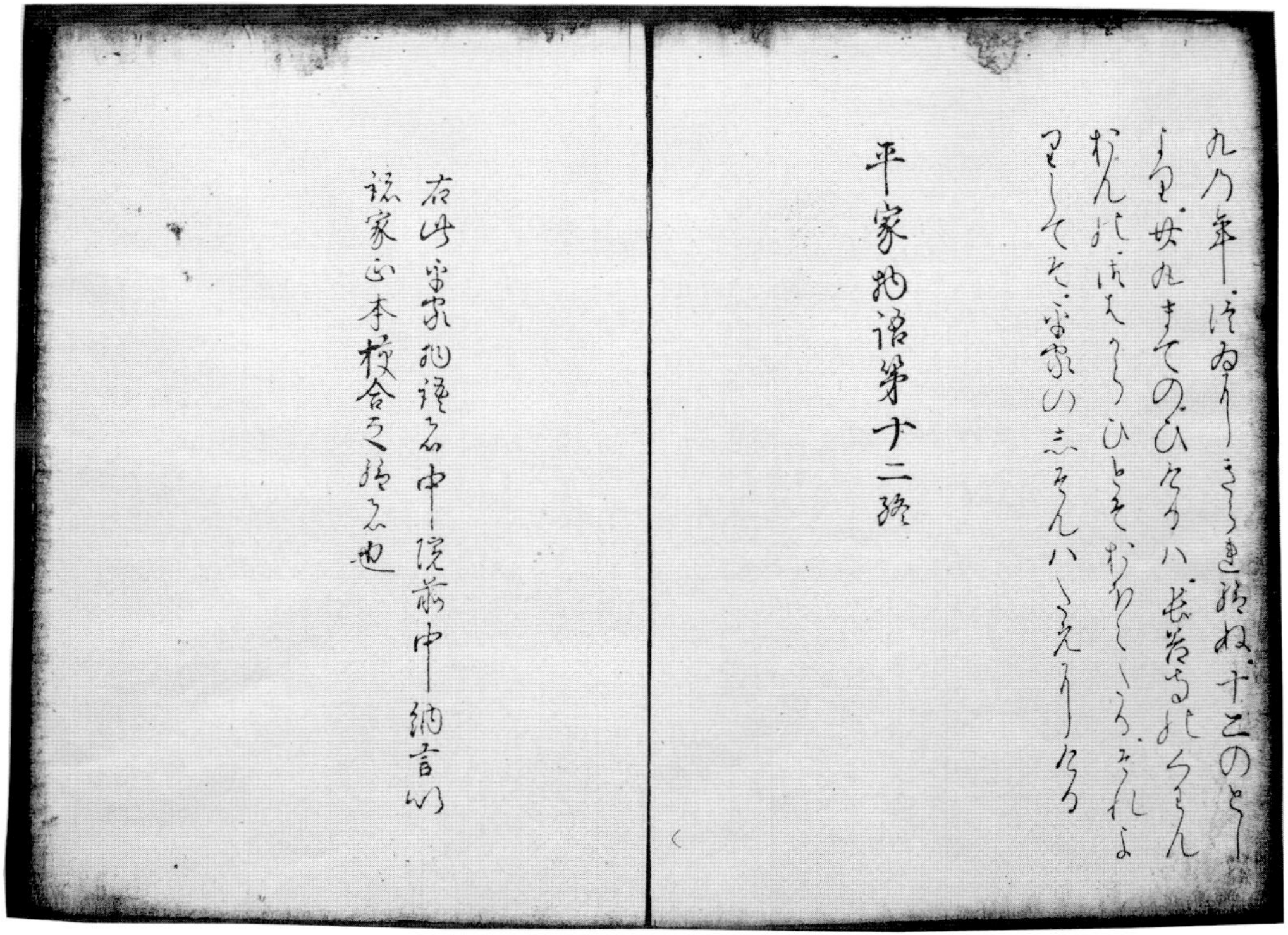

中院本平家物語　第十二　校語部分見開き（本文最終丁裏・校語丁表）国立国会図書館所蔵

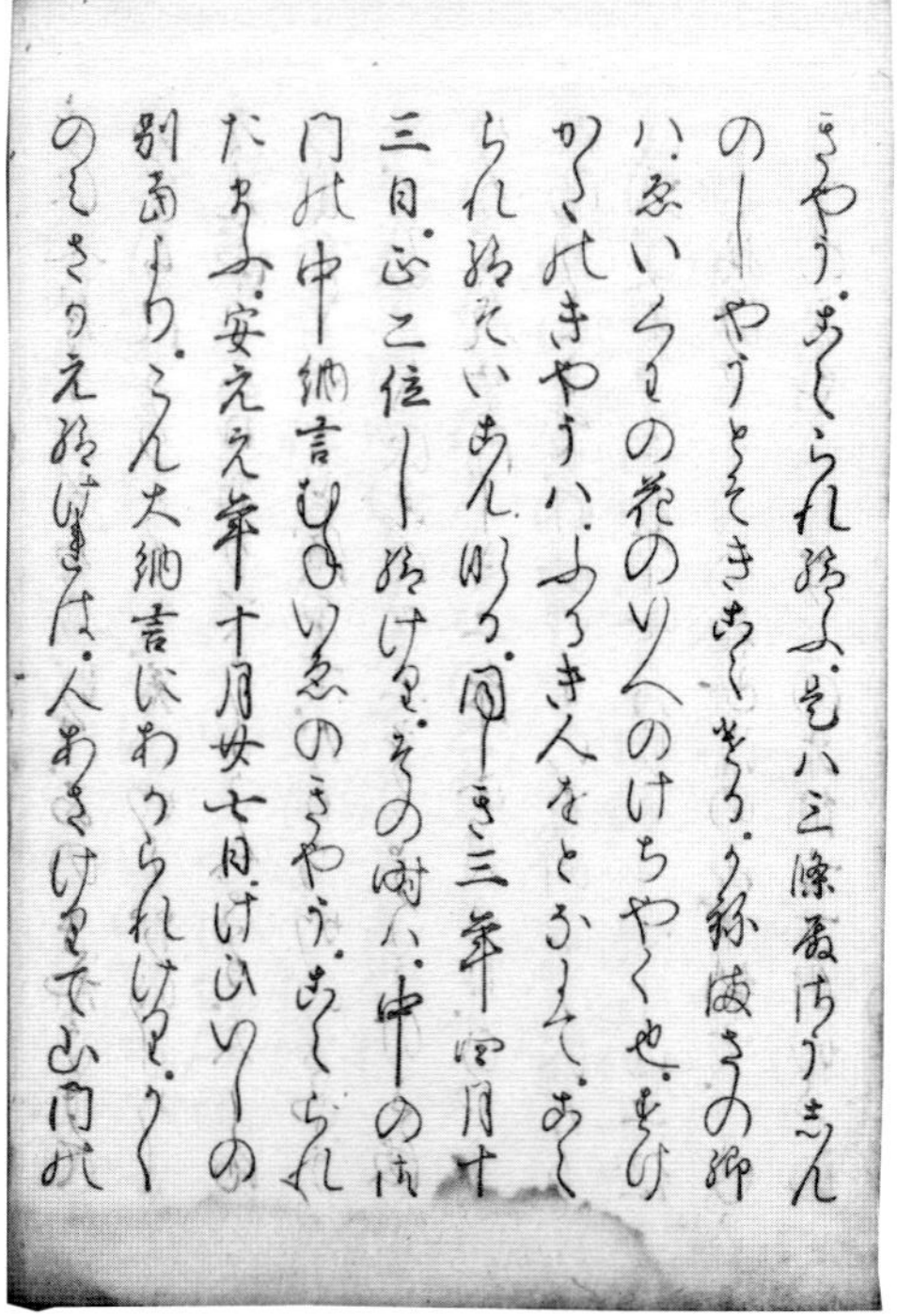

中院本　国立公文書館内閣文庫所蔵

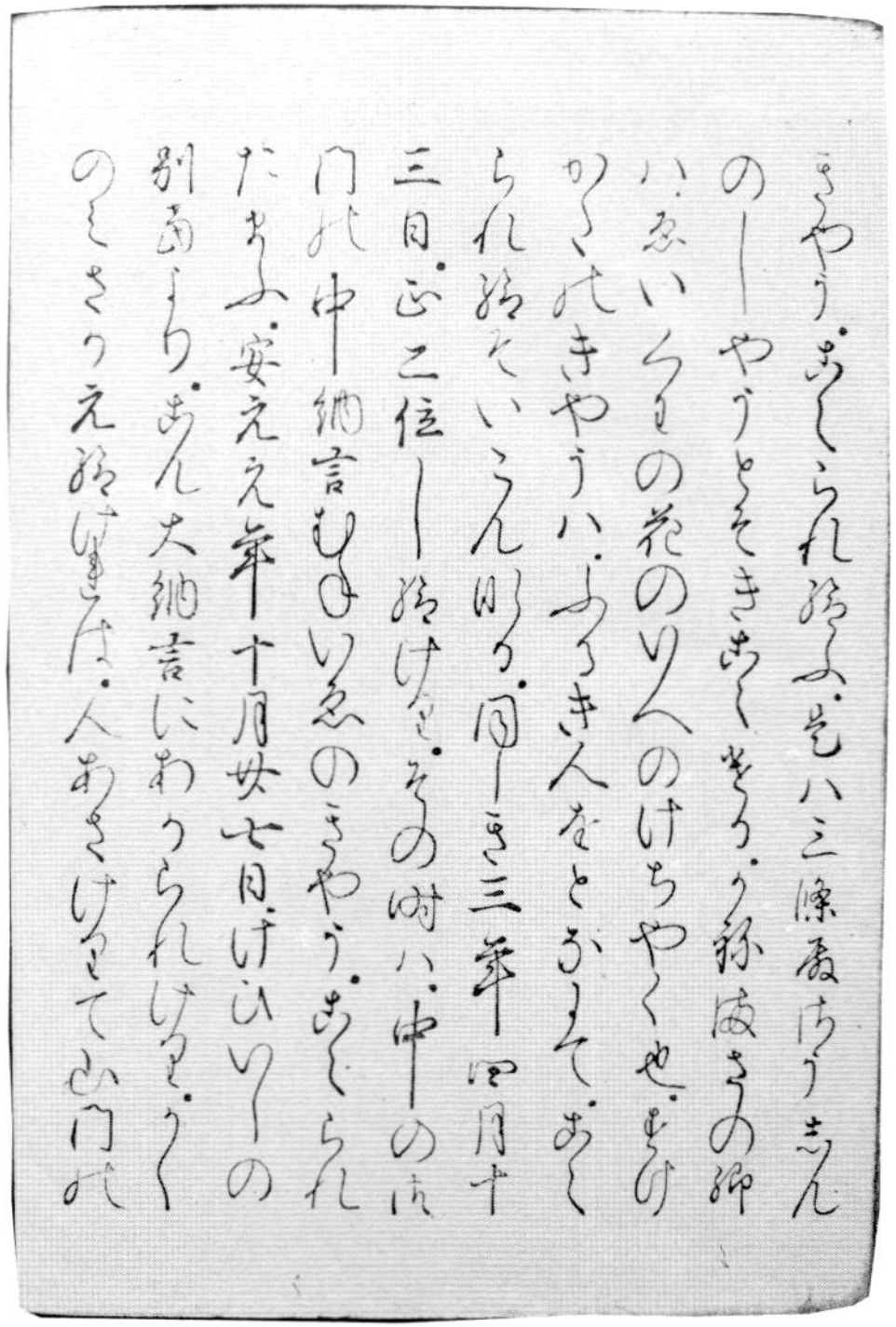

中院本　国立国会図書館所蔵

ともに第二69丁裏（上巻解題368頁参照。５、９行目の「こん」に注意）

目次

上巻　目次

上巻　目次

凡例

一　本書は、平家物語中院本（慶長古活字版）を翻字し、三条西本（尊経閣文庫蔵）との異同を注記したものである。また、異同には中院本が下村本系本文の影響を受けていることに由来すると考えられるものが多く含まれているので、その詳細を補記に示した。
二　国会図書館蔵中院本（慶長古活字版有校語十行本［WA7-33］）を底本とした。国会本には、本文を補写した箇所や墨筆により補訂した箇所がある。それらの箇所は内閣文庫蔵中院本（慶長古活字版有校語十行本［特124/4］）を参照し、補写箇所についてはその旨、頭注に記したが、墨筆補訂は取りあげなかった。なお、内閣本は部分的に、国会本と使用する活字を異にする箇所があるが、用字を異にする場合のみ（字母の相違は省く）頭注に記した。
三　漢字の異体字は現行通用の字体に、旧字体は新字体に改めた。
四　底本にある句切り点（・）は、読点（、）として表示した。不審箇所は二に挙げた内閣文庫蔵本および千明蔵本（巻一〜十）・斯道文庫本（巻十一・十二）を参照し、確定した。
五　底本は、一行平均十八字詰めであるが、翻字は底本の二行分を一行として表示し、行末に当たる部分には「／」を付して表示した。ただし、目次だけは、底本と同じ箇所で改行した。
六　底本の丁末に当たる箇所には、半丁ごとにかぎ括弧（　」）を付し、丁数を表示した。
七　底本と三条西本との対校に際しては、漢字・仮名の違いや、一方が「ゝ・々」などの踊り字としている場合も、異なる表記として扱った。
本文の異同は、右傍もしくは頭注欄に示した。ただし、各巻頭の目次は異同が多く、校異箇所のみの表示とせず、下段に三条西本の全文を表示した。

右傍・頭注欄の掲出方法は以下の通りである。

[右傍]

(1)漢字・平仮名の相違など、表記上の異同は、原則として底本の当該箇所の右傍に表示した。

例「思はれ」(底本)、「おもはれ」(三条西本)→「思《おも》はれ」

例「ほうわう」(底本)、「ほふわう」(三条西本)→「ほう《ふ》わう」

(2)底本の文字数に対して三条西本の文字数の方が少ない場合は、底本の該当する文字の右傍に不足する文字数分の「●」を付した。

例「しやうくわう」(底本)、「上くわう」(三条西本)→「し《上》やうくわう」

例「うちにも」(底本)、「うちに」(三条西本)→「うちにも」

[頭注欄]次の場合は、底本の当該箇所の右肩に番号①②…を付し、頭注欄に異同内容を掲出した。

(a)三条西本に振り仮名が付いている場合や、補筆訂正(見せ消ち、傍記など)のある場合。

(b)三条西本に対して底本に欠ける単語(助詞・助動詞も含む)がある場合。

例「うちに」(底本)、「うちにも」(三条西本)→「うちに①」①に—にも

(c)単語単位の異同がある場合。仮名表記は同じであっても、別の語句が想定される場合を含む。

例「これこそ」(底本)、「これそ」(三条西本)→「これこそ①」①こそ—そ

例「公卿のつはもの」(底本)、「くきやうのつはもの」(三条西本)→「公卿①」①公卿—くきやう(「究竟」)

(d)異同内容が長文に及ぶ場合や底本が下村本系本文から詞章を取り込んでいると判断される場合。これらの箇所

には頭注に「→補記」と記し、異同内容を巻末補記に示した。なお、補記の凡例は巻一補記の前に掲出した。

八　底本に施された句切り点が不適切で、誤解をまねく恐れのあるものについては、当該箇所右傍に「＊」を付し、頭注欄に注記した。

例「宇治の手を、＊いおとして、まいりたるよし」（底本）　＊（読点不適。「宇治の手、追い落として、」）

九　底本・三条西本に異同はないが、仮名表記の内容推定が困難であったり（覚一本を参照して判読可能なものは除く）、両本ともに問題のある箇所についても、当該箇所右肩に「＊」を付し、頭注欄に注記した。

その際、以下の伝本の八坂系一類本該当巻を参照し、注記に際しては括弧内に示した略称を用いた。

筑波大学附属図書館蔵文禄本、都立中央図書館本（都立図本）、天理図書館蔵イ21本（天理イ21本）、同イ69本（天理イ69本）、静嘉堂文庫蔵加藤家本、相模女子大学本（相女大本）、岡山大学附属図書館蔵小野文庫本（小野本）。

例「へいけ＊じくわのこと」（底本・三条西本）　＊じくわ（「自火」）

例「＊ふゆうけんをたいして」（底本・三条西本）　＊ふゆうけん（「夫《それ》雄剣」の誤読）

十　本文の検索の便を考慮し、おおよその記事内容がわかるように、頭注欄に小見出しを付けた。

十一　本書は、今井正之助・櫻井陽子・鈴木孝庸・千明守・原田敦史・松尾葦江・村上學・山本岳史の八名の共同作業の成果である。

各巻の担当責任者は次のとおりである。中院本の句切り点の全巻にわたる調査・確認は鈴木・櫻井が、小見出しの統一は松尾が任にあたり、山本が入稿前点検及び初校の点検に協力した。全般的な点検・調整は今井・千明がおこなった。

巻一：今井、巻二：村上、巻三：千明、巻四：松尾、巻五：原田、巻六：櫻井、巻七：千明、巻八：今井、巻九：松尾、巻十：原田、巻十一：村上、巻十二：櫻井

平家物語第七目録（巻七冒頭から12丁ウまで底本は補写。内閣本に拠り読点を補った）

平家物語第七

法住寺とのへきやうかうの事

一寿永二年正月廿二日に、主上《しゆ》てうきんの/ために、ほう《ふ》ちう寺と《殿》のへきやうかうなる、二鳥羽院六さいにてきやうかうなり、*たりし/今度《こんど》其《その》三礼とそきこえける、なんとほつ京の大衆《しゆ》、くまの、きんふうのそうと、伊勢《いせ》太神宮《しんくう》/の四みなくわん宮人《みや》にいたるまて、皆《みな》平家をそむいて、源氏《けんし》に心をかよはしけり

木曾てきをたいしする事」（2オ）

そのころ木曾《きそ》と、ひやうゑ《へ》のすけと、ふくわ/いの事いてきて、かつせんをいたさんとす、ひやうゑ《へ》のすけ、木曾《きそ》ついたうすへしとて、/六万余騎《よき》のせいにて、しなのゝ国《くに》へそこえられける、きそ此《この》よしをきゝ、かなはしとや/おもはれけん、たうこくよたのしやうをたちてゐちことしなのゝさかいなる、くまさ/かと申五山中にちんをとる、木曾《きそ》ししやを

安徳帝、朝覲行幸（寿永二年正月二十二日）

一　寿永―寿永《しゆゑい》

二　鳥羽院―とはのゐん

＊（読点不要）

三　礼―れい（例）

四　みなくわん―しんくわん（中院本の「みなくわん」は未詳）

義仲、嫡子を渡し、頼朝と和解

五　山中―山中《なか》

六　義中（内閣本は「義仲」）

七　なり―なる

八　いしゆく―しゆくい（中院本の誤り）

義仲、越後の城四郎と合戦

たて〻、何事《なに》によて、たうし義仲《よしなか》うたんと／候やらん、た〻し十郎蔵人殿《くらんととの》こそ、御へんを」（2ウ）うらむる事ありとて、是《これ》へうちこえられ／て候を、義中《六よしなか》さへ、すけなくはいか〻あたり奉《たてまつ》るへきなれは、うちつれ申てこそ候へ、御／へんは東《とう》八か国《こく》のつはものをもよほ《を》して、平家をほろほし給へかんなり《七》、義仲《よしなか》は、とう／せんほくろくたうの、つはものをあひ《い》かたらひ《い》て、いま一日もいそきせめのほり、平家を／をひ《ゝい》おとさんとこそ存《そむし》候へ、なに事によて、只今《たゝいま》御へんと中たかひ《い》奉《たてまつ》りてかつせん／し、平家にわらはれんとはし候へき、またく」（3オ）いしゆはなきよしを申をくりたりしかは、ひやう／ゑ《へ》のすけ、今《いま》こそさやうにの給へとも、まさしう、よりともうたるへきよしの、はかりこ／とをめくらされけんなり、それにはよるましとて、うての一ちんをさしむけられけ／れは、木曽《きそ》、しんしちいしゆく《八》なきよしをあらはさんかために、ちやくししみつの／くわんしやよししけとて、しやうねん十一さいになりけるに、うんの、もち月、すは《わ》、ふち／さは已下《いけ》、其《その》かすつけて、ひやうゑ《へ》のすけの」（3ウ）かたへつかはさる、ひやうゑ《へ》のすけ、此《この》うへ／はいしゆなしとて、しみつのくわんしやをあひ具《く》してかまくらへこそかへられけれ、／其後《そのゝち》、木曽《きそ》はゑちこの国《くに》に《ゝ》うちこえて、しやうの四郎とかつせんす、しやうの四郎た〻かい／まけて、出羽《ては》さかいへひきしりそく、木曽《きそ》はとうせん、ほくろくりやうたうをうちした／かへて、すてに都《みやこ》へせめのほるへしとそきこえける

平家、北国へ派兵（寿永二年四月十七日）

平家北国へはつかうの事」(4オ)

さる程に平家は、去年《きよねん》よりして、明年《みやうねん》の/馬《むま》の草《くさ》かひについて、かつせんあるへしとふれられたりけれは、せんやう、せんい《お》ん、/なんかい、さいかいのつはもの皆《みな》まいりにけり、とうせんたうも、あふみ、みの、ひたの/もの共《とも》まいりけり、とうかいたうにも、とをたうみより、東《ひんかし》そさんせさりける、その外《ほか》は/皆《みな》まいりけり、ほくろくたうも、わかさより北《きた》さんせす、南《みなみ》はさんす、中にもむさしの/国《くに》の住人《ちう》、なかゐのさいとう別当《へつたう》さねもり、」(4ウ)みの〻五郎、いつの国《くに》の住人《ちう》、いとうの九郎/すけうち、なとは平家のかたにそ候ける、まつ北国《ほつこく》へ、うてをくたせとて、大将軍《しやうくん》には、小《こ》/松《まつ》の三位《ゐ》の中将是《これ》もり、ゑちせんの三位《ゐ》みちもり、さつまのかみた〻のり、のとのか/みのりつね、たちまのかみつねまさ、わかさのかみとものり、さふらひ大将《しやう》には、かつさ/のかみた〻きよ、しそく太郎はんくわんた〻つね、ひたのかみかけいゑ、その子大夫《たいふ》はん/くわんかけたか、たかはしのはんくわんな」(5オ)かつな、かはちのはんくわんひてくに、ゑつ/ちうのせんしもりとし、二郎ひやうゑ《へ》もりつき、かつさの悪《あく》七ひやうゑ《へ》かけきよ、なか/井のさいとうへつたうさねもり、いとう九郎すけうち、せのをの太郎かねやす、むさ/しの三郎さゑ《へ》もんありくに、をさきとして、都合其《つかうその》せい十万よき、寿[一]永二年四月十七/日に、都《みやこ》を立《たち》て、北国《ほつこく》へこそむかはれけれ、

一　寿永―寿《しゅ》永

かたみちを給てけれは、あふさかの関《せき》より／はしめとして、ろしにもてあふ、けんもん、」(5ウ)
せいけの正《さ》せい、くわんもつともいはす、／一々にうはひ《い》とる、ましてしかからさき、み[二]
つかはしり、まの、たかしま、い[三]ゑ〳〵をつい／ふくしてとをられけれは、人みんこと〳〵《こと》
くてうさんす、平家のせんちんは、ゑちせん／にすゝめは、こちんはいまたかいつのうら
にみち〳〵たり

経正竹生島参詣

つねまさの朝臣ちくふしま参詣の事

こちんの大将軍《しやうくん》をは、たちまのかみつね／まさとそ申ける、かつせんの道《みち》にたつし」(6オ)
さいけいすくれてそおはしましける、なき／さにいて、はるかにおきなるしまを見《み》わた
して、あれはいつくといふそととひ給へは、／あれこそお《を》とにきこえ候、ちくふしまにて
候へとそ申ける、つねまささる事あり、い／さやわたりてをかみたてまつらんとて、
あんゑもんのせうをはしめとして、さふら／ひ《い》五六人、こ舟《ふね》にとりのり、ちくふしまへそ
まいられける、ふねをよせ、しまのけいきを／見給に、心もこと葉《は》をよはれす、比《ころ》は卯月」(6ウ)
十日あまりの事なれは、松《まつ》に藤《ふち》なみ／さきかゝり、むらさきの雲《くも》かとうたかはれ、
はつねゆかしきほとゝきす、おりしりかほ／にをとつれて、かんこくのあふせつのこゑ
おいたり、かのしんくわう、かんふ、とうなん／くわんちよをつかはして、ふしのくすりを

二　みつかは―三《みつ》かは
三　いゑ〳〵→補記

もとめしに、われほうらいを見すは、いなや／かへらしとて、いたつらに舟《ふね》のうちにてとし月を〻くり、てんすいはうく〵として、／もとむる事をえす、かのしんせんのあり」(7オ)さまも、これにはすきしとそ見《み》えし、[一]ある／きやうのもんにいはく[二]、なんゑんふたいにみつうみあり、其《その》中に、こんりんさいより／おひ《い》いてたる、すいしやうりんのしまあり、すなはちてんによさんしよといへり、[三]すな／はち此しまの事なり、つねまさ舟《ふね》をよせ、しまへあかり、明神《みやうしん》の御まへにまいりて申／されけるは、それ大へんくとくてんは、わうこの如来ほつしんの大士也、めうをんへん／さい二天《てん》の御なは、かくへちなりと申せ共《とも》、」(7ウ)しゆしやうさいとの御心ひとしくして、一度《と》／さんけいのともからも、しよくわんしやうしゆ、ゑんまんすとこそうけたまはれとて、／ほつせまいらせ、へんしの程とはおもはれけれ共《とも》、其日もすてにくれけれは、其《その》夜は島《しま》に／とゝまられけり[四]、此《この》夜は中《なか》の八日の事なれは、いまちの月さしいてゝ、こしやうも／てりわたり、宮《みや》の中《うち》もかゝやきて、おもしろかりけれは、つねまさほうてんより、ひはを／申いたして、夜すから[五]ひきよくをつくされ」(8オ)けり、かのしやうけんのしらへには、宮《みや》の中／もすみわたり、明神《みやうしん》かんおう《を》やしたまひけん、つねまさの袖の上《うへ》に、ひやくりうけん／して見《み》え給《たま》ふ、つねまさはちをさしをき

　千《ち》はやふる神にいのりのかなへはや[六]／しるくも色のあらはれにける

われら今度《こんど》てうてきをたいらけ、身をまた／くせん事、うたかひ《い》あらしと悦て、其《その》夜も

一　あるきやうのもん〜大士也→補記
二　いはく―みえたり
三　すなはち此―かの
四　けり―ける
五　夜すから―夜もすから
六　かなへはや―かなふとて

すてにあけけれは、又舟《ふね》にとりのて、かいつの/うらにそつき給《たま》ふ」（8ウ）

ほつこくかせんの事

去《さる》程に、木曾《きそ》は我身《わか》しなのにありなから、/ゐちせんの国《くに》、火うちかしやうをそこしらへける、大将軍《しやうくん》には、へいせん寺のちやうり、/さいめいい《ゐ》きし、いたつのしんすけ、さいとうた、とかしの入たうふつせい、はやしの六郎/みつあきら、入せん、宮さき、いしくろ、うちたのものともをさきとして、都合《つかう》其せい七千/余騎《よき》にてたてこもる、平家をしよせて見給《みたま》へは、はんしやくそはたちめくりて、四方《はう》に」（9オ）みねをつらねたり、山をうしろにし、たにを前《まへ》にあつ、しやうくわくの前《まへ》には、のうみ/かは、しんたうかはとて、二の大かあり、彼川《かのかは》のおちあひに、しからみをかいてせきあけ/たれは、[七]水東西《とうさい》のきしをひたして、ひとへに大かいにのそめるかことし、かけなん山/をひたしては、あをくしてくわうやうたり、なみせいしつをしつめては、くれなゐに/していんりんたり[八]、かのむねつちのそこには、こん〳〵《こん》のいさこをしき、こんめいちの」（9ウ）なきさには、とくせいの舟《ふね》をうかめたり、是《この》ひうちかしやうのつきいけには、つゝみを/つき、水《みつ》をたゝへて、人の心をたふらかす、舟《ふね》なくして、たやすくわたすへしとも見《み》えさり/けり、平家むかひ《へ》の山にちんをとりて、むなしき日かすをそくられける、へいせん寺の/ちやうり、さいめいい《ゐ》きし、平家大せいにて

火打が城のありさま

七　水—水《みつ》

八　たり—たりけん

平泉寺の長吏斎明、変心

むかひたるなり、われらふせいにて、いかに/もかなふまし、かへりちうして我身《わか》はかりたすからはやとおもひけれは、せうそくを」(10オ)かきてかふらの中にいれ《入》、しやうのうちをしのひいて、山のねをつたひ《い》て、平家の/ちんへそ入たる[一]、平家こゝなるかふらの、ならぬ事こそあやしけれとてとて、見《み》けれは、/文《ふみ》を中《なか》[二]へそ入たりける、大将軍《しやうくん》にまいらせけり、これをひらきて見給へは、此《この》ふち/は、わうこのふちにあらす、一たんしからみをかきて、せきあけたるみつ也《なり》、夜に入て/さう人共《とも》をつかはして、しからみをきりやふらせ給はは[三]、水《みつ》は程なくおち候はんすらん、」(10ウ)馬《むま》のあしきゝ、くきやうの所《ところ》にて候なり、いそきよせさせ給候へし、うしろ矢《や》にをきて/は、かならすつかまつるへく候是《これ》はへい《平》せん寺のちやうり、さいめいい《ゐ》きしか申しやう/とそかきたりける、大将軍《しやうくん》、ふく将軍《しやうくん》、なのめならす悦《よろこひ》給て、夜に入てのち、さう人/ともをつかはして、しからみをきりやふられけるに、けにも山川《かは》なりけれは、水《みつ》は程《ほと》な/くおちにけり、あしたちよかりけるそや、わたせやとて、平家十万余騎《よき》を、二てにわかつ[四]」(11オ)てをしよせらる、さいめいい《ゐ》きし、三百よきをひきくして、やかてこゝろ《心》かは《わ》りして、平家/にちうをそいたしける、とかし、入せん、はやし、いしくろ、うちたのものとも、ふせきたゝ/かふ《う》といへ共《とも》、ふせい、たせいにかなはねは、さん〳〵にうちちらされ[五]加賀の国《くに》へひき/しりそく、平家つゝきてせめけれは、しら山の一のはしをひきて、しら山かはうちに/ちんをとる、平家かゝ《加賀》の国《くに》へみたれい《入》り、は

一　入たる―い入たる
二　へ―に
三　給はは―給候は

平家、火打が城を攻め落とす

四　わかつて―つくて
五　ちらされ―ちらさる

平家、林・富樫の二城を攻略

やし、とかし、二か所《しよ》のしやうくわくを、やき」(11ウ)はらひ《い》てそとをられける、さらにおもてをむかふへしとも見《み》えさりけり、平家はや馬《むま》／をたて、都《みやこ》へ此《この》よしを申されけれは、いさみの〻しる事、なのめならす、平家十万余騎《よき》を、／二手に[六]わかつてむかはれけり、小松《こまつ》の三位《ゐ》の中将これもり、ゑちせんの三位《ゐ》みちもり、／[三]みかはのかみとものり、三人大将軍《しやうくん》にて、都合《つかう》其せい七万余騎《よき》、か〻と、ゑつちうとの／さかいなる、となみ山へそか〻られける、さつまのかみた〻のり、のとのかみのりつね、」(12オ)たちまのかみつねまさ、三人大将軍《しやうくん》にて、つから其《その》せい三万余騎《よき》、しほ山のてへから／めてにこそまはられけれ、はやしの六郎みつあきらはや馬《むま》をたて〻、木曾《きそ》とのに申／けるは、さりともとこそ存候《ぞんし》しか共《とも》、ひうちかしやうをは、へいせん寺のちやうり、さい／めいい《ゐ》きしかかへりちうによて、ねんなうやふられ候ぬ、平家加賀《かゝ》の国《くに》まてみたれ入／て候、となみ山をうちこえ、くろさかのすそ、まつなかのくみの[七]こはやし、柳原《やなきはら》のひろみへ」*(12ウ)うちいて候なは、いよ〱御大事にて候へし、いそきむかはせ給へしと申けれは、／木曾《きそ》さらはとて、五万余騎《よき》のせいにて、ゑちこのこくふをうちた〻れけり、木曾《きそ》の給け／るは、平家大せいにてむかふなり、となみ山をうちこえ、ゑつちうのひろみへうちい／つるものならは、さためてかけあひの、かつせん[八]にそあらんすらん、た〻しかけあひのかつ／せんは、せいのたせうによる事也《なり》、大せいをかさにかけてはかなふまし、からめてを」(13オ)まはせとて、十郎蔵人《くらんと》ゆきいへに、一万

平家、砺波山・志保山に陣を取る

六　わかつて—つくて

義仲、越後を出発

七　こ—木《き》

＊（底本、ここまで補写）

義仲軍の謀計・布陣

八　にそ—にてそ

両軍の布陣（五月十一日）

義仲、埴生八幡に願書を奉納

余騎《よき》をさしそへて、しほのてへ、からめてに／こそまはされけれ、のこる四万よきを、てゝにわかつ、わかいくさのきちれいなりとてそ、／わかたれける、まつたての六郎ちかたゝに、七千余騎《よき》をさしそへてきたくろさかへそ／むけられける、にしな、たかなし、やまたの二郎七千よきにて、南《みなみ》くろさかへむけられ／けり、ひくちの二郎かねみつ五千よきにて、くりからのたうのへんへまはりけり、ねの」(13ウ)いのこやた、五千よきにて、まつなか《中》のくみのこ《木》はやし、柳原《やなきはら》にひきかくす、今井《いまゐ》／の四郎かねひら六千よきにて、わしのしまをうちわたり、ひのみやはやしにちんを／とる、木曾《きそ》は一万余騎《よき》にて、くろさかのきたのはつれをやへのわたりをして、はにふの／もりにちんをとる、木曾《きそ》はかりことに、まつはたさしをさきにたてよとて、はたさしを／さきたてらる、五月十一日のゐのこくはかりに、くろさかのたうけにはせつきて、」(14オ)しらはた三十なかれはかりうつたてたり、平家是《これ》を見《み》て、あはや源氏《けんし》の一ちんはむか／ひてんけるは、こゝは山もたかく、たにもふかくて、からめてさうなくよもまはさし、馬《むま》／の草《くさ》かひ、すいひんともによけなめり、こゝにちんをとれとて、大せいみな山中に／をりゐて、ちんをそとりたりける、きそは八はたのしやりやう、はにふ《う》のもりにちん／をとて、四方《はう》をきと見まはせは、なつ山《やま》のみねのみとりのこのまより、あけのたまかき」(14ウ)ほの見《み》えて、かたそきつくりのしやたんあり、まへにとりゐそたちたりける、木曾《きそ》／あんないしやをめして、あれに見《み》えさせ給ふやしろは、いかなるやしろそ、何神《なにかみ》を、／あかめ奉《たてまつ》りたるそとの給へは、あれはやはたをうつし奉《たてまつ》りて、たうこくの、今《いま》八はたとも申、又はにうのやしろとも、申なりとそ申ける

木曾くわんしよの事

木曾《きそ》手《て》かきにめしくせられたる、たい《大》ふ《夫》」(15オ) はうかくめいをめして、義仲《よしなか》こそ、さいわゐにうちかみ八幡《まん》大菩薩《ほさつ》の、御ほうせんにち／かつき奉《たてまつ》り、かつせんをとけんとすれ、されはかつはこうたいのため、かつはたうしの／きたうのために、くわんしよを一まいらせはやとおもふは、いかゝあるへきとの給／へは、もともゆゝしく候なんとて、やかて馬《むま》よりおりてかかんとす、かくめいか其日《その》の／しやうそくには、かちのひたゝられ[一]に、くろかは《わ》をとしのよろひ《ゐ》をき、五まいかふとの」(15ウ) をゝしめ、三しやく五すんのいか物つくりのたちをはき、廿四さしたるくろつはの矢《や》、／かしらたかにをいなし、ぬりこめとうの弓《ゆみ》、わきにはさみつゝ、かふとをはぬきて、たか／ひ《ほ》もにかけ、ゑひらの中より、こすゝりたうかみとりいたし、木曾《きそ》かまへに、ついひ／さまついてそかきたりける、す万のつはものとも是《これ》を見《み》て、あはれ文武《ふんふ》二道《たう》の、たつしや／かなとそほめたりける、此《この》かくめいと申は、もとしゆけ[二]のものなりくわんかくゐ《い》んに、」(16オ) 蔵人《くらんと》のみつひろとて候けるか、出家《しゆつけ》して、

大夫房覚明の素性

一　ひたゝられ―ひたゝれ（中院本の誤り）

二　しゆけ（儒家）―しゆつけ（出家）

さいせうはうしんきうとて、しはらくなん／とに候け[一]るたかくらの宮《みや》の、三井寺《てら》へおちさせ給て、てうしやうをゝくられたりし、／返てうをも、この覚明《かくめい》そかきたりける、きよもり入道《たう》は、平氏《へいし》のさうかう、ふ[二]ちのちんか／いとかきたりけるを、入たう大にいかりて、しんきう法師《ほふし》か、かうへをはねんとの給間《あいた》、／南都《なんと》をはしのひつゝまきれいて、北国《ほつこく》におちくたりて候けるか、木曾《きそ》につきては、かい」（16ウ）みやうして、大夫はうかくめいとそ申ける、かゝりしさい人なりけれは、なしかはかき／もそんすへき、心もをよはすそかきたりける、

其《その》[三]願書にいはく、きみやうちやうらい、八幡《まん》／大菩薩《ほさつ》は、しちいきてうていのほんしゆ、るいせいめいくんのなうそなり、ほうそをま／もらんかため、さうせいをりせんかために、三しんのきんようをあらはして、三しよの／けんひををしひらき給へり、こゝにしきりのとしより此《この》かた、平相国《しやうこく》といふものありて、」（17オ）四かいをくわんれいし、万[四]みんをなうらんす、是《これ》すてに、仏法《ふつほふ》のあた、わうほう《ふ》のてき／たり、よしなかいやしくも、きうはの家《いゑ》にむまれて、わつかにきゝうのちりをつく、／つら〳〵かのほあくをあ[五]んするに、しりよをかへり見《み》るにあたはす、うんをてんたう／にまかせ、身をこくかにな《つ》く、こゝろみに、きへいをこして、＊けうるいをしりそけんと／ほつす、しかるにとうせんりやうかのちんをあはすといへとも、しそつ、いまた一ちの」（17ウ）りをえす、まち〳〵の心か＊つかくにして、をそれをなすところに、たちまちに一／ちんはたをあくる、くんもん《む》にをいて、三[六]

一　けるーけるか

二　ふちーふけ（「武家」。中院本の誤り）

八幡願書（五月十一日）

三　願書ーしやう→補記

四　万みんー万《はん》みん

五　あんするーみる→補記

＊（凶類）

＊（「赫々」か）

六　三しよー三所《しよ》

七　あきらか—けちゑん↓補記
＊（「所属」か。覚一本は「氏族」）
＊（持して）
八　ため—ためきみのため（中院本の目移り脱文か）
＊（懇志）
＊（「三軍の疑殆」か）
九　給へ—給へうやまて申
一〇　寿永—寿《しゅ》永
一一　源—みなもとの

鳩の奇瑞

しよ、わくわうのしやたんをはいし奉《たてまつ》る、き／かんのしゆんしゆく七あきらか也、けうとのはいほくうたかひ《い》なし、くわんきの涙《なみた》おち、／かつかうきもにそむ、なかんつくに、そうそふ、さきのむつのかみみなもとのきかの／あそん、其《その》身をそうへうの＊しよそくにきふし、みつから其名《そのな》を八幡《まん》太郎と、かうせし」(18オ)よりこのかた、かのもんえう《よ》たるもの、ききやうをいたさすといふ事《こと》なし、よしな／か其《その》こういんとして、かうへをかたふけてとしひさし、まさに今《いま》ひふんをかへり見《み》す、／この大こうをくは《わ》たつ、たとへはゐいしのかいを＊ちしてもて、きよかいをはかり、たう／らうをのをとてもて、りうしやにむかふかことし、しかりといへ共《とも》、家《いゑ》のため、身のため／にして、これををこさす、ひとへに国《くに》のため八にして、是《これ》を《お》こす、＊こんしのいたりそらに」(18ウ)とうするものか、ふしてねかはくは、みやうたうい《ゐ》をくはへ、しんめいちからをあはせ／て、かつことを一時《し》にけつし、あたを四ほう《は》にしりそけ給へ、もしすなはち、たんきみやう／りよにかなひ、けんかんかこをなすへくは、たちまちに、一かのすいさうをしめして、＊三／くんのきたいをけつせしめ給へ九

一〇寿永二年五月十一日　一一源義仲《よしなか》

うやまて申とそよみあけたる、十三人のう／は矢《や》をそへて、八幡《まん》の御ほうてんにそこめ」(19オ)られける、たのもしきかなや、八幡《まん》大菩薩《ほさつ》、／しんしちの心さし、二なきをや、はるかにせうらんしたまひけん、雲《くも》の中より、山は／と二とひきたりて、源氏《けんし》のしらはたの上《うへ》に、

平家と木曾の小競り合い

へんまんす、源氏《けんし》のかたには是《これ》を見《み》て、いさ/みのゝしる事なのめならす、平家の方《かた》には是《これ》を見《み》てみのけよたちてそおほえける、其《その》/後《ゝち》源平《けんへい》、たかひ《い》にたてをつきむかへてさゝへたり、其《その》あはひ《わい》、わつかに二ちやうよには/すきさりけり、平家もすゝます、源氏《けんし》もすゝ」(19ウ)ます、やゝあて、源氏《けんし》いかゝおもひけん、せい/ひやう十五きをすくりて、たてのおもてにすゝませ、十五のかふらを、平家のちんへそ/い入たる、平家も十五きをいたして、十五のかふらをい《ゐ》かへさす、源氏《けんし》三十きを出《いた》して、/三十のかふらをい入たれは、平家も三十きをいたして、三十のかふらをいかへさす、源氏《けんし》/五十きをいたせは、五十きをいたし、百きをいたせは、百きをいたしあはす、りやうはう/百きつゝ、たてのおもてにすゝみたり、」(20オ)たかひ《い》にせうふをせんとしけれ共《とも》、源氏《けんし》せ/いしてせうふをせさせす、かやうにあひしらひ《い》つゝ、日をくらし、夜に入てのち、/そはなるたにへ、をひ《い》おとして、ほろほさんとしけるをしらすして、平家もともにあひ/しらひつゝ、むなしく日をくらすこそはかなけれ

倶利伽羅峠の合戦

平家北国にをいてしはうの事

さる程に其《その》夜の夜はんはかりに、ひくちの/二郎かねみつ、くりからのたうのうしろへ」(20ウ)まはりあひ、時をとゝそつくりける、いま井《ゐ》/の四郎かねひら、六千余騎《よき》にて、ひの宮《みや》はや

しより、時のこゑをそあはせける、せんこ四／万余騎《よき》か、時のこゑに、山も川《かは》も、たゝ一度《と》にくつるゝかとそきこえける、平家はおもひ／もよらぬ時のこゑにおとろきて、そはなるたにへそおとしける、きたなし、かへせや／〳〵と申もの共《とも》、おほかりけれとも、大せいのかたふきたちたるは、とてかへす事か／まれなれは、あにかおとせは、おとゝも」(21オ)おとす、親《おや》かおとせは子《こ》もおとす、しうかお／とせは、らうとうもつゝく、馬《むま》のうへには人、人《々》のうへには馬《むま》、おちかさなり〳〵せし／程に、さしもにふかきたに一を、平家のせい七万よきにて、うめあけたり、入たうのするゑ／の子《こ》に、みかはのかみとものりも、此《この》たにゝてそうせられける、されはかんせんちをな／かし、しかいをかをなすとかや、わつかに大将軍《しやうくん》これもり、みちもりはかりこそ、から／き命《いのち》をたすかりて、かゝの国《くに》へはひかれ」(21ウ)けれ、かつさの太郎はんくわんたゝつな、ひ／たの大夫はんくわんかけたか、かはちのはんくわんひてくにも、此《この》たにゝこそうつ／もれけれ、されは此《この》たにのへんには、矢《や》のあな、かたなのきすところ、いまにありとそ／うけたまはる、其《その》中に、いつの国《くに》の住《ちう》人、いとうの九郎すけうちはかりそ、とし卅七と／なのりて、かへしあはせてうちしにしてんける、いけとりともおほかりけり、／中にもへいせん寺《し》のちやうりさいめい」(22オ)いきし、せのをの太郎かねやすも、いけとり／にこそせられけれ、さいめいをは、やかてきそかまへにひきすへて、かうへをはねられ／けり、あけけれは、いけとり三千よ人きりか

義仲、志保へ向かう（五月二十三日）

けらる、木曾《きそ》の給けるは、十郎蔵人殿《くらんとどの》を、しほ／のてへさしむけつるこそおほつかなけれ、いさゆきて見《み》んとて、四万余騎《よき》をわけ、二万／余騎《よき》をひきくして、しほのてへこそむかはれけれ、ひみのみなとをうちわたりける、おり／ふし、しほさしみちて、ふかさあさゝをしら」（22ウ）さりけるに、[一]大夫房覚明《はうかくめい》かはかりことにて、／くらお《を》き馬《むま》二ひきに、たつなむすひてうちかけ、まさきにをい入たり、くらつめひたる／ほと《程》にて、むかひ《ゐ》のきしへわたりつく、二万よきこれを見《み》て、おなしくうち入てそわた／しける、しほのてへ、うちのそんて見《み》けれは、あんのことく十郎蔵人《くらんと》、たゝかひ《ゐ》まけて、ひ／きしりそき、馬《むま》のいきをそやすめける、あらて二万よき入かへて、をめきさけんて、たゝ／かひ《ゐ》けれは、平家かなはしとやおもはれ」（23オ）けん、かゝの国《くに》にひきしりそき、あたか、しの／はらにちんをとる、源氏《けんし》つゝいてせめけるに、比《ころ》は五月廿三日の事なれは、草《くさ》もゆる／かすてらす日に、源平我《けんへいわれ》おとらしとせめ

平家軍惨敗

たゝかふ《う》に、＊へんしんよりあせなかれて、水《みつ》／をなかす[二]かことくなり、こゝにて平家三千よ人ほろひにけり、源氏《けんし》のかたにも、二千よ／人うたれにけり、平家は所《ところ》〳〵のかつせんにうちまけて、ちり〳〵になりてそのほ／られける、平家のかたのさふらひ《い》、たかはしの」（23ウ）はんくわんなかつなは、にうせんの小太郎[三]／にくんてうたれにけり、今《いま》はなか井《ゐ》のさいとうへつたうさねもり、むさしの三郎／さへもんありくに、たゝ二き、返しあはせてたゝかひ《い》けるか、三郎左《さ》衞《へ》もんありくには、／のりたりける馬《むま》をいさせて、おりたてそ

一　大夫―大夫《たいふ》

＊（遍身）

二　なかす―いたす

三　小太郎―小太郎《こ》

四　けるーけるか

斎藤別当実盛討死

五　たりけれーたれけれ

六　てつかーてつかの

七　まへわーまへつわ

実盛の首実検

たゝかひ《い》四ける、矢《や》二三十い《ゐ》たてられて、太刀《たち》／をさかさまにつきて、たちすくみにこそし五たりけれ、今《いま》はさいとうへつたうさねもり、／たゝ一き返しあはせて、たゝかふ所《ところ》に、かた」(24オ)きのかたよりむしや一きはせきたる、御か／たのせいは皆《みな》おち行《ゆく》に、たそや一人のこりとゝまりて、いくさする人こそ心にくけれ、／なのり給へといひけれは、なんちは何《なに》ものそ、まつ名《な》のれといはれて、是《これ》はしなのゝ国《くに》／の住《ちう》人、六てつか太郎かなさしのみつもり、と名《な》のる、さねもりさるものありとはきゝを／きたり、これはおもふやうありて、わさとなのるましきそ、よりあへやくまんとて、をし／ならへてくまんとするところに、てつかか」(24ウ)らうとう、中にへたたりて、さいとうへつ／たうにくみたりけり、さねもりてつからうとうを、とて、くらの七まへわにをしあ／てゝ、くひをかく、てつかはらうとうかうたるゝを見《み》て、ゆんてにむすとよりあふたり、／さねもりかくさすりひきあけて、二かたなさす、さゝれてよはるところに、をしならへ／てくんておつ、たかひ《い》に大ちからなりけれは、うへになり、したになり、ころひあふ、され／ともさねもりは、おいむしやなりけるうへ、」(25オ)いたてともお《を》ひ《い》たりけり、ついに、てつか／したになりてそうたれにける、みつもりは、らうとうに、ものゝ具《く》はかせ、くひをはたち／のきさきにさしつらぬき、木曾殿《きそとの》の御前《まへ》にまいりて、みつもりこそ、きたいのくせもの／にあひて、くんて、うて候へ、なのれ〳〵と申つれとも、ついになのり候はす、大将軍《しやうくん》／かと見候へは、つゝくもの一きも候はす、は

樋口二郎の述懐

一　弓とり―ゆみやとり

二　あまつて―なて

三　水―水《みつ》

実盛、錦の直垂着用の理由

四　たる―ける

むしやかと見候へは、にしきのひたゝれを／きて候、西国《さいこく》ふし、きないのものかときゝ候」(25ウ)つれは、こゑはほんとうこゑにて候つる也《なり》、／木曾《きそ》あなふしきや、もしなか井のさいとう別当《へつたう》にてもやありつらん、たゝし、それなら／は、義仲《よしなか》かゝ《を》おさなめにみし時、ひんのかすをにありしかは、今《いま》はさためてはくはつに／こそあらんするに、ひんひけのくろきはたれやらん、年来《ねんらい》のとくいなれは、ひくち／の二郎そ見《み》しりたるらん、ひくちめせとてめされけり、ひくちの二郎、このくひをたゝ／一め見《み》て、やかて涙にむせひけれは、木曾《きそ》、」(26オ)いかに〳〵《いかに》との給へは、まことにさねもり／にて候けるそや、ひんひけくろきはいかにとの給へは、さ候へはこそ、其《その》やうを申さん／とつかまつり候へは、ふかくの涙のさきたち候なり、されは[一]弓とりは、たゝかりそめの／所《ところ》にても、のちまての、おもひいてにならんする事を、申をくへき事にて候けり、／さねもり、日比《ころ》かねみつと、よりあひ《い》ての物かたりにも、さねもり、六十に[二]あまつて、いく／さのちんへいてんとき《時》は、ひんひけをすみに」(26ウ)そめて、いてんとおもふなり、其《その》ゆへは、わか／とのはらにあらそひ《い》て、さきをかくるもお《を》となけなし、又おひむしやとて、人のあな／つらんもくちをし《お》と申候しか、まことにそめて候けるそや、あらはせて御らん候へと／申けれは、木曾《きそ》さらはとて、なりあひの、いけの[三]水にて、あらはせて見給へは、けにもはく／はつにこそなりにけれ、又にしきのひたゝれを、[四]きたる事を、いかにと申に、さねもり／都《みやこ》を出《いて》し時、おほいとのに申けるは、さる」(27オ)

にても、一とせ東国《とうこく》のあんないしやつかま／つりて、矢《や》一すちもいすして、にけのほり候し事、おいのはてのちしよく、今《いま》にをきて／めんほくをうしなひ候《い》、今度《こんと》北国《ほつこく》へ、まかりむかふへきよしうけたまわり候《は》、年《とし》こそ／五より候とも、まさきかけて、うちしにつかまつり候へし、さらんにとては、命《いのち》いきて、／二たひ都《みやこ》へかへりのほらん事、ありかたく候、さねもり、もとはゑちせんの国《くに》のもの／にて候しか、きんねんしよりやうに」(27ウ)つきて、むさしのなか井に、居住《きよちう》つかまつり／き、さてこそなか井のさいとう別当《へつたう》とは申候へ、こきやうへは、にしきをきて、六かへる／と申事の候物《もの》を、さもしかるへう候はゝ、にしきのひたゝれの御ゆるされを、まかり／かうふり候はやと申けれは、おほいとの、やさしくも申たる物《もの》かなとて、かんしてゆる／し給《たま》ひけり、昔《むかし》のしゆはいしんは、にしきのたもとを、くわいけいさんにひるかへし、今《いま》／のさねもりは、にしきをきて、其名《そのな》を北国《ほつこく》の」(28オ)ちまたにあくとかや、平家さんぬる、四月／にむかはれしには、十万余騎《よき》、おなしき五月にかへりのほられしには、三万よき、さしも／はなやかにて、都《みやこ》をいてし人々も、いたつらに名《な》をのみのこして、其身《その》はこしちの末《すゑ》の、／ちりとなるこそかなしけれ、入道《たう》のすへ《ゐ》の子《こ》に、みかはのかみとものりもうたれ給／ぬ、たゝつな、かけたかもかへらす、なかれをつくしてすなとる時は、おほくのうほをう／といへ共《とも》、めい年にはうほなし、はやしを」(28ウ)やきてかる時は、おほくのけたものをうと／いへ共《とも》、めい年にはけたもの・《物》なし、七みちを

五　より―よりて

六　かへる―かへれ

平家、三万余騎に減じて帰洛

七　みち―のち（中院本の誤り）

そんちして、せうせうのこさるへかりける／ものをとそ、人申あはれける、中にもかつさのかみたゝきよは、さいあいの、ちやくし／たゝつなにをくれて、おほい《ゐ》とのにいとま申、出家《しゆつけ》とんせいしてけり、ひたのかみか／けいゑも、かけたかをうたせて、これも出家《しゆつけ》入道《たう》す、其外《そのほか》京中、近国《きんこく》、北国《ほつこく》にも、あにはお／とゝをうたせ、ちゝは子《こ》にをくれ、めはをつ」(29オ)とにわかれて、皆《みな》もんこをふさき、なけき／かなしむ事、なのめならす

ひろつきほうれいの事

同《おな》しき六月一日、さいしゆしんきのこんの／大夫おほ《をう》なかとみのちかとしを、殿上[一]のしもくちにめされて、今度《こんと》ひやうかくたいら／かは、太神宮《しんくう》へ行幸《きやうかう》なるへきよしおほせくたさる、太神宮《しんくう》と申は、昔《むかし》たかまのはらより、／みのゝくにいふきのたけへ、あまくたらせ給たりしを、すいにん天皇《わう》の御宇《う》、廿五年」(29ウ)三月に、伊勢の国《くに》わたらゑ《ゐ》のこほり五十鈴[二]の川上《かはかみ》、しもついわねにして、大宮《みや》はしら、ふ／としきたて、いはひ《わゐ》しめ奉《たてまつ》りてより此《この》かた、[三]日本六十よしう、三千七百五十よ社《しや》の、しん／きみやうたうの中には、すくれ給へる、大しんなり、されとも代々《よゝ》の御門《かと》の、りんかう／はいまたならさりけるに、昔《むかし》ならの御門《みかと》の御時、左《さ》大臣《しん》ふひとうのまこ、さんきしきふ／きやうかうの子《こ》に、さこんゑのこんの中将、けん、太宰《たさい》の小弐《に》ひろつ《く》きと申人」(30オ)あり、[四]天平十三年十月に、ひせんの国《くに》まつ

安徳帝、伊勢行幸の意向（六月一日）

一　殿上―てん

二　五十鈴―五十《いすゝ》

三　日本―日本《ほん》

大宰少弐広嗣の亡霊の事

四　天平―天平《ひやう》

＊（軍士）

供養の導師玄昉の首、広嗣に取らる

五　天平—天平《ひやう》

六　そら—空《そら》

七　むね—みね

兵乱平定祈禱の先例

らのこほりにして、す万の＊くんしをそつ／して、国家《こつか》を、あやふめんとせし時、御門《かど》大のゝあつま人を、大将《しやう》として、ひろつき《く》をた／いらけられし、其《その》御いのりのために、御門《かど》行幸《きやうかう》なる、今度《こんと》、其《その》れいとそうけたまはる、／ひろつき《く》うたれてのちも、其《その》はうれいあれてお《を》そろしき事ともおほかりけり、[五]天平／十五年六月三日、ちくせんの国《くに》、たさいふ、くわんお《を》ん寺くやうせられし、たうしには、」(30ウ)なんとのけんはうそうしやうを、しやうせらるゝ、けんはうかうさにのほり、けい／ひやくのかねうちならし、せつほ《ふ》うせんとしけるに、にはかに[六]そらかきくもり、いかつち／をひたゝしくなりさかりて、御たうの[七]むねをけやふり、けんはうのかうへをとりて雲《くも》／の中へ入とて、とゝわらふこゑしけり、このけんはうそうしやう、ひろつき《く》をてう／ふくせられたりしによてなり、されは其《その》れいをあかめて、まつらのこほりに、かゝ」(31オ)みの大明神《みやうしん》とそ申すなる、此《この》けんはうそうしやうと申は、きひの大臣《しん》につ《入》たうの時、ほつ／さうしうを、我朝《わかてう》へわたされたりし人なり、其《その》時に、たう人《しん》か、けんはうとは、かへり／てはうすといふこゑあり、いかさまにも、此《この》人きてうの時、事にあふへしと申たり／けるとかや、かくて中《なか》一年ありて、同《おな》しき十七年正月十五日のむまのこくに、／こうふく寺の南大門《なんもん》に、されたるかうへを、けんはうといふめいをかき、そらより」(31ウ)おとして、とゝわらふこゑしけり、おそろしなともお《を》ろかなり、このかうへをとてはか／にうつむ、つはかとていまにあり、又さかのてんわうの御時、へいせいのせんてい、よを／みたりしとき《時》、御かと第《たい》三のひめみやを、かものさいゐんにたてまつらせさせ給ひ／けり、それよりして、さいゐんはしまれり、朱雀院《しゆさくいん》の御宇《う》、承平天慶[一]に、まさかと、すみ／ともかむほんのとき《時》、八はたのりんしのまつりをはしめらる、かやうの事ともを」(32オ)れいとして、さまく〵の御いのりともをこなはれけり[二]

木曾てうしやうをさんもんにをくる同／へんてうの事

去程《さる》に木曾《きそ》は、同しき[三]六月八日、ゐちせんの／こくふん寺につき、いま井《ゐ》、ひくち、たてねのゐ、す百人のつはものをめしてのたまひ／けるは、そもく〵こんとあふみの国《くに》をへてこそ、京へものほるへきに、山門《もん》の大衆《しゆ》、平家／のかた人して、ふせく事もやあらんすらん、」(32ウ)うちやふりてとほらん事はやすけれ共《とも》、／平家こそ、ふつほうを《ふ》もしらす、君《きみ》をもなやましたてまつれ、それをしつめんかために、／上らくせんする[四]義仲《よしなか》か、しゆとにむかひ《い》、かつせむ《ん》せん事、をとらぬ二のまひなる／へし、これこそゆゝしきやす大事なれとのたまへは、大夫房[五]かくめいか申けるは、／山門《もん》はこれ三千のしゆと、一みとうしんあるへからす、さためて御方《かた》に心さし思《おも》ひ／奉《たてまつ》るも候らん[六]、てうしやうをつかはして御」(33オ)らん候へ、しさい、返てうに見《み》え候へしと／申けれは、木曾《きそ》、さらはやかて御へんかけと

一　承平天慶―承平《しようへい》天慶《きやう》

二　けり―ける

義仲、越前国府にて評議（六月八日）

三　同しき―同《おなしき》

四　せんする―せん

五　大夫房―大夫《ふ》はう

六　らん―らめ

て、かくめいにてうしやうをかゝせ、山門《もん》へ/こそをくられけれ、其《その》しやうにいはく
みなもとの義仲《よしなか》、つしんて申、つらく〱平氏《へいし》/のあくきやうをおもふに、保元[七]、平治[八]いらい、
なかく人臣《しんしん》のれいをうしなふ《う》て、*せんしやう/のそしりをはゝからす、きせんてをつかね、
しそあしをいたゝく、ほしいまゝに*てうけん/をしせんし、こくくんをりよりやうす、たうり、」(33ウ)
ひりをろんせす、うさい、むさいをいはす、/けいしやうししんをそんはうし、けんもん
せいけをついふくし、其《その》しさいをうはひ《い》/とて、みたりかはしく、らうしうにあたへ、
かのしやうえ《ゐ》んをもつたうして、しきりに/しそんにはふく、なかんつくに、いんし治承[九]
三年十一月、法皇《ほふわう》を、せいなんのりきうに/うつし奉《たてまつ》り、はくりくを、かいせいのせつ
いきに、なかし奉《たてまつ》る、そんひ物いはす、たうろ/めをもてす、しかのみならす、同《おな》しき四年」(34オ)
五月、す百のついふくしをはなちつかはし/て、第《たい》二の王子《わうし》の宮《みや》を、かこみ奉《たてまつ》る、こゝに
ていしひふんのかいをのかれんかために、/お《を》んしやう寺へしゆきよのきさみに、義仲《よしなか》
かたしけなく、りやうしをくたし給て、*さん/らくをくは《わ》たてんとほすといへとも、をん
てきちまたにみち、よさん道《みち》をうしなふ、/きんけいのけんし、猶《なを》さんこうにあた
はす、いはんやえ《ゐ》んいきにをいてをや[一〇]、おん/しやう寺、*ふんないけつせうなるによて、」(34ウ)
南都《なんと》へたゝしめ給間《あいた》、源三位《ゐ》入道頼政《たうよりまさ》の卿《きやう》/宇治《うち》にをいて、めいをかろんし、きをもん
して、一せんのこうをはけますといへとも、/たせいのせめをまぬかれす、かはねを*れう

義仲、山門に牒状を送る

七　保元—保元《ほうけん》
八　平治—平治《ち》
＊（僭上）
＊（朝憲を自専し）
九　治承—治承《ちせう》
＊（参洛）
一〇　をいて—をいてう
＊（「分内狭小」か）
＊（龍門原上）

もんけん上のつちにうつみ、名《な》を＊法皇《ほうわう》せい／りの雲《くも》に、あけをはんぬ、りやうしのおもむききもにめいし、一こうるいのかなしみ／たましゐ《い》をうしなふ、よて、東国《とうこく》、北国《ほつこく》の源氏《けんし》、義仲《よしなか》」（35オ）一門《もん》、一家《け》のふしら、をの〳〵一みとうしん／して、其《その》ほんくわいをとけんとほつす、去年《きよねん》の秋《あき》の比《ころ》、すてにきへいをこし、／しんしうをいてんとほつする所《ところ》に、ゐちこの国《くに》の住《ちう》人、しやうの四郎なかもち、す万／の＊はんたうをそつして、たうこくよこたかはらにはつかうせしむる間《あいた》、義仲《よしなか》、わつかに／三千のくんしをもて、彼《かの》二万の＊けうとをやふりをはんぬ、平氏此事《へいしこの》をきくによて、／大軍《くん》をいんそつして、ほくろくにきほひ《をい》たり、ゐつしう、かしう、となみ、くろさか、あた／か、しのはら、二以下のようかいにをいて、かつ」（35ウ）せんすかとにをよふ、はかりことを、いあ《は》く／のうちにめくらし、かつ事を、しせきの三下にえたり、せむるものはかならすふく／し、うつものはかならすたく、秋の風《かせ》のはせうをやふるかことく、冬《ふゆ》の霜《しも》の＊りんよう／をかくすに同《おな》し、是《これ》ひとへに神明仏陀《しんめいふつた》のたすけなり、さらに義仲《よしなか》か、ふりやくのこうに／あらす、平氏《へいし》すてにはいほくのうへは、すみやかにしゆらくすへき物なり、しかるに／いま、え《ゑ》いかくのふもとをへすは、いかてか」（36オ）らくやうのちまたにいらんや、此時《この》にい／たて、ひそかにきたいあり、其《その》ゆへいかんとならは、抑《そもく》天台《たい》のしゆとは、源氏《けんし》によりきか、／はたまた《又・》、平氏《へいし》にとうしんか、もしかのあくとをたすけらるへくは、しゆとにむかひ／たてまつて、かつせんをいたすへきなり、か

＊（「鳳凰城裏」か）

一　こうるい―とうるい（「同類」。中院本の誤り）

＊（伴党）

＊（凶徒）

二　以下―以下《いけ》

三　下―下《した》

＊（「林葉」か）

*（義戦）

*（不勘）

*（法流）

*（王沢）

四 はこひ—はらい

五 寿永—寿永《しゆ》

なしきかなや、仏法《ふつほふ》をほろほし、王法《わうほふ》をな／やます、あくきやうをしつめんために、みつ
から*きせんをゝこす所《ところ》に、三千のしゆとに／むかひ、ふりよのかつせんをいたさは、え《ゑ》い」（36ウ）
かくのめつはう、くひすをめくらすへから／す、いたましきかなや、いわうせんせいに
はゝかりたてまつて、かうていにちりうせ／しめは、かたきを見《み》てすゝまさる身となて、
ふりやく*ふかんのはちをのこさん、はなは／たしんたいにまとつて、あんないをけい
する所《ところ》なり、ふしてねかはくは、三千のしゆ／と、仏《ほとけ》のため、神《かみ》のため、君《きみ》のため、源氏《けむし》に
とういして、てうてきを四はこひしりそけ、／いよ〳〵*わうたくのこうくわによくせしめ、」（37オ）
ますくたうさんの*ほう《ふ》りうをこうせら／れよ、このおもむきをもて、大衆《しゆ》にひろうせ
しめ給へし、義仲《よしなか》きようくわうつしんて申
　五寿永二年六月日　源《みなもと》の義仲《よしなか》しやう／しん上　ゐくわうはうのりつしの御房《はう》へ

山門衆徒の僉議

とそかきたりける、山門《もん》には、このしやうを／ひけんして、三たうくわいかうして、大かう
たうのにはにしゆゑしてせんきしけり、／しゆきまち〳〵なり、あるひ《い》は平家にとう
しんせんといふ大衆《しゆ》もあり、あるひは源氏《けんし》に」（37ウ）よりきせんといふしゆともあり、其中《その》に、
老僧《らうそう》とものせんきしけるは、我《われ》らはむねと／きんりんしやうわう、てんちやうちきうの、
御きたうをつかうまつる、しかるに、平家は、／たうていの御くわいせき、山門《もん》にをいて、き
きやうをいたさる、されはいまにいたる／まて、かのはんしやうをのみいのりき、され

ともあくきやうはうにもれ、しんりよにも／たかひ《い》にしかは、うつてを国《くに》〳〵につかはすといへとも、かへていてきのために」(38オ)　ほろほさる、源氏《けんし》は又、きんねん度々《とゝ》のいくさにうちかちて、うんめいすてにひらけ／なんとす、なんそたうさんひとり、しゆくうんつきぬる平家のかた人をせん、すへから／らくけふよりして、平家ちくのきをひるかへし、源氏《けんし》にかうりよくすへきよし、いく／とうおんにせんきして、やかて返てうをこそをくりけれ、其《その》しやうにいはく

さんぬる十日てうしやう、おなしき十六日／たうらい、ひゐつの所《ところ》に、たしつのうつたう*」(38ウ)たちまちにけさんせしめをはんぬ、まこと／に平家一たうのほあく*によて、るいねんいらい、世上《一》のさうらんやむ事なし、しん／こうあつ《二》くつまひらかにあたはす、抑《そもく》え《ゐ》いさんは、ていとうほくのれいくつとして、／こつかせいひつのせいきをいたす、しかりといへとも、一天《てん》ひさしく、彼《かの》*ようけきに／かゝり、四かいかつて、あんせんをえす、けんみつのほう《ふ》りん、お《を》うこのしんいなきかこ／とく、すたれたるにたり、こゝにきか、」(39オ)まさにるいたいふひの家《いゑ》をつたへて、さい／わい《ゐ》に、当時《たうし》せいせんのしんたり、あらかしめ、きほうをめくらし、はやくきへいをこ《お》／す、万死《し》の命《めい》をわすれて、一せんのこうをたつ、其《その》らう《ふ》いまた、両年《りやう》をすきさるに、／其《その》ほまれ、あまねく、七たうにほとこす、わうかのため、ふつけのため、ふこうをかんし、ふ／りやくをかんす、かるかゆへに、我山《わか》のしゆ

山門からの返牒（七月）

＊（鬱陶）

＊（暴悪）

一　世上―世上《せい》

二　あつく―あつて

＊（天逆）

と、かつ〳〵もてまゆをひらくものなり、か/いたいのあんねい、すてにもてちかきに」(39ウ)
あり、山上のせい〳〵をのつからむなしか/らさる事《こと》をしり[三]、し寺、た寺、しやうちうの
仏法《ふつほふ》、本社《ほんしや》、末社《まつしや》、ちんさのしんめい、さため/て、けうほ《ふ》うのはんしやうをかんたんし、
そ《す》うきやうのいにしへに、ふくする事《こと》を、/すいきしたまふものか、みやうにはすな
はち、いわうせんせい、山王《わう》大師《し》、ともにり*/しやうはうへんのせいくわんにまかせ、
けうそくついたうの、ようしをを*うこし/けんにはすなはち、三たうのかくりよ、まん」(40オ)
山のしゆと、しはらくけいこさんきやうの、/きんせつをやめて、てうてきちはつのくわん
くんによりきせん、しかれはしくわん十/しようのほんふう、か*んとをわてうのほか
にはらひ《い》、ゆか三みつの法雨《ほふう》、しそくをけう/ね《年》んのいにしへにかへさん、しゆきかくの
ことし、よてしつたつくたんのことし

寿永二年七月日[四]　　大しゆら

とそかきたりける

平家くわんしよを山門へをくらるゝ事」(40ウ)

去程《さる》に平家は、源氏《けんし》のせいちからつく[五]とき/こえしかは、皆《みな》六波羅《はら》にはせあつまり、こは
いかゝせんとそきせられける、こうふく、お《を》ん/しやうは、うつふんをふくめるおりふしなれ

三　しりーしる
＊（利生方便の誓願）
＊（擁護）
＊（奸徒）
四　寿永ー寿《しゆ》永

平家、山門に願書を送る（七月）
五　ちからつくーちかつく
（中院本の誤り）

は、かたらふ《う》ともよもなひかし、山門《もん》は、当家《たうけ》／にをきてふちうをそんせす、当家《たうけ》も又山門《もん》にをきて、あたをむすはねはとて、日吉《よし》の／やしろに、願書《くわんしよ》をかきてそをくられける、其《その》しやうにいはくうやまて申《まうす》

よろしく日吉《よし》の社《やしろ》をもて、うちかみとし、」(41オ)延暦《ゑんりやく》寺をもて、うち寺として、ひとへに天台《てんたい》のけうほう《ふ》をあかめ奉《たてまつ》るへき事

右当家《たうけ》の一そく、ことにきせいをいたす／むねあり、そのゆへいかんとなれは、昔延暦《むかしゑんりやく》年中に、くわんむ《ふ》天皇《てんわう》、てんけう大師《し》／につ《入》・たうきてうの後、御《ち》けいやくをむすはしめ給しによて、くわうていは、ていとを／さうさうし、大師《し》は、当山《たうさん》にうちのほて[一]、一しようゐんとん《む》のけうもんを、ひろめ給し／よりこのかた、久しく、仏法《ふつほふ》はんしやうの」(41ウ)れいくつとして、もはらちんここつかのたう／ちやうにそなはる、まさに今《いま》いつの国《くに》の流《る》人、さきのひやうゐ[二]のこんのすけよりとも、／其《その》身のとかをくゐ《い》す、かへり《つ》てうけんをこ[*]つしよし、とうしんよりきの源氏《けんし》ら、ゆ／きいゐ、よしなか、以《い》下、たうをむすひてかすあり、りんけい[三]、ゐんけい、そうしてすこくを／りよりやうす、とき、とこう、こと／＼く、万ふつをあふりやう《う》す、是《これ》によて、かつはるい／たいくんこうのあとをを《い》ひ、かつはたうし」(42オ)きうはのけいにまかせて、かたしけなく／ちよくめいをかうふて、しきりにせいはつをいたす、しかれ共《とも》きよりんかくよくのちん、／くわんくんなを《む》いまたりをえす、せいほう、

一　うちのほて―よちのほて
二　ひやうゐ―うひやうへ
＊（忽諸）
三　りんけい―きんけい

てんけきのあらそひ《い》、けきるいしは〳〵かつ／にのるににたり、もしふつしんかひのち
からにあらすは、いかてか、そくとちはつの／こうをたてん、こゝをもて、ひとへに天台《たい》
の仏法《ふつほふ》をあふき奉《を》四る、しかしなから、日よし／のしんい《ゐ》を、たのみ五たてまつらるまくのみ、」(42ウ)
はるかに当家《たうけ》の、*ならせうをおもふに、あに／ほんくわんのよゐいにあらすや、もとも
くきやうすへし、ことに六けんそうすへし、／しゝそん〳〵につたへて、なかく此《この》心さし
をしつついせす、しこんいこ、山門《もん》悦あらは、／一もんのよろこひとし、しやけ、いきとほり
あらは、一家《け》のいきとほりとし、せんにつけ、／あくにつけ、よろこひといひ、うれへといひ、
よろしくふちんをおなしくすへきもの也《なり》、／かのとうしは、春日《かすか》の社《やしろ》、こうふく寺をそん」(43オ)
そうし、うちかみ、うちてらとし、ひさしく法《ほつ》／相《さう》、大乗《しよう》のしうをきえ《ゑ》し、平氏《へいし》にをいては、
日吉《よし》のやしろ、延暦《ゑんりやく》寺をかつかうし、うち／かみ、うち寺《てら》とし、すへからく、ゐんしつとん
このけうを*けこすへし、かつ、*わうしやくの／いんゐんをたつねてもて、いゐのゐいかう
をもとめ、かつ、たうしの*せうらんによりて／もて、くにのあんねいを七いのり、あふき《を》ねか
はくは、日吉《よし》の山王《さんわう》七社王子《しやわうし》、けんそく東西《とうさい》／まん山のこほう、*せんしんならひにいわう」(43ウ)
せんせい、日光《くわう》、月光《くわう》、十二しんしやう、無二《むに》の／こんしをなうしゆし、たちまちに八ゆい
一のけんおう《を》をたれたまへ、しかれはすな／はち、しやほう、九けきしんのそく、手《て》を、くん
もん《む》につかね、ほあくさんかいのともから、／かうへをけいとにつたへん、われら一〇くせい

四　奉る―たてまつり
五　たてまつらる―たてまつる
＊（曩蹤）
六　けんそう―そんそう（「尊崇」。中院本の誤り）
＊（外護）
＊（往昔）
＊（擾乱）
＊（善神）
七　いのり―いのる
八　ゆい一―しゆん一（三条西本は「唯」を「准」と誤読したか）
九　けきしん（逆心）―けきせつ（逆節）
一〇　くせい（苦請か）―しせい（至誠）

ふつしん、あにすて給めや、よてきせいの／しやうくたんのことし、うやまてまうす

寿永二年七月日

とかきて、さきの内大臣《ないしん》むねもりこう已下[一]、」(44オ)一家《け》の人々、こと〱くれんしよしてこそをくられけれ、[二]くわんしゆこれをあはれひ／給ひて、さうなう、しゆとにひろうもし給はす、十せんしこんけんのしやたんに、三日／こもりて、其後ひろうせらる、はしめはありとも見えさりける、願書のうはまきに、歌／こそ一首いてきたれ

たいらかに花さくやともとしふれは／にしへかたふく月とこそ見れ

これは山王大師《わうし》あはれひ《み》をたれ給ひ、三千の」(44ウ)しゆとちからをあはせよとなり、されとも日比《ころ》のふるまひ、しんりよにもたかひ《い》、しん／はうにもそむきしかは、かたらへともなひかす、大衆《しゆ》さこそはあるらめと、あはれに／おもひけれ共《とも》、先日《せん》源氏《けんし》にとうしんせんと申たりしうへは、今《いま》さらそのき、ひるかへ／すへきにもあらすとて、よりきせんといふしゆともなし

平家みやこおちの事

同《おな》しき十八日にちくこのかみさたよし、ちん」(45オ)せいのむほんのものともたいらけて、きくち、はらた、まつらたう、三千余騎《よき》をいんそつ／して、都《みやこ》へのほりたり、同《おな》しき廿二日の夜半《はん》

一　已下―以下《け》

二　くわんしゆ～月とこそ見れ→補記

願書上巻に託宣歌「たいらかに」

貞能、鎮西平定帰洛（七月十八日）

木曾近江入りの噂に京中騒動（二十二日）

はかりに、六波羅《はら》へん、にはかに、大地[三]うち／か[返]へ・したるやうに、さはきのゝしる事なのめならす、馬《むま》にくらをき、はるひしめ、し／さい、さうく、とうさいへはこひかへす、あけてのちきこえしは、みの源氏《けんし》、さとのゐもん／のせうしけさたと申ものあり、これはさんぬる保元[四]に、ちんせいの八郎ためともか、」(45ウ)いくさにまけてを《お》ちゆきけるを、あふみのいし山にてからめたりけるによて、ゐ[五]／もんのせうにはなされたり、ためともからめたりとて、一もんの源氏《けんし》ともにはにくま／れて、平家にへつらひ《い》けるか、此夜半《このはん》はかりにはせさんして、木曾《きそ》よしなか、近江《あふみ》の国《くに》／まてみたれ入、都合其《つかうその》せい五万余騎《よき》、東《ひんかし》さかもとにみち〱《みち》て、人をもやすくとをさす、／大夫房[六]覚明《かくめい》、たての六郎ちかたゝ、天台山《てんたい》へきをひ《い》のほりて、そうち院《いん》をしやうくわく」(46オ)として、さんそうらみなとうしんして、すてに都《みやこ》へせめ入候と、申たりけるゆへ／とかや、平家是《これ》をふせけとて、せたへは、新《しん》中[七]納言とももり、本三院[八]の中将しけひら、都《つ》／合《かう》三千余騎《よき》にてむかはれけり、宇治《うち》へは、ゐちせんの三位《ゐ》みちもり、のとのかみのりつね、／二千よきにてむかはれけり、やましなへは、さつまのかみたゝのり、わかさのかみつね／とし、一千よきにてむかはれけり、去程《さる》に、源氏《けんし》、十郎蔵人行家《くらんゆきいゑ》、一万よきにて、うち地より、」(46ウ)都《みやこ》へ入ともきこゆ、やたのはんくわんたい義清《よしきよ》、五千余騎《よき》にて、たんはの国《くに》、大江山《ゐ》をへ／てせめ入とも申、つの国《くに》かはちの源氏《けむし》とも、同《おな》しくちからをあはせて、よと川《かは》しりより／みたれ入とものゝしりけり、平家此《この》よしを

三　大地—大ちを

四　保元—保元《ほうけん》

五　ゐもん—うへもん

六　大夫房—大夫《ふ》はう

追討軍、瀬田・宇治・山科に発向

七　中納言—中納言《なうこん》

八　本三院—ほん三ゐ

一　とて―（三条西本重ね書きのために判読不能）
二　よひ―よひそ

西国行幸・御幸の計画（七月二十四日）

三　夜―さ夜
四　世―世の

法皇、密かに鞍馬へ御幸

きゝ給て、色をうしなひ《い》てそさはかれける、／さらは、一しよにてこそともかくもならめとて[一]、よひ返せやとて、宇治《うち》せたのてをみな／よひかへされける[二]、ていとみやうりの地には、とりなきてやすき事なし、おさまれる世《よ》、」(47オ)なをかくのことし、いはんやみたれたる世にをいてをや、吉野山《よしの》のおくのおくまて／も、入なはやとおもはれけれとも、しよこく、七たう、こと〳〵くみなそむきぬ、いつくの／うらかをたやかなるへき、三かいむあんゆにょくわたく、にょらいのきんけん、一乗《しよう》の／めうもんなれは、なにかはすこしもたかうへき、おなしき廿四日の夜[三]ふけかたに、おほ／いとの、けんれいもんゐ《い》んのわたらせ給、六波羅《はら》いけとのにまいらせ給て、さりとも」(47ウ)とこそそんし候つれ共《とも》、此世中《この四なか》のありさま、いまはかうにこそ候めれ、人々は、たゝ／都《みやこ》のうちにてこそ、ともかうもならめと申あはれ候へとも、まのあたり、人々に、うき／めを見《み》せまいらせん事も、こゝろ《心》うくそん《む》し候へは、御かうをも、きやうかうをも、さい／こくのかたへ、なしまいらせ候はやとこそおもひなりて候へと申されけれは、女ゐ《によい》ん／ともかうも、たゝはからひ《い》申されんまゝにこそとて、御たもとにあまる御なみた、所《ところ》」(48オ)せきまて見《み》えさせ給へは、おほいとのも、なをしのそて、しほるはかりにそおはしける、／法皇《ほふわう》は、平家のとり奉《たてまつ》りて、さいこくへおちゆくへしといふ事を、ない〳〵きこしめ／してもやありけん、あせちの大納言すけかたのしそく、む《う》まのかみすけとき《時》はかりを／御ともにて、ひそかに御所を御いてありて、

主上都落ち（二十五日）

鞍馬《くらま》のかたへ御幸《かう》なる、人是《これ》をしり奉《たてまつ》らす、／平家のさふらひ《い》に、きちないさゑもんするやすと申ものあり、さかく〳〵しきものにて、」(48ウ)院《いん》にもめしつかはれけるか、其夜《その》しも、法住《ほふちう》寺殿《との》に御しゆくちき申て候けるか、つねの／御所のかた、なにとやらん、もの《物》さはかしくさゝめきあひ、女房《にようはう》たちの、しのひにうち／なきなとせられけるを、何《なに》事なるらんときく程に、法皇《ほふわう》の御所にもわたらせ給は／ぬは、いつかたに御幸《かう》なりたるやらんと、いふこゑにきゝなして、あなあさましと／おもひ、いそき六波羅《はら》にはせまいりて、おほいとのにこのよしを申せは、さる事よも」(49オ)あらしとはおもはれけれ共《とも》、いそき彼《かの》御所へまいりて、見まいらせさせ給へは、けにも／わたらせ給はす、女房《にようはう》たちは、二位殿《ゐとの》、たんこ《へ》ゑしりまいらせたりと、申人一人もなかり／けり、法皇《ほふわう》、御所にわたらせ給はぬと、申ほと《程》との以下、一人もはたらきたまはす、さてい／かにやいかにと、とひ給へとも、たれ御ゆくこそありけれ、京中さうとうなのめならす、／いはんや、平家の人々さはかれけるさま、をのつからいゑ〳〵にかたきうち入たりとも、」(49ウ)かきりあれは、是《これ》にはすきしとそ見《み》えし、平家はゐ《い》んをも、うちをも、くし奉《たてまつ》りて、西国《さいこく》／へおちゆくへしと、きせられけれとも、法皇《ほふわう》かやうにすてさせおはしましけるうへは、／たのむ木《き》の下[五]に、雨《あめ》のたまらぬ心ちそせられける、さりとては、行幸《きやうかう》はかりをもなし／たてまつれとて、あくる廿五日の卯《う》のこくに、しゆつきよの御こしをさしよせたりけれは、／主《しゆ》上今《こん》年六さいにならせ給、なに心も

五　下―下《した》

なくそめされける、しんし、ほうけん、ない」(50オ)しところ[一]しゆのしんきをもとりいたし
奉《たてまつ》る、其外《そのほか》いんやく、時のふた、大しやうし、/けんしやう、すゝかにいたるまて、とりくせ
よと、平《へい》大納言時忠《たゝ》のきやう、けちせられけれ/とも、あまりにあはてゝ、とりおとす物のみ
そおほかりける、平《へい》大納言時忠《たゝ》のきやう、/くらのかみのふもと、さぬきの中将とき《時》・
さね、これはかりそ、いくわんにかしわは/さみて、行幸《きやうかう》にはくふせられける、其外《そのほか》の
人々はおほいとのをはしめ奉《たてまつ》りて、近衛《こんゑ》」(50ウ)つかさみ《御》つなのすけ、みなかつちうをよろひ《い》
きうせんをたいして、くふせられけり、七条《てう》/をにしへ、しゆしやかを南《みなみ》へ、行幸《きやうかう》なし奉《たてまつ》る、
たゝ夢《ゆめ》のやうなりし事ともなり、はん/てんすてにひらけ、くもとうれいにそひき、
あけかたの月しろくさしいてゝ、けいめい/またい《又》・そかはし、一《ひと》とせの夏《なつ》、福原《ふくはら》へ都《みやこ》うつ
りとて、かくにはかにあはたゝしかりし/事共《とも》は、かゝるへきせんへうとも、今《いま》こそ
おもひしられけれ、せつしやうとのも、行幸《きやうかう》」(51オ)にくふして、御しゆつ[二]ありけるか、とうしの、
南《みなみ》の門のへんにして[三]、ひんつらゆひ《い》たるてん/とうの、御車《くるま》のさきを、よこあひにはしり
すくるを御らんすれは、ひたりの袖の上《うへ》に、/春《はる》の日といふ文字《もんし》そあらはれたり[四]、春《はる》の日
と書《かき》ては、かすかとよむ、ほつさうおうこの《を》、/春日大明神《みやうしん》の、まほらせ給けりと、たのもし
くおほしめされけるに、彼《かの》とうしのこゑ/とおほしくて

いかにせん藤《ふち》のするゑ葉《は》のかれ行《ゆく》を」(51ウ)たゝ春の日にまかせてや見ん

一　くら—内のくら

摂政基通、春日の神託により離脱

二　御しゆつ—御出《しゆつ》

三　にして—にて

四　たり—たる

と、たからかにきこえさせ給へは、御ともに/候ける、[五]しん藤ゑもんちかのりを、御前《せん》にめして、此世《このよ》の中、つら〳〵御らんするに、/行幸《きやうかう》はなるといへ共《とも》、御幸《かう》はならす、其上《そのうへ》、一のすいさうありとおほせけれは、御返事/をは申さて、御うしかひに、めを見《み》あはせたりけれは、御車《くるま》をとてかへし、大《おほ》みやを/のほりに、とふかことくにつかまつりて、北《きた》山《やま》、ちそくゐん殿《との》へ入　奉《たてまつ》る、平家しり　奉《たてまつ》らす、」(52オ)中にも、[六]小松[七]三位中将、これもりは、日比《ころ》より、かゝるへしとおもひまうけられし/事なれとも、さしあたりては、かなしかりけり、此北《このきた》のかたと申は、こ中の御門《みかと》の新《しん》/[八]大納言、なりちかのきやうの、御むすめなり、ちゝにも、はゝにも、をくれ給て、みなしこ/にてそおはしける、たうかん露[九]にほころひて、こうふんおもてにこひをなし、りうはつ/かせにみたれて、すいひんかんさしをかさる、よそほひ《をい》まても、たくひ《い》すくなくこそ」(52ウ)見《み》えられけれ、三位《ゐ》の中将、北《きた》の方《かた》にの給けるは、これもりこそ、日比《ころ》申候しやうに、/一門《もん》にくせられて、西国《さいこく》のかたにおちゆき[一〇]候へ、いつくまても、ひきくし　奉《たてまつ》りたけれ共《とも》、/みちにもかたきあひまつなれは、たいらかに、とをらん事もかたけれは、とゝめをき/奉《たてまつ》るなり、いつくのうらにも、おちつきたらは、それより、人を、むかへにたてまつるへし、/たとひ《い》又これもり、此世《この》になきものときゝなし給とも、さまなとかへ給へからす、いか」(53オ)ならん人にもみゝえて、身をもたすけ、をさなきものともをも、[一一]はくくみ給へし、よの/つねのならひ《い》なれは、なさけをかけ　奉《たてまつ》る、人

五　しん藤―しん藤《とう》

維盛、妻子を伴わず

六　小松―こまつの
七　三位―三ゐの
八　大納言―大納言《なうこん》
九　露―露《つゆ》
一〇　おちゆき―おきゆき
一一　はくくみ―はふくみ

一　そら―空《そら》

若君姫君、維盛にすがる

も、なとかなかるへきなと、様々《さま〳〵》にこしらへ/給へとも、きたのかた、とかくの返事をもしたまはす、ひきかつきてそなかれける、三/位《ゐ》の中将、すてにいてんとし給へは、北《きた》のかた、袖《そて》をひかへての給けるは、都《みやこ》には、ちゝ/もなし、はゝもなし、すてられ奉《たてまつ》りてのち、又たれにか見《み》ゆへきなれは、いかならん人にも、」(53ウ) 見《み》えよなとうけ給はるこそ、うらめしけれ、日比《ころ》は、あさからぬやうにもてなし給し/かは、たれもひとしれす、ふかうたのみ奉《たてまつ》りて、おなしそこのみくつとも、ならんとこそ/はちきりしに、いつのまにかはりける人の心そや、さ夜のねさめのむつことは、みな/いつはりになりにけり、せめて我身《わかみ》ひとりならは、すてられ奉《たてまつ》る、身の程《ほと》を、思《おも》ひしりて/もとゝまりなん、いまたいとけなき人々をは、たれに見《み》ゆつり、いかになれとて、とゝめを」(54オ) き給そや、なさけなくもすて給物かなとて、かつはうらみ、かつはしたひつゝ、なき給ける/にこそ、三位《み》の中将も、せんかたなくはおもはれけれ、まことに火《ひ》の中、水《みつ》のそこ/までも、ともにしつみ、かきりあるわかれちにも、をくれさきたゝしとこそ、おもへとも、/かゝる心うきかつせんのにはへ、まかりむかひ候へは、我身《わか》こそ、あらめ、いまたいとけ/なきものをさへ、ならはぬたひのそらにひきくして、うきめを見せん事の心うさに、」(54ウ) とゝめをき奉《たてまつ》るなり、其上《そのうへ》今度《こんと》は、そのよういをもおほせつけす、あひ《い》かまへて、むかへ/の人をまち給へしなと、様々《さま〳〵》にこしらへをきて、いてられける、中門《もん》にて、物のくし、/すてにいてんとし給へは、わかきみ、ひめ

維盛、斎藤五・斎藤六を残す

きみ、はしりいて給て、ちゝのよろひ《い》のそて、／くさすりに、とりつき給ひて、是《これ》はいつちへそや、我《われ》もゆかんとしたひ《い》つゝ、なきたまひ／けるにそ、三位《ゐ》の中将、うき世《よ》のきつなとは、今《いま》さらおもひしられける、三位《ゐ》の、おとゝ、」(55オ)[二]新三位中将、すけもり、左《さ》中将きよつね、新《しん》少将ありもり、たんこのしゝうたゝふさ、／ひちうのかみもろもり、きやうたい五人、馬《むま》にのりなから、大にはにひかへつゝ、行幸《きやうかう》／は、はるかにのひさせおはしまして候に、なとやいまゝてと、こゑ〳〵に申あはれ／けれは、[三]三位中将、ゑんのきはに馬《むま》ひきよせさせ、うちのて、すてにいてられけるか、／又ひつかへし、弓《ゆみ》のはすにて、みすをさとうちあけて、あれ御らんせよや、千万のかた」(55ウ)きの中をこそ、[四]わてとほり候はめ、あのをさなきものともの、あまりしたゐ候を、と／かうこしらへをかんとしつるほと《程》に、そんくわいのちさんなりと、の給もあへす、涙に／むせひ給へは、にはにひかへ給へる、人々も、みなよろひ《い》の袖をそぬらされける三位《ゐ》の／さふらひ《い》に、さいとう五、さいとう六とて、きやうたいあり、あには十九、おとゝは十七／になりける、是《これ》はさんぬる夏《なつ》、北国《ほつこく》にてうたれし、なか井のさいとう別当《へつたう》さねもりか、」(56オ)子《こ》ともなり、三位《ゐ》の、のり給へる、馬《むま》のさうの、みつゝきにとりつき奉《たてまつ》りて、いつくまても、／御ともつかまつるへきよし申けれは、いくらもあるさふらひ《い》ともの中に、なんちら／をはおもふやうありて、とゝめをくそ、あの六代《たい》か、つゑはしらとは、たれをかたのむ／へき、たゝまけてとゝまるへし、それそ、い

二　新三位―しん三ゐの

三　三位―三ゐの

四　わて―わても

くらのいくさのせんちんをかけたらんよ／りも、うれしかるへきとの給けれは、これらちからをよはす、なん《み》たを〻さへて、と〻」(56ウ)まりけり、北《きた》の方《かた》、御すのきはにふしまろひ、日比《ころ》は是《これ》程に、なさけなかるへしとは、露《つゆ》／こそおもひよらさりしかとて、人のきくをもは〻かり給はす、こゐをあけてそなか／れける、わかきみ、ひめきみ、女房《にょはう》たち、みすのほかまてはしりいて、をめきさけひ給、こゐ／〱の、もんの外《ほか》まてもきこゆれは、三位《み》の中将、心つよくこしらへをきては、いてら／れけれとも、馬《むま》をもす〻めやり給はす、た〻うしろへのみひきかへす心ちして、ひかへ」(57オ)〱そなかれける、人はいつの日の、いつの時に、かならすかへりきたるへしと、其子《その一》を／たのめをくたにも、さしあたりたるわかれは、かなしき物そかし、いはんやこれは、けふ／をかきり、た〻いまはかりのわかれなれは、さこそなこりもおしかりけめ、わかきみ、／ひめきみ、女房《にょはう》たちのなき給しこゐ《二》の、み〻のそこにと〻まりて、さいかいのたひのそら／にても、ふくかせ、たつなみにつけても、た〻きくやうにそおもはれける、さるほと《程》に、」(57ウ)以《三》下の大納言よりもりは、人なみ〱に、いけとのに火《四》かけ、三百余騎《よき》をひきくして、／おちられけるか、鳥羽《とは》の南《みなみ》の門《もん》にて、いか〻おもはれけん、あかはた、あかしるしまき／おさめ、とて返し、都《みやこ》へ入給ふ、ゐつちらうの二郎ひやうゐのせうもりつきか、是《これ》を見《み》奉《たてまつ》り／て、おほいとのに申けるは、い《ゐ》けとの〻、と〻まらせおはしまし候に、さふらひ《い》共《とも》か、つき／奉《たてまつ》りてと〻まり候、されはいけとのまては、

一　子—こ（期）

二　こゐ—こゐ〱

池大納言頼盛の心変わり

三　以下—ゐけ（池）

四　火—ひを

をそれ入て候へは、さふらひ《い》ともか、あまりに」(58オ)にくう候に、矢《や》一すちいかけ候[五]はやと申けれは、おほいとのよしく〳〵其《その》事さなくとも／ありなん、日比《ころ》のちうをんをわすれ、今《いま》このありさまを見はてすして、とゝまらんする／やつはらは、中〳〵とかう申にをよはす、さて三[六]位中将はいかにとの給へは、小松《こまつ》／殿《との》の《ゝ》きんたちも、いまた一[七]所も見《み》えさせおはしまし候はすと申けれは、おほいとの、世《よ》／に心ほそけにおもはれたるけしきなり、新《しん》[八]中納言ともも《ゝ》りの申されけるは、日比《ころ》」(58ウ)より、かゝるへしとはおもひまうけし事なれ共《とも》、都《みやこ》をいてゝ、いまた一日をたに過ぬ／に、人々の心の、みなかはりゆくこそあはれなれ、此後《このゝち》とても、さこそはあらんすらめ、／たゝ都《みやこ》のうちにて、ともかうもなるへかりつる物をとて、おほいとのゝ御かたを、世《よ》に／つらけに見《み》たまひける、まことにさここそとおもひ《い》てあはれなり、已[九]下の大納言より／もりは、八条《てう》の女院、仁和寺《にわし》、ときは井殿《いとの》にわたらせたまひ《給》けるに、まいりこも」(59オ)らせ給けり、女院《にょいん》の御めのと、こさいしやうのつほねに、あひくせられたりけるによて／なり、もしなに事も候はゝ、たすけさせおはしませと申されけれは、女院《にょいん》、いまは世《よ》か／世《よ》にてもあらはこそと、たのもしけなうそおほせける、抑此《そもくこの》大納言の、とゝまられける／事を、いかにと申に、かまくらのひやうゑ《へ》のすけのもとより、御事をは、こあまの御／せんの、わたらせ給とこそおもひまいらせ候へ、八幡《まん》大菩薩《ほさつ》も、御せうはつ候へ、またく」(59ウ)御ために、いしゆおもひ奉《たてまつ》らすなと、度々《たひく》

五　候はや―候はゝや

六　三位―三ゐの

七　一所―一所《しよ》

知盛の嘆き

八　中納言―中納言《なうこん》

頼盛離反の理由とその心中

九　已下―いけ（池）

せいこんをもて申されけるうへ、東国《とうこく》より、／都《みやこ》へうってのゝほるたひにはあひ《い》かまへて、い《ゐ》けとのゝかたさまにむかひて、弓《ゆめ》はし／ひくな、やへいひやうゑ《へ》宗清《むねきよ》にむかひ《い》て、矢《や》はし[一]はなすなと、のたまひけるをたのみ／にて、とゝまられけるとそうけたまはる、をよそは、ひやうゑ《へ》のすけはかりこそ、さやう／にはうしんにしたまふとも、しよの源氏《けんし》とも、いかゝあらんすらん、此《この》大納言、一門《もん》の」（60オ）人々には、はなれ給ぬ、なみにも、いそにも、つかぬ心ちそし給ひける

経正、仁和寺に参向、青山を返上

たしまのかみ御むろへさんにうの事

中にもしゆりの大夫つねもりの、ちや／くし、たちまのかみつねまさは、いうせうの時、仁和《にわ》寺の、御むろの御所に候はれけれは、／其《その》よしみのわすれかたさに、今《いま》一度《と》、宮《みや》をも見《み》まいらせはやとおもはれけれは、一門《もん》の／人々にさきたちて、都《みやこ》をいて、夜にまきれて、仁《に》和《わ》寺《し》殿《との》へそまいられける、その身、いまは、」（60ウ）[二]ちよかんの人にておはしますへけれは、をそれを、なして、さうなく御前《せん》へはまいられ／す、人して事のよしをうかゝひ《い》申されけれは、何《なに》かはくるしかるへき、是《これ》へとおほせ／けれは、つねまさ御前《せん》へそまいられたる、つねまさ、涙をゝさへて申されけるは、いうせう／のいにしへは、此《この》御所にしか《こ》う[三]つかまつり、御をん身にあまりて、まかりかうふりき、／[*]きうゐ《い》んほうこうの後《のち》も、つねはまいり候

一　はなす―はなつ
二　ちよかん―ちよくかん
三　つかまつり―つかうまつり
＊（旧院奉公）

しに、今《いま》は一門《もん》のともからにさそはれて、都《みやこ》」(61オ)の外《ほか》にいて、なみの上にたゝよひ《い》、おち人と
なるへく候、十三の年《とし》、くたし給て候し／御ひはをは、いかならん世《よ》まても、身をはな
たしとこそ存《そんし》候[四]、しかもいまはてんしやの／ちりにましへ、つゐ《い》にさうかいの、そこのみ
くつとなさん事も、あまりにくちおし／く存《そんし》候へは、まいらせをき候、もし当家《たうけ》たち
かへり、都《みやこ》へまかりのほる事候はゝ、其《その》時／は、又こそくたしあつかり候はめとて、あん
ゐもんのせうをめして、からにしきのふく」(61ウ)ろに入て、もたせられたる、御ひわをめし
よせ、宮《みや》の御前《まへ》にさしをくとて、世《よ》に御な／こりをしけに見《み》えられけれは、宮此《みやこの》よしを
御らんして、かうそおほせける

あかすしてわかるゝ君《きみ》かなこりをは／後《のち》のかた見につゝみてそをく

つねまさ、かしこまてうけたまはり

くれ竹[五]のかけひの水《みつ》のかはらねは／なをすみあかぬみやのうちかな

さてしもあるへきにもあらねは、つねまさ、」(62オ)いとま申てそいてられける、宮《みや》も、又いつか
は御らんせらるへきなれは、御涙にむせは／せおはします、つねまさを、日比見《ころみ》なれ給し、
御所中の人々、つねまさの袖にすかり、た／もとをひかへて、みななん《み》たをそなかされ
ける、中にもはむろの大納言光頼[六]卿《きやう》の、／しそく、大納言の法印《ほふいん》、行慶《きやうけい》は、つねまさの、
小師《こし》にておはしけれは、ことさらなこりを／したひつゝ、かつら川《かは》のほとりまて、うちを

四　候、しかも—候しかとも（中院本読点不適。「しか」は助動詞）

守覚法親王と経正の贈答歌

五　竹—竹《たけ》

行慶法印と経正の贈答歌

六　光頼—くわうらいの

くり給けり、いまはとてかへられけるか」(62ウ)

あはれなりおい木わか木《き》も山さくら/をくれ[一]さきたつ花はのこらし

つねまさひつかへして

たひ衣《ころも》夜な〳〵そてをかたしきて/おもへはわれはとをくゆくなり

法印《ほふいん》かへりたまへは、つねまさはむらさき/ちのにしきのひたゝれに、[二]もえきにほひ《ゐ》のよろひをき《ゐ》、くわかたのかふとのをゝしめ、/三尺《しやく》一寸《すん》の、あしろの太刀《たち》はき、廿四さしたるきりうの矢《や》、かしらたかにお《を》ひ《ゐ》なし、」(63オ)しけとうの弓《ゆみ》の、まなかとて、つきけなる馬《むま》に、きんふくりんのくらをきたるにのり/給ふ、まきてもたせられたりける、あかはたをとかせて、さとさしあけたりけれは、こゝ/かしこにひかへて、まち奉《たてまつ》るさふらひ《い》共《とも》、これを見《み》て、五き、十き、二き三き、うちより/〳〵、皆御《みな》ともつかまつる、ほと《程》・なく百きはかりにて、かつら川《かは》のみきわをくたりに、/ひかけ〳〵うちて、夜のほの〳〵とあけければは、山《やま》さきせきとのゐ《い》んにそいて給ふ、」(63ウ)つねまさは、くわんけんのみちにすきたまひ《い》たりしかは、とゝめをかれし御ひわ《は》の、/ゆくゑをのみそおもはれける、まことに我《わか》朝《てう》に、又其《その》たくひ《ゐ》まれなるてうほうなり、/昔仁明天皇《むかしにんみやうてんわう》の御宇《う》、[三]嘉祥三年に、かもんの[四]かみていひんか、入たうして、れんしようふ/にあひて、三きよくをつたへて、きてうの時、けんしやう、せいさん、しゝのまろと申、三/めんのひわ《は》を、さうてんしてこそわたし

一　さきたつ—さきたち

二　もえき—もよきの

琵琶青山の来歴

三　嘉祥—嘉祥《かしやう》

四　ていひん—ていきん（三条西本の誤り）

けれ、と*かいにて、なみ風《かせ》はけしかりけれは、」(64オ)りうしんのをそれありとて、しゝのまろをは、なみのそこにしつめつゝ、けんしやう、/せいさんをは、ことゆへなくそわたしける、すなはちたいりにとゝまりて、代々《よゝ》の御門《かと》/の、御たからとなる、五村上天皇《てんわう》の御宇《う》六天徳四年の秋の七なかは、せいりやう殿《てん》の月の夜、/御門《かと》けんしやうを、あそはされけるに、三五八夜中新《しん》月、しろくさえ、しきりにりやう風《ふう》/さつ〱のこゑ、夜ふかきに、*け人一人あまくたりて、しやうかをゆゝしく九つかまつり、」(64ウ)御門《かと》、いつ御らんし、*なれたる人ともおほしめされねは、なんちはいかなるものそと、/おほせけれは、大たうのひわ《は》のはかせ、れんせうふ也《なり》、ていひんか入たうの時、三きよく/をつたえ《へ》しに、今《いま》一きよくをおしみて、つたへさりしによて、またうにおちて、ちん/りんす、今《いま》こゝを、すき行《ゆく》に、御門《かと》の御ひわ《は》を、うけたまはりて、まいりよりて候なり、すな/はちかのひきよくをは、御門《かと》につたへたてまつるへしとて、御前《せん》にたてられたりける、」(65オ)一〇せい山をとりて、かきならし、上けんせきしやうのしらへと申、ひきよくを、天子《し》につ/たへ奉《たてまつ》りて、かきけつやうにそうせにける、それよりして、いよ〱このせい山を御ひ/さうありて、代々《たいく》の御門《かと》に、つたはりたりしを、いつれの御代《たい》にか、御むろの宮《みや》へまいらせ/させ給たりけん、つねまさいうせうにて、御さいあひのうへ、みちのたつしやにてお/はしけれは、くたし給《たま》はられけるとそうけたまはる、つねまさ十七の年《とし》、うさの宮《みや》の、」(65ウ)はうしやうゑのちよくしにたゝれたりし

*（渡海）
五　村上―むらかみの
六　天徳―天徳《とく》
七　なかは―なかはに
八　夜中―やちうの
*（化人）
九　つかまつり―つからまつる
*（読点不要）
一〇　せい山―せい山《さん》

＊（紫檀）

一　木—木《こ》

忠度、俊成に歌を託す

にも、此《この》御ひ《い》はをともなひて、きうしうにけ／からし、八幡《まん》大菩薩《ぼさつ》の、御ほうせんにして、ひかれたりけれは、あやしのともからにい／たるまて、み〻をおとろかし、ともの宮人も、皆《みな》りよくいの袖《そで》をそぬらしける、せい山は、／是《これ》＊したんのこう、ひつしのかは《わ》のはちめんのゑに、夏《なつ》山の、木[一]のまもりくる、あり明《あけ》の／月をかきたりけるゆへにこそ、せい山とはなつけられけれ」(66オ)

さつまのかみの歌の事

さつまのかみた〻のりは、いつくよりか帰／きたられたりけん、さふらひ《い》五き、わらは一人めしくして、五条《でう》の三位《ゐ》しゆんせいの／きやうの、もとにうちよりて、かとをほと〳〵とうちた〻き、た〻のりと申ものかま／いりて候、門《もん》をはなひらかれ候そ、このきは《わ》まて、たちよらせ給へと申されたりけれは、／三位《ゐ》さる事あり、其《その》人ならは、くるしかるまし、入申せとて、門《かど》をひらきて入給ひ、たい」(66ウ)めんあり、た〻のりの其《その》日のしやうそくには、こんちのにしきのひた〻れに、こくそく／はかりをし給たりけるか、事のてい、何《なに》となく、もの《物》あはれなりけり、さつまのかみ申／されけるは、年来《ねんらい》申うけたまはり候し後《のち》は、をろかにもおもひまいらする事は／候はねとも、此両《このりやう》三年は、京とのさはき、くに〳〵のみたれ、ひとへに当家《たうけ》の身の上《うへ》／にて候あひ《い》た、そりやくをそんせすとは申なから、つねにはまいりよる事も候はす、」(67オ)そも〱、ちよくせんのあるへきよし、うけたまはり[二]候しに、[三]代のみたれいてき候て、/そのさたなく候、[四]一しんのなけきとそんするに候、君《きみ》すてに都《みやこ》をいてさせ給ふへは、/今《いま》は野辺《のへ》にかはねをさらさんするより外《ほか》は、又こするかたも候はす、もし世《代》しつまり/てのち、ちよくせんのさた候はゝ、此中《この》に、さりぬへき物候はゝ、一しゆなりとも、/御をんにかうふり、くさのかけにても、うれしとおもひ奉《たてまつ》り候はゝ、とをき御まもりと」(67ウ)こそ、なりまいらせ候はんすれとて、よろひ《い》ひたたれの袖《そで》より、まき物を一とりいたし、/しゆんせいのきやうに奉《たてまつ》らる、三位《ゐ》ひらきて見《み》たまへは、百しゆのうたをそかゝれ/たる、三位《ゐ》いまにはしめぬ御事とは申なから、かゝるそうけき*の中に、おほしめし/わすれぬ、御心さしありかたく存《そんし》候、ちよくせんの事にをきては、くしんかうけ給/候ぬれは、きやうこう*そのさた候はゝ、そりやくをそんすへからすとのたまひけれは、」(68オ)さつまのかみ、大によろこひ給て、いまは、野《の》辺《へ》にかはねをさらさはさらせ、さうかいの/そこにも、しつまはしつめ、こんしやうに、おもひをく事候はす、此世《このよ》のわかれこそ、/只今《たゝいま》はかりにて候とも、来世《らいせ》にては、かならす[五]一所へまいりあふへし、さらはいとま申/てとて、いてられけれは、三位《ゐ》さつまのかみのうしろを、はる〱と見をくり給て、涙/をゝさへてたゝれたりしに、たゝのりせんと程とをし、おもひを、[六]かん山の[七]ゆふ」(68ウ)へのくもにはす

二　候しに―候しかは
三　代―代《よ》
四　一しん―たゝ一しん
＊（怨劇）
＊（向後）
五　一所―一所《しょ》
六　かん山―かん山《さん》
七　ゆふへ―夕《ゆふへ》

一　文治―文治《ふんち》
二　世―代《よ》
＊（平家自火）
小松殿公達、淀にて行幸に追い付く
三　小松三位―こまつの三ゐの
四　こま―むま
五　三位―三ゐの
六　心う―心つよ

と、たからかにゑいせられけれは、三位《ゐ》もいとゝあはれにおもひて、涙をゝさへていり給ふ、其後《そのゝち》世《代》しつまりて、[一]文治の比《ころ》、ちよく／せんあり、今《いま》の千さいしうこれなり、此《この》中に、さつまのかみの歌《うた》、一首《しゆ》そ入られける、心／さしせつにして、いうなりけれは、あまたもい《入》れたくは、おもはれけれ共《とも》、その身ちよく／かんの人なれは、世[二]にをそれて、みやうしをたにもあらはされす、よみ人しらすとそ」(69オ)入られける、こきやうの花といふたいをもて、よまれたるうたなり

さゝなみやしかの都《みやこ》はあれにしを／むかしなからの山さくらかな

其《その》身、てうてきとなりにし上《うへ》は、しさいに／をよはすとはいひなから、くちおしかりし事ともなり

＊平家しくわの事

去《さる》程に、[三]小松三位中将これもりは、きやう／たい六き、都合《つかう》五百余騎《よき》、つくりみちにうて」(69ウ)いて、[四]こまをはやめてうつ程に、よとの六たか／はらのへんにてそ、行幸《きやうかう》にはをひつき奉《たてまつ》られける、おほいとの、[五]三位中将をまちうけ／給て、世《よ》にうれしけにて、なとや今《いま》まてとの給へは、をさなきものともの、あまりにし／たひ《ゐ》つるを、とかうこしらへをかんと、つかまつりつる程にと、申されたりけれは、あな／[六]心うや、なとひきくし奉《たてまつ》らせ給はぬそとの

平家一門、自らの邸を焼払い、都落ち

給へは、中将、行末《ゆくすゑ》とてもたのもしからす／候へはとて、とふにつらさの涙《なみた》は、いとゝ」(70オ)しくこそ見《み》えられけれ、平家都《みやこ》をおつるとて、／六波羅《はら》、いけとの、小松殿《こまつとの》、西八条《にしてう》に、火をかけたれはくろけふり天《てん》にみち〱て、日《ひ》の／ひかりも見《み》えさりけり、あるひはせいしゆりんかうのち《地》なり、ほうけつ、むなしく、いし／すへをのこし、らんよたゝあとをとゝめ、あるひ《い》はこうひゆうゐんのみきりなり、せう／はうの嵐《あらし》、こゐかなしひ《み》て、ゐきていの露《つゆ》色《いろ》うれふ《う》、＊さうきやうふちやうのもとい＊也《なり》、／りんてうしよのたち、くはいきよくのさ、」(70ウ)ゐんらんのすみか、たしちのけいゐい、む／なしくて、へんしのくわいしんとなれり、いはんや、らうしうのをくしやにをきてをや、／いはんやさう人のほうひつにをきてをや、よゐんのをよふところ、さい〱所《しよ》〱す／十ちやうなり

きやうこほろひて、けいきよくあり、こそ／たいの露《つゆ》、＊しやう〱たり、ほうしん

おとろへ《え》て、こらうなし、かんやうきうの／けふり、へん〱たり」(71オ)けんも、是《これ》にはすきしとそ見《み》えし、日比《ころ》は、／かうこくしかうの、さかしきをかためとせしかとも、ほくてきのために、是《これ》をやふられ、／こうかけいゝの、ふかきをたのみしかとも、とうい《ゐ》のために、是《これ》をうはれたり、あに／はかりきや、たちまちに、れいきの都《みやこ》をまとひ《い》て、なく〱、むちのさかいに身を／よせんとは、きのふ《昨日》は、雲上《うんしやう》に、雨《あめ》をくたすしんりうたり、けふは[七]いちくしのほとりに、／水《みつ》をうしなふこきよたり、[八]保元、平治の昔《むかし》は、」(71ウ)

＊（藻扃黼帳《さうけいふちやう》）

＊（「弋林釣渚《よくりんてうしよ》」とあるべきを、「弋」を「也」と誤読したか）

＊（瀼々）

七 いちくし―いちくら（「肆《いちくら》」。中院本の誤り）

八 保元平治―保元《ほうけん》平治《ち》

畠山・小山田・宇都宮を東国へ帰す

一　養和寿永—養和《やうわ》寿永《しゆゑい》
二　治承—治承《ちせう》
三　大納言—大納言《なうこん》
四　をさめられ（治められ）—をめされ（を召され）
五　代—代《よ》
＊（主君）

平家春の花とさかえしに、養和[一]、寿永の今《いま》/は又、秋の紅葉《もみち》とおちはてぬ、其比《そのころ》東国《とうこく》の、大名《みやう》、小名《せうみやう》、おりふし都《みやこ》に候けり、むねとの大名《みやう》/には、はたけ山のしやうし、しけよし、おとゝ、小山田《をやまた》の別当《へつたう》ありしけ、宇津《うつ》の宮《みや》の/さゐ《へ》もん、ともつななり、是《これ》らは東国《とうこく》に、子《こ》ともかありけれは、さためて源氏《けんし》にとう/しんせんすらんとて、治承[二]のころより、めしこめられて候けるか、平家都《みやこ》をおちられけ/るに、おほいとの、かれらかかうへをはねん」(72オ)との給けるを、平《へい》[三]大納言、新《しん》中納言なとの/給けるは、かれら十人、百人、きらせ給て候とも、御うんつきさせ給なは、御世《よ》[四]をさめら/れん事もありかたし、かれらかさいしともの、東国《とうこく》にのこりてなけかん事こそ/ふひんに候へ、たゝまけて、御ゆるされ候へかしと、申あはれけれは、おほいとの、ちから/をよひ給はす、かれらをゆるして、東国《とうこく》へこそくたされけれ、これら御なこりをゝし/みまいらせて、よとのさかみのつしまて、」(72ウ)御をくりにまいりたり、おほいとの、はや/〳〵とゝまるへしとのたまひけれは、いつくまても、御とも申候へきよしを申けり、/おほいとの、心さしの程は、しんへ《め》うなれ共《とも》、なんちらかたましゐ《い》は、一からう東国《とうこく》にのみ/そあるらん、めしくしたりとても、何《なに》のせんかあるへき、はや〳〵かへりくたりて、もし/又当家《たうけ》の代[五]ともなりて、都《みやこ》へかへりのほる事あらは、其《その》時は、かならす、まいるへし/とそのたまひ《い》ける、これらちからをよはす、」(73オ)涙をゝさへてとゝまりけり、これらも、此《この》廿/よ年《ねん》の*しうくんなれは、さこそはなこり

おしかりけめ、平家は、山さきせきとのゐ《い》ん/にて、[六]たまの御こしをかきすへて、おとこ山
[七]さふしおかみ、なむきみやう、ちやうらい、八/幡《まん》大菩薩《ほさつ》、君《きみ》をはしめまいらせて我《われ》ら今《いま》一度《と》、
都《みやこ》へ返《かへ》し入させ給へと申されけるこそ、あ/はれなれ、おちゆく平家はたれ〳〵そ、前《さき》の
内《ない》大臣《しん》むねもり、平《へい》大納言時忠《たゝ》、新《しん》中納言/とももり、しゆりの大夫つねもり、右《う》ゑ《へ》もんの」(73ウ)
かみ清宗《きよむね》、本《ほん》[八]三位中将しけひら、[九]小松三位/中将これもり、ゑちせんの三位《ゐ》みちもり、
新《しん》三位《ゐ》すけもり、殿《てん》上人には、[一〇]くらのかみ/のふもと、[一一]ひやうゑのせう《ふ》まさあきら、左《さ》中
将きよつね、さぬきの中将ときさね、[一二]小松/少将ありもり、たんこのしゝうたゝふさ、
くわうこくうのすけけんたしまのかみつ/ねまさ、さつまのかみたゝのり、のとのかみ
のりつね、さまのかみゆきもり、むさしの/かみともあきら、わかさのかみつねとし、」(74オ)
をはりのかみきよさた、あはちのかみきよ/ふさ、ひちう《中・》のかみもろより、[一三]蔵人大夫《たいふ》なり
もり、[一四]大夫あつもり、僧《そう》には、二位《ゐ》の僧都《そうつ》せん/しん、中納言のりつしちうくわい、ほつ
せうし《寺》のしゆきやうのうゑん、きやうしゆ/はうの阿闍梨《あさり》ゆうゑん、さふらひ《い》には、ゑつ
中のせんし[一五]もりとも、二郎ひやうゑ《へ》もり/つき、源大夫《けんたいふ》のはんくわんすゑさた、つの
はんくわんもりすみ、きちないさゑ《へ》もん/すゑやす、とうないさゑもんすゑくに、を」(74ウ)
さきとして、むねとの人々、百六十三人、都合《つかう》/其《その》せい七千余騎《よき》、是《これ》は此《この》二三か年か間《あいた》、東《とう》
国北国《こくほつこく》のかつせんに、うちもらされて、わつ/かにのこる所《ところ》なり、[一六]小松三位《ゐ》中将、きやう

平家、石清水八幡に祈請

六 にて―にそ

七 さ―を（中院本の誤り）

都落の人々

八 三位―三ゐの

九 小松三位―こまつの三ゐの

一〇 くら―内くら

一一 ひやうゑ―ひやうふ

一二 小松―こまつの

一三 蔵人―くらんとの

一四 大夫―むくわんの大夫《たいふ》

一五 もりとも―もりとし（中院本の誤り）

一六 小松―こまつの

たいの外《ほか》は、おほいとのをはしめ奉《たてまつ》り、みな/さいしをくせられたり、つきさまのものは、[一]こうゐそのこをしらねは、ゆくもとまるも、/たかいに袖をそぬらしける、さうてんふたいのちうをん、年比《としころ》日比《ころ》のよしみ、なしか/はわするへきなれは、ほの[二]〱平家にした」(75オ)かひ《い》て、おちゆきけるこそあはれなれ、たか/きもいやしきも、たゝうしろをのみかへりみて、さきへはすゝみも、やらさりけり、をの/〱うしろをかへりみたまへは、都《みやこ》はけふりのみ、心ほそくたちのほる、さつまの/かみたゝのり

　はかなしやぬしは雲《くも》井をわかるれは/やとはけふりとたちのほるなり

しゆりの大夫つねもり

　ふる里《さと》をやけのゝはらとかへりみて」(75ウ)するもけふりのなみちをそゆく

まことに、此《この》人々、都《みやこ》をは、一へんのゐんちん/にへたてつゝ、せんと万里の雲《くも》ちに、をも《お》むかれけん心のうち、をしはかられてあはれ/なり、ちくこのかみさたよしは、かはしりに源氏《けんし》ありときゝて、けちらさんとて、其《その》せい/七百余騎《よき》にて、ゆきむかひ《い》たりけるか、ひか事にてありける間《あいた》、とて返し、都《みやこ》へのほる/程に、よとのさかみのつしにて、行幸《きやうかう》にまいりあひ、いそき馬《むま》よりとひおり《を》、おほい」(76オ)との ゝ御前《まへ》にまいりて申けるは、こはいつちへとておちさせ給候そや、西国《さいこく》のかたへ/おちさせおはしましたらは、御命《いのち》のたすからせ給へきか、中〱おち人とて、こゝ/かしこにて、山野[三]に、かはねをさらさせ

一　こうゐ—こうゐい

二　ほの〱—をの〱(中院本の誤り)

忠度の歌「はかなしや」

経正の歌「ふる里を」

貞能、東国へ落ち行く

三　山野—山《さん》や

四　余騎―よきを
五　一夜―一夜《や》
六　一所―一所《しょ》
七　くたり―くたりて

落ち行く平家の人々のありさま

給はんする御事をは、心うしとは、おほし／めし候はすやと申けれは、おほいとの、さたよしはいまたしらすや、木曾義仲《きそよしなか》、あふみの／国《くに》まてみたれ入て、其《その》せい五万よき、東《ひんかし》さかもとにみち〳〵たる也《なり》、せんちん、天台山《てんたいさん》に」(76ウ) きほ《を》ひ《い》のほて、そうちゐ《い》んを、しやうくわくとし、山そうらみなとうしんして、すてに／都《みやこ》へせめい《入》るへしときゝつれは、をの〳〵の身《み》はかりならは、いかゝせん、まのあたり、／人々にうきめを見《み》せまいらせん事の心うさに、かなはぬまても、もしやとおもふ／ゆへそかしとそのたまひける、さたよし、さ候はゝいとまたひ候へとて、手《て》せい三百／[四]余騎ひきわけて、都《みやこ》にのほり、西《にし》八条《てう》の、やけあとに、大まくひかせ、[五]一夜しゆくしたり」(77オ) けれ共《とも》、帰入たまふ、平家のきんたち、[六]一所もおはしまさねは、さすか心ほそくやおもひ／けん、源氏《けんし》の馬《むま》のひつめにかけさせしとて、小松殿《こまつとの》のはかほらせ、つちをは賀茂川《かもかは》／へ、こつをは高野《かうや》へをくり、行末《ゆくすゑ》のたのもしからすやおもひけん、平家とうしろさまに／なりて、東国《とうこく》のかたへそおちゆきける、宇津《うつ》の宮のさゐもんともつなか、めし人にて候／けるを、このさたよしあつかりて候けるか、事にふれて、はうしんをほとこしたり」(77ウ) けれは、うつのみや、其《その》お《を》んをわすれしと、今度《こんと》[七]くしくたり、なのめならすいとおしみ／けるとそうけたまはる、平家は西《にし》のうみ、八へ《え》のしほちに日をくらす、いそへのなみ／のうきまくら、入えこき行、かいのしつく、おつる涙にあらそひ《い》て、たもともさらにほし／あへす、あるひ《い》は舟《ふね》にさほさす人もあり、

あるひ《い》はこまにむちうつものもあり、おもひ/〳〵、心こ《々》ゝろに、おちそゆく

平家ふくはらにおちつかるゝ事」(78オ)

其《その》日は平家、福原《ふくはら》にこそつき給へ、おほい/との、しかるへきさふらひ共《いとも》、三百よ人をめしてのたまひ《い》けるは、しやくせんのよけ/い、家《いゑ》につき、しやくあくのよや*う、身にをよふゆへに、しんめいにもはなたれ奉《たてまつ》り、君《きみ》/にもすてられまいらせて、都《みやこ》の外《ほか》にいて、なみの上にたゝよふ、おち人となりぬる/上《うへ》は、何《なに》のたのみかあるへきなれ共《とも》、あるひ《い》はきんしんのよしみ、たにことなるもあり、/ちうたいのはうおん《を》、これ[一]ふるきもあり、」(78ウ)一しゆのかけにやとるも、せん世のちきり/あさからす、一かのなかれをむすふも、たしやうのえ《ゐ》ん猶《なを》ふかし、されは一たんかた/らひ《い》をなす、門《もん》かくにあらす、すてにるいそさうてんのけ人なり、かもんはんしやうの/いにしへは、おん《を》、*はによてわたくしをかへり見《み》す、たのしひ《み》つきて、かなしひ《み》きたる、むく[二]/ひさらんや、なかんつくに、主上《しゆ》、しんし、ほうけん、ないしところ、三しゆのしんき《神》を、/たいしてわたらせ給へは、野《のゝ》末《すゑ》、山のおく」(79オ)までも、行幸《きやうかう》の御ともつかまつらんとは、お/もはすやとの給けれは、みなしう*るいをなかして申けるは、あやしの鳥《とり》けたものに/いたるまて、おんをほうし、とくをむすふ心《こゝろ》さしは、みなありとこそうけたまはれ、いはん/やしんりんとして、いかてかそのことは《わ》り

平家、福原に到着、宗盛の演説

＊（余殃《よわう》）

一　ふるき―ふかき

＊（読点不要。「恩波によて」）

二　むくひさらんや→補記

＊（愁涙）

三　はくくみ―はふくみ
四　おほいとの―おほいとのも
五　はしめ―しめ

平家、福原で一夜を明かす

六　こう―そら
七　春は花見―春《はる》は花《はな》見
八　御所―御所《しよ》
九　五条大納言―五てうの大納言《なうこん》

平家、福原落ち（二十六日）

を、そんちつかうまつらては候へき、この廿／よ年、さいしを[三]はくくみ、所しうをかへりみ候事、ひとへに君《きみ》の御《を》おんならすと／いふ事なし、されは雲《くも》のはて、うみのはて、」(79ウ)きかい、かうらい、てんちく、しんたん、までも、／御ともつかうまつるへきよし、いくとうおんに申けれは、[四]おほいとの、二位殿《ゐとの》も、御ちから／つかせてそおほされける、平家は福原《ふくはら》のきうりに、一夜をそあかされける、おりふし／秋の[五]はしめの月は、しものゆみはり也《なり》、しんかう[六]こう夜しつかにして、たひねのとこの／草《くさ》まくら、露も涙もあらそひ《い》て、たゝ物のみそかなしき、いつかへるへしともおほえ／ねは、入道相国《たうしやうこく》の、つくりをかれし、[七]春は花」(80オ)見のをかの[八]御所、夏《なつ》はすゝみのまつかけ殿、／秋《あき》は月見《み》のはまの御所、冬《ふゆ》は雪見《ゆきみ》のきたのをか、はゝとの、二かいのさしきとの、かやう／の御所、人々のいゑ〳〵、[九]五条大納言くにつなのきやう、うけたまはりて、さうしんせ／られたりし、さとたいり、いつしか三とせにあれはてゝ、あきの草《くさ》、門《かと》をとち、きうたい／みちをふさく、かはらに松《まつ》おひ《い》、かきにつたしけれり、たいかたふきて、こけむせり、／松風《まつかせ》はかりやかよふらん、すたれたえ、ねや」(80ウ)あらはにて、月かけのみそさし入ける、あけ／けれは、主《しゆ》上をはしめまいらせて、平家の人々、皆《みな》御舟《ふね》にめして、うみにそ、うかひ給ける、／都《みやこ》をたちし程こそなけれ共《とも》、これもなこりはおしかりけり、中にもたちまのかみ／つねまさ、行幸《きやうかう》のくふすとて、なく〳〵かくそ申されける

御ゆきするすゑもみやことおもへとも／なをなくさまぬなみのうへかな

昨日は東《とう》山のせきのふもとに、くつはみを」(81オ)ならへて、けふはさいかいのなみの上《うへ》に、ともつなをとく、浦《うら》〳〵島《しま》〳〵こき行《ゆけ》は、あ／まのたくものゆふけふり、お《を》のへのしかのあかつきのこゑ、なきさ〳〵に、よするなみ／のをと、そてにやとかる夜半《は》の月、ちくさにすたくむしのこゑ、すへてめに見、み〻に／ふる〻事の、一として、あはれをもよほし心をいたましめすといふ事なし、うんかい／ちん〳〵として、せいてんすてにくれなんとす、こたうせきふにへた〻りて、月海上《かいしやう》に」(81ウ)うかふ、きよくほのなみをわけ、しほにひかれて行舟《ゆくふね》は、はんてんの雲《くも》にさかのほる、／日かすふれは、都《みやこ》はしたいに、さんせんほと《程》をへたてつ〻、雲《くも》井のよそになりに／ける、はる〳〵きぬとおもふにも、つきせぬものは涙《なみた》なり、しろき鳥《とり》の、なみの上《うへ》に、むれ／ゐたるを見《み》ては、かれなんありはらの中将の、すみたかはらにて事とひけん、なも／むつましき都《みやこ》とりにやとあはれなり、[一]寿永二年七月廿五日の卯《う》のこくに、平家都《みやこ》を」(82オ)[二]たちはてぬなり

・・・・・・・平家物語第七終」(82ウ)

都落ちの結び（寿永二年七月二十五日）

一　寿永―寿《しゆ》永

二　たちはて―おちはて

平家物語第八目録

一　法皇鞍馬より山門へ御幸同還御の事
一　源氏しゆらくの事
一　四のみや御くらゐの事
一　平家の一そくけくわんの事
一　安楽寺にをいて平家の人々ゑいかの事
一　せいわ天皇御くらゐの事
一　おかたの三郎惟義平家に向そむく事
一　平家やなきか浦にをいて歌の事
一　おほい殿うさの宮にて御むさうの事」（1オ）
一　左中将きよつねうみにいらるゝ事
一　さぬきの八しまへおちらるゝ事
一　ひやうゑのすけ将軍のせんしを
　　かうふらるゝ事
一　ねこまの中納言木曾に対面の事
一　木曾しゆつしの事

一　法皇自《ほうわうより》二鞍馬《くらま》一御幸《ごかう》山門《さんもん》同《おなしく》還御《くわんぎよ》事《のこと》
一　源氏《げんじ》入洛《じゆらく》事《のこと》
一　四宮御《しのみやおん》位《くらゐの》事
一　平家《へいけ》一族《いちそく》解官《けくわん》事
一　於《おいて》二安楽寺《あんらくし》一平家《にへいけ》人々歌歌《ゐいかの》事（→補記）
一　清和天皇《せいわてんわう》御位《おんくらゐ》事
一　尾方《おかた》三郎惟義向《これよしむかひ》二背平家《そむくへいけ》事
一　平家《へいけ》於柳浦《おいてやなきのうらに》一歌《うた》事
一　大臣殿於《をいて》二宇佐宮《うさのみやに》一御夢想《むさう》事
一　左中将清経被《きよつねるゝ》レ入《いら》レ海《うみへ》事
一　被《らるゝ》レ落《おち》二讃岐《さぬきの》八島《やしまを》一事
一　兵衛佐被《らるゝ》レ蒙《かうむ》二将軍宣旨《しやうぐんせんし》一事
一　猫間《ねこま》中将対《たい》二面《めん》木曾《きそ》一事
一　木曾出仕《しゆつし》事

一　水しまむろ山かせんの事

一　つゝみのはんくわん御つかひの事

一　法皇六条にしのとうゐんへ入御の事」（1ウ）

平家物語第八

法皇、鞍馬より山門へ御幸（寿永二年七月）

一　て—候て

一　水島室《しまむろ》山合戦《かつせん》事

一　鼓判官《つゝみはんくわん》御使《つかい》事

一　木曾寄《よする》二法住《ほうちう》寺《し》殿《とのに》一事

一　法皇入《ほうわうしゆ》二御《きよ》六条西洞院《にしのとうゐんへ》一事

法皇鞍馬より山門へ御幸同還御の事

去《さる》程に法皇《ほふわう》は、くらまにわたらせ給けるか、／こゝは猶都《なをみやこ》ちかくて、人めもあしかりなんとて、さゝのみね、やくわうさかなと申、さか／しき山《やま》をしのかせ給て、よかはのけたつのたに、しやくしやうはう御所になる、大しゆ／とうたうへこそ御幸《かう》なるへけれなと申けれは、さらはとて、とうたうの南谷《みなみたに》、ゐんゆう／はう御所になる、かゝりけれは、しゆとも、」（2オ）ふしも、ゐんゆうはうの御所ちかくて、一君《きみ》を／しゆこし奉《たてまつ》る、ゐ《い》んは天台山《たいさん》に、主《しゆ》上は平家とり奉《たてまつ》りて、西国《さいこく》へ、せつしやうとのは、吉野《よしの》／の《ゝ》おくとかや、女院《によいん》、宮〳〵は、あるひは八幡《はた》、賀茂《かも》、さか、うつまさ、西《にし》山、東山《ひんかしやま》、のかたほと／りにつきて、わけかくれさせ給ぬ、平家はおちぬれ共《とも》、源氏《けんし》もいまた入かはらす、すて／に此《この》きやうはぬしなき里《さと》と《ゝ》そなりにける、天地《ち》かいひやくよりこのかた、か〻る／れいはいまたなし、聖徳太子《しやうとくたいし》のみらいき」(2ウ)にも、けふの事こそゆかしけれ、法皇山門《ほふわうさんもむ》／にわたらせ給ときこえしかは、はせさんせらる〻人々、入道殿《たうとの》とは、さきの関白松殿《くわんはくまつとの》、／せつしやうとのとは、近衛殿《こんゐとの》、其外《そのほか》太政《大しやう》大臣《しん》、さうの大臣《しん》、内《ない》大臣《しん》、大納言[二]、中納言[三]、相宰[四]、／三位《ゐ》、四位《ゐ》、五位《ゐ》、のてん上人すへて世に人とかそへられ、くわんか〻いにのそみを／かけ、しよたい、しよしよくを、たいする程《ほと》の人の一人ももる〻はなかりけり、我《われ》さき／にとそはせまいる、ゐんゆうはうには、あ」(3オ)まりに人まいりつとひて、たう上、たうか、門《もん》／内《ない》、門外《もんくわい》、ひますきまもなくみち〳〵たり、山《さん》門《もん》のはんしやう、もんせきのめんほくとそ／見《み》えし、同《おな》しき廿八日法皇都《ほふわうみやこ》へ還御《くわん》なる、きそよしなか、五万余騎《よき》にて、しゆこし奉《たてまつ》る、／あふみ源氏《けんし》、山《やま》もとのくわんしや、よしたか、しらはたさし、せんちんに候けり、この廿よ／年《ねん》、たえたりつる白《しら》はたの、けふはしめて[五]都へ入けるは、めつらしかりしけん物也《なり》

源氏しゆらくの事」(3ウ)

去《さる》程に十郎蔵人行家《くらんとゆきいゑ》、一万余騎《よき》にて、宇治《うち》を／わたして京へいる《入》、やたのはんくわんたいよしきよ、五千余騎《よき》にてたんはの国《くに》、大江《ゐ》山／をへて都《みやこ》へいる《入》、昨日まては平家のあかはた、あかしるしみち〳〵たりしか、いつし／か今《いま》は、源氏《けんし》のしらはたになりにけり、同《おな》し

二　大納言—大納言《なうこん》

三　中納言—中納言《なうこん》

四　相宰—さいしやう（「宰相」。中院本の誤植）

法皇還御・義仲守護（二十八日）

五　都—都《みやこ》

行家ら入洛

行家・義仲に平家追討下命（二十九日）

き廿九日け《けん》ひいしの別当《へつたう》、中納言[一]さねい／ゐのきやう、かてのこうちの中納言[二]さね[三]
ふさのきやう、*をもて、ゆきいゐ、よしなかを、／ゐ《い》んの御所にめされて、平家ついたうの」（4オ）
ために、西国《さいこく》へはつかうすへきよしおほせ／くたされけれは、りやう人ともにかしこ
まてうけたまはり、をの〱宿所《しゆくしよ》のなきよ／しを申、十郎蔵人《くらんと》ゆきいゐは、法住寺《ほふぢう》殿《との》の《ゝ》南《なん》
殿《てん》と申ける、かやの御所を給はる、木曾義仲《きそよしなか》／には、大せんの大夫[四]なりたゝか、五条[五]にしの
とうゐ《い》んの宿所《しゆくしよ》をそ給はりける、法皇《ほふわう》は、／せんていの、さいかいのなみのうへ、ふねの
うちにたゝよはせ給事[六]を、大に御なけき／ありて、いそき返し入まいらせよと、平大納言」（4ウ）
時たゝのきやうのもとへ、おほせくたされ／けれ共《とも》平家あへてもちゐたてまつらす
法皇此《ほふわうこの》うへはちからをよはせ給はす

四のみや御くらゐの事

同《おな》しき八月四日、太政《大しやう》大臣《しん》以下《いけ》の公卿《くきやう》、五人／をめして、さてもいつれの宮をか、御くらゐ
につけ奉《たてまつ》るへきと、ひやうちやうあり、たか[七]／くらのゐ《い》んの王子《わうし》、せんていのほか、三しよ
わたらせ給ふ、二宮をは、平家まうけの君《きみ》に／し奉《たてまつ》りて、西国《さいこく》へけかうす、三四の宮は、いま」（5オ）
た都《みやこ》にとゝまらせ給、おなしき五日、法皇此《ほふわうこの》／宮《みや》たちをむかへまいらせさせ給て、まつ三
の宮の五さいにならせ給けるを、いかに是《これ》／へとおほせけれは、法皇《ほふわう》を見[八]まいらせ給て、

一　中納言―中納言《なうこん》
二　中納言―中納言《なうこん》
三　さねふさ―つねふさ
＊（読点不要）
（「経房」。中院本の誤り）
四　大夫―大夫《たいふ》
五　五条―六てう
法皇の安徳帝帰洛の求めを平家拒絶
六　事―御事
三・四の宮位定め（八月四日）
七　たかくら―たかつら（三条西本の誤り）
八　見まいらせ―見まいらせさせ

四宮に決定

九　見まいらせ—みまいらせさせ

一〇　こそ—そ

外祖信隆、白鶏を飼う

一一　のふたか—信《のふ》たか

一二　ける—けるに

一三　しろ—しろき

あなかちにむつからせおはしましけれは、／とう〳〵とて、御めのとしていたしまいらせさせ給けり、其後《そのゝち》又四の宮の、四さいに／ならせ給けるを、これへとおほせけれは、すこしもはゝからせ給はす、やかて御ひさに／まいらせ給て、世《よ》にも御なつかしけに見九」（5ウ）まいらせたまひしかは、法皇《ほふわう》御涙《なみた》をなか／させ給て、けにもすゝろならん者《もの》は、かやうのおひほうしを見《み》ては、何《なに》とてかなつか／しけにはおもふへき、これこそ一〇我《わか》まことのまこにておはしましけれ、こゐ《い》んのおさな／おひ《い》に、すこしもたかはせ給はぬ物かな、是《これ》程のわすれかたみをもちなから、いまゝて／見《み》たてまつらさりける事よとて、御涙《なみた》にむせはせ給ふ、浄土《しやうとう》寺の二位《ゐ》殿、其《その》時はいまた／たんこ殿《との》にて候はれけるか、さて御くらゐ」（6オ）は、此《この》宮にさたまらせ給かやと申させ給け／れは、法皇《ほふわう》しさいにをよはすとこそおほせられけれ、ない〳〵御うらのありけるにも、／四宮御くらゐにつかせ給ては、天下《てんか》をたやかなるへしとそ申ける、御母義《ほき》は、七条《てう》のしゆ／りの大夫のふたかのきやうの御むすめ也《なり》、此《この》一一のふたかのきやうは、御むすめあまたお／はしけり、いかにもして、一人きさきにたてはやとねかはれける一二、ある人の申ける／は、しろき庭《には》とりを、千そろへてかひぬれは、」（6ウ）かならす其家《そのいゑ》に、きさき一人いてき給事／ありと申けれは、のふたかけにもとやおもはれけん、しろ一三にはとりを、千そろへてかは／れたりけるしるしにや、御むすめ一人、中宮《くう》の御かたに候はれけるか、夜な〳〵うち／へめされまいらせて、うちつゝき、王子《わうし》あまた、いてきさせ給そありかたき、のふたかの／きやうも、内々《ないく》うれしくはおもはれけれ共《とも》、平家にもはゝかり、中宮《くう》にもをそれま／いらせて、いともてなし申されす、されとも」（7オ）入道《たう》のきたのかた、八条《てう》の二位殿《ゐとの》、すこしも／くるしかるまし、やかて此宮《この》たちをも、まうけの君《きみ》にしまいらせんとて、御めのとを／さためて、やしなひ《い》まいらせさせ給けり、中にも四の宮の御めのとは、二位《ゐ》とのゝ／せうとほつせう寺のしゆきやうのうゐんほうい《ふ》んにてそおはしける、法印《ほふいん》は平家に／くして、西国《さいこく》へおちられけるか、あまりにあはてゝ、宮をも女房《にょはう》をも、うちすてゝそおち／られける、みちより人をのほせて、宮くそく」（7ウ）し奉《たてまつ》りて、いそきくたり給へと申されたり／けれは、女房《にょはう》いさなひまいらせて、にしの京なる所まて、いてられたりけるを、此女房《このにょはう》の／せうとに、きのかみのりみつ見奉《みたてまつ》りて、こはものゝつきてくるひ《い》給か、此宮《この》の御うんは、／只今《たゝいま》にひらけさせ給はんするものをとて、とりとゝめまいらせたりけるつきの日そ、／法皇《ほふわう》よりの、御むかへの御車《くるま》はまいりたる、何事《なに》も一しかるへき事とは申なから、き／のかみのりみつは、四宮の御ためには、ほう」（8オ）こうの人《しん》とそ二見えしされとも其ちうをも／おほしめしよらさりけるにや、むなしく年月をゝくりけるか、あるときのりみつ／もしやと二首の歌をよみて、きんちうにらくしよをそしたりける

ほとゝきす猶一こゑはおもひいてよ／おいそのもりのよはのむかしを

範光、四宮の都落を阻止

一　しかるへき―しからしめたる→補記

範光、落書により昇進

二　見えし～きこえし（9オ）―おほえたる→補記

行家・義仲除目（十日）

このうちも猶うらやまし山からの/身のほとかくすゆふかほのやと

主上ゐいらんありて、是程の事を今まて」(8ウ)おほしめしよらさりけるこそ、かへすくもをろかなれとて、やかててうおんに、正三/位にしよせられけるときこえし、同《おな》しき十日、院《いん》の殿上《てんしやう》にて、ちもくをこなはる、十郎/蔵人《くらんと》行家《ゆきいゑ》は、ひこの国《くに》を給はる、木曾《きそ》はさまのかみになりて、ゐちこの国《くに》をそ給ける、/をのく国《くに》をきらい申、木曾《きそ》はゐちこをきらへは、いよにうつさる、十郎蔵人《くらんと》、ひこをき/らへは、ひせんになさる

平家解官（十六日）

三　御—御《み》

四　けるーけり

平家の一そくけくわんの事」(9オ)

おなしき十六日のちもくに、さきの内大臣《ないしん》/むねもりを、はしめ奉《たてまつ》りて、平家の一そく百六十人か、くわんしよくをとゝめて、殿《てん》上の/御[三]ふたをけつられけり、その中に、平《へい》大納言時忠《ときたゝ》、くらのかみのふもと、さぬきの中/将とき《時》さね、ふし三人をはのそかれける[四]、是《これ》は、しんし、ほうけん、ないしところ、三/しゆのしん《神》き、ことゆへなく、返し入まいらせよと、このきやうのもとへ、おほせくたされ/たりしによてなり」(9ウ)

平家安楽寺詣、奉納歌（十七日）

安楽寺にをいて平家の人々ゐいかの事

同《おな》しき十七日、平家は、ちんせいあんらく寺/にまうてつゝ、歌《うた》よみ、くわんけんして、天

神《しん》にほうらくし給けるに、中にも本《ほん》三位《ゐ》/の中将しけひら、かく[一]こそよまれけれ[二]

すみなれしふるき都《みやこ》のこひしさは/神もむかしや[三]おもひいつらん

皆《みな》人かんるいをそなかされける

せいわ天皇御くらゐの事

おなしき廿日、都《みやこ》には、法皇《ほふわう》のせんみやうあ」(10オ)りて、四の宮、かんゐ《い》んとのにして、つい《ゐ》に御くらゐにつかせ給、しんし、ほうけん、なく/して、せんそのれいは、これはしめとそうけたまはる、天に二の日なし、地にふたりの王《わう》/なしと申とも、平家のあくきやうによて、*こそ、京ゐ中に、二人の御門《かと》はおはしまし/けれ、三の宮の御めのとは、なきかなしひ《み》、こうくわいし給へ共《とも》かひ《い》そなき、昔《むかし》もさる/ためしあり、もんとく天皇《てんわう》は、天安[四]二年八月廿三日に、ほうきよなる、御子《こ》の宮《みや》たち、」(10ウ)あまた御くらゐ《い》をのそませ給ふ、一の宮《みや》、これたかのしんわうは、御*ちやうちやくに/ておはしませは、天子《てんし》のくらゐ《い》は、われこそとおほせけり、二の宮《みや》、これひとのしんわう/は、天子《てんし》のくらゐ《い》をふまん事は、あにゝよらせ給まし、おとゝによるまし、我《われ》こそと/おほせけり、かゝりけれは、たかいに御いのりともをはしめらる、一の宮《みや》、これたかのしん/わうの御ち*そうには、こうほう大師《し》の御てし、とうしの一のちやうしや、[五]かきのもと」(11オ)のきそうしやうしんせいとそきこえける、

一　こそ—そ
二　けれ—ける
三　や—を

四宮（後鳥羽帝）即位（二十日）

*（読点不要）

位争いの先例（惟喬・惟仁）

四　天安—天安《あん》

*（長嫡）

*（持僧）

真済・恵亮の祈禱

五　かきのもとのきそうしやう—かきのもとのそうしやう

*（祈師）

*（衆会）

六　せち—せつと（三条西本の誤り）

名虎・善男、相撲の勝負

七　これたか—これかた（三条西本の誤り）

八　ひやうへ—うひやうへ

*（妙）

九　あひぬ—あぬ（三条西本の誤り）

*（色代）

一〇　たちなをり—たちなをりて

二の宮《みや》、これひとのしんわうの、御[*]いのりし/には、くわいそ、ちうしんこうの御ちそうに、山門《さんもん》の、ゑりやうくわしやうそうけたまは/られける、いつれもを《お》とらぬかうそうたちにて、とみに事ゆきかたうやあらんす/らんとそ申ける、かゝりけれは、大しんくきやう[*]しゆゑして、さてもいつれの宮《みや》をか、/御くらゐにつけ奉《たてまつ》るへきと、きちやうあり、せんする所《ところ》、すまひ《う》の[六]せちをとけて、その」(11ウ)せうふによりて、御くらゐ《い》をさためしるへしと、きちやうをはりぬ、すまひ《う》はかり/にては、むけにねんなかるへしとて、十番《はん》のけいはありけるに、はしめ四番《はん》は、これた/かの親王《しんわう》かたせ給、後《のち》六番《はん》は、これひとの親《しん》王《わう》かたせ給ふ、すてにすまひ《う》になりしかは、/一の宮《みや》、[七]これたかの親王《しんわう》の、御かたよりは、なとらの、[八]ひやうへのかみにて、六十人かちか/らもちたる人をそいたされたる、二のみや《宮》、これひとの親王《しんわう》の御かたよりは、いつへき」(12オ)すまひ《う》かなかりしに、よしを《お》の少将とて、せいちい《ゐ》さく[*]たへにして、かたてにも[九]あひ/ぬへしとも見《み》えぬ人、むさうのつけありとて、申うけてそいてられける、よしを、な/とら、いてあひて、せうふをとけんとす、[*]しきたいなれは、つまとりしてはなれぬ、つきに/なとらつとより、よしを《お》ゝ《を》とてさゝけて、ゑいやといひて、二ちやうはかりそなけたり/ける、されともよしを《お》、[一〇]たちなをりたふれす、よしを《お》又つとより、ゑい〱こゑをあけて、」(12ウ)なとらをとてふせんとす、なとらもともにこゑをいたし、よしを《お》ゝ《を》とて、ふせんとす、/いつれをとれりとも見《み》えさりけり、され共《とも》なとらは、大のおとこ、しまのことくなるか、／かさにまはる、よしを《お》＊うてに入てそ見《み》えたりける、もんせんいちをなして是《これ》を見《み》る、／しかるに、ゐりやううせ給へりとひろうをなす、きそうしやう、されはこそ、ゐりやう／なとか、しんせいにかなふへき物かはとて、すこしたゆむ心ちして、のと〱とそいの」(13オ)られける、これひとの御母儀《ほき》、そめとのゝきさきの御かたより、御つかいのたつ事、／くしのはをならへたるかことし、＊たんかにはしりつゝいて、さていかにや〱とおほ／せけれは、たゝ一我山の仏法《ふつほふ》、山王《さんわう》大師《し》の、御ちからの外《ほか》は、たのむかたなしとそ申され／ける、ゐりやう、こゝろ《心》うき二事かなとて、とつこをとりなをし、なつきをつきくたき、なう／をいたしけしにませ、こまにたき、三くろけふりをたて、あせをなかし、もみにもまれ」(13ウ)たりけれは、さしもにかさにかゝりつる、なとらは、すまひ《う》にまけにけり、さてこそ山《さん》／門《もん》には、いさゝかの事もあれは、ゐりやう、なつきをくたけは、親王《しんわう》くらゐにつかせ給、／そんい、ちけんをふりしかは、四かんしやうられいを、とゝむとも申つたへたれ、二のみや、御／年《とし》九さいにて、御くらゐ《い》につかせ給ふ、せいわの御門《かと》これなり、五水のおの天皇とも／申す、一の宮《みや》、これたかの親王《しんわう》、つい《ゐ》にうき世をいとはせ給ひて、ひえい《ゐ》さんのふもと、」(14オ)をのゝ山里《さと》といふ六ところにそおはしましける、をの《お》ゝ山里《さと》をのつから、とひくる人も／なかりしに、なりひらの中将はかりこそ、うき世のほかのむろのとまて、雪《ゆき》ふみわけ／ては七いられけれ

＊（打手）

＊（壇下）

一　我山—わか山《やま》

二　事かな—事かなり（三条西本の「か」存疑）

三　くろけふり—黒《くろ》けふり

四　かんしやう（菅丞）—かんさう（菅相）

清和帝即位・惟喬隠棲

五　水のおの天皇とも—水《みつ》のおのてんわうとそ

六　ところ—所《ところ》

七　いら—まいら

おかたの三郎惟義平家に向そむく事

去程《さる》に其比《そのころ》、ふんこの国《くに》は、きやうふきやう／の三位[八]よりすけのきやうの、こくむをせられけれは、代[九]くわんには、しそく、少将より／つねをそくたされける、三位[一〇]、よりつねの」(14ウ)もとへのたまひつかはされけるは、平家は／しゆくほうつきて神明《しんめい》にもはなたれ奉《たてまつ》り、君《きみ》にもすてはてられまいらせて、都《みやこ》の外《ほか》に／いて、なみのうへにたゝよふ、おち人となれり、しかるを、ちんせい九国《こく》の者共《ものとも》か、うけと／りて、もてなすなるこそ、きくわいなれ、すみやかについしゆつすへし、これよりすけか／けちにあらす、一院《いん》のおほせなりとそ、のたまひける、少将たうこくの住人《ちう》、おかたの三郎《を》／これよしにけちせらる、このおかたの三郎」(15オ)と申は、おそろしきもの《すゑ》ゝ末なりける[一一]、たと／へは昔《むかし》、ふんこの国《くに》のかた山里《さと》に、ある人のひとりむすめ、いまたおともなかりけるか／もとへ、親《おや》にもしられす、夜なく〳〵かよふものあり日かすつもれは、をんなたゝならす／そなり、[＊]にけり[一二]、母是《はゝこれ》をあやしひ《み》て、なんし[一三]かもとへくるものは、いかなるものそととひ／けれは、くるをは見《み》れとも、かへるをはしらすとそ申ける、さらは是《これ》をもて、つなきて見《み》／よとて、しつのをたまきといふ物に、はりを」(15ウ)つけてそ、とらせける、ある時きたりて、かへ《帰》／るを見《み》れは、[＊]にふ色のかりきぬをそきたりける、かりきぬの、くひかみとおほしき所に、／はりをさして、ゆくかたをつなきて見けれ

豊後国へ平家追出の下知

八　三位─三位《ゐ》
九　代くわん─代《たい》くわん
一〇　三位─三位《ゐ》

緒方三郎の祖あかがり大太（緒環）

一一　ける─けり
＊（読点不要）
一二　けり─ける
一三　なんし─汝《なんち》
＊（鈍色）

一　女―女《をんな》
＊（呻吟《によ》ふ音）
二　女―女《をんな》
三　所―所《ところ》
四　はひいて―はひ出《いて》
五　日月―日月《にちくわち》
六　のふゑ―のうふえ（両本ともに「喉笛」を指す）
七　女―女《をんな》
八　件―件《くたん》
九　い―は（中院本の誤り）
一〇　女―女《をんな》

は、ふんこと、ひうかとのさかいなる、うはた／けと申山のこしに、大なる、いは《わ》やのうちへそ、つなき入たる、女[一]いはやのくちにたゝす／みて、きゝけれは、はるかのおくに、大なるこゑにてによ[＊]うをとしけり、女[二]申けるは、／わらはこそ、是《これ》までまいりて候へ、けんさん」(16オ)したてまつらんと、いひけれは、いはやの内《うち》／より申けるは、我《われ》は是《これ》人のすかたにあらす、なんち我《わか》すかたを見《み》るならは、きもたまし／ゐ《い》も、身にそふましきそ、我《われ》は是《これ》、こよひなんちかもとにて、きすをかうふれり、すて／に命《いのち》をはるへきなり、なんちかはらめる所[三]の子《こ》は、男子《なんし》たるへし、弓矢《ゆみや》をとりて、九国《こく》／二たうにならふものあるまし、よく〳〵そたつへしといひけれは、をんなかさねて申／けるは、此日比《このころ》あひなれ奉《たてまつ》る程にては、何《なに》の」(16ウ)をそれか候へき、たゝいてさせ給へ、見《み》たて／まつらんと申せは、さらはとて、はひいて[四]たるを見けれは、ふしたけ五ちやうはかり／なる、大しやの、まなこは日月[五]をならへ、くちにはしゆをさすかことし、したはくれなゐ／のはかまをふるに同《おな》し、かりきぬの、くひかみとおほしき所に、さしたりけるはりは、／大しやののふゑ[六]にてそ候ける、けにも女[七]、めもくれ、たましいもきゆる心ちしけれとも、／はりをぬきすてゝ、をめきさけひてにけか」(17オ)へる、大しやは程なくしにゝけり、件[八]の大しや／と申い[九]、ふんこと、ひ《日》うかとのさかいに、いはゝれ給、うはたけの大明神是《みやうしんこれ》なり、たかちほ《お》の／大明神《みやうしん》とも申、女[一〇]程なくさんしたり、けにも男子《なんし》にてそ候ける、おひ《い》たつまゝに、そのち／から人にすくれたり、九の年《とし》、母方《はゝかた》の

一一　春―春《はる》

一二　五代―五代《たい》

一三　色―色《いろ》

一四　新三位―しん三位《ゐ》

一五　一所―一所《しよ》

おほち《う》、けんふくせさせて、大たとそ申ける、／はたして、野山《の》をはしりありきけれ共《とも》、事ともせす、此《この》大たには、春[一一]も、夏《なつ》も、あしてに、大／なるあかゝりわれけれは、人あかゝり大た」(17ウ)とそ申ける、このおかたの三郎これよしは、／大たか五代[一二]の末《すゑ》にてそ候ける、かゝる者《もの》のするなりけれは、九国《こく》二たうをも、たゝ一人／してうちとらはやなと、おほけなきもの也《なり》これよし、こくしのおほせを、ゐ《い》んせんと／かうして、九国《こく》の内《うち》をもよほしけるに、皆《みな》

緒方三郎、平家追出の軍召集

これよしか、けちにしたかひつく、都合《つかう》その／せい、三万余騎《よき》とそきこえける、平家はちくせんの国《くに》、たさいふにあとをしめ、たいり／つくらるへしなとさたありしに、又此《この》よし」(18オ)をきゝ給て、色[一三]をうしなひ《い》てそさはかれける／新《しん》中納言とももりの、申されけるは此《この》おかたの三郎と申は、小松殿《こまつとの》の御時、すいふん／御家《け》人にて候しかは、きんたちいつれにても、一人むかひて、こしらへて御らん候へか／しと申されけれは、此《この》きしかるへしとて、

緒方、資盛らの説得を拒絶

新[一四]三位の中将すけもり、小松の少将ありもり、／たんこのしゝうたゝふさ、三人大将軍《しやうくん》にて、其《その》せい五百余騎《よき》、ふんこの国《くに》にこえて、やう／＼にこしらへ給へとも、これよし、一せつ」(18ウ)したかひたてまつらす、やかて君《きみ》たちをも、／是《これ》にとゝめまいらせたく存《そんし》候へとも、何《なに》程の事か候へき、とく／＼たさいふへ御帰候／て、一所[一五]にて、ともかくもならせ給へとて、たさいふへ、をひ返《いかへ》し奉《たてまつ》る、これよし、しそく、／のしりの三郎これひさをしやにて、平家へかさねて申けるは、せんそのきみにてお／はしませは、もともかふとをぬき、弓《ゆみ》をも

時忠、緒方の使者を罵倒

一　保元、平治―保元《ほうけん》平治《ち》

＊（不次の賞）

＊（内様）

緒方反発、平家敗退

はつして、まいりたくは存《そんし》候へ共《とも》、一院《いん》のお／ほせ、ちからをよひ候はす、たゝすみやかに、」(19オ)九国《こく》の内《うち》を御出《いて》候へとそ申ける、平《へい》大納言／時忠卿《たゝのきやう》、ひをくりのひたれに、くすのはかまをきて、これひさにたいめんし給／て、我君《わかきみ》は、これてんそん、四十九世の正とう、神武天皇《しんむてんわう》よりこのかた、八十一代《たい》にあた／らせ給ふ、されは天照大神《てんせう大しん》、正八幡宮《まんくう》も、さためて我《わか》きみをこそまほりまいらせさせ給／らめ、なかんつくに、こ入道相国《たうしやうこく》、保元、平治、両度《りやうと》のかつせんに、ふしのしやうを、さつけ／られ給しよりこのかた、天下《てんか》をたなこゝろ《心》に」(19ウ)したかへて、ちんせいのものともをは、すい／ふん、ないさまにこそめしつかはれしか、頼朝義仲《よりともよしなか》らか、しおほせたらは、国《くに》をあつ／けん、しやうをとらせんなといふを、まことゝて、そのはなふんこか、けちにしたかはん／事、あるへからすとその給ける、此《この》きやうふきやうの三位《ゐ》は、ことにはなの大にお／はしけれは、かくはのたまひけり、これひさは、ふんこの国《くに》へかへりて、ちゝに此《この》よしを／かたりけれは、これよし大にいかて、こは」(20オ)いかに、昔《むかし》はむかし、いまは今《いま》、其《その》きならは、に／くし、をひい《い》たしたてまつれとて、大せいすてにむかふときこえしかは、平家是《これ》をふせ／けとて、源《けん》大夫のはんくわんするさた、つのはんくわんもりすみ、きちないさへもんす／ゑやす、三人大将軍《しやうくん》にて、都合其《つかうその》せい三千余騎《よき》、ふんこの国《くに》にうちこえ、たかのゝほん／しやうにゆきむかひて、三日たゝかひ《い》けれとも、ふせい、たせいにかなはねは、さん〱／にうちゝらされ、たさいふへひきしりそく、」(20ウ)

平家太宰府落

二　以下—以下《いけ》

三　已下—以下《いけ》

*（読点不要。「秀遠に具せられて」）

四　やなきか浦—やなきのうら

かさねて、うてをもむけらるへかりしか／とも、これは、おもへは御かたのいくさなり、源氏《けんし》とかつせんせむする、大事をさしを／きてはとて、むけられす、去程《さる》に大せいよすときこえしかは、平家とる物もとりあへす、／たさいふをこそいてられけれ、おりふしかよちやうもまいらねは、主上《しゆ》ようよにめされ／けり、国母《こくほ》をはしめまいらせて、二位《ゐ》殿《との》[二]以下、やことなき女房《によはう》たち、はかまのそはをはさ／み、おほいとの已下[三]の、けいしやううんかく、」(21オ)さしぬきのそはをとりて、水きのうらを出《いて》、／かちはたしにて、我《われ》さきに〳〵と、はこさきの津へこそおち給へ、おりふしふる雨、しや／ちくのことし、ふく風《かせ》いさこをあくとかや、おつる涙《なみた》、雨のあし、わきていつれ共《とも》なかり／けり、かのけんしやう三さうの、りうさそうれいの、けんなんをしのかれけんくるしひ《み》／も、これにはすきしとそ見《み》えし、されともそれは、くほう《ふ》のためなれは、来世《らいせ》のたのみ／もあり、是《これ》はを《お》んてきのゆへなれは、後世《こせ》の」(21ウ)くるしひ《み》、かつおもふこそかなしけれ、しん／ら、はくさい、かうらい、けいたんまても、わたりなはやとはおもはれけれとも、なみかせ／むかひ《い》てかなはねは、ひやうとうしひてとを、*にくせられて、山かのしやうにそこ／もり給ふ、山かへも、又かたきよすときこえしかは、あまのをふねにとりのりて、夜も／すから、ふせんの国《くに》、やなきか浦[四]へそわたられける

平家やなきか浦にをいて歌の事」(22オ)

さる程に、九月十日あまりになりにけり、／おきの葉《は》むけのゆふあらし、ひとりまろねのとこのうへに、かたしく袖《そて》もしほれつゝ、／ふけゆくあきのあはれさは、いつくもとはいひなから、たひのそらこそしのひかた／けれ、十三夜[一]は、ことになをえたる月なれは[二]、その夜は都《みやこ》を思《おも》ひいつる涙にや、われから／くもりてさやかならす、かゝりけるにつけても、都《みやこ》の月、いよ〳〵こひしくやおもはれ／けん、しゆりの大夫つねもり」(22ウ)

こひしとよこそのこよひのよもすから／ちきりし人のおもひてられて

さつまのかみたゝのり

月をみしこそのこよひのとものみや／都《みやこ》にわれをおもひいつらん

さまのかみゆきもり

きみすめはこれも雲井《くもゐ》の月なれと／なをこひしきはみやこなりけり

おほい殿うさの宮にて御むさうの事

それよりうさへ行幸《きやうかう》なるしやうとうは、」(23オ)くわうきよとなる、くわいらうは、月けい[三]うんかくの、居所《きよしよ》となる、庭《てい》上は、五位六位[四]の／くわん人、大とりゐには、四国《こく》、ちんせいのつはものとも、かつちうをよろひ《い》、きうせんを／たいしてなみゐたり、ふりにしあけのた

九月十三夜、平家柳浦で詠歌

一　十三夜―十三夜《や》

二　は―と

宇佐宮託宣歌「世の中の」

三　月けい―月《けつ》けい

四　五位六位―五位《い》六位《い》

宗盛感懐「さりともと」

平家、柳浦を退去

清経北方の歌「見るたひに」

まかきを、二たひかさるとそ見《み》えし、七日御/さんろうのあかつき、おほいとの、御むさうのつけあり、御ほうてんの御戸《と》をしひらき、/うちよりゆゝしくけたかき御こゑにて、一首《しゆ》の歌《うた》をそあそはされたる」(23ウ)

世の中のうさには神もなき物を/こゝ《心》ろつくしになにいのるらん

おほいとのうちおとろき、むねさはき、いか/なるへしともおもひ給はす、おりふしふるきうたをおもひいたし給て

さりともとおもふ心もむしのねも/よはりはてぬる秋のくれかな

柳《やなき》の浦《うら》に、たいりつくるへしと、さたありし/かとも、ふんけんなけれはかなはす、また《又》舟にとりのりて、うみにそうかひ給ける」(24オ)

左中将きよつねうみにいらるゝ事

中にも小松殿《こまつとの》の三なん、左《さ》中将清経《きよつね》は、/都《みやこ》に北《きた》の方《かた》をとゝめをきて、いてられけるか、せめてのなこりにや、ひんのかみを一/むらきりて、とゝめをかれけるか、ある時北《きた》のかたより、風《かせ》のたよりに御ふみあり、あ/けて見給へは、かみを一むらまきくせられたり、一首《しゆ》の歌《うた》をそをくられたる[五]

見《み》るたひに心つくしのかみなれは/うさにそかへすもとのやしろへ」(24ウ)

五　たる—ける

とかきをきて、おもひのつもりにや、程なく/うせられけるとそきこえし、かやうの事ともをおもひつゝけ給に、わかけれと、何《なに》/こと《事》をもおもひ入たまへる人にて、月の夜心をすまし、舟《ふね》のやかたにたちいてゝ、やう/てうをねとり、らうゑいしてあそはれけるか、都《みやこ》をは、源氏[一]のためにせめおとされ、ちん/せいをは、これよしかためにをい出さる[二]、あみにかゝれるうほのことし、いつくへゆかはの/かるへき[三]、つゐに又なからへはつへき」（25オ）身にもあらすとて、しつかに経をよみ、念仏《ねんふつ》/して、年《とし》廿一にて、なみのそこへそ入給、きやうたいしんそく一とうに、おしみか/なしみ給へとかひそなき、なかとの国《くに》は、新《しん》中納言とももりの国《くに》なりけれは、もくた/いは、きのきやうふのたいふ[四]よりすけと、いふものなり、平家の、小舟《こふね》ともにのり給よしを/きゝて、あき、すわう、なかと、三か国《こく》に、*まさの木つみける舟《ふね》、五百よそう、*てんちやうして/たてまつる」（25ウ）

さぬきの八しまへおちらるゝ事

平家是《これ》にとりのりて、さぬきの八島《しま》へわた/られけり、あは《わ》のみんふしけよしか、さたとして、四国《こく》のうちをもよほ《お》し、さぬきの八島《しま》/に、かたのことくなる、いたやのたいり、以下、人々の宿所《しゆくしよ》をそつくられけり[五]、その程/は、あやしのみんをくを、くわうきよとするに、をよはねはふねを御所とそさためける、/その外《ほか》の人々は、おほいとのをはしめ奉《たてまつ》り

清経入水

一　源氏の―けんしか
二　をい出さる―をい出《いた》さる
三　へき―へきか

長門国目代、平家に船献上

四　たいふ―大夫《たいふ》
＊（征の木）
＊（点定）

平家、四国八島に内裏を設営

五　けり―ける

＊（伏屋）
＊（「そはえ」は未詳。文禄本は「入江」、都立図本は「須合」）
六　夜かり—夜雁《やかん》
＊（蒼海）

征夷将軍宣旨
＊（庁官）
七　左—左《ひたり》
八　けちやくす—けちや《かう》くす
（傍記は「下向」の意）
鎌倉の頼朝、宣旨を受く（十月四日）

て、あまのとまや《屋》に日をくらし、しつか」(26オ)ふ＊せやに夜をあかす、れうとう、けきしゆを、かい中にうかへ、なみの上《うへ》のかうきうは、／しつかなる時なし、月をひたすうしほの、ふかきうれへにしつみ、しもをお《を》へるあしの葉《は》／の、もろき命《いのち》をあやふめり、すさきにさはくちとりのこゑ、あか月うらみをもよほ《を》し、そ＊／はえにかゝるかちのをとは、夜半《は》に心をいたましむ、はくろのゐんせうに、むれゐる／を見《み》ては源氏《けんし》のはたをあくるかとうたかはれ、夜かり六のさう＊かいに、なくをきゝては、」(26ウ)かたきのつはもの、ふねをこくかとおとろかる、せいらんはたへをゝかして、すいたい／こうかんのいろ、やうやくおとろへ《え》、さうはまなこをうかちて、くわいとはうきやうの／涙、をさへかたし、すいちやうこうけいに、ことなる、はにふのこやのあしすたれ、くん／ろのけふりに、かはれる、あし火《ひ》たく屋《や》のいやしきにつけても、女房《にようはう》たち、つきせぬ御／物思ひに、くれなゐの涙色まさり、みとりのまゆすみみたれつゝ、其《その》人とも見《み》え給はす」(27オ)

ひやうゑのすけしやうくんのせんしを／かうふらるゝ事

去《さる》程に、其比《そのころ》、かまくらのひやうゑ《へ》のすけ／頼朝《よりとも》、都《みやこ》へのほらん事、たやすからねはとて、ゐなから、せいゐ将軍《しやうくん》のせんし／をかうふる、御つかひは、ちやう＊くわん左七の／しやうなかはらのやすさたとそきこえし、／十月四日、関東《くわんとう》にけち八やくす、ひやうゑ《へ》のすけの給けるは、よりともちよくかんの身/なりしかと[一]、ふようのめいよ、ちやうせるに」(27ウ)よりて、ゐなからせいゐ将軍《しやうくん》のせんし/をかうふる、いかゝ、わたくしにては康定を、給へき、八幡大菩薩《まんほさつ》の御前《まへ》にて給へしとて、/[二]わか宮へしやうせらる、わかみやは、つるかおか《を》にたゝせ給へり、ほんしやにすこしも/たかはす、しゆくゐ《い》んあり、くわいらうあり、つくり道《みち》十よちやうを見《み》くたせり、抑今度《そもくこんと》/のせんしをは、たれしてか給へきと、ひやうちやうあり、みうらのすけよしすみに[三]/さためらる、其《その》ゆへは、かれらかちゝ、義明《よしあきら》は、」(28オ)君《きみ》の御ためにも、命《いのち》をすてたるものゝ子《こ》/なりけり、されはかの義明《よしあきら》か、くわうせんのめいあんを、てらさんかためとそおほえ/たる、よしすみは、家《いゑ》の子《こ》二人、らうとう十人めしくしたりけり、らうとう十人をは、大名《みやう》/十人、ことさら申うけて、一人つゝいたしたてらる、一人のいゑの子《こ》は、わたの三郎むね/さね、一人は、ひきの藤《とう》四郎よしかけ[三]とそきこえし、都合《つかう》十二人は、ひたかふと也《なり》、よしす/みは、かふとをはきす、かちんのひたゝれに、」(28ウ)くろいとをとしのよろひをき、三尺《しやく》五寸《すん》の/いか物つくりの太刀《たち》をはき、廿四さしたる大中くろの矢《や》、かしらたかにおひ《い》なし/ぬりこめとうの弓《ゆみ》わきにはさみつゝ、御つかひのまへにすゝみたる、やすさた、御つか/ひはたそととへは、三うらのすけとはなのらて、ほんみやう、三うらのあら二郎、たいら/のよしすみと名のり[四]、せんしをは、らんはこに入られたり、ひやうゑ《へ》のすけ、三度《と》はい/してのち、らんはこをは返されけり、ふたを」(29オ)

一　しかと—しかも（都立図本は「しかとも」）

二　わか宮—やすさたをわかみや（中院本は「康定を」を前行末に誤入）

＊（本社）

＊（宿院）

三　よしかけ—よしかす

四　名のり—なのる

＊（覧箱）

ひらきて見《み》けれは、しやきん百りやう入ら／れたり、其後《そのゝち》くわいらうに、むらさきへりの
たゝみをしかせ、やすさたにさけをすゝめ／らる、[五]五位一人*やくそうをつとむ、高《たか》つきに
さかなをかれたり、さいゐんのしくわん親《ちか》／義《よし》、*けんはいす、馬《むま》三ひきひかせらる、一ひきに
くらをかれたり、大みやのさふらひ《ゐ》くとう／さゑもんすけつねこれをひく、其《その》日は我宿《わかしゆく》
所《しよ》へは入られす、ふるきかや屋《ゝ》をしつらひ《ゐ》／てそをかれ[六]たり、[七]はいかんゆたかにして」(29ウ)
ひれいなり、*こうけんのしゆくい二りやう、／小袖《こそて》十かさね、なかもちに入てまうけたり、
*ひけん百ひき、つきのきぬ百ひき、こんあい／すり五百たん、[八]しろきぬ千たんをつまれた
り、つきの日、やすさた、[九]いとまを申、ひやうゑ《へ》／のすけのたちへゆきむかふ、ないけに
さふらひ《ゐ》あり、ともに十六けんなり、とさふ／らひ《ゐ》には、しよこくのつはもの共《とも》、ひさをく
みてなみゐたり、うちさふらひ《ゐ》には、一もん／の源氏《けんし》を、上さとして、其《その》つきには、大名《みやう》、小《せう》」(30オ)
名《みやう》、ゐなかれたり、源氏《けんし》の上さに、やすさたを／すへらる、やゝありて、ひやうゑ《へ》のすけのめい
にしたかひ《ゐ》て、しんてんへむかふ、ひろひ／さしに、*かうらいへりのたゝみをしかせ、み
す*はんにあけさせて、ひやうゑ《へ》のすけいて／むかひ給ふ、ほいに、たてゑほしにて、いて
られたり、かほ大に、せいひきかりけり、よう／はういうひにして、けんきよふんみやう也《なり》、
ひやうゑ《へ》のすけの給《たまい》けるは、平家、頼朝《よりとも》かい《ゐ》／にをそれて、都《みやこ》をおちぬるそのあとに、」(30ウ)
行家《ゆきいゑ》、義仲《よしなか》らか、うち入て、を《お》んしやうを申あま／さへ、国《くに》をきらい申てう、か《返》へす〳〵きくわ

五　五位―五位《い》
＊（勧盃）
＊（役送）
六　たり―たる
七　はいかん―はいはん（「杯盤」。中院本の誤り）
＊（厚絹の宿衣）
＊（美絹）
八　しろきぬ（白衣）―しろきぬの（白き布）
九　いとまを申―いとま申に

頼朝、使者康定と対面

＊（高麗縁）
＊（半に）

いにおほえ候、されとも、当時《たう》までもつかは／すしやうには、十郎蔵人《くらんど》、木曾《きそ》のくわんしや、とかきたれとも、返事をはしてこそ候へ、／其《その》時のきゝかき[一]心えられす候、又なかもちかゐちこのかみになり、高義《たかよし》か、ひたちのすけ／になり、ひてひらか、むつのかみになりて候とて、頼朝《よりとも》かけちにも、したかふましきよし／申候なる、やかて是《これ》を[二]ゐんせん給はて、つ」(31オ)いたうつかまつるへく候、やすさた、やかて／これもみやうふをまいらせたくは候へ共《とも》、今度《こんと》は、ちよくしにて候へは、まかりのほり／候、おとゝにて候、しの[三]大夫行康《ゆきやす》も、かやうに申候へとこそ、申しかと申せは、ひやうゑ《へ》の／すけ、いかてか頼朝《よりとも》か身として、をの〳〵のみやうふをは給へき、まことにさやうにも／申されは、よしつまりては、さこそそんし《ち》せめとそのたまひける、なにさまにも、[四]今日御／とうりうあるへしとて、其《その》日はとゝめらる、」(31ウ)つきの日、又やすさた、*を彼宿所《かのしゆく》へ*ぬういん／あり、よろひ《い》三りやう、はらまき一りやう、いか物つくりの太刀《たち》一ふり、九さしたるのや／一こし、ぬりこめとうのゆみ一ちやう、を[五]あたへあり、馬《むま》十ひきひかれたり、三ひきに、／鞍《くら》をかれたり、其外《そのほか》、家《いゑ》の子《こ》、らうとう、しもへにいたるまて、小袖《こそて》、ひたゝれ、馬《むま》、くら、／太刀《たち》、刀《かたな》、にをよふ、あふみの国《くに》、かゝみの宿《しゆく》にいたるまて、宿《しゆく》〳〵に、十石つゝの米をまう／けさせらる、やすさたあまりにたくさん」(32オ)なるまゝに、道《みち》すから、せきやうにひきてそ、／とを《ほ》りける、やすさた都《みやこ》にのほり、院《いん》の御所にまいり、このよしを申けれは、法皇《ほふわう》ゐつほ／にいら《入》せ給ひ、公卿《くきやう》、殿《てん》上人、皆《みな》しほくを

一　心えられ—心られ（三条西本の誤り）
二　ゐんせん—いんせんを
三　大夫—大夫《たいふ》
四　今日御とうりう—今日はとうりう
＊（読点不要）
＊（「ぬういん」は未詳。文禄本は「招引」）
五　あたへあり—あたへらる

使者康定帰洛、復命

おとろかされけり、ひやうゑ《へ》のすけは、かく／こそゆゝしくおはせしに、木曾《きそ》は都《みやこ》のしゆこにてありけるか、[*]せんふんの、[六]あらゑひす／にてそ候ける

ねこまの中納言木曾たいめんの事

ある時、ねこまの中納言と申人、木曾《きそ》に」(32ウ)の給へき事ありて、おはしたりけれは、人まいりて、ねこまとのと申人の、御けさんに／とていらせ給て候と申せは、木曾《きそ》大にわらひ《い》、とこなるやとの、ねこの、人に見参《けさん》する／事のあるかといへは、らうとう共《とも》か、いやさは候はす、これはねこまの中納言との／と申て、公卿《くきやう》にて御わたり候、ねこまとのとは、いかさまにも、御宿所《しゆくしよ》のなと、おほえ候／と申せは、木曾《きそ》さらはとて、いてあひたいめんし、[七]名もねこまとのとはえい《ゐ》はて、ねこ」(33オ)殿《とのゝ》の、たまく〳〵わいたに、いゝよそはせよとそ申ける、中納言、いかてさやうの事ある／へきとて、かへらんとし給へは、とこなるたまく〳〵わいて、いゝよそはてあるへき、しか／もけ時也《なり》とて、なにをもあたらしき物をは、ふえ《ゑ》んといふそと心えて、おりふしふえ《ゑ》ん／のひら、[*]たけもちたり、とうく〳〵とそいそかれける、やゝありて、[*]ほうりうしたるはんを、／うつたかによそひ《い》なし、ひらたけのしるにあはせ、御さい三しゆして、ねのゐ《井》のこやた、」(33ウ)はいせんして、木曾《きそ》かまへも[八]同《おな》していにそすへたりける、きそはしとりて、それく〳〵と／申けれは、中納言、くはてもあしかりなん

＊（全分）
六　あらゑひす―あらえひす（三条西本は「え」の右に別筆で「え」と傍記）

猫間中納言、義仲に面会

七　名も―なをも（「猶も」。中院本の誤り）

＊（読点不適。「平茸」）
＊（「ほうりう」は未詳。文禄本は「毛立」）
八　も―にも

＊（引き入りの端）

＊（貧相し）

義仲牛車で初出仕の珍事

一　物―ものゝ

二　せす―にす

とおもはれけれは、ひき入＊のはたのいふせ／さに、中をえ《ゑ》りて、すこしめすよしせられけれは、木曾《きそ》、あなひんさうし＊の、ねことのゝ／はんのめしやうや、そのかうし、きたなしと思《おも》ひ給な、それは義仲《よしなか》か《ゝ》、しやうしんかうし／にて候物を、かい給へ、ねこ殿《との》〳〵とて、さしわり、ついわり、のこりすくなにせめなす、」(34オ)中納言殿《との》、すこしめして、さしをき給へは、きこゆる、ねこおろしをこそ、したまひたれ／とそわらひ《い》ける、中納言殿《との》、の給へき事ありておはしたりけれとも、あまりに、はう／しやくふしんなりけれは、いそき帰《かへり》給けり、

木曾しゆつしの事

木曾《きそ》は、くわんかか《ゝ》いしたる物[一]、ひたたれに／てしゆつしすへきやうなしとて、はしめてほいとりつくろふ《う》、きそ見《み》めよき男《おとこ》の、よろ／ひ《い》とりてうちき、かふとのお《を》ゝしめ、馬《むま》に」(34ウ)うちのりて、いてたるにはに[二]もせすわろかり／けり、ゐほしのきゝはより、さしぬきのけまはしにいたるまて、かたくなる《ゝ》事なのめ／ならす、やゝありて、車《くるま》にこみのりてそいてにける、牛《うし》かい《ひ》は、もとおほいとのゝめし／つかはれける、いや二郎《丸》まろと申わらは也《なり》、世《よ》にしたかふならひ《い》、木曾《きそ》にめしをかれて／つかはれけれとも、あまりのめさましさに、かとをいてさまに、するゐかうたる牛《うし》に、一／すは《わ》え《ゑ》あてたらんに、なしかはよかるへき、」(35オ)車《くるま》つきをとひていつ、木曾車《きそくるま》にはのりも／ならはす、まのけにた《を》ふれ、てうのはねを

ひろけたるかことくにて、さうの袖《そで》をひろ／けて、おきん〳〵とそせられける、やれこていく〳〵とのたまへとも、みゝにもきゝ入す、／二ちやうはかりそあからせたる、今井《いま》の四郎かねひら、むちあふみをそへてはせき／たり、いかにかく、御車《くるま》をはつかまつるとそ三いひけれは、牛《うし》のはなのこはく候うへ、殿《とのゝ》のや／れと、おほせにて候程にとそのへたりける、」(35ウ)牛《うし》かい、木曾《きそ》と、中なをりせんとやおもひ／けん、それに候、御手《て》かたにとりつかせ給へと申せは、木曾《きそ》お《を》きなをり、てかたにむ／すとゝりつきて、あはれしたくや、これは八島《しま》のおほい殿《とのゝ》の、御はからひ《い》か、わこていか、／したくかとそのたまひける、御所へまいり、車《くるま》のうしろよりをりられけれは、さうしき／は京のものなりけれは、御車《くるま》四には、めされし時こそうしろよりはめされ候へ、をり候時／は、まへよりおりさせ給へる事にて候と」(36オ)申せは、とこなる車《くるま》なれはとて、すとをり《ほ》す／へきやうなしとて、なを*はてうしろよりそをりられける、其外《そのほか》かたくなゝる事とも／おほかりけれ共《とも》、世にをそれて人申さす

水しまむろ山かせんの事

去程《さる》に平家は、さぬきの八島《しま》におはしける／か、山やうたう五八か国《こく》、なんかいたう六か国《こく》、都合《つかう》十四か国《こく》をそうちとられける、木曾《きそ》は都《みやこ》／にありけるか、此よしをきゝて、やすからす思《おも》ひて、大将軍《しやうくん》には、やたのはんくわん代、」(36ウ)よしきよ、さふらひ《い》大将には、しなのゝ国《くに》の

三　とそ—そと

四　には—をは

*（這て）

平家山陽・南海道進出

五　山やうたう—山《せん》やうたう

住《ちう》人、うんのゝいやへい四郎ゆきひらを、さ/きとして、つかう其《その》せい七千余騎《よき》、ひ中の国《くに》まてはせくたり、みつしまかとにちん/をとる、平家は、さぬきの八島《しま》におはしけれは、けんへいたかひ《ゐ》に、うみをへたてゝさゝ/へたり、同《おな》しきうるう十月一日の、*またあした、みつしまかとに、小舟《こふね》一そういてきたり、/一あま小舟、つり舟《ふね》かと見《み》る所《ところ》に、平家のかたよりの、*てうのつかひのふねなりけり二、源氏《けむし》」(37オ)のかたには是《これ》を見《み》て、くかにほしあけたる、五百余《よ》そうのふねともを、にはかにをめき/さけひて、をしおろす、平家のかたより、新《しん》中納言とももり、さつまのかみたゝのり、/のとのかみのりつね、さふらひ《い》には、ゑ《ゑつ》中のせんしもりとし、二郎ひやうゑ《へ》もりつき、/かつさのあく七ひやうゑ《へ》かけきよを、さきとして、つかうそのせい一万余騎《よき》、千余《よ》そう/の舟《ふね》にとりのりて、水しまかとにをしよせ、*たり、のとのかみふねのへにすゝみいて、」(37ウ)大おんしやうあけて、けちせられけるは、此《この》二三か年かあひた、東国北国《とうこくほつこく》のやつはら/に、*いけなふりにせらるゝ《る》事をは、心うしとはおもはすや、御かたの舟《ふね》をくめやとて、/千よそうのふねともを、ともへをならへてくみあはせ、中にもやいをいれ、あよみの/いたを、ひきならへ〳〵、わたしたれは、舟《ふね》のうへは、へい〳〵たり、源平《けんへい》たかひ《ゐ》によせ/あはせ、をめきさけんてたゝかひ《い》けり、中にもうんのゝ四郎は、平家のふねにのり」(38オ)うつりて、たゝかいけるか、大せいの中にとりこめられて、うたれにけり、大将軍《しやうくん》、/やたの三はんくわん代よしきよ、やすからぬ

水島合戦（閏十月一日）

＊（まだ朝《あした》。早朝）

一　あま小舟―あまふね

＊（牒）

二　けり―ける

＊（読点不要）

＊（生け擄り）

三　はんくわん代―はんくわん代《たい》

事にして、しうしう七八人、小舟《こふね》にとり/のり、平家のふねのあたりを、こきまはさせ、さん〳〵にたゝかはれけるか、いかゝはしたり/けん、舟《ふね》ふみかへしてしつみにけり、源氏《けんし》のつはものともかなはしとやおもひけん、水《みつ》/しまかとへひきかへす、平家つゝきてを《お》しよせ、馬《むま》ともうみへをひ《い》入〳〵、お《を》よかせて、」(38ウ)くらつめひたる程にもなりしかは、ひた〳〵とうちのりて、かしこにをひ《い》つめ、こゝ/にをひ《い》つめ、たゝかいけるに、源氏《けんし》のつはもの共《とも》、のこりすくなくうたれにけり、平家/は[四]みつしまのいくさにうちかてこそ、くわいけいのはちをはきよめけれ、木曾《きそ》此《この》よし/をきゝ、今度《こんと》は義仲《よしなか》むかはんとてそ、うつた《ゝ》れける、平家のさふらひ《い》、せのをの太《大》郎か/ねやすは、さんぬる夏《なつ》、北国《ほつこく》にていけとられしを、木曾《きそ》いかゝおもはれけん、やかてもき」(39オ)らて、加賀《かゝ》の国《くに》の住《ちう》人、くらみつの三郎なりすみに、あつけをかれたり、せのを、ある時く/らみつにいひけるは、まことやとのは、西国《さいこく》へむかはせ給へきよしうけ給はる、さんぬる/夏《なつ》の比《ころ》より、命《いのち》をたすけられ奉《たてまつ》りて、其《その》御をんも[五]ほうしかたく存《そんし》候、ひ中のせのを/と申は、年来《ねんらい》かねやすか[六]本ちきやうの所《ところ》にて候、[七]公卿の馬《むま》かひ所《ところ》にて候なり、申てた《給》/まはり給《たま》へといひけれは、なりすみけにもとや思《おも》ひけん、木曾とのゝ御前《まへ》にまいりて、」(39ウ)此《この》よしを申けれは、さらはなんちやかてさきにくたりて、馬《むま》のくさをも、よういせさせ/よかしとの給へは、くらみつの三郎、家《いゑ》の子《こ》、らうとう、廿余騎《よき》をあひくして、せのをの/太《大》郎を先《さき》たてゝ、ひ中のせのをへそくた

四　みつしま―水《みつ》しま

瀬尾、倉光を欺き備中下向

五　ほうし―ほうしつくし

六　本ちきやう―本《ほん》ちきやう

七　公卿―くきやう（中院本は「究竟」の宛字）

一　あつ—あつる
二　木—木《き》
＊（読点不要）

瀬尾父子、倉光を暗殺

三　国—こふ（国府）
四　さうして—さうしして（雑仕して）
＊（国府辺）

瀬尾、備前備中の兵を招集

りける、かのかねやすは、そしけいか、こゝ/くにとらはれ、りせうけいか、かんてうにかへらさりしかとも、とをくいこくにへ/ける事をは、昔《むかし》の人の、かなしめりし、所《ところ》なりといへり、をしかはのたまき、かものはく」(40オ)もて、風雨《ふうゝ》をふせき、なまくさきしゝ、らくのつくりみつをもて、きかつにあつ[一]、夜はいぬる/事なく、ひるはひめもすにつかへけん、昔《むかし》の人をおもひて、今《いま》のかねやすも、木[二]をこり、/草《くさ》をからすと、いふはかりにしたかひけんも、いかにもして、かたきをほろほし、今《いま》一度《と》、/平家の御かたへまいらはやとおもひける、＊かねやすか、こ《心》ゝろの中こそをそろしけれ、/かねやすかちやくし、小《こ》太《大》郎むねやすは、ひ中のせのを《お》に候けるか、ちゝかくたると」(40ウ)きゝて、十四五きにてむかへにのほりけるか、はりまの国[三]につきたりける夜、小《こ》太《大》郎/むねやすさう[四]してみついしの宿《しゆく》にゆきむかひ、さけをよくすゝめけり、くらみつさけ/にゐひ《い》て、前後《せんこ》もしらすねたりけるを、せのをおやこして、さしころして、いゐの子《こ》、らう/とう、てむかひする物をはうつとり、おつるものをはおとしけり、ひせんの国《くに》は、十郎蔵《くらん》/人《と》の国《くに》なりけれは、＊こふへんにたいくわんのありけるをも、とほりさまに、夜うちに」(41オ)してこそくたりけれ、かねやすひせん、ひ中、両国《りやうこく》をもよほ《を》しけるは、かねやすこそ/命《いのち》いきて、是《これ》まてくたりたれ、平家に心さしおもひまいらせたまはん人々は、木曾《きそ》/殿の《とのゝ》くたるに、矢《や》一いかけよかしと申けれは、ひせん、ひ中、両国《りやうこく》のものとも、家《いゑ》の子《こ》、五/人もちたるは、三人は、平家に奉《たてまつ》り、三人もち

＊（東折り）

瀬尾、今井四郎勢と合戦

たるは、二人は平家へつけたりければ、おり/ふしせいも、ものゝくもなかりけり、され共《とも》のこる所《ところ》のつはもの共《とも》、ぬのゝこそてに、」（41ウ）＊あつまおりかきのひたゝれに、つめひもして、くさりはらまきつゝりきて、山うつほ/に、すかりまた五六、たかゑひらに、竹のねのそや七八、とりさしたるを、お《を》ふ《う》まゝに、都合《つかう》/其《その》せい二千余《よ》人、ひせんの国《くに》にうちこへ、ふくりん寺なはてを、さゝのせまりといふ、/せつしよを、ほりきりて、しやうくわくかまへて、たてこもる、くらみつの三郎か、うち/もらされたるらうとう、十郎くらんとか、たいくわんのけ人、木曾殿《きそとの》に此《この》よしを申さん」（42オ）とて、京へのほる程に、ふなさかにて、木曾殿《きそとの》にまいりあふ、此《この》よしを申ければ、今井《いまゐ》/の四郎かねひら、さればこそ、きやつかつらたましゐ、其《その》やつにて候つる物を、いそきき/らせ給へと申つるは、こゝ候そかしといへは、木曾《きそ》、よししやつならは、なに程の事か/あるへき、やかて御へんむかへとの給へは、うけたまはりて、今井《いま》五百余騎《よき》のせいに/て、ひせんの国《くに》にうちこえて、ふくりん寺なは《わ》てへをしよせたり、さゝのせまりと申は、」（42ウ）三方《はう》はぬま、一方《はう》は山なりけり、今井《いま》かむましやかたきのまとになりてそいられ/ける、今井《いまゐ》かなはしとおもひければ、そはなるふか田《た》へうち入て、むまの、くさわき、む/なかひ《い》つくし、ふとはらなとに、たつ所《ところ》を、事ともせす、すちかへさまに、むらめか/ひ《い》てそよせたりける、しやうちうにも、やくらよりおちあひ《い》て、たゝかひ《い》けり、今井《いまゐ》す/こしもひるます、さかもき、ひきのけく、すきなくせめけれは、かなはしとやおもひ」(43オ)けん、ふくりん寺、*なはてをおち、いたくら川《かは》の、むかひ《い》のきしにちんをとる、つゝきてせ／めけれは、せのをかせい、おちぬ、うたれぬせし程に、ちり〳〵にこそなりにけれ、せのを、／しうしう三きにうちなされて、落《おち》けるか、馬《むま》をもはなれて、三との山へそにけ入ける、小《こ》／太《大》郎むねやすは、ことし廿三になりけるか、ふとりせめたる大の男《おとこ》、物の具《く》しては、一／ちやうとたにはたらきえす、せのをかれをすてゝ、十四ちやう《丁》そにけのひたる、せのを」(43ウ)らうとうにむかひ《い》ていひけるは、日比《ころ》は、かたきの中《なか》に、かけ入てたゝから時は、四方《はう》／もはれ[一]おほゆるか、けふは小《こ》太《大》郎をすてゝおつれはにや、四方《はう》くらくなりて、行《ゆく》さきも／おほえぬなり、こゝをおちのひ、平家へまいらん事はやすけれ共《とも》、あのとしにて、いか／ほと《程》のさかえをせんとて、子《こ》をすてゝおちたりけんなと、とうれいともの、いはん事／こそくちおしけれ、ひつかへし、小《こ》太郎と一[二]所にて、うちしにせはやとおもふはいかに、」(44オ)らうとうか申けるは、まことに小《こ》太郎殿《との》を、すてまいらさせ給ておちさせ給て候はゝ、／何《なに》程の事[三]候へき、かへらせ給へと申せは、せのをもさらはとて、ひつ返して見《み》けれは、／小《こ》太郎、あし大にはれてそふしたりける、小《こ》太郎申けるは、むねやすこそ、身のきりやう／も候はねは、是《これ》にてしかいとそんし候へ、御身さへうしなひ《い》まいらせん事、五きやく／さいの其《その》一にて候へし、りをまけて、のひさせ給へと申せとも、さりとては、おもひきり」(44ウ)たる事を、何《なに》しにひるかへすへきとて、

＊（読点不要）

瀬尾、子を捨て敗走

一　はれ—はれて

二　一所—一所《しょ》

三　事—事か

瀬尾父子自害

行家離反の報に義仲帰洛

＊（覚一本等「万寿」の庄。那須家本等の「ましゆ」から「ますゆ」と転じたか。）

室山合戦

しうしう三人むかひゐ《い》たる所へ、いま/井か、せい五百余騎《よき》にてはせきたりたり、あはやかたきはこゝにありけるはとて、/さしつめひきつめさん〳〵にいる、せのを、しうしう三人たゝかひ《い》けるか、小《こ》太《大》郎むね/やす、いたてをいて見《み》えければ、せのを《お》とてひきよせ、くひかきゝりてうちすて、我身《わか》も/しかいしてこそうせにけれ、らうとうさん〳〵にふせき矢《や》いて、うち死《しに》す、今井《いま》の」(45オ)四郎、せのをしうしう三人かくひをとりて、木曾殿《きそとの》の《ゝ》けさんにいる、あはれ一人たう/千のつはものとは、是《これ》をこそいひたれ、おしかりつるものともかなとそ、のたまい《ひ》ける、/やかてくひをは、たうこくの、さきのもりにそかけられける、せのを親子《おやこ》うたれてそ、ひ/せんのいくさはやみにける、木曾《きそ》はひちうの国《くに》、＊ますゆのしやうにうちこえて、せい/そろへし、さぬきの八島《しま》へわたらんとし給けるに、都《みやこ》のるすにをかれたる、ひくちの」(45ウ)二郎かねみつ、はや馬《むま》をたてゝ申けるは、十郎蔵人殿《くらんとゝの》こそ、御くたりのまに、ゐ《い》んのきり/人して、さま〳〵のさんけんを申され候へと申ければ、木曾《きそ》さらはとて、大事をさし/をきてとてかへし、都《みやこ》へのほる、十郎蔵人《くら》此《この》よしをきゝ、かなはしとやおもはれけん、/一千余騎《よき》をひきくして、たんはちにかゝりて、はりまへくたる、木曾《きそ》はつの国《くに》をへて、/都《みやこ》へのほる、去程《さる》に平家は、新《しん》中納言とももり《ゝ》、本《ほん》三位中将しけひら、さつまのかみ」(46オ)たゝのり、のとのかみのりつね、四人大将軍《しやうくん》にて、都合其《つかうその》せい一万余騎《よき》、はりまの国《くに》まて/せめのほり、むろ山にちんをとりたりける、

行家、河内へ敗退

*（紀伊の路）

一　水島—水《みつ》しま

義仲軍洛中狼藉

二　けち—くち（「口」。中院本の誤り）

*（正税、官物）

法皇、鼓判官を以て狼藉制止を命ず

十郎蔵人《くらんと》さらは平家とかつせんして、木曾《きそ》/に中なをりせんとて、むろ山にを《お》しよせたり、平家一万よきか中にとりこめて、/さんく〱にたゝかひ《い》けれは、十郎蔵人《くらんと》三百よきにうちなされ、はりまのたかさこより/舟《ふね》にとりのりて、おちられけり、西国《さいこく》をは平家にをそれ、都《みやこ》をは木曾《きそ》にはゝかりて、」(46ウ) き*のちをさしておちけるか、いつみの国《くに》にゝをしわたり、それよりかはちの国《くに》、なかのゝ/しやうにそこもられける、平家は水島[一]むろ山二か度《と》のかつせんにうちかちてこそ、/いよ〱大せいはつきにけれ

つゝみのはんくわん御つかひの事

木曾《きそ》は都《みやこ》のしゆこにてありけるか、ひたす/らのあらゑ《え》ひすなれは、賀茂《かも》、八《は》わたの、しやりやうをもはゝからす、あお田《た》をかりて、ま/くさにし、はては、たうたうをやふり、さい」(47オ) ほうをはこひとる、只今《たゝいま》さしあたりたる/しよくしをも、を《お》しとゝめて、其《その》けち[二]をむなしくせさせけり、つしく〱、こうちく〱に、/しらはたうちたてゝ、ろしにもてあふ、けんもんせいけの、正《さ》*せい、くわんもつともいは/す、うはいとるのみならす、いしやうをはきとる、平家の時は、六波羅殿《はらとの》といひてしかは、/たゝ大かたのおそろしきはかりこそありしか、いしやうをはかるゝまての事はな/かりし物を、平家に、源氏《けんし》、かへをとりしたり」(47ウ) とそいひあひける、法皇《ほふわう》も此《この》よしきこしめ/されて、其比《そのころ》ゆきのかみともたかゝ子《こ》に、

三　もと（三条西本は「も」の右に別筆で「も」と傍記）

＊（読点不要）

法皇、義仲討伐軍を召集

義仲の反発

ゆきのはんくわんともやすは、十のうのき/こえあり、中にもつゝみの上すなりけれは、人つゝみのはんくわんとそ申ける、法皇《ほふわう》、/ともやすをめして、木曾《きそ》かもと三へゆきむかひ《い》て、らく中のらうせき、しつむへきよし/いへとおほせられけれは、ともやす木曾《きそ》か宿《しゆく》所にまかりむかひ《い》、ゐ《い》んせんのおもむき/いひふくめけれは、其《その》御返事をは申さて、」(48オ)やとの、御へんを、たうしつゝみはんくわん/といふは、よろつの人に、うたれたうたか、はられたうたか、さてなり給かとそ申ける、/ともやす、めんほくをうしなひ《い》院《ゐん》＊、の御所にまいり、木曾《きそ》はいかさまにも、むほんの心さ/し候物を、いそきついたうせらるへしと申せは、法皇《ほふわう》も大にけきりんありて、さら/は、しかるへきさふらひ《い》ともには、おほせられもあはせす、山のさす、寺《てら》のちやうりにおほ/せて、山門《さんもん》、寺門《もん》、ならひに、南都《なんと》の悪僧《あくそう》とも、」(48ウ)なにものにてもあれ、弓矢《ゆみや》とりてよからん/するものは、皆《みな》御所かたへまいるへしとふれられたりけれは、むかひ《い》つふて、いんち、つ/しくわんしやはら、もしはこつしき法師《ほふし》にいたるまて、皆院《みなゐん》の御所へそまいりたる、/御所には、上下二万余《よ》人そ、こもりける、木曾《きそ》は、法皇《ほふわう》の、御きそくあしきよしきこえし/かは、近国《きんこく》の源氏《けんし》は申にをよはす、しなの源氏《けんし》にいたるまて、みな木曾《きそ》をそむきて、院《いん》/の御かたへそまいりける、今《いま》井の四郎申」(49オ)けるは、さこそ末《まつ》代と申すとも、いかてか君《きみ》/にむかひ《い》まいらせさせ給て、弓《ゆみ》をひき、矢《や》をはなたせ給へき、たゝすみやかに、かふとをぬ/きて、かう人に、まいらせ給候へかしと申せは、木曾《きそ》のたまひけるは、我《われ》しなの〻国《くに》、*こ／いみ、*あひたのたちを、いてしより此《この》かた、大少事のかつせんにあふ事廿余《よ》かと也《なり》、／一度《と》もかたきにうしろを見《み》せたる事なし、法皇《ほふわう》にてましませはとて、いかてかから／人にはまいるへき、都《みやこ》のしゆこにてあらん」(49ウ)程のものか、馬《むま》一ひきかうてのらさるへき／か、いくらもあるあをたをかりて、まくさにせんは、何《なに》かくるしかるへき、らうとうとも／か、かひ《い》なき命《いのち》たすからんとて、いくらもあるとく人とものもとへうち入て、ひやう／らうとりせんは、何《なに》かくるしかるへき、大臣《しん》、宮《みや》〳〵の御所へもまいらはこそ、義仲《よしなか》か《ゝ》ひ／かことならめ、これはいかさまにもつゝみめかけうかいとおほゆるそ、いさ院《いん》の御所／にまいりて、しやそのつゝみうちやふり」(50オ)てくれん、あなやくな、法皇《ほふわう》はさるやくなき／人にてましますもの《物》を、さうなくまいりて、くひをきられまいらせて、せんのなさよ、今《こん》／度《と》は義仲《よしなか》か《ゝ》さいこのいくさとおほゆるそ、頼朝《よりとも》かつたへきかん所もあり、義仲《よしなか》か《ゝ》いく／さのきちれいは、七手《て》につくる事なれはとて、今井《いまゐ》、ひくち、五百余騎《よき》にて、いまくまの、／*れんけ《くゑ》わうゐ《い》んへ、からめてまはるへし、のこる六手《て》は、をの〳〵か、ゐたらん所〳〵より／うちいてゝ、七条《てう》かはらにて、一てになれと」(50ウ)いひふくめ、十一月十九日のたつのこくには、／院《いん》の御所、法住寺《ほふちう》殿《との》へそをしよせたる、つゝみはんくわんともやすは、いくさのきやう／しうけたまはりて候けるか、よろひ《い》をはきす、かふとはかりきて、かふとの四方《はう》に、四天《てん》を／かきてそをしたりける、かほにはあかく

*（「こいみ」は「おみ」（麻績）の転か。文禄本「少忌」）

*（藍田の館）

*（蓮華王院）

一　一て（内閣本「一手」）—一て

法住寺合戦（十一月十九日）

二　うちふりうちふり―うちふり〳〵

三　あはて―あいて（中院本の誤り）

法皇五条内裏に避難

四　一方―一方《はう》

にをぬり、かたてにはけんをもち、かたて/には、こんかうりやうをもちて、ついかきのうへにのほり、つねにこんかうりやうを、/[二]うちふりうちふり、まふ時もあり、たくせん」（51オ）する時もありけり、公卿《くきやう》、殿《てん》上人、是《これ》を見給て、/ふせいなしともやすにてんくつきたりとそわらはれける、ともやす御所の東《ひんかし》の、つ/いかきの上《うへ》にのほりて、大おんあけて申けるは、こは末《まつ》代といはんからに、いかてか/十せんの君《きみ》にむかひまいらせて、弓《ゆみ》をひき、矢《や》をはなつへき、なんちらかはなたんする/矢《や》は、かへりて身にあたるへし、ぬかん太刀《たち》は、帰て身をきるへしとそ申ける、木曾《きそ》此《この》よ/しをきゝ、れいのつゝみめか、なりまはると」（51ウ）おほゆるそ、さないはせそとて、御所の四門《もん》/にをしよせて、火をかけたり、つゝみはんくわんともやすは、まつ一番《はん》についかき/よりとひおりて南《みなみ》をさしてにけにけり、のこりのものともは、あるいはむかひ《い》つふて、/いんち、つしくわんしやなりけれは、まことの時は一たまりもたまらす、我《われ》さきにとそ/にけにける、をそくはしるものは、はやくはしる者《もの》にけたをされ、さきにゆくものは、/あとに行《ゆく》ものにふみころさる、御かたの、」（52オ）太刀《たち》なきなたに、つらぬかれてしぬるもの/もあり、かたきにあはて[三]しぬる者《もの》は一人もなかりけり、あふみ源氏《けんし》、山本《もと》のくわんしや/よしたか、しなのけんし、むらかみのはんくわん代もとくに、これらは院《いん》の御所に候/けるか、三百余騎《よき》にてうち出《いて》ゝ、さん〳〵にたゝかひ、[四]一方をうちやふりておちにけり、/法皇《ほふわう》は、けふりにむせひておはしましける

か、御こしにめして、七条《てう》を西《にし》へ御幸《かう》なる、／つはもの共《とも》、矢《や》をいかけ奉《たてまつ》る、くふの人々、」(52ウ)
ゐ《い》んの御幸《かう》そ、らうせきつかまつるなとお／ほせけれは、弓《ゆみ》をひらめてかしこまる、この
ちんはたかかためたるそとおほせけれは、／ねの井のこやたと申す、さらはなんち、いつ
かたへも御からなしたてまつれとおほせ／けれは、やかて木曾《きそ》にこのよしを申て、御
こしうけとりて、五条《てう》たいりへ入まいらせ／けり、主上《しゆ》は御舟《ふね》にめして法住寺《ほふちう》殿《との》の《ゝ》、池《いけ》
のみきはにわ《わ》たらせ給けるを、つはものと／ものはなつ矢《や》、ちかくまいりけれは、七条《てう》の」(53オ)
しし《ゝ》うのふかた、いかに、是《これ》は主上《しゆ》の御さあ／るそ、らうせきなりとの給へは、つはもの共《とも》
をそれ入てそ候ける、木曾《きそ》やかて御こしを／まいらせて、かんゐんたいりへ入まいらせけり、
天台《てんたい》さす、明雲《めいうむ》は、院《いん》の御所にまいりこも／りておはしけるか、かけなる馬《むま》にめし、七条《てう》
をにしへおちさせ給ける[一]、ひくちの二郎かは／なつ矢《や》に、いおとされ給けり、てらのちやう
り、八条《てう》の宮《みや》も、しらあしけなる御馬《むま》にめし／て、おちさせ給けるを、今井《いまゐ》の四郎、いおとし」(53ウ)
奉《たてまつ》る、[二]とのものかみちかなりか子《こ》に、せい大／けきなりひさは、かちの《ちん》ひたゝれに、もえ《よ》
きのはらまきに、五まいかふとのをゝ《おを》しめ、／馬《むま》にうちのり、七条《てう》を西《にし》へおちけるを、今《いま》
井の四郎かはなつ矢《や》に、いころされけり、／もとよりみやうきやうたうのはかせにて、
かつちうをちやくするてう、しかるへからす／とそ申ける、をよそ、[*]ちうせいけのはかせの、
まさしくひやうかくをたいする事これ／はしめとそうけたまはる、けん蔵《くらん》人なかゝ」(54オ)

主上閑院内裏に避難

座主明雲・長吏八条宮落命

一　けるーけるを

大外記業久落命

二　とのもー主水《もとん》（「とのも」は主殿。三条西本の訓は「もんと」とあるべき）

＊（中清家）

源仲兼の郎等加賀房討死

ぬ、川内守《かはちのかみ》なかのふ、しうしう七きにて、か／はらさかにうちいてゝ、たゝかひけるか、けん蔵《くらん》人からうとうに、三くさしゝの加賀はう、／といふものあり、けんくらんとにいひけるは、ひあいの馬《むま》にのりて候程に、おもふやう／にいくさもせられ候はす、くちおしき事にて候と申けれは、けん蔵《くらん》人、わか馬《むま》にのり／かへたり、加賀はう、しうの馬《むま》にのりかへて、大せいの中にかけ入、さんく〵にたゝ／かひ《い》てうちしにす、けん蔵《くらん》人からうとう、」（54ウ）かれこれ五きうたれぬ、きやうたい二きに／なりてたゝかひ《い》けるを、御かたの者共《ものとも》の落《おち》行《ゆく》か、きやうかうも御幸《かう》も、はやた所へなり／ぬ、今《いま》はたれをかはゝんとて、軍《いくさ》をはするそといひけれは、けん蔵人《くらんと》、大せいの中を／うちやふり、南《みなみ》をさしておちにけり、せつしやうとのも、四都のすまゐもなにゝかは／せんとて、うちとのへいらせ給けるに、けん蔵《くらん》人、こわ《は》た山にてまいりあふ、何《なに》もの／そとおほせけれは、けん蔵人《くらんと》、なかか《ゝ》ぬ、かは」（55オ）ちのかみなかのふと申す、さらは御ともに、／人一人も候はぬに、御ともつかまつれかしとおほせけれは、かしこまてうけたまはり、／うちとのまてをくりたてまつり、しよりやうなりけれは、かはちのつほ井をさしてそ／おちにける、けん蔵《くらん》人か家《いゑ》の子《こ》に、しなのゝ二郎よりつなといふものあり、かはらさか／にいくさありときゝて、らうとう一きあひくして、うちいて見《み》れは、けん蔵《くらん》人のの《ゝ》りた／りつる馬《むま》はしゝて、ぬしは見《み》えす、さきたち」（55ウ）たてまつらんとこそおもひつるに、をくれ／ぬるこそくちおしけれとて、大せいのかた

三　くさしゝ—草鹿《くさか》

仲兼脱出、途中で摂政護衛

四　都—都《みやこ》

仲兼の家子頼綱討死

きにかけむかひ《い》、是《これ》はけん蔵人《くらんど》の家《いゑ》の子《こ》に、／しなのゝ二郎よりつなと名乗《なのり》て、さんく

院方敗走

にたゝかひ《い》、しうしう二き、ともにうちしに／してけり、そのほか、しほのこうち、かはら、れんけわう《くゑ》院《いん》、所〳〵にてかつせんす、七条《てう》／かすへ《ゑ》をは、山門《さんもん》の大衆《しゆ》かためたりけるか、しいたしたる事もなくて、おちにけり、八／条《てう》かすへ《ゑ》をはならほうし《ふ》かためたり」(56オ)けるも、一いくさもせてにけにけり、九条《てう》か／すへ《ゑ》をは、つの国源氏《くにけんし》かかためたりけるか、矢《や》一すちもいすして、にしへむきてそおち／ゆきける、ゐ《い》んかたより、京中のさい地のものともにおほせけるは、何《なに》ものにても／あれ、おちゆかんするものをは、うちとゝめてまいらせよ、けんしやうあるへしとふれ／られたりけれは、つの国源氏《くにけんし》の落行《おちゆく》を、かたきのおつるそと心えて、両方《りやうはう》の屋の上《うへ》に／のほり、おそいの石《いし》にてうちけれは、いかに」(56ウ)これは、ゐ《い》んかたそ、あやまちすな〳〵と申／けれとも、さないはせそとて、ひろひ《い》かけてそうちたりける、かなはしとやおもひ《い》けん、／馬物《むまもの》の《ゝ》くをすてゝおちにけり、其外《そのほか》、御所中の女房《によはう》たち、公卿殿上人《くきやうてん》のおちさせ給／けるを、をさへ〳〵いしやうをはきけり、

刑部卿頼輔の醜態（十九日）

らうせきなのめならす、中にもふんこの／こくし、きやうふきやうの三位、よりすけは、まはたかにはきなされ、かはらさかに、にし／むきにたゝれたり、ころは十一月十九日の」(57オ)たつのこくはかりの事なれは、かはら風《かせ》／はけしさ、申はかりもなかりけり、此《この》三位を、日ころ見《み》しり奉《たてまつ》りし、ちうけんほうし《ふ》の／候けるか、かはらさかのかつせん、見物《けむぶつ》して

義仲、首実検

一　なと—なと〻

＊（自余）

宰相脩範、法皇に参仕（二十日）

二　宰相—さ京の大夫→補記

三　も—とも

四　我—わか

ゐたりけるか、見《み》つけ奉《たてまつ》りて、あなあさまし/やとて、はしりより、こそて二に、衣《ころも》きたりけるか、さらは小袖《こそて》をもぬきてきせたてま/つらて、うへなる衣《ころも》をぬいてうちきせ奉《たてまつ》る、ひやくゐなる法師《ほふし》さきにたちて、うつを/衣《ころも》うちきておはしける、うしろすかたの」(57ウ)おかしさ、申はかりもなかりけり、さらはい/そきてもおはせすして、あそこはいつくそ、こゝはいつくそ、あの家《いゑ》は、たかいゐ《へ》そなと/とはれけるこそおかしけれ、さる程に、木《き》曾《そ》は、三千余騎《よき》のせいにて、六条《てう》かはらに/うちたちて、馬《むま》のかしらを、南《みなみ》かしらにひきたて、八幡《まん》大菩薩《ほさつ》をおかみ奉《たてまつ》り、其後《そのゝち》五百よ/人かくひをきりかけさす、中にも山のさす、てらのちやうりの御くひをは、この法師《ほふし》/は、たとき御房たちにてあんなるそ、たかく」(58オ)うちてかけよとて、＊しよりたかくそかけ/させける、法皇《ほふわう》は、五条《てう》たいりにわたらせ給けれとも、まいりちかつく人もなし、同《おな》し/き廿日、[二]宰相なかのり、まいらせ給たりけれとも、しゆこのふしきひしくて、入たてまつら/さりけれは、かゝらん世をは、とてもかくてもとて、宿所《しゆくしよ》にかへり、出家《しゆつけ》して、ころも/はかまにて、まいらせ給たりけれは、その時しゆこのふしゆるし奉《たてまつ》る、御せんにまいら/せ給たるに、法皇《ほふわう》、あれはいかにとおほせ」(58ウ)けれは、昨日のいくさの、あさましかりし/事[三]も申させ給けり、ほう《ふ》わうおほせけるは、中にも山のさす、寺《てら》のちやうりのうせ/ぬる事、[四]我ゆへにこそとて、御涙にむせはせおはします

法皇六条西のとうゐんへ入御の事

同《おな》しき廿二日、法皇《ほふわう》をは、五条《てう》たいりをいた／しまいらせ、六条西《てうにし》のとうゐ《い》んの、なりたゝか宿所《しゆくしよ》へ入まいらせけり、木曾《きそ》は、いよ〳〵／心のまゝにそふるまひける、同《おな》しき廿九日」(59オ)に、せつしやうとのをはしめ奉《たてまつ》りて、けい／しやううんかく、四十九人の、くわんしよくをとゝめて、をひ《い》こめ奉り[一]、あまさへ、まつ殿《との》の[二]／せつしやうてんかの、御むこにをしてなりにけり、まつとの其《その》ゆへにや、ある時木曾《きそ》／をめしてのたまひけるは、平家の時は、四十二人の、くわんしよくをこそとゝめたりし／か、これは四十九人なり、あくきやうはかりにては、いかゝ世をもしつむへきとおほせ／けれは、木曾《きそ》かしこまてうけたまはり、四十」(59ウ)九人のくわんしよくを、一度《と》に返し奉《たてまつ》る、／さきのとのゝ御子《こ》、中納言の中将もろいゑ《へ》とて、十二にならせ給けるに大しん、／せつしやう、一度《と》にせさせ奉《たてまつ》る、おりふし大しんあかさりけれは、ことくたい《大》寺の内大《ない》／臣《しん》の、左大将にておはしけるを、かり奉《たてまつ》りて、なし奉《たてまつ》るとそきこえける、昔《むかし》も今《いま》も、京もゐ／な《中》かも、人のくちのさかなさは、かるの大臣《しん》とそ申ける、木曾《きそ》あはれさらはわうになら／はやとそ申ける、その時の主上[三]は、をさなく」(60オ)わたらせ給しかは、わうにならんすれは／とて、今《いま》さらわらい[四]にならん事もかなふまし、ゐ《い》んにならはやと申けるか、その時の／ゐ《い》んは、法皇《ほふわう》にてわたらせ給けれは、院《いん》にな

法皇、業忠宿所に入御(二十二日)

義仲、恣意の除目(二十九日)

一　奉り―たてまつる

二　せつしやう（摂政）―せんちやう（禅定）

師家あだ名「かるの大臣」

三　主上―主《しゆ》上

四　わらい―わらは（「童」。中院本の誤り）

義仲、院厩別当になる

法皇、義仲追討院宣（十二月十日）

頼朝、京都守護軍と年貢進上

使者鎌倉着。頼朝、追討軍派遣

寿永二年暮、天下三分立

＊（魏蜀呉、鼎の足）

らんすれはとて、今《いま》さら入道《たう》にならん事／もむねんなり、関白殿《くわんはくとの》とはえいはて、はんはくにまれなるかといへは、け人とも、関白《くわんはく》に／は、ふちはらうちの人こそならせ給へ、源氏《けんし》にてはかなはせ給候ましと申せは、さてはと／て、たんはの国《くに》を知行《ちぎやう》して、ゐ《い》んのみまやの」(60ウ)別当《へつたう》にをしなりけり、さる程に、法皇《ほふわう》は、／十二月十日、くないはんくわんきんともを御つかいにて、木曾《きそ》ついたうのゐ《い》んせんを、／かまくらへこそくたされけれ、其比《そのころ》ひやうゑ《へ》のすけは、この二三か年《ねん》か間《あひた》、国《くに》〳〵の／さうとうによりて、おほやけの御ねんくもたてまつらす、是《これ》あさましき事なりとて、／御ねんくをしんせられけり、かさねて都《みやこ》のしゆこのために、しやてい二人、のりより、／よしつねに、一千余騎《よき》をさしそへて、都《みやこ》への」(61オ)ほせられけるか、京に事いてきたりとき／こえしかは、お《を》はりの国《くに》、あつたの宮《みや》にとうりうす、くないはんくわんきんとも、かま／くらにまいりて、木曾《きそ》からうせきの事申けれは、よりとも、やかてついたうすへし／とて、数《す》万きのくんひやうをさしのほせらる、四方のせき〳〵ふさかれて、おほやけの／みつき物もたてまつらす、わたくしの、ねんくものほらねは、京におはする人は、せうす／いのうを《ほ》にことならす、ひやうゑ《へ》のすけは」(61ウ)かまくらに、平家は西国《さいこく》に、木曾《きそ》は都《みやこ》にはり／をこなふ、わうまうか世をとりて、せんかん、こかんの間《あひた》に、十八年たもちたりしか／ことし、たとへは天下《てんか》の、三こくにわかれて、＊きしよく、こかなへのあしのことくなりし／にことならす、あふななからにとしくれ

て、[一]寿永も三年になりにけり

平家物語第八終」(62オ)

一　寿永―寿《しゅ》永

平家物語第九目録

平家物語第九

木曾ついたうにうつて上洛の事

寿永三年年頭

一　寿永―寿永《しゆゑい》

二　院―院《いん》

三　御所―御所《しよ》

屋島の正月

＊（氷様《ひのためし》）

四　まして―ましへ（中院本の誤り）

義仲西国発向中止（一月十七日）

[一]寿永三年正月一日、[二]院の[三]御所は、大せんの／大夫《たいふ》なりたゝか、六条《てう》にしのとうゐんの宿《しゆく》所《しよ》なれは、御所のていしかるへからさる所《ところ》／にて、礼儀《れいき》もをこなはれす、はいらいもなし、院《ゐん》のはいらいなけれは、たいりのてうはい／も、をこなはれす、平家はさぬきの国《くに》、八島《しま》のいそに、春をむかへて、年《とし》のはしめなり／けれ共《とも》、元《くわん》日、元《くわん》三のきしき、事よろしから」(2オ)す、せんていおはしませは、主《しゆ》上とあふき《を》た／てまつれとも、四はうはいもなし、こてうはいもなし、はらかもそうせす、＊ひのため／しもたてまつらす、さすか世みたれたりしか共《とも》、都《みやこ》にては、かくはなかりし物をとあはれ／なり、せいやうの春もきたりぬれは、浦《うら》ふく風《かせ》もやはら《わ》かに、日かけものとかになり／ゆけとも、平家の人々は、たゝこほりにとちこめられたる心ちして、かんくてうにこと／ならす、とうかんせいかんの柳《やなき》ちそくを」(2ウ)[四]まして、なん《む》しほくしの梅《むめ》、かいらくすて／にことなり、花のあした、月の夜、詩歌《しか》、くわんけん、まり、こゆみ、あふきあはせ、ゐあはせ、く／さつくし、むしつくしと、様々《さまく》けうありし事とも、思ひいて、かたりあはせて、いとゝ／なかき日を、くらしかね給そあはれなる、同《おな》し

き正月十六日に、木曾《きそ》のさまのかみ義仲《よしなか》を、/院《いん》の御所にめされて、平家ついたうのために、西国《さいこく》へはつかうすへきよし、おほせくた/されけれは、かしこまてうけたまはり、同《おな》し」(3オ)き十七日、すてに門出《かといて》とさためける程に、又/東国《とうこく》より、木曾《きそ》ついたうのうて、す万きのせいにて、みのゝ国《くに》、伊勢の国《くに》につきぬとき/こえしかは、門出《かといて》はかりして、西国下向《さいこくけかう》はとゝまりけり、五宇治《うち》、せた、両方《りやうはう》へ、らうとう/共《とも》をさしつかはす、六木曾三千余騎《よき》ときこえしか、皆《みな》はう〳〵へわかちつかはして、をり/ふしせいこそなかりけれ、まつひくちの二郎かねみつに、五百余騎《よき》をさしそへて、をち/の十郎蔵人《らうくらんと》か、川内《かはち》の国《くに》、なかのゝしやうに」(3ウ)ありときこえしかは、せめさせんとてつか/はしぬ、今井《いまゐ》の四郎かねひらに、七百余騎《よき》をさしそへて、せたをふせきにむけられけり、/にしな、たかなし、山田《た》の二郎、五百余騎《よき》にて、宇治《うち》をふせきにむかひ《い》けり、したの三郎/せんしやうよしのり、七ほうとうの三郎よしひろ、三百よきにて、よといもあらひ《い》を、ふせ/きにむけられけり、東国《とうこく》よりのほる、うつての大将軍《しやうくん》は、かまの御さうし、九郎御さう/し、其《その》せい六万よき、其比《そのころ》かまくら殿には、」(4オ)いけすき、するすみとて、きこゆる名馬《めいは》あり、/かまの御さうし、九郎御さうし、しきりに此御馬《このむま》を、しよまうありけれともかなは《わ》す、/かちはら源太《けんた》かけするゐま《へ》いりて、いけすきを申けれは、此馬《このむま》は、頼朝かしせんの時、物の/具《く》してのらんすれは、かなふまし、をとらぬ馬《むま》なれはとて、するすみをこそたひてけれ

五　けり―ける

対関東軍の配備

六　木曾―きそは

七　ほうとう―保《ほう》とう

名馬いけずきをめぐる対立

*さゝ木四郎たかつねいけすきを給事

其《その》のちさゝ木《き》四郎たかつな、いとま申にま/いりたりけるに、ひやうゑ《へ》のすけのたまひ」（4ウ）けるは、いけすきをは、さしもの人々の申さ/れつるよ、かけするゑも申つれとも、たはさりつるそ、御へんのちゝ、さゝきの源《けん》三秀義《ひでよし》は、/こさまのかみとのゝ、御いとをしみあさからさりき、されは平治[一]のかつせんに御/ともして、命《いのち》をすてたりし人なり、あひつきて又御へんの、ほうこうしんへ《め》うなり、/今度《こんど》宇治川《うちかは》をは、此馬《このむま》にのりてわたすへしとて、いけすきをこそたひてけれ、さゝき/しやうかいのめんもく、これなりと悦て、」（5オ）まかり出《いで》けるか、いかゝおもひけん、たちか/へりて申けるは、今度《こんど》たかつな、宇治川[二]にて、しゝたりときこしめされ候はゝ、人にさ/きをせられたりとおほしめし候へ、いまたいきたりときこしめされ候はゝ、宇治川《うちかは》の/せんちんをは、さためてつかまつりつらんと、おほしめされ候へと、申きりてそいてに/ける、ひやうゑ《へ》のすけ、あまりにくわうりやうの、申事かなとそのたまひける、去《さる》/程に、あしからはこねをうちこえて、する」（5ウ）かの国[三]、うきしまかはらにうちいてたり、/かちはら源太《げんた》かけするゑ、たかき所《ところ》にうちあかりて、おほくの馬共《むまとも》を見《み》けるに、いく千万[四]/といふかすをしらす、いろ〳〵《色・々》の馬《むま》に、おもひ〳〵のくらをいて、あるひ《い》はのりくちに/ひかせ、あるひ《い》はもろくちにひかせ、ひきと

*（「たかつね」は「たかつな」の誤り）

一　平治—平治《ち》

二　宇治川—うち川《かは》

三　国—国《くに》

四　いく千万—いく千万《はん》

をしく＼すきける中に、かけすゑかする／すみに、まさる馬《むま》こそなかりけれと悦て、しつかにあゆませゆく程に、くろくりけなる／馬《むま》に、きんふくりんのくらをゝ《を》きて、こふさ」(6オ)のしりかひ《い》かけたるか、とねりあまた、ひき／もためす、しらあはかませて、さしもにひろきうき島《しま》かはらを、ところもなけにおとろ／かさせ、中にかけてそ出《いて》きたり[五]、けいき、まことにあたりをはらひ《い》てそ見《み》えたりける、／かちはらなしかはみたかふへき、こはいかに、いけすきのゝ《の》ほりけるや、やゝそれは、／たか御馬《むま》そ、さゝきとのゝ御馬《むま》候、さゝき殿は、三郎殿《との》か四郎殿《との》か、四郎殿の《とのゝ》御馬《むま》候、かち／はら大に[六]いかり、さてはくちおしき事に」(6ウ)こそあんなれ、かけすゑか申つるにはたは*／て、さゝきにたひつる事こそ、いこんの次第《したい》なれ、今度《こんと》かけすへ《ゑ》都《みやこ》にのほり、木曾殿《きそとのゝ》／の四天王《わう》ときこえたる、今井《いまゐ》、ひくち、たてねの井にくむか、さらすは西国《さいこく》にくたりて、／平家におにかみのやうにいふなる、ゑつ中ちうのせんしもりよし[七]、二郎ひやうゑ《へ》もり／つきかつさの悪《あく》七ひやうゑ《へ》かけきよ、さてはのと殿[八]とくんてしなんとこそ思ひつるに、／是程《これ》におもひかへられたてまつりて、い」(7オ)くさして死《し》なんとて、はるく＼京へのほり／てせんなし、せんする所《ところ》、こゝにてさゝきと[九]ひつくんて、さしちかへ、はちあるさふらひ《い》／二人しゝて、大事かゝへ給たるすけとのに、そんとらせたてまつらんする物をとて、／あひ《い》まつ所《ところ》に、さゝきやうく＼ちかつきよりたり、かちはらおもひけるは、むかふさ／まにあてゝやおとす、をしならへてやくむ

五　たり―たる
六　いかり―いかりて
＊（賜《た》ばで）
七　もりよし―もりとし（中院本の誤り）
八　と―に
九　と―に

と、おもひけるか、まつ事のていをとはゝ/やと思ひて、いかにやさゝきとの、いけすき」（7ウ）給てとなふ《う》、一あはれこの人も、二内々《ないく》しよまう/するときこえし物をと、きつとおもひあはせけれは、ちともさはかすうちわらひて、/されはこそかちはらとの、たまはりたらは、今度《こんど》のいくさの、めんほくにてもあらんす/るか、たゝし此馬《このむま》三は給らぬそ、今度《こんど》宇治川《うちかは》わたさんとするに、のりてわたしぬへき馬《むま》/はなし、此御馬《このむま》をこそ、申はやと存つれとも、人々の申されけれとも、御ゆるされのなき/ときゝつる程に、たかつなか申ともよも給」（8オ）はらし、申てま《ヌ》たたまはらさらんは無念《むねん》/なり、さてはのるへき馬《むま》はなし、いかゝはせん、よしく\/かゝる天下《てんか》の御大事には、しう/の御馬《むま》、物のくなとぬすみたらんは、よもくるしからし、後《こ》日にこそ、きくわいのおほせ/をも、かうふらめと存《そんし》つる間《あいた》、たた《ゝ》んとしつるあかつき、御馬屋《まや》のとねりに、心をあは/せて、ぬすみてのほるそ、かちはら殿といひけれは、かちはら此《この》こと葉《は》に、四はらかゐ《い》て、/ねたき、さらはかけすゐも、ぬすむへかり」（8ウ）つる物をとて、とゝわらひ《い》てそのきにける

一　あはれ―さゝきあはれ（中院本の誤脱）
二　人―しん（仁）
三　馬―御むま
四　はらか―はとはらか

義経軍宇治河畔に布陣

さゝき宇治川わたりの事

源氏《けんし》六万余騎《よき》、おはりの国《くに》より、二手《ふたて》にわか/たれけり、大手《て》の大将軍《しやうくん》には、かまの御さうしのりよりに、あひしたかふ人々/たれく\そ、たけたの太郎のふよし、かゝみ

の二郎とをみつ、其子《そのこ》[五]小二郎なかきよ、一条《てう》の二郎たゝより、[六]いたかき三郎かねのふ、いさはの《わ》五郎のふみつ、[七]やまなさとみの人々、／さふらひ《い》大将《しやう》には、とゐの二郎さねひら、」(9オ)ちやくしいや太郎とをひら、いなけの三郎／しけなり、はんかいの四郎しけとも、もりの五郎ゆきしけ、くまかへの二郎なをさね、／ちやくし[八]小二郎なをいゐ、ひら《山》・やまのむしやところ、[*]するゐしけを、さきとして、都合《つかう》その／せい三万五千余騎《よき》、あふみの国《くに》、のちしのはらにそつきにける、からめての大将軍《しやうくん》／には、九郎御さうし義経《よしつね》に、あひしたかふ人々たれ〳〵そ、やすたの三郎よしさた、大／うちの太郎これよし、たしろのくわんしや」(9ウ)のふつな、さふらひ《い》大将《しやう》には、はたけやま《山》・の／しやうし二郎しけたゝ、しやていなかのゝ三郎しけきよ、かはこえの太郎《大》しけより、其《その》／子《こ》小太郎しけふさ、かちはら源太《けんた》かけするゐ、さゝき四郎たかつな、しふやのむ《う》まのせう／しけすけ、かすやのとうたとをかけ、いのまたの[九]小平六のりつなをさきとして、都合其《つかうその》／せい[一〇]三万五千余騎《よき》、伊賀《か》の国《くに》をへて、宇治《うち》はしのつめにそ、をしよせたる、[一一]宇治《うち》も瀬田《せた》も、／はしをひて、[一二]川《かは》のそこには、らんくいうちて、」(10オ)大つなはり、さかもきつないて、なかしかけ／たりけれは、岩《いは》なみおひたゝしくたきなりて、せまくらしきりにみなきりて、さかまく／水《みつ》もはやかりけり、またうのこくの事也《なり》けれは、川《かは》きりふかくたちこめて、馬《むま》のけも、／物のくのけも、さたかならす、比《ころ》は正月廿日あまりの事なれは、ひらのたかね、しか《志賀》の山、／昔《むかし》なからの雪《ゆき》きえて、谷〳〵《たにたに》のこほりとけ

五　小二郎―小《こ》二郎
六　いたかき―いたかきの
七　やまな―山なの
＊　（読点不要）
八　小二郎―小《こ》二郎
九　小平六―小《こ》へい六
一〇　三万―二万
一一　たる―ける
一二　ひて―ひいて（中院本の誤り）

あひ《い》て、水《みつ》ははるかにまさりたり、舟《ふね》なくて/は、たやすくわたすへしとも見《み》えさりけり、」(10ウ)御さうしは、川《かは》のはたにうちのそんて、人々/の心を見《み》んとやおもはれけん、こゝにひかへて、みつのひんをやまつへきとの給け/れは、むさしの国《くに》の住《ちう》人、はたけ山のしやうしけよしか子《こ》に、しやうし二郎しけ/たゝとて、今年《こんねん》廿一になりけるか、すゝみいてゝ申けるは、さ候へはとよ、さしもかま/くら殿にても、此川《このかは》の御さたは候し物を、日比《ころ》もなき、うみ川《かは》か、はしめていてきても/候はゝこそ、あふみの水《みつ》うみのすそなれは、」(11オ)まつともたやすく水《みつ》ひまし、またたれかは、/川《かは》をもわたしてまいらせ候へき、一とせ治[一]承のかつせんに、あしかゝの又《又》太郎たゝ/つなか、十八さいにて、此川《このかは》をわたしけるは、鬼神《おにかみ》まてはよもあらし、こゝをはしけ/たゝせふみつかまつらん、むさしのとのはらつゝけやとて、たんのたうをはしめと/して、五百余騎《よき》、くつはみをならふる所《ところ》に、平《ひやう》等院《とういん》のうしとら、たちはなのこしまかさき、/むすふの明神《みやうしん》の御前《まへ》より、むしやこそ二き」(11ウ)いてきたれ、一人はさゝきの四郎、一人はかち/はら源太《けんた》、いけすき、するすみに、のりつれて、ひつかけ〳〵そいてきたる、人めには/なにとも見《み》えねとも、心はかりはたかひ《ゐ》にさきをあらそひけれは、かちはら源《けん》、*太《た》さゝ/きに、弓《ゆみ》たけはかりそすゝみたる、さゝき、さきせられぬへくや思《おも》ひけん、いかにかけ[二]/はら殿《との》、東国《とうこく》には、とね川《かは》、西国《さいこく》には、此川《このかは》をこそ、日本《ほん》一二の大川《か》とは申せ、中にも此《この》/川《かは》は、うへもしたもはやくて、馬《むま》のあしきゝ」(12オ)

一　治承—治承《ちせう》

佐々木と梶原の宇治川先陣争い

＊（読点不適。「源太、」）

二　かけはら—かちはら（中院本の誤り）

すくなし、御へんの馬《むま》のはるひの、はるかに／のひて見《み》ゆるは、川《かは》中にてくらのりかへし、あやまちし給な、しめ給へといはれて、／かちはらさもあるらんとて、手《た》つなをは馬《むま》のし＊ゆみのかみにうちをき、はるひをとき、／あふみふみはり、ついたちあかり、二しめ三しめひきしめける間《あひた》に、さゝきつとはせ／ぬきて、川《かは》へさふとそうち入たる、かちはらこれを見《み》て、さてはわきみは、かけするゐをた／はかりけるそや、そのきならは、一度《と》までも、」（12ウ）たはからるましき物をとて、おなしくつゝ／きてさとそうち入たる、かうみやうせんとて、ふかくすなよさゝきとの、川《かは》のそこには、／さためて大つなあらん三、馬《むま》のりかけて、あやまちすなといひけれ共《とも》、みゝにもきゝい《入》れ／すわたしけり、川《かは》中まては、たかひ《ゐ》に、をとらし、まけしとわたしけれは、いつれをと／れりとも見《み》えさりけり、されともさゝきは、川《かは》のあんないはしりたり、いけすきといふ、／世一の馬《むま》にはのりたり、馬《むま》のあしにかゝり」（13オ）ける大つなをは、太刀《たち》をぬきて、ふつ〳〵と、／うちきりうちき《く》り、さしもにはやき宇治川《うちかは》なれとも、事ともせす、一もんしにさと／わたして、おもふ所《ところ》へうちあかりたり四、かちはらも、お《を》とらすわたしけるか、川《かは》中にて、／大つなに馬《むま》をのりかけ、のためかたにをしさけられ、はるかのしもよりうちあけたり、／さてこそ宇治川《うちかは》のせんちんさゝき、二ちんかちはらと、日きにもつけられたりけれ、／さゝきはたかき所《ところ》にうちあかり、あふみ」（13ウ）ふみはりついたちあかり、大お《を》んしやうあ／けて名《な》のりけるは、うたのてんわうより、十五

＊（須弥の髪）

三　あらん―あるらん

四　あかり―あけ

五　十一代―十一代《たい》

一代の御へうゑい、あふみの国《くに》の住《ちう》人、さゝ/きの源《けん》三秀義《ひでよし》か子《こ》に、四郎たかつな、宇治《うち》川《かは》のせんちん《む》そやとそ、名《な》のりけるけしき/まことに、あたりをはらひ《い》てそ、見《み》えたりける、はたけ山も、やかてうち入てわたし/けり[一]、川《かは》中にて、むかひ《い》のきしより、山田《た》の[二]二郎、はなつ矢《や》に、馬《むま》のひたいをのふかに/いさせて、馬《むま》こらへすなかれけれは、ちから」（14オ）をよはす、ゆみつえをつき、川中《かはなか》にこそ/おりたちたれ、いはなみ、かふとのてさきにあたりて、をしあけけれ共《とも》、事ともせす、む/かひ《い》のきしへわたりつく、はたけ山かよろひ《い》の、をしつけのいたに、ものゝとりつき/たりけれは、何《なに》ものやらんと思ひて、ふりむきて見《み》けれは、大のおとこの、をもよろひ《い》き/たるか、なかれかゝりてとりつきたり、はたけ山、たそ、大くしの二郎候[三]、しけつな、ゑせ馬《むま》に/[四]のり候つる程に、ほ《程》となくをしおとされて、」（14ウ）御太刀《たち》にとりつき奉《たてまつ》りて候、たすけ給へと/いひけれは、けうにあやまちし給らんに、いくたひも御へんたちをは、しけたゝこそ、/たすけ申さんすれといふまゝに、右のかいなをさしこして、大くしかよろひ《い》の、うは帯《おひ》/むすとつかみて、ちうにさしあけ、きしのうへにそなけあけたる、大くし立《たち》なをりて/たふ《ほ》れす、太刀《たち》をぬいて、*まかほにあて、むさしの国《くに》のちう人、大くしの二郎たいらの/しけつな、宇治川《うちかは》のせんちんそやと名《な》のり」（15オ）けれは、かたき、御かた、此《この》よしをきゝ一とう/にとゝそわらひ《い》ける、其後《そのゝち》、はたけ山も、のりかへにのりて、うちあかる、川《かは》中にて、馬《むま》/のひたいゐたりつる、山田《た》の二郎にめを

畠山の渡河

一　けり―けるか
二　二郎―二郎か
三　候、しけつな―しけつな候
四　のり―のりて
*（「真向《まかう》」または「抹額《まかう》」か）

かけて、三尺《しやく》五寸の、かうひらといふ太刀《たち》を/ぬき、山田《た》の二郎にそよりあひたる、山たもぬきあはせてこそうちたりけれ、はたけ山/は、わかむしやなり、山田《た》の二郎は、おいむしやなりけれは、はたけ山にきりたてられて/山田《た》はうけ太刀《たち》にこそなりたりけれ、山田《た》」(15ウ)いかゝはしたりけん、うけはつす所《ところ》を、はた/け山、弓手《ゆみて》のかたより、めてのわきへ、かけすきりてそおとしける、是《これ》をはしめとして、二/万五千余騎《よき》のつはもの共《とも》、くつはみをならへてうち入たる、さしもにはやき宇治川《うちかは》も、馬人《むま》/にせかれて、[五]水はかみにそたゝへ《ゑ》たる、其《その》中に、かちはらへいし、さゝきの五郎、しふ/やのむ《う》まのせう、かすやのとうた、いのまたの小平《へい》六、これら五人は、馬《むま》[六]にもはなれ、弓《ゆみ》つ/えをつき、はしのゆきけたをこそわたりけれ、」(16オ)さう人ともは、馬《むま》のしたはらに、とりつき/〱わたりけれは、ひさよりかみを、ぬらさぬもおほかりけり、むかひ《い》のきしより、山田《やまた》/かせい、五百余騎《よき》、矢《や》さきをそろへて、さしつめ、ひきつめ、さん〱にいけれとも、つは/ものとも事ともせす、かふとのしころをかたふけ、いむけのそてを、まかほにあてゝ/わたしけるあひ《い》た、やまたかせい、五百余騎《よき》とは見《み》えしかとも、五十きはかりになり/にけり、あるひ《い》はこわ《は》た山、ふしみをさして」(16ウ)おちゆけは、宇治《うち》は程なくやふれにけり、/せたの手《て》をは、いなけの三郎しけなりか、はかり事《こと》にて、たなかみの[七]く御のせをこそ/わたしけれ、いま井かせい七百よきにて、ふせくといへ共《とも》かなはす、三万五千よきか、を/めきさけひてわたしけれは、せたも程なく

義経軍宇治川突破

五　水—水《みつ》

六　にも—をも

七　く御—く御《こ》

義仲の都落

一　一所—一所《しよ》
二　大みち—大ち
三　はせ—はせて
四　まて—までの
五　女—女房
六　さらは—さ候はゝ

やふれにけり、木曾《きそ》は宇治瀬田《うちせた》やふれぬと/きゝて、さらは法皇《ほふわう》をとりまいらせて、さいこくにくたり、平家と一所[一]になりて、ひやう/ゑ《へ》のすけうたんとて、りきしや廿よ人をそ」(17オ)ろへ、ゐんの御所へまいられけるか、みちにて/かたきすてに、ほう《ふ》しやう寺大[二]みち、七条《てう》かはらまて、みたれ入たりときこえしかは、/かなはしとやおもはれけん、とて返し、六条《てう》をひんかしへ[三]はせゆく、木曾《きそ》は、六てうまて[四]/こうちなる所《ところ》に、はしめて見《み》そめたりける、[五]女のもとへうちよりて、なこりをお《ゝ》しまれ/けるか、とみにもいてやり給はす・木曾《きそ》とのゝ《の》御うちに、ゐちこの中太光家《ちうたみついゑ》とて、いまま/いりの候けるか、かたきすてに、かはらまて」(17ウ)みたれ入て候に、君は、いかさま、いぬしにせ/させたまひなんすと申けれとも、木曾《きそ》なを《猶》・もいてられさりけれは、[六]さらは光家《みついゑ》は、さき/たちてまちまいらせ候はんとて、やかてはらかいきてうせにけり、木曾《きそ》これを見《み》給て、/是《これ》は義仲《よしなか》を、すゝむるしかいよとおもはれけれは、やかてかうつけの国《くに》の住《ちう》人、なはの/太郎ひろすみをさきとして、そのせいわつかに三百余騎《よき》、かはらおもてにかけいてゝ/見給へは、けにもかたき、うんかのことくに」(18オ)いてきたり、大せいの中に、あらてとお/ほしきむしや、五十きはかりすゝみたり、其《その》中に武者《むしや》二き、おもてにあゆませいて/たり、一人はちよくしかはらの五三郎ありなを、一人はしほのやの五郎これひろなり、/ちよくしかはらかいひけるは、ひかへて、こちんのせいをや、まつへきと申けれは、しほ/のやかいひけるは、一ちんやふれぬれは、さん

義経、院の御所へ参上

たうまたからす、たゝかけよやとて、をめき/さけんてかけちかつく、九郎御さうしは、」(18ウ)
御所のおほつかなきにとて、かつせんをは、/つはものともにせさせて、しう〳〵《しう》六き
うちつれて、院《いん》の御所へそまいられけり[七]、御/所には大せんの大夫成忠《ふなりたゝ》、東《ひんかし》のついかきの
上《うへ》にのほりて、せけんをうかゝひ《い》見《み》る程に、/しろしるしつけたる、むしや[八]六きつれたる
か、六条を西《てうにし》へまいりけるを見《み》て、あはや又/木曾《きそ》かまいり候そや、又いかなる、らうせき
をかつかまつり候はんすらんと申《む》けれは、/法皇《ほふわう》も、ゑいりよ[九]をとろかさせおはしまし、」(19オ)
公卿殿上人《くきやうてん》もいろをうしなひ《い》、女房《にようはう》たちに/いたるまて、みなてをにきり、たてぬく[*]わん
もましまさす、成忠《なりたゝ》よく見《み》て申けるは、いや/是《これ》は木曾《きそ》にては候はす、かさしるしかは
りておほえ《覚》候、いかさまにも今日まいり候/なる、東国《とうこく》のつはものとおほえ《覚》候と、申もは
てす、九郎御さうし、そうもんの前《まへ》にうつ/たちて、東国《とうこく》のひやうゑ《へ》のすけよりともか
しやてい、九郎くわんしや義経《よしつね》、宇治《うち》の手《て》を、/いおとして、まいりたるよし、けさんに入」(19ウ)
らるへしとのゝしりけれは、成忠《なりたゝ》あまりの/うれしさに、ついかきよりとひけるか、あま
りにあはてゝ、こしをつきそんしたりけり[一〇]、/されともいたさはうれし[一一]にわすれて、はふ《う》
〳〵まいりて、此《この》よしを申けれは、法皇《ほふわう》さら/は門《もん》をひらきて、入よとおほせらる、御さう
しの其日《その》のしやうそくには、あかち《地》のにし/きのひたゝれ[一二]に、くれなゐすそこのよろひ《い》
をき、五まいかふとのをゝしめて、こかねつ/くりの太刀はき、廿四さしたる、大中くろ」(20オ)

七　けり—ける
八　むしや—むしやの
九　ゑいりよ—ゑいりよを
＊（願）
一〇　けり—ける
一一　うれし—うれしさ（中院本の誤り）
一二　ひたゝれ—みたゝれ（三条西本の誤り）

の矢《や》、かしらたかにお《を》ひ《い》なし、ぬりこめとう／の弓《ゆみ》に、かみを、ひろさ一寸《すん》にきりて、とりうちに、ひたりまきにまきたるはかりそ、大／将軍《しやうくん》のしるしとは見《み》えたる、のこる五人の者共《ものとも》も、よろひ《い》こそいろ《色》〳〵《々》なりけれ／とも、きりやう事から、大将軍《しやうくん》にあひおとらす、法皇《ほふわう》、中門《もん》のれんしよりゑい／らんありて、ゆかしけなるもの共《とも》のありさまかな、一々に申せとおほせられけれは、大／将軍《しやうくん》九郎義経《よしつね》、一人は、あふみの国《くに》の住《ちう》人、」(20ウ)さゝきの源《けん》三秀義《ひでよし》か子《こ》に、四郎たかつな一／人はむさしの国《くに》の住《ちう》人、はたけ山のしやうししけよしか子《こ》、しやうし二郎しけたゝ、／一人は、かはこえの太郎しけよりかちやくしに、小太郎しけふさ、一人は、かちはら平《へい》三／かけとき《時》かちやくし、源太《けんた》かけすゑ、一人は、しふやのしやうししけくにか子《こ》に、むま《う》の／せうしけすけと、めん〳〵に名《な》のりて、庭《てい》上にかしこまる、九郎御さうしを、大ゆかち／かくめされて、成忠《なりたゝ》をもて、此間《このあいた》の事共《とも》を、」(21オ)御たつねありけれは、そうし申されけるは、／かまくらのひやうゑ《へ》のすけ、木曾《きそ》からうせきの事、うけたまはりをよひ候によて、／ついたうのために、しやてい二人、のりより、義経《よしつね》に、六万余騎《よき》をさしそへて、のほせ候なり、／宇治《うち》せたをへてまいり候か、のりよりは、せたのてにて候か、いまたまいり候はす、義経《よしつね》は、／宇治《うち》のてを、いおとして、此《この》御所のおほつかなさに、まつはせさんし候、木曾[一]二百きは／かりのせいにて、かはらおもてへかけいて」(21ウ)候つるを、いくさをは、さふらひ共《いとも》に、おほせ／つけて候つれは、今《いま》はさためてうちとり候

一　木曽―きそは

*（主従）

義仲最後の戦（一月二十一日）

*（幼少竹馬）

二　一所—一所《しよ》

三　かたき—かたきを

つらんと、事もなけにそ申されける、君も／なのめならす御かんあて、さらは門《もん》をかためて、しゆこせよとおほせけれは、うけたま／はりて*しうしう、もん〱をかためて、しゆこし奉《たてまつ》る、つはものともを、あひまつ程に、程《ほと》／なく一二千きはせまいりて、御所の四もんをかためて、しゆこし奉《たてまつ》りけるにそ、法皇《ほふわう》も／御心やすくおほしめされ、公卿《くぎやう》、殿上人《てん》、女房」(22オ)たちも、あんとのこゝろいてきさせ給けり、／去《さる》程に木曾《きそ》は、二百よきのせいにて、大せいの中にかけ入、さん〱にたゝかひ《い》／けるか、二百きはかりありつるせいも、五十きはかりにうちなされ、いまはかなはしと／おもはれけれは、猶法皇《なをほふわう》をとりまいらせ、西国《さいこく》へくたらはやとおもはれけれとも、六条殿《てう》／には、東国《とうこく》のつはもの共《とも》、まいりて、しゆこし奉《たてまつ》るよし、きこえけれは、それもかなはす、又／大せいの中にかけ入て、命《いのち》をすてゝ」(22ウ)たゝかはれけり、かゝるへしとたにしりた／りせは、今井《いまゐ》をせたへやらさらまし、*いうせうちくはのむかしより、[二]一所にてこそ、い／かにもならんとちきりしに、今《いま》は所《ところ》〱にて、しなん事こそかなしけれ、さるにて／もいま一度《と》、今井《いまゐ》かゆくゑ《へ》を見はやとて、かはらをのほりに、はせてゆく、つはもの／共《とも》、をひ《い》かくれは返《かへ》しあはせ、をひ《い》かくれは返しあはせ、六条《てう》かはらと、三条《てう》かはらとの／あひ《い》たにて、七八度《と》までこそかへされけれ、」(23オ)五十きはかりありつるせいも、三十きはか／りにうちなさる、されともつゐに[三]かたきをいはらひ《い》、三条《てう》かはらをうちすきて、あはた／くちにそいてたりける、去年《きよねん》しなのを出《いて》

一　をんな—をんな也

義仲・兼平再会

二　ゆくゑ—ゆくゑの

三　所〳〵—所々《ところ》

しには、五万余騎《よき》にてありしかと、けふ四／の宮かはらをおつるには、しうしう七きになりにけり、まして中うのたひのそら、／思《おも》ひやられてあはれ也《なり》、七きからちの一きは、ともえ《ゑ》といえ《へ》る[一]をんな、きそはともえ《ゑ》、や／まふきとて、二人の女をめしつかはれけり、」(23ウ)ともえ《ゑ》は廿二三のをんなの、みめかたちも／よかりけり、ならひなき大ちから、あら馬《むま》のりの、あく所おとしの上すなり、木曾《きそ》、是《これ》／をわらはのやうにしやうそくきせ、馬《むま》にのせて、いくさことにめしくせられけるに、／いまた一度《と》もふかくはせさりけり、木曾《きそ》はなかさかにかゝりて、たんはち《地》へおつと／いふ人もあり、又りうけこえにかゝりて、北《ほっ》国《こく》へおもむくといふものもあり、されとも／いま井かゆくゑ《へ》のおほつかなさに、せた」(24オ)のかたへと行《ゆく》程に、大つ《津》のうちいてのはま／にてそ、今井《いま》の四郎はいてきたる、今井《いま》は、七百余騎《よき》のせいにて、せたをふせきにむ／かふたりけるか、三十きはかりにうちなされ、はたをはまかせ、都《みやこ》をさしてのほる程／に、木曾殿《きそとの》にまいりあひ、一ちやうはかりより、たかひ《い》にさそとめをかけてけれは、こ／まをはやめてよりあひたり、木曾《きそ》、今井《いまゐ》か手《て》をとりてのたまひけるは、我都《われみやこ》にて、いか／にもなるへかりつるを、なんちをいま一度《と》」(24ウ)見《み》んとて、おほくのかたきに、うしろを見《み》せ／て、これまてのかれてきたるなりとの給けれは、いま井《ゐ》申けるは、是《これ》もせたにてうち／しにつかまつるへく候つるか、君の御ゆく[二]ゑおほつかなさに、所〳〵[三]のかたきをうち／やふりて、是《これ》まてまいりて候なりと申けれは、木曾《きそ》、さてはちきりいまたくちせさり／ける物かなとて、たかひ《ゐ》に、よろひ《い》の袖《そて》をそぬらされける、木曾《きそ》の給《たま》ひけるは、義仲《よしなか》か《ゝ》せ／いは、此《この》へんにも、せう〳〵おちゝりてある」(25オ)らんそ、なんちかはたをあけて、見《み》よかしと／のたまひけれは、うけたまはりて、まきたりけるはたを、ときて、さしあけたりけれは、京／よりおちたるせいともなく、せたよりもれたるせいともなく、今井《いま》かはたをみつけて、／五百きはかりいてきたり、木曾《きそ》これを見給て、このせいをもて、なとかさいこの一いくさ／せさるへき、こゝにしくらみて見《み》ゆるは、たれやらん、かひ《い》の一条殿《てうとの》とこそ、うけたまはり／候[四]つれ、せいはいか程あるやらん、六千余騎《よき》」(25ウ)とこそきこえ候へと申せは、木曾《きそ》悦て、かた／きもよきかたき、せいもたせいなり、此《この》大せいの中にかけ入て、うちしに[五]せんさる／事こそ、うれしけれとそのたまひける、木《き》曾殿《そとの》の《ゝ》、其《その》日のしやうそくには、あかちのに／しきのひたゝれに、うすかねと申、からあやをとしのよろひ《い》をき、五まいかふとのをゝ／しめて、こかねつくりの太刀《たち》をはき、廿四さしたる、いしうちのや、其《その》日のいくさにい／すてゝ、せう〳〵のこりたりけるを、かしら」(26オ)たかにお《を》ひ《い》なし、ぬりこめとうの弓《ゆみ》のま／中とりて、木曾《きそ》の、おにあしけときこへ《え》たる、名馬《めいは》に、[六]きんふくりんのくらをきてそ、／のりたりける、あふみふみはりついたちあかり、大お《を》んしやうをあけてなのられける／は、日比《ころ》はをとにもきゝけん、木曾《きそ》のくわんしや、いまはめにも見《み》るらん、さまのかみ、／けん、い《伊》よのかみ、あさひ《日》のしやうくん、みな

四　つれ―つる

五　せんさる―せんする（中院本の誤り）

六　きんふくりん―金《きん》ふくりん

もとの義仲《よしなか》そや、かたきをは、かひの一てう／の二郎とこそきけ、よしなかうち《つ》とりて、」(26ウ)ひやうゑ《へ》のすけに見《み》せよとの給けれは、／一条《てう》の二郎たゝより、只今名《たゝいまな》のりつるは、大将軍《しやうくん》そ、あますなもらすな、うちとれやと／そ、けちしける、つはものとも、いかにもして、うつとらんとしけれとも、木曾《きそ》は事とも／せす、五百余騎《よき》のせいにて、大せいの中にかけいり《入・》、西《にし》より東《ひんかし》へ[一]かけいて、北《きた》より南《みなみ》へ／わりてとほり、さん〳〵にうちやふりて、うしろへつと出《いて》たれは、五十きはかりになり／にけり、とひの二郎さねひらか、三百余騎《よき》」(27オ)にてひかへたりける所《ところ》[二]も、うちやふりてい／てたれは、三十きはかりになりにけり、其外《そのほか》百き、[三]二百き、三百き、五百き、ひかへたりけ／るところをも、かけわり〳〵とを《ほ》りたれは、しうしう五きにそなりたりける、五きかう／ちに、ともえ《ゐ》はいまた候けり、今《いま》をかきりとおもひけれは、さしつめひきつめ、おほくの／ものともいおとしけり、矢《や》たねつきけれは、うちもの《物・》になりてたゝかいけり、こゝにむ／さしの国《くに》の住《ちう》人、御たの八郎ためしけとて、」(27ウ)三十人かちからもちたる者《もの》あり、らうとう／ともにいひけるは、木曾殿《きそとの》の御内《うち》に、ともえ《ゐ》といへる、お《を》んなむしやのあるなるそ、をん／なな《ゝ》れは、何ほとの事かあるへき、くんでいけとりて、大将軍《くん》のけさんにいれん／とおもふなり、我《われ》くむと見は、なんちらすきをあらせす、おちあへとて、かしこゝを、か／けまはり〳〵見けるに、ともえ《ゐ》かその日のしやうそくには、ねりぬきに、むめのたち／えぬひ《い》たるひたゝれに、ひをとしのよろ」(28オ)

一　かけいて―かけていいて

二　も―をも

三　二百き―二百きき（三条西本の誤り）

巴との別れ

ひ《い》をきて、白《しら》あしけなる馬《むま》に、しろふくりん／のくらをきてそ、のりたりける、これやそな
るらんとおもひて、さしうつふいて見《み》れは、／かねくろに、うすけしやうをそしたりけ
る、これはそなりけりと見《み》なして、ゆみての／かたを、うちすくるやうにもてなして、つと
よてむすとくむ、ともゑ《ゑ》は弓手《ゆみて》のかいなを／さしいたして、御たか、よろひ《い》のむないた、
＊たまかけほねにとりくして、ちうにさし／あけ、二ふり三ふりふるとそ見《み》えし、くらの」(28ウ)
まへわにをしあてゝ、さしもにたけく思／つる、御たかくひ、しやねちきつてそすてた
りける、四らうとうともは是《これ》を見《み》て、つゝくに／をよはす、皆《みな》ちり〳〵にこそなりにけれ、其《その》
後《ゝち》木《き》曾《そ》殿《との》、ともゑ《ゑ》をめしての給けるは、義仲《よしなか》／はうちしにせんと思《おも》ふなり、さらはなんち
はをんななれはゝ、いつかたへもおちゆくへ／しとの給けれは、ともゑ《ゑ》涙《なみた》をなかして、たゝ
いつくまても、御ともすへきよしを申せ•は、／なんちか心さしの程は、五神妙なれとも、弓矢《ゆみや》」(29オ)
とりのさいこの所《ところ》にて、をんなのしにた／らんはむけにくちおしかるへし、たゝおち
よとのたまひけれは、ちからをよはす、あは／つのこくふんし《寺》の御たうの前《まへ》にて、物の
具《く》しつかにぬきをき、たちはかりをもて、東《ひんかし》／をさしておちゆくとそ見《み》えし、ゆきかた
しらすそなりにける、てつかの太郎はうち／しにしぬ、てつかのへつたうは、瀬田《せた》のかた
へそおち行《ゆき》ける、今《いま》は木曾《きそ》と今井《いま》はかり也《なり》、／木曾《きそ》のたまひ《い》けるは、日比《ころ》は何《なに》とも覚え•ぬ、＊」(29ウ)
きせなかの、けふはなとやらん、よにおも《を》く／なりて、おほゆるなりとのたまひけれは、今《いま》

＊（玉懸骨）

四　らうとう―らうとも（三条西本の誤り）

五　神妙―神妙《しんめう》

義仲最期

＊（読点不要）

井申けるは、いまた御身もよはらせ給は／す、御馬《むま》もつかれ候はす、何事によて、一りやうの御きせなかの、はしめてをもくは／なり候へき、今《いま》は御せいも候はねは、御こゝろほそさにてこそ候らめ、かねひら一人をは、／千き万きとおほしめされ候へし、あれに見《み》え候をは、あは《わ》つの松[一]はらと申候、あれへ／おちさせ給て、しつかに御しかいせさせ」(30オ)給候へ、かねひらかゑひらに、矢《や》七八いの／こして候へは、ふせきやにをきては、つかまつり候はんと申けれは、木曾《きそ》の給けるは、我《われ》／六条《てう》かはらにて、いかにもなるへかりつるか、かたきにうしろを見《み》せて、これまてきたり／たるも、なんちと一所にて、いかにもならんとおもふ心《こころ》にてこそあれとて、なを《猶》かけい／らんとしたまひけれは、今井《いま》馬《むま》よりお《を》り、木曾殿《きそとのゝ》のみつゝきにつきて申けるは、弓《ゆみ》／矢《や》とりは、日比《ころ》いかなるかうみやうをして」(30ウ)候へとも、さいこの時たにわろく候へは、な／かき世のきすにて候、たゝまけて、おちさせ給へとて、あは《わ》つの松[一]原のかたへ、馬《むま》のくち／を、おしむけ〳〵しけれは、木曾《きそ》ちからをよひ給はす、あは《わ》つをさしてそおちられける、／其後今井《そのゝちいま》は、馬《むま》にうちのり、大せいのかたきにかけむかふて、大おんしやうあけてな／のりけるは、木曾殿《きそとのゝ》の御めのとこに、今井《いまゐ》の四郎かねひらとて、かまくらとの《殿》もさる／ものありとは、しろしめされたるらんとて、[二]」(31オ)[三]かねひらうちとりて、くんこうのしやうに／あつかれやとい[四]ひけれは、つはもの共《とも》、われうちとらんとて、矢《や》さきをそろへて、さしつ／めひきつめ、さん〳〵にいけれ共《とも》、よろひ《い》よ

一　松原―松
二　とて―そ
三　かねひら―兼《かね》ひら
四　いひけれ―申けれ

けれは、うらかゝす、あきまをいねは手《て》も/をはす、いのこしたる八の矢《や》にて、ししやうは
しらす、すゝむかたき八きまてこそいを《お》と/しけれ、木曾《きそ》は、あはつ《わ》の松はら[五]をさし
ておち給けり、ころは正月廿一日、入あひは/かりの事なれは、よかんなを《猶》はけしくて、」(31ウ)
うすこほりのはりたるをしらすして、ふか/田《た》へ馬《むま》をうち入て、あふ《を》れとも〱、うて共《とも》
〱はたらかす、なを《猶》も今井《いま》かゆくへの/おほつかなさに、うしろにふりむきて見[六]
ける所《ところ》に、三うらのいしたの二郎ためひさ、/めにかけ奉《たてまつ》りて、とを矢《や》によひきてい奉《たてまつ》る、
木曾殿《きそとの》の《ゝ》、ふりあふのいておはしける、うち/かふとを、くひのほね、うしろのはちつけに、
したゝかにこそいつけたれ、いた手《て》なりける/うへ、うちつかれ給たりけれは、かふとの」(32オ)
*まかほ《を》を《ゝ》、くらのまへわにをしあてゝ、/うつふし給所《ところ》を、いしたかわかと《た》う、三きお
ちあひて、木曾《きそ》とのゝ[七]くひをはとりてけり、/くひをは、いしたか、たちのきつさきにさし
つらぬきて、さしあけ、と《た》うし日本国《ほんこく》に、おに[八]/神のやうにきこえつる、木曾殿《きそとの》の《ゝ》御くひ
をは三うらのいしたの二郎ためひさか、て/にかけ奉《たてまつ》りて、かくこそとりたれやと、のゝ
しりけれは、今井《いま》此《この》よしをきゝて、さては/はやかくこさんなれ、今《いま》はたれをかははん」(32ウ)
ためにか、いくさをもすへきとて、よろひ《い》の/うは帯《おひ》きりてのけ、はら十もんしにかき
き《ゝ》りて、猶もしなれさりけれは、太刀《たち》のきつ/さきをくちにふくみて、[九]つらぬかれてそ
うせにける、木曾殿《きそとの》は三十《卌》一、今井《いま》の四郎/は三十三、木曾《きそ》と、今井《いま》かうたれてそ、あはつ《わ》

五　松はら—松
六　見—見結
＊　（「真向《まかう》」または「抹額《まかう》か」）
七　くひ—御くひ
八　おに神—おに神《かみ》
九　つらぬかれ—つなぬかれ

のいくさはやみにける、去《さる》程にひくちの／二郎かねみつは、十郎蔵人《くらん》行家《ゆきいゑ》か、かはちの
国《くに》、なかのゝしやうにありけ[一]るをせめさ／せんとて、五百余騎《よき》のせいにてむかふたり、*」(33オ)
[二]ける十郎蔵人《くらんと》なかのゝしやうをはおちて／きの国《くに》なくさのこほりに、しやうくわくか
まへてたてこもる、ひくちつゝきてせめけ／るか、また《又・》都《みやこ》にいくさありときゝて、とて
返《かへ》しのほりけるに、今井《いま》か[三]下人、此《この》よしを／ひくち殿に申さんとて、かはちのなかのへ
くたる程に、よとの大わたりのはしにて／ゆきあひたり、上は昨日あは《わ》つにてうたれ
させ給ぬ、いま井殿《との》は、御しかい候とそ申／ける、ひくち、これきゝ給へや人々、さては」(33ウ)
はやかくこさんなれ、命《いのち》おしからん人々／は、これよりいつかたへもおちゆきて、君の
御ほたいをも、とふらひ《い》、*奉《たてまつ》り給へ、又君に／こゝろさし思あはれん人々は、かねみつをさ
きとして、都《みやこ》にかけ入、うちしにし給へしと／申けれは、つはもの共是《ともこれ》をきゝ、こゝにて五
十き三十き、かしこにて四十き二十き、ある／ひ《い》はかふとのをゝしめ、あるひ《い》は馬《むま》のはる
ひを、かたむるなとまきらかして、みなちり／〳〵にこそなりにけれ、ひくちかせい五百」(34オ)
余騎《よき》とは見《み》えしか共《とも》、四つか、つくりみちの／へんにては、わつかに二十きはかりになり
にけり、ひくちの二郎、今日京へ入ときこえ／しかは、たうも、かうけもみな*とうし、四つ
かへはせむかふ、ひくちか手《て》に、ちのゝ太郎／といふものあり、[四]大せいかたきにはせむ
かひ《い》て、是《これ》に、かひ《ゐ》の一条殿《てうとの》の《ゝ》てやましま す／ととひけれは、かたきとゝわらひて、こはい

樋口次郎河内より上洛

一　ける—し
＊（読点不適。「たりける、」）
二　ける—けるか
三　下人—下人《け》
＊（読点不要）
＊（東寺）

茅野太郎の討死

四　大せい—大せいの

五　にも—もと
＊（尤も）
六　上宮—上宮《くう》
七　大夫—大夫《たいふ》
八　上宮—上宮《くう》
九　公卿—くきやう（中院本は「究竟」の宛字）

樋口次郎生捕

かに、かならす一条殿《てうとのゝ》のてにてなきは、いく／さはせられぬか、たれに[五]もあへかしといひ」(34ウ)
けれは、[＊]もともいはれたり、かく申者《もの》は、しな／のゝ国《くに》、すは《わ》の[六]上宮に、すまひ《い》つかまつる、
ちのゝ[七]大夫みつひろか子《こ》に、ちのゝ太郎光《みつ》義《よし》と申ものにて候なり、みつよしかおとゝ
に、ちのゝ七郎と申は、一条殿《てうとのゝ》の御内《うち》に候、／又みつよしか子《こ》とも二人、すは《わ》の[八]上宮に
とゝまりて候か、みつよししにたりときゝ／て、わかちゝは、よくてやしゝたりけん、又あ
しくてやうたれたりけん《む》と、なけかん事／のふひんさに、同《おな》しくは、七郎か見《み》る前《まへ》にて、」(35オ)
うちしにして、子《こ》ともにかたらんとおもふ／ゆへにてこそあれ、かたきをはきらふ《う》まし
とて、やたはねときてをしくつろけ、さし／つめひきつめさんく〱にい《ゐ》けるに、[九]公卿《くきやう》
のつはもの三きいおとし、其後《そのゝち》うちものゝ／さやをはつし、大せいの中《なか》にかけ入て、
さんく〱にたゝかひ《い》けるか、かたき二ききて／おとし、彼是《かれこれ》五きうちとりて、わか身もよき
かたきにくんておち、さしちかへてそうせ／にける、かたき、御かた、ほめぬものこそ」(35ウ)
なかりけれ、ひくちの二郎は、こたまたうの／むこなりけり、こたまたういひけるは、弓矢《ゆみや》
とりの、ひろき中へいらんといふは、かゝ／らん時、一まとのいきをもやすめ、しはらく
の命《いのち》をもたすからんとおもふゆへなり、／されはかねみつも、日比《ころ》はさうそ思《おも》ひけめ、
今度《こんと》のくんこうに、ひくちか命《いのち》を申て、／たすけはやとて、ひくちかもとへ、このよし
をいひをくりたりけれは、ひくちの二郎、日／ころはさしものつはものにてありけるか、」(36オ)

いかゝはおもひけん、弓《ゆみ》をはつしかふとを/ぬき、かう人にこそなりにけれ、大将軍《しやうくん》、かまの御さうし、九郎御さうしに、此《この》よし/を申せは、やかて院《いん》へ申されたりしかは、すてにたすかるへかりしを、御所中の/女房たち、こその冬《ふゆ》、木曾《きそ》か法住寺殿《ほふちうとの》へをしよせて、君をせめまいらせし時は、今井《いま》、ひ/くち、たてねのゐ、といひし者共《ものとも》のこゑのみこそせしか、是《これ》をたすけられんには、あるひ《い》/はさまをかへん、あるひ《い》は身をなけんなと」(36ウ)申あはれけれは、ちからをよはせ給はす、し/さいにこそさたまりけれ、同《おな》しき廿二日、しんせつしやうとのをは、あらためられて、/さきのせつしやう近衛殿《こんゐとの》、けんにんし給、昔《むかし》あはたの関白殿《くはんはく》は、御はいかの後《ゝち》、わつか/に七か日こそおはしましけれ、是《これ》は六十日也《なり》、六十日とは申なから、其中《その》にせちゑも/あり、ちもくもあり、おもひいてなきにはあらす、おなしき廿四日、木曾《きそ》かくひ、大うち[一]/をわたされけり、よたう五人とそきこえし、」(37オ)井のうへの九郎、なかせのはんくわんたい、/ねの井の小弥《野》太、たかなしのくわんしや、今井《いま》の四郎とそきこえける、これよりひ/くちの二郎かねみつは、木曾《きそ》かくひ[二]、ともすへきよし申せは、あゐ《い》すりのすいかんたて/ゑほうしにて、大ちをわたされけり、同《おな》しき廿五日に、五条西《てうにし》のしゆしやかにひき/いたし、つゐにかうへをはねられけり、今《いま》井、ひくち、たてねのゐは、木曾《きそ》か四天王也《わうなり》、/是《これ》らをたすけられんは、とらをやしなふに」(37ウ)にたりとて、ことにさたありて、きられける/とそうけ給《たま》はる、つたへきく、しんのこらう

摂政更迭（二十二日）

義仲首渡（二十四日）

一　大うち—大ち

二　くひ—くひの

樋口被斬（二十五日）

三　しよこう―しよしやう→
補記
＊（「宮室太守」か）
＊（「財宝美人」か。『校訂延慶本平家物語（九）』一五八頁以下に説あり）
＊（「慎んで」）

平家、一谷に布陣

四　頼朝―よりともか
五　と（「門《と》」か。または「都」か。）―きうと（旧都）
六　みつしま―水《みつ》しま
七　くち―くちは
八　大舟とも―大船《せん》とも
九　四方―四方《はう》

の国《くに》おとろへ《え》て、[三]しよこう、はちのことくに／おこりし時、はいこうさきたちて、かんやうきうに入といへとも、かううかきたらん／事をまちて、＊きうしつたいしゆをもやふらす、＊さいほうひしんをもおかさす、いたつ／らに、くわんもんをまほりて、せん〳〵にかたきをほろほし、つゐに天下《てんか》をたもつ／事をえたりき、かんのかうそこれなり、」（38オ）されは義仲《よしなか》も、頼朝《よりとも》にさきたちて、都《みやこ》へ入／といふとも、＊つしんて、[四]頼朝下知《けち》をまたましかは、はいこうかはかり事《こと》にも、をとらし／物をとそ時の人々申ける、去程《さる》に平家は、木曾《きそ》うたれぬときこえしかは、つの国《くに》なに／はかたへそわたられける、福原《ふくはら》の[五]とにつき、ひんかしはいくたのもりを、お《を》ほ《う》てのきと／くちとさため、西《にし》は一の谷《たに》を、しやうくわくにかまふ、其外福原《そのほかふくはら》、ひやうこ、いたやと、すまに／こもるせい、十万余騎《よき》とそきこえける、是《これ》は」（38ウ）去《きよ》年の冬《ふゆ》、ひちうの[六]みつしま、はりまのむ／ろ山、二か度《と》のいくさにうちかつて、せんやうたう八か国《こく》、なんかいたう六か国《こく》、都合《つかう》十四／か国《こく》をうちなひかして、したかふ所のくんひやうともなり、一の谷《たに》と申は、[七]くちせはく／ておくひろし、北《きた》は山たかくして、ひやうふをそはたてたるかことくなり、うみのとを／あさより、きたの山きはにいたるまて、大木をきてさかもきをふさき、[八]大舟とも、数《す》千／そうを、そはたてかたふけて、かいたてとす、」（39オ）しやうくわくのまへには、たかやくらをか／きて、うへにもしたにも、つはものともみち〳〵て、つねは大こをうちてらんしやうす、／しやうくわくの[九]四方には、くらをき馬《むま》数《す》千ひき、十え廿えにひきたてたり、たかき所《ところ》／にあかはたとも、いくらといふかすをもしらすうつたてたれは、春風《かせ》にふかれて、／天にひるかへるは、くわえ《ゑ》んのもえあかるにことならす、かたきもこれを見《み》ては、をく／しぬへくそ見《み》えたりける」(39ウ)

のと殿はう〳〵てきたいちの事

去《さる》程にあはさぬきのさいちやうら、此日《この》／比《ころ》、平家にちうをいたしたりけるか、源氏《けむし》都《みやこ》にありときゝて、たちまちに心かはりして／けり、昨日けふまて平家にしたかひつきたれは、平家を[一]一矢《や》いて、おもてにしてまい／らんとて、かとわきの平中納言のりもりのきやう、ひせんの国《くに》、しも井の浦《うら》におは／するよしきゝて、小舟《こふね》廿[二]そうにとりのりて、しも井のうらにをしよせたり、のと殿是《とのこれ》」(40オ)を見給て、こはいかに、此日《この》比《ころ》御かたにありつるものともか、心かは《わ》りしたるにこそ、／そのきならはうつとれやとて、すきなくせめられたりけれは、これら、人めはかりに一／矢《や》い《ゐ》て、舟《ふね》にとりのり、四国《こく》をさしておちけるか、なみ風むかひてかなはねは、あはち《わ》／のふくうらへをしわたる、こゝにも源氏《けむし》の大将《しやう》、二人ありとそきこえける、是《これ》はこため／よしかはつし、かものくわんしやためきよ、あはちのくわんしやためのふとて、二人あり」(40ウ)けるを大将《しやう》として、ふくうらにしやうくわくかまへてたてこもる、のとゝのこれをきゝ／給ひ、五百余騎《よき》にて、あはちの国《くに》にをしわ

能登守教経、四国で勝戦

一　平家を→補記

二　廿そう—廿よそう

教経、淡路国でも勝戦

教経、河野四郎を撃退

たり、一日一夜せめられたりけれは、あはちの／くわんしやはうたれぬ、かものくわんしやは、いたておひ《をい》てしかいしぬ、あは、さぬき、／のさいちやう、かすをつくしてうたれにけり、のと殿《との》は、百余《よ》人かくひをとりて、一の／谷《たに》へまいらせらる、それよりかとわきとのは舟《ふね》にのりて、一の谷《たに》へのほられけり、のと殿《ゝの》」(41オ)きやうたいは、さぬきの八しまへわたられけり、伊与《よ》の国《くに》のちう人、かはのゝ四郎みち／のふ、むほんをこすときこえしかは、のとのかれをせめんとて、伊与《よ》の国《くに》へそこえ／られける、川野《かはの》、かなはしとや思けん、あきの国《くに》に《ゝ》をしわたり、お《を》ちぬたの二郎とひと／つになりて、都合《つかう》そのせい二千余騎《よき》、ぬたのしやうにたてこもる、のと殿《との》つゝきてせ／められけるか、其《その》日はひこのみのしまにつきたまふ、つきの日、あきの地にをしわたり、」(41ウ)ぬたのしやうにをしよせて、三か日せめられたりけれは、ぬたの二郎はかふとをぬ／きて、かう人にこそなりにけれ、川野《かはの》は二《に》百きはかりのせいにて、ぬたなわてにかゝ／りておちけるを、のとゝのゝさふらひ《い》、平《へい》八ひやうゑ《へ》のせうとをかけ、その子《こ》平《へい》八／太郎とをしけ、三百余騎《よき》にてをひ《い》かけたり、川野《かはの》とてかへし、さんくにたゝかひ《い》けるか、五／十きはかりにうちなされておちけるか、平《へい》八ひやうゑ《へ》のせう、猶[三]つゝきてせめけれは、」(42オ)川野《かはの》しうしう二きにうちなさる、平《へい》八ひやうゑ《へ》かいゑの子《こ》に、あへの七郎[四]ともなり、かは／のからうとうにひつくんておつ、かはの身にかへておもひけれは、馬《むま》よりとひおり、／うへなりけるあへの七郎か、くひをかきゝ

三　猶→補記
四　ともなり—公成《ともなり》

教経、天野六郎を撃退

*（「吹井、田川」か）

一　国—国《くに》

教経、緒方三郎らの連合軍撃退

二　よせ—をしよせ

りてうちすて、らうとうをかたにひきかけ／て、はまへいて舟《ふね》にのりて、かはのへはかなはす、九こくをさしてそおちにける、のと／との・《殿》川野《かはの》をはうちもらされたりけれとも、むねとのつはもの二百余《よ》人かくひとりて、」(42ウ)一谷《のたに》へそまいられける、あはしの国《くに》の住《ちう》人、あまの六郎たゝかけ、これも源氏《けんし》に心さし／ありけれは、小舟《こふね》五そうに、ひやうらう米、物《もの》の《ゝ》く《具》つませ、都《みやこ》をさしてのほる程に、のと殿／小舟《こふね》二十余《よ》そうにとりのりて、にしのみやのをき《お》にてよせあはす、のと殿廿余《よ》そうを／二てにつくりて、さん〳〵にせめられけれは、あまの六郎、かはしりへはかなはす、／やおもてをはらうとうにふせかせ、いつみの国《くに》に《ゝ》をしわたり、ふけいたかはに、しやう」(43オ)くわくかまへてたてこもる、きの国[一]の住《ちう》人、そのへのひやうゑ《へ》たゝやす、是《これ》も源氏《けんし》に心《こころ》／さしありけれは、てせい六十よ人にて、いつみの国《くに》に《ゝ》うちこえ、あまの六郎とひとつに／なる、のと殿《との》一のたにへせいを申て、ふけい《ゐ》たかはにをしよせ、さん〳〵にせめられ／けれは、あまの六郎かなはしとや思けん、それより都《みやこえ》へはせのほり、源氏《けむし》のせいにそく／は《わ》ゝりける、又九こくの住《ちう》人、おかたの三郎これよし、うすきの二郎これたか、かはのゝ」(43ウ)四郎みちのふ、三人ひとつになりて、都合《つかう》其《その》せい一万余騎《よき》ひせんの国《くに》までせめのほり／いまきのしやうにたてこもる、のと殿《ゝの》三千余騎《よき》のせいにて、いまきのしやうによせ[二]、／せめられけれは、しやうのうちのものとも、はしめは、きとをひらいてたゝかひ《い》けるか、／のと殿に、ていたくせめられて、おちぬうたれぬせし程に、みなちり〳〵になりに／ける、夜日三日せめられたりけれは、うすき、お《を》かたふねにのりて、九こくをさしてそ」(44オ)おちゆきける、かはの〻四郎みちのふ、それより舟《ふね》にのり、伊与《よ》の国《くに》へわたりにけり、／のと殿、大将《しやう》をはうちもらされたりけれ共《とも》、むねとの者《もの》とも、百五十人かくひとりて、一／の谷《たに》へそまいられける、[二]おほいとの、所《ところ》〳〵のかつせん、まいとのかうみやう大にかん／し給けり

かち井の宮御歌の事

去《さる》程に平家は、福原《ふくはら》までせめのほりて、すて／に都《みやこ》へ、かへり入へしなときこえしかは、」(44ウ)[四]こきやうにと〻めをかれし、人々の方《かた》より、／文《ふみ》ともたかひ《ゐ》にかよはしあはれけり、中にも[五]三位のそうつせんしん、かち井の宮、／ね《年》・んらいの御とうしゆくなりけれは、つねは申されけり、ある時宮の御かたより、たひ／のそらの事とも、こまやかにあそはして、おくには一首《しゆ》の[六]御歌そありける

人しれすそなたをしのふ心《こころ》をは／かたふく月にたくへてそやる

同《おな》しき廿九日、都《みやこ》には、伊勢岩清水《いはしみつ》をはしめ」(45オ)奉《たてまつ》りて、[七]廿二社にくわんへいあり、これはしんしほうけんないし所《ところ》、都《みやこ》へ返しいれ《入》・／奉《たてまつ》るへきよしの、御きせいのためとそおほえたる、おなしき日、かまのくわんしやのり／より、九郎くわんしや義経《よしつね》、ゐ《い》んの御所にめ

三　おほいとの―大臣殿《おほいとの》

梶井宮から全真僧都へ贈歌「人しれす」

四　こきやう―故郷《こきやう》

五　三位―二位《ゐ》

六　御歌―御ゑい

二十二社官幣（一月二十九日）

七　廿二社―廿二社《しや》

範頼・義経、平家追討を命ぜらる

されて、平家ついたうのために、さいこくへ／はつかうすへきよしおほせくたさる

平家西国においてちもくをこなはるゝ事

去《さる》程に平家は、てうせきのいくさたちに、／すきゆく月日はしらね共《とも》、こそはことしに」(45ウ)めくりきてうかりし春にもなりにけり、／二月四日にもなりしかは、福原《ふくはら》には、こ入道《たう》のき日とて、かたのことくの仏事[一]をこ／なはれけり、世のよならましかは、*きりうたうはのくわたて、くふつせそうのいとな／みもあるへかりしかとも、今《いま》はたゝ、なんによのきんたちさしつとひ《い》て、なくよりほ／かの事そなき、又ちもくをこなはれけり、ひやうふのせう《ふ》まさあきら、蔵人《くらんと》になりて、／蔵人《くらんと》のせう《ふ》とそ申ける、大けきもろなをか」(46オ)子《こ》、すわうのすけもろすみ、大けきになさる、／中にも、かとわきの中納言[二]のりもりのきやうは、のとのかみ、度々《とゝ》の高名《かうみやう》によて、／正二位《ゐの》大納言になり給へきよし、おほい《ゐ》とのより申をくられけれは、のりもりの御／返事には

けふまてもあれはあるかの我《わ》か身かは／夢《ゆめ》のうちにもゆめを見《み》よとや

と申て、つゐに大納言にはなられす、昔《むかし》まさ／かとか、とう八か国《こく》をうちしたかへ、しもつ[三]」(46ウ)さの国《くに》、さうまのこほりに都《みやこ》をたて、わか／身をへいしんわうとかうして、百くわんをなしをきたりけるには、こよみのはかせそ／なかりける、これはそれにはにさせ給へか

平家の除目（二月四日）

一　仏事―仏事《ふつし》

*（起立塔婆）

二　中納言―中納言《なうこん》

三　しもつさ―しもさ（両本ともに「下総」）

らす、主上《しゆ》都《みやこ》をいてさせ給たりと申せとも、／しんし、ほうけん、ないし所《ところ》をたいしおはしませは、ちもくをこなはるゝ事、御ひかこ／とにはあらすとそ申ける

　一のたにかせんの事

源氏《けんし》四日よすへかりしか、こ入道《たう》のき日也《なり》、」(47オ)ふつしをさまたけん事、つみふかかるへしとて、その日はよせす、五日はにしふた／かり、六日は*たうこ日、七日の卯《う》のこくに、けんへい一の谷《たに》の、とうさいのきとくちに／て、矢《や》あはせとそきこえける、さりなからも、今日四日は、[四]吉日なれは、かといてあるへし／とて、六万余騎《よき》を、お《を》ほ《う》てからめて、二てにをしわけてそ、うつたゝれける、お《を》ほ《う》ての大／将軍《しやうくん》、かまの御さうしのりよりに、あひしたかふつはものとも、たれ〱そ、[五]たけた」(47ウ)[大]太郎のふよし、かゝみの二郎とをみつ、その子《こ》小二郎なかきよ、一てうの二郎たゝより、／いたかきの三郎かねのふ、いさはの五郎のふみつ、[六]山名さとみの人々、さふらひ《い》大将《しやう》には、／かちはら平《へい》三かけとき《時》、ちやくし源太《けんた》かけする、二なん平次《へいし》かけたか、三郎かけいゐ、は／たけ山のしやうし二郎しけたゝ、しやていなかのゝ三郎しけきよ、かはこえの[七]小太郎／しけふさ、いなけの三郎しけなり、はんかいの四郎しけとも、もりの五郎ゆきしけ、を山」(48オ)の[八]四郎ともまさ、中ぬまの五郎むねまさ、ゆ《う》ふきの七郎ともみつ、さぬきの四郎た／いふひろつな、をの寺のせんし太郎みち

一谷合戦の布陣（二月七日）

＊（道虚日）

四　吉日―きち日《にち》

五　たけた―たけたの

六　山名―山名《な》の

七　小太郎―小《こ》大郎

八　四郎―こ四郎

つな、しやうの三郎忠家《たゞいゑ》、同《おな》しき四郎たか/いゑ、さゝき三郎もりつな、同《おな》しき四郎たかつな、おとゝの五郎よしきよ、かはら太郎た/かなを、おなしき二郎もりなを、ちよくしかはらの、*五三郎ありなを、しを《ほ》の屋の五郎/これひろ、中村《むら》の太《大》郎ときつな、同《おな》しき五郎ありつな、くけの二郎しけみつ、ふちたの」(48ウ)三郎たいふゆきやす、ゐとの四郎のふすけ、一小代の八郎ゆきひら、たまのゐの四郎のふ/つなをさきとして、都合其《つかうその》せい五万余騎《よき》、二月四日の、とら卯《う》のこくに都《みやこ》をたちて、其《その》日/のさるとりのこくには、つの国《くに》こやのにつきにけり、からめての大将軍《しやうくん》、九郎御/さうし義経《よしつね》に、あひしたかふ人々たれ〳〵そ、大うちの太郎これよし、やすたの三郎よし/さた、たしろのくわんしやのふつな、・《山》やまなの二郎のりよし、さふらひ《い》大将《しやう》には、とひの」(49オ)二郎さねひら、ちやくし二太郎とをひら、さはらの十郎よしつら、うんのゝ十郎なをつ/ね、くけのこんのかみなをみつ、くまかいの二郎なをさね、ちやくし小《こ》二郎なをいゑ、ひ/ら山むしやところ三するすけ、をかへの六弥太《やた》たゝすみ、いのまたの小《こ》平《へい》六のりつな、なり/た五郎かけしけ、大かはとの太郎ひろゆき、をかはの二郎よしゆき、はらの三郎きよす/み、わたりやなきのいや五郎きよたゝ、御さうしの手《て》らうとうには、あふしうのさとう」(49ウ)三郎つきのふ、同《おな》しき四郎たゝのふ、伊勢《せ》の三郎よしもり、かたをかの太郎ちかつね、お/なしき八郎ためはる、えたの源《けん》三、くま井太郎、源《けん》八ひろつな、ふる山法師《ほふし》むさし房弁《へん》/慶《けい》、ひたち房りやうそうを先《さき》として、都合其《つかうその》

＊（読点不要）

一　小代―小代《をしろ》

二　太郎―いや太郎

三　するすけ―するしけ（中院本の誤り）

せい一万余騎《よき》、同《おな》しき日の、同《おな》し時に京を／たちて、たんはちにか〻り、二日ちを一日にうちて、その日のいぬのこくには、はりまと／たんはとのさかいなる、三くさの山の、東《ひんかし》の山《やま》くち、をのはらにちんをそとりたりける、平家」(50オ) 此《この》よしをき〻て新《しん》三ゐの中将すけもり、小《こ》松の少将ありもり、たんこのし〻うた〻／ふさ、ひ中のかみもろもり、四人大将軍《しやうくん》にて、伊賀《か》のへいないひやうゑ《へ》清家《きよいゑ》、みまさ／かの国《くに》の住《ちう》人、ゑひ《み》の二郎もりかたをさきとして、都合《つかう》其《その》せい三千余騎《よき》、三くさの山の、／にしの山くちにちんをとる、三里の山をへたて〻、源平《けんへい》とうさいの山くちをさ〻へた／り、六日の夜に入て、九郎御さうし、とひの二郎をめして、平家三千よきにてかためたん」(50ウ) なるそ、あすのいくさにてやあるへき、又今[四]夜ようちにやすへきとのたまふ所《ところ》に、た／しろのくわんしやのふつな、す〻みいて〻申けるは、をそれある申事にて候へとも、／御かたは一万余騎《よき》、かたきは三千よき、いまの御せいは、はるかにかさみて候、あすのい／くさとなり候は〻、平家のせいともかさなりて、大せいになり候なんす、夜うちよかり／ぬとおほえ候は、いかに、とひとの《殿》と申たりけれは、とひの二郎、いしくも申させたまふ《給》」(51オ) たしろ殿かな、さねひらも、もともかくこそ申度《たく》存候つれと申あひ《い》た、御さうし、さらは／うつたてやものともとて、二日地《ち》を今[五]日一日にうちて、馬《むま》も人もせめつかれたりけれ／とも、其《その》夜の子《ね》のこくはかりに、馬《むま》のはるひをかため、かふとのを〻しめてうつたち／けり、此《この》たしろのくわんしやと申は、い《伊》つの

田代冠者、義経に夜討を提言（二月六日）

四　今夜―今夜《こんや》

五　今日―今日《こん》

くにのさきのこくし、中納言ためつなの/きやうの子《こ》なりけり、いつ《伊》の国《くに》の住《ちう》人、かののくとうすけもちみつか、むすめにあひ」(51ウ)くして、まうけたりける子《こ》なり、はゝかたのをうちにあつけて、弓矢《ゆみや》とりとはなしたり/けり、其《その》せんそをたつぬるに、後《こ》三条《てうの》院の、第《たい》三のわうし、すけひとのしんわう五代《一》の/こうゐ《い》ん也、そくしやうもゆゝしかりけるうへ、弓矢《ゆみや》をとりてもよかりけり、いしはし/山のかつせんにも、一方《二》うちやふりて、はかねをあらはしたりし人なりけり、今度《こんと》九/郎かゆくゑ《へ》見つき給へとて、御さうしにはそへられたり、つはものとも、かたきにあひ」(52オ)てこそしにたけれ、しらぬ山路《ち》にまよはん事よと申ける所《ところ》に、御さうし、とひの/二郎をめして、いかにとひ殿《い》、れいの大たいまつはとの給けれは、さる事候とて、をの/はらのさいけに火《三》をそかけたりける、是《これ》をはしめとして、野《の》にも山にも、草《くさ》にも、木《四》/にももえつきて、ひるにはすこしもをとらさりけり、平家のかたには、今夜はよもよせ/し、あすのいくさにてそあらんすらん、馬《むま》ねふりは大事の事そ、よくねていくさせん」(52ウ)とて、あるいはかふとをぬきてまくらにし、あるひはよろひ《い》の袖《そて》をかたしきて、前後《せんこ》も/しらすそねたりける、その夜のうしのこくはかりに、源氏《けんし》思もかけす、うしろの山より、/とき《時・》をとゝつくりて、一度《と》にはとおとす、平家思《おも》ひもかけぬ、とき《時・》のこゑにおとろ/きて、とる物もとりあへす、かふときるものはよろひ《い》きす、弓《ゆみ》とる者《もの》は矢《や》をとらす、馬《むま》よ/鞍《くら》よ太刀《たち》よ刀《かたな》よと、ひしめきける間《あいた》に、

一　五代―五代《たい》
二　一方―一方《はう》
三　火―火《ひ》
四　木―木《き》

平家、三草山で敗戦

中を源氏《けんし》一万余騎《よき》、かけわりてこそとを《ほ》」(53オ)られけれ、落行者《おちゆくもの》をは、かしこにをいつめ、こゝにかけつめ、うつとりけるに、むねとのつは／もの、五百余騎《よき》そ、[五]うたれける、新《しん》三位《ゐの》中将、[六]小松少将、たんこのしゝう、三人は、めんほく／なくやおもはれけん、はりまの国《くにゝ》におち[七]くたり、たかさこの浦《うら》より舟《ふね》に[八]のり、さぬき／の八島《しま》へわたられけり、ひ中のかみもろもり、ゑひ《み》の二郎もりかた、一の谷《たに》へかへり／まいり、此《この》よしを申されけれは、おほい《ゐ》殿《との》大[九]におとろかせ給て、とうさいの木戸《きと》くちへ、」(53ウ)かさねてせいをさしつかはさる、其後《そのゝち》、あきのむ《う》まのすけいへ《ゑ》やすをもて、人々のかた／へ、山の手《て》のやふれて候なる、をの〱むかはれ候へと、のたまひ《い》つかはされたりけれは、／皆《みな》[一〇]したいに申されけり、ゑつ中のせんしもりとしをめして、さらはなんちむかへと／のたまひ《い》けれは、是《これ》も大将《しやう》一しよそはせ給はては、かなふましきよしを申せはちから／を[一一]よはせ給はす、のとのかみ殿のもとへ、山の手《て》のやふれて候、今《いま》はをの〱むかはれ候」(54オ)へと申候へとも、みなしたいせられ候、度々《とゝ》の事にて候へとも、又御[一二]へんむかはれ候へ／かしとのたまひけれは、のと殿の御返事には、いくさは身一人か事大事と、存《そんし》候て／こそよく候へ、さやうにかりすなとりの[一三]やうに、馬《むま》のあしたちきゝのよからんかた／へはむかはん、あしき方《かた》へはむかはしなとては、いくさにかつ事は候まし、たゝ／いくたひものりつねをさしむけて御らん候へ、[一四]一方うちやふりて、けんさんにいらん」(54ウ)する候と、申されたりけれは、おほいとのな

五　うたれける―うたれにける
六　小松―こ松の
七　くたり―くたる《り》
八　のり―乗《のり》
九　おとろかせ―おとろき
一〇　したいに（次第に）―したい（辞退）
一一　をよはせ―をよひ
一二　御へん―御ふん（三条西本の誤り）
一三　の―なとの
一四　一方―一方《はう》

のめならす悦給て、ゐつちう《中》・のせんしもり/としをさきとして、都合《つかう》其《その》せい一万余騎《よき》、山のてへこそむけられけれ、のと殿は、あにの/ゐちせんの三位《ゐ》みちもりをうちつれて、山のてへこそむかはれたれ、三位[一]はのと殿《との》ゝの、/かりやにおはしけるか、北《きた》のかたをむかへて、昔今《むかしいま》のもの《物》・かたりともかたり給けるに、/のと殿《との》使者《ししや》をたてゝ申されけるは、をそれある申事にて候へとも、此手《このて》はこは《わ》き所《ところ》」(55オ) とてのりつねをさしむけられて候、けにもこはかるへし、うしろの山より、かたきさと/おとしたゝむ[二]時は、弓《ゆみ》をもちたりとも、矢《や》をはけすはかなふまし、矢《や》をはけたりとも、ひ/きまうけすはかなふまし、ましてさやうにうちとけさせ給ては、いかゝあるへく候/らんと、申されたりけれは、けにもとやおもはれけん、いそき物のくして、人をはやかた/へそかへされける、そも是《これ》をさいことは、後《のち》にそ思ひあはせける、新《しん》中納言とももり、」(55ウ) 本三位[三]中将しけひら、二人大将軍《しやうくん》にて、都合《つかう》そのせい五百[四]余騎《よき》、おほ《をう》ていくたのも/りをかためらる、さつまのかみたゝのり、さまのかみゆきもり、二人大将軍《しやうくん》にて、都合《つかう》/其《その》せい四万余騎《よき》、一の谷《たに》の西《にし》の木戸《きと》をそふせかれける、五日の夜に入て、いくたのもり/のかたより、すゝめの松はら、みかけ[五]もり、こやのゝかたを見《み》わたせは、源氏《けんし》のちんに、と/を火をたく、はれたるそらのほしのことし、平家もむかへ火《ひ》たけやとて、かたのことくそ」(56オ) たきたりける、ふけゆくまゝにこれを見《み》れは、さは《わ》へのほたるにことならす、源氏《けんし》七/日の矢合[六]・にとさためてけれは、いとさは

一　三位―三位《ゐ》

二　たゝむ―たらん（中院本の誤り）

一谷の決戦前夜

三　本三位―本《ほん》三ゐの

四　五百―五万

五　みかけ―御かけの

六　矢合―矢合《やあはせ》

義経、鵯越に向う

七　まいられ—まはられ（中院本の誤り）

八　あく所—あく所《しよ》

九　す—ね

老馬の道案内

＊（小冠）

かす、かしこにちんとりて馬《むま》かはせ、こゝに/ひかへて、馬《むま》のいきやすめなとしけるをはしらすして、平家のかたには、いまやよする/〳〵と、やすき心もなかりけり、同《おな》しき六日、九郎御さうし義経《よしつね》、一万余騎《よき》を二てにわか/たれけり、とひの二郎さねひらに、七千よきをさしそへて、一の谷《たに》の西《にし》のきとへそむけ」(56ウ)られける、我身《わか》は三千よきのせいにて、一の谷《たに》のうしろ、ひえ《ゐ》とりこえ、からめてにこそ/七まいられけれ、つはもの共《とも》、これはきこゆる八あく所にてあるなり、かたきにあひてこそ/しにたけれ、あくしよにおちて、しなん事こそむねんなれ、あはれあんないしや/やあるらんと、たつぬる所《ところ》に、むさしの国《くに》の住人《ちう》、ひら山のむしや所《ところ》するゐしけ、すゝみ/いてゝ申けるは、此山《この》のあんないをは、するゐしけこそよくしりて候へと申す、御さうし、」(57オ)こはいかに東国《とうこく》むさしの国《くに》にて、むまれそたちたる人の、けふはしめて見《み》る、西国《さいこく》の/あんない、まことしからすとの九給けれは、すゐしけかさねて申けるは、御ちやうともお/ほえさせ給はぬ物かな、吉野《よしの》初瀬《はつせ》の花紅葉《もみち》をは歌人《かしん》かしり、かたきかこもりて候、/しやうのうちのあんないをは、かうのものかしり候と申たりけれは、御さうし、これ又/はうしやくふしんなりとてわらはれけり、又東国《とうこく》の住人《ちう》、へつふの小《こ》太郎きよしけとて、」(57ウ)しやうねん十八さいになる、＊せうくわん、すゝみいてゝ申けるは、おやにて候入道《たう》か/申候しは、山こえのかりをもせよ、かたきにもをそはれよ、しんさん《む》にまよひたらん時/は、老馬《らうは》にたつなうちかけて、さきにをひ《い》たて〻ゆけ、かならすみちへいつるそと／こそ、をしへ候しと申たりけれは、御さうしやさしくも申たる物《もの》かな、ゆきの中に／むまをはなちて、あしたにあとをたつね、雲《くも》の外《ほか》にかりをき〻て、よるこゑをいると」(58オ)いふ事あり、まことにさもあるらんとて、しらあしけなる老馬《らうは》二ひきに、か〻みくら／をかせ、しろくつわ《は》はけ、たつなむすんてうちかけ、さきにをひ《い》たて〻、いまたしら／ぬしんさんへこそいり《入》給へ、ころは二月上しゆんの事なれは、みねのしらゆきむら／きえて、花かと見《み》ゆる所《ところ》もあり、たにのうくひすをとつれて、かすみにまよふ所[一]も／あり、のほれは白雲《はくうん》かう〱として、おくふかくそひへ、くたれはせいさんか〻として」(58ウ)するゑとをし、松《まつ》の雪《ゆき》たにきえやらて、こけのほそ道《みち》かすかなり、嵐《あらし》のさそふおり〱／は、はいくわとも又うたかはる、山路[二]に日くれぬれは、みな山中におりゐて、ちんを／そとりたりける、むさしはう弁慶《へんけい》は、其《その》へんなる所《ところ》より、らうをう一人たつねいたし／てまいりたり、御さうし、あれはなにものそとの給へは、これ[三]山のねんらいのれうし／にて候と申す、さては山のあんないはよくしりたるらん、是《これ》より平家のこもりてあん」(59オ)なる、一の谷《たに》のうしろ、ひえ《ゑ》とりこえをおとさはやとおもふは、いか〻あるへきとの給へ／は、思ひもよらぬ御事候、三十ちやうのいはさき、十五ちやうのたになと申候は、た〻／ひやうふをそはたてたるとおほしめし候へし、其外所《そのほかところ》〱に、おとしあなある[四]ほりて／まち申候なり、かちにてたに、ゆ〻しき御

一　所—所《ところ》

二　山路—山《さん》路

三　これ—この

四　ある—をも（中院本の誤り）

大事なるへし、まして御馬《むま》にては、おもひ／もよらぬ御事候と申す、御さうし、さてこの山にしゝはあるか、しゝはいくらも候、」(59ウ) せけんたにあたゝかになり候へは、草《くさ》のふかきにふさんとて、はりまのしゝはたん／はへこえ、世の中さむくなり候へは、雪《ゆき》のあさきにはまんとて、たんはのしゝは、はり／まのいなみのへいて候とそ申ける、御さうし、すは〳〵よかんなるは、鹿《しゝ》のかよはん／ところを、馬《むま》のかよはさるへきやうやあるやかてなんち、あんないしやつかまつれか／しとの給けれは、是《これ》はとしおいて、いかにもかの《な》ふましと申す、子《こ》はあるか、候とて、くま」(60オ) わうまろとて、しやうねん十六さいになりけるを、御さうしに奉《たてまつ》る、やかてよろひ《い》き五て／馬《むま》にのせて、大せいかまさきに、あんないしやとこそめしくせられけれ、其後《そのゝち》御さう／し、かまくらとのに中たかひ《い》たてまつりて、あふしうひらいつみにしてうたれ給し／時、さいこまて御ともつかまつりて、うちしにしたりし、わしのおの四郎義久《よしひさ》とはこれ／なりけり、ちゝをはわしのおのしやうし、武《たけ》久《ひさ》とそ申ける、むさしの国《くに》の住《ちう》人、くまかへ《い》の」(60ウ) 二郎ふしは、其《その》時まてはからめてのせいの中にそ候ひける、六日の夜に入て、しそく／小《こ》二郎にいひけるは、いかになをいゐ、あすはきこゆるあく六所をおとさんするにて／あるなれは、うちこみいくさにて、たれ先《さき》といふ事もあるましきそ、いさ今《こん》夜是《これ》より、／はりま路《ち》のなみうちきはにうちいて、一の谷《たに》の西《にし》の木戸《きと》へ、まさきによせはやと思《おも》ふ／は、いかゝあるへき、小《こ》二郎、もともゆゝしく

五　きて—きせ（中院本の誤り）

熊谷父子先陣を志す

六　あく所—あく所《しよ》

一　んする—んするに
＊（自然）
二　今夜—こん夜《や》
三　かはらけ—きかはらけ
＊（主従）

候なん、さらはとくうちいてさせ給へとそ」(61オ)申ける、くまかへ《い》、あはれひら山《やま》も、うちこみいくさをはこのまぬ者《もの》にてあるものを、出《いて》／たつか行《ゆき》て見《み》よとて、らうとうをさしつかはして見《み》せけれは、あんのことく物のくし／てそうつ立《たち》ける、今度《こんと》まさきかけたらん一する人をは、しるへからす、するしけにをきて／は、一ひきも、ひくましき物を、〱と、ひとり事《こと》してそうつたちける、らうとうか馬《むま》に／ものかうとて、にくき馬《むま》のなかくらひ《い》かなとてうちけれは、かくなせそ、かまくら殿《との》のゝ」(61ウ)御前《まへ》をまかり出《いて》し時、＊しせんの事も候はゝ、まさき仕《つかまつ》らんと、申をきていてたりし／は、けふこさんなれ、この馬《むま》のなこりも、今夜二はかりそといふ、くまかへ《い》からうとうはしり／かへりて、このよしをかたりけれは、されはこそとて、やかて物の具《く》してそうつ立《たち》ける、／くまかへ《い》か其《その》夜のしやうそくには、かち《ん》のひたゝれに、くろかは《わ》をとしのよろひ《い》を／き、うすくれなゐのほろかけて、こんたくりけといふ名馬《めいは》にそのりたりける、ちやくしの」(62オ)小《こ》二郎なをいゑは、おもたかを一しほすりたるひたゝれに、ふしなは《わ》めのよろひ《い》をき、三／かはらけなる馬《むま》に乗《のり》たりけり、はたさしは、きちんのひたゝれに、こさくらを、きに／返したるよろひ《い》をき、せいろうと申す、白月《しらつき》けなる馬《むま》にこそのりたりけれ、＊しうしう／三きうちつれて、おとさんするあく所《しよ》をはゆん手《みて》になし、馬手《めて》につきて行《ゆく》程に、昔《むかし》より／人もかよはぬ、た井のはたといふふる道《みち》にかゝりて、夜もすから、はりまちのなみ」(62ウ)うちきはにそうちいてたる、とひの二郎

四　はた―はま

五　つい立あかり―ついたちあかりて

平山季重も到着

＊（読点不要）

六　一所―一所《しょ》

さねひらか、七千余騎《よき》のせいにて、しほやの／[四]はたと申所《ところ》にひかへて、夜のあくるをまちけるを、こゝをもまきれてうちとほり、一の／谷《たに》の西《にし》の木戸《きと》へそをしよせたる、またうしのこくはかりの事なりけれは、しやうの／中にも、しつまりかへりて音《をと》もせす、うしろにつゝくせいもなし、わつかにきこゆる／ものとては、なきさによするなみのをと、すさきの千鳥《ちとり》のこゑはかり、くまかへ《い》、いかに」(63オ)小二《こ》郎、かうの者《もの》は我《われ》一人とおもふへからす、此《この》へんにも我《われ》らかやうにさきかけんと／おもふともから、夜のあくるをまつ事もあるらんそ、いさをれ小二《こ》郎、名《な》のらんとて、／かいたてのきはにをしよせ、あふみふみはり[五]つい立あかり、大音《をん》しやうをあけて、む／さしの国《くに》の住《ちう》人、熊谷《くまかい》の二郎なをさね、ちやくし小二《こ》郎なをいゑ、一の谷《たに》のせんちんそや／とそ名乗《なのり》たる、しやうの中には、此《この》よしをきゝ、なあひしらひ《い》そ、かたきに矢《や》たねを」(63ウ)いつくさせよ、馬《むま》のあしをつからかさせよとて、あひしらふ《う》ものもなかりけり、熊谷《くまかい》あ／はれひら山も、今《いま》はちかつきぬらん物をなうれ、小二《こ》郎と申もはてす、うしろをきと見《み》た／れは、むしやこそ二きいてきたれ、熊谷《くまかい》、たそひら山殿《との》か、するしけよ、くまかへ殿《との》か、なを／さねよ、いつよりそ、よゐよりとそこたへける、ひら山いひけるは、されはこそするしけ／も、とうによすへかり、＊つるを、なりた五郎にたはかられて、今《いまゝ》まてちゝして候つるなり、」(64オ)なりたか日比《ころ》はいふやうそ、しせんの事もあらは、[六]一所にていかにもならんといふ／あひた《い》、けにもと思《おも》ひて、うちつれてよせつ

熊谷父子再度名乗る

る程に、なりたか道《みち》すからいふやうそ、い／かに平《ひら》山殿《との》、いたく先《さき》かけはやりなし給そ、いくさのさきをかくるといふは、み《御》かたの／せいを後《こ》ちんにつゝけて、我《わ》か高名《かうみやう》も、人のふかくも、たかひ《ゐ》に見《み》えたるこそおもし／ろけれ、つゝく者《もの》一きもなきに、うたれて人のしゝたるは、いぬのしゝたるかとたに」(64ウ)しられすしては、なにのせんそといふ間《あひた》、けにもとおもひて、こさかのありつるにうち／あかりて、馬《むま》をくたりかしらにたてなし、み《御》かた《方》のせいをまつ所《ところ》に、なりたもともに／いそかはしけにてうちあかる、これはするゐしけに、物をもいひあはせんするかと思《おも》ひ／たれは、さはなくて、するゐしけかか《ゝ》たをは、すけなけに見《み》なして、うちよけてとほりつる／あひた、あはれこの男《おとこ》は、するゐしけをたはからんとするよとおもひつれは、いつくをわ」(65オ)きみは、するゐしけをたはからんとするそといひすてゝ、三四たんさきたちつる、なり／たを、五たんはかりにうちよけて、もみにもうてよせつれは、今《いま》はその者《もの》ともは、十／四五ちやうもさかりたるらんそ、うしろかけをたに、よも見《み》たらし物をとそ申ける、熊《くま》／谷《かい》、平山《ひらやま》、かれこれ五きになりてそひかへたる、熊谷《くまかい》さきにも名乗《なのり》たりつれとも、又平《ひら》／山《やま》かあるにとおもひけれは、かいたてのきわ《は》にをしよせ、むさしの国《くに》の住人《ちう》、熊谷《くまかい》の」(65ウ)二郎なをさね、しそく小二《こ》郎なをいゐ《へ》、一の谷《たに》のせんちんそやとそ名乗《なのり》たる、夜もほの／〱とあけけれは、しやうの中より、いさや夜《よ》もすから名《な》のりつる、熊谷親子《くまかいおやこ》ひさけ／てこんとて、すゝむつはものたれ〱そ、ゐつちうの二郎ひやうゑ《へ》のせう盛次《もりつき》、かつさの／悪七《あく》ひやうゑ《へ》のせうかけきよ、五郎ひやうゑ《へ》のせう忠光《たゝみつ》、ことうないさたつな、まなへ／の四郎すけのふを、さきとして、むねとのつはもの廿三き、木戸《きと》をひらかせくつはみを」(66オ)ならへてかけいてたり、ひら山《やま》かその日のしやうそくには、しけめゆひ《い》のひたゝれに、／あかか《ゝ》は《わ》をとしのよろひ《い》をき、しろきほろかけ、かつさのすけかもとよりえたりける、／めかすけといふ馬《むま》にそのりたりける、はたさしは、二つひきりやうのひたゝれに、あら／ひ《い》かは《わ》のよろひ《い》をき、さひつき《月》けなる馬《むま》にのりたり、かたきはくまかへにめをかけて、／あひしらふ所《うところ》に、ひら山《やま》あふみふみはりつい たちあかり、大音《をん》しやうあけて名《な》のりけるは、」(66ウ)保元[一]、平治[二]、両度《りやうと》のかつせんに、かうみやうをしきはめて、一人当千《たう》の名《な》をあけたりし、／むさしの国《くに》のちう人、ひら山の武者所《むしやところ》、するしけとはしらすやと、いひもはてす、しやう／の中へ、おめ《を》きてかけいる、廿三きの者共《ものとも》、熊谷《くまかい》はかりとおもひたれは、又ひら山と名《な》／のる間《あひた》、手こは《わ》くや思ひけん、しやうの中へはとひく、熊谷《くまかい》ふしもつゝきてかく、熊谷《くまかい》／かくれは、平山《ひらやま》はひかへ、ひら山《やま》かくれは、くまかへ《い》はひかへ、入かへ〳〵そたゝかひ《い》」(67オ)ける、しやうの中のつはものとも、かけたてられて、はるかにひきしりそき、かれらを／とさまになしてそふせきける、くまかへ《い》かのりたりけるこんたくりけに、矢《や》たち／けれは、*きとよりとにうちいてゝ、あしをこえてそお《を》りたちたる、ちやくしの小二郎《こ》な／をいるは、生年《しやうねん》十六さい、いくさは是《これ》こそ

一　保元—保元《ほうけん》
二　平治—平治《ち》

＊（木戸より外に）

はしめなれと、名《な》のりて、かいたてのきはに、／馬《むま》のはなをつかする程に、せめよせてたゝかひ《ゐ》けるか、しやうの中より、あめのふる」(67ウ)やうにいける矢《や》に、めてのこかいなをいさせて、ひきかへ《返》・し、馬《むま》よりおりてそたちたり／ける、熊谷《くまかい》、いかに小《こ》二郎は手《て》お《を》ひ《ゐ》たるか、さん候めてのこかいなをいさせて候、矢《や》ぬ／いてたひ候へ、ふかく人かな、しはしこらへよ、ひまのなきに、よろひ《ゐ》つきをつねにせよ、／矢《や》にうらかゝすな、かふとのしころをつねにうちふれ、てへんいさすなとそをしへ／ける、熊谷《くまかい》は、しやうの中をにらまへてこそたちたりけれ、去年《きよねん》の冬《ふゆ》、さかみのかま」(68オ)くらをいてし時、命《いのち》をはかまくらとのに奉《たてまつ》り、かはねをは、せんちやうにさらさんと、／申きりたるなをさねなり、ひ中の水しま、はりまのむろ山、二か度《と》のかつせんにうち／かつて、かうみやうしたりと[一]のゝしりたるゐつ中のせんし、おなしき二郎ひやうゐ《へ》、*／のせう、[二]かつさの悪《あく》七ひやうゐ《へ》はなきか、のととのはおはせぬか、かうみやうもかたき／によりてこそすれ、人ことにあふてのかうみやうはえ《ゐ》せし物を、なをさねに、おちあへ」(68ウ)やくとのゝしりけれは、しやうの中の廿《二十》三き色もかはらす、又くつはみをならへ／てうちいてたり、熊谷親子《くまかいおやこ》は、中をわられしと、あひもすかさす、たちならひ、たちをぬ／きひたいにあてゝそまちかけたる、熊谷小《くまかいこ》二郎に申けるは、しすともかたきによはけ／見《み》すな、しやうのかたをまくらにしてふせとて、日比《ころ》はあらき風にもあてしとこそ／はせしに、弓矢《ゆみや》とる身のならひとて、今《いま》は

一　のゝしりたる―のゝしるなる
＊（読点不要）
二　かつさの―かくさの（三条西本の誤り）

ひとへにしねとそをしへける、もとよりかう」(69オ)なる小二郎か、親《おや》にかくはいはれたり三、いよくくさきへはすゝめ共《とも》、うしろへは一あし／もしりそかす、二郎ひやうゑ《へ》もりつき、このむしやうそくなりけれは、こんむらこのひ／たゝれに、ひをとしのよろひ《い》をきて、くわかたのかふとのをゝしめ、れんせんあしけ／なる馬《むま》に、きんふくりんの鞍《くら》をきてそ、乗《のり》たりける、もりつきいかゝ思《おも》ひけん、しやう／のうちへひきている、熊谷《くまかい》、あれはゑつちうの二郎ひやうゑ《へ》とこそ見《み》れ、まさなくも」(69ウ)なをさねに、うしろをは見《み》する物かな、返せやくくと申けれとも、いやさもさうすとて／ひきている《入》、・悪《あく》七ひやうゑ《へ》かくまんとて出《いて》けるをも、あれ程の*ふてものにあひ《い》てくん／て、命《いのち》をうしなひ《い》てなにのせんそ、君《きみ》の御大事、これにかきるましとせいせられ／て、これらもつゐにくまさりけり、そのあひ《い》たに熊谷《くまかい》は、のりかへにのりてかけ／いる、やくらより、さしつめひきつめいけれ共《とも》、御かたはすくなし、矢《や》にもあたらすかけ」(70オ)まはる、しやうの中には、馬《むま》にのりたるはすくなし、かちたちはおほかりけり、たま／くのりたる馬とも四、物かふ《う》事はまれ也《なり》、のる事はしけし、舟《ふね》五に久《ひさ》しくたてをき／たれは六、すくみて、ゑりきつたる七やうなり、熊《くま》谷《かい》、平山《ひらやま》か馬《むま》は、かひ《い》にかふ《う》たる大の馬《むま》なり、／一むちあてられなは、けたをされぬへけれは、とておとせ、くんてうてとはいひなから、ち／かつきよる者《もの》さらになし、平山《ひらやま》は、たのみきりたるはたさしをうたせて、しやうの中へ」(70ウ)かけ入《いり》、ふんとりしてこそいてたりけれ、熊《くま》

三　たり—て

*（敵者《ふてもの》）

四　馬とも—むまも
五　に—には
六　たれは—て
七　ゑりきつたる—よりきれたる→補記

熊谷・平山一二之懸

谷《かい》、平山《ひらやま》かかけけるまに、馬《むま》のいきやすめて/又しやうのうちにかけ入て、ふんとりあまたしていていにけり、熊谷《くまかい》はさきによせ/たれとも、きとをひらかねはかけい《入》・らす、平《ひら》山は後《のち》によせたれとも、きとをひらけは/かけ入ぬ、さてこそ熊谷《くまかい》、ひら山《やま》は、一ちん二ちんをあらそひけれ[一]、夜あけて後《のち》、なりた五/郎かけしけ、しらはたさして、三十きはかりにていてきたり、とひの二郎実平《さねひら》、七千余騎《よき》」(71オ)にてをしよせたり、源平両方《けんへいりやうはう》のつはもの共《とも》、入みたれ、をめきさけひてたゝかひ《い》けり、/一の谷《たに》のいくさはさかりなれ共《とも》、おほて《う》いくたのもりのいくさは、いまたはしまらす、/源氏《けんし》のおほて《う》に候ける、むさしの国《くに》の住《ちう》人、かはら太郎たかなを、かはら二郎もりなを/とて、おとゝい候けり[二]、六日の夜に入て、かはら太郎、おとゝをよひていひけるは、卯《う》の/こくの矢《や》あはせとさためたれ共《とも》、かたきをめのまへにまほらへて、いまゝて矢《や》一も」(71ウ)いぬか、あまりにまちては心もとなくおほゆるそ、大名《みやう》は、わかとう《た》ともに先《さき》をかけ/させ、かうみやうをしてめいよす、われらは、みつからてをおろさてはかなふまし、その/うへたかなをは、かまくらとのゝ御前《まへ》にて、申たりし事のあるそとよ、されは一人/なりとも、しやうのうちへかけ入て、おもふ矢《や》一つ・いて、うち死《しに》せんと思《おも》ふなり、御へん/は古郷《こきやう》にかへりて、さいしにもこのよしをかたれかしといひけれは、おとゝの二郎か」(72オ)申けるは、こは心うき事をもの給物《もの》かな、たゝおとゝい候ものか、あにを、いくさはに/見《み》すて奉《たてまつ》りて、一人こきやうにかへりて候

一　けれ—ける（三条西本の誤り）

生田の戦場で河原兄弟討死

二　けり—けるか

は〻、何程の事か候へき、かた見《み》ともをは、/下《け》人につかはされ候へ、もりなをも、た〻一
所にてうちしに候と申けれは、さらはとて下《け》/人をよひて、かすのかたみをふるさとへ、を
くり、た〻おと〻い二人、馬《むま》をもはなれ、弓《ゆみ》つへ《ゐ》/つきて、いくたのもりの、さかもき《木》をのほり
こえて、しやうの中へそ入たりける、また」(72ウ)うしのこくはかりの事なりけれは、しやう
の中火《ひ》かすかにともして、しつまりかへ/りてをともせす、かはら太郎、大音《おん》あけて名《な》
のりけるは、むさしの国《くに》の住《ちう》人、しのとう*に/かはら太郎きさいちのたかなを、おなしき
二郎もりなを、おほう《う》てのせんちんそやとそ/名《な》のりける、しやうの中《うち》には、このよしを
き〻て、一度《と》にと〻そわらひ《い》ける、あなふ/しきや、とうこくのふし程、ふてきなりける
もの《物》・あらし、是《これ》程の大せいの中へ、た〻」(73オ)二人かけ入たらは、何ほと《程》・の事をかしい
たすへき、た〻をいてあいせよとて、うたん/といふ者《もの》もなかりけり、かはら[三]きやうたは、
もとよりつよ弓《ゆみ》せいひやう、矢《や》つきはやの/てき《ゝ》なりけれは、さしつめひきつめ、さん
〳〵にいる矢《や》に、つはものおほくいころさる、/しやうの中にはこのよしをき〻て、いや
〳〵此者《このもの》ともこそ、[四]あひしらひにくけれ/さらはいとれやとて、大せいうんかの[五]こと
くみたれいつ、其《その》中に、ひ中の国《くに》の住《ちう》人、」(73ウ)まなへの四郎[六]をは、一の谷《たに》に《ゝを》おかれたり、お
と〻の五郎は、いくたのもりに候けるか、/三人はりに十四そく三ふせとてつかひ《い》、よ
ひきてひやうといる、かはら太郎かやくら/にむき、ふりあふのいてたちたりける、うち

＊（私の党）
三　きやうた—きやうたい（中院本の誤脱）
四　あひしらひ—あひし
五　ことく—ことくに
六　をは→補記

かふとを、したゝかにいさせて、ゆんつゑ《み》にすかり、すくみてたちたりけるを、おとゝの二郎かつとより、あにをかたにひかけて、さかもきをのほりこえんとしける所《ところ》を、まなへか二の矢《や》に、右のひさふしした」(74オ)かにいさせ[一]、きやうたいまくらをならへてとうとふす、まなへからうとうおりあひて[二]、かはらおとゝいか首《くひ》をとり、大将軍《しやうくん》の見《け》参《さん》に入たりけれは、新《しん》中納言御らんして、一人たう千とは[三]、これをこそいふへけれ[四]、あたらもの《物》を、いましはらくいけて見《み》てとそおしまれける

かちはら平次歌の事

かはらか下人《け》のおとことも、みかた《御》のせいの中へはしりかへりて[五]、かはらとのこそ、」(74ウ)おとゝいなから、しやうの中にかけ入て、うたれてましく候へと、よははりたりけれは、かちはら平《へい》三かけとき《時》、此《この》よしをきゝ、これは、ちたいし[＊]のたうの殿《との》はらの、ふかくにてこそ、其《その》人々をはうたせたれ、さらは時つくれやとて、かちはらか手《て》せい五百余騎《よき》、かいたてのきはにをしよせて、時をとゝつくれは、みかた《御》の五万余騎《よき》、一とうにとき《時》のこゑをそつくりける、りやうはう十万よきの時のこゑに、天《てん》もひゝき、大地《ち》もゆるくはかり」(75オ)なり、とき《時》のこゑもしつまりけれは、かち原《はら》か、二《し》なん、かけたか、ちゝにかくともいはて[六]しやうの中へをめいてかけ入、かちはら使者《ししや》をたてゝ、みかた《御》のせいのつゝかさ

一　させ—させて
二　おりあひ—おちあひ
三　とは—とも（三条西本は「のとも」と書いて「の」を見せ消ち）
四　これ—これら
五　はしり（三条西本は「はせり」と書いて「せ」を消して「し」と傍記）
＊（「地体」。そもそも、本来の意）

梶原平次景高と父景時の突撃

六　に—にも

らんに、さきかけたらんものをは、くんこう／のしやうあるましきよしの、大将軍《しやうくん》のおほせなりといはせけれは、平次《へいし》しはらくひ／かへて
ものゝふのとりつたへたるあつさ弓《ゆみ》／ひきてはかへる物ならはこそ」(75ウ)
と申せとて、又しやうの中へそかけいり《入》／ける、かちはら、さらは平次《へいし》うたすな、かけたかうたすな、つゝけや者共《ものとも》、すゝめやつはもの／とて、かちはらか手《て》せい五百よき、しやうの中へそかけ入ける、しやうの中の者共《ものとも》、／東国《とうこく》にきこゆるものにてあるなるそ、あますなもらすなうつとれとて、大せいかま／中にとりこめたり、され共事《とも》ともせす、西《にし》より東《ひんかし》、北《きた》より南《みなみ》へ、さんくにたゝかひ《い》、／うちやふりて、[*]きとよりとへ、はとひきて」(76オ)いてたれは、五百余騎《よき》とは見えしかと、五十／きはかりになりにけり、かちはらいかに源太《けんた》か見《み》えぬと、いひけれは、らうとうか申／けるは、源太殿《けんたとの》は、北《きた》の山きはに、ふか入してたゝかはせ[七]候つるか、今《いま》はうたれてもやまし／く[八]けんと申けれは、かちはら、こはいかに、かけとき《時》いくさして、なをあけんとおもふ／も、しそんをおもふゆへなり、されは源太《けんた》をうたせて、かけとき《時》命《いのち》をいきても何《なに》ゝかは／せん、いさや源太《けんた》たつねんとて、又しやうの」(76ウ)中へかけいらんとしけれ共《とも》、大せいみち／くて、入へきやうそなかりける、かちはら、あふみふみはりついたちあかり、大音《おん》あけ／て名《な》のりけるは、昔後三年《むかしこ》のいくさの時、八幡殿《まんとの》、出羽国《てはのくに》、せん《千》ふくかねさはのしやう／をせめさせ給し時、十六さいにてまさき[九]かけ、

＊（木戸より外《と》へ）
景時、長男景高を援護、二度の懸

七　せ—せ給
八　けん—候らん
九　まさき—まさきを

弓手《ゆみて》のまなこをいさせて、その矢《や》をぬかて、/たうの矢《や》をいて、*かうのさしきにつきたりし、かまくらのこん五郎かけまさか、五、代の/はちよう、かちはら平《へい》三かけとき《時》、ありとは」（77オ）しらすやと、名《な》のりたりけれは、かたきも名《な》/にやをそれけん、はとあけてそとほしける、しやうの中をかけまはりて見けれは、ま/ことに源太は、北《きた》の山きはに、かたき八人か中にとりこめられかふとをもはやうち/おとされて、大わらはになりて、二ちやうはかりにそひへたる岩《いわ》を、うしろにあてゝ、/らうとう二人さうにたて、こゝをさいことたゝかひ《い》ける所《ところ》に、かちはらをしよせて、い/かに源太《けんた》景《かけ》時こゝにあり、あひ《い》かまへて、」（77ウ）死《し》ぬるともかたきにうしろはし見《み》すなと、/ちゝにことはをかけられて、源太《けんた》いよ〱かなはへて、命《いのち》をおしますたゝかひ《い》けり、/かちはら源太《けんた》、うたすなかけすゐ、うたすなつゝけやものともとて、しなん平次《へいし》かけ/たか、二《三》郎かけいゐ《へ》、おやこ四人おちあひ、八きのかたきをうちとりて、弓矢《ゆみや》とりは、かく/るもひくもおりにこそよれ、いさをれ源太《けんた》とて、らうとうの馬《むま》に、うちのせてこそいて/たりけれ、かちはら平《へい》三かけとき《時》か、二度《と》の」（78オ）かけとは是《これ》なりけり

平家一たう一の谷にをいてうちしに/弁いけとりの事

是《これ》をはしめとして、二うら、かまくら、ちゝふ、/かはこえ、のいよ、よこ山、をさは《わ》、山くち、たん*、

＊（城方本「剛の座式」）

一　五、代（読点不要）―五代《たい》

二　源太―源大《けんた》

三　二郎―三郎（中院本の誤り）

＊（丹）

一谷の乱戦

*（江戸）

義経の坂落（二月七日）

四　うちあかり―うちあかりて

いのまた、むら山たうのつはものとも、てゝ/に色〳〵のはた共《とも》をさしあけて、名乗《なのり》かけ
〳〵、入かへ〳〵たゝかひ《い》けり、源平《けんへい》たかひ《ゐ》/にみたれ、をめきさけふこゑは、山をひゝ
かし、うみをうこかす、馬《むま》のはせちかうをと、」(78ウ)いかつちのことし、あかるほこりは、けふり
におなし、太刀長刀《たちなきなた》のひらめくかけは、いな/つまにもことならす、とをきをは弓《ゆみ》にてい、
ちかきをは太刀《たち》にてきり、ひつくんておち、/さしちかへてしぬる者《もの》もあり、ふんとりし
てかへる者《もの》もあり、手《て》お《を》ひ《い》むしやをは、かた/にひつかけて、かんしよへひきしりそくもの
もあり、いまたうす手《て》お《を》ふ《う》て、こゝをさいこ/とたゝかふ《う》もののもあり、源平《けんへい》りやうはうの
つはもの共《とも》、いつれせうれつありとも見《み》え」(79オ)さりけり、源氏《けんし》のかたのつはもの、ゑ*との四
郎のふすけ、しやうの中に御かたあり/ともしらすして、とを矢《や》をよひきていたり
けれは、はゝかたのをち、ふちたの三郎た/いふゆきやすか、あまりにふか入してたゝ
かひ《い》けるか、うちかふとをしたゝかにいさ/せて、馬《むま》よりさかさまにとうとおつ、あはの
みんふしけよしかおとゝ、さくらはのすけ/よしとをおちあひて、ふちたかくひをはと
てけり、源氏《けんし》お《を》ほ《う》てはかりにては、いかにも」(79ウ)かなふましかりけるに、七日の卯《う》のこくに、
九郎御さうしよしつね、三千よきのせい/にて、一の谷《たに》のうしろ、ひえ《ゑ》とりこえのたう
けに[四]うちあかり、こゝをおとさんとし給/けるに、此《この》せいにやおとろきたりけん、をし
か二、めしか一、平家のちんにそおちたり/ける、平家の人々、さとちかゝらん鹿《しゝ》たにも、

このせいにおとろきては、山ふかくこそ/入へきに、山よりしゝのおちたるこそあやしけれ、からめてのまはるにこそと、さはく」(80オ)所《ところ》に、伊与《よ》の国《くに》の住人《ちう》、たけちのむしや所《ところ》きよのり、何ものにてもあらはあれ、かたき/のかたよりきたらん物を、とほすへきやうなしとて、弓《ゆみ》とりなをし、矢《や》とてつかひ《い》、はせ/よせて、まさきにはしりける、をしかのま中いてそとゝめける、そこしもあく所な/りけれは、たつなをひらくにをよはす、弓《ゆみ》のもとをこし、めてのくつはみをい*けつりて、/つきなるしゝをもとめてけり、めしかをは、いてこそとほしけれ、心ならぬかりしたり、」(80ウ)鹿《しゝ》めせとのはらといひけれは、ゐつ中のせんし、せんないたゝいまの鹿《しゝ》のいやう/かな、矢《や》たうなにとそ申ける、御さうしはかりことに、かけなる馬《むま》一ひき、しらあしけ/なる一ひき、二ひきに鞍《くら》をきて手《た》つなうちかけ、大せいかまさきにお《を》いおろされけり、/かけなる馬《むま》はいかゝはしたりけん、あしをうちおりてころひておつ、あしけなる馬《むま》は、/さうい《ゐ》なくおちつきて、ゐつちう《中》のせんしか、屋《や》かたの前《まへ》に、身ふるいしてこそ立《たち》たり」(81オ)けれ、平家の人々、さきに、しゝのおちたりつるたにもあやしきに、ぬしなきくらをき/馬《むま》の、二ひきをお《お》ちたる事よ、からめてちか、*つくにこそと、さはく所《ところ》に、御さうし、馬《むま》は/ぬしかのりておとさはよからんするそくはく義経《よしつね》はおとすそとて、手《た》つなかい/くり、まさきにこそおとされけれ、三千よきのつはもの共《とも》、同《おな》しくつゝきてを《お》としける/か、せんちんにおとすつはものゝ、よろひ《い》

*（射削り）

一　あしけ―しらあしけ

*（読点不要）

かふとは、こちんにおとすつはもの〻、あふ」(81ウ)みのはなに、からり〳〵とそあたりける、そこしも小石《こいし》ましりのすなこなりけれは、心/ならすなかれおとしにさとおとして、すこしたんなる所《ところ》にさゝへたり、それより/下を見《み》くたせは、大はんしやくにこけむして、つるへをとしに、十四五ちやうそくた/りたる、うしろを見《み》かへりて見《み》れは、きしたかくして、あかるへしとも見《み》えす、つはもの/とも、こはいかゝはせんときする所《ところ》に、三うらのさはらの十郎よしつら、あふみふみ」(82オ)はりのひあかりて、申けるは、我《われ》らか三うらのかたにてかりせし時は、うさき一つみつ/け、とり一たてゝも、かやうの所《ところ》をこそ、てうせきはせありきしか、これは、はゝやとて、大/せいかまさきに、たつなかいくりてこそおとしけれ、みかた《御》三千よき、おなしくつゝ/きておとしけるか、あまりのいふせさに、めをふさきて、手《て》に手《て》をとりくみ、弓《ゆみ》のはすを/とりちかへ、馬《むま》にちからをあはせ、ゑい〳〵こゑをしのひにして、ゑつち《中》うのせんし」(82ウ)もりとしか、屋《や》かたのまへに、さうい《ゐ》もなくおちつきて、しらはた三十なかれはかり、一/度《と》にさとさしあけて、とき《時》をとゝつくりたりけれは、三千余騎《よき》かこゑなれと、山ひこに/こたへて、数《す》万きとそきこえける、しなのゝ国《くに》の住《ちう》人、むらかみの判官代[二]元国《もとくに》か手《て》より、/たてをわりたいまつにし、ゑつ中のせんしか、やかたに火《ひ》をそかけたりける、おりふし/北《きた》風はけしくて、くろけふり[三]、やかた〳〵にをしかけたり、平家のつはものとも、かなら」(83オ)すかたきかよせて、いおとしきりおとさね

二　判官代―はんくわん代《たい》

三　くろけふり―くろ煙《けふり》

平家軍、海へ遁走

共《とも》、けふりにむせひ、馬《むま》よりおちてたうれ／ふす、もしやたすかると、なきさへむかひ《い》て[一]はせくたり、たすけ舟《ふね》ともおほかりけれは、／おもひ〳〵にとりのりて、心〳〵に、おちゆかはよかるへかりけるを、ふね一そうに、／よろひ《い》むしやか、四五百人、六七百人、千人はかりこみのらんに、なしかはよかるへき、渚《なきさ》／よりを《お》きへ三ちやうなかり[二]をしいたして、大舟《せん》三そうしつみて、人一人もたすからす、」(83ウ) これを見《み》て、しかるへき人をはのすとも、つきさまの者《もの》[三]をのすへからすとて、しかるへき人／のゝらんとしけるをは、手《て》をさゝけちからをあはせて、ひきのせけり、つきさまの者[四]の／らんとしけるをは、太刀長刀《たちなきなた》をぬいて、舟《ふな》はたをなかせけり、かゝりけるを、まのあたり／見《み》なから、かたきにあひてはしなすして、のせしとする舟《ふね》にのらんとて、あるひ《い》はひ／ちうちおとされ、あるひ《い》はゆひなきおとされ、其《その》身はなきさにたをれふし、をめきさけ」(84オ) ふ事なのめならす、のとのかみのりつねは、一度《と》もふかくせぬ人の、今度《こんと》山の手《て》やふ／れて、めんほくなくやおもはれけん、うすゝみと申馬《むま》にのりて、おちられけるか、はり／まの高《たか》さこより舟《ふね》にのりて、あはちのふくうらへわたられけり、ゑちせんの三位《ゐ》みち／もりはさふらひ《い》、くんたたきくちとき《時》かすと、しうしう二き、あかしをさしておちられ／けるに、あふみの国《くに》の住《ちう》人、木むら[五]の源《けん》三なりつなと名《な》のりて、しう《ゆ》しう七きにてをひ《い》」(84ウ) かけ奉《たてまつ》る、三位《ゐ》とてかへし、さん〳〵にたゝかひ《い》、公卿[六]のつはもの二人きておとし、我《わか》／身は木むらの源《けん》三なりつなにくんて、う

一　はせくたり—はせくたる

二　なかり—はかり（中院本の誤り）

三　を—をは

四　者—ものゝ

通盛討死

五　木むら—木《き》むら

六　公卿—くきやう（中院本は「究竟」の宛字）

たれ給けり、ゑつ中のせんしもりとしは、／もくらんちのひたゝれに、ひをとしのよろひ《い》きて、かけなる馬《むま》に、きんふくりんのくら／をきてのりたりけるか、いつちへゆきたらは、命《いのち》のたすかるへきかはとて、ひかへ〳〵／そたゝかひ《い》ける、むさしの国《くに》のちう人、ゐ《い》のまたのこんへい六のりつな、あはれよか」(85オ)らんかたきかな、くまんとおもひて、かけまはり〳〵見《み》る所《ところ》に、ゑつ中のせんしを／みつけて、ゑしやくもなく、ひつくんてとうとおつ、ゑつちう《中》のせんしは、人めには三／十人かちからをあらはして、うちに六十人してあけおろす舟《ふね》を、たゝ一人してしん／たいしけり、ゐ《い》のまたも、大鹿《しか》のつのゝ、一のくさかりをも、たやすくひきもきなとして、／東国《とうこく》にはさる者《もの》ありときこえたる、大ちからのかうの者《もの》なり、され共《とも》、ゑつ中のせんしに」(85ウ)とてをさへられ、物をいはんとすれ共《とも》いきいてす、かたなをぬかんとすれとも、手《て》すく／みてぬかれさりけれは、ゐ《い》のまたおもひけるは、これほと《程》に、のりつなを、てこめに／しつへきものこそおほえね、あはれこれは、平家にきこえ給、のと殿《との》にてやおはすらん、／ゑつちうのせんしもりとしと、いふ者《もの》にてやあるらんとおもひて、いきのしたにて申／けるは、かたきをは、そちやうその国《くに》のたれかしと、たかい《ゐ》に、名《な》のりなのらせて、うち」(86オ)たれはこそ、大せつなれ、いせんに名《な》のりつるをはきゝ給へるか、又御へんのてにかゝ／るとも、たれそとしりてしなんといひけれは、ゑつちう《中》のせんし、けにもとおもひて、／これはもと平家の一門《もん》たりしか、たうしは

＊（安平）
＊（天理イ21本「大上戸《こ》」、文禄本「大男《たいおとこ》」）
一　かさね―かさねて
二　いくたり―何人
三　たゝつな―のりつな（中院本の誤り）
四　ぬま―ぬまた

身ふせうなるによりて、さふらひ《い》となり/たる、ゑつ中のせんし、もりとしといふ者《もの》なり、さてわ君《きみ》は何ものそ、これはむさし/の国《くに》の住人《ちう》、ゐ《い》のまたのこんへい六、のりつなと申者《もの》にて候なり、その時あんへいの＊」(86ウ)かたきとおもひて、すこしをしくつろけ、御へんか事かきこゆる大上＊ことは、さん候/そかしとて、かさね[一]いひけるは、このいくさのていを見《み》候に、平家まけいくさ、源氏《けむし》/かちいくさと見《み》えたり、のりつな一人をうたせ給て候とも、それにはよもより候はし、/あはれのりつなか命《いのち》たすけさせ給へかし、今度《こんと》のいくさのくんこうに、御一門《もん》[二]いく/たりにてもおはせよ、たゝつな[三]かくんこうのしやうに申かへて、たすけたてまつらん」(87オ)するは、いかにといひけれは、ゑつ中のせんし、にくき《ゝ》君《み》かいひやうかな、今《いま》さら/源氏《けんし》たのまんともおもはす、源氏《けんし》も又もりとしに、たのまれんともよも思《おも》ひたまはし/とて、やかてこしのかたなをぬき、くひをか《ゝ》かんとしけれとも、ゐ《い》のまたすこしもさは/かす、まさなや、かう人のくひきるやうやあるといはれて、けにもと思《おも》ひてひきをこし、/田《た》のくろのありけるか、うしろはこみふか《ゝ》かりけるぬま[四]也、まへはすこしひあかりて、」(87ウ)はたけのやうなる所に、あしさしおろしこしかけて、たかい《ゐ》にいきつきゐたる所《ところ》に、/かち《ちん》のひたゝれに、くろかは《わ》をとしのよろひ《い》をき、くろき馬《むま》にくろ鞍《くら》をいてのり/たりけるむしや、そのせい三十きはかりにていてきたり、ゑつち《中》うのせんし、ゐ《い》のまた/に、あれはたれ候そとて、ようしんしあやしけに見《み》けれは、くるしくも候はす、のりつな/かいとこに、ひとみの四郎と申者《もの》にて候か、のりつなをそたつね候らんと申せ共《とも》、ゐつ」(88オ)中《ちう》のせんしは、なをめもはなたす見《み》けれは、ゐ《い》のまたおもひけるは、今《いま》一度《と》くまん/する物を、さりともひとみかちかつかは、おちあはぬ事はあらしとおもひて、あひ/まつ所《ところ》に、ひとみもしたゐにはせちかつく、ゐ《い》のまたこふしをにきり、ちからあしを/ふんておちあかり[五]、ゐつちう《中》のせんしか、*よろひ《い》のむないたをかはとつく、思《おも》ひもまうけ/さりけれは、うしろのぬま田《た》へつき入らる、大の男《おとこ》の、をもよろひ《い》はきたり、てうのはねを」(88ウ)ひろけたるかことくにて、をきん〳〵としける所《ところ》を、ゐ《い》のまたとてをさへ、くさすり/ひきあけ、つかもこふしも、とほれ〳〵と、二かたなさして、くひをとる、太刀《たち》のさき[六]に、/さしつらぬいてさしあけ、平家のかたに、鬼《おに》神のやうにきこえつる、ゐつちう《中》のせんし/もりとしかくひをは、むさしの国《くに》の住人《ちう》、ゐ《い》のまたのこんへい六か手《て》にかけて、かう/こそとりたれやとのゝしりけれは、平家のかたには、いよ〳〵ちからををとし《お》源氏《けむし》の」(89オ)かたにはいさみあへり

さつまのかみたゝのり歌の事

さつまのかみたゝのりは、こんちのにしき/のひたゝれに、あかをとしのよろひ《い》をき、*さひ月けなる馬《むま》にのり、たゝ一き、あかしを/さしておちられけるに、をかへの六弥太《やた》、*

五　おちあかり—たちあかり
（中院本の誤り）
＊（読点不要）

六　さき—きさき

忠度の最期
＊（宿《さび》月毛）
＊（読点不要）

たゞすみ、をひ《い》かけ奉《たてまつ》る、さつまのかみ、うし／ろへふりむき給て、いかに是《これ》は、御かたにてあるそとのたまひける、うちかふとを見入／たれは、かねくろに、色しろく、いうに見《み》え」(89ウ)られけり、み《御》かたにはさやうの人はおほえ／ぬも《物》・のをとて、いとゝをいかけけれは、さつまのかみ、にくきやつはらか[一]、み《御》かたとい／はゝいはせよかしとて、とてかへし、ひんくん[二]てとうとおつ、さつまのかみは、もとよりは／やき人にてはおはしけり、馬《むま》の上《うへ》にて一かたな、中にて一刀《かたな》、おちつく所《ところ》にて一かたな、／三刀[三]まてそさゝれたる、されともはしめの二刀《かたな》は、よろひ《い》のうへにてとほらす、後《のち》の一／かたなに、六弥太《やた》か、右のうてをつきつら」(90オ)ぬかれけり、されともらうとうお《を》つさまに／はせきたりて、さつまのかみの、めてのこかいなを、うちおとし奉《たてまつ》る、今《いま》はかなはしとおも／はれけれは、のけさらは、西《にし》お《を》かまんとて、六弥太《やた》をとりひつさけ、弓《ゆん》たけ二たけはかり／なけのけ、西《にし》にむき

[四]くわうみやうへんせう、十方世《はうせ》かい、／念仏《ねんぶつ》しゆしやう、せつしゆふしやと、となへ給ける所《ところ》に、六弥太《やた》いたてなら／ねはをきなをり、さつまのかみの、くひをうつ、」(90ウ)くひをとりたれとも、名《な》をはたれともしら／さりけるに、ゑひらにむすひつけられたるも《物》・のを、とりて見《み》けれは、旅宿《りよしゆく》の花といふ／たいにて、一しゆの歌をそよまれたる

行暮《ゆきくれ》て木の下《した》かけを[五]宿[六]とせは／花やこよひのあるしならまし

たゞのりとかきつけられたりけるにそ、さつ／まのかみとはしりてける、これをはしめと

一 やつはら―やつ
二 ひんくんて―ひつくんて
三 三刀―中にて一かたな
（三条西本の誤り）
四 くわうみやうへんせう―
一々くわうみやうへんせう
五 を―に
六 宿とせは―やとからは

忠度の辞世「行きくれて」

平家の公達の死

して、平家の君《きみ》たち、所〳〵にてうたれ給け／り、をはりのかみ清忠《きよたゝ》は、さゝきのたかつな」(91オ)にくんてうたれ給ぬ、たしま《ち》のかみつね／まさは、川《かは》こへ《え》の小太郎重房《しげふさ》にくんてうたれ給ぬ、わかさのかみつねとしは、かねこの／十郎家忠《いえたゝ》か、手《て》にかゝりうたれ給ぬ、あはちのかみ清房《きよふさ》は、み《三》うらのさはらの十郎とし／つらに、うたれ給にけり、平《へい》中納言たゝも[七]りのするの子《こ》に、蔵《くらん》人の大夫[八]なりもりは、一／門《もん》にもはなれたゝ一き、なきさを西《にし》へおちられけるに、ひたちの国《くに》の住《ちう》人、ひちやの／五郎と名《な》のりて、をつかけ奉《たてまつ》る、なりもり」(91ウ)ひつくんてとうとおつ、なりもりはきこえ／たる、したゝか人にておはしけり、ひちやもとうこくに、さる者《もの》ありときこえたる、大ち／からなりけれは、たかい《ゐ》にうへになり下《した》になり、ころひあふ程に、ある小家《こいゑ》の前《まへ》に、ふる／井のありけるに、ころひ入て、よろひ《い》むしや二人、したへもおちつかす、上《うへゝ》へもあからす、／中にはたとつまりてそ、ゐ《い》たりける、ひちやかあにゝ、ひちやの四郎、おとゝをうし／なひ《い》て、五郎とのはいつくにそと、こゑをあ」(92オ)けてよひけれは、はるかの井のそこに、こゝ／にといふこゑについて、おりて見《み》けれは、かたきのよろひ《い》はもえ《ゑ》きのにほひ《ゐ》なり、／おと《を》ゝかよろひ《い》は、ふしなは《わ》めなりけれは、おと《を》ゝか、かふとのしころをつかみて、ひき／あけたり、かたきはおとゝかこしにいたきつきてそあかりたり[九]、やかてきやうたいして、／をさへてくひをとる、蔵《くらん》人の大夫[一〇]なりもりは、今年《こん》十七になられける、大手《て》いくた／のもりをは、新《しん》中納言知盛《とも〻り》、本三位[一一]中将」(92ウ)

業盛と泥屋兄弟の死闘

七　たゝもり―のりもり（中院本の誤り）
八　大夫―大夫《たいふ》
九　たり―たる
一〇　大夫―大夫《たいふ》
一一　本三位―ほん三位《ゐ》

しけひら、二人大将軍《しやうくん》にて、そのせい五万／余騎《よき》、東《ひんかし》へむかひ《い》てたゝかはれけるに、むさしの国《くに》は、中納言こくしにておはしけ／れは、其《その》よしみにや、ゐ《い》のまたたうの中より、使者《ししや》をたてゝ申けるは、一の谷《たに》こそや／ふれて候へ、うしろは御らん候はぬやらんと申たりけれは、一中納言をはしめ奉《たてまつ》りて、／うしろをかへり見て、二皆《みな》おもひ〳〵、心〳〵にそおち行《ゆき》ける、中にも本《ほん》三位《ゐの》中将／しけひらのきやうは、かち《ちん》にしろくきなる」(93オ)いとにて、岩《いわ》に村千鳥《むらちとり》ぬふ《う》たるひたゝれに、／むらさきすそこのよろひ《い》をき、五まいかふとのをゝしめ、こかねつくりの太刀《たち》はき、廿／四さしたるきりうの矢《や》、かしらたかにおひ《をい》なし、しけとうの弓《ゆみ》のま中とて、八しまの／おほい殿《との》よりたまはられたりける、とうしかけにそのり給ふ、我年来《わかねんらい》ひさうせられ／ける、夜めなし月けには、めのとこの、ことうひやうゑ《へ》盛長《もりなか》をそのせられたる、しうしう／二きにうちなされて、みなと川《かは》、かるも川《かは》を」(93ウ)うちわたり、こまのはやしをゆんて《み》になし、／はすの池《いけ》をはめてになし、いたやと、すまをうちすきて、明石《あかし》をさしてそおちられ／ける、こたまたうの中に、しやうの四郎たかいゑ、しうしう五きにてをひ《い》かけ奉《たてまつ》る、／三位《ゐ》きこゆる名馬《めいは》三にのり給たりけり、つとはせぬかれたりけれは、かなはしとや思《おも》ひ／けん、矢《や》ころにはせちかつき、中さしとてつかひ《い》よひいてひやうといる、三位《ゐ》のゝり／給たりける、とうしかけか、*さんつ《う》に矢《や》たち」(94オ)けれは、ことうひやうゑ《へ》のせう、我馬《わかむま》めされ／なんすとやおもひけん、とてかへし、東《ひんかし》へむ

一　中納言―中納言《なうこん》
二　かへり見て↓補記

重衡、生捕りとなる

三　に―には
＊（読点不要）

けてはせてゆく、いかにやもりなか、日ころ/はさはちきらさりし物を、その馬《むま》まいらせよとの給けれとも、みゝにもきゝ入す、むち/をあけてはせて行《ゆく》、ちからをよひ給はす・、海《うみ》へうち入たりけれとも、そこしもとをあさ/なりけれは、又なきさにうちあかり、馬《むま》よりおり、よろひ《い》のうは帯《おひ》きりてのけ、しかひ《い》せん/とし給ける所《ところ》に、しやうの四郎はせちか」(94ウ)つきて、馬《むま》よりとひおり、なきなたをとりな/をし、まさなくも御しかい候物かな、この馬《むま》に、めされ候へとて、我《わ》か馬《むま》にかきのせ奉《たてまつ》り/てたつなにて、くらのまへわにしたゝかにしめつけ奉《たてまつ》りて、我身《わか》はのりかへにのて、み《御》か/たのせいの中へそ入にける、平家にさしもきこえ給つる、本《ほん》三位《ゐの》中将[四]しけひら/きやうも、いけとりにせられ給けるそ、くちおしき、[五]新中納言とももりのきやうは、/*ききよれうのひたゝれに、*はしのにほひの」(95オ)よろひ《い》をき、是《これ》も八島《しま》のおほい殿《との》より、給は・/られたりける、ゐ《井》のうへくろにそのり給ふ、御子《こ》むさしのかみともあきらは、うきをり/物《もの》のひたゝれに、つまにほひのよろひ《い》をき、きかはらけなる馬《むま》にのり給ふ、めのと/この、けんもつ太《大》郎よりかたは、ひしたすきのひたゝれに、かたしろのよろひ《い》きて、/しらあしけなる馬《むま》にそ乗《のり》たりける、しうしう三きにうちなされて、なきさをにしへ/おちられけるに、こたまたうとおほしくて」(95ウ)うちわのはたさして、十きはかりにてをひ《い》/かけ奉《たてまつ》る、けんもつ太郎返しあはせ、ゆみの上すなりけれは、まさきにすゝみたる、はた/さしか、*しやくひのほねいておとしけり、

四　しけひら―しけひらの

五　新中納言―しん中納言《なうこん》

知章、父を庇って討死

＊（黄魚綾）

＊（黄櫨《はじ》）

＊（読点不要）

しゆ人*とおほしきもの、新《しん》中納言にか／か《ゝ》り奉《たてまつ》る所《ところ》を、御子《こ》むさしのかみともあきら、中にへたゝり、ひつくんてとうとおつ、／かたきかくひかいきて、をきあからんとし給所《ところ》に、かたきかわらはおちあひて、むさし／のかみのくひをとる、けんもつ太郎おちあ」(96オ)ひて、むさしのかみの、御くひとりたりつる、*／わらはかくひをもとてけり、よりかたも、右のひさのふしを、したゝかにいさせて、たゝ／さりけれは、ゐなからかたき三人うちとて我《わか》、*身もうち死《しに》してけり、そのまに、新中／納言は、井のうへくろと申、くきやうの名《めい》馬《は》にのり給たりけれは、うみのおもて／廿よちやうをよかせて、おほいとのゝ御舟《ふね》にまいらせ給ふ、舟《ふね》に所《ところ》なくして、馬《むま》のす／へきやうもなかりけれは、馬《むま》をはなきさへ」(96ウ)をかへす、あはのみんふ重能《しけよし》、あの御馬《むま》、只今《たゝいま》／かたきのもの《物》・になりなんす、いころし候はんとて、中さしとてつかひ《い》そゝろひいてむ／かひけれは、中納言、よしく何の馬《むま》にもならはなれ、たゝいま、我《わか》いのちをたすけた／らんする馬《むま》を、いかゝなさけなくいころすへき、あるへからすとせいせられて、ちから／をよはす、はけたる矢《や》をさしはつす、この馬《むま》、しはしは舟《ふね》のあたりを、およ《ゝ》きまはりく／しけれとも、のするものもなかりけれは、」(97オ)みきはへをよきあかりて、猶も此《この二》馬、ぬしの／なこ《ゝ》りををしむかとおほえて、をき《お》のかたをまほりて、たかいなゝきをしつゝ、あしか／きしてたちたりけれは、やかてこの馬《むま》をは、かはこえの小《こ》太郎しけふさとて、九郎御／さうしに奉《たてまつ》る、ゐ《い》んの御所へまいらせられ

＊（都立図本・天理イ21本「主人」。文禄本「大将軍」）

＊（読点不要）

＊（読点不要）

一　新中納言—しん中納言《なうこん》

二　馬—馬《むま》

たりければ、それよりしてそ、川《かは》こえくろと/はめされける、もともゐ《い》んの御馬《むま》なり、しなの丶井のうへより、まいりたりければ、井/のうへくろとなつけて、ゐ《い》んの御馬屋《まや》に」(97ウ)たてられたりけるを、八島《しま》の三おほいとの丶、/内大臣《ないしん》になりて、御悦申のありし時、ゐ《い》んより御ひきいて物にたまはらせ給たりしを、/おと丶の四中納言にあつけ申されけり、

中納言、あまりにこの馬《むま》をひさうして、/まい月ついたちことに、たいさんふくんをそまつられける、されは其《その》しるしにや、馬《むま》の/命《いのち》も、ぬしの命《いのち》も、たすかりけるこそふしきなれ、新《しん》中納言、おほいとの丶、五御所にま/いり給て申されけるは、むさしのかみにも」(98オ)お《を》くれ候ぬ、よりかたもうたれ候ぬ、六されは/子《こ》は、親《おや》にくむかたきの中にへた丶り候に、七いかなる親《おや》なれは、かたきにくむ/子《こ》を見すて丶、かへし候はさりつる事の、身なからも、命《いのち》はおしかりけりと八存《そんし》候、人/の上《うへ》ならは、いかはかりもとかしくも候なんとて、なかれけれは、おほい殿《との》、むさしの/かみとのは、心もかうに、よき大将《しやう》にておはしつる物をとて、御子《こ》九左衛門のかみの、生《しやう》/年《ねん》十六になられけるを、見《み》やり給て、あの」(98ウ)右衛門《うゑもん》のかみと、同《ゝう》年なとの給もあへす/涙にむせひ給へは、舟《ふね》の中の人々も、みな袖《そで》をそぬらされける、小松殿《こまつとのゝ》のすゑの子《こ》に、/ひち《中・》うのかみもろもりは、しうしう八人小《こ》舟《ふね》にとりのりて、を《お》きにうかひて、いくさの/なりゆくやうを、見給ける所《ところ》に、新《しん》中納言のさふらひ《い》に、清《せい》・右衛門《ゑもん》のせう重定《しけさた》、かた/きにおつかけられ、みきは《わ》へむけてはせく

三 おほいとの—大しんとの
四 中納言—中納言《なうこん》
五 御所—御まへ
六 されは—いかなる
七 に—そ
八 けり—ける
九 左衛門—ゑもん

師盛の死

一　その—あの

二　渚—みきは

敦盛の最期

三　もえき—もゑきの

たり、あれは、ひちう《中》のかみ殿《との》の《ゝ》御舟《ふね》とこそ/見まいらせ候へ、その[一]御舟《ふね》へまいり候はんと」(99オ)申けれは、しけさたうたすなのせよとて、舟《ふね》/を渚[二]へよせられけり、そこしもとをあさなりけれは、馬《むま》のふとはらひたる程に、うち入/て見《み》れは、そのあい、弓《ゆみ》たけはかりは、あるらんとそ見《み》えし、今《いま》はとくのれかしとの給《たま》へは、/すこしうちよせて、大の男《おとこ》の、をもよろひ《い》きたるか、さしもちいさき舟《ふね》へ、かはととひの/らんに、なしかはよかるへき、舟《ふね》をし返して、一人もたすからす、はたけ山からうとう、/ほんたの二郎親経《ちかつね》、はせきたりて、くまてを」(99ウ)を《ゝ》ろして、ひ中のかみを、とりあけ奉《たてまつ》りて/くひをとる、今《こん》年十四さいにそなられける、むさしの国《くに》の住《ちう》人、熊谷《くまかい》の二郎なをさね/あはれよからんかたきかな、くまんとかけまはりて見《み》る所《ところ》に、こゝにねりぬきに、つる/をぬひ《い》たるひたゝ《た》れに、[三]もえきにほひ《い》のよろひ《い》をき、くは《わ》かたのかふとのをゝしめ、/れんせんあしけなる馬《むま》に、きんふくりんのくらをきて、のりたりけるか、を《お》きなる舟《ふね》を/心かけて、海《うみ》のおもて、七八たんをよかせ」(100オ)けるをみつけて、あれは大将軍《しやうくん》とこそ見/まいらせ候へ、まさなくも、かたきにうしろをは見《み》せさせ給物かな、かへさせ給へ〳〵/と、あふきをあけてまねかれて、やかてとてか《返》へされけり、みきはへうちあからんとし/給所《ところ》に、熊谷馬《くまかいむま》のかしらを、たてなをすまてもなかりけり、ひつくんてとうとおつ、熊《くま》/谷《かい》とてをさへて、くひをかか《ゝ》んとし給けるか、あまりに物よはくおほえける間《あひた》、うち/かふとを、ひきあふのけて見《み》けれは、今《こん》年」(100ウ)

十六か七かと見《み》えたる、わか上らうの、かね／くろに、うすけしやうをせられたる、熊谷《くまかい》、いとをしやこの人のちゝはゝの、いくさは／にいたしたてゝ、いかはかりおほつかなくおもひ給らん、小二郎からすてお《を》ふ《う》たるた／にも、心くるしくおもふそかし、わかおもふやうにこそ、おもひ給らめといたはしくて、／いかなる人にてましますそ、なのらせ給へ、たすけたてまつらんといひけれは、なんち／は何ものそ、まつ名《な》のれといはれて、これは」（101オ）武蔵国《むさしのくに》の住《ちう》人、熊谷《くまかい》の二郎なをさねと申者《もの》／にて候なり、さてはなんちかためには、よきかたきそ、これはおもふやうありて、わさと名《な》／のるましきそ、はやく／＼くひをとて人に見《み》せよ、見《み》しりたらんする者《もの》も、あらんするそ／との給《たまひ》て、つゐに名《な》のり給はす、熊谷《くまかい》、いとゝいとおしく思《おも》ひ奉《たてまつ》りて、かたなをたつ／へき心ちもせす、[四]此人うちたれはとて、まくへきいくさに、かたんするにてもなし、又た／すけ申たりとも、それにもよるまし、たすけ」（101ウ）奉《たてまつ》らはやと思《おも》ひて、うしろをきと見《み》たれは、／とひの二郎、三百余騎《よき》にていてきたり、さきを見《み》れは、はたけ山、五百余騎《よき》にてさゝへた／り、弓手《ゆんて》のかたには、かちはら五十きはかりにてひかへたり、馬手《めて》には、かはこえもろを／かの者《もの》とも、六七百きにて[五]かけまいる間《あひた》、熊《くま》谷《かい》申けるは、たすけまいらせんと存《そんし》候へ共《とも》、／此《この》大せいの中にては、たとひ《い》なをさねかてをのかれさせ給て候とも、つゐに御命《いのち》／たすからせ給へからす、同《おな》しくは、なをさね」（102オ）か手《て》にかけまいらせて、御ほたいをこそとふ／らひ《い》奉《たてまつ》らめとて、おつる涙をゝさへ、なく

四　此人―この人一人

五　かけまいる―かけまはる

〳〵ひをとりてけり、くひつゝまんとて、/[一]ひたゝれときけれは、ふえをそこしにさゝれたる、いとおしや此《この》あか月、しやうの中/に、ふえの音《ね》のきこえつるは、此《この》人のふかれけりことにおもしろかりつる物かな、東国《とうこく》/のふし、其《その》かすをしらされ共《とも》、せんちやうなとへ、ふえを[二]もちていつる者《もの》こそ、あるまし/けれ、あはれ都《みやこ》の人ほと《程》、いうにやさしき」(102ウ)事はなかりけり、弓矢《ゆみや》とりのならひは、/くちおしかりける事かな、心にまかせたる身ならは、なとか此《この》人、たすけ奉《たてまつ》らさる/へきとて、かたてにてはくひをもち、かたてにてはゆんつえ《ゑ》にすかり、涙にむせひて、/しはしは馬《むま》にものらさりけり、後《のち》に人にたつぬれは、しゆりの[三]大夫経盛《つねもり》のはつしに、/大夫あつもりとて、生年《しやうねん》十七さいにそなられける、このふえは、[四]こえたとて、めいよ/のふえなりけり、経盛《つねもり》のひさうせられたり」(103オ)けるを、此《この》人ふえのきりやうたるによて、/さつけられけるとそうけ給はる、それよりしてそ、熊谷《くまかい》、ほつしんの思《おも》ひはつきにける、/去程《さる》に、一の谷《たに》のいくさやふれしかは、平家の人々、皆舟《みなふね》にとりのりて、あるひ《い》は/あしやの沖《おき》にかか《ゝ》り、きのちへおもむく舟《ふね》もあり、あるひ《い》は、淡路《あはち》のせとをしわたり、/しまかくれ行舟《ゆくふね》もあり、いまた、一の谷《たに》の沖《おき》に、たゝよふ舟《ゝね》もあり、浦《うら》〳〵、島《しま》〳〵おほ/けれは、たかい《ゐ》のしやうをしりかたし、」(103ウ)平家、海《うみ》にしつんてしするはしらす、くか/にはたさほをゆいわたして、かけしるす所《ところ》のくひ、三千余《よ》人とそきこえける、いくたの/もり、[五]一谷の、北《きた》の山きは、南《みなみ》のなきさ、東西《とうさい》

一　ひたゝれ―ひたゝれを
二　もちて―持《もち》て
三　大夫―大夫《たいふ》
四　こえた―さゐた

一の谷落足

五　一谷の―一のたに

[六] けり―ける
[七] 本三位―ほん三ゐの
[八] けり―給けり
[九] いくさ―いくさは
[一〇] 三位―三位《ゐ》
[一一] 三位―三ゐの
[一二] さま―こんとはさま

の木戸《きど》くち、やくらのまへ、さかもき《木》のもと/に、いふせられ、きりふせられたる、しんはのしゝむら、山のことし、一谷《のたに》のをさゝはら、/みとりの色をひきかへて、うすくれなゐにそなりにけり[六]、平家、国《くに》をなひくる事も/十四か国《こく》、せいのしたかひ《い》つく事も十万」(104オ)余騎《よき》、都《みやこ》へも、わつかに一日の道《みち》そかし、今度《こんど》/はさりともと、おもはれけるに、一の谷《たに》をもやふられて、心ほそくそなられける、今度《こんど》一/の谷《たに》に《ゝ》て、うたれ給へる、平家の人々は、ゐちせんの三位道盛《ゐみちもり》のきやう、さつまのかみたゝ/のりのあそん、但馬守経正《たちまのかみつねまさ》、おはり《を》のかみ清《きよ》忠《たゝ》、わかさのかみ経俊《つねとし》、むさしのかみともあ/きら、あはちのかみ清房《きよふさ》、ひ中のかみもろもり、蔵人《くらん》の大夫なりもり、大夫あつもり、十/人とそきこえける、十のくひ都《みやこ》へいる、此外《このほか》、」(104ウ)盛俊《もりとし》かかうへもあり、[七]本三位中将《しやう》しけ/ひらのきやうは、いけとりにせられけり[八]、二位殿《ゐとの》の給けるは、弓矢《ゆみや》とりのいくさ[九]に/いてゝ、うちしにするはよのつねの事なれとも、[一〇]三位中将か、いけとりにせ/られて、いかはかりの事をかおもふらんとて、ふしまろひてそなかれける、北《きた》のかた、/大納言のすけとのも、[一一]三位中将、いけとりにせられぬときこえしかは、さまかへん/とし給けるを、大臣殿《おほいとの》も、二位殿《ゐとの》も、いかてか」(105オ)君《きみ》をは、すてまいらせさせ給へきと、せいせ/られけれは、ちからおよ《を》はす、[一二]さまもかへ給はす、ふししつみてそおはしける、今度《こんど》一の/谷《たに》にて、うたれ給たる、人々の北《きた》のかた、大りやくさまをそかへられける

小宰相の悲嘆

一　見きゝ—みつき
二　にて—にてもやあらんすらん
＊（読点不要）

こさいしやうとのうみにいる事

中にもゐちせんの三位《ゐ》のさふらひ《い》に、／くんたたきくちとき《時》かす、参《まいり》て北《きた》のかたに申けるは、上にはみなと川《かは》のしりにて、かた／き七きか中にとりこめられて、つゐに」(105ウ)うたれさせ給候ぬ、むねと、てをおろして、／うちまいらせて候しは、あふみの国《くに》の住《ちう》人、木《き》むらの源《けん》三なりつなとそ名《な》のり候し、／とき《時》かすも、一所にてうちしにつかまつるへく候しか、かねてのおほせに、たとひ《い》／我《われ》いかになりたりとも、こせの御ともつかまつらんとおもふへからす、あひかまへて、／御行《ゆくへ》ゐを見きゝまいらせよと、おほせの候し程に、このよしを申さんとて、まいりて候／と申もはてす、なきけれは、北《きた》のかた、とかく」(106オ)の返事もし給はす、ひきかつきてそふし／給ふ、一ちやううたれ給ぬときゝなからもし此《この》事の、ひか事にて、いきてかへる／事もやあらんすらんとて、たゝかりそめに、＊出《いて》たる人をまつらんやうに、此《この》三四／日か間《あいた》は、まちたまひけるこそあはれなれ、いまは、もしやのたのみもつきはてゝ、むな／しき日かすもすきゆきけれは、北《きた》のかた、やるかたなくそおもはれける、二月十三日、八／しまへわたられける夜、北《きた》のかた、めのとの」(106ウ)女房《にょはう》を、ちかくめしてのたまひけるは、あは／れや三位《ゐ》の、あすうちいてんとての夜、さしものいくさはに、ともないていひしは、い／くさにいつるはつねのならひ《い》なれ共《とも》、今度《こんと》はしなんするか、世《よ》に心ほそくおほゆる/そや、さてもはかなきちきりゆへに、都《みやこ》の中をさそはれいて、ならはぬたひのそら/におもむきて、すてに二とせをくらんするに、いさ〻かも、くやしとおほしたる/色[三]の、おはせさりつる事こそ、いつの世《よ》」(107オ)にも、わすれかたけれなといひつ〻け、身の/た〻ならすなりたる事を、なのめならす悦《よろこひ》、我身《わかみ》、すてに三十になるまて、子《こ》といふ/ものもなかりつるに、さてはうき世のわすれかたみは、あらんするにこそ、た〻し、/かくいつとなき浪《なみ》の上《うへ》、舟《ふね》の中のすまひなれは、み〻[四]ならん時の心くるしさを、[五]い/か〻すへきなとかたらひ《い》しことの葉は、はかなかりけるかね事かな、ありし六/日の夜を、かきりとたにもしりたりせは、」(107ウ)なとか後《のち》のよとたにちきらさる[六]へき、見《み》そ/めし昔《むかし》のちきりさへ、いまさらうらめしくこそおほゆれ、まとろめはゆめに見《み》え、さ/むれはおもかけにたつそとよ、されは思《おも》ひの外《ほか》になからへ、み〻ともなりて、わすれ/かたみを見《み》んたひに、おもひのかすはまさるとも、なくさむ事はよもあらし、うき世/にさすらふ《う》身となら は、おもはぬふしもやあらんすらん、草《くさ》のかけにても、見《み》んこそ/心うけれ、されは火《ひ》の中、水のそこへも、入」(108オ)なんとおもひさためてあるそとよ、書《かき》をき/たるふみをは、都《みやこ》へ奉《たてまつ》り給へ、こせの事共《とも》申たり、しやうそくをは、いかならんひしり/にもとらせて、我《わか》こせとふらひ《い》給へ、何《なに》よりも又、そこのなこりこそ、いつの世にもわす/れかたけれなと、かきくときての給けれは、

三　色—色《いろ》

四　み〻—み〻と

五　を—をは

六　さるへき—さりけん

こさいしやうとのうみにいる事

めのとの女房《にようばう》、日比《ころ》は、御とふらひ《い》の人のま／いりたれ共《とも》、はか〳〵しき御返事も、＊なき人の、かやうにこしかたゆくするゑの事／とも、かきくときての給ふは、まことに水《みつ》の」(108ウ)そこにも、しつみ給へきやらんと、かなしく／て、申けるは、此《この》たひ一谷《のたに》にて、うたれさせ給たる、人々の北《きた》のかたの御なけき、いつれか／をろかにわたらせ給へき、されとも、みな御さまをこそかへさせおはしましさふらへ、／中にも御身は、たゝならすならせ給ておはしますそかし、さやうにてなくなりたる／人は、ことにつみふかしとこそうけたまはりさふらへ、六たう四しやうは、まち〳〵／にさふらふなれは、一所［一］へむまれあはせ」(109オ)たまはん事もありかたし、みゝともなら／せ給て後《のち》、御かたみの人をもそたてまいらせ、なき人の、御名《な》こりとも御らんせられんに、／なをなくさむ御心《こゝ》ちなくは、その時こそ、御さまをもかへ、なき人の御ほたいをも、とふ／らひ《い》［二］まいらせ給さふらはめ、たとひ《い》又、千ひろのそこへしつませ給とも、ひきくしてこそ／い《入》らせおはしまさめと、さま〳〵にこしらへ申けれは、北《きた》のかた、まことにはおもひ／のあまりにこそいひつれ、みゝともなりて」(109ウ)後《のち》こそ、さまをもかへ、人の後《のち》の世をもと／ふらはめ、こよひははるかにふけぬらん、いさやねなんとて、よりふし給へは、めのとの／女房《にようばう》、さりともとうれしくて、御そはにより ふしけるか、すこしまとろみたりけるまに、／北《きた》のかた、やはらおきつゝ、ふなはたへこそいて給へ、まん〳〵たるかいしやう《上》なれは、／いつくを西《にし》とはしらねとも、つき《月》の入さの

＊（読点不要）

一　一所—一所《しよ》

二　まいらせ—まいらせさせ

小宰相入水

山のはを、そなたやらんとおもひやり、てを/あはせ、しつかに念仏《ねんふつ》し給へは、おきの」(110オ)しらすになく千鳥《ちとり》、[*]ともまよはすかとおほ/ゆるに、あまのとわたるかちのをと、かすかにきこゆるゐいやこゑ、いとゝあはれやま/さりけん、南無西方極楽《なむさいはうこくらく》せかいの、けうしゆ弥陀如来《みたにょらい》、あかてわかれしいもせのなから/ひ《い》、来世《らいせ》にては、かならす、一つ・はちすにとかきくとき、南無《なむ》ととなふるこゑ[三]ともに、浪《なみ》/のそこへそいり《入》・給ふ、十三日、八島《しま》へわたられける、あか月かたの事なれは、人皆《みな》しつ/まりて、これをしらさりけるに、かちとりの」(110ウ)一人舟《ふね》こきけるか、あれやあの御ふねより、/女房《にょはう》の海《うみ》へいら《入》・せ給ぬと申けれは、めのとの女房《にょはう》うちおとろき、そはをさくりけれ共《とも》、/おはせさりけれは、ふなはたにはしりいて、てをあけて、あれや〳〵と、をめきかなしひ《み》/けれは、人皆《みなを》おきあひ、舟《ふね》をとゝめ、すいれんのものを、あまたうみ[四]に入て、さかし奉《たてまつ》り/けれともなかりけり、さらてたに春の夜は、ならひにかすむ物なるに、よもの村雲《むらくも》う/かれきて、月はれくもる夜半なるに[五]、あは」(111オ)のなるとのくせとして、みつしほ、ひくしほ/はやかりけり、御そもなみもしろけれは、かつけとも〳〵、月おほろにて見《み》えさりけり、/やゝありて、かつき[六]奉《たてまつ》りけれは、ねり[七]の二き[八]に、しろきはかまをき給へ・り、御くしも/しやうそくも、御身にまとひ《い》しほたれはてゝ、とりあけたれともかひそなき、めのと/の女房《にょはう》、むなしき御手《て》に、とりつき奉《たてまつ》りて、きみの、ちの中にわたらせ給しを、いたき/そたてまいらせてより此《この》かた、へんしも」(111ウ)

*（友迷はすか）

三　こゑ—こゑと

四　うみ—かは（三条西本の誤り）

五　なるに—なれや

六　かつき—かつきあけ

七　ねり—ねり色

八　二きに—二きぬ（中院本の誤り）

はなれまいらせす、都《みやこ》を御出《いで》のとき《時》も、お／いたるを《お》や、いとけなきみとり子《こ》をふりすて、これまてまいりたるかひのなき[一]よ、た／とひ《い》ちひろのそこまても、ともにひきくしてこそ、いらせおはしますへけれ、いかなる／ちやうこう[*]にておはしますとも、今《いま》一度《と》、ありし御こゑをきかせ、もとの御すかたをも、／見《み》せさせ給へとくときたて、ふしまろひてかなしめとも、かすかにかよひ《い》しいきも／たえ、つゐ《い》に事きれはて給けり、いつく」(112オ)をさして、おちつくへしともおほえす、さて／しもあるへきならねは、三位《ゐ》のきせなかの、一りやうのこりたりしに、ひきまとひ《い》奉《たてまつ》りて、／又うみへ返し入奉《たてまつ》る、めのとの女房《にようはう》も、お《を》くれ奉《たてまつ》らしと、つゝきていらんとしけるを、／人とりとゝめけれは、ちからをよはす、ふなそこにふしまろひ、をめきさけふ事な／のめならす、せめてのおもひのあまりに、身つからかみをはさみおろし、三位[二]のおとゝ、／中納言のりつしちうくわいに、そらせて、」(112ウ)かいをそたもちける、昔《むかし》より、おつとにわか／るゝ女《をんな》の、さまをかふるはつねの事、身をなくるまての事は、ためしすくなき事／なり、ちうしんは二《し》くんにつかへす、ていちよ、りやうふ[三]にま見《み》えすとも、かやうの事／をや申へき

小宰相殿女院よりゆるし給はるゝ事

この女房《にようはう》と申は、ことうのきやうふきやう／のりかたの、御むすめ、上せいもんゐ《い》んに

一　なき―なさ
＊（定業）
二　三位―三位《ゐ》
三　りやうふ（両夫）―しふ（二夫）

小宰相と通盛のなれそめ

四　三位—三位《ゐ》
五　ころ—ころは
六　此—此《この》
＊（薫炉）
七　たり—たる

通盛贈歌「わが恋は」

さふらひ《い》て、小宰相殿《こさいしやうとの》とそ申ける、三位[四]」(113オ) いまた、中宮《くう》のすけと申しころ[五]、いかなるたよりにか、此人《この》を見《み》て、心もそらにあく/かれて、ふみをつくし、年月《とし》うらみかこたれけれ共《とも》、なひくけしきもなかりけれは、/三とせと申には、三位《ゐ》おもひよはりなから、猶ふみを書《かき》て、とりつたへける、女房《にようはう》にたひ/たりけれは、ある時小宰相殿《こさいしやうとの》、我里《わかさと》より、御所へまいられけるに、此[六]女房《にようはう》、みちにて行《ゆき》/あひ奉《たてまつ》りて、車《くるま》のそはをすくるやうにて、此《この》文《ふみ》を、車《くるま》の中へそなけ入たる、小宰相殿《こさいしやうとの》、」(113ウ) 是《これ》を見給て、此《この》ふみなけ入つるものは、いかなるものそとのたまひけれとも、御ともの/者《もの》とも、皆《みな》しらぬよしをそ申ける、此《この》ふみを、車《くるま》のうちにをかんも、そらをそろしくて、/たもとに入つゝ、御所へまいりさふらはれけるに、おもひわすれて、此《この》ふみを、女院《にようゐん》の御/せんにおとされたりけり、御らんしつけさせ給、女房《にようはう》たちをめされて、まろこそめつ/らしきもの《物》をもとめたれ、此《この》ぬしは、たれやらんとおほせけれは、女房《にようはう》たち、みなしら」(114オ) ぬよしをそ申されける、小宰相殿《こさいしやうとの》はかりそ、かほうちあかめそはむきて、しはしは/御返事も申されす、女ゐん《にようい》、いかに〱とおほせけれは、みちにて人のとはかりそ申/されける、日比《ころ》もない〱、さる事ありとはしろしめされたりけれ共《とも》、此文《このふみ》をひら/きて御らんすれは、＊くんろのけふりもなつかしく、みつくきのあとも、いうによしあり/て、一首《しゆ》の歌《うた》をそかゝれたり[七]

わかこい《ひ》はほそ谷川《たにかは》のまろきはし」(114ウ) ふみかへされてぬるゝそてかな

女院《によいん》、これはいまた、あはぬをうらみたる文《ふみ》/なり、あな心つよや、なとなひき給はぬそ、あまりに人の心つよきも、身をなき物になす/なる物を、昔《むかし》小野《をの》の《ゝ》小町《こまち》ときこえしは、みめすかたならひなく、心さまよにすくれ/たりしかは、見《み》る人、きく人、心をつくさぬはなかりけるに、心つよきなをやとけ一たり/けん、後《のち》には人のおもひのつかりにて二、関寺《せきてら》のほとりに住居《すまゐ》して、ゆきゝのたひ人に、」(115オ) 物をこひ《い》、あれたる宿《やと》に、くもらぬ月ほしを、涙の露《つゆ》にうかへつ《め》ゝ、風《かせ》をへたつるた/よりもなく、雨をもらさぬわさもなし、野辺《のへ》のわかな、さは《わ》のねせりをつみて、露の/命《いのち》をかけ《ゝ》けるとかや、やかてこの返事をは、まつ三せんとて、女ゐん《によい》、かたしけなく、/御返事をそあそはしける

たゝたのめほそたに川《かは》のまろきはし/ふみかへしてはおちさらめやは

三位《ゐ》かたしけなく、女ゐん《によい》より御ゆるされ」(115ウ) ありて、みめはさいわい《ゐ》の花なれは、たかい《ゐ》に心さしなのめならすして、西海《さいかい》の旅《たひ》の/そらまても、ともにひき《具》くして、つゐにはひとつ道《みち》へ、を《お》もむきたまひけるそ/あはれなる

・・・・・・平家物語第九終」(116オ)

一　とけ—とり（中院本の誤り）
二　つかりにて—つもりにて（中院本の誤り）
三　まつ—まろ

女院代返「たゞ頼め」

平家物語第十目録

一　平家一族のくひ幷おほちを渡さるゝ事

一　これもり八島よりしよしやうの事

一　本三位中将女房にたいめんの事

一　おなしき女房しゆつけの事

一　ゐんせんの事

一　本三位中将上人にたいめん幷くわんとうけかうの事

一　よこふえ事

一　しうろんの事」（1オ）

一　かうや御かうの事

一　小松三位中将出家の事

一　小松三位中将熊野参詣幷海に入事

一　しゆとくゐんを神とあかめ奉らるゝ事

一　いけの大納言かまくらけかうの事

一　小松三位中将の北方出家の事

一　平家一族《そくくひ》頸上洛《しやうらく》幷《ならひ》被レ渡二大路一事

一　維盛自《これもりより》二八島《やしま》一書状《しよしやう》事

一　本三位中将対《たい》二面《めん》女房《はう》一事

一　本三位中将北方出家《しゆつけ》事

一　院宣《いんせん》事

一　本三位中将対《たい》二面《めん》上人一　幷《ならひに》　関東《くわんとう》下向《けかう》事

一　小松三位中将高野《かうや》参詣《さんけい》事

一　横笛《よこふえ》事

一　宗論《しゆうろん》事

一　高野《かうや》御幸《こかう》事

一　小松三位中将出家《しゆつけ》事

一　小松三位中将熊野《くまの》参詣《さんけい》幷《ならひ》入《いる》レ海《うみ》事

一　崇徳院《しゆとくいん》被《らるゝ》レ奉《たてまつ》レ崇《うやまい》　神《かみに》事

一　池《いけ》大納言下向《けかう》二鎌倉《かまくら》一事

一　ふちとかせんの事

一　御けいの事」（1ウ）

平家物語第十

平家首入京（寿永三年二月十日）

一　寿永―寿永《しゆゑい》

二　小松三位―こまつの三ゐの

三　三位―三ゐの

四　三位―三ゐの

五　しけひら―重衡《しけひら》

六　大夫―大夫《たいふ》

一　藤戸《ふちと》合戦《かつせん》事

一　御契事

平家一族のくひ弁おほちを渡さるゝ事

一寿永三年二月七日、つのくに一の谷《たに》にて、/うたれさせ給し、平家のくひとも、おなしき十日、都《みやこ》へ入ときこえしかは、こきやうに/のこりとゝまり給へる人々は、身の上《うへ》に、いかなる事をかきかんすらんと、やすき/心もなかりけり、中にも小松二三位中将これもりのきやうの、北《きた》のかたは、大覚《かく》寺に/おはしましけるか、西国《さいこく》へ、うつてのくたると」（2オ）きこゆるたひには、中将の事を、つゐ/にいかにかきゝなさんすらんと、しつ心もし給さりけるに、一の谷《たに》より、平家の人々/のくひ、ならひに、三三位中将といふ人、いけとりにせられて、都《みやこ》へ入ときこえしかは、/いかにも此《この》人、はなれ給はしとそなけかれける、人まいりて、四三位中将殿と申は、五しけ/ひらの御事にて候と申せは、さては、くひ共《とも》の中にやあるらんとてなき給ふ、同《おな》しき/十一日、六大夫はんくわ《は》ん中原《なかはら》のよりのり、」（2ウ）平家のくひ共《とも》うけとりて、おほちをわたし、/こくもんにかけらるへきにてありしを、

七　以下―以下《いけ》
＊（先朝）
八　申状―申状《しやう》
＊（承引）
＊（黙し）
平家首渡し（十二日）
九　小松三位―こまつの三ゐの

法皇《ほふわう》猶も此《この》事、いかゝあるへきとおほし／めしわつらい給て、太政《大しやう》大臣《しんし》以下、五人の公卿《くきやう》におほせあはせられけり、中にも／ほりかはの大納言忠親《たゝちか》のきやう、申されけるは、此《この》ともからは、せんてうの御時、せきり／のしんとして、ひさしくてうかにつかうまつる、なかんつくに、けいしやうのくひ、大／ちをわたされたる事れいなし、のりより、」（3オ）よしつねか申状、あなかちに御きよう／あるへからすと、申させ給たりけれは、法皇《ほふわう》も、このきもともとて、わたさるましきにて／ありけるを、のりより、よしつね、申されけるは、命《いのち》をかろくし、きをゝ《を》もう《く》する事は、／かつはちよくせんのおもむきを、かたしけなくそんするかゆへ、かつは親《おや》の、くわい／けいのはちをきよめんとおもふ《む》ため也《なり》、申むねを、御せういんなからんにをいては、し／こんいこ、何《なに》のいさみありて、てうてきをも」（3ウ）たいらけ候へきと、いきとをり申されけれは、／此《この》きもたしかたしとて、つゐにわたさるへきにそさたまりける、おなしき十二日に、／平氏《し》のくひ、おほちをわたされけり、京中の上下、見《み》る人、きく人、袖《そて》をそぬらしける、い／はんや其《その》え《ゐ》んにふれ、お《を》んをかうふりし人々の、心のうち、いかはかりの事をかお／もはれけん、小松三位中将のさふらひ《い》に、さいとう五、さいとう六とて、都《みやこ》にとゝめを／かれたりけるか、さまをやつして、けんふつ」（4オ）の人の中にましはりて、わかしゆの御／くひやあると、見奉《みたてまつ》りけるに、其《その》御くひはなかりけれとも、見《み》しりまいらせたる人々の、御／くひの、おほかりけれは、あまりにめもあてられすおもひて、しきりに涙のすゝみければ、／人にあやしめられしと、いそき大覚《かく》寺へかへりまいりたり、北《きた》のかた、さていかに／やとのたまへは、小松殿《こまつとの》の君《きみ》たちには、ひ中のからの殿《との》の御くひはかり見《み》えさせ給／候つる、其外《そのほか》、しか〱、そちやうその御くひ、」(4ウ)かのくひなとそ申ける、さいとう五か申ける／は、けんふつの人の中に申候つるは、小松《こまつ》殿《とのゝ》の君《きみ》たちは、はりまと、たんはとのさかい／に候なる、三くさの山をかためさせおはしまし候けるか、源氏[一]にやふられさせ給て、は／りまのたかさこより、舟《ふね》にめして、さぬきの八島《しま》へわたらせおはしまして候ぬ、ひ中／のかみとのはかりそ、一の谷《たに》へかへりまいり給て、うたれさせ給て候と申候つる程に、／さて三位中将[二]殿《とのゝ》の御事は、いかにと」(5オ)とひて候へは、それは御いたはりとて、今度《こんと》／のいくさにはあわ《は》せ給はす、さぬきの八島《しま》にわたらせ給とこそ、申つれと申せは、北《きた》／のかた、それもあさゆふ、われらか事をおもふにこそ、やまひともなり給ぬらめと／のたまふ、わか君《きみ》、ひめ君《きみ》、さて其《その》御やまひをは、何事《なに》そと、かへしてはとはさりける／かとてそ、なかれける

これもり八しまよりしよしやうの事

三位中将[三]これもりは、さぬきの八しまに」(5ウ)おはしけるか、ある夜のあか月かたに、ねさめして、与《よ》三ひやうゑ《へ》しけかけ、わらは、いし／とうまろ《丸》、あたりちから、御とのゐ申て候

維盛、妻子に音信「いつくとも」歌

一　源氏—源氏《けんし》
二　三位—三ゐの
三　三位—三ゐの

けるに、のたまひ[四]けるは、あはれ今都《いまみやこ》にも、／ねさめやし[五]たまふらん、をさなきもの共《とも》は、おもひわするとも、人はかた時もわすれし／ものを、かくいつとなく、つれ〱なれは、むかへもとりて、なくさまはやとはおもへ共《とも》、／ゑちせんの三位《ゐ》のうへの事をきくに、かしこくそ、これらをとゝめをきたりける、」(6オ)ひきくしたらましかは、いかはかり、心くるしからましとそのたまひける、あるとき与《よ》三／ひやうゑ《へ》を御つかひにて、都《みやこ》へ御ふみあり、北《きた》のかたへの御文《ふみ》には、見《み》そめ見《み》えそめ／奉《たてまつ》りし後《のち》は、かた時もはなれまいらせしとそ[六]申しかとも、心にまかせぬみちなれは、む／かへもとり奉《たてまつ》らぬ也《なり》、今《いま》はこんしやうにて、あひ見《み》ん事もかたけれは、後《のち》の世には、／かならす、ひとつはちすのえ《ゑ》んと、ねかひ《ゐ》たまふへしとかき給《たま》ひ、おくには一首《しゅ》の歌《うた》」(6ウ)をそかゝれたる

いつくとももしらぬあふせのもしほくさ／かきおく《を》あとをかたみとは見《み》よ

わかきみ、ひめきみの御ふみには、つれ〱／をは、何《なに》としてなくさませ給ふ、いそきむかへとらんするそ、六代殿《たいとの》へ、[七]やしや御前《せん》へと、／こまやかにこそかゝれたれ、しゆせきはいつまても、くちせぬものなれは、たとひ《い》これ／もり、世になきものとなりたりとも、後《のち》の世までのかたみとも、見よかしとて、かやうに」(7オ)かきそをくられける、与《よ》三ひやうゑ《へ》都《みやこ》にのほり、大覚《かく》寺へまいりたり、人々此《この》ふみを／ひらきて、さしつといてそなかれける、北《きた》のかたより御返事[八]なり、わかきみ、ひめきみ、／さてや此《この》御返事をは、何《なに》と申へきとの給

四　けるは―けるはは（三条西本の衍字）

五　たまふ―たる

六　申―申候

七　やしや―夜叉《やしや》

八　なり―あり

へは、たゝわかなにともおほされんやうに／こそ、かきたまはめとあれは、なとやむかへもとらせ給はぬそ、よに〳〵こひしうこそ／おもひまいらせ候へなと、はかなけにそかゝれたる、与《よ》三ひやうゑ《へ》、御返事給はて、」（7ウ）八しまへかへりまいりたり、[一]三位中将、此《この》ふみをひらきて見《み》たまふに、北《きた》のかたの、／とかくうらみ書くとき、[二]かゝれたるよりも、おさなき人々の、いとけなき筆《ふて》のすさひ《み》に、／こひし〳〵と、かゝれたりけるを見給にそ、いとゝせんかたなくはおもはれける、こ／きやうのいふせかりつる事ともは、みなきゝはるけ給ぬれとも、れんほのおもひは／なをやます、さいしはもとより、心をつなくものなれは、ゑとをいとふにさはりとなり、」（8オ）ゑんふあひしうの、きつなつよくして、浄土《しやうと》をねかふに物うし、今生《こんしやう》にては、かくいつと／なく、さいしに心をくたくのみならす、たうらいは又、しゆらのくるしみにこそしつ／まんすれ、しかし、これより、うらつたひ《い》しまつたひ《い》にも、都《みやこ》にのほり、こひしき人々をも、／見《み》もし見《み》えもして、まうねんをはらひ《い》、其後《そのゝち》やかて出家《しゆつけ》入道《たう》し、火《ひ》の中、水《みつ》のそこにも／*入なんにはとそ思《おも》ひさため給ける、同《おな》しき十四日に、[三]本三位中将しけひらのきやう、」（8ウ）お《大》ほちをわたされけり、とひ《ゐ》の二郎さねひら、もくらんちのひたゝれに、ひをとしの／よろいきて、とうしやしたり、とひ《い》か、家《いゑ》の子、らうとう、百きはかり、車《くるま》の前後《せんこ》にうちかこ／みて、六条《てう》を東《ひんかし》へ、わたし奉《たてまつ》る、[四]京中の[五]上下、あないとおしやあの人こそ、入道《たう》殿にも、二／位殿《ゐとの》にも、おほえの君《きみ》たちにて、一門《もん》の人に

一　三位―三ゐの

二　書くとき―かきくとき（「掻き口説き」。中院本の誤り）

＊（三条西本は「大り女房」との注記あり。上巻解題三九一頁参照）

重衡大路渡し（十四日）

三　本三位―ほん三ゐの

四　京中―京中《ちう》

五　上下―上下《け》

六　所―所《ところ》

七　中納言―中納言《なうこん》

八　三位―三ゐの

屋島へ院宣使

九　三位―三ゐの

一〇　三位―三ゐの

もてなされ、しゆつしの[六]所にても、たけの/人々にも、ところをかれ給しか、けふの御ありさまのあはれさよとて、皆《みな》袖をそぬらし」(9オ)ける、かはらまてわたし奉《たてまつ》りて、日もやう〳〵くれけれは、こ中の御門《かと》のとう[七]中/納言かせいのきやうの、つくりをかれたる、八条《てう》ほり川《かは》の、御たうへ入奉《たてまつ》りて、とひ《ゐ》か家《いゑ》/の子《こ》らうとう、是《これ》をしゆこし奉《たてまつ》る、其《その》夜に入て院《いん》より御つかひあり蔵人《くらん》のこんのすけ/さたなかとそきこえし、定長《さたなか》せきいに、けんしやくをたいしたり、[八]三位中将、日比《ころ》/は何《なに》ともおもひ給はさりし、定長《さたなか》か《ゝ》、今《いま》はたゝ、めいとにて、みやうくわんにむかへる」(9ウ)心ちも、これにはすきしと、おそろしけにそ見《み》え給ふ、定長《さたなか》、ゐ《い》んの御きそくにて候なり、/しんし、ほうけん、ないしところ、をたに、返し入まいらさせられ候はゝ、御命《いのち》をた/すけまいらせらるへきにて候、此《この》むねを、西国《さいこく》へ申くたさせ給へしと申けれは、[九]三位中将/しけひら、おほくの一門《もん》の中に、いけとりにせられて、大ちをわたされはちをさらし/ぬる上《うへ》は、今《いま》は一門《もん》のものともに、おもてをむかふへしともそんせす、一門《もん》も、又、しけ」(10オ)ひらを、たすけて見《み》んともよも申候はし、たゝしはゝにて候、二位《ゐ》のせんにはかりそ、/いかにもして、今《いま》一度《と》見はやともおもひ候らん、それによるへしとはそんし候はね/共《とも》、ゐ《い》んせんをくたされ候はゝ、申つかはしこそし候はめと申されけれは、さらはとて、/ゐ《い》んせんをそくたされける、御つかひは、御つほのめしつき、花かたとそきこえし、[一〇]三位/中将のつかひには、平《へい》三さゑもんしけとしなり、一門《もん》の中への御ふみをは、ゆるされ」(10ウ)給へとも、わたくしのふみをはゆるされす、[一]三位中将しけとしをめして、此《この》ふみ二位《ゐ》殿へ、たてまつれとてたひつ、[二]北のかたへは、わたくしのふみをは、ゆるされ候はぬ間《あいた》、／ことはにて申なり、ありし六日の、あかつきをかきりにて候けり、今《いま》はこんしやうにて、／あひ見《み》奉《たてまつ》る事あるへからす、来世《らいせ》にては、かならす、一仏浄土《ふつしやうと》のえ《ゐ》んと、ねかひ給《ゐ》へし／とそのたまひける、去《さる》程に、花かた、しけとし、さぬきの八島《しま》へそくたりける」(11オ)

本三位中将女房にたいめんの事

[三]三位中将のさふらひ《い》に、むくむ《う》まのせう／正時《まさ》と申ものあり、八条《てう》の女院[四]にも、けんさんして候けるか、あるくれかたに、[五]三位／中将のおはします、八条《てう》ほり川《かは》の、御たうへまいりたり、しゆこのふしに申けるは、是《これ》は[六]三位中将に、年来《ねんらい》めしつかはれ候し、むくむ《う》まのせう正時《まさ》と申ものにて候也《なり》、こそ／の秋、都《みやこ》を御出《いて》の時も、御ともつかまつるへきにて候しかとも、弓《ゆみ》のもとする《ゐ》をたに、」(11ウ)しらぬ身にて候うへ、八条《てう》の女院《いん》にも、けんさんつかまつり候間《あひた》、いとま申てまかり／とゝまり候ぬ、都《みやこ》に[七]わたられ給はん事も、けふあすはかりとやらん、うけたまはり候／へは、まいりて物かたりをも申い《入》れ、なくさめまいらせ候はやと存《そんし》候は、御ゆるされや候／へきと申けれは、やすき御事なり、こしの

一　三位―三ゐの
二　北のかた―きたの方《かた》

重衡内裏女房と対面

三　三位―三ゐの
四　女院―女《によ》いん
五　三位―三ゐの
六　三位―三ゐの
七　わたられ―わたらせ

刀《かたな》をたにもをかれ候はゝと申せは、正時《まさ》こ／しの刀《かたな》をあつけをき、三位中将[八]の御前《まへ》にこそまいりける[九]、其《その》夜はとゝまりて、昔今《むかしいま》の」(12オ)事共《とも》、たかひ《い》にかたりあはせて、なきぬわらひ《い》ぬそしたまひける、あけけ《ゝ》れは、正時《まさ》／いとま申てまかりいてんとす、三位中将[一〇]、うれしうも今夜[一一]見《み》えたるもの《物》かな、さても／なんちして、つねにいひかよはせし、文《ふみ》のぬしは、いつくにとかきく、たうしは院《いん》の御／所にこそ、御わたり候なれ、あはれさらは、ふみをつかはして、返事を見《み》てなりとも、／なくさまはやとおもふは、つたへなんやとの給へは、やすき御事候、あそはされ候へと」(12ウ)申せは、三位《ゐ》やかて御ふみ書《かき》て、正時《まさ》にたふ、給はていてけるを、あれはいつかたへの御／ふみにて候やらん、あやしくおもひまいらせ候と申せは、三位中将[一二]、くるしかるまし、其《その》／ふみ見《み》せよとて、とひ《い》の二郎にそ見《み》せられける、これは女房《にょはう》の御かたへの御文《ふみ》にて候／けり、くるしかるましとていたしたり、正時《まさ》宿所《しゆくしよ》にかへりつゝ、其《その》日一日まちくらし、／夜に入て、院《いん》の御所にまいり、雲《くも》の上の、しつまる程をうかゝひ《い》て、此女房《このにょはう》のおはしける、」(13オ)つほねの、やかき[*]のへんにたゝすみてきゝけれは、只今《たたいま》も、三位中将[一三]の御事を、のた／まひいたしてなかれけれは、いとおしや此《この》人も、いまたおもひわすれ給はさりけりと／おもひて、西《にし》のつま戸《と》を、ほと〱とうちたゝけは、内《うち》よりたれそとこたふ、三位中[一四]／将殿《とのゝ》の御つかひ《ひ》に、正時《まさ》と申せは、つま戸《と》をあけられたり、御文《ふみ》を奉《たてまつ》る、女房《にょはう》ひらきて見《み》／給へは、一首《しゆ》のうたあり

八　三位―三ゐの
九　ける―けれ
一〇　三位―三ゐの
一一　今夜―こ夜
一二　三位―三ゐの
＊（「屋垣」か）
一三　三位―三ゐの
一四　三位―三ゐの

なみた川《かは》うき名《な》をなかす身なりとも」(13ウ) いま一[一]たひのあふせともかな

女房《にようはう》御返事あそはして、正時《まさ》に給けり、あ／くる日、三[二]位中将に奉《たてまつ》る、一しゆのうたをそかへされたる

きみゆへにわれもうき名《な》をなかすとも／そこのみくつとともにきえなん

三[三]位中将、つねは此《この》ふみを見給てそ、思ひ／をなくさめ給ける、ある時とひ《ゐ》の二郎にのたまひけるは、一日のふみのぬしに、け／さんして、後《のち》の世《よ》の事をも、申をかはやと」(14オ)おもふは、いかゝあるへきとの給へは、さね／ひらしさい候はしとてゆるし奉《たてまつ》る、中将悦給て、正時《まさ》に此《この》よしをのたまひあはせられ／けれは、正時《まさ》かひ〳〵しく、うし車《くるま》したてゝ、院《いん》の御所にまいり、此《この》よしを申せは、女房《にようはう》な／のめならす悦給て、いそきいてんとし給へは、かたえの女房《にようはう》たち、そこにはふしともの／おほくありて、見くるしかんなるもの《物》を、いかゝは、なと申あはれけれ共《とも》、此女房《このにようはう》、今《いま》なら／て、いつの世にか、あひ見《み》る事もあるへきと」(14ウ)おもはれけれは、しゐて車《くるま》にのりたまひ[四]、／八条《てう》ほり川《かは》へおはしたる[五]、人まいりて、このよしを申せは、うちにはふしともの、いくら／も候て、見《み》くるしかるへきに、くるまよりはなおりさせ給候そとて、かとをはやりい《入》れ、庭《には》／のほとりにくるまをたて、はるかに夜ふけ人しつまりて後《のち》、ふしにいとまをこひ《い》車《くるま》の内《うち》／にてたいめんし給ふ、こしかた行末《ゆくすゑ》の事とも、たかひ《い》にかたりあはせつゝ、其《その》夜は／車《くるま》にてそあかされける、しのゝめやう〳〵」(15オ)

一　一たひ―一しほ
二　三位―三ゐの
三　三位―三ゐの
四　たまひ―たまふ
五　たる―たり

ほのめけは、なこりはつきすおもへとも、あ/けなは人めしけしとて、くるまのなかえをめくらして、もとのみちへそかへられける、/いつくをいゐちといそくらん、又いつまてとかちきりけん、しのふにたえ《へ》ぬ涙のいろ《色》、/くるまのよそまてもれぬへし、[六]三位中将、*こうてうに、まさとき《時》を御つかいにて、一首《しゆ》/の歌《うた》をそをくられける

あふ事《こと》も露[七]のいのちももろともに/こよひはかりやかきりなるらん」(15ウ)

女房《にようはう》、すみすり筆《ふで》[八]をそめ、返事かかんとせ/られける[九]、せめてのおもひのあまりにや、み《身》つからひ*すいのかんさしを、もとゆいきは/よりおしきりて、御返事にそそへられける

あふ事もかきりときけは露の身の/きみよりさきにきえぬへきかな

[一〇]三位中将、是《これ》を見給につけても、日比《ころ》の心/さしの、わりなき程もあらはれて、たえぬおもひのあまりには、こゐにもいてゝ、な/きぬへくこそおもはれけれ」(16オ)

おなしき女房しゆつけの事

其後《そのゝち》此女房《このにようはう》、院《いん》の御所をしのひいて、年《とし》廿/三と申に[一一]、花のすかたをひきかへて、すみそめの袖にやつれはて、東山《ひんかし》、さうりんし《寺》の/ほとりに、をこなひすましてそおはしける、此女房《このにようはう》と申は、大はらのみんふきやう、入道《たう》/親範《ちかのり》のきやうの、御むすめなり、さゐもんのすけ殿とそ申ける

六　三位―三ゐの
＊（後朝）
七　露―露《つゆ》
八　を―に
九　ける―けるか
＊（翡翠の髪状）
一〇　三位―三ゐの

内裏女房の出家

一一　に―には

ゐんせんの事

去程《さる》に、花かた、しけとし、さぬきの国《くに》八島《しま》に」(16ウ)けちやくして、ゐ《い》んせん、ならひに、御ふみ[一]奉《たてまつ》る、平家の人々、をの〳〵あつまりて、ゐ《い》ん/せんをそひらかれける、そのことはりに[二]いわ《は》く

せんてい、ほつけつのしんき*よを、いてしめ/給上《うへ》は、しんし、ほうけん、ないしところ[三]、三しゆのしんきにをいては、きん中に/とゝめらるへきところに、とをく千里のたきやうにうつして、すてにり*やう年の/くわうゐ《い》んにをよふ、てうかのてうし*、」(17オ)せんはうこくのもといなり《也》、こゝにしけひら/のきやう、さんぬる七日、せつしうの、せん*ちやうにをいて、たちまちにいけとられを/はんぬ、ろうてう雲《くも》をこふるおもひ、はるかに千里の南海《なんかい》にうかひ、く*んかんともを/うしなふうれへ、さためて九ちう[四]のくわらく*にとうせんものか、かのきやう、かすか[五]の大/からんを、めつはうのとか、よろしくけんけ*いにしよせらるへしといへ共《とも》、三しゆの/れいほうを、返し入奉《たてまつ》るへくは、ちうくわを*」(17ウ)くわんゆうし、しんそくに返しつかは/さるへし、ていれは、ゐ《い》んの御きそくによて、

言上《こんしやう》如件

寿永[六]三年二月五日　大せんの大夫[七]成忠《なりたゝ》奉《ほう》

屋島院宣（二月五日付）

一　御ふみ―御ふみを

二　ことはり―ことは（中院本の誤り）

＊（宸居）

三　ないしところ―ないし所《ところ》

＊（両年の光陰）

＊（重事《てうじ》）

＊（戦場）

＊（群雁）

四　九ちう―九《きう》てう

＊（花洛）

五　かすか（春日）―すか（「数箇」。中院本の誤り）

＊（厳刑）

＊（重科を寛宥）

六　寿永―寿永《しゆゑい》

七　大夫―大夫《たいふ》

しん上　平[八]大納言殿《との》へ

とそか〻れたる、[九]三位中将の御文《ふみ》、二位《ゐ》／殿ひらきて見給へは、しけひら一の谷《たに》にて、いかにもまかりなるへう候し身の、う／きなをなかして、二たひ都《みやこ》へかへりてこそ候へ、ゐ《い》んせんをくたされ候、しんし《神》、ほう」(18オ)けん、[一〇]ないし所を、返し入まいらせさせ給は〻《は》、しけひらか命《いのち》は、たすからんするにて候／なる、此《この》むねをよきやうに、御はからひ《い》候へとそか〻れたる、二位《ゐ》殿、此《この》ふみかいまきて、／一もんの人々の中へいてたまひこれ、御らんせよや、[一一]三位中将か、かく申くたして／さふらふ《う》、何《なに》のやうもあるまし、はやその御たから、返し入まいらせさせ給[一二]ひ、しけひらの／きやうを、今《いま》一度見《とみ》せ給へ世にあらんとおもふも、子《こ》をおもふゆへにてこそ候へとて、」(18ウ)なき給けるそ、まことにさこそとおもひて、あはれなる、人々、この事いか〻あるへき／と、ひやうちやうあり、中にもともものきやうの申されけるは、君《きみ》の御代[一三]をしろし／めさる〻も、三しゆの神きの、まほり奉《たてまつ》り給ゆへなり、一家我君《けわかきみ》をあふき奉《たてまつ》りて、かくて／候を、しけひら一人に、かへおほしめさるへしや、たとひ《い》返し入まいらせたりとも、三[一四]／位中将を、たすけられん事あるへからすと申されけれは、人々皆《みな》とうせられけり、」(19オ)二位殿《ゐとの》ちからをよひ給はす、＊せひにつきて、御うけをは申さるへしとて、平大納言時忠[一五]／卿《きやう》、うけたまはりてそ、しんせられける、花かた御うけを給はて、都《みやこ》にのほり、院《いん》の御所／にまいりたり、大せんの大夫[一六]、このしやうを

八　平大納言―平大納言《へいなうこん》

九　三位―三ゐの

一〇　ないし所―ないし所《ところ》

一一　三位―三ゐの

一二　給ひ―給へ

一三　御代―御代《よ》

一四　三位―三ゐの

＊（是非）

一五　時忠―時た〻の

一六　大夫―大夫《たいふ》

院宣請文（二月二十八日付）

＊（読進）

＊（宝祚）

＊（京師）

＊（仙院）

＊（戚里の危亡）

＊（則《ときん》ば）

一　下—下《しも》

二　保元—保元《ほうけん》

三　平治—平治《へいち》

＊（朝議）

＊（慈愍）

うけとりて、御前《せん》にまいりて、*とくしんす、其《その》/しやうにいわ《は》く
今《こん》月十五日、ゐ《い》んせん、おなしき廿一日たう/らい、ひさまついてもて、これをはいけんす、
我君《わかきみ》は、たかくらのせんくわうの、第《たい》一の」(19ウ)皇子《わうし》なり、その御ゆつりをうけ、*ほうそをふ
ましめ給てより、このかた、今《いま》に四か年也《なり》、/三しゆのしんき、何事によて、きよくたい
をはなさるへきをや、まさに今《いま》、とういほく/てき、たちまちに、*けいしをお《を》かさんとほつ
する間《あひた》、かつは、国母《こくも》*せんゐ《い》んの、御なけき/をやすめたてまつらんため、かつは平氏《へいし》、*せ
きりのきほ《は》うをひらかんため、しはらく南《なん》/海《かい》の、へんいきに、御ゆきせしむる所也《ところなり》、それ
君《きみ》は、しんをもて、ていとす、しんは、君《きみ》をもて、」(20オ)しんとす、こゝろうちにうれふ《う》る*ときんは、
すなはち、てい外《ほか》によろこはす、きみ、上に、/うれふ《う》るときんは、すなはち、しん、下[一]に、たの
します、こゝをもて、平将軍《しやうくん》さたもり、まさ/かとを、ついたうせしより、このかた、しそん、
さうそくして、*てうかをまほり奉《たてまつ》る、なかん/つくに、こ入道前《たうさき》の太政《しやう》大臣《しん》、保[二]元、平[三]治、両度《りやうと》
の大らんをしつめ、ためよし、義朝《よしとも》、以下の、け/きとを、ほろほしをはんぬ、其《その》時、みなもとの
頼朝《よりとも》、からへをはぬへきよし、*てうきありと」(20ウ)いへとも、きよもりこう、ことに*しみんをた
れて、しけいを申なたむる所《ところ》なり、しかるに/頼朝《よりとも》、はやく其《その》からをんをわすれ、おのれか
せんひをくいす、ちよかん流《る》人の身たりな/から、事をわたくしのしゆくいによせ、
すてに国家《こつか》を、とうらんするてう、天ちうの/せめこれをまぬかるへからす、当家《たうけ》にを

いては、るいせいこうしんのよいん也《なり》、なん/そふさうのちうせつをすてしめ給はんや、しからは、はやくせんきよをさんしうに」(21オ)うつさるゝか、しからすは、頼朝《よりとも》ちうはつの、ゐ《い》んせんをたまはり、かのけきるいをつい/たうして、くわいけいのはちを、きよめんとほつするものなり、抑《そもく》しけひらのきやうの/事、さんぬる七日、一そくすはい、め*いを、せつしうの、く*んちやうにおとしをはんぬ、/なんそかならすしも、かのきやう一人の、くわんゆうを、よろこふへきをや、い*せん/しよそうの条々《てうく》、もしゆるされすは、三しゆのれいもつ、たとひ《い》*くわいこくの、ほうくわ、」(21ウ)かいていの四ちらたりといふとも、二たひ、けいらくのちまたに、入奉《たてまつ》るへからさるむね、/さきの内《ない》大臣《しん》五以下、おなしく言上《こん》せしむる所《ところ》なり、このおもむきをもて、もらしひ/ろうせしめたまふへし、時忠《たゝ》*せいくわうせいきよとんしゆつしんて申

六寿永三年二月廿八日大納言時忠請文《たゝうけふみ》

とそ、よみあけたる、法皇《ほふわう》、この上《うへ》は、ちから/をよはせ給はす、七三位中将を、かまくらへ、くたさるへきにそさたまりける、八三」(22オ)位中将は、このよしをきゝ給ひて、されはこそ、かなふへしともそんせさりつる/ものを、何《なに》しに申くたしけん、いかに一門《もん》の人々、これ程九には、おもはすと、しけひらを、/いふかひなく申あはれつらんと、こうくわいし給へともかひそなき

＊（命）
＊（軍場）
＊（以前所奏）
＊（外国の宝貨）
四　ちら―ちり（中院本の誤り）
五　以下―以下《け》
＊（誠惶誠恐）
六　寿永―寿永《しゆゑい》
七　三位―三ゐの
八　三位―三ゐの
九　には―とは

本三位中将上人にたいめん幷くわんとうけかうの事

[一]三位中将、とひの二郎をめして、出家《しゆつけ》をせ/はやとおもふは、いかゝあるへきとの給へは、」(22ウ)かまの御さうし、九郎御さうしに、この/よしを申せは、ゐ《い》んへそうもんせられけり、法皇《ほふわう》、[二]よりとりに見《み》せては、いかゝあるへき/とて御ゆるされもなかりけり、[三]三位中将、とひ《ゐ》の二郎にのたまひけるは、さらは日/ころけ*さんしたりしひしりに、今《いま》一度《と》たいめんして、こせの事をも申はやと、おもふ/は、いかゝあるへきとの給へは、ひしりはたれにて御わたり候やらんと申、くろたにの、/ほうね《ふ》ん上人とそのたまひける、其《その》上人の」(23オ)御事は、さねひらもしんし奉《たてまつ》り候、御た/いめんやすき御事なりとて、東山《ひんかし》へ、このよしを申けれは、さる事あり、やかてゆき/てけさんせんとて、八条《てう》ほり川《かは》へおはしたり、[四]三位中将たいめんし給て、しけひら/一のたにゝて、いかにもまかりなるへく候しに、かゝる身にまかりなりて、大ちをわた/され、はちをさらし候ぬる事、おもへは中〳〵なけきの中のよろこひ《悦》なり、其《その》/ゆへは、たうしみな人の、しやう*しんの」(23ウ)如来《によらい》と、あかめたてまつる上人に、いきて二/たひけさんに入候事こそ、身のさいわいと存《そむし》候へ、さてもこしやうの事をは、い/かゝつかまつり候へき、世に[五]ありし時は、てうにつかへ、身をたて、せ*いろにふけり、/たゝ[六]ゑいくわにのみほこりて、かつてたう

重衡法然に対面

一　三位―三ゐの
二　よりとり―よりとも（中院本の誤り）
三　三位―三ゐの
＊（見参）
四　三位―三位《ゐ》
＊（生身）
五　ありし―候し
＊（世路）
六　ゑいくわ―ゑいくわい（三条西本の誤り）

らいのせうちんをそんせす、ましてうんつ／き、世するゐになり候て後《のち》は、かしこにあらそひ、こゝにたゝかひ《い》、かたきをほろほし、身／をたすけんとそんせしかは、あくしん[七]いよ」(24オ)〳〵さへ《い》きりて、せんしんさらにすゝます、／つきになんとはめつの事、みな人しけひらかしわさと申つたへ候なれは、上人も／さためてさそおほしめされ候らん、おやのめいにしたかふならひ、しゆとのあく／きやうをしつめんかために、まかりむかひ《い》て候し程に、いかなる＊けうとの中より／か、火《ひ》をいたして候けん、おほくのからんをほろほし奉《たてまつ》りし事、またくほんいとは／そんせさりしかとも、するゐの露[八]、もとの」(24ウ)しつくとなるためし、せめ一人にきする[九]／ならひにて候へは、なかく、あひ＊大せうねつ[一〇]のそこにしつまん事、只今《たゝいま》なり、つら〳〵／一しやうのていをあんするに、あくこうは、しゆみよりも猶たかし、せんこん《む》は、みちん／はかりのたくわへも候はす、されはかゝるあく人も、たすかりぬへきほう《ふ》や候らん、す／みやかに、しめさせおはしまし候へとのたまへは、上人も涙にむせひて、しはしはもの／ものたまはす、まことに＊しゆつりのよう」(25オ)たう、むなしくせさせたまはん事、なけき／の中の御なけきなるへし、しかりといへとも、一ねん＊せんしんをこさせ給はゝ、む／りやうのさいしやうもせうめつし、一たひほたいしんをこさせ給はゝ《は》、三世のしよ／ふつもさためてすいきし給へし、をよそしゆつりのようたう、まち〳〵なりと申せ／とも、まつほう《ふ》ちよくらんのきにをいては、

七　あくしん―あく心《しん》
＊（凶徒）
八　露―露《つゆ》
九　きする―帰《き》する
＊（阿鼻）
一〇　大せうねつ（大焦熱）―大しやう（「大城」。中院本の誤り）
＊（出離の要道）
＊（善心）

せうみやうねんふつをもてさきとす、こゝろ／さしを九ほんにむけ、きやうを六しに」(25ウ)つゝめたり、されは、くちあんとんのものも、／たもちやすく、はかいちうさいのともからも、となふるにたよりあり、いはんやねん／〳〵にお《を》こたらす、時々[一]にわすれさせ給はす、このたひくいきのさかいをいてまし／まし《く》て、[*]あんやうふたいのしやうとへいらせ給はん事、なにの御うたかひか、候へき／と申されけれは、三位《ゐ》なのめならす悦ひ、十ねんうけ給ふ、出家《しゆつけ》はゆるされ候はねは、い／たゝきはかりにかみそりをあてゝ、かい」(26オ)さつけ給なんやと申されけれは、しかるへき／御事なりとて、いたゝきはかりをすこしそりて、かいさつけたてまつらる、御かいのふ／せとおほしくて、年来《ねんらい》、かよいてあそはれけるさふらひ《い》のもとに、あつけをかれたり／ける、[*]さうしはこ、御すゝりをめしよせて、上人に奉《たてまつ》らる、このすゝりと申は、[二]鳥羽院《いん》の／御時、そうてうより、三めんわたりて候し中に、[三]松風と申て、めいよのすゝりにて候／なり、こ入道相国《たうしやうこく》にくたし給て候しを、」(26ウ)しけひらにあたへて候なり、あひ《い》かまへて、／すゝりをは人にたはて、上人の御めのかゝらん[四]所に、をかせ給候へ、御らんせられん／たひには、しけひらか事をおほしめしいたして、こせとふらひ《い》てたまはせ給へと申／されけれは、上人うけとりて、てしの僧《そう》にあつけられけり[五]、其夜《その》はとゝまりて、浄土《しやうと》の九／ほん、くわんすへきやう、[*]あんしんきき《ゝ》やうのほう《ふ》もん、夜もすから申されけれは、[六]三位／中将の御事は申におよ《を》はす、とひ《ゐ》の」(27オ)

一　時々―時々《しゝ》
＊（安養不退）
二　鳥羽―とはの
＊（草紙箱）
三　松風―まつかけ
四　所―所《ところ》
五　けり―ける
＊（安心起行の法文）
六　三位―三位《ゐ》

二郎をはしめとして、御前《まへ》に候けるしゆ〳〵このふしも、さいわいに、今夜《こんや》か〻る御ほう《ふ》もんをうけたまはる事よとて、皆《みな》すいき〳〵の涙《なみた》をそなかしける、あけけれは上人、いとまこひ《い》てそかへられける、[七]三位中将、えん《ゑ》〳〵までをくり給て、あんしんきやうのほう《ふ》もんは、ひしとおもひさため候ぬ、たとひ《い》〳〵[＊]こんしやうのちくこそ、只今《たゝいま》はかりにて候とも、らいせにては、かならす一仏浄土《ふつしやうと》の〳〵えん《ゑ》と、むまれあひまいらせ候へしとて入」(27ウ)給へは、上人も、すみそめの袖[八]をかほにをし〳〵あて〻、なく〳〵東山[九]へそかへられける、三位中将をは、かちはら平三京時[一〇]、うけとり〳〵奉《たてまつ》りて、同《おな》しき三月十日、関東《くわんとう》へけかうとそきこえける、さいこくよりいけとりにせ〳〵られて、二たひ都《みやこ》へ、かへりのほりたまふたにもかなしきに、いつしか又、あつまち〳〵はるかにおもむき給ける、心のうち、をしはかられてあはれ也《なり》、賀茂川《かもかは》、白川《しらかは》、うちわたり、〳〵まつさか、四の宮かはらにもなりしかは、」(28オ)こ〻は昔《むかし》、ゑんき第《たい》四のわうし、せみまろ〳〵の、せきのふもとにすてられて、つねは心をすまし、ひはをひき、[＊]給しに、はくかの三位[二]〳〵といひし人、風《かせ》のふく日もふかぬ日も、雨のふるよもふらぬ夜も、三とせか間《あひた》、あゆみを〳〵はこひたちき〻て、ひきよくをつたへ給し、わら屋《や》のとこのきうせきも、思ひ入てそと〳〵をられける、あふさか山うちこえて、せたのなかはしこまもと〻ろとふみならし、のち〳〵しの原《はら》の露[三]をわけ、まの〻入江《え》のはま風《かせ》に、」(28ウ)しかのうらなみはるかけて、かすみにく〳〵もるか〻み山、せき日も西《にし》にかたふけは、

七　三位—三位《ゐ》
＊（今生の値遇）
重衡関東下向（三月十日）
八　袖—袖《そて》
九　東山—ひんかし山《やま》
一〇　京時—かけ時（中院本の誤り）
海道下「みのならは」歌
＊（読点不要）
二　三位—三位《ゐ》
三　露—露《つゆ》

ふもとのしゆくにそつき給ふ、ひらのたか／ねを北《きた》に見《み》て、いふきのたけもちかつきぬ、*すりはり山をうちこえて、其《その》事としも、な／けれ共《とも》、あれて心のとゝまるは、ふはの関屋《せきや》のいたひさし

みのならは花もさきなん*くいせ川《かは》／わたりて見はや春のけしきを

と、うちなかめ、お《を》はりなる、あつたのやしろ」(29オ)をふしお《を》かみ、何《なに》となる身のしほひかた、涙《なみた》に袖はしほれつゝ、かのありはらの中／将の、から衣《ころも》きつゝなれにしとなかめけん《む》、三かはの八はしにもなりしかは、くもて／に物をとあはれなり、都《みやこ》も今《いま》はとをたうみ、はまなのはしのゆふしほに、さゝれて／のほるあま小舟《をふね》、こかれて物やおもふらん、さらてもたひは物うきに、心をつくすゆふ／まくれ、いけたの宿《しゆく》にそつき給ふ、かの宿《しゆく》のゆうくん、ゆやかむすめ、しゝうかもとに」(29ウ)宿《しゆく》し給へり、しゝう、三位中将を見《み》奉《たてまつ》りて、日比《ころ》はかゝる御ありさまに、見《み》なし奉《たてまつ》る／へしとは、露おもひもよらさりしかとて、一首《しゆ》の歌《うた》をそをくりける

あつまちやはにふのこやのいふせさに／ふるさといかにこひしかるらん

三位中将、かちはらをめして、これはいか／なるものそとのたま《給》へは、是《これ》こそ八しまのおほいとのゝ、いまたたうこくのかみにて、／御わたり候し時、おほしめして、都《みやこ》へ御の」(30オ)ほりの時も、めしくせさせおはしまして候／しに、こきやうに一人の老母《らうほ》あり、ある時

*（摺針山）

*（杭瀬川）

池田宿で侍従と贈答「ふる里も」歌

一　三位—三位《ゐ》

かれかいたはる事候て、都《みやこ》へししやをつ/かはして候けれは、しゝう、いかにいとまを
申せとも、ゆるされまいらする事も候ら/はさりけるに、比《ころ》[二]はきさらき廿日あまりの、
事にてもや候けん

いかにせんみやこの春も、おしけれと/なれしあつまの花やちるらん

と申歌《うた》つかうまつりて、ゆるされまいらせて」(30ウ)候し、かいたう一のめいしん、いけたのしゝう
と申ものにて候へと申けれは、[三]三位さる事/ありとかんし給て、返事をそせられける

ふる里《さと》もこひしくもなしたひのそら[空]/いつくもつゐのすみかならねは

都《みやこ》をいてゝ、日かすふれは、やよひもなかは[半]/すき、春もすてにくれなんとす、ゐんさん
の花は、のこんの雪《ゆき》かとうたかはれ、浦《うら》く、/島《しま》くかすみわたれり、こしかた行《ゆく》するゐ
おもひつゝけ給ふに、いかなるせん*こうの、」(31オ)つたなさそと、おもはれけるこそことはり
なれ、御子《こ》の一人もおはせさりける事を、/母《はゝ》[四]二位殿も、北《きた》のかたも、[五]大納言のすけとの
も、大になけき給て、よろつの神仏《ほとけ》にい/のり申されけれ共《とも》、つゐにそのしるしなし、
されとも今《いま》はかしこくそなかりける、あら/ましかは、いとゝ物おもひのかすは、そひな
ましとの給けるそいとおしき、つたかえて/の葉《は》しけり、心ほそきうつの山《やま》、うつゝは夢《ゆめ》
の心ちして、てこしをすきて行《ゆけ》は、きたに」(31ウ)とをさかりて、ゆきしろき山あり、とへはか
いのしらねとそ申す、[六]三位中将

二 きさらき—二月《きさらき》

三 三位—三位《ゐ》

＊（前業）

四 二位殿—二位《ゐ》殿

五 大納言—大納言《なうこん》

六 三位—三位《ゐ》

おしからぬ命《いのち》なれともけふあれは/つれなきかひのしらねをもみつきよみかせきをもすきけれは、ふしのすそ/にもなりにけり、北《きた》には、[一]せいさんかゝとして、松《まつ》ふく風《かせ》も[二]さつ〳〵たり、南《みなみ》には、さう/かいまん〳〵として、きしうつなみもはう〳〵たり、こひせはやせぬへし、こひせす/もありなんと、みやうしんのうたひ《い》はしめ」(32オ)給けん、あしからの山うちこえて、いそかぬ/たひとはおもへとも、日かすやう〳〵かさなれは、かまくらにこそつき給へ、つきの日、/ひやうゑ《へ》のすけたいめんし給て、君《きみ》の御いきとをりを、やすめまいらせんと存《そんし》候、/又おやのくわいけいのはちをきよめんと、おもひたち候しより此《この》かた、平家をほろ/ほし奉《たてまつ》る事は、あんのうちに候き、され共《とも》かやうに、まのあたり*けさんに入へしと/こそ、存《そんし》候は[三]さりつれ、かゝれはさためて、」(32ウ)八しまのおほいとのにも、けさんに入ぬと/こそ存《そんし》候へ、抑《そも〳〵》ならをほろほされ候し事は、こ入道相国《たうしやうこく》の御はからひ《い》候か、又時に/とりての御事か、もての外《ほか》の、御さいこうとこそ存《そんし》候へとありけれは、なんとゐん/しやうの事は、ちよくめいといひ、*ふめいといひ、大将軍《くん》にえらは《ゐ》れて、しけひら/まかりむかひて候し程に、おほくのせいともの中より、ふりよに火《ひ》いてきて、/からんせうしつのてう、ちからをよはさる」(33オ)次第《したい》なり、しけひら都《みやこ》をいてしよりこの/かた、かはねをは、[四]山野にもさらしか*ゝいのそこにも、しつめんとこそ存《そんし》候しに、命《いのち》/いきて、是《これ》まてくたるへしとは、[五]露おもひ

一　せいさん—せい山《さん》
二　さつ〳〵—さく〳〵

重衡頼朝問答

＊（見参）
三　さりつれ—ね
＊（父命）
四　山野—山《さん》や
＊（河海）
五　露—露《つゆ》

よらす、てうてきをたいらけぬるもの〻、[六]七／代までさかふるといふ、*事は、きはめたる
ひかことなり、そのゆへは、御へんもさた／めてしり給たるらん、保元[七]、平治[八]、りやうとの
かつせんに、こ入道相国《たうしやうこく》、*ふしのしやうを／さつけられしより此《この》かた、当家《たうけ》のゐいくわ、」(33ウ)
かたをならふる人もなかりき、されとも其《その》／身一こをかきりて、しそんかくあるへしやは、
[九]いんたうは、かたいにとらはれ、ふんわうは、／[一〇]ゆういにとらはるといふ事あり、いかに
たけきしやうくんなれとも、かたきのてに／とらはれて、命《いのち》をうしなふ事、わかんた
めしおほき事なり、しけひら一人にか／きらねは、またくはちにてはちならす、た〻
はうおんには、いそきかうへをはねらる／へしとのたまひて、其後《そのゝち》は物ものたまはす《給》、」(34オ)
ならをほろほされたるからんのかたき也《なり》、／大しゆさためて申さんすらんとて、其《その》程は、
いつの国《くに》のちう人、かの〻すけ宗茂《むねもち》にそ／あつけられける、かの〻すけ、あつまのふし
なれとも、なさけあるものにて、[二]三位ちう《中》／しやう《将》を、やう〳〵になくさめ奉《たてまつ》る、ある時
ゆとのして、御ゆひかせ奉《たてまつ》る、三位中将、／かやうに身をきよめて、ちからきらる〻
事もやあらんすらんと、かへてうれしく／も、又心ほそくもおもはれけり、や〻ありて、」(34ウ)
めゆいのかたひらに、しろきゆまきしたる／おんな《を》、ゆとの〻戸《と》をしあけてまいりたり、
[三]三位中将、あれはいかにとのたまへは、是《これ》／はひやうゐ《へ》のすけの御かたより、御ゆとの
申せとて、まいらせられて候とて、又十四五／はかりなる、めのわらはの、しろき小袖《こそて》うち

六　七代―七代《たい》
＊（読点不要）
七　保元―保元《ほうけん》
八　平治―平治《ち》
＊（不次の賞）
九　いんたう―いんやう（三条西本の誤り）
一〇　ゆうい―ようり

千手前

二　三位―三位《ゐ》
三　三位―三位《ゐ》

かつきたる、はんさうたらいに、くしそへ/てもちてまいる、二人かいしやくして、やゝはるかに御ゆひかせ奉《たてまつ》り、かみあらひ《い》なと/してあかり給ふ、此女房《このにようはう》かへるとて、何事《なに》」(35オ)にても、おほしめされん事をは、うけ給は/て、申せとこそさふらひ《い》つれ、しけひら一人の子《こ》なけれは、こんしやうになに事をか/おもひをくへき、たゝしちかくきらるゝこともやあらんすらん、[一]かみそりたきとの/給へは、此《この》人まいりて、ひやうゑ《へ》のすけ殿《との》に、此《この》よしを申す、それおもひもよらぬ事也《なり》、/頼朝《よりとも》か親《おや》のかたきといひなから、てうてきとなりぬる人を、いかてかわたくしには、/はからひ《い》申へきとそのたまひける、[二]三位」(35ウ)中将、しゆこのふしにのたまひけるは、/さるにても、只今《たゝいま》の人は、なさけありつる者[三]かな、名《な》をは何《なに》といふやらん、いかなるもの/そとの給へは、あれは、きせ川の宿《しゆく》の長者《ちやうしや》かむすめにて候か、みめすかた心さまいうに/候あひた、ひやうゑ《へ》のすけとの、此《この》三四年めしつかはれ候か、名《な》をは千手《しゆ》のまへと申[四]/なりとそ申ける、ひやうゑ《へ》のすけは、[五]三位中将の、かくのたまふよしを、つたへきゝ給て、/ある時千しゆのまへを、はなやかにいたし」(36オ)たてゝ、[六]三位中将のかたへつかはさる、其《その》/くれしも、雨すこしふりて、何《なに》となくもの《物》あはれなるおりふし、千手《しゆ》のまへ、ひは、こと/もたせてまいりたり、かのゝすけは、三位中将に、さけをすゝめ奉《たてまつ》る、千しゆのまへしやく/をとる、かのゝすけも、おとなしき、家《いへ》の子《こ》、らうとう、せう〳〵めしくして御前《まへ》に候/けり、中将すこしうけ、いとけうもなけに

一　かみそりたき—かみそゝりたき
二　三位—三位《ゐ》
三　者—物
四　申—申候
五　三位—三位《ゐ》
六　三位—三位《ゐ》

千手と重衡の管絃

見《み》えられけれは、かのゝすけか申[七]けるは、／かつきこしめしても候らん、あいかまへて」(36ウ)よく〳〵なくさめ奉《たてまつ》られよ[八]、けたいにて頼《より》朝《とも》うらむなとのおほせを、まかりかうふりて候へは、むねもちか心のをよひ候はん程／は、御みやつかへつかまつらんするにて候、それ〳〵一[*]せい申て、すゝめ申給《たま》へと申せ／は、千しゆのまへ、しやくをさしをきて

　らきのてういたる[九]、なさけなき／事を、きふにねたむ

といふ、らうゑいをしたりけれは、三[一〇]位中／将、このらうゑいせん人をは、北野《きたの》の天《てん》神の、」(37オ)一日に三度《と》かけりて、まもらんと御ちか／ゐわたらせ給なり、され共《とも》しけひら、こんしやうにてはすてられ奉《たてまつ》りぬ、ち[*]やうもん／しても何《なに》かはせん、たゝしさいしやうかろみぬへき事ならは、しかるへうこそと／の給へは、千しゆのまへ又

　十あくといへとも、猶いんせうす

といふ、らうゑいをし、極楽《こくらく》ねかはん人は、皆《みな》／弥陀《みた》のかう[一一]をとなふへしといふ、今《いま》やうをうたひ《い》すましたりけれは、三位中将、其《その》時」(37ウ)さかつきかたふけらる、千しゆのまへ給て、かのゝすけにさす、かのゝすけかのみける／時、千手《しゆ》のまへ、ことをひきけるをきゝて、三[一二]位中将の給けるは、ふつうには、このかく／をは、五しやうらくと申せとも、しけひらか心には、こしやうらくとこそくわんすへけ／れ、やかてわうしやうのきうを、ひかはやとたはふれ給て、ひはをとりてんしゆをしめ、／わうしやうのきうをそ、ひきすまされたる

七　申ける—ける（三条西本の誤り）
八　れよ—せよ
＊（一声）
九　たる—たるなり
一〇　三位—三位《ゐ》
＊（聴聞）
一一　かう—みやうかう
一二　三位—三位《ゐ》

本三位中将上人にたいめん幷くわんとうけかうの事

三位[一]中将ひはかきならし」(38オ)

ともし火くらうしてはすからくしか/なんた、夜《み》ふけて四めんそかのこゑといふ、らうゑいをせられけり、此詩《このし》の心は、/昔《むかし》かんのかうそと、そのかうう《ゝ》と、くらゐ[二]あらそひて、八か年か間《あひた》に、かつせんする/事、七十余度《よと》たゝかひことに[三]《い》かうう[四]かちぬ、されともかうう《ゝ》、つゐにたゝかひ《ゐ》まけて、/ほろひし時、くしと申し、さいあひのひしんの、なこりをおしまれたりしこゝろなり、三位/中将、是《これ》はこの世《よ》のおもひいてなるへし、」(38ウ)なに事にても、今一《いま》*せい候はゝやとのた/まひけれは、千しゆのまへ

一しゆのかけにやとりあひ、同《おな》しなかれを/むすふも、みなこれ[五]せんせのちきりなりといふ、しらひやうしをかそへすましたり/けれは、三位中将をはしめ奉《たてまつ》りて、かのゝすけ以下[六]のふしも、皆《みな》かんるいをそなかし/ける、三位中将、あつまのおくにも、いうなるをんなはありける物かなとて、名《な》こり/おしけにそおもはれける、あけけれは千」(39オ)しゆのまへ、いとま申てかへり《帰》まいりたり、/ひやうゑ《へ》のすけは、そのあしたちふつたうに法花経《ほつくゑきやう》よみておはしけるか、千手《しゆ》のまへ、/かへりまいりたりけるをめして、頼朝《よりとも》は、よく、は*いかいはしたる物をとそたはふれ/られける、さいゐ《い》んのしくわんちかよし、御前《せん》に物書《かき》て候けるか、筆《ふて》をさしをき、何事/にて候やらんと申たりけれは、ひやうゑ《へ》のすけのたまひけるは、平家の人々は、*さいち、/のうけい、世にすくれたりと、きくに」(39ウ)

一　三位―三位《ゐ》

二　くらゐ―くらいを

三　ことに（毎に）―事に（三条西本の誤り）

四　かうう―かゝう（三条西本の誤り）

＊（一声）

五　みなこれ―これみな↓補記

六　以下―以下《け》

＊（媒介）

＊（才智能芸）

あはせて、中将のひはのはちをと、くちす/さみ、夜もすからたちきゝつるか、いうにわりなうそ[七]、おもひつれとのたまへは、ちか/よし申けるは、平家の人々は、代々[八]のさいしんともにて候、ようき[*]も皆《みな》人にすくれてお/はしまし候、一とせ小松《こまつ》のたいふをはしめとして、此《この》人々を花にたとへ[九]候しに、此《この》人/をは、ほたんの花《はな》にこそ、たとへて候しか、たれも夜へ《部》うけたまはるへく候しかとも、/いさゝかいたは《わ》る事候て、そのきなく候、」(40オ)此後《このゝち》は、つねにたちきゝつかまつり候へし/とそ申ける、ひやうゐ《へ》のすけは、三位中将のひはのはちをと、らうゑいのきよくを、つ/ねは、おもしろけにかんし給けり、千しゆのまへは、いつしか物思《おも》ひとやなりぬらん

小松三位中将かうやさんけいの事

去程《さる》に小松[一〇]三位中将これもりは、其身《その》は/八しまにありなから、心は都《みやこ》へかよはれけり、こきやうにとゝめをき給へる、おさ《を》/なき人々の事をのみ、あさゆふのたまひ」(40ウ)けるか、是《これ》よりうらつたひ島《しま》つたひ《い》にも、都《みやこ》/にのほらはやとおもはれけれ共《とも》、さるへきたよりもなかりけり、寿永[一一]三年三月十五/日のあかつきかた、与三ひやうゐ《へ》しけかけ、わらはいしとう丸、舟《ふね》に心えたりけれは、と/ねりたけさと、是《これ》三人はかりをめしくして、しのひつゝ八島《しま》のたちをまきれいて、あは/の国《くに》、ゆうきのうらより、舟《ふね》にのりてそいて

七　そ―こそ
八　代々―代々《たい》
＊（容儀）
九　たとへ―たとへて

維盛屋島脱出（三月十五日）

一〇　小松三位―こまつの三位《ゐ》
一一　寿永―寿《しゆ》永

一　神―神《かみ》

二　是―是《これ》

滝口と横笛「そるまては」歌

三　大夫―大夫《たいふ》

られける、それよりなるとのおきをしわ/たり、わか、ふきあけ、そとを《ほ》りひめの神[一]と」(41オ)
あらはれ給し、玉津島《たまつしま》の明神《みやうしん》、にちせんこく/けんの、御前《まへ》のなきさをこきすきて、きのみ
なとにこそつき給へ、是[二]より、山つたひ《い》里《さと》/つたひにも、都《みやこ》へのほらはやとはおもはれ
けれ共《とも》、をち本《ほん》三位中将の、いけとりにせ/られて、はちをさらすたにもかなしきに、
我《われ》さへとらへからめられて、ちゝのかはね/に、ちをあやさん事こそかなしけれとて、
心は千たひすゝまれけれ共《とも》、心に心をから/かひ《い》て、なく〳〵高野《かうや》の御山へまいりつゝ、」(41ウ)
しりたるひしりをたつね給ふ

よこふえ事

三条《てう》のさいとうさゑもんの大夫[三]、もちよりか/子《こ》に、さいとうたきくち時頼《より》とて、もとは
小松殿《こまつとの》に候けるか、十三の年《とし》、本所《ほん》へま/いりたり、けんれいもんゐ《い》んのさうし、よこ
ふえと申女《をんな》あり、たきくち是《これ》をいひよりて、/あさからすおもひてすきけれは、人の親《おや》の、
子《こ》を世にあらせんとおもふならひにて、/さても世にあるものゝ、子《こ》ともにはあひ」(42オ)
なれすして、いふかひ《い》なきものに、あひな/るゝてう、もともふかうのいたりなりなと、
様々《さまく》にいさめけれは、たきくちおもひける/は、せいわうほときこえしも、昔《むかし》はありけり、
今《いま》はなし、とうはうさくといひけるも、なを/のみきゝてめには見《み》す、らうせうふちやう

のならひは、せきくわのひかりにことなら／す、たとひ人《い》長命《ちやうみやう》をたもつといへとも、七十八十をすくさす、其《その》中に人のさかり／なる事、わつかに二十余《よ》年をかきれり、」（42ウ）おもはしきものを見《み》んとすれは、親《おや》のめい／をそむくにに《ゝ》たり、又親《おや》のめいにしたかひて、おもはぬ世にすみて何《なに》かせん、夢《ゆめ》まほろし／の世の中そかし、これせんちしきなり、しかしうき世《よ》をいとひ、まことの四みちに入／なんにはとて、年《とし》十九にてもと《ゝ》りきり、さかのおく、わうしやうゐ《い》んなる所《ところ》に、念仏《ねんふつ》／してこそゐたりけれ、よこふえこれをきゝ、我《われ》をこそすてめ、さまをさへかへけん事／こそむさんなれ、人こそ心つよくとも、たつ」（43オ）ねて、うらみはやとおもひけれは、あるくれ／程に、たいりをはしのひつゝまきれいて、さかのかたへそあくかれゆく、比《ころ》は二月十日／あまりの事なれは、梅津《むめつ》の里《さと》の春風《かせ》によそのにほひもなつかしく、おほゐ川《いかは》の／月のかけは、かすみにこもりておほろなり、一かたならぬあはれさも、たれゆへとこそ／おもひけめ、わうしやうゐ《い》んとはきゝたれと、さたかにいつれの房《はう》ともしらされは、こゝ／のもかのもにたゝすみて、たつねかねてそ」（43ウ）まよひける、五其夜はしやかたうにつやし／あかして、又たつね行程《ゆく》に、すみあらしたる僧房《そうはう》に、六念仏のをとのしけるをたつぬる人／のこゑにきゝなして、くしたるをんなをい《入・》れ、わらはこそこれまてまいりたれ、さま／のかは《わ》りてを《お》はすらんをも、一め見奉《たてまつ》らはやと、いひ入たりけれは、たきくちむねうち／さはき、しやうしのひまより見《み》けれは、ねく

四　みちに―みちにみちに（三条西本の衍字）

五　其夜―こよひ

六　念仏―ねんしゆ

たれかみのたえま《へ》より、涙《なみた》の露もところ／せく、みとりのまゆすみみたれつゝ、こよひ」(44オ)もうちとけねさりけるとおほしくて、をも／やせたるけしき、たつねかねたるありさま、まことにいたはしくて、いかなるたうしん／しやも、心よはくなりぬへし、されともやかて人をいたして、またく是《これ》にはさる事／なし、かとたかへにてそ候らんとて、つゐにあはてそかへしける、たきくち入道《たう》、ある／しの僧《そう》に申けるは、是《これ》も心しつかにて、念仏《ねんふつ》のしやうけは、候はね共《とも》、世に候し時、あひ／しりて候し女《をんな》に、すまゐ《ひ》をしられて」(44ウ)候へは、たとひ《い》一度《と》こそかくれ候とも、し／たふ事あらは、しゆきやうのさはりともなりぬへく候、いとま申てとて、わうしやう／ゐ《い》んをはまきれいて、高野《かうや》にのほり、*ほうとうゐ《い》んの、なしのはうといふ所[一]に、念仏《ねんふつ》／してこそをこなひ《い》けれ、よこふえも都《みやこ》にかへりて、ならの法花寺《ほつくゑ》に、を《お》こなふよしき／こえしかは、たきくち、高野《かうや》の御山より、一首《しゆ》の歌《うた》をそをくりける

そるまてはうらみしかともあつさ弓《ゆみ》」(45オ)まことのみちにいる《入》そうれしき

よこふえか返事には

そるとても何《なに》かうらみんあつさゆみ／ひきとゝむへきこゝろ《心》ならねは

よこふえは、そのおもひのつかり[二]にや、ほと《程》／なくうせにけり、たきくち入道《たう》は、いよ〱をこなひ《い》すましてそゐたりける、ちゝも、是《これ》／をは悦て、やかてふけうをゆるしてけり、し

＊（宝塔院）

一　所—所《ところ》

二　つかり—つもり（中院本の誤り）

たしきものとも〻、高野《や》のひしりの御はう《房》/とそもてなしける」(45ウ)

しうろんの事

[三]三位中将、たきくち入道《たう》にたつねあひて/見給《み》ふに、都《みやこ》にありし時は、ほいに、たてゑほうし、え《ゑ》もんをつくろひ《い》、ひんをなて、はな/やかなりし男《おとこ》なりし、出家《しゆつけ》の後《ゝち》は、けふそはしめて見給《み》ふに、いまた三十にたにも/ならぬか、らうそうすかたにやせおとろえ、こきすみそめに、おなしけさ、かうのけふり/にしみかほり、さかしけにおもひ入たるたうしんしや、うらやましくそおもはれ」(46オ)ける、しんの七けんか、ちくりんし《寺》、かんの四[四]かうかこもりけん、しやうさんのすまひ《ゐ》も、/これにはすきしとそ見《み》えし、たきくち入道《たう》、[五]三位中将を見奉《みたてまつ》りて、こはいかに、さら/にうつゝとこそおもはせおはしまさね、此《この》程は、八島《しま》にとこそうけたまはり候つるに、/何《なに》として、これまては、つたはりおはしまして候やらんと申けれは、[六]三位中将、されは/こそ、人なみ〳〵に、一門《もん》にともなひ《い》て、西国《さいこく》におちくたりてありしかとも、おほかた」(46ウ)うらめしさもさる事にて、ふる里《さと》にとゝめをきし、さいしの事のみおもひ/ゐたれは、物おもふ色の、いはぬにしるくやありけん、大い殿《ゐとの》も、二ゐ殿も、ゐけの/[七]大納言のやうに、二心やあるらんとうちとけ給はねは、いとゝ心もとゝまらすして、/なにとなう、八島《しま》のたちをまきれいて、これ

維盛と滝口入道の対面

三　三位—三位《ゐ》
四　しやうさん—しやう山《さん》
五　三位—三位《ゐ》
六　三位—三位《ゐ》
七　大納言—大納言《なうこん》

まてまよひきたれるなり、され共《とも》つゐに／のかるへき身にもあらねは、是《これ》にて出家《しゆつけ》入道《たう》をもし、火《ひ》の中水《みつ》のそこへも、入なんと」(47オ)おもひさためてあるなり、たゝし、くまのへまいらんとおもふ、しゆくくわんなりとの／たまひもあへす、涙にむせひ給へは、たきくち入道《たう》申けるは、うき世のありさまは、／とてもかくても候なん、長き世[一]のやみこそ、心うく候へとそ申ける、やかてたきくち入／道《たう》ゝを、せんたちにて、たうたうしゆんれいし給つゝ、おくのゐ《い》んへまいり給、せ[*]きしつの／やうをゝかみ給《たま》ふに、心もことはもをよはれす、昔《むかし》ゐんきのせ[二]い代、御むさうのつけ」(47ウ)ありて、ひはた色《いろ》の御いをゝくり給しに、ちよくし、中納言すけすみのきやう、はん／にや寺のそうしやうくわんけん、二人此《この》御山にまいり給て、せきしつの御とをゝし／ひらき、御いをきせたてまつらんとし給に、きりあつくへたゝりて、大師《し》をかまれ給は／す、時にそうしやう、ふかくし[三]うるいをなかして、われひものたいないをいて、ししやう／のしつに入しよりこのかた、いまたきんかいをほんせす、されはなとかをかまれ」(48オ)給はさるへきとて、五たいを地になけ、ほつろていきうし給へは、やうやくきりはれて、／山のはより月のいつるかことくにて、大師《し》をかまれ給けり、そうしやうすいきの涙《なみた》を／なかし、御くし、[*]の八しやくはかりまて、おひ《を》のひさせ給たりけるを、そりおろし奉《たてまつ》りて、／御[四]衣をきせ奉《たてまつ》らせ給けり、かのてし、いし山のないくしゆんゆう、大師《し》をを《お》かみ奉《たてまつ》らて、／ふかく涙《なみた》にしつみておはしけるを、そう

一　長き世―長夜《なかき》
＊（石室）
観賢僧正御入定
二　せい代―せい代《たい》
三　しうるいをなかして―しうるいして
＊（読点不要）
四　御衣―御衣《ころも》

しやう、右の手《て》をとりて、大師《し》の御ひさの」(48ウ)ほとりにをしあて給へは、其手《そのて》いきやうくんして、*一こうせす、そのうつりかは、すな/はちいし山の、しやうけうにとゝまりて、今《いま》にありとそうけたまはる、大師《し》、御かとの/御返事にのたまはく、我昔《われむかし》さつたにあひて、まのあたりいんみやうをつたへき、むひ/のせいくわんを《ゝ》こして、へんちのいゝきにはんへり、ちうやにはんみんをあはれ/みて、ふけんのひくわんにちうす、にくしんに三まいをせうして、しゝの五下しやうを」(49オ)まつ、とそかゝれたる、六白川院《いん》の御時、七寛治二年正月十五日、*せんとうにて、しゆく/\の/御たんきありけるに、上くわうおほせけるは、*たうしさいてんに、しやうしんの如来《にょらい》/しゆつせし給て、*せつほ《ふ》うりしやうをとき給にまいりて、ちやうもんすへしやと/おほせられけれは、公卿殿《くぎやうてん》上人、まいるへきよし申されけれは、其中《その》に、*かうそつ匡房《まさふさ》/のきやうの申されけるは、人々はまいらせ給とも、匡房《まさふさ》にをいてはかなひ候まし、わか」(49ウ)てうは、よのつねのとかいなれは、やすきかたも候なん、てんちくしんたんのさかい《ひ》/に、*りうさ、そうれいといふけんなんあり、わたりかたくして、こへ《ゑ》かたき道《みち》なり、まつ/そうれいといふ山あり、*さいほくは、大せつせ《む》八んとつゝき、とうなんは、*かいくにそひへ/いてたり、かの山をさかひ《い》て、東《ひんかし》をしんたんといひ、みなみを天ちくとなつけたり、西《にし》を/九かしといひ、北《きた》を*こゝくと名《な》つけたり、道《みち》のとをさは、八千よ里、くさもおひ《い》す、水もなし、」(50オ)おほくのなんしよある中に、一〇ことにたか

*（一期失せず）
五　下しやう—下《け》しやう
流砂葱嶺
六　白川—しらかはの
七　寛治—寛治《くわんち》
*（仙洞）
*（当時西天）
*（説法利生）
*（江帥）
*（渡海）
*（流砂葱嶺）
*（西北は大雪山）
八　と—に
*（海隅《かいぐ》）
九　かし—はし（「波斯」か。中院本の誤り）
*（胡国）
一〇　なんしよ—なん所《しよ》

一　けいはうさいなん—けいはらさいなん（鶏波羅西南」。中院本の誤り）
＊（「銀洞」か。「銀漢」が正しい）
＊（広狭）
＊（溪風）
＊（妖鬼）　＊（害）
二　君—きみ（「鬼魅」。中院本の誤り）
＊（怖畏）
＊（水波の漂難）
＊（渡流の苔）
三　しやう—しゆしやう（受生）
＊（四家の大乗宗）
＊（論談）　＊（源仁）
宗論
四　三ろんしう—三ろうしう（三条西本の誤り）
＊（道昌）　＊（義真）
＊（道応）
五　三時しう—三時《し》けう
＊（聖教を判ず）
＊（有空中）
六　しやうけう—むしやうけう（無生教）

きところ・・《所》あり、其名《そのな》を、[一]けいはうさいなんと/名《な》つけたり、*きんとうにのそんて日を〻くり、はくうんをふみて天にのほる、くも/のうはきをぬきさけて、いはのかとをか〻へつ〻、廿日にこそはのほるなれ、かの山に/のほりぬれは、三千せかいの*くわうくうは、まなこのまへにあきらかなり、一えん《ゐ》ふた/いのゐんきんは、あしの下《した》にあつめたり、つきにりうさといふ川《かは》あり、ひるは*けい」(50ウ)ふうはけしくて、いさこをとはして雨のことし、夜は*ようきはしりちりて、火《ひ》をとも/してほしにたり、川《かは》をわたりてかはらをすき、かはらをすきて川《かは》をわたる事、八か/日か間《あいた》に、六百三十六度《と》也、たとひ《ゐ》わたるといふとも、すいなんのかれは、ようきの*かい/のかれかたし、たとひ君《いニ》の*ふいをのかるといふとも、*すいはのへうなんさりかたし、/されはけんしやう三さうも、かのさかひ《ゐ》にして、六度《と》まて命《いのち》をうしなひ《ゐ》、*とりうのこ」(51オ)けにくちにしかとも、つきのしやう[三]にこそ、法《ほふ》をはわたし給けれ、されはさかの/天皇《わう》の御時、せいりやうてんにして、*四かのたい《大・》しようしうのせきとくをあつめられて、/けんみつのほうもんを、*ろんたんをいたす事ましく〱き、ほつさうしうに*けんにん、/[四]三ろんしうに*たうしやう、天たいに*きしん、けこん《くゐ》に*たうをう、一々にわかしうの/めてたきむねをたて申さる、ほつさうしうに源仁《けんにん》、我宗《わかしう》には、[五]三時しうをたて〻、一代の」(51ウ)[六]*しやうけうをはんす、いはゆる*うくう中是《これ》也《なり》、三ろんしうにたうしやう、わかしうには/しやうけうをたて〻、[七]一代のしやうけうを

[八]をふ、二さうとは、ほさつさう、*しやうもん/さうこれ也、天台《たい》に、きしん、我宗《わかしう》には四*けう五みをたてゝ、一さいのしやうけう/を[九]をふ、*さうつうへちゑんこれなり《也》・、五みとは、*にうらくしやうしゆくそたいこみ[五]是《これ》/なり、けこん《くゑ》にはたうをう、我《わか》しうには五けうをたてゝ、一さいしやうけうをはんす、」(52オ)五けうは、*小しようけう、しけう、しうけう、[一〇]とんけうこれなり、其後《そのゝち》しんこんのこう/ほう、しはらく我《わか》しうには、しさう《事》、*けうさうをきよとして、*そくしんしやうふつのきを/たて申さる、其《その》時けんにん、をよそ[一一]一代三時の経文《けうもん》を見《み》るに、たゝ*三こうしやうふつ/のもんのみありて、即身成仏《そくしんしやうふつ》のもんなし、いつれの*もんせうによてか、即身成仏《そくしんしやうふつ》のき/をたてらるゝや、そのもんせうあらは、つふさにいたされ候へ、*しゆゑのきまうを」(52ウ)はらはるへしとの給へは、其《その》時[一二]きほう、なんたちのしやうけうの中には、三こうしやう/ふつのもんのみありて即身成仏《そくしんしやうふつ》のもんなし、その時けんにんかさねて、まことに其《その》/もんせうあらは、つふさにいたされよとのたまへは、もんせうをひき給《たま》ふ

*にやく人くふつゑ、つうたつほたいしん、/ふもしよしやうしん、そくせう[一三]大かくいこれらのもんをはしめとして、其《その》かすすて/に*はんたなり、けんにんもんせうはいた」(53オ)されたり、このもんのことく*しうをえたる、/その*しつせうたれ人そや、そのしつせう、とをくは大日こんかうさつたこれ也《なり》、ちかく/は、わか身すなはちこれなりとて、てゝにみつ

七　一代—一代《たい》
八　をふ—をしふ（「教ふ」。中院本の誤り）
＊（声聞蔵）
＊（四教五味）
九　をふ—ゝしふ
＊（蔵通別円）
＊（乳・酪・生・熟蘇・醍醐味）
＊（小乗教・始教・終教）
一〇　とんけう—とんけうゑんけう（「頓教・円教」。中院本の誤脱）
＊（教相）　＊（居）
一一　一代三時—一代《たい》三時《し》
＊（三劫成仏）
＊（文証）
＊（衆会の疑網）
一二　きほう—こうほふ（中院本の誤り）
＊（若人求仏恵、通達菩提心、父母所生身、即証大覚位）
一三　大かくい—大かく位《ゐ》
＊（繁多）
＊（宗）
＊（実証）

ゐ《い》んをむすひ、くちに*みつこんをとなへ、／心にくわんねんをこらし給へは、しやうしんのにくしん、たちまちにてんして、*しま／わうこんのはたへとなり、しゆつけのかうへの上《うへ》には、*しねん五ふつの*ほうくわんを／けんし《む》、くわうみやう[一]さうてんをてらして、」（53ウ）日りんのひかりをうはい、*てうていはりを／かゝやかして、*みつこんしやうとのきしきをあらはす、其《その》時くわうてい御さをさりて、／*らいをなさせ給ふ、*しんかけいしやう、かうふりのこしをかたふけ、なんと六しうの／しやう地に、ひさまつきて*けいかくす、しやうふつ*きそくのりつはには、たうをう、／たうしやうしたをまき、*ほつしんしきさうのなんたうには、けんにん、きしんくちを／とつ、四しゆきふくして、つゐに*もんように」（54オ）ましはり、*一てうしんかうして、はしめて／ほう《ふ》りうをうく、三みつ五ちの水[二]、四かいにみちて、[三]くわくちをあらひ《い》、六大*むけの月、一／天《てん》にかゝやきて、長《ちやう》夜をてらし給へり、御*さいしやうの後《のち》も、*しやうしふへつとして、／*きねんのほうおんをきこしめす、*六しやうふたいにして、*しそんの出世《しゆつせ》をまち給ふ

からや御からの事

上くわうおほせられけるは、かほと《程》の事／を、今《いま》まておほしめしよらさりけるよ、明日《みやう》」（54ウ）御幸《かう》なるへきよしおほせけれは、きやう／はう申されけるは、明日《みやう》の御幸《かう》も、*そつし

*（密言）
*（紫磨黄金）
*（自然）　*（宝冠）
一　さうてん—さう天《てん》
*（朝廷婆梨）
*（密厳浄土）
*（礼《らい》）　*（臣下卿相）
*（敬恪）　*（「軌則の立破」か）　*（発心色相の難答）
*（門葉）　*（一朝信仰）
二　水—水《みつ》
三　くわくち—くわん地（観地）
*（無碍）
*（在生）
*（生死不別）
*（祈念の報恩）
*（六情不退）
*（慈尊）
白河院高野御幸
*（卒爾）

＊（金銀）
＊（鞍馬）　＊（珠玉）
＊（冠蓋）
＊（難遇）
四　りやうしゆせんーりやうしゆ山《せん》
＊（生身）
＊（綾羅錦繡）

五　ていせいーていしやう
六　二百里ー二百里《しはく》

七　承和ー承和《しようわ》
八　今ー今《いま》

に存候《そむし》、しやかほとけせつほうのみきりに、／十六の大国《こく》のしよわうの、行幸《きやうかう》のさほうは、＊こんくをもていしやうとし、＊あんはをか／さり、＊しゆきよくをましへて、＊くわんかいをかさり給ふ、これ、＊なんくのおもひをこら／し、心さしをいたし給ところなり、我《わか》てう高野《かうや》の御山をは、[四]りやうしゆせんとおほし／めされ、＊しやうしんの大師《し》をは、しやか如来《によらい》と」(55オ)おほしめして、御幸《かう》のきしきを、ひきつくろ／はるへくや候らんと申されけれは、五か日をそをくられける、公卿殿上人《くきやうてん》、＊れうら、きん／しうをたちかさね、高野《かうや》へならせ給ける、これそ高野《かうや》の御幸《かう》のはしめなる、かのまか／かせうの、けいそくのほらにこもりて、しつの春《はる》の風《かせ》をこし給けんも、これにはすきし／とそ見《み》えし、かの高野山《かうやさん》と申は、[五]ていせいをさりて[六]二百里、きやうりをはなれてむ／人しやう、せいらんこするゑをならさすして、」(55ウ)せきしつ《ち》のかけしつか也《なり》、八ようのみね、八／の谷《たに》、かゝとしてそひへ、へうくとしてみねたかし、花のいろりんふのそこにほころひ、／れいのこゑお《を》のへの雲《くも》もひゝけり、かはらに松《まつ》おひ、かきにこけむして、まことに／せいさうひさしくおほえたり、御入ちやうは、[七]承和二年三月廿一日の、とらの一天《てん》の事／なれは、すきにしかたも三百よさい、[八]今より後《のち》も五十六おく《億》・七千万さいの後《ゝち》、しそんの／しゆつせ、三ゑのあか月を、またせ給らん」(56オ)こそひさしけれ

小松三位中将出家の事

これもりか命《いのち》[一]は、せつ山になくらんとり/のやうに、けふともあすとも、しらぬ事こそ、かなしけれとのたまひけるそ、いとを/しき、其夜《その》は、たきくち入道《たう》かあんしつにとゝまりて、昔今《むかしいま》の事とも、かたりあかさ/れ給けり、ひしりかきやうきを見給に、しこくしんしんのゆかの上《うへ》には、しんりの玉《たま》/をみかくらんともおほえ、こ夜しんてうの」(56ウ)かねのをとには、しやうしのねふりをさ/ますらんとも見《み》えたり、のかれぬへくは、かくてもあらまほしくそおもはれける、あ/けけ《ゝ》れは、三位中将[二]、かいしを[*]しやうして、出家《しゆつけ》せんとし給けるに、与三ひやうゑ《へ》しけ/かけ、いしとう丸をめしてのたまひけるは、これもりこそ、道《みち》せはき身にてかくなる/とも、なんち[三]はこれもりか行ゑ《ゆくへ》を見《み》はてゝ、都《みやこ》にのほり、いかならん人をもたのみて、身/をもたすけよかしとのたまひけれは、二人」(57オ)の者《もの》とも涙《なみた》にむせひて、しはしは御返事/も申さす、やゝありて与三ひやうゑ《へ》のせうか申けるは、ちゝにて候し、与三さゑもんの/せうかけやすは、さんぬる平治[四]のかつせんに、二条《てう》ほり川《かは》の御たゝかひ《い》に、こおほい/との《ゝ》の御命《いのち》にかはりまいらせて、かまたひやうゑ正清《へまさきよ》にくんて、あく源太《けんた》にうたれ/候ぬ、其時《その》しけかけは、二さいになり候けり、母《はゝ》には七さいにてをくれ候ぬ、たれあはれ/ひ《み》、ふひんと申者《もの》も候はさりしかとも、」(57ウ)ことのゝ、わか命《いのち》にかはりたる者の子《ものゝこ》/なれはとて、ことに御あはれひ《み》候て、九の

維盛出家

一　は―の

二　三位―三位《ゐ》

＊（戒師を請じて）

三　なんち―なんちら

四　平治―平治《ち》

とし、君《きみ》の御けんふくの候しに、かたしけ/なくも、もとゝりとりあけられまいらせて、もりのしをは五代[五]につけぬ、重《しけ》の字[六]をは、/まつ王《わう》にたふとて、さてこそしけかけとはめされしか[七]、又同名[八]をまつわうと申候事/も、むまれて五十日と申けるに、ちゝかいたきてまいりて候けれは、この家《いゐ》をは、小松《こまつ》と/いへはいはひ《わゐ》て、まつわうとつけんとて、こ」(58オ)とのゝつけさせおはしまして候けるなり、/されは御わうしやうの時、此世《この》の事をは、みなおほしめしすてさせ給て、一事も/おほせいたされ候はさりしかとも、しけかけは、少将殿《とのゝ》の御かたに候て、みやつかひ《い》つか/まつれ、あひかまへて、御心にたかうなと、さいこのおほせにも候き、とりわき此御方《このかた》/にて、すてに十七年、う[*]へしたなうあそひたはふれまいらせ候き、されはきみの、神にも、/仏[九]にも、ならせ給てのち、われらたのしみ」(58ウ)さかえ世にあらは、千年のよはひ《わい》をのふ/へきか、たとひ《い》万年をたもつとも、つゐにはおはり《を》のなかるへきかとて、身つから/もとゝりをしきりて、たきくち入道《たう》にそらせて、かいをそたもちける、石童丸《いしとう》も、もとゆ/いきはよりかみをきる[一〇]、これも八さいよりつき奉《たてまつ》りて、ことしはすてに十二年、それ/かしは、たれにもをとらし物をと申てそられけり、三位[一一]中将、ものとも、さきたつを見/給ふにつけても、涙《なみた》せきあへ給はす」(59オ)

るてん三かい中、をんあいふのうたん、/きおん入むゐ《い》しんしつほうおん《を》しやと、三たひとなへてそり給につけても、こ/きやうにとゝめをきし、をさなき者《もの》に、今《いま》

五　五代―五代《たい》

六　字―字《し》

七　れしか―れ候しか

八　同名―とうみやう（「童名」。中院本の誤り）

＊　（上下無う）

九　仏―仏《ほとけ》

一〇　きる―そる→補記

一一　三位―三位《ゐ》

一度見《とみ》えてかくならは、心くるしくもの《物》は/おもはさらましと、のたまひけるそはかなき

小松三位中将くまの参詣弁海に入事

其後又《そのゝち》、とねりたけさとをめしてのたまひ/けるは、なんちをは、日比《ころ》は都《みやこ》へのほせんとこそいひつれ共《とも》、お《を》さなきもの共《とも》のきゝて、」(59ウ)なけかん事もふびんなれは、これもりか行ゑ《ゆくへ》を見はてゝ、八島《しま》へまいり、此《この》よしを申/へし、抑《そもく》からかはといふよろひ《い》、こからすといふ太刀《たち》は、当家《たうけ》ちやく〱につたはりて、/これもりまては九代[一]なり、[二]新三位中将にあつけをきたり、もし当家《たうけ》の代ともなる/事あらは、六代[三]にたふへしと、申へしとそのたまひける、やかてたきくち入道《たう》をせん/たちにて、をの〱山ふししゆきやうのまねをし、をひ《い》をかたにかけ、高野《かうや》の御山を」(60オ)たちて、さんとうへこそいて給へ、ふちしろの王子《わうし》の御まへより、わ[四]うし〱ふしお/かみまいり給程に、千里のはまの北《きた》、いはしろの王子《わうし》の御前《まへ》にて、かりしやうそくし/たるふし、十四五き行《ゆき》あひたてまつる、只今《たゝいま》これにてからめとられやせんすらん、ま/ことにさもあらは、[*]しかいせんとて、をの〱かたはらに立《たち》より、かたなのつかに手《て》を/かけて、あひまたれける程に、これらおもひの外《ほか》に、みな馬《むま》よりおり、かしこまてそ」(60ウ)とほりける、三位中将見《み》しりたるものにこそ、たれなるらんとて、あしはやにそすき/られける、[五]東国の住人《ちう》、ゆあさのこんのかみ、

維盛熊野参詣

一　九代—九代《たい》
二　新三位—しん三位《ゐ》
三　六代—六代《たい》
四　わうし〱—わうし〱を
＊　（自害）
五　東国—たうこく（「当国」。中院本の誤り）

むねしけか、ちやくし、七郎ひやうゑ《へ》のせう／むねみつと申者《もの》なりけり、らうとうとも、只今《たゝいま》のしゆきやう者《しや》は、いかなる人にて候／やらんと申けれは、あれこそ[六]小松三位中将殿《との》にておはしませ、なにとして是《これ》まてつ／たはらせ給けるやらん、はや御さまかへさせ給けり、与《よ》三ひやうゑ《へ》のせう、石《いし》とう丸も、」(61オ)つき奉《たてまつ》りて出家《しゆつけ》したりけるそや、まいりてけさんにもいるへかりつれとも、御はゝ／かりもあるとおもひつれは、とをりたりつるなり、いとおしの御ありさま共《とも》やとて、／皆《みな》袖をそぬらしける、いはた川《かは》をわたられけるに、此川《このかは》のなかれを、一度《と》もわたる、者《もの》は、／あくこう、ほんなう、むしのさいしやう、みなきゆなるものをとて、たのもしけにそのた／まひける、*たきのしり、たかはら、十てう、くませ川《かは》、ゆのかは、みこしかたけをもすき」(61ウ)けれは、ほつしんもんにそなりにける、やう〱さし給程に、ほんくうへつかせ給て、／をの〱を[七]かみまいらせけるか、ほつせをとゝめて、此《この》山の*ちきやうをゝかみ給に、心／もことはもをよはれす、大ひをうこのかすみは、ゆやさんにたなひき、れいけんふさう／のしんめいは、をとなし川《かは》にあとをたれ、一乗《しよう》しゆきやうのみねには、かんお《を》うの月／くまなく、六こんさんけ《くゑ》の、にはには、まうさうの[八]露をむすはす、いつれも〱、たの」(62オ)もしからすといふ事なし、はるかに夜ふけ[九]しつまりて後《のち》、せうしやうてんの御前《せん》にて、／けいひやくせられけり、ちゝのおとゝも此《この》御まへにして、命《いのち》をめして、こしやうを／たすけさせ給へと申させ給し、御事まて

六　小松三位―こまつの三位《ゐ》
＊（瀧の尻、高原、十条、熊瀬川、湯の川、見越が嶽）
七　をかみ―をかみを（「をかませ」の誤りか）
＊（地形）
八　露―露《つゆ》
九　しつまり―人しつまり

もおほしめしいたさせ給て、ほんち弥陀《地みた》/如来《にょらい》にておはしませは、せつしゆふしやのほんくわん、あやまり給はす、九ほんあん/やうの浄土《しやうと》へ、いんせうし給へと申されける、中にも、こきやうにとゝめをきし、」(62ウ)さいしあんおんにといのられけるそ、うき世をいとひ、まことの道《みち》に入給とは申せ/とも、まうしうは猶つきせすとおほえて、かなしけれ、あけけれは、御せんの津より舟《ふね》に/のり、新宮《しんくう》へまいり給ふ、かんのくらををかみ給に、かんせうたかくそひへて、嵐《あらし》まう/さうの夢《ゆめ》をやふり、れうすいきよくなかれて、なみほんなうのあかを、すゝくらんとも/おほえたり、あすかのやしろをふしをかみ、さのゝ松原《まつはら》さしすきて、やけいの露[一]に」(63オ)そてぬらし、なちの御山へまいりたまふ、三の御山は、いつれもとり〳〵とは申せとも、/なち山[二]ことにすくれたり、三重《ちう》にみなきりおつるたきの水、数《す》千ちやうまてよちの/ほり、くわんおん《を》のれいさうは、岩《いわ》の上《うへ》にあらはれて、ふたらくせんともいひつへし、/法花《ほつくゑ》とくしゆのこゑは、かすみのそこにかすかにて、りやうしゆ山[三]とも申つへし、寛[四]/和の夏《なつ》の比《ころ》、花山《くわさん》の法皇《ほふわう》、十せんの御くらゐをすへらせ給て、この山にして、九ほんの」(63ウ)しやうせつをいのらせ給し、御あんしつのきうせきには、昔《むかし》をしのふはかりにて、おい[五]/木のさくらのみそのこれる、たきもとにまうてつゝ、千しゆたうにてねんしゆせら/れけるに、なちこもりの中に、此《この》[六]三位中将を、都《みやこ》にてよく見しり奉《たてまつ》りける、老僧《らうそう》のあ/りけるか、中将を見奉《みたてまつ》りて、こゝなるしゆ

一　露―露《つゆ》
二　なち山―なち山《さん》
三　りやうしゆ山―りやうしゆ山《せん》
四　寛和―寛《くわん》和
五　おい木―おい木《き》
六　三位―三位《ゐ》

七　小松三位―こまつの三位《ゐ》
八　安元―安元《あんけん》
＊（報恩）
九　いそち―五十《いそち》
一〇　四位―四位《ゐ》
＊（階下）
一一　大納言―大納言《なうこん》
一二　大臣―大臣《しん》
＊（行者）

維盛入水、「ふる里の」歌

一三　万里―万里《はん》
一四　渚―おき
＊（帆立島）
一五　そう―そふ

きやう者《しや》は、たれやらんとおもひたれは、小[七]／松三位中将殿《との》にておはしましけるそや、此《この》程は、八島《しま》にとこそきゝつるに、何《なに》として」(64オ)　これまては、つたはりおはしたるやらん、出《しゆつ》家《け》し給けり、あの人そかし、すきにし安[八]元二／年三月十五日に、法住《ほうちう》寺殿にして、りんしのほう*おん経くやうに、い[九]そちの御賀の／ありしに、いまた四[一〇]位少将とて、十八か九かになられしか、当家《たうけ》にもたけにも、見《み》め／よき殿《てん》上人にえら《ゑ》はれて、さくらをかさし、せいかいはをまはれしに、か*いかには、関《くわん》白《はく》／以下、大臣《しん》公卿《くきやう》ちやくし給たりき、其《その》時ちゝのおとゝは、大[一一]納言の左大将、をちむねもりは、」(64ウ)　中納言にてちやくさせられたりしけいき、たれかたをならふる人もなかりき、嵐《あらし》／にたくふ花のにほひ、風《かせ》にひるかへるまひの袖《そて》、天をもてらし、地《ち》をもかゝやかす／はかり也《なり》、只今《たゝいま》大[一二]臣の大将、まちうけ給へき人よとこそ、我《われ》も人もおもひあひたりしに、／夜の間《ま》にかはる世《よ》のならひ程、くちおしかりけるもの《物》あらし、いとおしの御あり／さまやとて、涙にむせひけれは、さんろうのき*やうしやたちも、みな袖《そて》をそぬらしける、」(65オ)　あけけ《ゝ》れははまの宮《みや》の御前《まへ》より、一ようのふねにさほさして、万[一三]里のさかいにうかひ／給ふ、こき行舟《ゆくふね》のあとのしらなみ、心ほそくそたちかへ《帰》る、かの渚[一四]にをしいたして見《み》／れは、うみの中に一の島《しま》あり、ほ*たてしまとそ申ける、かの島《しま》に舟《ふね》をよせ、舟《ふね》よりあ／かり、松《まつ》のえ《ゑ》たをけつりて、ゆひのさきよりちをあやし、めいせきをそかゝれける、そ[一五]う／太《大》政《しやう》大臣《しん》たいらのきよもりこう、法名《ほふみやう》浄海《しやうかい》、ちやくし[一]小松内《ない》大臣《しん》しけもりこう、法名《ほふみやう》」(65ウ)浄蓮《しやうれん》、其《その》ちやくし[二]正三位*きやうさこんゑの中将これもり、法名《ほふみやう》浄円《しやうゑん》、生年《しやうねん》廿七さい、／[三]寿永三年三月廿九日、なちのを《お》きにしつみをはりぬとかきとゝめ、おくには一首《しゆ》の／歌《うた》をそかゝれたる

　ふる里《さと》のまつ風《かせ》いかにうらむらん／そこのみくつとしつむわか身を

又舟《ふね》にとりのりて、海《うみ》にそうかひ給ける、か／いろはるかに見《み》わたせは、あはれをもよほ《を》さすといふ事なし、あまのつり舟《ふね》の、うき」(66オ)ぬしつみぬゆらるゝを、見給につけても、我《わか》身のうへとそおほえける、比《ころ》は三月のすゑ／の事なりけり、春もすてに暮《くれ》なんとす、命《いのち》はけふをかきりなれは、春《はる》の名《な》こりもさ／こそはおしかりけめ、あるいは[四]れんかんに*しせきして、春の花にうたをゑいし、あるい／は*きうゐ《い》んにしくやして、[五]秋の月にくわんけんをそうし、あるいはも《む》し、あかまのなみ／の上《うへ》にうきねして、からろの音《をと》に夢《ゆめ》をさまし、あるいは八島《しま》の浦《うら》の、あまのとまやに」(66ウ)たひねして、なみまの月に心をくたき、すきにしかたのゑ*いすいは、みな夢《ゆめ》とそなりに／ける、かりの雲井《くもゐ》に音《をと》つれ行《ゆく》を、見給につけても、こきやうへことつてせまほしく、／そふかこゝくのうらみまて、おもひのこせるかたそなき、[六]三位中将にしにむき、／さいこの十ねんとなへ給へる、念仏《ねんふつ》をとゝめて、あはれ人の身に、さいしはもつましか／りける物そや、こんしやうにて心をつくすのみならす、後世《こせ》ほたいまても、さまたけと、」(67オ)なる心うさよ、たゝいまも又おもひいつる

一　小松―こまつの
二　正三位―正三位《ゐ》
＊（行）
三　寿永―寿永《しゆゑい》
四　れんかん―れうかん（「龍顔」。中院本の誤り）
＊（咫尺）
＊（宮院に宿夜）
五　秋―秋《あき》
＊（栄衰）
六　三位―三位《ゐ》

そや、おもふ事を心にこむれは、つみふ[七]/かゝらんなれは、さんけするなりとそのた
まひける、たきくち入道《たう》申けるは、たかきも/いやしきも、おん《を》あひ《い》のわかれは、ちからを
よはぬ事にて候也《なり》、中にもふうふは、[八]一/夜のちきりをむすふも、五百しやうのえん[九]
とこそうけたまはり候へ、しやうしやひつ/めつ、ゑしやちやうりは、うき世《よ》のならひに
て候へは、たとひ《い》ちそくこそ候とも、をくれ」(67ウ)さきたつ御わかれ、つゐになくてしもや
は候へき、第《たい》六天《てん》のまわうは、よくかいを/わかまゝにりやうして、その中のしゆ
しやうの、しやうしをはなれんとする事/を大におしみ、あるいは親《おや》となり、子《こ》となり、
あるいは女《め》となり、おとことなり、もろ〳〵/のはうへんをめくらして、さまたけんとし
候を、三世の諸仏《しよふつ》は、一さいしゆしやうを、/一子《し》のことくにおほしめして、極楽浄土《こくらくしやうと》、
ふたいのほうと[*]に、すゝめいれんとし」(68オ)給ふに、人の身には、さいしと申ものか、
しやうしをはなれぬきつなとなるにより/て、仏[一〇]の大にいましめ給はこれなり、いよ
の入たうらいきは、さたた《ゝ》う、むねたうをせ/めしに、十二年のかつせんの間《あいた》に、人
のくひをきる事、一万五千人、其外山野《そのほかさんや》の/けたもの、かうかのうろくつ[一一]、其命《そのいのち》をたつ
事、いく千万といふかすをしらす、され/とも一念《ねん》ほたいしんを《ゝ》こすによりて、
わうしやうする事をえたり、御せんそ」(68ウ)平将軍《へいしやうくん》は、まさかとをほろほして、八か国《こく》
をなひけさせ給しに、[*]あひつきて、又ちやく/〳〵九代[一二]にあたらせ給へは、君《きみ》こそ日本国《ほんこく》

七　ふかゝらん—ふかかん
八　一夜—一夜《や》
九　えん—しゆくゑん
＊（宝土）
一〇　仏—仏《ほとけ》
一一　うろくつ—いろくつ
＊（相継ぎて）
一二　九代—九代《たい》

の、将軍《しやうくん》ともならせ給へけれとも、御うん／つきさせ給候ぬる上《うへ》は、ちからをよはせたまはす、出家《しゆつけ》のくとくははくたいなれは、／せんせのさいこうも、みなめつせさせ給ぬらん、百千さいの間《あひた》、百らかんをくやうし、／たとひ《い》人ありて、七ほうの＊たうはをたてん事、たかさ三十三てんにいたるといふ」(69オ)とも、猶一日の出家《しゆつけ》のくとくには、をよはすとこそ見《み》えて候へ、つみふかきらいき、心つ／よきによりてわうしやうをとく、させるさいこうおはしまさねは、なとか浄土《しやうと》にむ／まれさせ給はさるへき、弥陀如来《みたによらい》は、一ねん十念《ねん》をもきらはす、十あく五きやくをも、道《みち》／ひかんといふひくわんましますなり、かの＊くわんりきにせうせんに、何《なに》の御うた／かひ《い》か候へき廿五の菩薩《ほさつ》は、きかくかゐいして、只今西方《たゝいまさいはう》よりきたり給へし、＊大せいし」(69ウ)菩薩《ほさつ》は、＊百ふくしやうこんの御手《て》をのへ、くわんせお《を》ん菩薩《ほさつ》は、＊こんれんたいをさゝ／け、＊むりやうのしやうしゆと、ともに御手《て》をさゝけて、むかへまいらせさせ給へし、たとひ《い》／今《いま》こそ、さう海《かい》のそこに、しつませおはしますとも、つゐにはしうんの上《うへ》にこそ、さし／給はんすれ、成仏《しやうふつ》とくたつして、さとりをひらかせ給なは、しやはのこきやうに帰て、／わりなくおほしめされし人々をも、みちひきまいらせ給はん事、御うたかひ《い》あるへ」(70オ)からす、あひかまへて〳〵、よねんをこさせ給なとて、しきりにかねうちならし、念仏《ねんふつ》／をすゝめ奉《たてまつ》る、三位中将たちまちに、まうねんをひるかへし、西《にし》にむき、かうしやう／の念仏《ねんふつ》、す百へんとなふるこゑのうちに、な

＊（塔婆）
＊（願力に乗ぜん）
一　かゐい―かやう
＊（勢至）
＊（百福荘厳）
＊（金蓮台）
＊（無量の聖衆）

みのそこへそ入給ふ、与三ひやうゑ《へ》、石童丸《いしとう》/もつゝきている、とねりたけさともいらんとしけるを、ひしりとりとゝめて、いかに御/ゆいこんをは、たかへまいらせんとは仕《つかまつる》そ、けらうこそうたてけれとて、せいしとゝめ」(70ウ)けれは、ちからをよはす、ふなそこにふしまろひ、をめきさけふもことわり也《なり》、ひしり/もあまりにかなしくて、すみそめの袖《そて》をしほりあへす、しはしはうきもやあかり給/とて、見けれ共《とも》、三人なからなかくしつみて見《み》えさりけり、猶も名《な》こりはを《お》しけれと、日/も入あひになりつゝ、海上《かい》もくらくなりけれは、むなしき舟《ふね》をこきもとす、おつる涙《なみた》/かいのしつく、いつれとも見《み》えかたし、さてしもあるへきならねは、ひしりは高野《かうや》の」(71オ)御山へ立帰《たちかへり》、たけさとは八島《しま》へまいりけり、心の中のかなしさ、をしはかられてあわ《は》/れなり、たけさと八島《しま》へかへりまいりて、此《この》よしを申けれは、おほいとのをはしめ奉《たてまつ》り、/いとお《を》しや此《この》人、日比《ころ》は都《みやこ》の事をのみ、のたまひしかは、京へそのほりておはすらん/と思《おも》ひたれは、さては、さやうになり給つらん事よとて、みな涙をそなかされける、/おとゝ新《しん》三位中将すけもり、新《しん》少将ありもり、たんこのしゝうたゝふさ、三人一所[二]に」(71ウ)さしつとひ、こおほいとのにをくれ奉《たてまつ》りし後《のち》は、此《この》人をこそ、たかき山、ふかき海《うみ》ともた/のみ奉《たてまつ》りしか、日比《ころ》は一所[三]にてこそ、いかにもならんと思《おも》ひしに、ところ〳〵にて、し/なん事こそかなしけれとて、皆《みな》袖をそしほられける

屋島の人々の悲しみ

二　一所―一所《しよ》

三　一所―一所《しよ》

しゆとくゐんを神とあかめ奉らるゝ事

去程《さる》に都《みやこ》にはしゆとくゐ《い》んを、神《かみ》とあかめ/奉《たてまつ》るへしとて、さんぬる保元[一]のかつせんのありし、おほいの御門《かと》*かはらにやしろを」(72オ)たて、四月三日、せ*んくうとそきこえし、其《その》時は、主上[二]い*うちにわたらせ給しかは、法皇《ほふわう》/の御はからひ《い》にて、たいりにはしろしめされすとそ、うけたまはりし、同《おな》しき四日、/かいけんありて、元暦[三]元年とそ申す

いけの大納言かまくらけかうの事

其《その》ころいけの大納言頼盛《よりもり》を、かまくらへよ/ひくたし奉《たてまつ》る、大納言、弥平左衛門宗清《いやへいさゑもんむねきよ》をめして、よりもりをかまくらへくたれといふ/は、いかゝあるへきとの給へは、御くたり候」(72ウ)へしと申す、宗清《むねきよ》をめしくしてくたれと、/いふなりとの給ふ、身にはこんとの御ともをは、つかまつり候はしと存《そんし》候、其《その》ゆへは、西《さい》/国《こく》の御ありさま、あさましく存《そむし》候と申せは、さらはなとよりもりかとゝまりし時は、/かくとはいはさりけるそとあれは、いや御とゝまりを、あしとには候はす、ひやうゐ《へ》の/すけとのも、命《いのち》おはし候へはこそ、世にもたゝれ候へ、あの人をあつかり奉《たてまつ》りて候/し時、おほせをもて、か*ゝみまてうちお《を》くり」(73オ)奉《たてまつ》りて候し事を、つねはのたまひいた/され候なる、まかりくたりて候はゝ、きやう

崇徳院を祠る（四月三日）
一　保元—保元《ほうけん》
＊（河原）＊（遷宮）
二　主上—主上《しゆ》
＊（幼稚）
元暦改元（四月四日）
三　元暦—元暦《けんりやく》

頼盛関東下向
＊（鏡）

おう《を》、ひきいて物にてこそ候はんすれ、かつ/は＊とうれいともの、かへりきかん所《ところ》こそ、
くちおしく存《そむし》候へ、むねきよはとたつねら/れ候はゝ、いさゝかいたはる事のありて、
今度《こんと》はさんし候はぬよしを、おほせ候へ/しと申す、[四]大納言、さてはる〱のたひの
そらに、を《お》もむくをは、見をくらんとはおも/はすや、さ候かつせんのにはなとへたに、」(73ウ)
御出《いて》候はゝ、まさきつかまつるへく候[五]、これ/はくるしからしと存《そんし》候とて後[六]までうちを
くり奉《たてまつ》りて、宗清都《むねきよみやこ》へのほりけり、四月五日、/都《みやこ》をたちて、おなしき十九日に、[七]大納言かま
くらへ入給ときこえしかは、ひやうゑ《へ》の/すけ、大せいひきくして、さかみかはのはた
まて、むかへにきたり給へり、ひやうゑ《へ》の/すけ、大納言にたいめん《む》して、まつむねきよ
は、まいりて候やらんとのたまへは、いさゝ/か所らう[八]の事候てとの給へは、ひやうゑ《へ》」(74オ)
のすけ、宗清《むねきよ》にあつけられて候し時、事に/ふれて、＊はうしをいたして候しか、つねは
こひしう存《そむし》候つるに、今度《こんと》はいかさまにも、/御とも[九]そ候はんすらんと、まちかけて候へ
は、さんし候はぬ事よとて、世《よ》にほい/なけにこそのたまひけれ、大納言かまくら
へ入奉《たてまつ》りて、様々《さまく》にもてなし奉《たてまつ》る、もとち/きやうし給ける所[一〇]は、しさいなきうへ、よき
ところ、十か所すくりて奉《たてまつ》らる、むねきよも/くたりたらは、[一一]しよりやう共《とも》たはんとて、」(74ウ)
くたし文《ふみ》ともよういせられたりけれ共《とも》、/くたらさりけれは、ちからをよはす、その外《ほか》
かまくら中の、大名小名《みやうせうみやう》にふれられける/は、頼朝《よりとも》をよりともとおもはんする人々は、

＊（同隷）
四　大納言—大納言《なうこん》
五　候—候か
六　後—のち（「野路」。中院本の誤り）
七　大納言—大納言《なうこん》
八　所らう—所《しよ》らう
＊（芳志）
九　そ—にそ
一〇　所—所《ところ》
一一　しよりやう—所《しよ》りやう

この人をもてなし申せとの給けれは、きん/きんのたくひ《い》、れうら、きんしうかすをつくし、くらをき馬《むま》たに、五百ひきにをよひ/けり、大納言、今度《こんど》かまくらへくたりて、命《いのち》たすかるのみならす、とくつきてこそのほ/られけれ」(75オ)

小松三位中将の北のかた出家の事

去程《さる》に、[一]小松[二]三位中将の北《きた》のかたは、大覚《かく》/寺におはしけるか、西国《さいこく》へうてのくたるたひには、三位中将のうへに、いかなる/事をかきかんすらんと、やすき心もし給はす、なみのうへ、ふねの中のすまゐと《い》/きけは、風《かせ》のふく時は、いつくのなみにかゆられ給らん、ひまなきいくさときく時は、/もし矢《や》にもやあたり給らんと、心をつくし給けり、日比《ころ》は月に一度《と》のをとつれもあり」(75ウ)つるに、此程《この》は、かきたえ《へ》たるこそおほつかなけれとて、さいとうを御つかひにて、八/島《しま》へつかはさる、やかて帰《かへり》のほりて申けるは、さんぬる三月十五日のあかつき、与三/ひやうゑ《へ》いしとう丸を御ともにて、八しまをはしのひつゝ御いてありて、あはのくに、/ゆうきのうらより御舟《ふね》にめして、きのみなとへつかせおはしまして候けるか、それ/よりかうやへ御まいり候て、たきくち入道《たう》にたつねあはせ給て、其後《そのゝち》、三の御山の、御」(76オ)さんけいとけさせ給て後《のち》、なちのを《お》きにて、しつませおはしまし候ぬ、是《これ》は御とも申て/候ける、たけさとかくはしくかたり申候つ

維盛北方出家

一　小松三位―こまつの三ゐの

二　三位―三位《ゐ》

＊（読点不要）

三　三位―三位《ゐ》

屋島の平家（七月二十五日）

四　そ―とそ

範頼・義経任官

五　五位―五位《ゐ》

屋島の秋（八月十日余）

る也《なり》、是《これ》もやかてまいり候て、かやうの事／も申へく候つれとも、まいるへからすと
おほせ候し程に、まいらぬよし申せと／こそ、申候つれと申けれは、北《きた》のかた、されは
こそ、此《この》程風《かせ》のたよりの、をとつれもなかり／つるは、さやうにはかなくなり給たるに
こそとて、ふしまろひてそなけかれける、」(76ウ)わかきみ、ひめきみ、女房《にようはう》たち、一所《ところ》にさし
つとひ《い》、こゑをあけてそなきかなしむ、めの／との女房《にようはう》申けるは、さのみ御なけきあるへ
からす、本《ほん》三位中将との〻やうに、いけ／とりにもせられさせ給はす、さやうにから
やにて御出家《しゆつけ》候て、くとくうけさせ給ひ、其《その》／後《ゝち》三の御山へ御まいりありて、なちのをき《お》
にて、御心しつかにしつませおはしまして、＊／候はんは、なけきの中の御よろこひ《悦》にて
こそ候へ、いまは御ほたいをこそ、とふらひ《い》」(77オ)まいらせ給はめと申せは、北《きた》のかた、まことに
たれもさこそおもへとて、年《とし》廿五にてさ／まをかへ、[三]三位中将の、こしやうせんしよ
[四]そいのられける、去《さる》程に七月廿五日にも／なりしかは、八島《しま》には、平家の人々、おもひ
〳〵にさしつとひ《い》て、われらか都《みやこ》をいて／し日は、こそのけふにてこそありしかとて、
あさましかりし事、たかい《ゐ》にかたり／いたして、なきぬわらひ《い》そせられける、同《おな》し
き廿九日に、かまのくわんしやのりより、」(77ウ)三かはのかみになり、九郎くわんしや義経《よしつね》、
さゑ《へ》もんのせうにそなされける、同《おな》しき八／月三日、つかひ《い》のせんしをかうふり、おなし
き六日、[五]五位のせうにそなり給ふ、八月十日／あまりにもなりしかは、八島《しま》は、おきのう

は風《かせ》身にしみて、はきか下葉《したは》も、露しけし／いつしかいなはうちそよき、木の葉[一]かつちるけしき、物をおもはさらん人たにも、／暮行秋《くれゆく》はかなしかるへし、いはんや平家の人々の心の中、をしはかられてあはれ也《なり》、」(78オ)　昔《むかし》は九重《こゝのへ》の内《うち》にして、春の花をもてあそひ、今《いま》は八島《しま》のいそにして、秋《あき》の月にかなしめり

ふちとかせんの事

去《さる》程に、都[二]より数《す》万きのせいを、西国《さいこく》へさし／つかはさるとそきこえける、大将軍《しやうくん》には、三かはのかみのりより、ふくしやうくんに／は、あしかゝの蔵人《くらんと》よしかぬ、さふらひ《い》大将には、とひ《い》の二郎実平《さねひら》、ゐまの小《こ》四郎義《よし》時、／法師《ほふし》むしやには、一ほん房しやうけん、とさ房しやうしゆんをさきとして、都合《つかう》その」(78ウ)せい二万余騎《よき》、九月六日、都《みやこ》をたちて、おなしき十一日には、はりまのむろにつきにけり、／去《さる》程に平家は、これをせめんとて、大将軍《しやうくん》には、新[三]三位中将すけもり、小松《こまつ》の少将／ありもり、たんこのしゝう忠房《たゝふさ》、さふらひ《い》大将《しやう》には、源《けん》大夫のはんくわんするゐさた、つの／はんくわんもりすみ、をさきとして、都合其《つかうその》せい三千余騎《よき》、ひせんの国《くに》に《ゝ》をしわたり、／こしまにちんをそとりたりける、源氏[四]はこのよしをきゝ、こしまのむかひ《い》、ふちとの」(79オ)わたりにちんをとる、源平[五]うみをへたてゝさゝへたり、源氏は舟《ふね》かなけれはわたさす、／むなしく日かすをを《ゝ》くりけり、同《おな》しき九月

一　木の葉—木《こ》のは

藤戸合戦（九月）

二　都—そのころみやこ

三　新三位—しん三位《ゐ》

四　源氏—源氏《けんし》

五　源平—源平《けんへい》

佐々木盛綱渡海（二十四日）

六　おとこ―おとこを
七　なくて―ならて
八　所―所《ところ》
九　ひきて物―ひきいて物
一〇　川瀬―かはのせ
一一　せさせな―せさせ給な
一二　心―心の
＊（樫鳥威）
＊（切斑）

廿三日のまたあした、平家のさふらひ《い》とも、／小舟《こふね》にとりのり、源氏こゝをわたせと、あふきをあけてまねきけり、其《その》夜に入て、さゝ／き三郎もりつな、そのへんより、おとこ[六]一人たつねいたし、此《この》へんに、舟《ふね》[七]なくてわたしぬ／へき所[八]やある、しらせよとて、しろき小袖《こそて》に、さやまきそへて、[九]ひきて物にそしたりける、」(79ウ) さる事候、[一〇]川瀬のやうなるところの候か、月かしらには東《ひんかし》になかれ、月の末《すゑ》には／西《にし》になかれ候、たうしはさためて西《にし》にそ候らん、此《この》へんには、此《この》おとこならては、しり／たるもの《物》・もすくなう候とそ申ける、いさやさらはわたりて見《み》んとて、はたかになりて、／わたる程に、こしわきにたつところもあり、ひんひけのぬるゝ所もあり、ふかきところ／をはをよきて、あさき所へわたりつく、これよりあなたは、したい《ゐ》にあさくそ候らん、」(80オ) かたきのちんのちかつき候に、御あやまち[一一]せさせなと申は、さてはとて、帰《かへり》けるか／おもふやう、あすはこゝをもりつなかせんちんにわたさんするに、けらうの心[一二]にく／さは、又人にもやしらせんすらんとおもひけれは、やとのこなたへよれとて、物いはん／するやうにて、とてひきよせ、くひをかき・きりてすてゝけり、同《おな》しき廿四日のたつの／こくに、平家のさふらひ《い》共《とも》、又小舟《こふね》にとりのり、けんしこゝをわたせとまねきけれは、」(80ウ) さゝ木三郎もりつな、しけめゆいのひたゝれに、＊かしとりをとしのよろひ《い》をき、五まい／かふとのをゝしめ、あしろの太刀《たち》はき、廿四さい《し》たる＊きりうの矢《や》、かしらたかにお《を》ひ《い》／なし、しけとうの弓《ゆみ》のま中とり、馬《むま》にうちのり、いゑの子《こ》らうとう廿よきをあひ《い》くし/て、海《うみ》にうち入てそわたしける、大将軍《しやうくん》、三かはのかみこれを見給て、あのさゝきは、/もの《物》・《の》ゝつきてくるうか、川《かは》をわたす事はあれ共《とも》、海《うみ》をわたすやうやある、とゝめよと」(81オ)の給へは、とひ《い》の二郎さねひら、御ちやうにて候そ、かへらせ給へ〳〵と申けれ共《とも》、みゝ/にもきゝ入す、たゝわたしにこそわたしけれ、とひ《い》の二郎さねひら、三百余騎《よき》にて、/同《おな》しくうち入てそわたしける、馬《むま》の、くさわき、むなかいつくしに、いたる所もあり、/くらつめをこす所もあり、ふかき所をはすこしをよかせて、あさき所にうちあかる、/平家のさふらひ《い》共《とも》、小舟《こふね》をこきうかへ、さん〳〵にいけれとも、事ともせす、むかひ《い》の」(81ウ)ちんへわたりつゝ*、さゝき小島《こしま》のちんにうちあかりて、大音《をん》あけてなのりけるは、/うたの天皇《てんわう》に、十一代《たい》の御へうゑ*い、あふみの国《くに》の住《ちう》人、さゝ木三郎もりつな、藤戸《ふちと》の/わたり[一]せんちんそやとそなのりたる、されは小島《こしま》をさゝ木《き》にたひけるときも、てん/ちくしんたんはしらす、日本我朝《ほんわかてう》には、川《かは》をわたすふしはあれとも、海《うみ》をわたすせんれ/いなし、きたいふしきの、ものなりとそさたありける、かうつけの国《くに》の住《ちう》人、わみの八郎」(82オ)ゆきしけ、平家の舟《ふね》にのりうつり、さぬきの国《くに》のちう人、賀部[二]源氏[三]にむすとくむ、わみ/の八郎をとりてをさへ、くひかきゝりて、をきあからんとしけるに、わみかいとこに、/小林《こはやし》の太郎高重《たかしけ》おちあひ《い》て、賀部の源氏[四]にむすとくんて海《うみ》へ入、こはやしからうとう/に、くろたの源太《けんた》、くまてをおろしてさかし

*(「わたりつく」か)

*(苗裔)

一　わたり—わたりの

小林太郎活躍

二　賀部—賀部《へ》

三　源氏—けんし(「源次」。中院本の誤り)

四　源氏—けんし(源次)

けれは、しゆ《う》も、かたきも、ともにとりつきて／そあかりたる、賀部[五]源氏をは、ふなはたにとてをさへ、くひかきゝ《き》りてすてにけり、」(82ウ)しゆをはひきあけてたすけたり、是《これ》をはしめとして、大せいうち入てそわたしける、／平家のさふらひ共《いとも》、やさきをそろへて、さしつめひきつめいけれとも、大せいおもても[六]／ふらす、をめきさけひてわたしけれは、平家かなはしとやおもはれけん、こしまのちへ／ひきしりそく、[七]源氏つゝいてさん〱にせめけれは、平家みな舟《ふね》にとりのりて、さ／ぬきの八島《しま》へわたりけり、源氏はこしまにちんをとり、馬《むま》のいきをそやすめける、さる」(83オ)程に十月十日あまりにもなりしかは、八島《しま》には、しほ風《かせ》はけしくて、いそこすなみもたか／けれは、[八]源氏のふねもよせきたらす、[＊]しやうかくの行《ゆき》かふ事もまれなれは、都《みやこ》のつて／もきかまほし、時〱ゆきうちふりて、いとゝきえ入心ちそせられける

御けいの事

おなしき十八日、都《みやこ》には御けいをこなはれ／けり、[九]治承四年の御けいは、ふくはらにてそありける、其《その》時は、平家さきの[一〇]右大将宗盛《むねもり》、」(83ウ)せつかのあくやにつかれたりし、かふりのきゝはより、そてのかゝり、たれかたをなら／ふへしとも見《み》えす、平家の一門《もん》の、くきやうてん上人、みなしゆつしせられけり、今度《こんと》は／徳太《とく大》寺の内《ない》大しんしつていこうそ、せつか

五　源氏―けむし（源次）
六　も―を
七　源氏―源氏《けんし》

屋島の十月

八　源氏―源氏《けんし》
＊（商客）

御禊（十八日）

九　治承―治承《ちせう》
一〇　右大将―右《う》大将

一　大臣—大臣《しん》
二　大夫—大夫の
三　所—所《ところ》
四　大れい（大礼）—大ゐい（大営）

源氏軍停滞

五　元暦—元暦《けんりやく》

の[一]大臣とはきこえ給ふ、九郎[二]大夫判官《はんくわん》、しら／羽《は》の矢《や》お《を》ひ《い》てくふせらる、きそよりは都《みやこ》なれたる人なれは、いうなる[三]所もありしかとも、／平家の人々のえ《ゐ》りくつには、猶おとれりとそ申ける、東国西国《とうこくさいこく》の、人みん百しやうら、」(84オ)あるいは源氏にわつらはされ、あるいは平家になやまされて、春はとうさくのおもひ／をわすれ、あきはせいしゆのいとなみにもをよはす、皆家《みないゑ》〳〵をすて、さんりんにまし／はるうへは、かゝる[四]大れいをも、いかてかおほしめしたゝせ給へきなれとも、さてし／もあるへきならねは、かたのことくそとけられける、源氏つゝきてせめたらは、平家は／其年《そのとし》にほろふへかりしを、大将軍《しやうくん》、三かはのかみをはしめ奉《たてまつ》りて、むろたかさこに」(84ウ)やすらひ《い》て、ゆうくんゆうちよともに、あそひたはふれておはしけるうへは、つはもの／すゝむにをよはす、たゝくにのついゐ、たみのわつらひのみそありける、其年《そのとし》も暮《くれ》て、／[五]元暦も二年になりにけり

・・・・・平家物語第十終」(85オ)

平家物語第十一目録

一 九郎大夫判官ゐんさんの事
一 しよしやくわんへいの事
一 両大将平家ついたうのためはつかうの事
一 九郎大夫判官軍ひやうちやうの事
一 ちかいへ源氏かたへめしとらるゝ事
一 さくらはたいちの事
一 平家屋しまのたいりとうをやきはらはるゝ事
一 八しまのいくさの事
一 なすの与一あふきをいる事」(1オ)
一 田内左衛門のりよしめしとらるゝ事
一 はうくわんとかちはらとこうろんの事
一 たんのうらかせんの事
一 先帝をはしめ平家めつはうの事
一 平家の一そくいけとりの事

一 九郎大夫《たいふ》判官院参《はうくわんゐんさん》事
一 諸社官幣《しよしやくわんへい》事
一 両《りやう》大将《しやう》為《ために》二平家追討《ついたう》一発向《はつかう》事
一 九郎大夫判官軍評定《いくさひやうちやう》事
一 親家《ちかいへ》被《るゝ》三召取《めしとら》二源氏方《けんしのかたへ》一事
一 桜場《さくらまち》対治事
一 平家内裏等被《るゝ》二焼払《やきはらは》一事
一 八島軍《しまいくさ》事
一 那須与《なすのよ》一射《いる》レ扇《あふき》事
一 田内左衛門範能《たうちさゑもんのりよし》被《るゝ》二召取《めしとら》一事
一 判官《はうくわん》与《と》梶原口論《かちはらこうろん》事
一 壇浦合戦《たんのうらかつせん》事
一 奉《たてまつり》レ始《はしめ》二先帝《せんていを》一平家悉《ことく》滅亡《くめつはう》事
一 平家一族生捕《そくいけとり》事

平家物語第十一

義経、平家追討を上奏（元暦《けんりやく》二年一月十日）

九郎大夫の判官ゐんさんの事

元暦一二年正月十日、九郎大夫二の判官《はんくわん》義経《よしつね》、/ゐ《い》んの御しよ《所》にまいりて、大蔵卿《くらきやう》、やすつねのあそんをもて、申されけるは、平家は/しゆくうんつきて、神明《しんめい》にもはなたれ奉《たてまつ》り、君にもすてられまいらせて、都《みやこ》の外《ほか》にいて、/なみのうへにたゝよふ、おち人となれり、しかるを此両《このりやう》三か年か間《あひた》、えせめおとさ/すして、おほくの国《くに》〳〵をふさけぬる事、」(2オ)くちおしく存《そむし》候、今度《こんと》よしつねにをいては、/きかい、かうらい、てんちく、しんたん、までも、平家のあらんかきりは、せむへきよしをそ/申されける、其後院《そのゝちいん》の御所《しよ》をいて、国《くに》〳〵の

一　元暦―元暦
二　大夫《たいふ》―大夫

屋島の平家（二月）

さふらひ共《いとも》にむかひての給けるは、義経《よしつね》は、／かまくらとのゝ御代官《たいくわん》として、ちよくせんをうけたまはり、平家ついたうのために、／両国[三]へまかりむかふ、されはくかはこま[四]のひつめのをよはん程、舟《ふね》はろかいのたた《ゝ》ん／かきりはせめんするなり、これはむやくの」（2ウ）命《いのち》そおしき、さいしそかなしきとおもひ／あはんする人は、是《これ》より皆《みな》かまくらへ、くたらるへしとその給ける、八島《しま》には、ひまゆく／こまのあしはやくして、正月もたち、二月にもなりぬ、春《はる》のくさくれては、秋《あき》の風《かせ》おとろき、／秋《あき》の風《かせ》やんては、又春《はる》の草《くさ》となれり、をくり[五]むかつて、三とせにもはやくなりにけり

二十二社官幣（十三日）

しよしやくわんへいの事

おなしき十三日、都《みやこ》には、伊勢《せ》、岩清水《いはしみつ》、を／はしめ奉《たてまつ》りて、廿二社《しや》にくわんへいあり、」（3オ）是《これ》は、神し、ほうけん、ないしところ、三しゆ／のしんきことゆへなく、都《みやこ》に返し入奉《たてまつ》るへき、御きせいのためとそおほえたる

範頼・義経、平家追討に出発（十四日）

両大将平家ついたうのためはつからの事

おなしき二月十四日、源氏《けんし》三かわ《は》のかみのり／より、七百よそうのひやうせんにとりのりて、津《つ》の国《くに》かんさきより、せんやうたう／へはつかうす、九郎大夫《たいふ》[六]の判官《はんくわん》よしつね、二

三　両国―さいこく（中院本の誤り）
四　こま―こむま
五　むかつて―むかへて（中院本の誤り）
六　大夫―大夫《たいふ》

百よそうの舟《ふね》にのり、東国《とうこく》東川《ひんかしかは》、わたなへ／より、南海道《なんかいたう》におもむく、わたなへ、かんさき、」(3ウ)りやうしよにて、此日比《このころ》そろへつる、ふねの／ともつなけふそとく、おりふし北風《きたかせ》きをおり、いさこをあけてふきけれは、舟《ふね》をいたす／にをよはす、あまさへ、大なみに舟《ふね》ともたゝきわられて、しゆりのために、其日《その》は／とゝまる

九郎大夫判官軍ひやうちやうの事

去程《さる》にわたなへには、大名小名《みやうせうみやう》大将軍《しやうくん》／の御前《まへ》にて、抑今度《そもくこんと》ふないくさのやうは、いかゝあるへきとひやうちやうあり、中」(4オ)にもかちはら申ける[一]、舟《ふね》にさかろをたて候はゝや、はんくわんさかろとはなにものそ、／かちはら申けるは、[二]さかむまはかけんとおもへはかけ、ひかうとおもへはひき、ゆんて／へも、めてへも、[*]まはしやすからねは、ともへにかちをたて、さうにろをたてならへて、／へへもともへもをさせ候也《なり》、判官《はんくわん》[*]かといてあしゝ、いくさのならひ、一ひきもひかしと、／やくそくしたるたにも、あはひあしけれは、かたきにうしろを見《み》するならひある[三]、」(4ウ)ましてさやうに、かねてにけしたくをせんは、なしかはよかるへき、人のふねには、さか／さまろとかやも、かへさまろも、百ちやう千ちやうもたてよ、義経《よしつね》か舟《ふね》には、一ちやうも／たつへからすとその給ける、かちはら申けるは、よき大将《たいしやう》と申は、身をまたうして、かたきを／ほろほし候、さやうにかくへき所《ところ》をも、ひ

義経、梶原景時と逆艪論争

一　ける—けるは

二　さか—さ候（中院本の誤り）

＊（脱文あるか。東寺本「廻ハシ安キ物ニテ候。船ハキット押直スニ輙スカラネハ」）

＊（門出で悪しし）

三　ある—あり

義経、強風下に四国へ渡る（十六日）

くへきところをもしらぬをは、いのしゝむ／しやとこそ申候へといへは、よし〳〵よしつねは、ゐ《い》のしゝかのしゝをはしらす、かた」(5オ)きをは、たゝひらせめにせめて、かちたるそこゝちよきとの給へは、かちはら、すへて／此《この》とのにつきて、いくさせしとそつふやきける、それよりして判官《はんくわん》をそむき奉《たてまつ》りけ／るとかや、日もやう〳〵くれけれは、はんくわん、今《いま》は舟《ふね》ともせう〳〵つくろひ《い》たつ／らんそ、一しゆものせよやわかとう《た》とて、いとなむやうにて物の具舟《ものゝくふね》へはこはせ、馬共《むまとも》／のせて、今《いま》はとう〳〵舟《ふね》をいたせとの給へは、かんとり共《とも》か申けるは、此風《このかせ》は、を《お》きは」(5ウ)猶つよくそ候らん、御あやまちせさせ給はんすと申けれは、判官《はんくわん》、ゐ《い》んせんをうけたまは／りて、平家ついたうのために、むかふ義経《よしつね》か、下知《けち》をそむくをのれらめこそ、てうてきよ、／いかなる野山《のやま》の末《すゑ》、海川《うみかは》にてしぬるも、せんせの[四]しよこうなり、其《その》きならは、しやつはら／一々にいころせとのたまへは、うけ給て、あふ《う》しうのさいとう三郎ひやうゑ《へ》つきのふ、／同しき四郎ひやうゑ《へ》たゝのふ、伊勢《せ》の三郎よしもり、むさし房弁慶《へんけい》、[五]以下のつはもの共《とも》、」(6オ)かたて矢《や》はけ、御ちやうにてあるそ、さてをのれらは、一ちやう舟《ふね》をいたすましきか、／そのきならは、いころさんといひてむかひ《い》けれは、これら矢《や》にあたりてしなんも、／おなし事、風《かせ》つよくは、はせ死《し》にゝしねやとて、二百よそうの舟《ふね》の中に、たゝ五そう／そいたしたる、五そうの舟《ふね》と申は、判官《はんくわん》の舟《ふね》、たしろのくわんしやのふつなか舟《ふね》、ことう／ひやうゑ《へ》[六]さねともか舟《ふね》、さとうきやうたい

四　しよこう（所業）—しよかん（所感）

五　以下—い下《け》

六　さねとも—さねもと（中院本の誤り）

かふね、よとのかうない忠俊《たゝとし》か舟《ふね》、なりけり、」(6ウ) たゝしたゝとしは、舟《ふね》の大ふきやうたるによて也《なり》、のこりの舟《ふね》ともは、あるひは風《かせ》にを/それ、あるひは、かちはらかめいにしたかひ《ゐ》ていたさす、はんくわんの給けるは、いまは/平家のくんひやう共《とも》、四国《しこく》の浦《うら》く〳〵へさしむけたるらんそ、舟《ふね》ともにかゝりたきて、/かたきにふなかすはし見《み》すな、義経《よしつね》か舟《ふね》を本舟《ほんふね》として、かか《ゝ》りをまほれとて、とりかち、/をも《お》かちにはしり、ならへて行《ゆく》程に、あまりに風《かせ》のつよき時は、大つなおろしてひ」(7オ) かせけり、十六日の夜のうしのこくに、わたなへふくしまを出て《いてゝ》を《お》すに、三日にわたる/所《ところ》を、たゝ三時に、あくる十七日の卯《う》のこくには、あは《わ》のかつらにつきけふ[一]

ちかいへ源氏かたへめしとらるゝ事

夜のほのく〳〵とあけ《ゝ》けるに、みきはにあか/はたさしあけたり、判官《はんくわん》あはやこゝにも、われらかまうけはしてけるは、舟共《ふねとも》ひらつけ/につけて、かたきのまとになしていらるな、みきはちかくならは、馬《むま》ともうみへ[二]」(7ウ) ふなはたに、ひきつけく〳〵をよかせよ、鞍《くら》つめひたるほと《程》にならは、うちのってかけ/よとて、みきは三ちやうはかりになりしかは、舟《ふね》とものりかたふけて、馬《むま》ともうみへ/をひ《ゐ》おろし、ひきつけく〳〵をよかせて、くらつめひたるほと[三]なりしかは、ひたく〳〵と、/うちのりく〳〵、くかへむきて、をめいてかけ

義経、阿波勝浦到着（十七日）

一　けふ―給ふ（中院本の誤り）

義経、近藤六親家を召捕る

二　うみへ―うみへをい入て（中院本の誤脱）

三　ほと―程に

られけり、五そうの舟《ふね》に、馬《むま》五十ひきたて／られたり、かたきも五十きはかりありけるか、これを見《み》て、かなはしとやおもひけん、」(8オ)二ちやうはかりさとひきてそのきにける、其時《その》判官《はんくわん》、伊勢《せ》の三郎よしもりをめして、此《この》／やつはらは、けしかるものともとおほゆるそ、あの中に、しかるへきものやある、めし／てまいれとのたまへは、うけたまはりて、五十きはかりひかへたる、かたきの中へ、／たゝ一きあゆませよせて、いかゝ申たりけん、よわい四十はかりなる男《おとこ》の、ふしなは《わ》めの／よろひ《い》きたるを、かふとをぬかせ、弓《ゆみ》はつさせ、[四]のりたりける馬《むま》をは、[五]下人にひかせて」(8ウ)くしてまいる、判官何《はんくわんなに》ものそとの給へは、[六]東国の住《ちう》人、はんさいのこんとう六、ちかいへ／と申ものにて候なりとそ申す、はんくわん、よし〳〵なにいゐにてもあらはあれ、やかて／屋しまのあんないしやに、くしてゆけ、よしもりにあつくるそ、ものゝ具《く》はしぬか／すな、にけてゆかはいころせとその給ける、其後《そのゝち》ちかいゐをめして、こゝをはいつくと／いふそと《ゝ》い給へは、かつうらと申す、よしつねかとへは、しきたいな、まことのかつ」(9オ)うら候、もんしには、かつうらと書《かき》て候を、けらうともか申やすきまゝに、かつらとは／[七]申也、判官《はんくわん》、これきゝ給へやとのはら、[八]いくさしにきたるよしつねか、かつうらにつく／[九]めてたさよ、さてたうし八《や》しまに、せいはいか程かある、千きはかりは候らん、なと／すくなきそ、さん候、かやうに五十き、百き、四国《こく》の浦《うら》〳〵へさしむけられ候、あは《わ》のみん／ふしけよしかちやくし、てんないさゐ《へ》もん

四　のり—乗《のり》
五　下人—下《け》人
六　東国—たうこく（「当国」。中院本の誤り）
七　申也—申候なり
八　いくさしに—いくさにし（「しに」は同筆補入）
九　めてたさ—めてさ（三条西本の誤り）

のりよし、川野《かはの》をせめに、三千きにて、いよの」(9ウ)国[一]へこえて候あひ《ゐ》た、八しまの御せいは、*すきて候と申す・

さくらはたいちの事

さてこのへんに、平家のうしろ矢《や》いつへき／ものは、なきかとの給へは、しけのう《よし》かおとゝに、さくらはのすけ、よしとをと申ものこそ／候へ、はんくわん、さらはよしとを《ゝ》うて、いくさ神にまつれやとて、さくらはかたち／によせ給ふ、さくらはのしやうと申は、三方[二]はぬま、一方《はう》はほりなりけり、ほりのかたより、」(10オ)源氏《けんし》時をつくりてをしよせたれは、さくらはさんくにたゝかひ《ゐ》て、くきやうの馬《むま》を／もちたりけれは、うちのりて、そはなるぬまよりそおちにける、ふせく所《ところ》の、家《いへ》の子《こ》らう／とう、廿余《よ》人かくひをとり、よろこひの時をつくりて、いくさかみ《神》・にそまつられける、又／ちかいゐをめして、こゝより八島《しま》へは、いか程の道《みち》そとの給へは、二日路《ち》と申す・、さらは／かたきのしらぬさきに、よせよやとて、かけあしになりてうつ程に、*はんとう、はんさい」(10ウ)うちすきて、あわとさぬきのさかいなる、大さかこえにかゝりて、夜もすからこそこえ／給へ、あくる十八日のまたあした、さぬきの国《くに》、*ひけたといふところにおりて、馬《むま》のいき／をそやすめ給ふ、にゐのや、しらとり、たかまつのかうを、うちすきくよせ給程に、京／のかたよりとおほしくて、みのかさ、*らう

一　国へ—くにく

＊（透きて）

義経、桜場能遠を討つ

二　三方—三方《はう》

義経大坂越（十八日）

＊（坂東坂西）

＊（引田）

宗盛宛の文を奪取

＊（粮料）

れう、ふみとも、せう〳〵したゝめもちたる、/おとこ三人ゆきつれたり、はんくわん、是《これ》はいつちより、いつかたへ行[三]そ、京より八島《しま》へ」(11オ)まいり候、八しまへはいつれへまいるそ、都《みやこ》に御わたり候女房《にようはう》の御かたより、大い《ゐ》との/へまいり候、はんくわん、是《これ》もあは《わ》の国《くに》の御下《け》人にてあるか、けふはしめてめされてま/いるほと《程》に、いまたふあんないなり、さらは、わとのあんないしやせよかしとの給へは、/これはたひ〳〵まかりくたりて候程に、八しまのあんないは、よくしりて候と申す、/はんくわん、何《なに》事の御つかいにてかあるらんとのたまへは、下《け》らうはたゝ御つかひ」(11ウ)つかまつるはかりにてこそ候へ、何事とはいかてかしり候[四]へきと申せは、それはさ/そあるらんとておはしけれ[五]は、やゝありて、ほしいひ《ゝ》くはせなとして、さるにてもなに/事かあるらんととひ給へは、別《べち》のやうは候へき、たゝし[六]かはしりに、源氏[七]のおほう、う/かひて候事を申され候にこそ候めれ、さてこんとの源氏[八]の大しやうをは、たれと/かきく、一人は、三かわ《は》のかうのとの、一人は、九郎判官《はんくわん》とのとこそうけたまはり候へ、」(12オ)さてわとのは、はんくわんをは見しりたるか、さ候判官《はんくわん》は、せいちい《ゐ》さきおとこの、いろ/しろきか、むかはのさしあらはれて、しるうましく〳〵候、とのこそはんくわんとの《殿》に/にまいらさせ給て候へと申せは、とこなるやとの、*みやうかはかさんとの[九]給つゝ、其後《そのゝち》/そのふみは*へ《ゐ》、しやつしはれとて、ふみをは[一〇]いとり、このおとこをしはりて、こなたへも、/かなたへも、ゆかぬやうにはからへとの給へ

三　行—行《ゆく》
四　しり候—しりまいらせ候
五　けれは—けるか
六　たゝし—たうし（中院本の誤り）
七　源氏—源氏《けんし》
八　源氏—源氏《けんし》
＊（「冥加剝がさん」か）
九　と—とそ
＊（奪《ば》へ）
一〇　はいとり—うはいとり

は、うけたまはりて、大たうより一ちやう」(12ウ)はかりひき入て、大きなる松《まつ》の木《き》に、しめつけてそとをられける、はんくわん、此文《このふみ》を/ひらいて見給へは、けにも女房《にようはう》のふみとおほえて、九郎はすゝときものにてさふらふ《う》/なれは、かゝる大風《かせ》大なみをもきらひ《い》候《さふらう》ましきそ、あひ《い》かまへて、御せいをちらさせ/給はて、よく〱御ようしんあるへしなとあり、其外《そのほか》の事共《とも》、こまやかにそかゝれ/たる、是《これ》見給へ人々《く》、これこそよしつねに、天のあたへ給へるふみよ、かまくら殿《との》に見《み》せ」(13オ)申さんとて、ふかくおさめ給ふ、判官《はんくわん》、ちかいゐをめして、八島《しま》のしやうはいかにと/とひ給へは、むけにあさまに候、しほのひく時《とき》は、馬《むま》のふとはらもつかり候はすと/申す、さらはしほひかたよりよせよやとて、うちけるに

義経、屋島を急襲（二月十八日）

平家屋しまのたいりとうをやきはら/はるゝ事

比《ころ》は二月十八日、とりのこくはかりの事/なれは、けあくるしほの、かすみと《ゝ》もに」(13ウ)しくらうたる中より、源氏《けんし》うちむれてよせ/けるを、平家はうんのきはめにや、是《これ》を大せいとこそ見てけれ、八島《しま》には、てんないさゐもん/のりよし、川野《かはの》をせめに、いよの国《くに》へこえたりけるか、川野《かはの》をはうちもらし、いゐ[一]の/子《こ》らうとう、百余《よ》人かくひをとりて、八島《しま》へまいらせたりけれは、大い《ゐ》とのゝ御宿所《しゆくしよ》にて、/しつけんあり、ものとも、せ*うまうありとて

一　いゐ―家《いへ》
＊（焼亡）

平家、船に避難

二　大納言―大納言《なうこん》

三　むらさき―くれなゐ→補記

四　けんさん―けんさんせむ

さはきけるか、よくみて、せうまうにてはなか／りけり、あはやかたきのよせて候そやと、」(14オ)申もはてぬに、源氏《けんし》時をとゝつくりてをし／よせたり、大せいにてそあるらん、いそき御舟《ふね》にめさるへしとて、くかにをしあけたる、／五百よそうの舟《ふね》ともを、にはかにをめきさけひてをしおろす、御所の御ふねには、女院《によいん》、／北《きた》の政所《まんところ》、二ゐ殿、以下《いけ》の女房《によはう》たちめされけり、おほいとのふしは、一舟《ふね》にそのり給ふ、／平大納言[二]、平中納言、新《しん》中納言、しゆりの大夫、以下《いけ》の人々も、をの〳〵舟《ふね》にのりて、／あるひは、渚《みきわ》より一ちやうはかり、七八たん」(14ウ)をしいたし見《み》れは、源氏百きはかりにて／をしよせたり、其中《その》に、むしや五きすゝみたり、まさきにすゝみたるは、大将軍《しやうくん》と／見《み》えたり、あかちのにしきのひたゝれに、[三]むらさきすそこのよろひをき《い》、五まいかふ／とのをゝしめ、こかねつくりの太刀《たち》をはき、廿四さしたる大中くろの矢《や》、かしらた／かにおひなし、ぬりこめとうの弓《ゆみ》のま中とりて、くろき馬《むま》の、ふとうたくましきに、／きんふくりんの、くらをきてそのりたりける、」(15オ)あふみふみはりたちあかり、一ゐ《い》んの御つ／かひ《い》、大夫判官《はんくわん》、みなもとの義経《よしつね》そや、平家のかたに、われとおもはん人々は、すゝめやむ／かへ、[四]けんさんとそ、をきのかたを、にらまへてそひかへたる、平家のかたには是《これ》をきゝ、／大将軍《しやうくん》にてありけるそや、いおとせとて、さし矢《や》にいる舟《ふね》もあり、とを矢《や》にいる《ゐ》舟《ふね》も／あり、又つゝきて名《な》のるは、たしろのくわんしやのふつな、ことうひやう《へ》ゑさねもと、／かねこの十郎いゐたゝ、しやてい与《よ》一ちか」(15ウ)

一　さとう三郎ひやうゑ―さとうひやうへ

屋島合戦開始

二　源氏―源氏《けんし》

盛次、義盛詞戦

三　源氏―源氏《けんし》

四　大夫―大夫《たいふ》の

五　平治―平治《へいち》

のりと名《な》のる、源氏はかりことに、五きつゝ／うちむれ〳〵をしよせたり、又つゝきて名《な》乗《のる》は、あふしうの、[一]さとう三郎ひやうゑ《へ》つき／のふ、同《おな》しき四郎ひやうゑ《へ》たゝのふ、伊勢の三郎よしもり、むさし房弁慶《へんけい》なり、これらは／いくさをはせす、あは《わ》のみんふ重能《しけよし》か、此《この》三年《とせ》か間《あいた》、けうにしてつくりたりける、八島《しま》／の御所《しよ》に火《ひ》をかけて、へんしのけふりとなしてけり

八しまのいくさの事」(16オ)

おほいとのこれを見給て、[二]源氏のせいいく／程もなかりけるもの《物》を、あはてゝあの御所を、やかせつる事《こと》こそやすからね、のと殿《との》／はおはせぬか、よせて一いくさし給へかしとのたまへは、うけたまはりて、小舟《こふね》百そう／はかり、みきは《わ》へよす、平家のかたより、ゑつ中の二郎ひやうゑ《へ》もりつき、すゝみいてゝ／申けるは、さきに名《な》のりつれとも、海上《かいしやう》をへたてゝ、けみやうしつ《ち》みやうさたかなら／す、抑《そもそも》今度《こんと》の[三]源氏の大将《しやう》は、いかなる人そ、」(16ウ)名《な》のれやきかんとそ申たる、伊勢の三郎／よしもり、あな事もをろかや、せいわ天皇《てんわう》の御するゑ、かまくらとのゝ御しやてい、九郎／[四]大夫判官《はんくわん》殿そかし、もりつき大にわらひ《ゐ》て、あなこと〳〵し、さてはそれは、かねあきう／とかしよしうこさんなれ、去《さん》ぬる[五]平治に、ちゝよしともはうたれぬ、母《はゝ》ときは《わ》かふと／ころにいたかれて、やまと、やましろにま

六　殿—とのゝ

＊（幼少）

能登守教経の強弓

七　からまきそめ—からうまきそめ

よひありきしを、こ入道殿《たう》六たつねいたさせ／給て、をさなけれは、ふひんなりとて、すてを」(17オ)かせ給たりしか、其後《そのゝち》こかねあき人か、らう／れうせお《を》ふ《う》せて、おくのかたへまよひ《い》ありきたりし、こくわんしやにこそと申けれは、／いせ《伊勢》の三郎したのねのやわらかなるまゝに、さやうの事な申そ、さてしらぬ事か／わきみは、一とせ北国《ほつこく》となみ山のかつせんにうちまけて、こつしきしてのほりける／とこそきけ、それをはよもあらかはしなといひけれは、＊いうせうより君《きみ》の御おん、あく／まてかうふりたれは、なにのふそくにて、」(17ウ)こつしきをはすへき、わきみこそ、伊勢《いせ》の国《くに》／鈴鹿《すゝか》山のやまたちして、世をわたりけるとはきけ、それをはよもあらかはしもの《物》をと／いひけれは、むさしの国《くに》の住《ちう》人、かねこの十郎いゐたゝ、すゝみいてゝ申けるは、さう／こんむやくなりとのはら、我《われ》も人も、くちのきゝたるまゝに、ある事なき事《こと》いひ／あはんには、夜はあけ日はくるゝともよもつきし、去年《きよ》二月、つの国《くに》一の谷《たにゝ》にて、むさし／さかみのわかとのはらの、手《て》なみはよく見」(18オ)たる物をといひもはてぬに、ゆんてに／ひかへたりける、おとゝの与《よ》一親則《ちかのり》、よくひいてひやうといる、盛次《もりつき》か、よろひ《い》のむな／いたうらかく程にいさせて、其後《そのゝち》ことはたゝかひ《い》はやみにけり、のと殿、ふないく／さはやうあるもの《物》そとて、わさとひたゝれをはき給はす、七からまきそめの小袖《こそて》に、くろ／いとをとしのよろひ《い》をき、五まいかふとのをゝしめて、三尺《しやく》五寸《すん》のいかもの《物》つくりの／太刀《たち》をはき、廿四さしたる、大中くろの矢《や》、」(18ウ)

かしらたかにおひ《い》なし、しけとうの弓《ゆみ》の／ま中とて、源氏の大将《しやう》を、いおとさんとそうかゝは《わ》れける、のと殿は、きこえたる大／ちから、つよ弓《ゆみ》せいひやう、矢《や》つきはやの手《て》きゝにておはしけれは、はんくわんを、其矢《そのや》／さきにかけたてまつらしと、[一]源氏のつはものとも、矢《や》おもてにはせふさかりてそ、／たゝかひ《い》ける、のと殿、大将《しやう》のまへなる、さうひやうとも見くるし、のけやとて、さしつめ／ひきつめ、さんくにい《ゐ》給に、[二]公卿のむしや、」(19オ)五きいおとされにけり、中にも判官《はんくわん》の、／身にもかへておもはれける、あふしうのさとう三郎ひやうゑ《へ》つきのふは、くろかわを／としのよろひ《い》をき、あしけなる馬《むま》にのりて、判官《はんくわん》の御前《まへ》に、むすとふさかる所《ところ》を、よろひ《い》／のひきあはせ、うしろへつとい《ゐ》出《いた》されて、まさかさまにとうとおつ、のと殿のわらは／に、[三]きくわう丸とて、生年《しやうねん》十八さいになりけるか、もえ《ゑ》きのはらまきに、三まい／かふとのをゝしめて、しらえ《ゑ》の大長刀《なきなた》の」(19ウ)[四]さやはつし、舟《ふね》よりとひおり、かたきかくひ／をとらんとする所《ところ》に、三郎ひやうゑ《へ》かおとゝ、四郎ひやうゑ《へ》たゝのふ、よひいてひやうと／いる、是《これ》もはらまきのひきあはせくといぬかれて、いぬゐにこそまろひけれ、のと殿、／わらはかくひ、かたきにとられしと、きくわうをひさけて舟《ふね》にのり給、きくわう《菊・王・》丸／かたきにくひはとられねとも、いたてなりけれは、つゐにはかなくなりにけり、此《この》きく／わう《菊・王・》と申は、のとゝのゝ御あに、ゑちせん」(20オ)の三位《ゐ》のわらはなりしを、三位《ゐ》うたれ給て／後《のち》は、かた見にもとおもはれけるをうた

一　源氏—源氏《けんし》

二　公卿—くきやう（中院本は「究竟」の宛字）

佐藤継信最期（二月十八日）

三　きくわう丸—菊王丸《きくわう》

四　さや—さやを

せて、世の中あちきなくや思はれけん、其《その》／後《ゝち》はいくさもし給はす、舟《ふね》をはを《お》きへをしいたす、判官《はんくわん》は手《て》をいたるつきのふを、ちん／のうしろへかきいたさせて、馬《むま》よりをり、つきのふか手《て》をとりて、いかに〳〵との給けれ／は、今《いま》はかう候と申す、此世《このよ》におもひをく事あらは、義経《よしつね》にいひをけとのたまひ／けれは、いきのしたにて申けるは、なとか」（20ウ）おもひをく事《こと》のなうては候へき、まつあふ／しうにとゝめをき候し、老母《らうほ》を、今《いま》一度《と》見候はぬ事、さては君《きみ》の御よにわたらせ給／はんを見まいらせすして、さきたち奉《たてまつ》り候事こそ、よみちのさはりともなりぬへく／候へと、これをさいこのことはにて、年《とし》廿八と申し、二月十八日のとりのこくには、つ／ゐに八島《しま》のいそにてはてにけり、判官《はんくわん》なのめならすなけき給て、此《この》へんに僧《そう》や／ある、たつねよとて、手《て》にてをわけてたつね」（21オ）させられけるに、ちかき所《ところ》より、僧《そう》を一人／たつねいたしてそ参《まいり》たる、はんくわん、彼僧《かのそう》にあひての給けるは、只今《たゝいま》お《を》はる手《て》お《を》いの／ために、一日経《きやう》かきて、後世《こせ》よくとふらひ《い》給へとて、こその春、つの国《くに》一の谷《たに》の、ひえ《ゐ》／とりこえを、のりておとされたりし馬《むま》を、此《この》僧《そう》にこそひかれけれ、判官《はんくわん》、あまりに此馬《このむま》／をひさうして、五位《ゐ》のせうになられし時、[五]五位をは此馬《このむま》にゆつるなりとて、大夫くろ／とそめされける、かやうにひさうせられ」（21ウ）けるを、只今《たゝいま》つきのふかためにひかれけれ／は、諸国《しよこく》のさふらひ《い》ともこれを見《み》て、此君《このきみ》の御ために、しなんする命《いのち》は、さらに／お《を》しからすとかんして、みなよろひ《い》の袖《そて》をそ

五　五位―五位《ゐ》

ぬらしける

なすの与一あふきをいる事

去程《さる》に此日比《このころ》、あはさぬきに、平家をそ/むきて、源氏をまちけるものとも、かしこのほら、こゝの谷《たに》より、はせきたりてくわは《ゝ》る/間《あいた》、源氏のせい、程なく三百余騎《よき》になりに」（22オ）けり、けふは日暮《くれ》ぬ、せうふはけつせしとて、/源平《けんへい》たかいにひきしりそく所《ところ》に、をき《お》のかたより、しんしやうにかさりたる、小舟《こふね》/一そうなきさへよす、渚《みきは》一ちやうはかりへたてゝ、舟《ふね》をよこさまになす、舟《ふね》の中より、/あかきはかまに、やなきの五きぬきたる、女房《にようはう》の、十七八に見《み》えて、まことにいうなる/か、みなくれない《ゐ》のあふきの、つまに日いたしたるを、舟《ふね》のせかいにはさみつゝ、く/かへむけてそまねきたる、判官是《はんくわんこれ》を見給て、」（22ウ）ことうひやう衞《へ》さねもとをめして、あれは/いかにとの給へは、いよとにこそ候めれ、たゝしはかりことゝおほえて候、大将軍《しやうくん》、/さためて矢《や》おもてにすゝみいてゝ、けいせいを見《み》んすらん、その時てたれをもて、いおと/さんとにや候らん、さるにても、あふきをはいさせらるへく候かと申せは、いつへきもの/はなきか、いかてか候はては候へき、つよゆみせいひやういくらも候へとも、しもつけの/国《くに》のちう人、なすの太《大》郎《ー》すけたゝか子《こ》に、」（23オ）与《よ》一すけむねこそ、小《こ》ひやうにては候へ/とも、手《て》はきゝて候へ、せうこはあるか、さ候、

那須与一、扇の射手に選ばれる

一　すけたゝか—すけたかゝ（中院本の誤り）

かけ鳥《とり》をも、三の矢《や》に、二はたやすくつか／まつり候と申、さらは与《よ》一めせとてめされ
けり、[二]与一其比《そのころ》十八九の男也《おとこなり》、かちの《かちん》あかち／のにしきをもて、大くひはたけていろゑ《え》た
るひたゝれに、[三]もよきにほひのよろい[四]きて、／あしろの太刀《たち》はき、中くろの矢《や》、其《その》日の
いくさにいすてゝ、せうく〳〵のこりたり／けるに、きりふに、たかの羽《は》、はきませたる、」(23ウ)
ぬためのかふらをそさしそへたる、二ところ／とうの弓《ゆみ》わきにはさみ、かふとをはぬいて
たかひほにかけ、馬《むま》よりおりて、はんくわん／の御前《まへ》にかしこまる、判官《はんくわん》、いかに与《よ》一、あの
たてたるあふきの[五]ま中いて、人に見物《けんぶつ》／せさせよかしとのたまへは、与《よ》一かしこま
て申けるは、此《この》あふき、つかまつりおふ《をう》せん／事はふちやう、いそんせん事はけつ定《ちぢやう》
に候、もしいそんして候物ならは、なかく、／御《身》かたの弓矢《ゆみや》のきす[六]て候へし、しよの[七]人に、」(24オ)
おほせつけらるへうや候らんと申けれは、／判官《はんくわん》いかりての給けるは、義経《よしつね》はかまくら
との ゝ御代官《たいくわん》として、平家ついたうのうつ・／てにまかりむかふたり、されは、よしつねか
下知《けち》をはそむくへからす、それにしさい／を申さん人は、すみやかに本国《ほんこく》へ下《くた》らる
へしとの給けれは、与《よ》一かさねてしゝ申て／は、あしかりなんとやおもひけん、はつれん
はしり候はす、つかまつりてこそ見候はめ／とて、御前《まへ》をたちて、つきけふちなる馬《むま》の、」(24ウ)
くろくらをきたるにうちのりて、みきはの／かたへしつかにあゆませてゆけは、つは
ものとも、お《*を》さまに見をくりて、一ちやう／このわかもの、つかまつりつとおほえ候と

二　与一―よ一は
三　もよき―もよきの
四　きて―きてくわかたのかふとのをゝしめ
五　ま中―ま中《なか》
六　て―にて
七　人―しん（仁）

＊（追様）

申けれは、判官《はんくわん》も見《み》をくりて、たのもしけに/おもはれたり、渚《みきは》にうちのそみけれは、矢《や》ころすこしとをかりける間《あいた》、そこしもとを/あさなりけれは、馬《むま》のふとはらひたる程にうち入て見《み》れは、其《その》あはひ《わ》、六七たんはかり/あるらんと見《み》えたり、をり《お》ふし風《かせ》ふいて、」(25オ)舟《ふね》ゆりあけゆりすへしけれは、あふきも矢《や》/つほさたまらす、ひらめきたり、をきには《お》、平家一めんに舟《ふね》をならへてけんふつす、みきは/には、御かたのつはものとも、くつはみをならへてこれを見《み》る、いつれも〳〵、はれなら/すといふ事なし、与《よ》一めをふさき、なむきみやうちやうらい、御かたをまほらせお/はします、正《しやう》八幡《まん》大菩薩《ほさつ》、本国《ほんこく》の神明《しんめい》、日くわうこんけん、ぅつのみや《宮》の大明神《みやうしん》、ことには氏《うち》/神《かみ》、なすのゆせん大菩薩《ほさつ》は、ぅちこ一人をは、」(25ウ)千きんにもかへしとこそちかひ給《ゐ》なれ、/もし是《これ》をいそんしぬる物《もの》ならは、やかて弓《ゆみ》きりおりて、海《うみ》にしつみ、大りうのけんそく/となりて、なかくふしのあたとならんする候、今《いま》一度本国《とほんこく》へむかへて、御らんせんとお/ほしめされ候はゝ、あふきのま中いさせ給へと、心中にきせいして、めを見《み》あけた/れは、風《かせ》すこしやみて、あふきはいよけにこそ見《み》えたりけれ、与《よ》一はこひやうといふ/ちやう、十二そく二ふせありける、かふらを」(26オ)とてつかひ《い》よひきしはしたもちてひやう/といる、弓《ゆみ》つよかりけれは、うらひゝく程になりわたりて、あふきのかなめより、上一寸《すん》/はかりをいて、ひふつといきりたれは、あふきこらへす、三にさけてそらへあかり、風《かせ》に一/もみ二もみもまれて、うみへさとそちりたり

一　いさせ―いさせさせ（三条西本の誤り）

与一、扇を射落す

ける、皆《みな》くれないの《ゐ》あふきの、ゆふ日にかゝ／やきて、なみにうきてゆられけるを見《み》て、をきに《お》は平家、ふなはたをたゝいてをめき／たり、渚《みきわ》には源氏[二]のせい、ゑひらをたゝきて」(26ウ)ほめあひたり、是《これ》をかんするとおほしくて、／舟《ふね》の内《うち》より大の男《おとこ》の、ふしなはめのよろひ《い》きたるか、しらえの大長刀《なきなた》のさや[三]はつして、／あふきのさしきに[*]いてゝ、おれこたれてそまふたり《う》ける、いせ《伊》の三郎、与《よ》一かうしろへ／あゆませよせ[四]、御ちやうにてあるそ、にくいやつか二のまひかな、つかまつれといひけれ／は、与《よ》一あふきをたにもはつさす、なしかはいそんすへき、今度《こんと》は中さしとりてつか／ひ《い》よひいてひやうといる[五]、まふ男《おとこ》か、くひの」(27オ)ほねひやうふつといぬかれて、まひたをれ／にこそしたりけれ、源氏[六]のつはものともは、一度《と》にとゝわらひ《い》けり、平家のかたには、／めんほくなけれは音《をと》もせす、是《これ》をほいなしとや思《おも》ひけん、又小舟《こふね》一そう渚《みきは》へよす、弓《ゆみ》も／て一人、たてついて一人、長刀《なきなた》もちて一人、三人くかへあかりて、源氏よせよとそまねき／ける、判官《はんくわん》是《これ》を見給て、にくきやつはらかな、馬《むま》つよからんもの共《とも》、むかふてかけちらせ、／との給へは、うけたまはりて、むさしの国《くに》の」(27ウ)住《ちう》人、み《三》お《ほ》のやの四郎、同《おな》しき藤《とう》七、同《おな》しき十／郎、かうつけの国《くに》のちう人、につたの四郎[七]、しなの〻国《くに》のちう人、木曾《そ》のちうた、あひとも／に、五きつれてそかけたりける、たてのかけより、ぬりのにくろほろはいたる、大やを／よひきてはなちたりけれは、まさきにすゝみたる、三お《ほ》のやの十郎か、馬《むま》の、ひたりのむ／なかいつくしを、はすのかくるゝはかりい

二　源氏―源氏《けんし》

三　さや―さやを

＊（座敷）

四　あゆませよせ―あゆみよせて

五　いる（射る）―入（三条西本の誤り）

六　源氏―源氏《けんし》

悪七兵衛景清と三保谷四郎の錣引

七　につたの四郎―にいのき四郎（「い」存疑。「ふ」か。東寺本「丹生ノ四郎」）

こまれて、むまこらへす、ひやうふを返すやう／にまろひけれは、ぬしはあしをこして、馬《むま》の」(28オ)かしらにおりたて、やかて太刀《たち》をぬいたり／けり[一]、たてのかけより、しらえの大長刀《なきなた》うちふりていてたり、此長刀《このなきなた》に、わかたちにて／はかなはしとやおもひけん、かいふいてにけて行《ゆく》を、なかんするかと見《み》れはさはなく／て、にくるみ《三》お《ほ》のやの十郎か、かふとのしころを、つかまう、つかまれしとそはしり／たる、三度《と》はつかみはつして、四たひにあたる時、しころをむすとつかうて、しはし／はたもてそ見《み》えたりける、み《三》お《ほ》のやもつよ」(28ウ)かりけり、ひかへたる、かふとのしころを／ふつとひきりて、み《御》かたのせいの中へそにけ入たる、お《を》ふ《う》てたちとゝまりて、長刀《なきなた》を／は、ひたりのわきにはさみ、右の手《て》にて、ひきき《ゝ》りたる、かふとのしころをさしあけ、大音《おん》／あけて名《な》のりけるは、日比《ころ》はをとにもきゝけん、今《いま》はめにも見《み》るらん、きやうわらはへ／かいふなる、かつさのあく七ひやうゐ《へ》かけきよと、名《な》のりすてゝそかへりける、はん／くわん、あく七ひやうゐ《へ》ならは、あますな」(29オ)もらすなうつとれとて、われも〳〵とかけ／いてけり、中[二]にも平家是《これ》を見て、かけきようたすなとて、小舟《こふね》五十そうはかり渚《みきわ》へよ／す、たてを、めとりはにつきならへてさん〳〵にいる、みきは《わ》には、源氏の馬《むま》のりむ／しや、われさきにとかくる間《あいた》、平家のかたのたてとも、さんをちらしたる[三]ことくにか／けなされて、かなはしとやおもひけん、又舟《ふね》にとりのりて、を《お》きのかたへこきしりそく、／判官《はんくわん》、あまりにふかいりをして、せめ給程に、」(29ウ)

一　けり—ける

二　中—おき（中院本の誤り）

三　たる—たるか

義経の弓流し

弓《ゆみ》をなみにとりおとして、むちのさきに/かけて、とらんとらん〳〵とそし給ける、平家のさふらひ《い》ともこれを見《み》て、小舟《こふね》をこきよせ、/くまてもちたるものとも、判官《はんくわん》の、よろひ《い》、かふとに、かけん〳〵としけるを、伊勢《せ》の/三郎よしもり、むさし房弁慶《へんけい》、以《い》下のつはも《物》のとも、はせふさかりて、うちはらひ《い》〳〵/そたゝかひ《い》ける、渚《みきは》よりは、その御たらしすてゝあからせ給へと、こへ《ゑ》〳〵に申けれ共《とも》、/みゝにもきゝいれたま《給》はす、つゐにむちに」(30オ)かけて、とてあかり給けり[四]、つはものとも、た/とひ《い》千きん万きんと、おほしめす御弓《ゆみ》なりとも、いかてか御命《いのち》にかへさせ給へきと/申せは、判官《はんくわん》、またく弓《ゆみ》のおしきにてはなきそとよ、名《な》のおしきにてこそあれ、をち八郎/ためともなとの弓《ゆみ》ならは、さとも[五]なみにうかへて見《み》すへけれとも、よしつねか、わう/しやくたる弓《ゆみ》をすてたらん程に、平家の者《もの》共《とも》、是《これ》こそ源氏の大将《しやう》九郎か弓《ゆみ》よ、つよく/てよは《わ》くてなと、てうろうせられん事の」(30ウ)心うさに、命《いのち》にかへて、とりたるなりとの[六]/給へは、つはもの共《とも》この御ことはをそかんしける、今《いま》は日暮《くれ》ぬ、せうふは明日《みやう》たるへし/とて、源平《けんへい》ともにひきしりそく、平家はたうこくの中、しとのたうし《ち》やうにこもられ/けれは、源氏はむれ高松《たかまつ》のさかいなる、のはらにちんをそとりたりける、平家その夜、/源氏[七]を夜うちにせんときせられたり、大将軍《しやうくん》には、新《しん》中納言とももり《ゝ》、のとの/かみのりつね、さふらひ《い》大しやうにはゑつ」(31オ)ち《中》うの二郎ひやうゑ《へ》のせう盛次《もりつき》、みのゝ国《くに》/の住《ちう》人、ゑみの二郎もりかたを、さきとして、

四　けり―ける

五　さとも―わさとも（中院本の誤り）

六　の給へ―の給けれ

源氏、牟礼・高松に夜営

七　源氏―源《けん》氏

都合《つかう》其《その》せい五百余騎《よき》にて、うつたゝれけり、/二郎ひやうゑ《へ》と、ゑみの二郎と、いくさのせんちんをあらそひ《い》て其《その》夜の夜《よ》うちはなかり/けり、其《その》夜よせたらましかは、源氏ことく〳〵ほろふへかりしを、夜うちなかりける事/は、平家のうんのきはめとそおほえたる、源氏は去《さん》ぬる十六日のうしのこくに、わたなへ/ふく島《しま》をいて、昨日かつうらのいくさ、けふ」(31ウ)たゝかひ《い》くらしたれは、前後《せんこ》もしらすそ/やすみける、其《その》中に、判官《はんくわん》と、伊勢《せ》の三郎はかりそねさりける、はんくわんたかき所《ところ》/にうちあかりて、[一]てきやよするとを見《め》し給へは、よしもりは木[二]かけにかくれいて、や/はすをとり、かたきよせは、馬《むま》のふとはらをいんとそまちかけたる

田内左衛門のりよしめしとらるゝ事

あけれは、判官《はんくわん》よしもりをめして、てんな/いさゑ《へ》もんか、八島《しま》にいくさありときゝて」(32オ)のほるらん、行《ゆき》むかひ《い》て、何《なに》ともこしらへて、/くしてまいれとの給へは、さ候はゝ、御はたを給て、むかひ候はんと申、はんくわん、しら/はた一なかれをそたひたりける、よしもりしゆしう十六き、しらしやうそくにて、む/かふ、つはものともこれを見《み》て、三千余騎《よき》か、大しやういけとりにむかふ、十六きのしら/しやうそく、心《こゝろ》えすとそわらひ《い》ける、あんのことくのりよし、八島《しま》にいくさはしまりぬ[三]/ときゝて、いそきてまいる程に、いよ、とさ[四]、」(32ウ)

一　てきやよするとを見し給へは↓補記
二　木かけ—木《こ》かけ

義盛、田内左衛門教能を生捕る（十九日）

三　ぬ—たり
四　とさ（土佐）—と（中院本の誤り）

五　殿─とのと

さぬきの、さかいにてそゆきあひたる、のり／よしあかはたさしあけたり、よしもりは給たりつる、しらはたをそさゝせたる、よし／もりししやをたてゝ申けるは、これははんくわんとのゝ御うちに、いせの三郎よし／もりと申ものにて候、いくさのれうにては候はす、大将《しやう》に申へき事《こと》ありて、まいり／て候なりといはせけれは、のりよし、しよのしんはかなふまし、大しやうはかりをとて、／いせの三郎をそよひ入たる、よしもり、のり」(33オ)よしにあひていひけるは、かつきゝ給つ／らん、御へんのをち、さくらはとのは、一昨日かつらにてうたれ給ぬ、昨日八島《しま》にて、／平家こと〳〵くほろひさせ給候ぬ、中にも新《しん》中納言殿[五]、のと殿こそ、いうに見《み》え／させ給しか、のと殿《との》は御しかい、御へんのちゝみんふ殿《との》は、いけとりにせられて、よし／もりかあつかり申て候、今《こん》夜よもすから、あののりよしか、さうなくまいりて、一ちやう／うたれまいらせなんす、何《なに》としてか、此《この》よしを」(33ウ)みんふ殿《との》しらせ候へきと、なけかせ給ひつるか、いと／をしさに、つけ申さんかためなり、みんふ殿《との》を今《いま》一度《と》、見《み》たてまつらんとやおもひ給、又／うちしにせんとや、おもひ給といひけれは、のりよし、ちゝいけとられぬときゝて、平家／のうんのかたふきやううたかひ《い》なし、さそあるらんと思《おも》ひけれは、さうなく弓《ゆみ》をはつ／し、かふとをぬきて、かう人にこそなりにけれ、大将《しやう》のかやうになる上《うへ》は、三千余騎《よき》の／つはもの共《とも》、をめく〳〵といけとられけるは、」(34オ)平家のうんのきはめとそ見《み》えし、よしもり／帰《かへり》まいりて、このよしを申せは、伊勢《いせ》の三郎

にあつけらる、のこりの者共《ものとも》に、いかに/とおほせらるれは、たゝ御世[一]をしろしめ
されんを、きみとそんすへしとそ申ける、し/かるへしとてめしくせらる、去程《さる》に九国《こく》の
住《ちう》人、をかたの三郎これよし、うすきの二郎/これたか、五百余騎《よき》にてはせきたり、源氏の
せいにくは《わ》ゝる、川野《かはのゝ》の四郎みちのふ、三百/余騎《よき》にてはせまいる、熊野《くまのゝ》の別当《へつたう》たんそう、」(34ウ)
ゆあさの七郎ひやうゑ《へ》宗光《むねみつ》、ひやうせん五/十よそうにてまいりたり、其後《そのゝち》わたなへに
ありける、大名小名《みやうせうみやう》もまいりたり、八しまの/つはものとも是《これ》を見《み》て、ゑにあはぬ花《はな》、のち
のあふひ、六日のしやうふかなとそわらひ《い》/ける、同《おな》しき十九日に、住吉《すみよし》のかんぬし、
[二]つもりなかもり、たいりにはせまいりて、/さんぬる十六日の子《ね》のこくに、住吉《すみよし》の第《たい》
三のしんてんより、かふら矢《や》のこゑいてゝ、/西《にし》をさして、なりてゆき候きと、そうもんし」(35オ)
たりけれは、法皇《ほふわう》もきこしめして、なのめな/らす御*かつかうありて、やかていろ〳〵の
へいはくをさゝけ、しなく〳〵のしんほうを/とゝのへて、大明神《みやうしん》の、御ほうてんにそこめ
られける、昔《むかし》もしんくうくわうこう、しんら/をせめ給し時、伊勢《いせ》大神宮《しんくう》より、二しんの
あらみさきをさしそへらる、二しん舟《ふね》のと/もへに[三]たち、いこくのいくさを、たやすくた
いらけさせ給てのち、[四]一神は、しなのゝ国《くにゝ》に/おはします、すはの大明神《みやうしん》これなり、[五]一神は、」(35ウ)
つの国《くに》なにはにいはゝれ給、住吉《すみよし》の大明《みやう》/神《しん》とそ申す、上このせいけつ[六]をおほしめし
わすれすして、今《いま》又てうのおんてきを、しり/そけさせ給へきにやと、ありかたかりし

一　御世―御代《よ》

源氏への加勢

住吉神主、奇瑞を奏聞（十九日）

二　つもりなかもり―なかもり→補記

＊（渇仰）

神功皇后新羅征伐の故事

三　たち―たちて

四　一神―一神《しん》

五　一神―一神《しん》

六　せいけつ―せいはつ（「征伐」。中院本の誤り）

御事なり
はうくわんとかちはらとこうろんの事
去程《さる》に平家は、九国《こく》の内《うち》へはいれられす、さ／ぬきの八島《しま》をもをひい《い》たされ、なみにたゝよひ《い》、風《かせ》にまかせて、いつちともなくゆられ／つゝ、いまたせんやう、さいかいのしほちに」(36オ)まよひ給けり、おなしき廿四日、もし《もん》、あかま、／たんのうらにて、やあはせとそきこえける、源氏の舟《ふね》は三千余《よ》そう、平家の舟《ふね》は千余《よ》そう、／源氏のせいはかさなれは、平家のせいはおちそ行《ゆく》、平家の舟《ふね》の中には、たうせんもあり／とかや、去程《さる》に九郎判官《はんくわん》、すわうの地《ち》にわたりて、*しやきやうみ《三》かはのかみと一て／になる、七源氏すてに、なかとのをいつにつくときこえしかは、平家はとうこくひく／しまにこそつき給へ、こゝにはんくわんと、」(36ウ)かちはらと、又としいくさせんとする事《こと》／ありけり、かちはら判官《はんくわん》に申けるは、今度《こんと》のいくさのせんちんをは、さふらひ《い》共《とも》の中／へたひ候へと申せは、判官《はんくわん》の給けるは、義経《よしつね》かなくはこそ、よしつねこそせんちんよ、かち／はら、まさなや、君《きみ》は大将軍《しやうくん》にてこそ御わたり候へ、判官《はんくわん》、かまくら殿《との》こそ大将軍《しやうくん》よ、／よしつねはいくさのふきやうをうけたまはる身なれは、たゝわとのはらと同《おな》し事そ／とその給ける、かちはらいくさのせんちん」(37オ)を所望《しよまう》しかねて、てん《天》せいこのとのは、／さふらひ《い》のしうにはなりかたしとつふ

源平、壇浦の矢合（二十四日）

＊（舎兄）

七　源氏―源氏《けんし》

義経・景時先陣論争

やくを、判官《はんくわん》きゝもあへ《ゐ》給はす、かちはらは、/日本一のをこの者《もの》にて、ありけるやとのたまふ、かちはらすこしも所をもをかす、こは/いかに景《かけ》時は、いまたかまくら殿《との》より外《ほか》は、二人のしうはもたぬものをといふ、判官《はんくわん》、/けしき大にかはりて、見《み》えられけれは、い《伊》せの三郎義盛《よしもり》、さとう四郎ひやうゐ《へ》たゝのふ、/むさし房弁慶《へんけい》、以下のつはものとも、弓《ゆみ》とり」(37ウ)なをし、矢《や》たはねをしくつろけて、かちはら/にめをかく、かちはらかかたには、子共《こども》三人、太刀《たち》のつかをにきりて、判官《はんくわん》をめにかけ奉《たてまつ》る、/すてにかうとそ見《み》えたりける、判官《はんくわん》の御馬《むま》には、三うらのすけよしすみとりつき、かち/はらか馬《むま》のくちには、とひ《ゐ》の二郎とりつきて、けふかく事いてき候なは、かたきのつ/よりにこそなり候はんすれ、かつはかまくらとのゝ、かへりきこしめされん所《ところ》こそ、/おんひんならす候へと申けれは、けにも」(38オ)とやおもはれけん、判官《はんくわん》しつまり給ふ、かち/はらもすゝむにをよはす、それよりして、はんくわん御中たかひ《い》奉《たてまつ》りて、つゐに/かまくら殿にさんけんして、うたせ奉《たてまつ》りけるとそうけたまはる

壇浦合戦開始（二十四日）

たんのうらかせんの事

おなしき廿四日の卯《う》のこくに、源平《けんへい》たんの/うらにてよせあはす、たかい《ゐ》に、舟《ふな》はたをたゝいて、とき《時》をつくる、もし《もん》、あかま、たん/のうらと申は、たきりてはやきしほなれは、」(38ウ)

一　日本―日本《ほん》
二　以下―以下《け》
三　は―も

景時の奮戦

源氏《けんし》の舟《ふね》は、心ならすしほにむかふてひき／おとさる、平家の舟《ふね》は、しほにつれてそをふ《う》
たりける、を《お》きはしほのはやけれは、みきは／について、かちはら、行《ゆき》ちかふかたきの舟《ふね》
に、くまてをかはとなけかけて、ふし四人、家《いへ》／の子《こ》らうとう十余《よ》人、かたきの舟《ふね》にのり
うつり、うちものの《ゝ》きさきをならへて、とも／よりへへ、へよりともへ、さん〳〵にきてま
は《わ》りけるに、おもてをむかふる者《もの》もなし、／その日のいくさのかうみやうは、かちはら」(39オ)

知盛の下知

一の筆《ふて》にそつけられける、新《しん》中納言とも／もり、立《たち》いてゝの給けるは、いくさはけふそ
かきりなるへき、さふらひ《い》とも、あひ《い》かまへ／てしりそく心あるへからす、てんちくしん
たんにも、ならひなき、めいしやう、ようしと／いへとも、うんのきはめはちからなし、され
とも名《な》こそおしけれ、東国《とうこく》のやつはらに、よ／はけ見《み》ゆな、いつのれうに、命《いのち》をおしむ
へきとの給へは、ひたの三郎左《さ》衛門《ゑもん》のせう／かけつな、すゝみいてゝ、やゝさふらひ《い》とも、」(39ウ)
此《この》御ちやううけたまはれとそけちしける、／ゑつちうの二郎ひやうゑ《へ》盛次《もりつき》か申けるは、
中はんとうのやつはらは、馬《むま》のうへにて／こそくちはきゝ候とも、ふないくさには
いつかてうれん[四]つかまつる候へき、たゝうほ／の木[五]にのほりたらんするやうにこそ、候
はんすらめ、何《なに》程の事か候へき、一々に／とりて海《うみ》につけ候はんとそ申ける、かつさの
悪《あく》七ひやうゑ《へ》か申けるは、九郎は色《いろ》しろき／おとこの、せいちい《ゐ》さかんなる、むかはの二」(40オ)
さしあらはれて、ことにしるかんなるそ、心／こそたけくとも、其男《そのおとこ》、なにはかりの事か

四　つかまつる—つかまつり（中院本の誤り）
五　木—木《き》

阿波民部重能、裏切りの徴候

一　新中納言―しん中納言《なうこん》
二　おほいとの―大臣《おほい》との
三　しけのう―しけよし
＊（無返事）
四　新中納言―しん中納言《なうこん》
五　大臣殿―大臣殿《おほいとの》
平家攻勢
六　舟―ふね〳〵

あるへき、ひつくんて海《うみ》にしつめよとそ／申ける、[一]新《しん》中納言、[二]おほいとのゝ御まへにまいり給て、けふはさふらひ《い》ともこそ、／事からよく見《み》えて候へ、たゝししけよしはかりこそ、心のかはり《わ》て候やらんと見《み》え／候へ、あはれきやつをめしいたして、きてすて候はは《ゝ》やと申されけれは、さるにても、あ／はのみんふめせとてめされける、[三]しけのう、」(40ウ)もくれ《ら》んちのひたゝれに、ひをとしのよろ／ひ《い》きて、御前《せん》にかしこまる、おほいとの、なとしけよしかけしきは、日比《ころ》にはにぬそ、心の／かはり《わ》たるか、を《お》くしたるか、さふらひ《い》ともに、いくさのけちをもせよかしとの給《たま》へは、／なに事によてか、おくし候へきと、む＊返事にて御前《せん》をまかりたつ、[四]新中納言、／あはれきやつをきらはやとはおもはれけれとも、[五]大臣殿のゆるし給は•ねは、ちからをよ／はす、其後《そのゝち》平家、千余《よ》そうの舟《ふね》を、三てにわ」(41オ)かたれけり、せんちんは、山かのひやうとう／しひてとを、五百余《よ》そうにてむかふ、二ちんはまつらたう、三百よそうにてつゝきたり、／こちんは平家のきんたち、二百よそうにのり給ふ、中にもせんちんに候ける、／ひやうとうし秀遠《ひてとを》は、きうしう一のつよ弓《ゆみ》、せいひやうなり、われにを《お》とらぬつは／もの、五百よ人をすくりて舟[六]にたて、さしつめひきつめ、さん〳〵にいけるに、源氏《けんし》の／つはもの、たてもたまらす、よろひ《い》もかけす」(41ウ)いとをさる、けにも源氏、ふないくさには／てうれんせさりけり、いしらまされてこきしりそく、平家のかたには、いくさかちぬ／とて、せめつゝみをうて、よろこひのと•き《時》を

遠矢比べ

＊（群）

＊（口巻《くつまき》）

つくる、されとも源氏のかたには、＊くんに／ぬけて、たゝかふものそおほかりける、中にも三うらのわたの小《こ》太郎義盛《よしもり》は、ふねに／はのらす、くかにて、とを矢《や》をいけるに、一二ちやうかうちには、めにかゝる者《もの》を、／いとゝめすといふ事なし、しけめゆひ《い》の」(42オ)ひたゝれに、あかか《ゝ》はをとしのよろひ《い》をき、／かけなる馬《むま》にのりて、中さしとてつかひ《い》、よひいてひやうといる、三ちやうおもてを／いわたし、新《しん》中納言のうかみておはしける、舟《ふね》のへに、しらのゝ大矢《や》をいたてゝ、／わた、あふきをあけて、其矢《そのや》返し給らんとそまねきたる、新《しん》中納言此矢《このや》をめしよせて／見給に、しらのに、くゝゐ《い》の羽《は》にてはきたるか、十三そく二ふせの中さしなり、の／まき一そくはかりをきて、わたの小《こ》太《大》郎、」(42ウ)たいらのよしもりと、うるしをもてそかき／つけたる、伊《い》よの国《くに》の住《ちう》人、にゐのき四郎親家《ちかいゑ》をめして、此矢《このや》い返せとの給へは、給て、／わか弓《ゆみ》にとてつかひ《い》、よひいてはなちたり、是《これ》も三ちやう余《よ》をいわたして、和田《わた》かうし／ろ二たんはかりへたてゝひかへたる、むさしの国《くに》の住《ちう》人、いしさかの小《こ》二郎か、ゆん／手《て》のこかいなに、＊くつまきせめてそいこみたる、三うらの人々、わたとのは、我《われ》程、とを矢《や》／いる人はなしと思《おも》ひ給へと、はちかき給」(43オ)ぬとわらわれて、わたやすからす思《おも》ひて、馬《むま》／よりとひをり、小舟《こふね》にのり、こきいたさせて、平家の舟《ふね》のあたりを、をしまはし、さしつめ／ひきつめいけるに、ものともおほくいころさる、又判官《はんくわん》のふねのへに、大なる矢《や》をい／たてゝ、わたかやうに、其矢《そのや》返し給らんとそまねきたる、判官此矢《はんくわんこのや》をめしよせて見給に、／しらのに、つるのもとしろにてはきたるか、十四そく二ふせありける、にゐ《い》のき四郎／たちはなの親家《ちかいゑ》とかきつけたり、判官《はんくわん》ことう」(43ウ)ひやうゐ《へ》さねもとをめして、此矢《このや》い返しつ／へきもの、御かたにはたれかあるとの給へは、つよゆみあまた候中にも、かひ《ゐ》源氏、あ／さりの与一《よ》とのこそ、御わたり候と申す・、さらはとて、与一《よ》をよはせらる、あさり小舟《こふね》に／のりて、いてきたり、判官《はんくわん》いかにあさりとの、此矢《このや》い返し給てんやとの給へは、たまはり／て見候はんとて、わか手《て》につまよりて見《み》て、これはのもよはく候うへ、矢《や》つかもすこし／みしかく候、よしなりか、わたくしの矢《や》を」(44オ)もてつかまつり、けさんに入候はんとて、／ぬりのに、くろほろはきたる、十五そくの中さしを、ぬりこめとうの弓《ゆみ》にとてつか／ひ《い》、よひいてひやうとはなちたる、四ちやう余《よ》をつといわたして、新《しん》中納言の舟《ふね》のへ／にすゝみてたちたりける、にゐ《い》のき四郎か、うちかふとをうしろへいぬかれて、舟《ふね》へ／さかさまにそまろひい《ゐ》る・

先帝をはしめ平家めつはうの事

重能の裏切り

去程《さる》にあはのみんふ重能《しけよし》は、此日比《このころ》平家に」(44ウ)ちうをいたしたりけるか、ちやくし、田内左《てんないさ》衛門《ゑもん》一たゝよし、源氏にいけとられて、おん／あいのみちのかなしさは、子《こ》を見《み》んとや思《おも》ひけん、たちまちに心かはりしてん／けり、御かたのあかはたあかしるし、きりす

一　たゝよし―のりよしを（中院本の誤り）

て、かなくりすて、しらはたしろしるしに/なりて、[二]源氏のせいにそくは《わ》ゝりける、おほいとのも、新《しん》中納言も、[*]ねたいかれをきる/へかりつるものをと、こうくわいし給へとかひ《い》そなき、こゝに白雲《はくうん》一むら、こくうに」(45オ)見《み》えけるか、くもにてはなかりけり、ぬしなきしらはた一なかれ、まひあかりまひさ/かり、源氏の舟《ふね》に、さほつけのをのつく程に見《み》えて、又そらへそあかりける、源氏の/つはものとも、か程に八幡《まん》大菩薩《ほさつ》、御[*]やうかうあらんうへは、なとかいくさにかた/さるへきと、いさみをなしてそたゝかひ《い》ける、其後《そのゝち》いるかといふうほ、[三]三千はかりは/みてとほりけり、おほいとの、都《みやこ》よりめし具《く》せられたりける、こはかせ、はるのふをめして、」(45ウ)いるかはつねにおほけれと、かゝるためしはいまたなし、きと、うらない申へきよし/おほせられけれは、かんかへ申ていはく、此《この》う《ほ》を、はみとをり候はゝ、源氏めつはうし候/へし、はみかへり候はゝ、御かたのいくさあやうく候と申もはてす、いるかは、平家の舟《ふね》/のしたを、こと〳〵くこそはみかへれ、さてこそおほいとのも、[四]新中納言も、けふをさ/いことはしられけれ、平家はかり事《こと》に、たうせんにはさう人をのせ、ひやうせん」(46オ)には、きんたちのり給ふ、源氏さためてたうせんをせめんすらん、其時《その》ひやうせんをも/て、中にとりこめて、うたんときせられたりけれとも、あはのみんふしけよし、[五]けち/して、たうせんをないそ、矢《や》たうなに、よき人ものらぬそ、ひやうせんにかゝれとをしへ/けれは、たうせんをは[六]いすてゝ、ひやうせん

二　源氏—源氏《けんし》

＊（妬《ね》たい）

白旗・海豚等の予兆

＊（影向）

三　三千—一二千

四　新中納言—しん中納言《なうこん》

五　けち—けんち（三条西本の誤り）

六　いすて—うちすて

平家方敗色

一　つゝ—こゝ（中院本の誤り）

二　とも—ともも

知盛、御所舟に敗戦を告知

三　給ふは—給へは

四　われ—われは

二位尼、安徳帝を抱いて入水

五　たから—御たから

を中にとりこめて、さん〳〵にせめ/けれは、したくさうい《ゐ》してんけり、去《さる》程に、四国《こく》、九国《こく》のつはもの共《とも》、皆《みな》平家をそむいて、」(46ウ) 源氏にこそつきにけれ、かのうらによらんとし給へは、なみたかくして、かなひかたし、/[一]つゝのきしにあからんとし給へは、源氏やさきをそろへてまちかけたり、日比《ころ》は身に/かはらむ、命《いのち》をたてまつらんとちきりしものとも[二]、君《きみ》にむかいて弓《ゆみ》をひき、しうに/たいしてたちをぬく、すいしゆかんとり共《とも》、ふなそこに、いふせられ、きりふせられ、を/めきさけふ事かすしらす、源平《へい》のくにのあらそひ《い》、けふをかきりとそ見《み》えし、新《しん》」(47オ) 中納言、御所の御ふねにまいり給て、見くるしきものとも、海《うみ》に入させ、みつから《身》は/きのこいなとし給けれは、女房《によはう》たち、いくさはいかにとゝひ給へは、いまはかうに/こそ候へ、けふよりは、たれも〳〵めつらしきあつまおとこ、御らんせられんすらんと、/うちわらひ《い》[三]給ふは、女房《によはう》たち、かくなりぬる世に、何《なに》の御たはふれそやとて、おめき《を》か/なしひ《み》給けり、二位殿《ゐとの》、[四]われをんななりとも、かたきのてにはわたるましとて、にふいろの」(47ウ) きぬに、ねりはかまのすそたかうはさみ、せんていをいたき奉《たてまつ》り、おひにて二ところゆい/つけ奉《たてまつ》り、これは、後《のち》の世までも、[五]たからなるへしとて、しんしをはわきにはさみ、ほう/けんをこしにさしつゝ、今《いま》は君《きみ》の御ともにまいるなり、をの〳〵、君《きみ》の御めくみに、した/かひまいらせんとおもひたまはん人々は、いそきまいり給へしとて、ふなはたへこそ/出《いて》られけれ、せんていは、ことし八さいになら

六　あゆませ―あませ（中院本の誤り）

安徳帝哀悼の評言

七　平家の一そくいけとりの事↓補記

建礼門院、入水後生捕られる

せ給けるか、御年《とし》のほとよりも、はるかに」(48オ) お《を》となしく、御くしはくろ〳〵として、御せなかすこしすきさせ給程なり、これはいつ/ちへそ、[六]あゆませとおほせける、御かたことの、いまたをはらせ給さるに、此《この》世は物うきさ/かいにてさふらへは、西方《さいはう》のしやうとへ、まいらせ給へしとて、うみにそとひ入給ける、/かなしきかなや、むしやうの春《はる》の風《かせ》、花《はん》の御すかたをさそひ奉《たてまつ》り、なさけなきかなや、/ふんたんのあらきなみ、かたしけなくも、きよくたいをしつめ奉《たてまつ》る、てんをはちやう」(48ウ) せいとなつけ、もんをはふらうとことよせしに、いまた十さいにたにもみたせ給はて、/雲《くも》の上《うへ》のりうくたりて、たちまちにかいていのうを《ほ》とそならせ給ふ、大ほんかうたい/のかくのうへ、しやくたいきけんの宮の内《うち》、昔《むかし》はくわいもん、きよくろうに、きうそくを/なひかし、今《いま》は舟《ふね》のうち、なみの下《した》に、御命《いのち》をほろほし給そあはれなる

[七]平家の一そくいけとりの事

女《によい》ゐんもうみへいらせ給たりけるを、わた」(49オ) なへの源《けん》五むまのせう、つかうと申者《もの》、くまてをおろして、御くしにうちまとひ《い》とりあけ/奉《たてまつ》る、女房《によはう》たちの、ちかくとらはれておはしましけるか、あなあさまし、それは女院《によいん》にて、/わたらせおはします物をと申されけれは、をそれをなして、しりそきぬ、御いのしほれ/させおはしましたりけれは、よろひ《い》から

内侍所収容

一　はなちたる―はなちあへけり→補記

教盛ら入水

二　たゝもり―のりもり（中院本の誤り）

三　大夫―大夫《たいふ》

宗盛・清宗父子生捕られる

四　新三位―しん三ゐの

五　四方―四方《はう》

ひつより、しろき小袖《こそで》、一かさねとりいたし／て、めしかへさせ奉《たてまつ》りて、御所の御舟《ふね》へ入まいらせけり、大納言のすけ殿《との》も、ないし所《ところ》の、」(49ウ)御からひつをとりて、海《うみ》にいらんとし給けるか、はかまのすそを、ふなはたにいつけ／られて、とらはれ給にけり、つはものともないしところのいりて、おはします、ひつの／しやうをねちきりて、ふたをひらかんとしけれは、たちまちにめくれはなちたる[一]、平《へい》大／納言のとらはれておはしけるか、あれはないしところとて、神にてわたらせ給そ、ほん／ふは、ちかつきまいらせぬ事《こと》なりとの給けれは、九郎判官《はんくわん》、さる事ありとて、つはもの」(50オ)をのけ、ときたゝのきやうに申て、もとのことくにおさめ奉《たてまつ》りて、大納言にあつけ申／されけり、末代《まつたい》なれとも、かくれいけん、あらたにましますこそめてたけれ、かとわきの／中納言たゝもり[二]のきやうは、しやていしゆりの大夫[三]つねもりと手《て》をとりくみ、よろひ《い》／のうへにいかりをかけて、海《うみ》にそしつみ給ける、新三位[四]中将《しやう》すけもり、小松《こまつ》の少将／ありもり、いとこに、左馬頭行盛《さまのかみゆきもり》、三人ともに手《て》をとりあはせ、一所《しよ》にそしつまれける、」(50ウ)人々はかくなり行《ゆき》給へとも、おほいとのは、さるへきけしきも見《み》えたま《給》はす、ふなはた／に立《たち》て、四方[五]見《み》はるかしてそおはしける、平家のさふらひ《い》とも、あまりの心うさに、御／そはをはしりとほるやうにて、海《うみ》へつき入奉《たてまつ》る、御子《こ》ゑもんのかみ、つゝきて入給ふ、ゑ／もんのかみしつまは、われもしつまんとおもはれけり、ゑもんのかみは、おほい《ゐ》とのしつ／み給はゝ《は》、我《われ》もしつまんと、たかい《ゐ》にしつみ

六　大太刀—大たちを

七　にそ—にて

能登守教経の最期

八　けれ—ける

九　さや—さやを

一〇　新中納言—しん中納言《なうこん》

もやらてたゝよい給けるを、伊勢《いせ》の三郎」(51オ)義盛小舟《よしもりこふね》をこきよせ、くまてをおろして、まつゐもんのかみをひきあけ奉《たてまつ》る、おほい/とのは、いとゝしつむへきけしきもなくておはしけるを、同《おな》しくくまてにて、とりあけ/奉《たてまつ》る、ひたの三郎左衛門景経《さへもんかけつね》、何《なに》ものなれは、わかきみをはとり奉《たてまつ》るそとて、六大太刀ぬき/てうてかゝる、いせの三郎かわらは、中にへたゝりて、三郎左衛門《さへもん》にうちあひたり、景《かけ》/経《つね》からうつ太刀《たち》に、わらはかくひをうちおとさる、やかて、いせの三郎に、すきもあらせす」(51ウ)うちてかゝる、すてにあやうく見《み》えたるに、ならひの舟《ふね》にたちたりける、ほりの弥《いや》太郎、/よひいてひやうといる、三郎左衛門《さゑもん》か、うちかふと、したゝかにゐさせて、ひるむ所《ところ》に、/ほり、いせか舟《ふね》にのりうつりて、三郎左衛《さへ》門《もん》にむすとくむ、ほりからうとうおちあひ/て、景経《かけつね》かくひをはとりてけり、おほいとの、さしもふひんにし給つる、かけつねか、めの/まへにそ七かくなり行《ゆく》をみ《見》給に、いとせんかたなうこそおもはれけれ八、のとの守《かみ》のり」(52オ)つねは、けふをさいことおもはれけれは、あかちのにしきのひたゝれに、くろいとを/としのよろひ《い》をき、五まいかふとのをゝしめて、かた手《て》には、三尺《しやく》八寸の大太刀《たち》をぬき、/かたてには、しらえ《ゑ》の長刀《なきなた》のさや九はつして、かたきの舟《ふね》に、のりうつり〳〵、へよりと/もへ、きりてまはり、ともよりへへなき、おきよりいそにつき、磯《いそ》より沖《おき》にうつり、さん/〳〵にふるまひ《い》給ふに、おもてをむかふるものそなき、一〇新中納言、ししやをたて〳〵、」(52ウ)いたうつみなつくり給そ、しやつはらよきかたきにもあらすとの給へは、大将《しやう》にくめ／にこそあるなれ、いてさらはくまんとて、[一]源氏の舟《ふね》をつくして、大将《しやう》をたつね給程に、／あやまたす、判官《はんくわん》の舟《ふね》にのりうつり給ふ、のと殿《との》くまんとかゝられけれは、判官《はんくわん》せん／なしとやおもはれけん、二しやう《ち》はかりへたてたりける、御かたの舟《ふね》に、つんととひて／のりうつり給ふ、のと殿《との》、はやわさやをとりておはしけん、つゝきてものり給はす、是程《これ》」(53オ)うんつきぬる上《うへニ》は、かふとをぬきて海《うみ》へなけいれ、こくそくきりすてかなくりすてゝ、／とうはかりきて、大手《て》をひろけてそたゝれたる、[三]源氏のかたに、我《われ》とおもはん者《もの》ともは、／よりてのりつねいけとりて、かまくらへ具《く》してゆき、[四]頼朝《よりとも》にあひて、物一ことはいはん／するに、よれやよれとの給へとも、あたりをはらひ《い》て、よる者《もの》なし、こゝにとさの国《くに》の／住人《ちう》、あきのかうをちきやうしける、あきの大りやうすけみつか子《こ》に、太郎実光《さねみつ》、二郎」(53ウ)季光《すゑみつ》とて、ともに三十人かちからもたる者《物》あり、らうとうの中にも、しうにもをとら《お》／ぬ大ちから一人ありけり、かれらかいひけるは、のと殿《との》、たとひ《い》たけ十丈《ちやう》の鬼《おにゝ》にてもお／はしませ、我《われ》ら三人よりたらんするに、なとかくみ奉《たてまつ》らさるへきとて、うち物をはさや／におさめ、すきもあらせす、のと殿によりあひたり、のと殿是《とのこれ》をみたまひて、にくいや／つはらかなとて、まさきにすゝみたるらうとうをは、すそをあはせて、海《うみ》へたふとけ入」(54オ)らる、あきの太郎をゆんてのわきに、二郎をはめてのわきにかいはさみて、二しめ／三しめしめられけるか、いささらはおの

一　源氏―源氏《けんし》
二　は―はとて
三　源氏―源氏《けんし》
四　ゆき―ゆけ

れら、しての山路《ち》のともせよとて、年《とし》廿六／と申には、海《うみ》へそとひ入給ひける、[五]新中納言知盛《とも〻り》は、さふらひ[六]伊《い》賀左《さ》衛門《へもん》のせう家仲《いゑなか》／をめして、今《いま》は見《み》るへき事はみなみつ、日比《ころ》のやくそくはいかにとの給へは、そんち／つかまつりて候とて、しうにも、＊をもよろい二りやうきせ奉《たてまつ》り、我身《わか》も二りやうかさ」（54ウ）ねてきて、御手《て》をとりくみ、海《うみ》へそとひ入にける、[七]中納言のさふらひ《い》、二十《廿》余《よ》人のこり／たりけるも、[八]一所へそしつみける

平家の一そくいけとりの事

むなしき舟《ふね》は、なみにひかれ、風《かせ》にまかせて、／いつちともなくゆられゆく、あかはた、あかしるしきりすてたれは、立田川《たつたかは》にあらね／[九]とも、紅葉《もみち》はなかるといひつへし、渚《みきは》〳〵によるなみも、うすくれなゐにそなりに／ける、いけとりの人々は、さきの内《ない》大臣宗盛《しんむねもり》、」（55オ）平《へい》大納言時忠《たゝ》、さゑもんのかみ清宗《きよむね》、[一〇]内蔵頭／のふもと、さぬきの中将時実《さね》、僧《そう》には、[一一]二位僧都《そうつ》全真《せんしん》、[一二]中納言のりつしちう／くわい、ほつせう寺のしゆきやうのうゐん、きやうしゆはうの[一三]あしゆりゆうゐん、なと／をはしめとして、都合《つかう》三十よ人とそきこえし、女房《にようはう》たちには、かたしけなくも、こくも、／けんれいもんゐん《い》、北《きた》の政所《まんところ》、らうの御かた、帥《そつ》のすけとの、大納言のすけとの、ちふきやう／のつほね、已下《いけ》四十三人なり、さふらひ《い》には、」（55ウ）[一四]源大夫判官《はんくわん》すゑさた、しゆめの判官盛国《はんくわんもりくに》、／つの判官《はんくわん》もりすみ、きちないさゑもん季康《すへやす》、

知盛の最期

五　新中納言—しん中納言《なうこん》

六　伊賀—伊かの

＊（重鎧）

七　中納言—中納言《なうこん》

八　一所—一所《しよ》

九　とも—と

生捕られた平家の交名

一〇　内蔵頭—くらのかみ

一一　二位—二ゐの

一二　中納言—中納言《なうこん》

一三　あしゆり—あしやり（中院本の誤り）

一四　源大夫—けん大いふの

元暦二年春の概歎

一　元暦―元暦《けんりやく》

*（南蛮北狄）

藤内《とうない》ひやうゑ《へ》すへ《ゑ》くにを、さきとして、以上《い》/百六十三人としるせり、[一]元暦二年の春《はる》の暮《くれ》、いかなる年月《とし》なりけれは、一しんかい/ていにしつみつゝ、百くわんなみの上にうかふらん、こくも《ほ》女《によ》くわんは、とうゐ《い》せい/しうの手《て》にいたり、しんかけいしやうは、*なんはんほくてきのとらはれとなりて、二/たひきうりへかへり給しに、あるひは、」（56オ）しゆはいしんかにしきをきて、こきやうに、/かへりけん事をうらやみ、あるひは、わうせうくんか、ゑ《え》ひすの手《て》にわたされて、こゝ/くへを《お》もむきけんうらみまても、いまこそおもひしられたれ

西国より早馬都へ到着（四月三日）

*（宗）

*（寮）

義経、捕虜を伴い明石着（十六日）

ないし所御しゆらく弁ほうけんの事

おなしき四月三日、西国《さいこく》よりのはや馬都《むまみやこ》に/つく、源《けん》八ひろつなとそきこえし、法皇《ほふわう》御つほにめして、ちきにきこしめす、平家/のいけとり共《とも》、ならひに、しんし、ないし所《ところ》、」（56ウ）入まいらするよしそうもんしたりけれは、/御かんのあまりに、やかてひやうゑ《へ》のせうにそめしおほせける、ほう《ふ》わう、猶御ふしん/をさんせられんかために、*そう判官《はんくわん》のふもりを、西国《さいこく》へくたさる、のふもり宿所《しゆくしよ》にも/かへらす、*れうの御馬《むま》を給て、むちをあけてはせくたる、おなしき十四日に、かへりま/いりて、事のよしをそ申ける、十六日に、九郎判官《はんくわん》、平家のいけとりあひくして、はり/まのあかしにつき給ふ、其夜《その》しも、月ことに」（57オ）

さえて、おもしろかりけれは、人々かゝるな／けきのなかな《中》れとも、月をなかめてなくさみ給ふ、中にも平大納言[二]のきたのかた、帥《そつ》／のすけとの、なく〳〵かくそよまれける

なかむれはぬるゝたもとにやとりけり／月よ雲井《くも》のも《物》のかたりせよ

はんくわん、同《おな》しあつまの人とは申なから、／なさけをしれる人なれは、いうにたへなる*心ちして、身にしみてそおもはれける、同《おな》し／き廿五日に、ないし所《ところ》、鳥羽《とは》へつかせ給ふ、」(57ウ)御むかへの人々、公卿《くきやう》には、中御門中納[三]／言宗家《むねいゑ》、かてのこうちの中納言経房《つねふさ》、土御[四]門宰相[五]中将みちちか、殿上人《てんしやう》には、たか／くらの中将やすみち、ゐなみの中将公《きん》有《あり》、たちまの少将のりよし、権[六]左《さ》中弁《へん》かね／みつ、蔵人[七]左衛門《さへもん》のこんのすけ親正《ちかまさ》、なとそまいられける、西国《さいこく》より、御とものふしに／は、九郎大夫[八]判官義経《はんくわんよしつね》、あしかゝの蔵人《くらんと》よしかぬ、さふらひ《い》には、とひ《い》の二郎真平《さねひら》、左衛門《さゑもん》／のせうありたねとそきこえし、神しと申は、」(58オ)しるしの御はこ[九]、二位殿《ゐとの》わきにはさみて、海《うみ》／に入[一〇]たりしか、なみにうかみておはしましけるを、かたをかの太郎親経《ちかつね》、とりあけ奉《たてまつ》る、／ほうけんはなかくうせてそなかりける、抑《そもく》此《この》ほうけんと申は、昔神代《むかしかみよ》よりつたはれる、／三のれいけんあり、あまのはやきりのけん、十つかのけん、くさなきのけんこれなり、あ／まのはやきりのけんは、おはり《を》の国《くに》、あつたのやしろにこめられぬ、十つかのけんは、大[二]／和国《くに》、ふるのやしろにありとかや、中にも」(58ウ)くさなきのけんは、たいりにとゝまりて、／代々《よゝ》の御門《かと》の御たから、今《いま》のほうけんこれ

帥典侍詠歌「なかむれは」

二　平大納言―平大納言《へいなうこん》

＊（優に妙なる）

三種神器の顛末（二十五日）

三　中御門中納言《なうこん》―中のみかとの中納言

四　土御門―つち御かとの

五　宰相―さいしやうの

六　権―こんの

七　蔵人―くらんとの

八　大夫《たいふ》―大夫の

九　御はこ―御はこなり

一〇　入―入給

宝剣の由来

二　大和―やまとの

なり、このくさなきのけんと申は、昔《むかし》そさの／をのみこと、いつもの国《くに》へなかされ給し時、
そかのさとなつき[一]のむらといふ所《ところ》に、宮／つくりありしに、その所《ところ》に、八いろのくも
おほへり、みことこれを御らんして
　八雲《くも》たつ出雲《いつも》八重《え》かきつまこめに／やへ《え》かきつくるその八重《やえ》かきを
これを三十一しのはしめとして、くにを」(59オ)出雲《いつも》といへりと[二]、それよりしてはしまれり、
その国《くに》の、ひのかは上の山に、大しやあり、／おかしらともに八あり、八のみね、八の谷《たに》ゝに、
はひはひ《い》これり、せなかにはこけむして、／もろ〳〵の木[三]おひたり、まなこは日月のひ
かりのことし、年《とし》〳〵に人をのむ、親《おや》のま／るゝものは、子《こ》かなしみ、子《こ》のまるゝものは、
親《おや》かなしむ、そんなんそんほくに、こくする／こゑたえさりけり、みこと是《これ》をあはれひ《み》て、
大しやをほろほさんために、八の舟《ふね》に」(59ウ)さけをたゝへ《ゑ》て、たかきゆかをかき、みこと
の御さいあひの、いなたひめと申しんし《ち》よ／を、しやうそかせて*、ゆかのうへにたてられ
たりしかは、其《その》かけ、八のふねなるさけに／うつろふ、大しやこれをのまんと、あくまで
さけをのみて、ゑいふせる[四]、そのとき《時》み《御》こと、／はき給へるつるきをぬきて、大しやを、つた
〳〵にこそきり給へ、八のおの中に、お／一つきれさりけり、是《これ》をわりて見《み》給へは、一
のつるきあり、とりて、天照太神[五]に奉《たてまつ》らせ」(60オ)給へは、これは、わか、たかまのはらにて、お
としたりしつるきなりとて、其後《そのゝち》御中／なをらせ給けり、此《この》つるき、しやのおの中

素盞烏尊の大蛇退治

一　なつき—きつき（杵築）

二　いへりと—いへるも

三　木—木《き》

＊（装束かせて）

四　ふせる—ふせり

五　天照太神—天《てん》せう太神《たいしん》

日本武尊の東征

にありし程は、その所《ところ》に、くろくものつね／におほふて、雨《あめ》ふりけれは、あまのむら雲《くも》のけんとそつけられける、天そんあまくたら／せ給し時、三しゆの神きゆつり給へる、その一なり、第十代《たい》[六]の御門《かと》、しゆしん天皇[七]の御時、／れいい《ゐ》にをそれまいらせ給て、さらにつるきをつくりあらため給て、かのつるきをは、」(60ウ)伊勢《いせ》太神宮《しんくう》へ、返し入まいらせさせ給けり、第十二代《たい》[八]の御門《かと》、けいから天皇《わう》の御時、とう／いおほくをこりて、関《せき》の東《ひんかし》おたしからさりしかは、御門《かと》の第《たい》二のみこ、やまとたけの／御ことゝて、御心もかうに、御さいかくもゆゝしくわたらせ給ひしを、とういせいはつ／のために、さしむけまいらせさせ給けり、みこと、まついせ《伊勢》太神宮《しんくう》へまいらせ給て、御い／もうと、いつきの宮して、天皇[九]のちよくめいをうけたまはり、とういせいはつのために、」(61オ)まかりむかふよし申させ給たりしかは、天照《せう》太《大》神《しん》、つゝしんて、おこたる事なかれ／とて、あまの村雲《むらくも》のけんを、みことにさつけまいらせさせ給けり、みことするかの国《くに》ま／てくたらせ給たりしに、かの国《くに》のけうとら、みことをあやまちたてまつらん[一〇]、はかり／ことに、此国《このくに》〳〵は、鹿《しゝ》おほくはんへる[一一]、からせらるへきよしを申す、みこと野《の》へいて給／たりけれは、四方[一二]の草《くさ》に火《ひ》をかけたり、みこと、はきたまへるつるきをぬきて、うちふり」(61ウ)給へは、四方の草《くさ》、一里まてこそなかれたれ、おりふし、風《かせ》、いそくのかたへふきおほいて、／けうとおほくやけしにぬ、それよりしてそ、くさなきのけんとは名《な》つけられける、かく／て三[一三]か年に、とういをことく〳〵くせめし

六　十代—十代《たい》
七　天皇—天王《てんわう》
八　十二代—十二代《たい》
九　天皇—天《てん》わう
一〇　たてまつらん—　奉《たてまつら》ん
一一　はんへる—はんへり
一二　四方—四方《はう》
一三　三か年—三ケ《か》年

たかへ、いそくらをいけとりて、都《みやこ》へかへり／のほらせ給ひけるか、おはりの国《くに》にて、御やまひつかせ給しかは、いけとりのけうとら／をは、御子《こ》、たけひこのみことして、御かとへ奉《たてまつ》らせ給ひ、御身はあつたの宮にしてつ」(62オ)ゐにかくれさせおはします、やかてこのつるきをは、かのやしろにこめ奉《たてまつ》りけり、御／たましゐは、しろき鳥《とり》となりて、西《にし》にむきてとひ行《ゆき》けるか、さぬきの国《くに》にいはゝれ給ふ、／しらとりの大明神《みやうしん》これなり、天智天皇《ちてんわう》の御宇《う》、しゆてう元年に、しんたんより、しや／もんたうきやうと申もの、我朝《わかてう》にわたりて、このつるきをぬすみ、きたうせんとしける／に、なみ風《かせ》あらくして、舟《ふね》すてにうちかへさんとしけれは、我《わか》ほんいとけ[一]かたしとて[二]、」(62ウ)返て彼《かの》やしろに、[三]をさめ奉るとそうけたまはる、上こには、かくこそゆゝしくおはし／ましゝに、今《いま》は平家とりて、都《みやこ》をいて、二位《ゐ》殿こしにさして、海《うみ》にしつみ給し後《のち》は、龍《りう》神／やとりて、りうくうにふかくおさめたりけん、つゐにしつみて、二たひ見《み》えさりける／こそ、あさましけれ、二宮も、都《みやこ》へいらせ給ふ、此《この》二宮こそ、都《みやこ》にわたらせ給はゝ《は》、御くら／ゐにもつかせ給へかりしかとも、平家、まうけの君《きみ》にしまいらせんとて、西国《さいこく》へ」(63オ)くたし奉《たてまつ》りぬ、されともしさいなく、かへりのほらせ給ひけり、ならはぬたひのそらに、／おもむかせ給て、やせくろませたまひたりけれとも、[四]へちの御事なかりけれは、御ほ／き、七条《てう》の女院《にょいん》も、御めのと、ちみやうゐ《い》んの宰相《さいしやう》なとも、いかはかりかうれしくおほさ／れけん、やかて女院《にょいん》の御所《しよ》、七条《てう》はうしやう

一　とけ―とけとけ（三条西本の誤り）
二　とて―とそ（三条西本の誤り）
三　をさめ奉る―おさめたてまつりほんこくへわたしける

守貞親王入京

四　へちの御事なかり―補記

宗盛等平家捕虜の入京(二十六日)

牛飼三郎丸の奉仕

五　丸―まろは

六　しらす―しらすそ

＊（父子）

七　ゑもん―うゑもん

八　四方―四方《はう》

九　上下―上下《け》

殿へ、入まいらせられにけり、おなしき廿/六日、平家のいけとりとも、都《みやこ》へ入給ふとそきこえける、おほいとの丶御くるまつかう」(63ウ)まつりけるは、年来《ねんらい》めしつかはれし、三郎丸《まろ》とそきこえし、おほいとのに、弥《いや》二郎丸、/三郎丸《まろ》とて、二人めしつかはれけるか、弥《いや》二郎丸、[五]一とせ、木曾《そ》か車《くるま》やりそんして、法師《ほふし》に/なされ、ゆきかたしらすなりにけり、[六]三郎丸はかり男《おとこ》になりて、西《にし》の京なる所《ところ》に候/けるか、おほいとの、けふ都《みやこ》へ入たまふときこえしかは、鳥羽《とは》へくたりて、判官《はんくわん》の御前《まへ》に/まいり、是《これ》はおほいとの丶、年来《ねんらい》めしつかはれ候し、三郎丸と申者《もの》にて候、しかる」(64オ)へく候は丶、御ゆるされをかうふりて、おほいとの丶、さいこの御ともをつかうまつり候/はんと申けれは、判官《はんくわん》、とう〳〵とてそゆるされける、おほいとのには、しやうえ《ゑ》をきせ/奉《たてまつ》り、車《くるま》のさうの物見をあけ、前後《せんこ》のすたれをあけたりけり、ふし*、ひとつ車《くるま》にのり給ふ、/御子《こ》[七]ゑもんのかみは、涙《なみた》にむせひて、うつふしておはしけれは、おほいとのは、[八]四方を・/見《み》まはして、おもひ入たるけしきもなし、時忠《たゝ》のきやうの車《くるま》も、同《おな》しくやりつ丶けたり」(64ウ)三郎丸は、涙《なみた》にむせひて、ゆくさきもさらにおほえす、くらのかみのふもとも、とう/しやして入たまふへかりしに、しやうの心ちとて、かんたうより入たまふ、さぬき/の中将時実《さね》は、きすをかうふられたりけれは、これも別《へち》の道《みち》よりい《入》られけり、平家の/いけとり、けふ都《みやこ》へ入給《たま》ふときこえしかは、京中、ならひに、き/たりあつまる、[九]上下諸《しよ》人、鳥羽《とは》の北《きた》の門《もん》より、東寺《とう》の南《みなみ》の門《もん》まて、所《ところ》もなくつゝきて、車《くるま》は」(65オ)なかえをめくらさす、人はかへり見《み》る事《こと》をえす、さんぬる治承養和[一]の、ききん、ゑきれい[*]／に、人たねはみなつきぬとおもひしに、猶のこりはおほかりけり、仏《ほとけ》の御ちゐならて／は、かすへつくすへきやうそなき、さふらひ《ゐ》には、しゆめの判官盛国《はんくわんもりくに》を、はしめとして、百／六十三人に、しろきひたゝれをきせ、くらのまへわに、しめつけくわたしけり、六／条《てう》を東《ひんかし》へわたし奉《たてまつ》る、くわうこんに[*]をよひて、判官《はんくわん》の宿所《しゆくしよ》、六条《てう》ほり川《かは》へいれ《入》・奉《たてまつ》る、」(65ウ)しゆこのふしには、かたをかの太郎親経《ちかつね》伊勢《いせ》の三郎義盛《よしもり》、えた《ゑ》の源《けん》三、源《けん》八ひやうゑ《へ》／なとそ候ける、物まいらせたりけれとも、御はしをたにもとりあけたまはす、夜に入／けれとも、しやうそくをもくつろけ給はす、さてしもあるへきならねは、おほいとの[二]、／よりふし給ける[三]、右衛門《うゑもん》のかみも、御そはちかくふし給たりけれは、おほいとの、しやう／え《ゑ》の袖《そて》をうちかけまいらせ給けり、しゆこのふしとも、是《これ》を見《み》奉《たてまつ》りて、あはれ、おんあいの」(66オ)みち程、かなしかりける事あらし、あの御そてを、うちかけまいらせ給たらは、何程《なにほと》の／事かあるへきとて、たけきものゝふなれとも、皆袖《みなそて》をそぬらしける、同《おな》しき廿八日に、／かまくらのひやうゑ《へ》のすけ、しゆ二ゐし給けり、さんぬる治承[四]に、しゆ下《け》[*]の五ゐ／より、正下の四位《ゐ》にうつり給き、をつかいとて、二かいをあかるたにありかたきに、是《これ》／はすてに、三かいをこえ給へり・、三位《ゐ》こそしたまふへかりしかとも、よりまさの」(66ウ)きやうの、れい[*]をいみてなり、今《いま》はかまくら

一　治承養和―治承養和《ちせうやうわ》
＊（疫癘）
＊（黄昏）
二　おほいとの―おほゐとのは
三　ける―けり
頼朝叙従二位（二十八日）
四　治承―治承《ちせう》
＊（従下の五位）
＊（例）

神鏡、温明殿に入る

五　三か夜—三か夜《や》

堀川帝と秘曲湯立宮人の故事

六　しにゝけり—しゝにける

七　けり—ける

神鏡の由来

八　と—に

九　八百万—八百万《やをよろつ》

一〇　八百万—八十万《やをよろつ》

一一　は—も

一二　天下—天下《てんか》

の源《けん》二位殿《ゐとの》とそ申ける、其夜《その》、ないしところ／大しやうくわんのちやうより、うんめいてんへ入せたまふ、やかてきやうかうなりて、／[五]三か夜御かくらあり、うこんのしやうけん、おほいのよしかた、へつちよくをうけたま／はりて、ゆたて宮人といふ、かくらのひきよくを、つかうまつりけるそありかたき、この／きよくは、よしかたか、そふ、八条《てう》の判官《はんくわん》すけと《時》きか外《ほか》は、しれる人なし、あまりにひして、」(67オ)しそく、ちかかたにもさつけす、ほり川《かは》の天皇《わう》御さいゐの時、さつけ奉《たてまつ》りて[六]しにゝけり、／ある時、ないしところの御かくらありしに、主《しゆ》上御れんの中にて、ひやうしをとらせ／給ひつゝ、ちかかたにさつけさせおはしましけ[七]り、親《おや》にならはん事こそ、よのつね／なるに、いやしき身なし子《こ》にて、かゝるめんほくをほとこしけるこそめてたけれ、みち／をたゝしとおほしめしたる、君《きみ》の御心さしのかたしけなさ、たくひ《い》なくそきこえける、」(67ウ)抑《そもく》ないしところと申は、昔天照《むかしてんせう》太神、あまの岩戸《いわと》をとちふさかせ給て、天下《てんか》こと〱く／とこやみと[八]なりたりしに、[九]八百万の神たち、岩戸《いわと》の前《まへ》にあつまりて、かくらをせさせ給／しに、天照《せう》太神、これにやめてさせ給けん、岩戸《いわと》をすこしあけて、御らんせられけるに、／[一〇]八百万の神たちの、おもてのしろう見《み》えけれは、神たちよろこひて、あなおもてしろやと／の給けり、おもしろしと申ことのは、この時よりそはしまれる、その時、たちからをの神」(68オ)と申す、大ちからの神、よりて岩戸《いわと》をかはとをしひらき給し後《のち》は、又[一一]はたてられす、日月、／星宿《しやうしゆく》、あらはれたまひて、天下[一二]こと〱くあきらかなり、天照《てんせう》太神[一]のたまはく、我《わか》しそん／たらん人は、このかゝみを見《み》て、われを見《み》るかことくにおもひたま《給》へとて、三のかゝみ／に、御すかたをいうつさせ給けり、この三の御かゝみと申は、一つは、きのくにゝわたらせ／給《たま》ふ、日せんの宮これなり、一つは、たいりにとゝまりて、百王[二]の御まほりとならせ給ふ、」(68ウ)ないし所《ところ》の御事也《なり》、かいくわ天皇《わう》の御宇《う》まては、てんをおなしくし、ゆかをならへて／すませ給しか、第十代《たい》[三]の御門《かと》、しゆしん天皇《わう》の御時、へちのてんにうつしたてまつらる、／中ころよりそ、うんめいてんにはわたらせ給ふ、せんと百六十年の後《のち》、むらかみの／天皇《わう》の御宇《う》、天徳[四]三年九月廿三日の夜、たいりせうまうあり、ひもとは大たいの、中／の衛《へ》、さひやうゑ《へ》のちんなりけれは、ないしところの、わたらせたまふ、うんめいてんも」(69オ)ちかゝりけり、其《その》時のくわんはく、をのゝ宮との、いそきはせまいりて、見《み》まいらせ給へは、／女房[五]夜半《はん》の事なれは、おりふしないし所《ところ》に、女《によ》くわんもさふらひ《い》あはすして、ないし／所《ところ》を、いたし奉《たてまつ》る人もなし、関白殿《くわんはく》、こはいかゝし奉《たてまつ》るへきと、さはかせ給けるに、／しんきやううんめいてんをとひいてさせ給て、南殿《なんてん》のさくらのえた《ゑ》にとひそうつ／らせ給ける、くわうみやうかくやくとして、あさ日の山のはをいてたるかことし、其《その》時」(69ウ)左大臣殿《さしん》、かうへを地《ち》につけ給て、百王[六]おう*この御ちかひ《ゐ》、あらたまらせ給はすは、しん／きやう、さねよりかそてへ、うつらせおはしませと、申たまひたりけれは、たちまちひ／たりの御袖《そて》に、とひそうつらせ給ける、を

一　太神—太神《たい》
二　百王—百王《はく》
三　十代—十代《たい》
四　天徳—天徳《とく》
五　女房—によほふ（如法）
六　百王—百王《はくわう》
＊（応護）

七　ありかたく―かたく

時忠、義経を婿にして文書をとり返す

八　平―平《へい》

の〻宮との、すいきの涙《なみた》をなかしつ〻身つ／から御さき申させ給て、主上の御さいしよ、大しやうくわんのあひたところへ、入まいらせ／給ふ、いにしへはかくこそめてたくおはしましけれ、今《いま》は世の末《すゑ》になりて、ないし所《ところ》も」(70オ)とひうつらせ給ふまし、うけまいらせ給ふしんも、たれかわたらせたまふへき、た〻上／ここそ[七]ありかたく、末代《まったい》こそかなしけれ、去《さる》程に平[八]大納言時忠《たゝ》のきやうは、判官《はんくわん》の宿所《しゆくしよ》／ちかくおはしけるか、ある時、しそくさぬきの中将時実《さね》にあひての給けるは、いか〻／すへき、ちらすましきふみを一かう、義経《よしつね》にとられたるそとよ、このふみかまくらへく／たりなは、人もおほくそん《む》し、我《わか》身もたすけらるましとのたまへは、中将、うちあんして」(70ウ)申されけるは、判官《はんくわん》は、おほかたもなさけふかく候うへ、女房《によはう》なとの、うちたへなけく／事をはき〻候よしうけたまはり候、今《いま》はなにかはくるしく候へき、ひめ君《きみ》あまたお／はしますうち、いつれにても、一人見せさせ給て、したしうなりて、さやうの事をも、／おほせられ候へかしと申されけれは、大納言、日比《ころ》はむすめともをは、女御《によこ》きさきにと／こそおもひしに、今《いま》さらなみ〳〵の人に、見《み》すへしとは、かけてもおもひよらさりしか」(71オ)とその給ける、中将の心ちには、たうふくのひめきみの、ことし十七になり給けるを／とおもはれけれとも、猶これをは、ゆるし給・はす、せんふくの御むすめ、廿三になられ／けるをそ、しのひて判官《はんくわん》に見《み》せられける、はんくわんは、もとのうへ、かはこえの太《大》郎／かむすめもありけれとも、是《これ》をはへちの所《ところ》、しんしやうにしつらいて、すませ奉《たてまつ》り給ふ、/ある時此女房《このによはう》、件[一]のふみの事を、おほせいたされたりけれは、判官《はんくわん》、いとやすきこと」(71ウ) なりとて、ふうをもとかすして、大納言のもとへをくられける、大納言なのめならす悦《よろこひ》/給て、すなはちやきすてられけるとかや、平家のあくきやうは、一から此人《この》＊こうきやうせ/られけるにや、さやうの事きせ[二]られたる物にや、おほつかなしとそ人申ける

建礼門院吉田に隠棲

女院御出家の事

さる程に、けんれいもんゐ《い》んは、東《ひんかし》山、吉田《よした》の/へんなる所《ところ》に、たちいら[入]せ給けり、中納言の法印《ほふいん》きやうけんと申、なら法師《ほふし》のはうなり」(72オ) けり、すみあらして年《とし》へにけれは、庭《には》にはくさふかく、のきには、あやめしけれり、す/たれたえ、ねやあらはにて、雨風《あめかせ》たまるへうも見《み》えさりけり、花《はな》はいろ〳〵にほへとも、/あるしとたのむ人もなく、月は夜な〳〵さし入とも、なかめてあかすとももなし、昔《むかし》は/たまのうてなをみかき、にしきのちやうにまとはれて、あかしくらさせ給しに、今《いま》は/ありとしある人には、皆《みな》わかれはてさせ給て、あさましけなるくちはうに、たちいら[入]せ」(72ウ) 給《たま》ひけん、御心のうち、をしはかられてあはれなり、みちの程、つきまいらせられたり/ける女房《にようはう》たちも、是《これ》よりみなちり〳〵になり給ぬ、うを《ほ》のくかにあかれるかことし、/鳥《とり》のすをはなれたるよりも猶かなし、さる

一　件—件《くたん》
＊（興行）
二　きせられ—記《しる》され

建礼門院出家（元暦二年五月一日）

三　元暦―元暦《けんりやく》

＊（期）

建礼門院の生涯回顧

まゝには、うかりし浪《なみ》の上《うへ》、舟《ふね》の内《うち》の御すま/ゐも、今《いま》は御こいしくそおほしめされける、おなしそこのみくつともなるへかりし/身の、つれなくなからへぬると、おほしめしなけかせ給へとも、かひ《ゐ》そなき、天上の五」(73オ)すいのかなしみは、人間《けん》にもありける物をとそ見《み》えし、元暦[三]二年五月一日、女院《によいん》御/くしおろさせ給けり、御かいの師《し》には、長楽《ちやうらく》寺の別当《へつたう》、あせう上人《しやう》にんせいとそきこえ/し、御かいの御ふせには、せんていの御なをしなり、上人是《これ》を給て、なにと申ことはをは/いたされねとも、是《これ》をかほにをしあてゝ、すみそめの袖《そで》をそしほられける、其《その》＊こまて/もめされたりし御いなれは、御うつりかもいまたつきさせ給はす、西国《さいこく》より、御かたみ」(73ウ)にもとて、はる〳〵もたさせ給たりけれはいかならん世までも、御身をはなたしと/こそおほしめされけれ共《とも》、御かいのふせに、なりぬへき物《もの》のなきうへ、御ほたいのため/にもとおほしめして、なく〳〵とりいたさせ給けり、上人、御いを、やかてはたにぬひ《ゐ》、/ちやうらく寺の、しやうめんにかけられけるとそうけ給はる、女院《によいん》、十五にてうちへま/いらせ給ひ、十六にてこうひのくらゐにそなはり《わ》給ふ、くんわうのかたはらに候はせ」(74オ)給て、あしたにはあさまつり事《こと》をすゝめ奉《たてまつ》り、夜は夜をもはらにせさせ給き、廿二/にて王子《わうし》御たんしやう、程なくくわうたいしにたゝせ給しかは、廿五にてゐ《い》んかう/かうふらせ給て、けんれいもん院《いん》とそ申ける、天下の国母《こくも》にてましますうへ、入道相《たうしやう》/国《こく》の御むすめなれは、世のおも《を》くし奉《たてまつ》る事

吉田での日々

＊（「窓打つ」の誤りか）

一　とちこめられ—とちこもられ

なのめならす、今年《こんねん》廿九にそならせ給ける、／たうりの御よそほ《お》い、猶こまやかに、ふようの御かたち、いまたおとろえさせ給はね共《とも》、」(74ウ)今《いま》はひすいの御かんさしをつけても、なにかはせさせ給へきなれは、つゐに御さまを／かへさせ給けり、うき世をいとひ、まことのみちにはいらせ給ひぬれとも、御なけきは／つきさせ給へくもあらす、人々の、今《いま》はかくとて、海《うみ》にしつみしありさま、せんてい／の御おもかけ、なしかはわすれまいらせさせ給へき、なにゝかか《ゝ》りて御命《いのち》、けふまても／きえやらさるらんと、おほしめすにつけても、つきせぬ御涙《なみた》やむとき《時》なし、さ月はみしか」(75オ)夜なれとも、あかしかねさせたまひ《給》つゝ、をのつからうちもまとろませ給はねは、昔《むかし》の／事を、夢《ゆめ》にたにも御らんせられす、かへにそむける、のこんのともし火《ひ》かけかすか／に、夜もすから、まとうて＊くらき雨《あめ》のをとしつか也《なり》、上やうしんか、上やうきうに、一とち／こめられたりけんさひしさも、これにはすきしとそおほしめす、昔《むかし》をしのふつまと／なれとてや、もとのあるしからうつしうへをきたる、のきちかくはなたちはなのあり」(75ウ)けるに、風《かせ》なつかしく香《か》ほりける、おりふし、山時鳥《やまほとゝきす》ちかくをとつれてすきけれは、女院《にょいん》、／ふるきことのはを、おほしめしいてゝ

　時鳥《ほとゝきす》はなたちはなのかをとめて／なくはむかしの人やこひしき

女房《にょはう》たち、二位殿《ゐとの》の外《ほか》は、さのみたけく海《うみ》に／もしつみ給はねは、わかきも老《おい》たるも、あるにもあらぬ心ちして、さまをかへ、かたちを／やつし、思《おも》ひもかけぬ谷《たに》のおく、岩《いわ》のはさま

二　三位―三ゐの

重衡の北方、日野に蟄居

三　五条―五てうの

四　三位―三ゐの

頼朝、義経を疎む

にてそ、あかしくらさせ給ける、すまゐし」(76オ)宿《やと》は、みなけふりとたちのほりしかは、むなしきあとのみのこて、しけき野辺《のへ》とそ/なりにける、日比《ころ》見《み》なれし人の、とひくるもなし、せんかより帰《かへり》て、七世《せ》のまこにあひ/けんも、かくやとおほえてあはれなり、三位[二]中将しけひらのきやう《卿》の、きたのかたと/申は、こ五条[三]大納言くにつなのきやうの御むすめ、せんていの御めのとこ、大納言の/すけとの《殿》と申、西国《さいこく》より、たけきもの〻《の》ふにとらはれて、ふるき都《みやこ》にかへりのほり」(76ウ)給ては、あねの、大夫の三位《ゐ》と、とうしゆくして、日野《の》といふ所《ところ》にそおはしける、三位[四]/中将の露《つゆ》の命《いのち》、草葉《くさは》の末《すゑ》にすかりつ〻、いまたきえやらぬよしきこえしかは、/今《いま》一度《と》、かはらぬすかたをも、見《み》もし見《み》え奉《たてまつ》らはやとおもはれけれとも、さるへきた/よりなかりけれは、なく〳〵あかしくらさせ給ひけり

おほいとの〻わか君きられ給事

平家ほろひて後《のち》は、国《くに》〳〵もしつかに、人の」(77オ)かよふにわつらひ《ゐ》なく、都《みやこ》もおさまりにけれは、あはれ判官《はんくわん》程の人こそなけれ、鎌倉《かまくら》/の源《けん》二位《ゐ》は、何事《なに》かしいたし給へるかうみやうある、た〻判官《はんくわん》の世《よ》にてあらはやな/と申あひけり、源《けん》二位《ゐ》このよしをき〻給て、こはいかに、頼朝《よりとも》か、ゐなからはかり事《こと》を/めくらせはこそ、平家はたやすくほろひぬ

宗盛、末子副将に対面（六日）

れ、九郎一人しては、いかてか世をもしつむ/へき、かく人のいふにをこりて、我《わか》まゝにしたるにこそ、いつしかさはかりのてうてき、」(77ウ)平《へい》大納言のむこになるてう、心えられす、又大納言のむことりもしかるへからす、いかさ/ま今度《こんと》くたりては、くわふんのふるまひしてんすとて、内々《ないく》心よからすそきこえける、/おなしき七日、九郎大夫《たいふ》の判官義経《はんくわんよしつね》、おほいとのふしをくし奉《たてまつ》りて、かまくらへこそく/たられけれ、其《その》六日、おほいとの、人して判官《はんくわん》のもとへのたまひをくられけるは、明日《みやう》す/てに、関東《くわんとう》へくたるへしとやらん、うけたまはり候、それにとりては、たんの浦《うら》のいけ」(78オ)とりの中に、八さいのわらはとしるされて候しは、いまた候やらん、候はゝ、あはれ/鎌倉《かまくら》へくたらぬさきに、かれを今《いま》一度《と》見候は《ゝ》はやとありけれは、判官《はんくわん》、別《へち》のしさい候はし/とて、あつかり申たる、かはこえの小太郎《こ》重《しけ》房《ふさ》かもとへ、此《この》よしのたまひ《い》つかはしけり、/此《この》わか君《きみ》には、かいしやくめのとゝて、女房《にようはう》二人そつきたりける、二人の女房《にようはう》、わか君《きみ》を/中にをき奉《たてまつ》りて、つゐにいかなる御ありさまにか、見《み》なしたてまつらんすらんとて、」(78ウ)なくよりほかの事なし、かはこえ、人の車《くるま》かりて、わか君女房《きみにようはう》、おほいとのゝ御《の》かたへ/入奉《たてまつ》る、はるかにちゝを見奉《みたてまつ》らせ給はて、世《よ》にうれしけにて、いかにやこれへとの給へ/は、いそき御ひさへまいらせ給けり、おほいとの、かみかきなてゝ、しゆこのふしにの給/けるは、これ見給へ人々、此子《このこ》か母《はゝ》は、これをうむとて、なんさんをしてしにぬ、さんはた/いらかにしたりしかとも、やかてうちふし

一　給はて─給いて（中院本の誤り）

てなやみしか、いかならんはらに、きんたち」(79オ)いてきたりとも、あひかまへて、是《これ》をはわらはかかた見《み》に御らんせよ、めのとなとか/もとへも、さしはなちてつかはすなといひしか、ふひんさに、あの[二]宗清は、[三]天下にひやう/かくあらん時、大将軍《しやうくん》にて、是《これ》はふくしやう軍《くん》させんすれは、やかてなを、ふくしやう/といはんといひしかは、なのめならす悦《よろこひ》て、すてにかきりの時までも、名《な》をよひなと/してあひせしか、七日といひしに、つゐにはかなくなりしそとよ、是《これ》を見《み》るたひには、」(79ウ)わすられぬ[四]そよとて、涙《なみた》にむせひ給へは、しゆこのふしも涙《なみた》をなかし、右衛門《うゐもん》のかみ/もなかれけり、日もやう〳〵暮《くれ》けれは、うれしう見《み》たり、さらはふくしやう、とう〳〵/かへれとの給へは、わか君《きみ》、ちゝのしやうゐの袖《そて》にとりつき給て、いなやかへらしとそ/なかれける、右衛門《うゐもん》のかみたちて、こよひはこれに、見《み》くるしき事のあらんするに、/かへりて、又あすまいるへしとの給けれ共《とも》、猶もたち給はす・、二人の女房《にようはう》も、さてしも」(80オ)あるへき[五]あらねは、わかきみいたき奉《たてまつ》りて、車《くるま》にのる、おほいとの、わか君《きみ》のうしろを、/はる〳〵と[六]見をくり給て、日比《ころ》のおもひなけきは、事《こと》のかすならすとてそなかれける、/母《はゝ》のゆいこんかふひんさに、めのとかもとへもつかはさす、つねはわかまへにてそ/たて給ふ、三さいにてかうふり・給て、名《な》をは能宗《よしむね》とそ、申ける、おひ《い》たち給まゝに、心さま/世にすくれておはしましけれは、なのめならすせう*あひして、西海《さいかい》の旅《たひ》のそらまても、」(80ウ)つゐにかた時もはなれ給はぬ人の、いくさ

二　宗清―きよむね（中院本の誤り）
三　天下―天下《てんか》
四　そよ―そとよ
五　あらね―ならね（中院本の誤り）
六　見をくり―みくり（三条西本の誤り）
＊（鍾愛）

河越、副将を引き出す（七日）

やふれて、四十よ日にならんするに、けふそ／はしめて見給ける、おなしき七日、かはこえ、判官《はんくわん》に申けるは、さてあのわかきみをは、何《なに》／とし奉《たてまつ》るへき人にて候やらんと申けれは、判官《はんくわん》、たうしはあつきなかに、おさなきもの／ともひきくして、かまくらまてくたるにをよはす、是《これ》にて、よきやうにはからへとの／給へは、かはこえ、よきやうにはからへとは、うしなひ《い》たてまつれなりと心えつ、いまた」(81オ)夜のうちなれは、わか君《きみ》は二人の女房《にょはう》とね給へり、かはこえ、女房《にょはう》に申けるは、おほい／との、けふすてにかまくらへ御くたり候、しけふさも、判官《はんくわん》のともにくたり候へは、／わかきみをは、けさより、きくちかもとへ入まいらすへきにて候、御車《くるま》よせて候と、とう／〳〵と申せは、けにそと心えて、いまたね給へるわかきみを、をしおとろかせ奉《たてまつ》りて、御／むかひ《へ》に人のまいりてさふらふ《う》、いさゝせ給へと申せは、わか君《きみ》、又昨日のやうに、」(81ウ)おほいとのゝ御かたへ、まいらんするかとの給けるそいとおしき、わかきみ車《くるま》にのせ／奉《たてまつ》りて、六条《てう》を東《ひんかし》へやりてゆく、かはらに車《くるま》をやりとゝめて、しきかは《わ》しきて、わか君《きみ》／いたきおろしたてまつらんとす、二人の女房《にょはう》、日比《ころ》より、かゝるへしとはおもひまう／けし事なれとも、さしあたりてはかなしくて、こゑをあけてそをめきける、わかきみ／大にあきれ給て、おほいとのは、いつくにわたらせ給そとの給へは、只今是《たゝいまこれ》へいらせ」(82オ)給はんするに、こゝにてまちまいらせ給へとて、しきかはの上《うへ》にいたきおろし奉《たてまつ》る、／かはこえからうとう、たちをぬきて、うしろ

副将の最期、乳母の女房ら入水

へたちまはりければ、わか君《きみ》、太刀《たち》のかけに／をそれ給て、めのとかふところに、かほさし入てそなき給ふ、かはこえをそしとめを見あ／はせければ、太刀《たち》にてはかなはしと思《おも》ひて、めのとかふところに、いたきつきておはし／けるを、ひきはなち奉《たてまつ》りて、こしの[一]かたなぬき、わかきみの御くひをそとりてける、」(82ウ) ことしは八さいにそなり給ふ、くひをは、判官《はんくわん》に見《み》せんとて、もたせて行《ゆけ》は、むくろをは、／むなしくかはらにすてをきたり、二人の女房《にようはう》、かちはたしにて、判官《はんくわん》の前《まへ》にきたり、／しかるへくさふらは〻、[二]我君の御くひを給て、後《のち》の世を、とふらひ《い》まいらせんと申ければ、／判官《はんくわん》、よろつになさけふかき人にて、もともしかるへしとてゆるされけり、女房《にようはう》御くひ／をふところに入て、いつるとそ見《み》えし、其《その》後《ゝち》五六日ありて、かつら川《かは》に、女房《にようはう》二人身を」(83オ) なけたるありけり、一人はおさなきもの〻くひを、ふところに入てしつみたり、これは／めのとなりけり、めのとか身をなけんはいか〻せん、かいしやくの女房《にようはう》さへ、おなしく／しつみたるこそあはれなれ

おほいとのふしちうせられ同おほちを／わたさる〻事

[三]元暦二年五月七日、九郎[四]大夫判官《はんくわん》は、おほ／いとの親子《ふし》くし奉《たてまつ》りて、くわんとうへけかうせられけり、判官《はんくわん》なさけある人にて、」(83ウ) みちすからも、やう〳〵になくさめ奉《たてまつ》る、おほい《ゐ》との、判官《はんくわん》に、ふしか命《いのち》を申て、た／すけ給へかしとの給へは、はんくわんの

一　かたな―かたなを
二　我君―わかきみ

宗盛父子関東護送（元暦二年五月七日）
三　元暦《けんりやく》
四　大夫―大夫の

御返事には、今度《こんと》のいくさのくんこうに、／りやうしよの御命《いのち》をは、申てたすけまいらせはやとこそ存《ぞんじ》候へ、いかさまにも、／おくのかたへなかしまいらせ候はんすらんと申されけれは、おほいとの、一ろくろつかる／＊とはま、ゐそかすむなる千しまなりとも、親子《おやこ》か、かひなき命《いのち》たにあらはと、の給」(84オ)けるそあさましき、国《くに》〳〵、宿《しゆく》〳〵、さしすきてくたり給程に、おはりの国《くに》、＊のまのうつ／みにもなりしかは、こゝは、こさまのかみ義朝《よしとも》のはかなりけれは、おほいとのふしを／馬《むま》よりおろし奉《たてまつ》りて、はかのまへを、二かなたこなたへ、七度《と》わたし奉《たてまつ》り、其後《そのゝち》判官《はんくわん》、はか／のまへに、かしこまて、くわこしやうりやう、かならす、此《この》心さしをもて、九ほん＊あんやう／のしやうとの、ゐんせう《い》にあつかり給へと、申されけるとかや、其後《そのゝち》、おほいとのふしを」(84ウ)馬《むま》にのせ奉《たてまつ》り、けかうし給程に、するかの国《くに》、うき島《しま》かはらにもなりにけり、／おほいとの

しほちよりたえす思《おも》ひをするかなる／名《な》はうきしまに身をはふしのね

右衛門《うゑもん》のかみ

我《われ》なれやおもひにもゆるふしのね／むなしきそらのけふりはかりは

日かすふれは、はこねちうちこえて、鎌倉《かまくら》ち／かくそなりにける、判官《はんくわん》、三日ちより人を」(85オ)さきにたてゝ、かまくらへあん内《ない》を申され／けれは、源《けん》二位殿《ゐとの》、かちはらをめして、九郎か、＊きんみやう、かまくらへ入なんするそ、さふ／らひ共《いとも》めすへしとの給へは、かけとき《時》うけ

一　ろくろ―あくろ（加藤家本「阿黒」。中院本の誤り）
＊（外浜）
＊（野間）
二　かなた―かなたへ
＊（安養の浄土）

宗盛父子の詠歌「しほちより」

頼朝、義経の鎌倉入りを拒否

＊（今明）

頼朝、宗盛を引見。卑屈な宗盛

たまはりて、はせめくりてもよほ《を》しけるに、／さいかまくら、をよひ、きんきやうの、大名小名《みやうせうみやう》、われも〳〵とはせさんして、をの〳〵、／しゆこし奉《たてまつ》る、かねあらひ《い》さは《わ》に、せきすへさすへきよしおほせらる、かちはら、かねあ／らひ《い》さは《わ》へはせむかひて、大臣殿《おほいとの》ふしをは」（85ウ）うけとり奉《たてまつ》り、判官《はんくわん》をは、それよりこしこえ／へおつ帰し奉《たてまつ》る、おほいとのふし、鎌倉《かまくら》へ入奉《たてまつ》りて、源《けん》二位《ゐ》とのゝ、つねにすまはれ／ける所《ところ》より、つほをへたてゝ、たいの屋《や》にい《入・》れ奉《たてまつ》る、二位《ゐ》殿《との》、ひきの藤《とう》四郎よしかすを／もての給けるは、頼朝《よりとも》、またく平家にいしゆおもひ奉《たてまつ》らす、そのゆへは、こいけのせんに、／いかにたすけんとし給とも、こ入道相国《たうしやうこく》の御ゆるし候はては、いかてか頼朝《よりとも》かくひを、／つき候へき、さてこそ、廿余《よ》年の春秋《はるあき》を」（86オ）をくりむかへても候つれ、され共《とも》てうてき／とならせ給ぬるうへは、ゐ《い》んせんを給て、こと〳〵くついたうし奉《たてまつ》り候ぬ、かやう／にけんさんに入へしとこそ、存《そんし》候はさりつれと、の給をくられけれは、よしかす、おほ／いとのゝ御前《まへ》にまいりて、此《この》よしを申に、ゐなをりかしこまて、きかれけるこそくち／おしけれ、かまくらうちの、大名小名《みやうせうみやう》、其外《そのほか》平家にほうこうしけるともからも、命《いのち》た／すからんとて、おちくたりて候けるか、この」（86ウ）ていを見《み》たてまつりて、あな心うや、あの御／心にてこそ、西海《さいかい》の浪《なみ》のそこにもしつみ給へき人の、これまてもくたり給へ、只今《たゝいま》ゐな／をりかしこまてきゝ給はゝ、御命《いのち》のたすからせ給へきかはとて、をの〳〵つまはし／きをして、あさみあへり、其《その》中に、あるものゝ申けるは、まうこ、しんさんにある時/は、はくしゆうふるひ《い》おつといへとも、かんせいの中にある時は、おをうこかして、/しよくをもとむといへり、いかにたけき」(87オ)しやうくんなれとも、かたきのてにとら/はれぬれは、心はかはるならひなり、されは、おほいとのゝ、只今《たゝいま》わろひれ給へるも、こと/わりなりと申てこそ、はちをはすこしきよめけれ、判官《はんくわん》は、かまくらへ入られぬ事を、/大に心えすおもはれけれは、またく御ために、二心なきよしを、たひ〳〵ちん《む》し申され/けれ共《とも》、あへて御返事もなかりけり、其《その》時、大せんの大夫[一]ひろもとの、いまたいなはの/かみと申しにつきて、きしやうもんをかき、」(87ウ)しよしやうをそへてそ、奉《たてまつ》られける、その/しやうにいはく

義経《よしつね》つしんてこん上す、其《その》いしゆは、御代官《たいくわん》/の一ふんとして、ゐ《い》んせんをうけたまはり、すてにてうてきをほろほし、くわいけいの/はちをきよめをはんぬ、くんしやうにをこなはるへき所《ところ》に、おもひの外《ほか》に、こゝうの/さんけんによて、む二のくんちうをもたせらる、おかすことなくしてとかをかうふる、/こうありてあやまりなしといへ共《とも》、御かん」(88オ)たうをかうふる間《あいた》、むなしくこうるいに/しつむ、つら〳〵ことの心をあんするに、さんしやのしつふをたゝされす、鎌倉《かまくら》中へ/入られさるあひ《い》た、しさいをのふるにあたはす、いたつらにしうるい*をのこて、りよ/くわんにとうりうす、此《この》時、おんかんをはいし奉《たてまつ》らすは、いつれの日か、うつねんをさん/すへきをや、こつにくのきなかくたえ、とう*

おほいとのふしちうせられ同おほちをわたさるゝ事

義経腰越状（六月五日）

一　大夫—大夫《たいふ》

＊（愁涙を拭て）
＊（「とうたい」は未詳。加藤家本は「同胞」）

*（再生）

*（龍門の牧）

二　大和―やまとの

*（貴命）

三　木曽―木《き》そ

*（波濤）

*（豺狼）

*（微質）

たいのよしみむなしかるへし、はうふそん/れい、さ*いしやうせしめ給はすは、たれの人か、」(88ウ)れんみんをたるへきをや、今《いま》さらの申しやう、/ことあたらしきににたりといへとも、義《よし》経《つね》、しんていはつふを、ふもにうけ、いくはく/のしせつをへす、こかうのとの、御たかいのあひた、つゐにみなしことなて、母《はゝ》のふと/ころのうちにいたかれ、大和国《くに》[二]、うたのこほり、れ*うもんのまきにおもむきしより此《この》/かた、一日へんしも、あんとのおもひにちうせす、わつかに一めいをそんするといへ/共《とも》、身をさい〳〵しよ〳〵にかくしへん」(89オ)しゆくして、平氏《へいし》ついたうの、き*めいをかう/ふり、上洛《らく》せしむるきさみに、まつ木曽義《よし》[三]仲《なか》をちうりくしをはんぬ、平家をほろほ/さんため、西国《さいこく》へはつかうのとき《時》、あるいは、馬《むま》を、か〻たるたかき岩《いわを》ほにすゝめ、かはね/をはんしやくにくたかん事をかへり見《み》す、あるひは、舟《ふね》を、まん〳〵たる大海《かい》にう/かへ、か*はねをはたうにしつめん事を」(89ウ)は〻からす、さ*いらうのくちをまぬかれ、け/いけいのあきとをのかる、千死《し》をいてゝ、一生《しやう》にきす、三四か年の間《あいた》、身にかつちう/をはなたす、きうせんをけうとする、ほんい、しかしなから、おほせのを《お》もむきを〻もん/し奉《たてまつ》り、かつははうこんの、御いきとをりを、やすめたてまつらんためなり、あまさへ、/義経《よしつね》五位《ゐ》のせうに、ふにんしをはんぬ、すてにもてひ*しつをたて、いよ〳〵ちうきんを/ぬきんてんとほつする所《ところ》に、かへ《返》つて御」(90オ)

＊（先業の所感）
一　神祇―神《しん》き
二　奉り―たてまつる
＊（奸臣無窮の讒口）
＊（当家万代）
三　しよし（書紙）―事しよ
（事書）
四　義経―よしつね《しやう》（義経状）

ふしんをのこさるゝてう、*せんこうのしよ／かんか、なけいてあまりあるものなり、さらにやしんをそんせさるむね、諸寺《しよ》、諸社《しよしや》の、こ／わう、ほういんをひるかへして、日本国《ほんこく》中の、大小の神祇[一]、みやうたうを、しやうしおと／ろかし奉[二]り、すつうのきしやうもんを書《かき》しんするところ也《なり》、きてん、しうたんのをも《お》／むきをさつし、御かんきを申なためしめ給はゝ、たゝ、*かんしんむくうの、さんこうを／けすのみにあらす、*たうけ、はんたいの」（90ウ）よけいを、のこさるへきもの也、[三]しよしに／つくしかたし、しかしなからせいりやくせしむ、よしつねきよくわうつしんて申

六月五日　さゑもんの小せう義経[四]

しん上　いなはのかみとのへ

頼朝許容せず、義経不満

とそかゝれたる、ひろもとしきりにとり申／されけれとも、二位殿《ゐとの》きようし給はす、判《はん》官《くわん》の給けるは、今度《こんと》下向《けかう》したらは、所《ところ》〳〵の／かつせん、まいとのかうみやう、たつねかんせられんするとこそおもひ」（91オ）の外《ほか》に、鎌倉《かまくら》へたにも入られぬこそ、いこんのしたいなれ、これはしかしなから、かち／はらかさんけん也《なり》、同《おな》し親《おや》の子《こ》にて、先《さき》にむまれたるをあにといひ、後《のち》にむまれたるを、／おとうとゝ《と》いふにこそあるなれ、世をしらん

義経、宗盛父子を護送上京（六月十日）

に、たれかはおとるへきなと、つふやき給へ／共《とも》かひなし、同《おな》しき六月十日、判官《はんくわん》、又おほいとのふしをうけとり奉《たてまつ》りて、都《みやこ》へ帰《かへり》のほり／給ひけり、おほいとの、今度《こんと》かまくらにて

宗盛父子近江着（二十一日）
本性房湛豪の説法

そ、いかにもならんすらんとおもひたれは、」(91ウ) 思《おも》ひの外《ほか》に、命《いのち》いきて、二たひ都《みやこ》へ帰《かへり》のほるこそ、うれしけれとの給へは、右衛門《うゑもん》の/かみ、なにとてかたすけられ候へき、道《みち》にてそきられ候はんすらんとて、くつろく心ち/もし給はす、おはりの国《くに》になりぬれは、この国《くに》は、こ左馬頭《さまのかみ》の、うしなはれし国《くに》なれは、/こゝにてそ、きられんすらんとおもはれけれ共《とも》、それもやう〳〵すきけれは、さてはかひ《い》/なき命《いのち》はかりをは、たすけられんするにこそとの給へは、右衛門《うゑもん》のかみ、たうしは」(92オ) あつきころにて候へは、くひのそんせぬやうを、はからひ《い》て、都《みやこ》ちかうなりてそきられ候/はんすらんとて、わか身もしきりに念仏《ねんふつ》をとなへ、おほいとのをもすゝめ奉《たてまつ》られけり、/おなしき廿一日には、あふみの国《くに》、しのはらにこそつき給へ、つきの日のあしたより、/おほいとの、五ゑもんのかみを、ひきはなちて、所《ところ》〳〵にをき奉《たてまつ》りけるにそ、親子《おやこ》の人々、/けふをさいこは、六しられける、判官《はんくわん》よろつなさけある人にて、七一日より人をさきたてゝ、」(92ウ) 都《みやこ》へ入、せんちしきのひしりをむかへられけり、大原《はら》の、ほんしやうはうたんかうとそ/きこえし、大臣殿《おほいとの》、せんちしきのひしりにむかひ《い》て、の給けるは、我西海《われさいかい》の浪《なみ》のそこ/にも、しつむへかりし身の、命《いのち》いきて、きやうゐ中ひきしろはれ、はちをさらす/も、あの右衛門《うゑもん》のかみゆへなり、されは、たといくひこそとらるとも、むくろは一所《しよ》に/ふさんとこそおもひつるに、思《おも》ひの外《ほか》に、所《ところ》〳〵にて、しなん事こそかなしけれと」(93オ) の給へは、ひしり、さなおほしめされ候そ、

五　ゑもん―うゑもん
六　は―とは
七　一日―一日ち

おほいとのふしちうせられ同おほちをわたさるゝ事

さいこの御ありさまを、御らんせん《む》につけ/ても、たかひの御心のうち、いよ〳〵かなしかるへし、此所《このところ》は、もとよりしやうしやひつ/めつのさかいなれは、生《むま》るゝものはかならすしゝ、あふものは、さたまて[一]わかるゝならひ/なり、今《こん》年は、三十九にならせ給なり、其《その》間《あいた》の事を、おほしつゝけて御らんせられ/候へ、たゝ一夜の夢《ゆめ》のことし、たとひ《い》又、此後《このゝち》七十八十まてたもたせ給共《とも》、それも程やは」(93ウ) あるへき、しやくそん、いまた、せんたんのけふりをまぬかれたま《給・》はす、いはんや*ゐんふ、/ふちやうのさかいにをいてをや、君《きみ》は、御門《かと》の御くわいせきにて、せうしやうのくらゐに、/いたらせ給ひぬるうへは、御ゐいくわ、のこる所《ところ》候はす、今《いま》又かゝる御めにあはせ給も、/せんせのしゆくしうとおほしみされ[二]て、世をも人をもうらみさせ給へからす、たのし/みは、これ、かなしひ《み》のもとい、生《しやう》は[三]さたまて死《し》の*こなり、されは、しんのしくわうのを」(94オ) こりをきはめしも、つゐには、りさんのつかにうつまれ、かんのふていの、ちやうせい/をねかひ《い》しも、いたつらに、とれうのこけにくちにき、天人、猶五すいの日にあへり/とこそ見《み》えて候へ、さてこそほとけも

かしんしくうさいふくむしゆ/くわんしんむしんほうふ《ふ》ちうほう《ふ》

ともとかれて候へ、なに事も、つねとなお/ほしめされ候そ、いかなれは、弥陀《みた》は、をこしかたきくわんをを《お》こして、我《われ》らをいんせう」(94ウ) し給ふに、いかなるわれらそや、おく《億・》〳〵万こうの間《あひた》、生死《しやうし》にるてんして、いまたしゆつ/りのこをしらさる、今度《こんと》、たからの山に入て

一 さたまて―さためて

*（閻浮不定）

二 おほしみされ―おほしめされ（中院本の誤り）

三 さたまて―さためて

*（期）

宗盛父子の最期

四　きりて―きりての

候を、むなしくせさせ給はん事は、をろか／なる中の、くちおしき事とはおほしめされ候はすや、あいかまへて、よねんをこ／させ給なとて、かいさつけ奉《たてまつ》り、しきりに念仏《ねんふつ》をすゝめ奉《たてまつ》る、大臣殿《おほいとの》、たちまちに、まう／ねんをひるかへし、西《にし》にむき、かうしやうの念仏《ねんふつ》、数《す》百へんとなへて、さらはとうきれと」(95オ)の給て、くひをのへてそまたれける、きりて、たちはなの馬《うま》のせうともなか、太刀《たち》ひきそ／はめ、うしろへたちまはりけれは、大臣殿《おほいとの》、たゝ一め見《み》給て、ゑもんのかみも、すてに／かとの給もあへす、くひはまへにそおちにける、せんちしきのひしりも、四きりてともな／かも、皆袖《みなそて》をそぬらしける、このともなかと申は、新《しん》中納言知盛《とものり》に、朝夕《てうせき》しかう《こ》の／さふらひ《い》なり、今《いま》一度世《とよ》にあらんとて、鎌《かま》倉《くら》へおちくたりて候けるか、さこそ、世に」(95ウ)したかふならひとはいはんからに、一家《け》のしうのくひをうちける、ともなかを、にく／まぬものそなかりける、其後《そのゝち》ひしり、又御子《こ》ゑもんのかみの御かたへまいる、右衛門《うゑもん》の／かみ、ひしりにむかひ《い》て、大臣殿の《おほいとのゝ》、さいこのありさまは、いかにとの給へは、いしうあり／かたうこそ、見《み》えさせ給候つれと申されければ、右衛門《うゑもん》のかみ、なのめならす悦《よろこひ》て、西《にし》に／むかひ《い》、かうしやうに、念仏《ねんふつ》二三十へんとなへて、さらはとうとて、くひをのへてうた」(96オ)せらる、きりては、ほりの弥《いや》太《大》郎ともひろ也《なり》、右衛門《うゑもん》のかみ、おしかるへきよはい《わ》、生年《しやうねん》／十七にそなられける、くひをは判官《はんくわん》もたせて、都《みやこ》へ入、むくろをは、せんちしきのひしり／と、きりての、ともなかかさたにて、一あなに

おほいとのふしちうせられ同おほちをわたさるゝ事

宗盛父子の首獄門に掛けられる（二十三日）

うつみ、そとはをたてゝ《て》そのほりける、同《おな》し/き廿三日、け《けん》ひいし、三条《てう》川原《かはら》に行《ゆき》むかひ《い》て、おほいとのふしのくひをうけとりけり、大/ちをわたして、こくもんにかけらるへしとさたありしかは、法皇《ほふわう》も、三条《てう》東《ひんかし》のとうゐ《い》んに、」（96ウ）御車《くるま》をたてゝ、えいらんあり、公卿《くきやう》殿《てん》上人の車《くるま》も、おなしくたてならへたり、法皇《ほふわう》御心よ/はくも、れうかんに御涙《なみた》せきあへさせ給はす、大臣《しんい》以上のくひ、大ちをわたし、こく/もんにかけらるゝ事、てんちく、しんたんはしらす、日本我朝《ほんわかてう》には、是《これ》はしめとそうけ/たまはる、西国《さいこく》より、いけとりにせられて、二たひ都《みやこ》へのほりては、いきて六条《てう》を東《ひんかし》へ/わたされ、東国《とうこく》より帰《かへり》ては、しゝて三条《てう》を西《にし》へわたさる、いきてのはち、しゝてのはち、」（97オ）くちおしかりし事とも也

平家物語第十一終」（97ウ）

平家物語第十二目録

一　もんかくるさいの事
一　六代御前ちうせらるゝ事」(1ウ)

一　文学流罪事《もんかくるさい》
一　六代御前被《せらるゝ》レ誅《ちう》事

平家物語第十二

本三位中将日野にて北の方に対面の事

去程《さる》に、[一]本三位中将しけひらのきやう/をは、いつの国《くに》の住《ちう》人、かのゝすけむねもちに、あつけられて、こそよりいつにそおはし/ける、ならをほろほされたる、＊からんのかたきとて、大衆《しゆ》しきりに申けれは、さらはわた/すへしとて、源《けん》三位《ゐ》入道《たう》のはつし、いつの蔵人《くらんと》[二]大夫よりかぬ、うけとり奉《たてまつ》りて、南都《なんと》へ/わたし奉《たてまつ》る、よしさらは、こきやうの月を、二」(2オ)たひ見《み》んすらんと、うれしきかたもおはせ/しに、せめてのつみのふかさにや、都《みやこ》の内《うち》へは入られす、山しなより、たいこちにかゝ/られけれは、ひのゝへんをそすきられける、此北《このきた》のかたと申は、とりかひの[三]中納言、/これさねのきやうの御むすめなり、[四]こ五条大納言、くにつなのきやう、[五]おさなきより、/やしない奉《たてまつ》りて、[六]三位中将をむこにとり申されたりける[七]、せんていの御めのと、/大納言のすけ殿《との》とそ申す、西国《さいこく》よりかへり」(2ウ)のほりたまひ《い》ては、あねの、[八]大夫の三位《ゐ》と/とうしゆくして、日野《の》といふ所《ところ》にそおはし

重衡、南都へ渡さる
一　本三位―ほん三ゐの
＊（伽藍の敵）
二　大夫―大夫《たいふ》
重衡、日野で北方と対面
三　中納言―中納言《なうこん》
四　こ五条―こ五てうの
五　おさなき―おさなく
六　三位―三ゐの
七　ける―けり
八　大夫―大夫《たいふ》

ける、[九]三位中将、しゆこのふしにのたまひ／けるは、をの〳〵に、此《この》日ころ、なさけをかけ
られて、其《その》心さし申つくしかたくおほゆ、又／今《いま》一度《と》、さいこのはうおんを、かうふらはや
とおもふは、いかにとのたまひけれは、なに／事にて候やらんと申す、しけひらは、一人
の子《こ》なけれは、こんしやうにおもひをく／事はなきか、年来《ねんらい》あひなれし女房《にようはう》の、」(3オ)
日野《の》といふ所《ところ》にありときく、うちすきさ／まにたちよりて、こせの事をも申をか
はやと思《おも》ふは、いかゝあるへきとのたまへ／は、やすき御事なりとそ、ゆるし奉《たてまつ》る、人
まいりて、これに大納言のすけ殿《との》と申人／の、御わたり候やらん、[一〇]三位中将とのゝ、
ならへ御とをり候か、此《この》つま戸にて、たちな／から御見参《けさん》にとて、いらせおはしまして候
と申たりけれは、北《きた》のかた、おもひたによら／ぬ事なれは、[一一]いつくや〳〵とあきれつゝ、」(3ウ)
いてゝ見給へは、あゐすりのひたゝれに、／おりゑほしきたる男《おとこ》の、やせくろみたるか、
え《ゑ》んによりゐたるそ、そなりける、めもあて／られすなから、なく〳〵これへとのたまひ
けれは、中将御すうちかつきてゐたま／へり、たかい《ひ》にてに手《て》をとりくみ、涙《なみた》にむせ
ひて、しはしは物ものたまはす、やゝありて、／[一二]三位中将、涙《なみた》をゝ《お》さへてのたまひけるは、
さてもこその二月、つの国《くに》[一三]一谷《ゝ》にて、いかに／もなるへかりし身の、せめてのつみのむく」(4オ)
ゐ《い》にや、いけとりになり、京かまくらひき／しろはれ、はちをさらすたにも、心うきに、
はてはならをほろほしたりしかはとて、／けふすてに[一四]いたされ候なり、いかはかりか

九　三位―三ゐの
一〇　三位―三ゐの
一一　いつく―いつら
一二　三位―三ゐの
一三　一谷―一のたに
一四　いたされ―わたされ

人にすくれて、つみふかくも候はんす／らん、しけひら此世《この》になきものとき〻なしたまひ候は〻、いかなる御すまひ《ゐ》にてもお／はせよ、しけひらかこせとふらひ給《いたま》へ、かみをもそりて、かた見《み》に奉《たてまつ》るへけれとも、それ／もゆるされぬなりとてそ、なき給ふ、北《きた》の」(4ウ)かた、たれもこその二月六日のあかつきを、／かきりともしらすして、わかれ奉《たてまつ》りしかはゐちせんの三位《ゐ》のうへのやうに、みつの／そこへもいらんとこそお《思》もひしを、おほいとのも、二位殿《ゐとの》も、いかてか君《きみ》をはすてまい／らすへきと、さりかたくせいせられしうへ、まさしく此世《この》におはせぬ人とも、うけたま／はらさりしかは、今《いま》一度《と》、かはらぬ御ありさまをも、見《み》もし見《み》え奉《たてまつ》る事もやと思《おも》ひ／てこそ、けふまてもありつるにすてに、只今《たゝいま》」(5オ)をかきりに、わかれたてまつらん事こそ／かなしけれと、こしかた行末《ゆくすゑ》の事とも、かきくときてなかれけるは、まことにさこ／そとおほえてあはれなり、[一]三位中将の給けるは、我《われ》も人も、昔《むかし》のすかたをあらためす／して、たかいにみ〻え奉《たてまつ》りたれは、今《いま》はしての山路《ち》をも、やすくこえゆきなんとおもふ／のみこそ、何《なに》よりもうれしけれ、なこりは、夜をかさね日を〻くるともつきすまし、なら／へも程とをし、日もはるかにたけぬ、ふしの」(5ウ)まへも心なし、さらはいとま申てとていて／られけれは、北《きた》のかた、三位《ゐ》の袖《そて》をひかへて、めしたる物の、あまりに[二]しほたれて見《み》え／さふらふ《う》に、これをめせとて、しやうえ《ゑ》に、あはせのこそてを、とりそへてたてまつらる、／三位是《ゐこれ》をきかへ給て、もときたまへる物を

重衡、北方と今生の別れ

一　三位―三ゐの

二　しほたれ―しほれ

は、かた見に見給《み》へとて、うちをき給へは、北《きた》のかた、これもさる事なれとも、ふてのあとこそ、なき世までの、なかきかたみともな／れとて、なく〳〵御すゝりとりいたさせ給」(6オ)へは、三位中将[三]

　せきあへすなみたのかゝるから衣《ころも》／のちのかたみ《見》にぬきそかへぬる

きたのかた

　ぬきかふる衣《ころもゝ》もいまはなにかせん／けふをかきりのかた見《み》とおもへは

さらはとていてられけれは、北《きた》のかた、猶今《いま》／しはしとの給てけれとも、さのみはいかゝとて、心つよくふりきりてそいてられける、／きたのかたはしりつきて[四]、いかにもならま」(6ウ)ほしくはおもはれけれ共《とも》、それもさすかに／かなはねは、御すのきはにふしまろひ、かなしみ給へともかひそなき、三位中将[五]、心つ／よくいてられけれ共《とも》、馬《むま》をもさらにすゝめやらす、ひかへ〳〵なかれけれは、しゆこの／ふしとも、皆《みな》よろひ《い》の袖《そて》をそぬらしける

・・・・・・・・・・本三位中将きられ給事・・・・・・・・・・

さる程に、南都《なんと》の大衆《しゆ》、三位中将[六]をうけと／り奉《たてまつ》りて、東大《とう》、こうふく、両寺《りやう》の大衆《しゆ》、しゆゑ*して、せんきしけるは、そも〳〵此《この》しけひら」(7オ)のきやうといふは、ちうほんのあく人たる*うへ、五けい、三千のきやくさいにもすき、／しゆいんかんくわのたうりこくしやうせ

三　三位―三ゐの

四　はしり―はしりも

五　三位―三ゐの

南都大衆僉議

六　三位―三ゐの

＊（衆会）

＊（重犯）

本三位中将きられ給事

＊（軽重）

重衡、阿弥陀仏拝礼後、処刑

一　十王―十王《わう》
二　三位―三ゐの
三　三位―三ゐの

り、せんする所《ところ》、両《りやう》寺の大かきをひきまはし、〳〵其後《そののち》ひきいたして、くひをはのこきりにてやひくへき、ほりくひにやすへきとそ、せん〳〵きしける、其《その》中に、老僧《らうそう》とも申けるは、まことにからんを、はめつせし時、やかてい〳〵けとりにもしたらは、もともさるへけれ共《とも》、はるかに程へて後《のち》、ふしかからめていたし」(7ウ)たるを、うけとりて、しえたりかほにせん事、そうとのはうにおんひんならす、たゝ〳〵ふしにつかはして、こつのへんにてきらすへしとて、又ふしの手《て》へそわたしける、其《その》て〳〵い、めいとにて、さい人ともか、つみのきやう[*]ちうによりて、七日〳〵に十王[一]の御前《まへ》へ《ゝ》わ〳〵たるらんも、是《これ》にはすきしとそ見《み》えし、八条《てう》の女《によい》ゐんに、むくうまのせう政《まさ》時と申もの〳〵あり、三位中将[二]、けふこつ川《かは》のはたにて、きられ給へしときこえしかは、今《いま》一度《と》か」(8オ)はらぬ御ありさまを見《み》たてまつらはやとおもひけれは、むちをあけてはせけるか、〳〵こつ川《かは》のはたにはせついて、馬《むま》よりとひおり《を》、人の中を、をしわけ〳〵まいりて、〳〵見奉《たてまつ》りけれは、すてに只今《たゝいま》とそ見《み》え給ふ、三位中将[三]、まさとき《時》を見つけ給ひて、いか〳〵にあれは政《まさ》時か、うれしくも只今《たゝいま》まいりたる物かなとのたまへは、さいこの御あり〳〵さま、見《み》たてまつらんとて、まいりて候と申す、心さしこそ、返々しんへうな《め》れ、さいこに、」(8ウ)仏《ほとけ》をおか《ゝ》み奉《たてまつ》らはやとおもふは、いかゝあるへきとのたまへは、ふしにしはらく〳〵の、御いとまをこひのへたてまつり、仏《ほとけ》をたつねて奉《たてまつ》る、ある御たうに入て見《み》けれは、〳〵さいわいに、弥陀《みた》の三そんの三しやくの

＊（立像）
四 三位―三ゐの
＊（余殃）
＊（極重根本の逆罪）
五 露―露《つゆ》
＊（阿鼻大城）
＊（達多）
＊（阿闍世王）
＊（極重悪人、無他方便、唯称弥陀、得生極楽）
＊（安養）
＊（引摂）
六 治承―治承《ちせう》

北方、供養後、出家

＊りうさうにておはしましけるを、たつねい/たしてまいりたり、すなこの上《うへ》に、東《ひんかし》むきにたてまいらせて、まさと《時》きかひた丶れの、さう/のそてのく丶りをときて、仏《ほとけ》の御手《て》にゆいつけ奉《たてまつ》り、[四]三位中将にひかへさせ奉《たてまつ》る、」（9オ）中将是《これ》をひかへ給て、なのめならすよろこひ給、われはからさるに、からんせうしつ/＊のよやうをうけて、＊こくちうこんほんのきやくさいとなれり、すゑの露[五]、もとのし/つくとなるためしなれは、しけひら一人かとかにて、なかく＊あひ大しやうのそこに/しつまん事、只今《たゝいま》なり、た丶しつたへきく＊たつたか三きやくを丶かし、＊あしやせ王の/ち丶をかいせしも、猶によらいのきへちにあつかりき、いはんや、＊こくちうあく人むた」（9ウ）はうへん、ゆいせうみた、とくしやうこくらくの御ちかゐあり、すみやかに、日ころの/あくこうをひるかへして、九ほん＊あんやうの浄土《しやうと》へ、＊いんせうし給へと申されけるそ、/あはれなる、其《その丶》のちからしやうの念仏《ねんふつ》、数《す》百へんとなへ給て、くひをのへてそうたせら/れける、日比《ころ》のあくきやうはさる事なれとも、きりてのふしも、数《す》千の大衆《しゆ》も、みな袖《そて》/をそぬらしける、くひをは太刀《たち》のきつさきにさしつらぬいて、法花寺《ほつくゑ》の鳥《とり》ゐのもと」（10オ）にしはしさしあけて、[六]治承のかつせんの時は、こ丶にうつたちてこそ、いくさの下知《けち》/をもし給しかとて、其後《そのゝち》はんにや寺の、大そとはに、くきつけにこそせさせけれ、北《きた》の/かたは、あはれ中将は、たとひ《い》くひこそとらるとも、むくろは、むなしくかはらにすて/をきてこそあるらめ、あれをむかへて、ほた

いをもとふらひ《い》奉《たてまつ》らはやとて、＊くわんおん/くわんしや、ちさうくわんしや、十りきほん[一]しなと申ものに、こしをかゝせてつかは」(10ウ)されたり、まことにむくろは、かはらにすてをきたり、こしにかき入奉《たてまつ》り、日野《の》へかへり/まいりたれは、北《きた》のかた、むなしきしかいにとりつきて、かなしみ給へとかひ《い》そなき、/さてしもあるへきならねは、野辺《のへ》にをくりたてまつらんとしけるに、くひをは、なん/とのしゆせう上人、大衆《しゆ》にこひ《い》て日野《の》へつかはされたりけれは、ひとつたきゝにつみ/こめて、けふりとなし奉《たてまつ》りて、こつをひろひ《い》、高野《かうや》へをくり、はかをは日野《の》にそたてられ」(11オ)ける、其後《そのゝち》きたのかたは、＊ほう《ふ》かい寺といふ寺《てら》より、たつときひしりをしやうしたま《給》ひ、/御さまかへて、[二]三位中将の、こしやうほたいをそいのられける

大ちしんの事

去《さる》程にてうてきほろひてのちは、国《くに》はこ/くしにしたかひ、しやうはりやうけのまゝなりしかは、[三]上下あんとの思《おも》ひをなしたり[四]/去程に、同《おな》しき七月九日、大地《ちを》おひたゝしくうこきて、時うつる程なり、せきけんのうち、」(11ウ)白川《しらかは》のほとり、六せう寺、九ちうのとう《た》よりはしめて、さいく所《しよ》くの＊たうしや、ふつ/かく、くわうきよ、みんおく、あるひはたふ《ほ》れかたふき、あるひはやふれくつれ、またきは/一宇《う》もなかりけり、[五]一天くらうして、日のひ

＊（観音冠者、地蔵冠者、十力法師）
一　ほんし―ほつし
＊（法界寺）
二　三位―三ゐの

大地震の惨状（七月九日）

三　上下―上下《け》
四　なしたり去程に―なしたりし程に
＊（堂舎）
五　一天―一天《てん》

かりも見《み》えす、らうせうともにきもをまと/はし、てうしゆことく〱たましいをうしなふ、都《みやこ》の内《うち》は申にをよはす、近国遠国《きんこくゑんこく》も、/又かくのことし、海《うみ》かたふきて、みねをひたし、大地《ち》さけて水《みつ》をいたす、山くつれては川《かは》」(12オ)をふさき、岩《いはを》くたけて谷《たに》をうつむ、浦《うら》こく舟《ふね》はなみにたゝよひ《い》、くかを行《ゆく》ひつめは、あし/のたてとをまとはす、りうにあらされは、雲《くも》にも入かたく、鳥《とり》にあらされは、天をもか/けりかたし、こうすいみなきりきたらは、たかきみねにのほりても、なとかは、たす/からさるへき、たゝ心うきは、大地《ち》しんなりけり、ほうわう《ふ》は、いまくまのへ御幸《かう》なりて、/御はなまいらせさせ給ひけるか、御あんしちゆりたふ《ほ》され、人あまたうちころされて、」(12ウ)しよくゑいてきにしかは、いそきくわんきよなりにけり、女院宮《によいん》〱も、御車《くるま》はなを《猶》•/あやうけれは、御こしにめしつゝ、いつちともなくいてさせ給ふ、おんやうのかみや/すちか、たいりにはせさんしてそうもんしけるは、ゆふさりの亥子《いね》の刻《こく》、あすの[六]己午《むま》の/こくには、大地《ち》すてにうちかへすへしなと申けれは、其《その》時にいたりて、家《いゑ》のなり、し/とみ、つま戸《と》、しやうしのなる音《をと》をきゝては、あはや只今《たゝいま》こそかきりとて、お《を》となしきか、」(13オ)なきけれは、おさなきもともにをめきさけひけり、もんとく天皇《わう》の御宇《う》、さいかう三/年三月三日の、大地《ち》しんには、東《とう》大寺の大仏《ふつ》の、御くしおちさせ給けるなり、朱雀院《しゆしやくいん》/の御宇《う》、[七]天慶九年四月七日の、大地《ち》しんには、[八]主上御殿《てん》をいてさせ給て、大極殿《こくてん》の南《みなみ》、/し《せ》•やうねいてんの前《まへ》に、五ちやうのかり

六　己—み

七　天慶—天慶《てんきやう》

八　主上—主《しゆ》上

屋《や》をたてゝすませ給けり、それは四月より、／七月まて、ゆりけるなときこえしかとも、それは上この事なれはしりかたし、七八十、」(13ウ)ないし九十の者《もの》まても、いまたかゝる事おほえすといふ、世のめつするなといふ事／はきけとも、さすか昨日けふとはしらさりつる物を、これは平家のを《お》んりやうか、又世／のそ*んすへきせんへうかとそ、上下[一]さはきける、女院[二]、吉田《よした》の御所にわたらせ給けるか、／今度《こんど》の大地《ち》しんに、ついちもくつれ、御所もみなやふれぬ、りよくいのかんし[三]の、きう／もんをまはる[四]たにもなし、心のまゝにあれたる、庭《には》のまかきは、しけき野辺《のへ》よりも猶露《つゆ》」(14オ)けく、夜もすから、すたく虫《むし》の音《ね》も、ことに物あはれなり、夜もなかくなり行《ゆく》まゝには、／御ねさめかちなるに、秋のあはれをうちそへて、あかしそかねさせ給ける

源氏しゆりやうの事

同《おな》しき八月十四日にかいけんありて、文治[五]／元年とかうす、同《おな》しき廿日、源氏《けんし》六人しゆりやうになさる、竹田《たけた》の太郎のふよし、とを／たうみのかみ、かゝみの二郎とをみつ、するかのかみ、やすたの三郎よしさた、さかみの」(14ウ)かみ、一てうの二郎忠頼《たゝより》、むさしのかみ、大うちの太郎これよし、しなのゝかみ、いたかきの／三郎かねのふ、いつのかみとそきこえし

＊（損ず）
一　上下—上下《け》
建礼門院の吉田御所の被害
二　女院—によいんは
三　かんし—けんし（三条西本の誤り）
四　まはる—まもる（中院本の誤り）
文治改元（八月十四日）
五　文治—文治《ぶんち》
源氏の人々任受領（二十日）

平家の捕虜配流（九月二十三日）

＊（経誦房）

時忠、建礼門院に別れ

＊（重畳）

時忠の閲歴

六　出羽のせんし―さきのてわのかみ

＊（存生）

七　後そ―のちこそ

八　左大臣―さ大臣《しん》

平家のいけとりるさいの事

同《おな》しき九月廿三日、平家のいけとりとも、国《くに》／〳〵へわかちつかはさる、平大納言時忠《たゝ》のきやう、のとの国《くに》、くらのかみのふもと、さ／との国《くに》、さぬきの中将時実《さね》、いつもの国《くに》、ひやうふのせう《ふ》正明《まさあきら》、とさの国《くに》、二位《ゐ》のそう／つせんしん、むさしの国《くに》、中納言のりつし」(15オ)ちうくわい、さかみの国《くに》、ほつせう寺のしゆ／きやうのうゐん、いつの国《くに》、*きやうしゆ房《はう》のあしやりゆうゐん、あきの国《くに》、とそきこえし、／中にも平大納言時忠《たゝ》のきやうは、けんれいもんゐ《い》んのわたらせ給ける、よしたの御／所へまいり給て、今《いま》はあるかひなき身にては候へとも、都《みやこ》に候つる程は、つねに御行ゑ《ゆくへ》／をもうけたまはり候つるに、せめて*〳〵して、すてにはい所へを《お》もむき候、さてもい／かなる御ありさまにてか、わたらせおはし」(15ウ)まし候はんすらんと、行《ゆく》そらもおほえすこ／そ候へと、申されたりけれは、女院《によいん》、まことに昔《むかし》の名《な》こりとては、かくておはしつる／はかりにてこそありつるに、今《いま》はたれかはとふらふ人《う》もあるへきとて、御涙《なみた》にむせ／はせおはします、此《この》とき《時》たゝのきやうと申は、[六]出羽のせんしとものふかまこ、ひやうふ／のこんのたいふ、とき《時》のふの朝臣《あそん》の子《こ》なりけり、けんしゆんもんゐ《い》んの御せうと、たか／くらの上くわうの、御くわいせきにておはし」(16オ)ます、されはち〻とき《時》のふのあそんは、*そん／しやうの時は、わつかに中納言までこそいたり給しに、せいきよの[七]後そ、[八]左大臣の／くわんをお《を》くられける、かのやうきひかさいわいし時、やうこくちうかさかえたりしか／ことし、入道《たう》の北《きた》のかた、八条《てう》の二位殿《ゐとの》にも、御おとゝにておはしけれは、入道《たう》、大少事[一]／をも、一かうこのきやうにのたまひあはせられけり、天下[二]の万きを心のまゝに、し[*]／きやうせられけれは、世には平関白《へいくわんはく》とそ申」(16ウ)ける、されは正二位[三]大納言までなりあかり、／しそく時家《いゑ》時実《さね》も、中将少将をへられけり、けひ《けん》いしの別当《へつたう》にも、三かとまてなり／給《給ひ》けるとそうけたまはる、此《この》人のちやうむの時は、せつたうからたうもなかりけり、さ／やうのものをはめしとりて、ひたりのかいなをうちきり〳〵をいはなされけれは、人／悪別当《あくへつたう》とそ申ける、させる弓矢《ゆみや》をとる家《いゑ》にてはなけれとも、心たけくおはせしかは、／せんちやうにうつたちて、かつせんをこそ」(17オ)し給はさりしかとも、はかり事《こと》を、いちやう[*]／の内《うち》にめくらす事、一かう此《この》大納言のしわさなり、平家の八島《やしま》におはせし時、ゐ《い》んせん／の御つかひ、はなかたかゝ《い》ほに、なみかたといふかなやきをせられたりしも、此《この》きやう／のしわさなり、法皇《ほふわう》、こ女院《にょいん》の御事を、おほしめさるゝにつけても、此《この》きやうを、たす／けをかはやとはおほしめされけれとも、日比《ころ》のふるまひ、あまりにはうしやくふしん／におはせしかは、ほうわ《ふ》うも、御いきとをり」(17ウ)ふかゝ《い》りけり、判官《はんくわん》も、したしくなりてお／はせしかは、いかにもして、申はやとはおもはれけれ共《とも》、法皇《ほふわう》の御いにそむきぬるうへ／は、ちからをよひたま《給》はす、としたけよはひ《わい》かたふきぬる身に、一まともつきしたかひ／奉《たてまつ》る人、一人もなかりけり、北《きた》のかた、帥[四]のす

一　大少事―大少事《し》
二　天下―天下《てんか》
＊（「執行」あるいは「施行」）
三　正二位―正二ゐの
＊（帷帳）
四　帥―帥《そつ》

時忠、能登国へ配流

けとのも、日比《ころ》よりおもひまうけし事な/れは、今《いま》さら、おとろくへきにもあらすとは、の給けれとも、さしあたりては、かなしかり/けり、二たひかへり給つる都《みやこ》を、又立《たち》いて」(18オ)行《ゆく》程に、かたゝの浦《うら》にもなりにけり、大納言、/こゝをはいつくといふそとゝひ給《い》へは、かたゝの浦《うら》とそ申ける、まん〳〵たるおきに、/ひくあみを見《み》給て、なく〳〵かうその給ける

帰《かへり》こん事はかたゝにひくあみの/めにもたまらぬわかなみたかな

日かすふれは、のとの国《くに》にそつき給ふ、お/はしける所《ところ》の岩《いわ》のうへに、松《まつ》の一本《ほん》そひへたるを見《み》給て

しら浪《なみ》のうちおとろかすいはのうへに」(18ウ)ねいらて松《まつ》のいく代《よ》へぬらん

昨日は西海《さいかい》の浪《なみ》の上《うへ》にして、おんそうゑ/くのおもひを、へんせんのうちにつみ、けふは北国《ほっこく》の、雪《ゆき》の下《した》にうつもれて、あひへつ/りくのかなしみを、こきやうの雲《くも》にかさねたり、其後《そのゝち》大納言、たうこく大*たといふ所《ところ》に/て、つゐにうせ給ぬとそきこえし

＊（太田）

建礼門院、寂光院に隠棲（九月二十日余）

女院吉田よりしやつくわう院へ入御の事

去《さる》程にけんれいもんゐんは、東山《ひんかし》のふもと、/よしたのへんにわたらせ給けるか、こゝは」(19オ)猶都《なをみやこ》ちかくて、たまほこの道行《みちゆく》人の、人めも/しけゝれは、露《つゆ》の御命《いのち》、風《かせ》をまたん程《ほと》も、いかならん山のおくにも、入なはやとお/ほしめせ共《とも》、さるへきたよりもなかりけり、

女院吉田よりしやつくわう院へ入御の事

＊（芹生）

一　大夫―大夫《ふ》
二　のふたかのきやう北のかた―のふたかのにようはう↓補記
三　木すゑ―木《こ》すゑ
四　山風―やまかけ（中院本の誤り）
五　野寺―の寺《てら》
六　弥陀―みたの
＊（一門幽儀）
七　天照太神―天せう太神《たいしん》
＊（玉体安穏）
＊（緑蘿の垣）

ある女房《によはう》のまいりて申けるは、大原《はら》のおく、／＊せれうの里《さと》、しやつくわう院《いん》と申所《ところ》こそ、世
はなれしつかにめてたき所《ところ》にてさふらへ、／おほしめしたてかしと申せは、女院是《によいんこれ》も
しかるへき、仏《ほとけ》の御つけにてそわたらせた／まふらん、山里《やまさと》は物《もの》さひしき事こそある」（19ウ）
なれ共《とも》、世《よ》のうきよりはすみよかんなる物／をとて、なく〳〵おほしめしたゝせ給けり、
なに事も、昔《むかし》にかはりはてぬれは、事と／ひ奉《たてまつ》る人もなし、れんせいの大納言りうはう
のきやうの、北《きた》のかた、七条《てう》のしゆりの大夫[一]、／[二]のふたかのきやう北のかたよりそ、御乗《のり》物
なとは、さたしたてまいらせ給《給ひ》ける、比《ころ》は文治／元年、長《なか》月廿日あまりの事なれは、よも
の木[三]すゑの色《いろ》〳〵なるを御らんして、はる／〳〵とわけすきさせ給に、[四]山風なれは」（20オ）
にや、日もすてに暮《くれ》にけり、[五]野寺のかねの／入あひ《い》のこゑすこく、そらかきくもり、いつ
しからち時雨《しくれ》、木《こ》の葉《は》みたりかはし、鹿《しか》のね／かすかに音《をと》つれて、虫《むし》のこゑ〳〵たえ《へ》〳〵
なり、女院《によいん》、しやつくわうゐ《い》んに、まいらせ／給て御らんすれは、本《ほん》そんは、[六]弥陀三尊《そん》に
てそまし〳〵ける、天ししやうりやう、＊一／もんいうき、とんせうほたい、しやうとう
しやうかくとこそ申させ給けれ、昨日は東《ひんかし》／にむかひ《い》て、[七]天照太神に、＊きよくたいあん」（20ウ）
おんと、御いのりありしそかし、けふは西《にし》に／むかひ《い》て、弥陀如来《みたによらい》に、わうしやうこくらく
と申させ給そあはれなる、西《にし》の山のはを御／らんすれは、した紅葉《もみち》、所《ところ》〳〵に見《み》えたり、
＊りよくらのかき、もみちの山、ゑにかくとも、／筆《ふて》もを《お》よひかたし、東《ひんかし》には、ほそ谷川《たにかは》なか

小鹿の訪れ（十月十五日）

れて、岩《いわ》にこけむして、物さひたる所《ところ》なれは、／あらまほしくそおほしめされける、庭《には》の荻《おき》はら霜《しも》かれて、まかきのきくの、かつ〳〵うつろふいろを御らんしても、我《わか》身のうへと」（21オ）おほしめす、こゝにかたのことくの、御あん／しつをむすはせ給て、一まをは、仏所《ふつしよ》にしつらい、一まをは、御しん所にこしらへて、／昼夜朝夕《ちうやてうせき》の御つとめ、ちやうしふたんの御念仏《ねんふつ》、お《を》こたる事なくて、月日を〻くら／せ給ひけり、かくて神無月《かみな》なかの五日、暮《くれ》かたに、庭《には》にちりしくならの葉《は》を、ふみならす／音《をと》のきこゆれは、女院《によいん》ひるたにも人めまれなる所《ところ》に、只今何者《たゝいまなにもの》にてかあるらん、しのふ／へき物ならは、しのはは《ゝ》やとおほせけれは、」（21ウ）大納言のすけ殿《との》、立《たち》いて〻見給へは、人にて／はなかりけり、世《よ》にうつくしけなる、小鹿《をしか》の三つれたるか、わたるにてそありける、大納／言のすけとの、かへりまいり給て

岩《いわ》ねふみたれかはとはんならの葉《は》の／そよくはしかのわたるなりけり

女院《によいん》、なく〳〵まとの御しやうしに、あそ／はしそつけさせ給けり、か〻りける御つれ〳〵の中にも、おほしめしなすらふる、御／事ともおほかりけり、のきにならへる」（22オ）八うへ木をは、七ちうほうしゆにかたとり、／いは《わ》まにつもる水《みつ》をは、八くとくすいとおほしめす、ちやうしうきうに、はなをもてあ／そひしあした、風《かせ》九たてにほひをさそひ、せいりやうてんに月をなかめしゆふへ、雲《くも》／おほふ《う》てひかりをかくす、昔《むかし》はきよくろうきんてんの、たへなる御すまゐなりしか／とも、今《いま》はしはひきむすふいほの中、よそ

八　うへ木—うへ木《き》

九　たて—きたて（中院本の誤脱）

のたもともしほれけり

鎌倉の右大将舎弟をちうせらるゝ事

九郎判官《はんくわん》は、わつかに伊与《よ》の国《くに》一こく、（22ウ）＊もつ／くわんりやう廿[一]か所、さふらひ《い》十人つけられたりしか、それも源《けん》二位《ゐ》との、心をあはせ／られけれは、皆《みな》かまくらへにけ下《くた》る、去《さる》程にはんくわんうたるへしなときこえけれは、／判官《はんくわん》の給けるは、関《せき》より東《ひんかし》はおもひもよらす、＊せんやう、せんおん、なんかいにてもあつ／けられ、九国《こく》の、そうついふくしにも、なされんすらんとおもひつるに、これはされは／何《なに》事のとかそや、弓矢《ゆみや》とりのならひ、親《おや》の」（23オ）かたきをうちつれは、是《これ》にすきたるおもひて、／何《なに》事かあるへきなれとも、かゝるきこえありしかは、其《その》うらみふかゝりけり、きやう／たいなるうへ、ことにふしのちきりをなして、一天《てん》をしつめ、四海《かい》をすます、いかなるふ／しきにて、かゝるきこえあるらんと、上一人より、下《しも》万みんにいたるまて、ふしんをな／さすといふ事なし、さる程にけん二位《ゐ》との、よりともかかたきになりぬへきもの／は、今《いま》はおほえす、おくのひてひらそあると」（23ウ）の給へは、かちはら、判官殿《はんくわんとの》もおそろしき人／にてこそまし〳〵候へ、うちとけさせ給ましと申せは、頼朝《よりとも》も、内々《ないく》はさおもふなり／とそのたまひける、是《これ》は此春《このはる》、わたなへにて、舟《ふね》のさかろをたてんといふ事を、かち原《はら》／とさうろんしたりしによて、かけとき《時》・判官《はんくわん》

頼朝義経兄弟の不仲
＊（没官領）
一　廿か所―廿か所《しよ》
＊（山陽、山陰）

範頼、誅せらる

＊（同心）

二　へき—へからす（中院本の誤り）

をにくみ奉《たてまつ》り、つゐにさんけんし、うし／ない奉《たてまつ》りけるとかや、かまくらとの、うてをのほせられける、三百余騎《よき》をそろへて、おと〻／三川《かは》の守《かみ》をよひ奉《たてまつ》り、御へん都《みやこ》へのほりて、」(24オ)九郎うち給へとおほせられけれは、しきり／にしたい申されけり、さては九郎に＊とうしんこさんなれとの給けれは、そのきにて／は候はす、きやうたいなるうへ、西国《さいこく》にて、平家せめ候し時も、ことにちきりふかく／候しかは、一たん申にてこそ候へ、さ候は〻まかりむかひ《ゐ》候はんと申されけれとも、な／をもちい《ゐ》給はさりしかは、またくやしんをさしはさむ[二]へきと、まい日に、七まいのき／しやうもんをかきて、百日かあひ《ゐ》たしんせ」(24ウ)られけれ共《とも》、そうしてもちい《ゐ》給はす、やかて／いつの北条《ほうてう》へつかはされて、しゆせん寺といふ所《ところ》にて、つゐにちうせられけるとそ／きこえし

土佐房上洛

三　天下—天下《てんか》

＊（物詣）

土左房正俊判官の宿所によする事

其後《そのゝち》かちはらをめして、いか〻して、九郎を／うつへき、大せいのほりては、[三]天下の大事となりなんす、ひそかにこせいにてのほる／へき者《もの》は、たれかあるとの給けれは、土左房《とさはう》しやうしゆんそ候らん、さらはめせとてめ」(25オ)されけり、都《みやこ》へのほりて、＊ふつけいするやうにて、うか〻ひ《ゐ》て、九郎うちてんやとの給へ／は、かしこまてうけたまはり、五十きはかりにてはせのほる、六条《てう》むろまちへんにそ／しゆくしける、判官《はんくわん》のたちは、六条《てう》ほり川《かは》

へんなりけれ共《とも》、それへもさんせす、しやう／しゆんかのほりたるよしきゝ給て、武蔵房《むさし》弁慶《へんけい》を使者《ししや》にてめされけり、やかて弁慶《へんけい》に／つれてまいりたり、いかに御房、鎌倉殿《かまくらとの》より[一]の御文《ふみ》は候はぬか、さしたる事も候はぬ間《あいた》、」(25ウ)御文は候はす、たゝし西国《さいこく》に、何《なに》事も候はぬは、さて御わたりのゆへとおほえ候と／[二]はかりこそ、御ちやう候つれ、判官《はんくわん》、よもさはあらし、かまくらとのは、かちはらかさん／けんにつかせ給て、義経《よしつね》をはにくませ給て、ちうせんとおほしめすか、大せいをのほせ／ては、天下の大事なるへし、わそうのほりて、うてといふはかり事《こと》にてそあるらん、／しやうしゆんけしきかはりて、思《おも》ひもより候はす、親《おや》にて候者《もの》の、十三年のけうやう」(26オ)のために、七大寺まうてつかまつり候はんとて、上洛《らく》つかまつりて候、またく御うしろ／めたなき事候はすとて、御前《まへ》にて、三まいのきしやうをかき、判官《はんくわん》に奉《たてまつ》る、あるひは／やしろにをし《お》、やきてのみなとするあひ《い》た、よしくさらはかへれとてかへし給ぬ、／はんくわんは、其比《そのころ》いそのせんしかむすめに、しつかといふしらひやうしを、おもひて／をきたりけるか、是《これ》を見《み》て申けるは、いかにも此《この》きしやう法師《ほふし》めか、やうある者《もの》と見《み》え候、」(26ウ)御前《まへ》にてこそ、やうくにきしやうもんをは書《かき》て奉《たてまつ》りたれとも、いてさまに、*うち／とのさふらひ《い》を見まはして、*みまやのけしきを、よくく見《み》候つれは、いかさま程のへ／てかなふましとおもひて、夜さりなと夜うちによする事もや候はんすらん、御よう／い候はてとそ申ける、其《その》日も暮《くれ》ぬ、しつか申

一　の—は
二　はかり—はかりと
＊（内外）
＊（御厩）

土佐房、義経邸を襲撃（十月二十日）

けるは、なにとなくこよひは、せけんもそう*／〳〵なり、馬《むま》のあしをとたかし、これはいかさま、昼《ひる》のきしやう法師《ほふし》か、し事とおほえ候、」(27オ)人をつかはして、御らんせられ候へと申せは、さらはとて、わらはをつかはされけり、此《この》／わらは、あそこゝにたゝすみて見《み》ける程に、やかてさしころしてすてにけり、わら／はをそかりけれは、かやうの所《ところ》へは、女《をんな》こそよく候へとて、又女《をんな》をつかはしたりけれは、／程なくたちかへりて、これの御つかひとおほしくて、もんせんにころされて候／なり、門《かと》をさして、中門《もん》に大まく三ひき、まくのうちには、物の具《ものゝ》したる者《もの》、五十人はかり」(27ウ)見《み》え候、鞍《くら》をき馬《むま》とも、*こうちにひきたてゝ、只今《たゝいま》うちたゝんするやうに候と、申もはて／ぬに、しやうしゆん五十きはかりにて、六条《てう》ほり川《かは》の宿所《しゆくしよ》にをしよせて、ときを《時・》つ／くる、判官《はんくわん》、其比《そのころ》おりふし*きうちしみたし給《たま》ひたりけれ共《とも》、よろひ《い》とてき給へは、しつか、こ／かねつくりの太刀《たち》とてはかせ奉《たてまつ》る、矢《や》かきおひ《をい》、弓《ゆみ》とり、ちうもんへいて給へは、とねり／男《おとこ》、御馬《むま》にくらをき、えん《ゑ》のきはにひきたてたり、ひたとうちのりて、かとをひらきうち」(28オ)いて給ふ、夜うちにても、ひるうちにても、てん《天・》ちくしんたんはしらす、日本我朝《ほんわかてう》には、／義経《よしつね》てこめにしつへきものはおほえぬ物を、何者《なにもの》そ、名《な》のれとの給へとも名《な》のらす、／判官《はんくわん》の御内《うち》には、伊勢《いせ》の三郎、むさし房、あふ《う》しうの佐藤《さとう》四郎ひやうゑ《へ》、えた《ゑ》の源三《けん》、くま／い太郎、鈴木《すゝき・》の三郎をはしめとして、皆馬《みなむま》にはのらさりけり、四公卿のつは《物・》もの、廿余《よ》人、／御馬《むま》のまはりにすゝみ、*いてゝ、さん〳〵に

*（忩々）

三 ひき、まくの―ひきまはし

*（小路）

*（灸治し乱し）

四 公卿―くきやう（中院本は「究竟」の宛字）

*（読点不要）

土左房正俊判官の宿所によする事

たゝかひ《い》けり、[一]文治元年十月廿日、夜半《はん》の[二]」(28ウ)の事なりけれは、くらさはくらし、雨《あめ》はつよくふりたりけり、しやうしゆんはあんな/いをしらす、のこりすくなにうちなされけり、はんくわんのかたには、くま井《い》太郎、/うちかふとをいさせてしにゝけり、しやうしゆんも、こゝをさいことたゝかひ《い》けるか、/馬《むま》のはらをいさせて、しきりにはぬれは、*ゆんつえ《ゑ》つきてを《お》りたちたり、あしにまか/せておちゆきける、うしろより、かたきをひ《い》かくれは、物《もの》のく《具》きりすてゝ、*りうけこえ《くゑ》に」(29オ)かゝりて、北国《ほつこく》の方《かた》へと心さしけるか、くらさはくらし、いつくともなく行程《ゆく》に、鞍馬《くらま》の/おく、そうしやうか谷《たに》へそかくれたる、くらま法師《ほふし》は、判官《はんくわん》に、日比《ころ》のよしみありけれは、/かうりよくして、たつぬるほと《程》に、しやうしゆんをからめとりて奉《たてまつ》る、次《つき》の日、判官《はんくわん》の/御前《まへ》にひきすへて、え《ゑ》んにたち給て、いかにわそうは、きしやうにはうてたるその給/へは、しやうしゆんすこしもさはかす、にことうちわらひ《い》て申けるは、ある事に書《かき》て」(29ウ)まいらせて候へは、うてゝ候なりとそ申ける、わそうかふるまひ、まことにしんへう《め》/なり、命《いのち》おしくは、たすけんとの給へは、君《きみ》のおほせともおほえす、おほくのさふらひ《い》/ともの中より、え《ゑ》らはれ奉《たてまつ》りて、上洛《らく》つかまつりて、君《きみ》を思《おも》ひかけまいらせてかやう/にまかりなり候うへは、二たひ関東《くわんとう》へ、まかりくたる事《こと》あるましく候、たゝ御おん/には、はやくくひをめされ候へと申あひ《い》た、さらはとて、六条《てう》かはらにてきられにけり」(30オ)

一　文治―文治《ふんち》
二　のの―の（中院本の衍字）
＊（弓杖）
＊（龍花越え）

土佐房処刑（二十一日）

判官ほつらくの事

又あたちの新《しん》三郎清親《きよちか》を、九郎かふるまひ／見《み》て申とて、のほせられたりけるか、夜を日につきて、関東《くわんとう》へはせくたり、此《この》よしを申／けれは、しやうしゆんはしそんしたりけりとて、北条《ほうてう》におほせあはせられ、やかて北条《ほうてう》／大将軍《しやうくん》にて、六万きをのほせらる、同《おな》しき廿五日、ちんせいの住人《ちう》、おかたの三郎これ／よし上洛《らく》し、平家を、九こくのうちを、ついしゆつし奉《たてまつ》りたるよし、*ちうしやう申さん」(30ウ)とて、関東《くわんとう》へ下向《けかう》すへきよし申けるを、関東《くわんとう》より、大せいのほるときこゆ、義経《よしつね》にたの／まれよとの給へは、[三]御うちに候、きくちの九郎高家《たかいへ》を給て、くひをきりて、たのまれたて／まつるへきよし申けれは、やすき事とて、六条《てう》かはらにてきられけり、さてこれよし、／判官《はんくわん》につき奉《たてまつ》る、同《おな》しき十一月一日、判官《はんくわん》、院《いん》の御所へまいりて、大くらきやうやすつね／をもて申されけるは、かつは君《きみ》もしろしめされても候らん、源《けん》二位《ゐ》、なのめならす、義経《よしつね》」(31オ)をついたうすへきよし申候て、大せいをさしのほするよし、うけたまはり候、きやう／とにて、いかにもなるへく候へとも、君《きみ》の御ため、世のためあしく候へし、義経《よしつね》か、日比《ころ》／の*くんこう、いかてか御わすれ候へき、ちんせいのものともに、*ししう見《み》はなたす、心を／一にして、ちからをあはすへきよしの、ゐ《い》んのちやうの御くたしふみを、たまはり《給》候は／はやと申けれは、公卿《くきやう》せんきあり、をの〳〵

北条時政、京へ出発

菊池高家処刑（十月二十五日）

＊（忠賞）

三　御うちに候―御ぅちに（三条西本の誤脱）

義経、院庁下文を賜る（十一月一日）

＊（「勲功」あるいは「軍功」か）

＊（始終）

＊（逆臣）

義経都落（十一月三日）

＊（河津）

一　うち—ゐ

申されけるは、らくちうにて、かつせんつか」(31ウ)まつり候はゝ、朝家《てうか》の御大事にて候へし、＊きやくしん京とをまかりいて候はんは、め／てたき事にてこそ候はんすらめと、一とうに申あはれけれは、さらはとて、やかて申う／くるむねにまかせて、ちやうの御くたしふみをそなされける、同《おな》しき三日、京中の／わつらひ《い》なくして、三百余騎《よき》にていてられけり、をち、ひせんのかみ行家《ゆきいへ》、したの三郎せん／しやうよしのり、おかたの三郎これよしらを、あひくして出《いて》られけり、つの国源氏《くにけんし》、大を」(32オ)かの太郎《大》、てしまのくわんしや、これをきゝ、関東《くわんとう》のきこえもあり、われらか、矢《や》一もいか／けすして、とをさん事、あしかるへしとて、＊かはつといふ所《ところ》へをひ《い》かけて、一うち奉《たてまつ》る、判《はん》／官《くわん》、にくいやつはらかな、其《その》きならは、一人もあますなとて、返しあはせて、さん〳〵に／かけ給へは、家《いゑ》の子《こ》、らうとう、みなうたれてひきしりそく、くひせう〳〵きりかけさせ、／かといてよしとて、よろこひの時をつくりて、いくさ神にまつられけり、さて大もつの」(32ウ)浦《うら》より舟《ふね》にのり給けるに、にはかに西《にし》の風《かせ》はけしくふきて、むねとたのまれたる、／よしのり、ゆきいゑ《へ》、これよしなとの舟共《ふねとも》も、行《ゆき》かたしらすうせにけり、判官《はんくわん》の舟《ふね》は、住吉《すみよし》／のなきさへうちあけらる、関東《くわんとう》へ心さしあるつはものとも、をそひ《い》きたるよしきこえけ／れは、今《いま》はいかにもかなふましとて、都《みやこ》よりひきくしたる、女房《にようはう》たちあまたおはしけり、／平《へい》大納言のひめきみ、かはこえの小太郎《大》かむすめをは、こゝにすてをきて、しつかと」(33オ)いふしらひやうしはかりをくし給、吉野《よしの》の

時政京着、義経追討院宣（七日）

守護地頭設置の勅許

吉田大納言経房の人望

二　かての―かけゆの

おくにそこもり給、すてられたる女房《によはう》たち、／そてをかたしき、松《まつ》のもとにたふ《ほ》れふし、
なきかなしみ給へは、見《み》る人あはれみ奉《たてまつ》り／て、都《みやこ》へそをくりける、吉野法師《よしのほふし》とも、関東《くわんとう》へ
のきこえのためとて、をひ出《いいた》し奉《たてまつ》るへき／よし、きこえけれは、ひそかにいて給、北国《ほつこく》
にかゝり、おくの秀平《ひてひら》入道《たう》を、たのみて、／おちられけり、同《おな》しき七日、北条《ほうてう》の四郎京
ちやくす、やかてゐ《い》んさんつかまつり、義経《よしつね》、」（33ウ）行家《ゆきいへ》、ついたうすへきよし、ゐ《い》んせんを申さ
れけり、さんぬる一日は、義経《よしつね》申うくるむね／にまかせて、頼朝《よりとも》ついたうの、ちやうの御
くたしふみをなされ、同《おな》しき七日は、頼朝《よりとも》／のきやうのそうもんによりて、義経《よしつね》つい
たうのゐ《い》んせんをくたさる、あしたにかは／り、ゆふへにへんする、せけんふちやうの
ならひこそあはれなれ、北条殿《ほうてうとの》、此《この》ついてに、／諸国《しよこく》にしゆこ人をゝいて、しやうゑんに、
ちとうをなすへきよしを申、其《その》うへ、しやう」（34オ）りやう、こくりやうをいはす、ひやうらうま
い、あてをこ《お》なふよしきこしめさる、おんて／きをしつむる者《もの》は、はんこくを給といふ事
は、むりやうきき《ゝ》やうに見《み》えたり、されとも／我朝《わかてう》には、いまた其《その》れいなし、此《この》申しやう、
くわふんなりとおほしめされけれとも、源《けん》二／位《ゐ》の申されけるうへはとて、よしたの大納言
経房《つねふさ》のきやう、其比《そのころニ》かてのこうちの中納／言と申て、おはしけるを、源《けん》二位《ゐ》、院《いん》へ申され
けるは、向後《きやうこう》にをきては、とう中納言にて、」（34ウ）大少事そうもんすへきよし申さる、平家
の時も、大少事をは、此《この》人に申あはせられ／けり、法皇《ほふわう》を、鳥羽殿《とはとの》におしこめまいらせ

て後《のち》、院《いん》の別当《へつたう》をゝかれし時は、[一]八条中/納言なかかたのきやうと、此《この》大納言と、二人をへつと《た》うになされけり、今源氏《いまけんし》の世[二]に/なりて、かくたのまれ給けるこそありかたけれ、平家にむすほゝれし人々も、源氏《けんし》の世」/になりしかは、あるひは、え《ゐ》んゆかりをたつねあるひ《い》はいかにもして、むつひちかつ」(35オ) かんとこそせられけれとも、此《この》大納言は、いさゝかも、へつらう事もなかりけるとそ/きこえし、されは、[三]こ白川院の、[四]建久二年の冬《ふゆ》の比《ころ》より、*ふれいの御事ときこえし/程に、同《おな》しき、三年正月のするに、たのみすくなき御事におほしめして、[五]やう〳〵/事ともおほせをかれけるに、御こうけんの事、かの大納言に*ふきやうすへきよし/うけたまはられき、*しつしにて、[六]花山院の左《さ》大臣《しん》兼雅《かねまさ》おはしき、きんしゆにて[七]左大弁」(35ウ) 宰相《さいしやう》候はる、この人々の申さたせられん[八]、なに事かをろそかなるへきに、おほし/めし入て、おほせをかれけるそ、かたしけなき、此《この》大納言は、[九]権右中弁光房《みつふさ》のあそん/の子也《こなり》、十二さいと申ける時より、君《きみ》にめしつかはれて、したいのせうしんとゝこほらす、/正二位《ゐ》の大納言にいたり給、人をはこえ給へ共《とも》、人には一度《と》もこえられ給はす、君《きみ》も/しんも、をもくおほしめされける、人のせんあくは、きりふくろにたまらさるかことし」(36オ) といへり、まことにかくれなかりけり

ひせんのかみ行家ちうせらるゝ事

一　八条—八てうの
二　世になりて—世となりても
三　こ白川院—こしらかはのいん
四　建久—建久《けんきう》
＊（不例）
五　やう〳〵—やう〳〵の
＊（奉行）
＊（執事）
六　花山院—くわさんのいん
七　左大弁—さ大へんの
八　ん—んに
九　権右中弁—こんのう中へん

備前守行家を追跡

一〇 かねゆき―か《か》ね《ね》ゆき

一一 きこえ―きこえしかは

＊(見参)

＊(討手)

＊(長野の城)

一二 おもひもの―思ひひもの(三条西本は「ひ」の衍字)

行家と常陸房正明の決闘

一三 いつみ―いつ(三条西本の誤脱)

ひせんのかみ行家《ゆきいへ》は、いつみの国《くに》、たかいしの/浦《うら》へうちあけられたりけるか、判官《はんくわん》にははなれぬ、人々にはすてられぬ、諸国《しよこく》は、みな関東《くわんとう》/に心さしありときこえけれは、かなふましとて、はまとをり《ほ》に、天王寺《わう》のれい人、くほの/雅楽頭《うたのかみ》一〇かねゆきかもとへおはしける、かねゆきかむすめ二人あり、ふたりなから、行家《ゆきいへ》/の思《おも》ひ物《もの》なり、行家《ゆきいへ》こゝにおはすときこえ一一」(36ウ)北条殿《ほうてうとの》、ひたちはう《房》・しやうめいに、御へん/かしこへむかひ《い》て、備前守《ひせんのかみ》うて、＊けさんに入給へとのたまふあひ《い》た、さらは御せいを給/候はんと申間《あいた》、北条殿《ほうてうとの》、むまやの大源二《けんし》をさきとして、三百余騎《よき》のせいをつけらる、是《これ》を/あひくして、しやうめい、かねゆきかもとへをしよ《お》す、行家《ゆきいゑ》、＊うてむかふときこえしかは、/そこをおちて、かはちの＊なかのゝしやうへをもむき《お》けり、しやうめい、天王寺《わう》にをし《お》/よせて、とき《時》・をつくりかけたれとも、家《いゑ》の内《うち》」(37オ)にはをともせす、うち入てたつぬるに人も/なし、二人のおもひもの一二をとらへてとひければ、あねはいもうとにとへといふ、いもう/とはあねにとへといふ、いつれもつゐにいはす、しやうめいちからをよはてありける/所《ところ》に、川内国《かはちのくに》、なかのゝしやうにあるよしきこえしかは、こゝをはうちすてゝ、なかのゝ/しやうへをしよ《お》す、行家《ゆきいゑ》、うてむかふときこえしかは、そこをもおちて、いつみ一三の国《くに》、や/きといふ所《ところ》に、ひそかにしのひてありと」(37ウ)きこえしかは、しやうめい、中〱大せい/にては、あしかりなんとて、おもひきりたるつはもの、廿よ人めしくして、みのかさきて、/かしこへゆきむかひて、たつねけれとも、し

ひせんのかみ行家ちうせらるゝ事

かるへき所《ところ》もなかりけれは、むなしく帰所《かへるところ》／に、下女《けちよ》のあひたりけるに、此辺《このへん》に落人《おち》のあるかといふ、いつくにそとゝへは、この女《をんな》／しらすといふ、なんてうしらさるへき、其《その》きならは、きりころさんといはれて、ゆひをさ／して、あそこなる小家《こいゑ》にこそ、おち人とて、」(38オ)しんしやうなる人は、此程《このほと》かくれゐたれと／申けれは、さらはとてを《お》しよせて、を《お》しまきたり、されとも、人々さうなくも内《うち》へいら《入》・／す、しやうめい、四尺《しやく》二寸《すん》の太刀[一]をぬき、ひきそはめてつと入て見《み》けれは、其《その》へんの国人《くに》／とおほしくて、四十はかりなる男《おとこ》の、あさきのひたゝれきたりけるか、行家《ゆきいへ》に、さけを／すゝむとおほえて、さかなとりちらしたりけるか、とりすてゝにけて行《ゆく》、しやうめい、行《ゆき》／家《いゑ》そとおもひてをひ《い》かくる、つはものとも」(38ウ)つゝいたり、行家《ゆきいゑ》、かなはしとや思《おも》ひけん、行《ゆき》／家《いゑ》をたつぬるか、それはあらぬそ、こゝにあるそとの給へは、しやうめいとてかへす、／備前守《ひせんのかみ》、右の手《て》には、しやうめいかにも、おとらぬ太刀《たち》をもち、左《ひたり》の手《て》には、二尺《しやく》五寸《すん》／の、こかねつくりの太刀《たち》をもちてうちいて、しやうめいによりあひ《い》てたゝかひ《い》けり、つは／ものとも、入かへ〳〵たゝかふ、大手《て》よりは、いかにもかなふましかりけれは、小家《せうけ》のうし／ろをやふりてを《お》し入けり、大手《て》からめて、とり」(39オ)こめてたゝかひ《い》けれは、行家《ゆきいゑ》は、くきやうの／うち物《ものゝ》のしやうすなり、しやうめいまさきにすゝみて、しころをかたふけてうち入／ける所《ところ》を、行家《ゆきいゑ》、大太刀《たち》をもて、かふとのまつ・かほをちやうとうつて小太刀《たち》をもてすね／をなく、すねあて[二]のはつれ、ひさくちをなか

一　太刀―大たち

二　すねあて―すねあなた
（存疑）

れたり、されともちともひるます、よりあひ／て、太刀《たち》をすてゝむすとくむ、上《うゑ》になり、下になりしけるを、大源二《けんし》つとより、石《いし》をもて行家《ゆきいゑ》／のひたいをちやうとうつ、なんちは下《け》らう」（39ウ）なれ、かたきをは、弓矢《ゆみや》太刀《たち》かたなにてこそ／せうふをすれ、石《いし》にてうつやうやあるとの給へは、しやうめい、あしをゆへといひけれ／は、大源二《けんし》、行家《ゆきいゑ》のあしはかりをはいはて、四のあしてをそゆふ《う》たりける、されともつは／ものあまたおちあひ《い》て、行家《ゆきいへ》をいけとりにしけり、しやうめいは、うち物《ものゝ》の上手《す》といへ／とも、たち四十二所《ところ》きられけり、行家《ゆきいへ》のたちは、一所《ところ》もきれす、去程《さる》に、行家《ゆきいへ》の、ひたいの／きすゆひ《い》なとして、馬《むま》にのせ奉《たてまつ》り、さき」（40オ）におつたてゝ行《ゆき》けれは、行家《ゆきいへ》水《みつ》かほしき／そとの給へは、水《みつ》をすゝめなとしてのほりけるか、[三]あるかはらにて、ちうせられけるとそ／きこえし、したの三郎せんしやう義則《よしのり》をは、伊賀国《いかのくに》の住《ちう》人、はつとりの六郎時定《さた》におほ／せつけらる、時定《さた》にとりこめられて、しかいしてんけり、このやう、関東《くわんとう》へ申されけり、今《いま》／は頼朝《よりとも》かかたきに、なるへきものは、おほえすとの給なから、北条《ほうてう》のもとへの給のほ／せられけるは、平家は一門《もん》ひろかりしかは、」（40ウ）しそんさためておほかるらん、頼朝《よりとも》か[四]末代／のかたきになし給な、一人もあらんをは、たつねいたして、うしなふ《う》へしと、おほせられ／つかはされたりけれは、平家のきんたち、たつねいたしたらんものには、そせうもしよ／まうも、こふによるへしと、ひろうせられけり、京中の[五]上下、あんないはしりたり、／*せよまうはおほし、け《くゑ》んしやうからふらん

行家捕縛と処刑

三　あるかはら―あかいかはら

志田先生義則自害

頼朝、平家残党狩りを命ず

四　末代―まつ代《たい》

五　上下―上下《け》

*　（「所望」か）

とて、たつねもとめ、おとなしきをは、くひを/きり、をさなきをは、水《みつ》にいれ《入》・土《つち》にうつむ、」(41オ)あまりの事には、はらの内《うち》をさかすなと/きこえけり、いろしろく、みめよき、をさなきものをは、これはなにの中将の若君《わかきみ》、かれ/はかの少将《しやう》の君《きん》たちなといひて、たつねとりて奉《たてまつ》る、ちゝ母《はゝ》か、なきかなしめは、あれは/めのとか申、かいしやくか申なといひて、一*ちやう平家の、君《きん》たちにてなきをも、めしと/りけるにや、あさましともお《を》ろかなり

六代御せんの事

鎌倉《かまくら》とのよりおほせられけるは、小松三位[一]」(41ウ)中将のしそく、六代《たい》とて、年《とし》もおとなしきうへ、平家のちやく〳〵正とうなり、よく/〳〵たつねとりて、うしなふへしとのたまひたりけれは、北条《ほうてう》いかにもして、たつねい/たさはやとさかしけれとも、もとめかねて、つゐにくたらるへきにてありけるに、人/の心のうたてさは、ある暮《くれ》程に女房《によはう》一人、六波羅《はら》へまいりて申けるは、是《これ》よりにし、へん/せう寺のおく、小倉《をくら》山のふもと、大覚《かく》寺と申所《ところ》にこそ、小松の三位中将[二]とのゝ、北《きた》の」(42オ)かた、わか君《きみ》、ひめ君《きみ》、ひきくして、ことし三とせすみたまふとそをしへたる、北条《ほうてう》大に/よろこひて、やかて人をそつかはしける、男《おとこ》はあしかりなんとて、しんしやう*なる女房《によはう》/にて見せらる、女房《によはう》かしこに行《ゆき》てかたはらにたゝすみて見るともしらす、わか君《きみ》、しろ/きえ《ゐ》のこの、みす《御》の内《うち》より、はしりいてたり

＊（一定）

六代御前逮捕

一　小松三位中将―こまつのこんのすけ三ゐの中将

二　小松の三位中将―こまつのこんのすけ三ゐの中将

＊（尋常）

けるを、とらんとて、つゝいて出給《いて》たりけれ/は、めのとの女房《によはう》、おなしくはしりいて、あなあさましや、たうし関東源《くわんとうけん》二位《ゐ》の代官《たいくわん》、北条《ほうてう》」(42ウ)とかや申もののほりて、平家のしそんをたつねいたし、おとなしきをはくひをきり、を/さなきをは、水《みつ》に入候なり、若君《わかきみ》は、平家のちやく〳〵にておはしませは、さこそたつ/ねもまいらすらめ、人めもそらおそろし、内《中》へいらせ給へとて、いたき入奉《たてまつ》る、中〳〵/は*うへんのものにいひしらするかとそおほえし、つかひかへりて、此《この》よしを申す・お/なしき廿一日のさうてうに、北条《ほうてう》五百余騎《よき》はかりにてゆきむかひ《ふ》、[三]四方をうちかこみ《む》」(43オ)まつ人を入て、関東《くわんとう》の代官《たいくわん》、北条《ほうてう》の四郎と申者《もの》にて候、是《これ》に[四]小松の三位中将とのゝ/わか君《きみ》、六代《たい》御せんと申人の、[五]わたられ給よしうけ給て、御むかへにまいりて候と/申けれは、母上《はゝうへ》、上下の女房《によはう》たち、さいとう五、さいとう六とて、きやうたいありけるも、/あまりにあさましさに、つや〳〵物をたにも申さす、母《はゝ》うへ、めのとの女房《によはう》は、たゝ我《われ》/をさきにうしなへとて、もたえ《へ》給けり、ことし三とせ、こゐをたにもたかうわらはす」(43ウ)物をたに、はか〳〵しくいはさりつる人々の、今《いま》はありとしあるものとも、こゐをとゝ、*/のへてなきさけふ、北条《ほうてう》もなさけありけれは、さこそおはすらめとて、御はうにもせめ/い《入》・らす、つく〳〵とそまちゐたる、去程《さる》に、日も暮《くれ》けれは、又人を入て、別《へち》の御事は候/まし、たゝとう〳〵いたしまいらさせ給へ、よもいまたしつまり候はねは、ひか事あら/せしとて候、御むかへに、御こしも候、とう〳〵

＊（放免）
三　四方―四方《はう》
四　小松の三位中将―こまつのこんのすけ三ゐの中将
五　わたられ―わたらせ
＊（読点不要。「とゝのへて」）

一　候らはめ―候はんめ

二　より―よりも

三　下―下《した》

四　か―から

いたしまいらせたま《給・》へと申されけれは、」(44オ)さいとう五、母上《はゝうへ》の御前《まへ》にまいりて、今《いま》は何《なに》とおほしめすともかなふまし、さのみふし／とものまち奉《たてまつ》るも、心もとなく候と申けれは、若君《わかきみ》申されけるは、つゐに、けにもの／かるましく候はゝ、とう〳〵いたさせ給へ、うち入てさかす物ならは、をの〳〵うたて／けなる御ありさまをも、見《み》えさせ給なんす、しはしも候はゝ、いとまこうて、まいりてこ／そ、見《み》えまいらせ候らはめ[一]と申されけれは、めのとの女房《にようはう》、御くしかきなてゆひ《い》なとして、」(44ウ)しやうそくせさせ奉《たてまつ》る、母《はゝ》うへは、くろきのす《しゆ》ゝ《す》のちい《ゐ》さきをとりいたして、いかにも／なり給はんまては、是《これ》にて念仏《ねんふつ》申て、ちゝのわたらせ給はん所《ところ》へ、まいれよとの給へは、／母《はゝ》御前《せん》にこそ、只今《たゝいま》わかれ奉《たてまつ》り候とも、ちゝのわたらせ給所《ところ》へまいりて、見奉《たてまつ》り候はん／するこそ、うれしく候へ、しはらくも候はゝ、いとまこうて、まいり候はんとていて給ふ、／いもうとのひめきみ、あに御せんの、たゝひとりわたり給に、はゝ御せんもいらせ給へ、」(45オ)我《われ》・らもまいらんと、したい給けるを、めのとの女房《にようはう》、なく〳〵とりとゝめ奉《たてまつ》る、六代《たい》御前《せん》は、／十二になり給へとも、よのつねの人の子《こ》の、十四五より[二]おとなしく、わりなく、見《み》めかた／ちいう《ゆ》にいたいけして、さか〳〵しくおはせしかは、ふしによは《わ》けを見《み》えし／とや、をさふる《お》そての下[三]よりも、あまりてなみたそこほれける、さてもあるへきならね／は、北条《ほうてう》[四]か、かゝせてきたる、こしにのりてそ出《いて》給ふ、さいとう五、さいとう六、かちはたし」(45ウ)にて、こしのともにそはしりける、北条《ほうてう》、

六代母の悲歎

五　給ひける―給ふ

六　三位―三ゐの

＊（読点不要）

＊（定業）

のりかへともをおろして、のせけれとも の/らす、さいこの御ともにて候へは、何《なに》かくるしく候へきとて、大覚《かく》寺より、六波羅《はら》まて、は/たしにてこそまいりけれ、若君《わかきみ》の母上《はゝうへ》、めのとは、むなしきあとにとゝまりて、いかに/せんとそ、もたえ《へ》こかれ給[五]ひける、人の子《こ》は、めのとなとのもとにをきて、時々見《み》る事/もあり、これは、うみおとしてよりのち、一日へんしも、身をはなたす、よのつねの人の、」(46オ)もたぬ物《もの》をもちたるやうにおほえて、ふたりか中にてそたてつる物を、たのみを/かけし人にも、あかてわかれにし後《のち》は、これらを左右《さう》にをきてこそ、なくさみつる/に、ひとりはあれとも、ひとりはなし、けふより後《のち》はいかゝせん、おいたつまゝには、三[六]/位中将殿に似《ゝ》給たれは、昔《むかし》の人のかた見《み》[*]、にも見《み》つる物を、いつの世にわするへし/ともおほえぬそや、日比《ころ》は、はせ寺のくわんおんをこそたのみ奉《たてまつ》りたるに、[*]ちやうこうは、」(46ウ)仏《ほとけ》もかなはせ給はさんなれは、ちからをよはぬ事にこそ、をさなきをは、水《みつ》に入、土《つち》/にうつむときこゆれは、此子《このこ》はをとなしけれは、きりこそせんすらめ、夜さりもやき/られんすらん、あかつき《月》にてもやあらんすらんとて、なかき夜すから、露《つゆ》もまとろみ/給はねは、其後夢《そのゝちゆめ》にたにも見《み》え給はす、かきりあれは、けいしんあかつきをとなへて、/なかき夜もはやすてにあけにけり、さいとう五、御文《ふみ》もちてまいりたり、母上已下《はゝうへいけ》の」(47オ)女房《によはう》たち、をき《お》あかり、こゑ〳〵に、いかにや〳〵との給へは、けさまては、別《へち》の御事も/わたらせ給候はす、御ことはにて申せと候

一　こそ—そ

乳母、文覚に六代助命を嘆願

二　月いてゝ—つきいてゝ(中院本の誤り。「つき」は接頭語)

三　小松三位中将殿の—こまつのこんのすけ三ゐの中将との〻

つるは、わひさせ給はて、わたらせたまふよ／し、申せとこそ[一]おほせ候つれとて、御文《ふみ》とりいたして奉《たてまつ》る、是《これ》をあけて見《み》給へは、おほつ／かなくなおほしめされ候そ、今《いまゝ》まてはへちの事候らはす、御心くるしくなおほし／めし候そ、夜のほ《程》とも、また《又》それには、何《なに》事かわたらせおはしまし候らん、いつしか、」(47ウ)たれ〳〵も御こひしくなと、よにおとなしやかにかゝれたり、むさんの文《ふみ》のかきさま／やとて、母上《はゝうへ》、是《これ》を御かほにを《お》しあてゝ、ふししつみ給けり、涙《なみた》にくれてみつくきの、／たてともそこはかとはおほえねとも、思《おも》ふ心をしるへにて、御返事かきてたふ、さい／とう五、是《これ》を給て、六波羅《はら》へ帰《かへり》まいる、若君《わかきみ》も是《これ》を見給て、涙《なみた》にむせはせ給けり、めのとの／女房《にようはう》は、あるにもあられねは、月いてゝ[二]なきありく程に、其《その》へんちかき人、とふらひ《い》て」(48オ)申けるは、此《この》おくに、たかを寺と申所《ところ》に、文学《もんかく》房《はう》と申ひしりこそ、たつとき人にて、鎌倉殿《かまくらとのゝ》／の大事にしたまふなれ、此《この》程も、上らうの御子《こ》かな、てしにせんとて、ほしかるとこそ／きけと申せは、うれしき事をきゝつる物かなと思《おも》ひて、大覚寺《かく》へも、かくとも申さす、／たゝひとり、一度《と》もしらぬ、たかを山のおくへそたつね行《ゆく》、ひしりにたつねあふて申／けるは、ちの中よりおほしたてまいらせて、今年《ことし》十二になり給ふ若君《わかきみ》の、世《よ》にうつ」(48ウ)くしくわたらせ給つるを、昨日ふしにとられて候そや、こひ《い》うけて、御てしにしまいらせ／させ給へと申けれは、ひしりあはれにおほえて、しさいいかなる事そととひ給へは、／今《いま》は何《なに》をかかくしまいらせ候へき、小松三位[三]

四　わたらせ—わたらせ給

文覚、六代と対面

五　にて—にて《て》

六　候はん—候はや

*（精好）

中将殿の、若君《わかきみ》にてわたらせ[四]候と申けり、／もしこひ《い》うけたらは、此寺《このてら》にをき奉《たてまつ》り給へきか、申にやをよ《お》ひ候、御命《いのち》たにいきさ／せ給は・ゝ《は》、いかにも御はからひ《い》にこそと申けれは、さてふしはたれとか申、北条《ほうてう》とかや」(49オ)うけたまはり候つる、こはいかに、しらぬ人かとこそおもひたれ、いかさまにも、ゆきて／たつね見《み》んとて、やかてつきいてぬ、一定《ちやう》とはおほえねとも、ひしりかくいひてけれは、／すこし人心ちいてきて、大覚《かく》寺に帰参《かへりまいり》て、北《きた》の方《かた》の御前《まへ》にて、此《この》よしを申けれは、母上《はゝうへ》、／あはれさあれかしな、こひ《い》うけて、今《いま》一度見《とみ》せよかしとそなかれける、北条《ほうてう》のもとへ行《ゆき》／て、事のやうの給けれは、鎌倉《かまくら》とのより、度《と》々おほせをうけ給て、あいかまへて、平家の」(49ウ)きんたち、たつねとりて、うしなふへきよしおほせをかうふりて候間《あひた》、をさなき人々を／は、おほくたつねいたして、うしないつれとも、此若君《このわかきみ》をは、さいしよをさたかにしら／すして、すてにむなしくくたるへきにて候[五]つるを、一昨日、おもはさるにきゝいたして、／むかへ奉《たてまつ》りては候へとも、あまりにみめかたちうつくしくて、心さまいたいけして／おはしませは、いつくにかたなをたつへしともおほ《覚》え候はて、今《いま》ゝまてまほり奉《たてまつ》り候と」(50オ)申けれは、ひしり、いつくにましく〵候そ、見《み》奉《たてまつ》り候はん[六]との給へは、若君《わかきみ》のおはします／所《ところ》へ入奉《たてまつ》る、見《み》給へは、ふたへ《え》お《を》り物《もの》のひたゝれに、せいかう*の大くち着給《たま》へり、もとゆひ《い》／きはより、はかまのけまはしにいたるまて、世《よ》の人とも見《み》えたま《給》はす、こよひ《い》、うちとけ／ね給《たま》はすとおほえて、すこしやせ給へり、

しろくうつくしき御手《て》に、くろきのす〻《しゆす》の/ちい《ゐ》さきを、ぬき入てもち給ふか、ひしりを
見《み》て、何《なに》とかおもはれけん、涙《なみた》をさとうかめ」(50ウ)給ふを、さらぬやうにもてなし給へは、ひ
しり中〳〵め[一]もあてられすとて、涙《なみた》を〻《を》/さへて立《たち》かへる、末《すゑ》の世に、いかなるとく
となるとも、いか〻是《これ》をはたすけさるへき/とて、北条殿《ほうてうとの》に申されけるは、なとやらん、
此若君《このわかきみ》を一め見《み》るより、いとおしくて、身に/かはらんとまておもへは、源《けん》二位殿《ゐとの》に申
うけて、見《み》候はやとおもふなり、廿日をまち/給へ、ひしりか、鎌倉殿《かまくらとの》に、ちうをいたし、こう*
を入奉《たてまつ》り候し事候へは、御[二]しんせられ」(51オ)し事なれは、今《いま》さら申にをよはねとも、こ
下野《しもつけ》との〻[三]かうへ、くひにかけ奉《たてまつ》りて、千万/里のみちをわけ、*らうれうのさたにもを《お》よ
はす、あしから、はこねをまたにはさみ、七/八日にくたりのほり、ゐ《い》んちうを、うか〻ひ《い》て、
*ゐ《い》んせんりやうし申給はり、ふしかは、大井/かは、たかせ、二むらにいたるまて、いのちを
うしなはんとする事も度《と》々なり、をよそ/ちきりを[重]をもんして、命《いのち》をかろくしき、
さりとも鎌倉殿《かまくら》、しゆりやう神つき給はて、」(51ウ)昔《むかし》の事をわすれ給はすは、なとか此若君《このわかきみ》、
あつけ給はさるへき、かまへて廿日をまち/給へとのたまへは、北条[四]此《この》人は、平家ちやく
〳〵正とうなり、いかにもたつねいたして/うしなひ《い》奉《たてまつ》るへきよし、おほせくたされ候
へは、*へんしもをき奉《たてまつ》るへきにはあらね共《とも》、/あまりにいとをしくおもひたてまつれは、
まちこそし奉《たてまつ》らめ、とう〳〵との給へは、や/かてたちにけり、さいとう五、さいとう六、此《この》

文覚、助力を決意

一　も—を

*（功）

二　御しんせ—御らんせ（中院本の誤り）

三　かうへ—かうへを

*（粮料）

*（相女大本「院宣・令旨を申たまはり」）

四　北条—ほうてうとの

*（片時）

ひしりを、たゝ、しやうしんの仏《ほとけ》のやうに」(52オ)おもひ奉《たてまつ》りて、手《て》をあはせてそをかみける、
二人つれて、又大覚《かく》寺へまいる、人々なけき／にしつみておはしけるに、此《この》よしを申せは、
母上《はゝうへ》、めのとはよろこひて、我《われ》らかこの日比《ころ》、／くわんおんに、あゆみをはこひ、心をつく
して、いのるいのりはこゝそかし、鎌倉《かまくら》のゆ／るされはいかゝあらんすらん、おほつかな
けれとも、まつしはしの命《いのち》はのひぬるに／こそとて、みなよろこひなきし給て、はせ
のかたをふしをかみ《お》給けり、さてひしりは、」(52ウ)関東《くわんとう》の源《けん》二位殿《ゐとの》に、大せつに申へき事
ありてくたるなり、上下向《けかう》、廿日にはすく／ましとて、一のてし、*かくもんをくしてそく
たりける、かんちうなれは、道《みち》すから、なん／かん申はかりもなけれとも、さるひしりに
て、事ともせす、夜を日につきて、おなしき／卅日に、下《け》ちやくくわんとうにて、やかて旅《たび》
のしやうそくなから、源《けん》二位殿《ゐとの》の御たちへ／むかふ、馬《むま》にのりなから大ゆかにうちよ
せておる[五]、源《けん》二位殿《ゐとの》、文学《もんかく》下たるときゝ給て、」(53オ)いそきいてあひ給、何《なに》事にくたり給へる
そとのたまひけれは、大事に申へき事／候てなり、さても一とせ、いつにて奉《たてまつ》りし
かうへは、*ことのゝにてはあらぬなり、これ／こそまことの、*こさまのかうの殿《とのゝ》のくひよ
とて、くひにかけたるけさふくろより、とり／いたしたるを見給へは、ひたいに、しろかね
のふたにてめいあり、又きすあり、此《この》きすは／いかにととひ給へは、それはくひとられて、
*しやうへのほり給たりし時、[六]大政入道《たう》、是《これ》は」(53ウ)てうてきなり、いかてか手《て》にかけ、かたなを

文覚、関東下向

*（覚文）

五　おる―おり

文覚、義朝の頭骨を持参

*（故殿）

*（故左馬頭殿）

*（「城」か）

六　大政―大しやうの

一　こそ—そ
＊（宿意）
＊（尋常）
＊（叙用）
＊（「さばかり」の誤りか、あるいは「逆はり魂」という用語があるか）

六代母の焦慮（十二月十五日）

あてゝはあるへきとて、ひたいにかたな／をたてたりし、其《その》きすとこそうけたまはれとのたまへは、源《けん》二位殿《ゐとの》、しゆくいふかく、し／そんをほろほさはやとおもひ給けり、かまたひやうゑ《へ》政清《まさきよ》かくひを、かくもんかくひ／にかけさせたりけるを、是《これ》をはたれにかとらすへきとの給へは、女房《にようはう》の、よにしん／しやうなりけるか、なく〳〵いてゝ、これをうけとる、是《これ》はたれそととひけれは、政清《まさきよ》か」（54オ）うたれし時、七さいになりしむすめなりとそ申ける、此《この》かうへには、あかかねのふたに、／めいをかきて、ひたいにうちたりけり、其《その》のち、ひしり、六代御せんの事申いたされ／たり、源《けん》二位殿《ゐとの》の給けるは、頼朝《よりとも》を世《よ》にあらせ給《たま》ふ、ほうかう《こ》、わすれかたくおもひ／たてまつれは、身にたへ《え》ん程の事をは、うけたまはるへしといへとも、かつはひし／りも、頼朝《よりとも》か身をもておもひしり給へかし、この六代は、平家ちやく〳〵正とうなり、」（54ウ）たすけをきては、頼朝《よりとも》かしそんの末《すゑ》をは、何《なに》となれと思《おも》ひ給そ、されは此《この》事にをきて／は、ふつとかなふましとて、そうしてしようし給はす、もんかく、まことにことはり／とはおもひなから、さかはりたましいの人にて、御へんを今《いま》世にあらするは、文学《もんかく》かは／からひ《い》にてこそあれとて、様々《さまぐ》の事共《とも》かたる程に、日かすをかさねけり、大覚《かく》寺には、／人めも草《くさ》もかれはてゝ、かなしさいとゝつきもせす、かくて夜のあくるをも、日の暮《くる》る」（55オ）をも、心もとなくて、あかしくらしまち給程に、廿日のすくるは夢《ゆめ》なれや、ひしりはい／また見《み》えさりけり、たのめしころもすきゆ

*（数珠）

けは、十二月十五日にもなりにけり、北条《ほうてう》、/さのみ都《みやこ》にて月日ををくるへきにあらす、明《みやう》日くたりなんとてひしめきけり、さい/とう五、さいとう六、手《て》をにきりて、ひしりはいまた見《み》えす、おもふはかりもなかりけり、/二人つれて、又大覚《かく》寺へ、参《まいり》て、やくそくの日かすは、はやすき候ぬ、北条《ほうてう》、あかつきすてに」(55ウ)くたり候、なにとかつかまつり候へきと申けれは、母《はゝ》うへ、されはこそ、よくてをそき/か、あしくてをそきか、あしうてそをそかるらん、よくてをそくは、使《つかい》をまつのほせてん/物を、鎌倉《かまくら》の源《けん》二位《ゐ》とかやも、我《わか》身にて思《おも》ひしるに、大事の人の子《こ》なり、たすけんとも/よもいはし、あはれ北条《ほうてう》とかやか、もちい《ゐ》つへからん人の、ひしりのゆきあはん所《ところ》ま/て、この子《こ》をくしてくれたといへかし、もしよくてものほらんに、むなしくさきにうし」(56オ)なはれん事をは、いかゝすへき、この子《こ》は、とくうしなはれんするけなる、やかてあか/つ《月》きの程《ほと》と《ゝ》こそ見《み》えさせおはしまし候へ、此程《このほと》、御とのゐ《い》つかまつり候つるふしとも/か、よに御なこりおしけにおもひまいらせて、念仏《ねんふつ》申ものも候、涙《なみた》をなかすものも候/とそ申ける、さて此子《このこ》は、いかにしてあるそ、人の見《み》まいらせ候時は、御す*ゝくらせ給て、さ/らぬやうにもてなさせおはしまし候か、人の見《み》まいらせ候はぬ時は、御涙《なみた》をなかさせ」(56ウ)給て、よに御心ほそけに、おほしめしけに候とそ申ける、けにもこよひはかりの命《いのち》/とおもひて、さこそかなしくおもふらめ、夢《ゆめ》をは人のたのむましきにてありけり、この/あかつ《月》き、六代か、しろきひたゝれに、しろき

馬《むま》にのりて、是《これ》へきたりつるとみえつれは、／くわんおんのまほらせたまふにそと思《おも》ひ
たれは、さやうにて、うしなはれんするか／見《み》えけるにこそ、せめて夢《ゆめ》なりとも、しはし
もあらて、やかてさめぬる事こそ、いとゝ」(57オ)かなしけれ、さてなんちは、いかにはからふ
そとのたまへは、これはたゝ、いつくまても／御ともつかまつり候て、いかにもならせ給

*（粉河）

候はゝ、けふりとなしまいらせて、御こつを／とりまいらせ、高野《かうや》、こかは*にも、こめまいらせ
候はんとこそ存《そんし》候へと申けれは、さてはう／れしくもおもひたり、さらはとくかへれ、此《この》

北条、六代と関東下向（十二月十六日）

子《こ》か、おほつかなく思《おも》ふらんとてかへされ／けり、十二月十六日の、卯《う》の刻《こく》に、北条《ほうてう》すて

*（有為無常）

にくたりけり、若君《わかきみ》をは、御こしにのせ奉《たてまつ》る、」(57ウ)うゐむしやう*のさかいを、けふこえなんす
とて、見《み》る人そてをしほりけり、都《みやこ》をは、雲《くも》井／のよそにかへり見《み》て、つかのまも、はなれか
たかりつる、母上《はゝうへ》、めのとの女房《にようはう》には、はなれ／て、見《み》もなれぬ、ゑ《え》ひすともに具《く》せられて、
けふをかきりに都《みやこ》をいて、あつまちはるかに、／を《お》もむき給けん心のうち、をしはかられて
あはれなり、こまをはやむるふしあれは、我《わ》／かくひうちにかとむねさはき、かたはら
にさゝやくものあれは、今《いま》やかきりときも」(58オ)をけす、まつさか、四の宮かはらかとおもへ

*（野路）

とも、せき山をもうちこえて、大つ《津》の浦《うら》にも／なりにけり、あはつか、のち*かとおもへとも、
けふの日もはや暮《くれ》にけり、かゝみのしゆく／にそつきたまふ、その日もきられすして暮《くれ》
にけり、さいとう五、さいとう六、馬《むま》にのれと／いへ共《とも》のらす、物をたにもはかす、さいこの

一　けり—ける

千本松原で六代処刑準備

二　しき—しかせ

＊（一業所感）

三　うしなひ—うしなはれ

御ともなりとおもひけれは、ちの涙《なみた》をなか／しつゝめもくらくなりけれは、きやうたい御こしにとりつき、あしにまかせてそ」(58ウ)くたりけり[一]、これらかちゝ、さいとう別当《へつたう》さねもり、小松《こまつ》のおとゝも、くさのかけにて／も、いかにあはれとおほすらんとそ見《み》えし、去程《さる》に、としもすてにくれなんとす、いそけ／やとて、馬《むま》のあしをそはやめける、みの、お《を》は《わ》り、三川《かは》、遠江《とをたうみ》も、うちすき〱、日かすふれは、す／るかの国《くに》に、・千本《ほん》の松原《まつはら》にそかゝりける、松《まつ》のもとにこしかきすへ、しきかわしきて[二]、／わか君《きみ》おろし奉《たてまつ》る、北条《ほうてう》、さいとう五、さいとう六を、かたは《わ》らによひはなちて、今《いま》は」(59オ)をの〱、これよりかへりのほり給へとのたまへは、こゝにてうしなひ《い》奉《たてまつ》るへきそと、／むねうちさはき、ものも申されす、しはらくありて、北条《ほうてう》、若君《わかきみ》の御そはによりて、ひそ／かに申けるは、ひしりやのほられ候と存《そんし》て、これまてくし奉《たてまつ》りて候へとも、其《その》きなく候、／一*こうしよかんの御事にてわたらせ給へは、たれ申され候とも、鎌倉殿《かまくらとの》、御もちい《ゐ》候／はしと存《そんし》候、あしからのあなたへ、くし奉《たてまつ》りて候と、きこしめされ候ては、あしかるへく候、」(59ウ)あふみの国《くに》にて、うしなひ《い》奉《たてまつ》りぬと、ひろう申へしと申されけれは、若君物《わかきみもの》をはのたま／はす、うちうなつき給て、さいとう五、さいとう六をめして、なんちは大覚《かく》寺へまいり／て、[三]うしなひたりとは申へからす、鎌倉《かまくら》へをくりつけて、人にあつけられたるを見《み》て、の／ほりて候と申へし、うしなはれたりときゝ給なは、いたくなけかせたまはんするなり／とのたまへは、二人の者《もの》とも、なく〱申けるは、君《きみ》にをくれまいらせて、あんおんに」(60オ)都《みやこ》へかへりまいるへしともおほえ候はすとて、つきせぬ涙《なみた》せきあへす、あひ《い》かまへて、/まいりつきて、まつ御心やすきやうに申て、よく宮つかへ申へしと、おとなしやかに/おほせられけれは、北条《ほうてう》をはしめて、上下[一]袖《そて》をそぬらしける、かのゝくとう重持《しけもち》に、御/首《くひ》うつへしとの給へは、太刀《たち》をもて、御うしろへよりたりけれとも、太刀《たち》をもぬかさり/けれは、北条《ほうてう》をそしとめを見《み》あはせけれは、重持《しけもち》なみたをはら〳〵となかし申けるは、」(60ウ)いつくにうちあて奉《たてまつ》るへしともおほえす候、余《よ》の者《もの》におほせつけられ候へと申け/れは、あれきれ、これきれとて、しはしはきりてをそえ《ゐ》らはれける、かゝりける所[二]に、すみ/そめの衣《ころも》はかまきて[三]、文《ふみ》ふくろくひにかけたる僧《そう》あしけなる馬《むま》にのりてはせのほる、/もんかくしやう人のてしなり、しもへに行《ゆき》あひて、あの松原《まつはら》に、人のおほく見《み》ゆるは、何《なに》/事そととへは、北条殿《ほうてうとの》こそ、めし人とて、なのめならす、うつくしき若君《わかきみ》のくひを、たゝ」(61オ)いまきり給へきとて、おりゐられて候と申けれは、あなあさましと思《おも》ひて、むちをうち/てはせのほりけるか、あまりの心もとなさに、きたる日《ひ》かさをぬいて、さしあけてそ/まねきける、北条《ほうてう》見《み》つけて、こゝにはせきたるほう《ふ》しは、しさいありとて待《まち》給所《ところ》に、/ちかく〳〵とはせつきて、馬《むま》よりとひおり、若《わか》君《きみ》ゆるさせ給たり、ひしりも只今《たゝいま》のほり候、/鎌倉《かまくら》とのゝ御けうしよ、是《これ》に候とて、とりいたして奉《たてまつ》る、これをあけて見給へは」(61ウ)

一　上下—上下《け》

六代、処刑寸前に赦免

二　所—ところ《とこ》

三　きて—きて《き》

四小松三位中将これもりのしそく、六代《たい》/たつねいたされて候なる、たかをの上人、しきりにあつかるへきよし申され候、うた/かいなく候うへは、あつけ奉《たてまつ》るへく候、北条《ほうてう》の四郎とのへ、頼朝《よりとも》と、御し*ひつにてそあそ/はされたる、たかくよまね共《とも》、神妙《しんめう》〳〵とてうちをきけれは、さいとう五、さいとう六は、/申にをよはす、北条《ほうてう》か、家子郎等《いゐのこらうとう》とも〻、みなよろこひのなみたをそなかしける、去程《さる》に/もんかく上人、つといてきたり、若《わか》きみこい」(62オ)うけ奉《たてまつ》りたりとて、けしきまことにゆゝし/けなり、北条《ほうてう》、いかに今《いま》まてとの給へは、もんかく申されけるは、此若君《このわかきみ》の、ちゝ、五三位中将/殿《との》は、ちやく〳〵正とうなるうへ、しよとのかつせんの大将《しやう》なり、世の末《すゑ》あしかるへし/とて、かなふましきよしを、かたくの給つるを、もんかく、日比《ころ》のほうこうたて、*しんてい/をのこさす申て候つる程に、えんい《ゐ》んつかまつりて候とそ申されける、北条《ほうてう》、廿日と御や/くそく候しに、日数《かす》もすてにすき候つる間《あいた》、」(62ウ)御ゆるしなく候と存《そんし》候て、くたりて候、かし/こくあやまちつかまつり候らんにとその給ける、さいとう五、さいとう六、此《この》あひ《い》たの/御なさけ、御ほう《*は》しにあつかり候つる御事、しやうかいのうちには、わすれそんす/六へからす候と、北条《ほうてう》のまへにてなく〳〵申けれは、まことにさそおもはれ候らんとて、鞍《くら》/をきたる馬《むま》二ひきにのりてのほり給へとて、きやうたいにたひにけり、さて北条若《ほうてうわか》/君《きみ》にいとま申されけれは、わかきみ物《もの》は」(63オ)の給はねとも、世《よ》になこりおしけなる、御け/しきなりけれは、北条《ほうてう》もあはれけに思《おも》ひて、

四　小松三位中将―こ松のこんのすけ三ゐの中将

＊（自筆）

文覚の登場

五　三位―三ゐの

＊（心底）

＊（芳志）

六　へからす―へから（三条西本の誤脱）

六代帰洛（文治二年一月十五日）

＊（岩神）

一日も、をくりまいらすへう候へとも、鎌倉《かまくら》／殿《との》に、いそき申へき事候とて、四五ちやうはかり、うちをくりまいらせてくたられけり、／ひしりは、わかきみうけとり奉《たてまつ》りて、いそきのほり給程に、お《を》はりのあつたのへんにて、／としもくれぬ、あくる正月十五日の夜に入て京《きやう》へつき、二条《てう》いのくま、＊い《わ》はかみといふ／所《ところ》に、ひしりの宿房《しゆくはう》あり、しはらくやすめ」(63ウ)奉《たてまつ》りて、其《その》夜大覚《かく》寺へおはします、見給へは、／たておさめて人もなし、若君《わかきみ》は、かひなき命《いのち》のおしかりつるも、母上《はゝうへ》に、今《いま》一度《と》見《み》え奉《たてまつ》り、／見奉《たてまつ》らはやとおもひてこそ、のほりつるに、さらはありしまつはらにて、いかにもなる／へかりつる物《もの》をとてなかせ給けり、いかさま平家のゆかりとて、ふしともとり奉《たてまつ》りた／るやらん、さらすはおもひのあまりに、水《みつ》のそこにも、入給ぬるにやとそのたまひける、／年比《としころ》かはせ給《たま》ひけるいぬ、若君《わかきみ》の御こゑ」(64オ)をきゝしりまいらせたりけるにや、ついちの、／くつれよりはしりいてゝ、おをゝふりてむかひ奉《たてまつ》る、よになつかしけにうめきけれは、／いかにをのれはありけるや、人々はいつかたへそとひ給へとも、こたへ申さす、せ／めての御事にやとそみえ給ふ、さいとう五、ちかきあたりの者《もの》にとひけれとも、夜は／ふけぬ、はか〳〵しくこたふる者《もの》もなかりけり、ある人の申けるは、年《とし》のうちより、大／仏《ふつ》まうてとて御出《いて》候しか、やかて長谷《はせ》寺へ」(64ウ)御まいりとこそ、うけたまはり候しかと申せ／は、其《その》時あんとし給て、さいとう五、さいとう六、ついちをこえて中へ入て、門《かと》をひらい／て入奉《たてまつ》る、けにもちかく人の住《すみ》たるけしき

六代、母と再会

＊（海道）

も見《み》えす、若君《わかきみ》は、ひしりたかをへくし奉《たてまつ》る、／さいとう五、長谷寺《はせ》へまいりて、たつねあひ奉《たてまつ》りて、このよしを申けれは、母上《はゝうへ》、たゝ夢《ゆめ》の／心ちし給て、ひとへにくわんおんの、大し大ひの御ちかい《ゐ》は、つみあるをも、つみなきを／も、たすけ給ふ事なれは、くわんおんの御」(65オ)たすけとそおほしける、よろこひの申あけ／し給て、いそき下向《けかう》せられけり、大覚寺《かく》へつき給て、若君《わかきみ》よひいたしまいらせて、＊かい／たうのありさまとひたてまつらる、かなしかりつる事ともおほせられ、かみかきな／てゝ、うれしなきをそせさせ給ける、やせおとろえ給《たま》ひたりけれは、しはらく、これ／にていたは《わ》り奉《たてまつ》りたくは、おほしめしけれとも、余所《よそ》のきこえもそらをそろしく、ひ／しりの、おもはんところも、心もとなしとて、」(65ウ)やかてたかをへをくりたてまつらる、上人、／なのめならす、いとおしき人にし奉《たてまつ》りて、へんしも立《たち》はなれ奉《たてまつ》らす、母上《はゝうへ》の、大覚寺《かく》に、／かすかなる御住居《すまゐ》をも、つねにとふらひ《ぃ》[一]奉る、さいとうきやうたいをも、あはれひ《み》／ふちせられ[二]けり

一　奉る―たてまつらる
二　けり―ける

大原御幸（四月二十日頃）

大原御からの事

去《さる》程に法皇《ほふわう》、女院《にょいん》の、かんきよの御すまゐも、／御らんせまほしくおほしめされけれは、おなしき二年の春《はる》の比《ころ》、御幸《かう》あるへしとさ」(66オ)ためられたりしか、二月三月の比《ころ》は、よかんなをはけしく、みねの白雪《しらゆき》きえやらて、谷《たに》の／つらゝもうちとけす、はるすき夏《なつ》のはしめ

一　徳太寺―ことく大寺
二　花山―くわさんの
＊（旧苔）

寂光院の風景

にもなりしかは、卯月廿日ころにそ、おほし/めしたゝせ給ける、しのひたる御幸《かう》なりけれ共《とも》、御ともには、徳太寺[一]、花山院《いん》[二]、土《つち》御門《かと》以下《いけ》、/公卿《くきやう》六人、殿上《てんしやう》人八人、其外《そのほか》、ほくめんのともからとも、せうくめしくせられけり、大/はらとほりに、日吉《よし》のやしろへと、ひろうありて、かのきよはらのふかやふか、つくり」(66ウ)たりし、ふたらく寺、を《お》のゝくわうたいくうの御きうせきなとゑいらんありて、/それより、御車《くるま》をとゝめ、御こしにそめされける、はしめたる御幸《かう》なれは、御らんしなれ/たるかたもなし、*きうたいはらふ《う》人もなく、しんせきたえ《へ》たる程も、かつくおほし/めししられけり、せり《れ》ふ《う》の里《さと》のほそ道《みち》も、さこそは御ところせくおほしめされけめ、遠《とを》/山にかゝる白雲《はくうん》は、ちりにし花《はな》のかたみ也《なり》、青《あお》葉《は》に見《み》ゆる木末《すゑ》には、春《はる》の名《な》こりそおしま」(67オ)るゝ、しやつくわう院《いん》は、岩《いわ》にこけむして、ふるくつくりなせる、せんすい、こたち、よし/あるさまの御たうなり《也》、いらかやふれては、きりふたんのかうをたき、とほそおちては、/月しやうちうのともし《ほ》火《ひ》をかゝくとも、かやうの所《ところ》をや申へき、みねの青柳露《あをやきつゆ》をふ/くみ、たまをつらぬくかとうたかはれ、池《いけ》のうきくさ、なみにたゝよふ《う》て、にしきをさら/すかとあやまたる、中島《しま》の松《まつ》にかゝれる藤《ふち》なみ、山時鳥《やまほとゝきす》の一こゑも、けふの御ゆきを」(67ウ)まちかほなり、さらてたに、み山《やま》かくれのならひ《い》なれは、おほはらや、もりの下草《したくさ》しけく、/青葉《あをは》にましるお《を》そさくら、はつはなよりもめつらしく、水《みつ》のおもにちりしきて、よせ/くる浪《なみ》もしろたへなり、法皇《ほふわう》

池水《いけみつ》にみきはのさくらちりしきて／なみのはなこそさかりなりけれ
女院《によいん》の御あんしつ、いた屋《や》のあさましけな／るに、けふり心ほそくたちのほりて、かきには、つたあさかほはひか《い》ゝり、へうたんし」(68オ)はくむなし、くさ、かんゐんか、ちまたにしけしともおほえ、庭《には》には、よもき《ゐ》おひ《い》しけり、／れいてうふかくとさせり、あめけんか[三]、とほそをうるをす共《とも》、又いひつへし、すきのふき／めもまはらにて、時雨《しくれ》も霜《しもゝ》をく露《つゆ》も、もる月かけにあらそひて、たまるへしとも／見《み》えさりけり、うしろは山、まへは野辺《のへ》、いさゝをさゝに風《かせ》そよき、世にたゝぬ身の／ならひとて、うきふししけき竹《たけ》はしら、都《みやこ》のかたのことつては、まとをに《ほ》ゆへるませ」(68ウ)かきや、わつかに事たふ[四]もの《物・》とては、みねにこつたふさるのこゐ、しつかつま木《き》のを／のゝをと、これらか音信《をとつれ》ならては、まさきのつゝら、あをつゝら、くる人まれなる所《ところ》なり、／法皇《ほふわう》御あんしつにいらせ給て[五]、人やあるくと、めされけれとも、御いらへ申ものも／なし、やゝありて、おいおとろへ《え》たるあま一人出て《いてゝ》、さふらふ《う》とそ申ける、女院《によいん》はいつか／たへ御幸《かう》なりたるそとおほせけれは、このうへの山へ、花《はな》つませ給にとそ申ける、花《はな》つ」(69オ)みて奉《たてまつ》るへき人も、つきたてまつらぬにや、さこそ世《よ》をいとはせ給はんからにならひ／なき御わさ、いたはしくこそとおほせられけれは、このあま涙《なみた》をなかして申けるは、今《いま》／めかしき申事にてはさふらへ共《とも》、しやかは中天竺《てんちく》のあるし、しやうほん大王《太わう》[*]の太《たい》／子《し》なり、されともかやしやうをいてさせ給、

三　けん—けんけん（「原憲」。中院本の誤り）

四　たふ—とふ（中院本の誤りり）

法皇、阿波内侍と問答

五　に—へ

＊（浄飯大王）

たんとくせんにい《入》らせ給ひ、たかきみねに/はたきゝをとり、ふかき谷《たに》には水《みつ》をむすひ、ゆきをはらひ《い》、[一]しほりをくたくのみならす、」(69ウ)なんきやう、くきやうのこうつもりて、つゐにしやうかくならせ給き、されはさきの世《よ》/の*しゆくせんをも、*こせのしゆくこうをも、おほしめしさとらせ給て、*しやしんのきやう/を、しゆしましまさんは、何《なに》のさはりかさふらうへきとそ申ける、法皇《ほふわう》、此《この》あまの*けいき/を御らんせらるゝに、あさの衣《ころも》の、よにうたてけなるをそきたりける、ふしきやあのけ/しきにても、かやうの事を申よとおほしめし、なんちはいかなるものそと御たつね」(70オ)あれは、このあま、涙《なみた》にむせひて、しはしは御返事も申さす、かさねていかにとおほ/せらるれは、涙《なみた》をゝさへて申けるは、是《これ》は平[二]治に信頼《のふより》のきやうにうしなはれし、小納言/入道《たう》しんせいかむすめ、あは《わ》の内侍《ないし》と申者《もの》なりとそ申ける、内侍《ないし》は、きの二位《ゐ》のむすめ/なり、きの二位《ゐ》は又、法皇《ほふわう》の御めのと、これは御めのとこなりしかは、朝夕《てうせき》[三]れうもんに/ちかつき奉《たてまつ》りしを、御らんしわすれさせおはしましにけり、今《いま》さら夢《ゆめ》かとおとろかせ」(70ウ)給にも、御涙《なみた》せきあへさせ給はす、御しやうしをひきあけて御らんすれは、らいかうの/三そん、東《ひんかし》むきにましします、中そんの御手《て》には、五しきのいとをそかけられたり[四]、仏《ほとけ》/のひたりには、ふけんのゑさう、右には、せんたうくわしやうの*ゑい、ならひに、せんてい/の御ゑいをもかけられ給へり、御前《まへ》のつくえ《ゑ》には、しやうとの三ふきやう、八ちくの/めうもん、九てうの御しよなと[五]をもかれた

一　しほり—こほり（「氷」。中院本の誤り）
＊（宿善）
＊（後世の宿業）
＊（捨身の行を修し）
＊（景気）
二　平治—平治《へいち》
三　れうもん—れうかん（「龍顔」。中院本の誤り）

女院の庵室内の有様

四　たり—たる
＊（影）
五　なと—なんと

り、*くわんきやうは、あそはしかけたるとお」(71オ)ほしくて、はんくわんはかりそまかれたる、
しやうしには、諸経《しよきやう》のようもんとも、しきし／にかきてを《お》されたり
*にやくうちうこつしやうむしやう／しやうと、いんせうみた、くわんりきひつ
しやうあんらくこく
なともあり、[三]みかはの入道《たう》か、しやうりやう／せんのふもとにてつくりたりし
せいか、はるかにこうんのうへにきこゆ、／しやうしゆ、らく日のまへにらいかうす」(71ウ)
といへるしもあり、又かたはらには
一しやうは夢《ゆめ》のことし、たれか百年の／さかえを*こせん、*はんしはみなむなし、
いかてか*しやうちうのおもひをなさん／身はこれ、しくれにそむるもみちは、命《いのち》
は草葉《くさは》にむすへる露《つゆ》、むしやうの風《かせ》、／一たひ[六]さそへは、*うたいの身、よもにちる
なともあそはされたり、又そはには、女院《によいん》の／御しゆせきとおほしくて
かはくまもなきすみそめのたもとかな」(72オ)こはたらちめかそてのしつくか
そはなるしやうしをひきあけたまひたれ／は、御しんしよとおほしくて、たけの御さ
ほにかけられたる物は、あさの御ころ／もに、かみのふすま、むかしの、らんしやのに
ほひをひきかへて、そらたきものとかほる／は、*ふたんかうのけふりなり、かのしやう
みやうこしの、ほうちやうのしつに、三万二／千のゆかをならへ、十方の諸仏《しよふつ》を、しやう

*（観経）
*（若有重業障、無生浄土因、乗弥陀願力、必生安楽国）
*（期せん）
*（万事）
*（常住）
六　さそへ―さかへ（三条西本の誤り）
*（有待の身四方に散る）
*（不断香）

実定の感慨「いにしへは」歌

したてまつられけんも、これにはすきし」(72ウ)とそ見《み》えし、中にも、こ徳《とく》大寺の左大臣《さしん》
しつていこう
いにしへは月にたとへしきみなれと/そのひかりなきみやまへの里《さと》

法皇、女院と対面

なく〱ゐいせられたりけるにそ、皆人袖《みなそて》/をぬらされける、其後《そのゝち》、上《うへ》の山より、こきすみ
そめのころもきたる、あま二人、木《き》のねをつ/たいてをりくたる、一人は、しきみ、つゝし、
ふちの花《はな》、はなかたみに入て、ひちにかけ/たり、一人は、つまきに、わらひをりそへて」(73オ)
いたきたり、はなかたみひちにかけたるは、/かたしけなくも、女《によ》ゐ《い》んにてそわたらせ給
ける、つま木《き》もちたるは、せんていの御めの/と、一大納言のすけとのこれなり、女院《によいん》は、御幸《かう》
のなりたるよしを御らんせられて、*くわん/ねんのまとの内《うち》には、せつしゆのくわう
みやうをこし、*せうみやうのとほそのまへ/には、しやうしゆのらいかう二をまちつるに、
おもひのほかに御幸《かう》のなりたる心うさよ、/きりかすみならは、たちもへたて、三露霜《しも》」(73ウ)
ならは、きえもうせなはやとそおほしめ/されける、よひ〱ことの*あかの水《みつ》、むすふ
たもともほしあへす、あかつきおきの袖《そて》の/うへ、山路《ち》の露《つゆ》もしけくして、しほたれた
まへる御すかたなれは、女院《によいん》御あんしつ《ち》へ/もい《入》らせ給はす、又うしろの山《やま》へも、たちも
かへらせたまはす、あきれてたゝせ給《たま》ひ《い》たり/けるに、ないしのあま、ふとまいりて、御はな
かたみをは給けり、うき世をいとひ《い》、まこと/のみちにい《入》らせおはしまさんうへは、なに」(74オ)

一　大納言—大納言《なうこん》
＊（観念）
＊（称名の樞）
二　を—をこそ
三　露—露《つゆ》
＊（閼伽）

の御はゝかりかはわたらせおはしますへき、／はやく〳〵御*けさんありて、くわんきよなしまいらせさせ給ひさふらへと申けれは、御心／つよくおほしめし返して、御あんしつへいらせ給て、あさの御衣《ころも》[四]ひきかつき給て、なく／〳〵御前《まへ》にまいらせ給ひけれとも、法皇《ほふわう》もおほせいたさるゝむねもなし、女院《によいん》も又申／いたさせ給事もなし、やゝありて、法皇《ほふわう》かゝる御ありさまにまては、いかてかたれ／思ひより奉《たてまつ》るへき、さても、たれかは事」(74ウ)とひまいらするとおほせられけれは、女院《によいん》／時〳〵をとつるゝかたとては、[五]れいせんの、大納言のきたのかた、七条《てう》のしゆりの大夫《ふ》／かうへなとこそさふらへ、[六]さてはたれかはとふらひさふらふ《う》へき、昔《むかし》は、この人々のな／さけを、かゝらん物とは、夢《ゆめ》にたにもおもひこそよらさりしかとて、御涙《なみた》せきあへさせ／給はす、女院《によいん》又申させ給けるは、昔《むかし》の人々にをくれさふらひ《い》ぬる事は、なか〳〵／なけきの中のよろこひなり、そのゆへは、」(75オ)五しやう[七]三しようのくをはなれ、しやかの／ゆいていにつらなり、*ひくのせいかいをうけぬれは、[八]三時に[九]六しんをさんけ《くゑ》し、一門《もん》／のほたいをとふらひさふらふ《う》也《なり》、なか〳〵[一〇]しき物かたりにては候へとも、人は*しやう／をかへてこそ、六たうをは見《み》ると申に、此《この》身は、いきなからこそ見《み》てさふらへと申させ／給けれは、法皇《ほふわう》は、これこそよにふしんにおほえ候へ、いこくのけんしやう三さうは、／さとりのまへに、六道《たう》を見、我朝《わかてう》の日さう」(75ウ)上人は、さわうこんけんの御《む》ちかひによ／りて、めいとにいたりけるとこそうけたま

＊（見参）

四　ひきかつき—ひきかつかせ

五　れいせん—れんれい（両本ともに誤り。「冷泉《れんせい》」）

六　さては—さらては（中院本の誤り）

女院の六道語り

七　三しよう—三しう（「三障」。三条西本の誤り）

＊（比丘の制戒）

八　三時—三時《し》

九　六しん—六こん（「六根」。中院本の誤り）

一〇　物かたり—御物かたり

＊（生）

＊（故相国）
一　以下―以下《け》
＊（囲繞渇仰）
二　寿永―寿《しゅ》永
三　九国―又九こく
＊（万水）
＊（猛火）
四　けす―けち
＊（読点不要）

はれ、まのあたり、しやうをかへすして、六道《たう》／を御らんせらるゝ事、いかゝとのたまへは、女院《にょいん》、去事《さる》にてはさふらへ共《とも》、六道《たう》のあ／りさま、あら〱なすらへ申へし、この身は、*こしやうこくのむすめにて、てんしを、子《こ》に／もち奉《たてまつ》りしかは、大内山《うちやま》の春《はる》の花《はな》も、心にまかせてなかめ、九重《こゝのえ》の雲《くも》の上《うへ》の月をも、・もろ／ともになかめ、せいりやうてんのすゝし」(76オ)き夏《なつ》、ふつみやうの年《とし》の暮《くれ》にいたるまて、／せうろく以下[一]の、大臣《しん》公《く》卿《きやう》にあふ《を》かれしありさまは、四せん六よくのたのしみ、八万の／しよてんに、*いねうかつかうせらるらんも、これにはすきしとこそおほえさふらひ《い》し／か、寿永[二]の秋《あき》、木曾義仲《きそよしなか》とかやに、都《みやこ》の中をせめいたされ、にしのうみ、なみちはるかに／たゝよひ《い》しありさま、てん人の五すいもかやうの事にこそとおほえさふらひ《い》し／に、九国[三]をも、これよしと申者《もの》にをひ《おい》出《た》され、」(76ウ)野《の》山ひろしといへ共《とも》、やすまんとするに所《ところ》／なく、たみのちからもなけれは、・御みつきものもそなへす、たま〱くこはまいりたれ共《とも》、／水《みつ》もたやすくなし、海《うみ》にうかへ《め》りといへ共《とも》、それしほなれは、のむにをよはす、*はんすい／うみにあり、のまんとすれは、*みやうくわとなるらん、かきたうのしゆしやうのかなしひ《み》／も、おもひしられさふらひ《い》き、うらの松原《まつはら》に、しろきとりとものむれゐるを見《み》ては、かた／きのはたかときもをけす[四]、あかつきかり」(77オ)かねのすくるをきゝては、いくさの舟《ふね》かと／おとろかる、かくて備《ひ》中のみつしま、はりまのむろ山《やま》、二たひのいくさにかちぬとて、／人々すこし色《いろ》をなしてさふらひ《い》し、*程に、又つの国《くに》、[五]一谷とかやにて、一もんの人とも／十余《よ》人、むねとのさふらひ《い》、かすしらすほろひさふらひ《い》しかは、人々のなをし、[六]そくたい／すかたも見《み》えす、もろ〳〵のけたものゝかわを身にまとひ《い》、くろかねをあしてにま／き、朝夕《あさゆふ》はたゝ、いくさよはひ《い》の、たえさりし」(77ウ)ありさま、[*]たいしやくらこわうの、しゆみの／みねにして、たかいにいせいをあらそふらんも、かくこそはとおほえさふらひ《い》しか、／よるはすさきの千鳥《ちとり》とと《ゝ》もになきあかし、ひるはいそへの[七]浪に袖《そて》をぬらし、あかし暮《くら》／しさふらひ《い》し程に、又なかとの国《くに》、たんのうらとかやにして、せんていをはしめまい／らせて、今《いま》はかくこそとて、海《うみ》にしつみさふらひ《い》しかは、のこりとゝまるものは、／舟《ふな》そこに、いふせられ、きりふせられ、をめき」(78オ)さけひさふらひ《い》しありさまは、[*]けうくわん／のかなしひ《み》も、是《これ》にはすきしとこそおほえさふらひ《い》しか、さても都《みやこ》へかへりのほり／さふらひ《い》し時、はりまのあかしの浦《うら》に、つきてさふらひ《い》し、夜の夢《ゆめ》に、なきさにそ／ひ《い》て、西《にし》のかたへゆけは、るりをかさりたる、たかきろうのさふらふ《う》に、まいりて見《み》候へ／は、せんていをはしめまいらせて、一もんみななみゐて、[*]とうおんに、[*]たいはほんをよみさふ／らふ《う》を、こゝをはいつくそとと《ゝ》へは、二位《ゐ》の」(78ウ)あまとおほしくて、りうくうしやうと申と／おほえて、めてたきところにも、くはあるかとと《ゝ》へは、いまたちくしやうのくをはなれ／ぬ所《ところ》にてさふらへは、なとかくるしみのなくてはさふらふ《う》へき、あいかまへて、こせを／とふらひ《い》てたまはせ給へと申とおほえて、

五　一谷—一のたに

六　そくたい—そくたいの

＊（帝釈羅睺王の、須弥の峰）

七　浪—なみ（三条西本は「あ」を見せ消ち、「な」と傍記）

＊（叫喚）

＊（同音）

＊（提婆品）

夢《ゆめ》さめ候ぬ、其後《そのゝち》は、つねにたいはほんを/よみて、人々のほたいをとふらひ《い》さふらふ《う》なり、さては我《わか》身の命《いのち》お《を》しからねは、あさ/なゆふな、是《これ》をなけく事もなし、たゝいつ」(79オ)の世までもわすれかたきは、あんとく天皇《てんわう》/の御おもかけ、心のみたれぬさきにといそかるゝは、わうしやうのの《ゝ》そみはかりなり/と、申させ給けれは、法皇《ほふわう》をはしめまいらせて、

法皇還御

くふの公卿殿上人《くきやうてん》、みな袖《そて》をそしほられ/ける、猶も御名《な》こりは、つきせされとも、やう〱せきやうにしにかたふきて、しやつ/くわうゐ《い》んのかねの音《をと》、けふも暮《くれ》ぬとおと

女院感懐「いさゝらは」歌

ろかれ、日も入あひになりしかは、法皇都《ほふわうみやこ》/へくわんきよならせ給ふ、女院《にょいん》はる〱と」(79ウ)み《見》をくりまいらせさせ給て、御あんしつへ/入せたまひ《い》ける、お《を》りふし、山《やま》ほとゝきすし

一　をとつれ―をとつれて

きりにを《一》とつれすきけれは、女院《にょいん》かくそお/ほしめしつゝけらる

いさゝらは涙《なみた》くらへんほとゝきす/我《われ》もうき世にねをのみそなく

女院往生

其後法皇《そのゝちほふわう》よりも、つねはとふらひ《い》まいら/させ給けるとそうけたまはる、女院《にょいん》は、いよ〱御念仏《ねんふつ》をこたらせ給はすして、つゐ/に龍女《りうによ》か正かくのあとをひ《い》、いたいけふ」(80オ)に《人》んの、わうしやうをともなはせ給けると/そうけたまはる、あはれなりし御事也

六代御せんしゆつけの事

六代出家（文治五年三月十五日）

去程《さる》に六代御前《せん》は、十四五にもなり給へは、/いよ〱見《み》めかたちうつくしく、てりかゝ

二　か—は

三　昔—むかしより

四　文治—文治《ふんち》

六代、高野山と熊野に参詣

やくほ《程》とにおはせしかは、よのをそろし/さに、とく御くしおろさせ給へかしと、母上《はゝうへ》
の給けるか、[二]よの世にてたにもあらは、たう/しは、こんゑつかさにてこそあらまし物を
と、の給けるそあはれなる、鎌倉殿《かまくらとの》おほつか」(80ウ)なき事におもひて、つねは文学《もんかく》上人のも
とへ、いかに、これもりの子《こ》は、昔[三]よりともを/さうし給しやうに、てうてきをもたいらけ、
親《おや》のはちをも、きよむへきものかとの給へ/は、もんかくの御返事には、これはそこも
なき、ふかく人にて候なり、うしろめたく/おほしめすましと申されけれとも、このひ
しりは、むほんをこさせて、かたうとせん/する人にてある物を、たゝしよりともか一
この程は、いかてかなはるへき、しそんの」(81オ)するゑはしらすとその給ける、六代御前《せん》、この
事ともをきゝ給て、かなはしとやおもは/れけん《む》、十六と申し、[四]文治五年三月十五日、
うつくしかりしかみ、かたのまはりにきり/おとして、かきの衣《ころも》につけをいなとようい
して、ひしりにいとまこひ《い》て、しゆきやう/にいて給ふ、さいとうきやうたいも、御とも
にまいりける、まつ高野山《かうやさん》にまいりて、たき/くち入道《たう》にたつねあひ《い》て、ちゝのさいこの
御事ともとひ《い》給ふ、わか事ともかたり」(81ウ)たまひてなかれけり、熊野《くまの》へまいりたき
よしの給へは、ひしり、御ともつかまつる/へしとてまいられけり、三の御山さんけい
とけて、はまの宮のなきさにたち給ひ、あ/ともなく、しるしもなき、まん〳〵たる海上《かい》
にむかひ《い》て、ちゝはいつくにしつみ給ける/やらんとて、なき給そあはれなる、さてある

へきならねは、たかをへ下向《けかう》し給て、三位《ゐ》の・／りつしとて、をこなひ《い》すましておはしける

右大将しやうらくの事」(82オ)

去《さる》程に建久元年十二月四日、鎌倉《かまくら》の源《けん》／二位殿《ゐとの》、上洛《らく》ありて、おなしき七日、大納言になり給ふ、おなしき九日、右《う》大将にしよし／給ふ、やかてよろこひ申あり、程なく、大納言大将りやうくわん、御[一]上へうありて、同《おな》しき／十六日に、関東《くわんとう》へ下着《けちやく》、又建久六年三月十二日、東《とう》大寺くやうありしに、二月に上洛《らく》／ありて、くやうとけられしかは、同《おな》しき六月に、関東《くわんとう》へこそくたられけれ、ちんせいは、／ゆき、*つしまをかきり、あふしうは、あくろ、*」(82ウ)つかるまて、皆《みな》したかひ《い》奉《たてまつ》る、なんはん、ほく／てき、そむきたてまつる者《もの》一人もなし、ちうあるものをはしやうし、[二]あたあるものをは、／ねはを[三]そきりからされける、*きたいふしきの将軍《しやうくん》なり

ほうしやうしかせんの事

平家の一もんは、ほろひうしなはれて、今《いま》は／なしといふ所《ところ》に、新《しん》中納言知盛《とものり》のはつし、伊賀《いか》の、*大夫知忠《ともたゝ》とておはしき、この知忠《ともたゝ》は、／三さいのとし、平家都《みやこ》をおちしとき《時》・、すて」(83オ)をかれてありけるを、めのと、きの二郎兵衛《ひやうへ》／ためのりか、くし奉《たてまつ》りて、さいく／しよく

頼朝昇進（建久元年十二月）
一　上へう―正へう（「上表」が適切）
東大寺供養（建久六年）
＊（壱岐）
＊（二類本A種彰考館本「阿黒」。天理イ21本「あぐろ」）
二　あたある（仇ある）―あたゝる（仇たる）
三　そきり（三条西本は「きり」の右に「そ」と傍記）
＊（希代不思議）
伊賀大夫知忠謀叛（建久七年十月七日）
＊（読点不要）

＊（容顔体拝）

＊（会稽の恥）

＊（談義）

四　一条二位―一てうの二ゐの

＊（能保）

＊（城）

＊（小家）

＊（平地）

にかくれありきて、伊賀国《いかのくに》の、ある山寺《やまてら》に／かくし奉《たてまつ》りてありけるか、やう〳〵ちやう
大し給ふほ《程》とに、＊ようかんたいはいあり／かたかりけり、かの国《くに》のちとうも、この人は、
たゝ人にてはあらすなと申けれは、此事《この》／あしかりなんとて、又都《みやこ》へ帰《かへり》のほる、ほう《ふ》
しやう寺の、一のはしへんなる所《ところ》に、しのひ／てそおはしける、平家の名《な》こりとておはし」（83ウ）
しかは、たんの浦《うら》のかつせんの時、おちたり／けるさふらひ《い》とも、きゝいたして、さんりん
よりあつまりつとひ《い》て、此人《この》をしうとあふ《を》／きて、いかにもして、むほんをゝこして、＊くわ
いけいのはちをきよめんとて、＊たんきす、其《その》／ころ都《みやこ》のしゆこは、かまくらの源《けん》二位《ゐ》のい
もうとむこ、[四]一条二位入道《たう》＊のうほうなり、／このさふらひ《い》に、ことうさゑ《へ》もんもときよ
といふものあり、いかゝしてきゝいたしたり／けるにや、建久七年十月七日、とりのこく」（84オ）
に、其《その》せい三百余騎《よき》にて、ほうしやう《ふ》寺の、一／のはしへを《お》しよせたり、かの所《ところ》は、四方大たけ
しけり、ほりを二へ《え》にほり、ひるははしを／わたし、夜ははしをひく、よせて時をとゝ
つくる、＊しやうの中にはおりふしふせい／なり、ゑつちうの二郎ひやうゑ《へ》、かつさの五
郎ひやうゑ《へ》、あく七ひやうゑ《へ》是《これ》らをはしめ／として、廿よ人にはすきさりけり、きこゆる
つよゆみせいひやうともにてありけれは、／ひきつめ〳〵、さん〳〵にいる、馬人《むま》おほく」（84ウ）
いころさる、去程《さる》に、さいきやうのふしとも／これをきゝてはせむかふ、其辺《そのへん》なる、＊せうけ
ともをこほちよせ、ほりをはへ＊いちにう／めてけり、かけ入〳〵、を《お》めきさけんてたゝ

かひ《い》けり、しやうの中にも、矢《や》たねつき／しかは、うちものになりて、はしりいてゝきりけるに、おもてをむかふへしとも見《み》え／さりけり、され共《とも》、よせてはいよ〳〵うんかのことくかさなりけれは、きの二郎ひやう／ゑ《へ》いたておふ《う》て、*やうくん、伊賀《いか》の大夫とも」(85オ)たゝの、生年《しやうねん》十六になり給ふ御まへに／まいり、今《いま》はかなひ《い》候ましと申けれは、さらはとて、*しかいしんしやうにしてふし給／たるを、ひさのうへにかきのせ、やかてはらかきゝてしにゝけり、其子《そのこ》、きの二郎太郎、お／なしき二郎、同《おな》しき三郎と、三人ありけるも、みなうちしにしてけり、かつさの五郎／ひやうゑ《へ》もうち死《しに》す、廿七人こもりゐたりけるか、しかいするもの五人、うたるゝもの／十六人、其外《そのほか》、ゑつちうの二郎ひやうゑ《へ》、あく」(85ウ)七ひやうゑ《へ》はおちにけり、くひ廿五とて、／しやうにひかけて、よせては二位《ゐ》の入道《たう》のもとへまいりけり、一てうのおほちに車《くるま》を／たて、見物《けんふつ》し給けり、小松殿《こまつとの》の御子《こ》、丹後《たんこ》のしゝう忠房《たゝふさ》も、八島《しま》のいくさにはなれ、ゆあさ／の七郎ひやうゑ《へ》のせうむねみつかもとにおはしけるを、[一]二位入道《たう》きゝ給て、うつてを／むけらる、宗光《むねみつ》、うてむかふときゝて、しやうくわくかまへて、三百余騎《よき》にてまちかけた／り、忠房《たゝふさ》、われゆへに人おほくうしなはん」(86オ)事あるへからす、しかいせんとの給けれ／は、弓矢《ゆみや》とる者《もの》ゝ、名《な》こそおしく候へ、*ちうたいのしうを、むなしうなしたてまつらん／事、こうたいの、ちしよくなるへしと申けれとも、[二]一もんうんつきはてぬるうへは、我《わか》／身一人ゆへに、人をそんすへきにあらす

*（養君）

*（自害尋常）

丹後侍従忠房処刑

一　二位―二ゐの

*（重代の主）

二　一もん―一もんの

土佐守宗実干死

三　けり―けるか

越中二郎兵衛最期・悪七兵衛捕縛

＊（気比の権守）

文覚謀叛、隠岐配流

＊（愁嘆）

とて、六波羅《はら》へいて給て、きられ給にけり、小/松殿《まつとの》の《ゝ》すゑの子《こ》、土左守宗実《とさのかみむねさね》と申けるは、三さいにて、おほいの御門《かと》の左《さ》大臣経宗《しんつねむね》、一す/ちに、我子《わかこ》にしてそたてられたりけれは、」(86ウ)平家都《みやこ》をおちし時も、とゝめておはしけり[三]、/さすかよもお《を》そろしかりけれは、十八さいにて出家《しゆつけ》して、東《とう》大寺の、しゆせうはうをた/のみておはす、上人、此《この》よしをくわんとうへ申されたりけれは、いかさまにも、見《み》てこそ/はからひ《い》候はめと、おほせられけれは、ちからをよはすくし奉《たてまつ》る、去《さる》程に京をたゝれ/し日より、しよく事をとゝめ給て、十三日と申しに、あしから山《やま》にてしなれけり、ゑつ/ちうの二郎ひやうゑは《へ》、但馬国《たちまのくに》の住《ちう》人、＊けい」(87オ)のこんのかみのてにかけて、つゐにうた/れにけり、悪《あく》七兵衛《ひやうへ》は、そのとしの冬《ふゆ》、鎌倉《かまくら》にていけとりにせられて、うつの宮にあ/つけられけり

もんかくるさいの事

其《その》ころの主《しゆ》上と申は、後鳥羽院《ことはのいん》にてそまし/〱ける、たかくらのゐ《い》ん第《たい》四の御子《こ》なり、御あそひにのみ御心を入させ給て、せいむ/をおほしめされす、天下《てんか》は一かうきやうの二ほんのまゝなり、人の＊しうたんもやすめ」(87ウ)ましまさす、かゝりけれは、文学《もんかく》、二宮は、御かくもんも御心に入させ給て、正りをさき/とせさせ給、いかにもして、二宮をくらゐ《い》につけまいらせんとはからいけれとも、/かまくらとのおはせし程はかなはす、正治

元年正月十八日、右《う》大将《しやう》かくれ給てのち、／内々《ないく》むほんの事をたくみけるに、あらはれて、くわん人におほせて、二条《てう》ゐ《い》のくま、岩《いは》神《かみ》の房《はう》へを《お》しよせ、とられて、八十にあまりて、おいのなみに、おきの国《くに》へなかされけり、」(88オ) もんかくなかされける時、お《を》そろしき事ともをの給けり、この主《しゆ》上と申は、きちやう／の上手《す》にてこのませ給けれは、もんかく、きちやうくわんしやにをきては、もしなかされ／は、我《わか》なかされたる国《くに》へ、むかへまいらせんする物《もの》をとて、のゝしりける、つゐにおき／の国《くに》に《ゝ》て、おもひしにゝせられけり、其《その》おんりやうにてやありけん、御むほんをこ《お》させ／給て、承久三年七月十三日に、なかされさせ給けり、くにこそおほけれ、おきの国《くに》へ」(88ウ) なかされさせ給けるは、もんかくかおんねんとそおほえたる

後鳥羽院隠岐配流（承久三年七月十三日）

六代御せんちうせらるゝ事

さて六代御前《せん》の事、右《う》大将《しやう》も御かくれあ／りぬ、また《又》もんかくもなかされ給て後《のち》、鎌倉《かまくら》に、そのさたありて、平家の正とうなり、もん／かくはうもなし、うちすてかたしとて、*くわん人すけたかにおほせて、からめとり／て、するかの国《くに》の住《ちう》人、をかへの三郎大夫か手《て》にかけて、かまくらのむつらさかにて*、廿」(89オ) 九の年《とし》、つゐにきられ給ぬ、十二のとしより、廿九までのひけるは、長谷《はせ》寺のくわん／おんの、御はからひ《い》とそおほえたる、それよ

六代、二十九歳で処刑

*（官人資高）

*（六浦坂）

りしてそ、平家のしそんはたえにける

平家物語第十二終」(89ウ)

右此平家物語者中院前中納言以
諸家正本校合之給者也」(90オ)

補　記

〔補記凡例〕

一、本書頁・頭注番号・底本本文を示し、ハイフン（—）で区切り、三条西本本文・解説・下村本本文を示した。

二、三条西本には句読点はないが、掲出に際しては、比較しやすさを考慮して、必要に応じて句読点を補った。

三、中院本が直接参照したと思われる下村本系本文はまだ特定できていない。ここでは内閣文庫蔵古活字本（内閣文庫蔵［特125/1］）の当該詞章を掲出した。掲出に際しては、句読点等を補った。

巻七

9〔三〕いゐ〳〵—三条西本「かたたのうら、しほつかいつのろしのほとりのいゐいゐ」。

10〔一〕あるきやうのもんにいはく、なんゐんふたいにみつうみあり、其中に、こんりんさいよりおひいてたる、すいしやうりんのしまあり、すなはちてんによさんしよといへり、すなはち此しまの事なり、つねまさ舟をよせ、しまへあかり、明神の御まへにまいりて申されけるは、それ大へんくとくてんは、わうこの如来ほつしんの大士也—

三条西本「あるきやうのもんにみえたり。なんゐんふたいにみつうみあり。その中にこんりんさいよりおいいてたるすいしやうりんのしまあり。すなはちてんによさんしよといへり。かのしまの事なり。つねまさふねをよせしまへあかりみやうしんの御まへにまいりて申されけれるはそれ」。下村本「或経に云。閻浮提の内に湖有。其中に金輪際より生出たる水精輪の山有。天女栖所といへり。則此島の御事なり。経正明神の御前につゐ居つゝ、夫大弁功徳天は往古の如来法身の大士也」。中院本は二種類の本文を混態させている。

16〔三〕願書—三条西本「しやう」。下村本「願書」。

16〔五〕あんする—三条西本「みる」。下村本「案」。

17〔七〕あきらか—三条西本「けちゐん」。下村本「明」。

34〔二〕くわんしゆこれをあはれひ給ひて、さうなう、しゆとにひろうもし給はす、十せんしこんけんのしやたんに、三日こもりて、其後ひろうせらる、はしめはありとも見えさりける、願書のうはまきに、歌こそ一首いてきたれ

たいらかに花さくやともとしふれはにしへかたふく月とこそ見れ—

三条西本、当該本文なし。中院本は下村本系本文の補入。

下村本「貫首是を憐み給ひて、左右なう衆徒に披露もし給はす、十禅師権現の社壇に三日籠て、其後衆徒に披露せらる。はしめはありとも見えさりける願書のうは巻に、歌こそ一首出来たれ。

　たいらかに花さく宿も年ふれはにしへかたふく月とこそみれ」。

56〔二〕むくひさらんや—三条西本「なんそしりよをめくらしてはうをんをむくいさらんや」。

巻八

59〔目録〕三条西本「歌歌《ゐいか》」の原表記は「謌哥《ゐいか》」。「謌」は「詠」の誤記か。

64〔一〕しかるへき—三条西本「しからしめたる」。下村本「然るへき」。次項と一連の、下村本系本文参観の結果か。

64〔二〕見えしされとも其ちうをもおほしめしよらさりけるにや、むなしく年月をゝくりけるか、あるときのりみつもしやと二首の歌をよみて、きん

ちうにらくしよをそしたりける

ほとゝきす猶一こゑはおもひいてよおいそのもりのよはのむかしを

このうちも猶うらやまし山からの身のほとかくすゆふかほのやと

主上ゑいらんありて、是程の事を今までおほしめしよらさりけるこそ、かへすく\もをろかなれとて、やかててうおんに、正三位にしよせられけるとそきこえし—

三条西本「おほえたる」。三条西本は、中院本の「見えし」に対応する詞章を「おほえたる」とし、以下の、のりみつ落書の記事を欠く。下村本は波線部を異にするが、中院本にほぼ一致する。「一声は」歌は、平家物語諸本の中でも、一方系のみに存し、中院本の上の句（傍線部）は他に例を見ない。

下村本「みえし。されどもその忠をもおほしめし寄さりけるにや、空しう年月を送りけるか、或時教光若やと二首の歌を読て禁中に落書をそしたりける。

一声は思ひ出てなけほとゝきす老その森の夜半のむかしを

籠のうちも猶うらやまし山からの身のほとかくす夕かほの宿

主上叡覧有て、是程の事を今まで思食よらさりけるこそ返く\もをろかなれとて、やかて朝恩蒙て正三位に叙せられけるとそ聞えし」。

97〔二〕宰相—三条西本「さ京の大夫」。下村本「宰相」。当時、脩範は参議（宰相）左京大夫。

巻九

125〔三〕しよこう—三条西本「しよしやう」。下村本「諸侯」。相模女子大学本「諸将」。

126〔一〕平家を—三条西本「さうなくまいりたりとも、よもゆるし給し。されは平家を」。中院本は目移りによる脱落か。

127〔三〕猶—三条西本「とをかけ、そのこへい八太郎とをしけ、三百よきにてをいかけたり。かはの、とてかへし、さんく\にたゝかいけるか、五十きはかりにうちなされておちけるか、へい八ひやうへのせう、猶」。

145〔七〕ゑりきつたる—三条西本「よりきれたる」。下村本「ゑりきつたる」。

三条西本の衍字。目移りによる誤写か。

147〔六〕をは—三条西本「五郎とて、つよゆみせいひやうをとゝいあり。あにの四郎をは」。中院本は目移りによる脱落か。

160〔二〕かへり見て—三条西本「かへりみ給へは、くろけふりをしかけたり。つはものとも、これをみて」。中院本は目移りによる脱落か。

巻十

200〔五〕みなこれ—三条西本「これみな」。下村本「皆是」。

213〔一〇〕きる—三条西本「そる」。下村本「きる」。

巻十一

241〔三〕むらさき—三条西本「くれなゐ」。下村本「紫」。

252〔一〕てきやよするとを見し給へは、—三条西本「とをめし給へは」。

下村本「敵やよすると遠見したまへは」。

254〔二〕つもりなかもり—三条西本「なかもり」。下村本「津守長盛」。

263〔七〕平家の一そくいけとりの事—中院本は章段名が55オと重複。本来は55オの位置にあるのが妥当。上冊解題三八一頁参照。なおⅣ龍谷大学本も二箇所に章段名がある（当該部分にも○印を付すのが正しい）。

264〔一〕はなちたる—三条西本「はなちあへけり」。下村本「衂垂る」。

272〔四〕へちの御事なかり—三条西本「へちのなかり」と書いて、「のな」

の間に小さく「御事」を補い、更に「のな」の右に「御事」と傍記。

巻十二

308

〔二〕のふたかのきやう北のかた—三条西本「のふたかのによはう」。下村本「七条修理大夫信隆卿の北方」。

解題　平家物語諸本における中院本の位置

千明　守

はじめに

本稿は、本書の底本とした中院本平家物語およびその同類の諸本群の本文が、数多くの諸本の中にあって、どのような位置を占めるのか、という問題について、諸本間で最も本文異同の大きい巻七を中心に考察するものである。旧稿[1]と一部考察が重なる部分もあるが、解題としての性質上、お許しいただきたい。

一　八坂系諸本の分類

中院本は、語り本系諸本のうち、八坂系に分類される諸本である。現時点で、最も一般的に通用している山下宏明氏の分類[2]を紹介しておく。

山下氏は、所謂「増補系諸本」(「読み本系諸本」)と屋代本とを「初期諸本」と位置付け、それ以外の諸本(つまり屋代本を除く語り本系諸本)を「中・後期諸本」とした。中・後期諸本を大きく、「一方系諸本」と「八坂系諸本」とに分け、そのほかに、そのどちらにも属さないものとして、屋代本と覚一本との中間的本文を持つ「覚一本系諸本周辺本文」を分類した。

山下氏は、さらに八坂系諸本を、以下のように五類に分類する。

第一類…灌頂巻を立てず、鬼界島流人の生活の記事を巻三「山門滅亡」の前に置き、巻一二に「吉野軍」を有さない。

A種　文禄本（巻一〜四・六〜八・一二）・東寺執行本（巻八・一〇〜一二）。

B種　三条西家本・中院本等。

C種　加藤家本・天理イ21本・松雲本等。

第二類…灌頂巻を立てず、鬼界島流人の生活の記事を巻三「山門滅亡」の前に置き、巻一二に「吉野軍」を有する。

A種　京都府立資料館本・秘閣粘葉本等。

B種　城方本・那須本等。

第三類…百二十句本と一類本の混態本。

加藤家本・太山寺本等。

第四類…灌頂巻を立てないが、女院記事を巻一二にまとめる。

A種　如白本・両足院本等。

B種　南部本。

C種　米沢本。

第五類…女院記事を巻一二にまとめ、それを「灌頂巻」と称する。

城一本。

二　八坂系第一類のA種とB種の関係

本書が底本とした中院本は、八坂系第一類B種に分類されている。同類の本に三条西本等がある。中院本と三条西本との関係については、中院本に下村本系統の本文が大量に後次的に補入されている点を除けば、基調となる本文にはわずかな異同しかない。この問題については、上巻の解題に詳述されているので、ここでは触れない。

第一類A種には、文禄本と東寺執行本の二種がある。いずれも漢字片仮名交じり本である。文禄本は、筑波大学附属図書館に蔵せられ、巻一〇・一一を欠く一〇冊本であるが、巻五は八坂系第四類本、巻九は読み本系の本の取り合わせであり、第一類本の本文としては、巻一～四・巻六～八・巻一二の八冊が現存している。巻一二末に、文禄四年(一五九五)に書写された由の奥書を有する。

東寺執行本は、天理図書館に巻一二の一冊のみが蔵せられ、また、彰考館に、天理図書館本が零本化する前の転写本四冊(巻八・巻一〇～一二)が蔵せられている。巻一二末に、永享九年(一四三七)に東寺執行法印権大僧都栄僧が書写した由の奥書を持つ。現存する語り本系諸本のうち、もっとも古い年代の奥書である。

両本が共通する巻八・一二については、両本共にわずかな誤脱はあるものの、記事内容はほぼ同一で、本文的には非常に近い関係であることがわかる。

A種本とB種本とは、全体的にみて、記事配列も本文も共通性が高い。A種本の二本が共通する巻八・一二の本文について、B種本(三条西本・中院本)・屋代本・覚一本の本文を比べてみると、A種本・B種本が共通し、屋代本か覚一本のどちらかと近接する、という関係となっている部分が多い。例えば、巻八「四宮践祚」の当該諸本の本文は一覧表にすると以下の通りである。

文禄本	中院本	屋代本	覚一本（高野本）
同廿日ニ、都ニハ 法皇ノ宣命有テ、 四宮閑院殿ニソ、 遂ニ御位ニ即セ給フ、 神璽宝剣ナクソハ、 践《セン》祚ノ例是ヲ始 トソ承ル、	おなしき廿日、都には、 法皇のせんみやうありて、 四の宮、かんゐんとのにして、 ついに御くらゐにつかせ給、 しんし、ほうけん、なくして、 せんそのれいは、これはしめ とそうけたまはる、	八月廿日都ニハ、四ノ宮、 法皇ノ宣命ニテ、 閑院殿ニテ、 御位ニ付セ給フ。 無㆓神璽、宝剣、内侍所㆒ 践祚ノ例、是ヲ 始トソ承ル。 摂政ハ本ノ摂政近衛殿、 平家ノ聟《ムコ》ニテ坐々ケレトモ、 西国ヘモ御同心ニテ下ラセ給 ハヌニヨテナリ。	同廿日法皇の 宣命にて、 四宮閑院殿にて 位につかせ給ふ。 摂政はもとの摂政近衛殿 かはらせ給はす。 頭や蔵人なしをきて、人 々退出せられけり。
天ニ二ノ日ナシ、地ニ 二リノ王ナシトハ、申 セ共、平家ノ悪行ニ 依テコソ、京ト田舎ニ①、 二人ノ御門ハ、ヲワシ ケレ、三ノ宮ノ御乳母、	天に二の日なし、地に ふたりの王なしと申 とも、平家のあくきやうに よてこそ、京ゐ中に、 二人の御門はおはしまし けれ、三の宮の御めのとは、	天ニ二ツノ日ナシ、地ニ 二ノ王ナシト申 セトモ、平家ノ依㆓テ悪行㆒ニ コソ、都鄙《キヤウイナカ》ニ 二人ノ御門ハ坐々ケレ。 三ノ宮ノ御乳母ハ	三宮の御めのと

泣悲ミ、後悔シ給ヘ共、甲斐ソナキ、 （校異：①「二」→東寺本は「トニ」。これ以外は、用字・仮名遣いを除いて異同なし）	なきかなしひ、こうくわいし給へ共かひそなき、 （三条西本は、漢字仮名・仮名遣い以外の異同なし）	泣キ悲ミ給ヘ共無二キ甲斐ソ一。 帝王位ニ付セ給事、凡夫ノ兎角不レ依レ思ニ。天照太神、正八幡宮ノ御計ヒトソ覚ヘタル。	なきかなしみ、後悔すれとも甲斐そなき。天に二の日なし、国にふたりの王なしと申せとも、平家の悪行によてこそ、京田舎にふたりの王は在ましけれ。

A種本とB種本は微細なテニヲハの異同しかなくほとんど同文で、屋代本または覚一本の本文のどちらかと近接している。

また、例えば、巻八「清経入水」の部分では、A種本とB種本は、屋代本や覚一本には載せない、清経の北の方が「見る度に心づくしの……」という歌を送って程なく亡くなったという記事を共通して載せている。ちなみに、延慶本は、この歌を載せるが、北の方が亡くなったことには触れない。

もちろん、A種本とB種本には、少なからず異同もある。例えば、巻一二「大地震」の記事の後半部分は、次の通りである。

[東寺本]

③主上ハ凰輦ニ奉テ池ノ磧ニ渡ラセ玉フ　④法皇ハ折節新熊野ヘ御幸成テ御花進ラサセ玉ヒケルカ此地震ニ房々動リ崩サレテ人多ク打殺サレ色穢出来シケレハ驄テ六条波ヘ還御成ル　⑥天文博士共参テ占形ノ指ス処不軽ト騒キ申ス　⑧今夜ノ子丑ノ刻ニ必ス大地打返スヘシト占ヒ申シタリケレハ　⑦其夜ハ南殿ニ仮屋ヲ立テ出御成リケリ　⑤諸宮諸院ヲ始メ奉テ処々ノ御所々々皆動倒シケレハ或ハ御車ニ召シ或ハ御輿ニ奉テ庭上ニ渡ラセ玉ヒ　[B]様々ノ御願ヲ立テ色々ノ御祈リトモ可ㇾ被ㇾ行由儀定アリ上下家中三人モ残リ留ル者無カリケリ　①蔀遣戸障子ナムトヲ取立テソヲハシケル天鳴リ地動ク度毎ニ今死ヌルトテ念仏申ケレハ所々ノ声々ヲヒタヽシク　②世ノ滅スルト云フ事モサスカ今日明日ノ事トハ思ハサリツル物ヲトテ泣悲ム事斜ナラス

〈大地震の先例〉

〈文治改元〉

〈源氏六人受領〉

建礼門院ハ東山ノ麓吉田ノ辺ニ渡ラセ玉ヒケルカ此地震ニ築地モ崩レ荒レタル御所傾キ破レテイトヽ住玉フヘキ処モ無シ尽セヌ御物思ニ秋ノ哀レサ打副ヒテ為方無クソ思食ス

＊文禄本はこの部分に落丁あり。

[中院本]

④ほうわうは、いまくまのへ御幸なりて、御はなまいらせさせ給ひけるか、御あんしちゆりたふされ、人あまたうちころされて、しよくゐいてきにしかは、いそきくわんきよなりにけり、⑤女院宮〳〵も、御車はなをあやうければ、御こしにめしつゝ、いつちともなくいてさせ給ふ、⑥おんやうのかみやすちか、たいりにはせさんしてそうも

んしけるは、⑧ゆふさりの亥子の刻、あすの己午のこくには、大地すでにうちかへすへしなと申ければ、①其時にいたりて、家のなり、しとみ、つま戸、しやうしのなる音をきゝては、あはや只今こそかきりとて、おとなしきか、なきければ、おさなきもともにをめきさけひけり、

〈大地震の先例〉

②七八十、ないし九十の者までも、いまたかゝる事おほえすといふ、世のめつするなといふ事はきけとも、さすか昨日けふとはしらさりつる物を、これは平家のをんりやうか、又世のそんすへきせんへうかとそ、上下さはきける、

女院、吉田の御所にわたらせ給けるか、今度の大地しんに、ついちもくつれ、御所もみなやふれぬ、りよくいのかんしの、きうもんをまはるたにもなし、心のまゝにあれたる、庭のまかきは、しけき野辺よりも猶露けく、夜もすから、すたく虫の音も、ことに物あはれなり、夜もなかくなり行まゝには、御ねさめかちなるに、秋のあはれをうちそへて、あかしそかねさせ給ける

＊三条西本は、ほぼ同文。

[屋代本]

④法皇ハ新熊野へ御幸成テ御花進セサセ給ケルカ、此大地震出来テ、屋共振倒サレ、人多ク打殺サレテ、触穢出来ニケレハ、軈テ六波羅へ還御成ル。⑥天文博士共馳参テ、騒キ罵ル事無レ限。⑦法王ハ南殿ニアク屋ヲ立テソ坐シケル。③主上ハ腰輿ニ召レテ、池ノ汀ニ出御成。⑧夜去リノ亥子刻ニハ、大地必ス打返スヘシト御占有ケレハ、家内安堵者上下一人モナシ。①遣戸障子ヲタテ、天ノ鳴地ノ動ク度ニハ、只今ソ死ヌルトテ、高念仏申ケル所々ノ声ヲヒタヽシ。②七八十、八九十ノ者共モ、世ノ滅スルナト云事ハ、サスカニ昨日今日トハ思ハサリツル物ヲ、コハ何

カセントテ喚キ叫フ。聞レ之ヲ少者共悲泣ク。

〈大地震の先例〉

建礼門院ハ、適マ立宿ラセ給フ吉田ノ御坊モ、此大地震ニ傾破テ、最ト栖セ給フヘキ便モ不レ見ケリ。何事モ昔ニハ替終タル浮世ナレハ、奉レ懸レ情ヲ、是ヘト申サル丶人モ不レ坐。緑衣監使宮門ヲ守ルタニモナシ。心ノマ丶ニ荒タル籬ハ、茂キ野辺ヨリモ露ケクテ、虫ノ声々恨ルモ、折知カホニ哀也。夜モ漸ク長ク成レハ、最ト御寝覚カチニテ明カシカネサセ給ケリ。尽セヌ御物思ニ秋ノ暮サヘ打副テ、難レ忍ソ思食ス。

[覚一本(高野本)]

①こはいかにしつることぞやとて、上下遣戸障子をたて、天のなり地のうごくたびごとには、唯今ぞしぬるとて、声〳〵に念仏申おめきさけぶ事おびたゝし。②七八十、九十の者も、世の滅するなどいふ事は、さすがけふあすとはおもはずとて、大に驚さはぎけれは、おさなきもの共も是をきいて、泣かなしむ事限りなし。④法皇はそのおりしも、新熊野へ御幸なて、人多くうちころされ、触穢出きにければ、いそぎ六波羅殿へ還御なる。A道すがら君も臣も、いかばかり御心をくだかせ給ひけん。主上は鳳輦にめして、池の汀へ行幸なる。⑦法皇は南庭にあく屋をたてゝぞまし〳〵ける。⑤女院、宮々は、御所ども皆ふりたをしければ、或御輿にめし、或御車にめして出させ給ふ。⑥天文博士ども馳まいて、⑧よさりの亥子の刻には、かならず大地うち返すべしと申せば、おそろしなどもをろかなり。

〈大地震の先例〉

(以下灌頂巻から)さるほどに、七月九日の大地震に築地もくつれ、荒たる御所もかたふきやふれて、いとゝすませたまふへき御たよりもなし。緑衣の監使宮門をまほるたにもなし。心のまゝに荒たる籬は、しけき野辺よりも露けく、おりしりかほにいつしか虫のこゑ〳〵うらむるも、哀なり。夜もやう〳〵なかくなれは、いとゝ御ね覚かちにて明しかねさせたまひけり。つきせぬ御物おもひに、秋のあはれさへうちそひて、しのひかたくそおほしめされける。何事もかはりはてぬるうき世なれは、をのつからあはれをかけ奉るへき草のゆかりもかれはてゝ、誰はくゝみ奉るへしとも見え給はす。

こうして並べてみると、四本の本文は、わずかに独自記事なども含んではいるが、記事内容にはさほどの違いはなく、記事の配列に大きな異同があることが分かる。それぞれに、記事の内容を変えない程度に、記述の順序に工夫を施した結果であろうと思われる。

ここで少々問題にしたいのが、〈大地震の先例〉の後の「女院地震に遭う」の記事である。覚一本は、この記事を灌頂巻に置くために「さるほとに七月九日の大地震に」としているが、A種本は、〈大地震の先例〉記事の後に、〈文治改元〉〈源氏六人受領〉を記した後で、この記事を置き、しかも「此地震ニ」としている。これは山下氏の指摘[3]されるように、本来は大地震の記事に直結して置かれていた痕跡を残しているものと思われる。この点において、A種本よりもB種本の方が先行するとみることはできるだろう。

しかし、この部分はB種本にも問題はあると思われる。B種本は、「女院、吉田の御所にわたらせ給けるか」とするが、その記事のわずか数行前にも、「女院宮〳〵も、御車はなをあやうけれは、御こしにめしつゝ、いつちともなくいてさせ給ふ」と記している。もちろん、最初の「女院宮々」とは、建礼門院や、その他の女院（上西門院や八条院等）を指し、後半の「女院、吉田の〜」の方は建礼門院個人を指していると考えられる。が、やはり重複感は否めず、これが当初の形であったとは考えがたい。屋代本は、前者の「女院宮々」の記事は記さず、後者を「建礼門院」と固有名詞にしていて、誤解を生じさせる余地はない。A種本も前者を「諸宮諸院」とし、後者を「建礼門院」としているので、これも問題はない。覚一本も、前者は「女院宮々」とし、後者を「女院」とする（上記引用には登場しないが）が、これは灌頂巻として建礼門院関係記事が一括されており、灌頂巻では基本的に「女院」と呼称し、それ以外の女院は登場しないので、誤解の心配はない。おそらくB種本は、何種類かの記事を参考にしながら本文を作成する際に、見落としてしまったのであろう。

A種本が共通して残存する巻八・一二を比較する限りでは、A種本とB種本の前後関係は確定できないと思われる。ただ、東寺本に欠け文禄本にのみ存する巻七に関しては、明らかに、A種本の方が、B種本よりも後次的な要素を多く含んでいる。旧稿[4]に指摘した例証の中から一例のみ、再説する。

巻七「平家山門連署」で、B種本（中院本）は、牒状の本文の後、年月日を記し、

とかきて、さきの内大臣むねもりこう已下、一家の人々、ことくくれんしよしてこそをくられけれ、

とし、実際の連署者の名前を列挙しない。また、覚一本は、連署者九名の名前を記した後で年月日を記し、「とそかゝれたる。」と結んでいる。ところが、文禄本は、年月日と連署者一一名の名前を列挙した後で、「ト書テ、前内大臣宗盛公以下、一家ノ人々、悉連署ヲコソ、送ラレケレ」と記している。これは、両者の形を不用意に取り込んでしまった故の不手際とみてよいだろう。

これは、A種本の巻七の特異性と考えることもできるので、これを以て全体としてのA種本の後次性を結論づけることはできない。ただし、このA種本の巻七の特異な本文の多くを二類本が共有しているので、現存文禄本の後次的な取り合わせ（巻五のような）とみることもできないと思う。かなり早い時期に、現存の巻七に近い本文も含む形で完成し流布していたものと思われる。

三　八坂系第一類本と二類本の関係

八坂系第二類本は、本文の近接関係から、A種本（京都府立資料館本等）とB種本（城方本等）の二種に分類されている。その先後関係については、旧稿[5]にゆずり、ここではその「B種本よりもA種本の方が、より後次的性格を多く

屋代本	覚一本	一類本・二類本
	01 年頭記事	
［巻七］	［巻七］	［巻七］
01 年頭記事		01 年頭記事
02 清水冠者	02 清水冠者	02 清水冠者
03 北国下向	03 北国下向	03 北国下向
	A 竹生嶋詣	A 竹生嶋詣
04 火打合戦	04 火打合戦	04 火打合戦
05 八幡願書	05 八幡願書	05 八幡願書
06 倶梨迦羅落	06 倶梨迦羅落	06 倶梨迦羅落
07 篠原合戦	07 篠原合戦	07 篠原合戦
08 実盛最期	08 実盛最期	08 実盛最期
09 還亡	09 還亡	09 還亡
10 木曾山門牒状	10 木曾山門牒状	10 木曾山門牒状
11 山門返牒	11 山門返牒	11 山門返牒
12 平家山門連署	12 平家山門連署	12 平家山門連署
13 主上都落	13 主上都落	13 主上都落
14 摂政逃亡	14 摂政逃亡	14 摂政逃亡
15 忠盛都落		
16 維盛都落	16 維盛都落	16 維盛都落
		18 頼盛逃亡
17 聖主臨幸	17 聖主臨幸	
	19 畠山等解放	
	15 忠盛都落	
	B 経正都落	B 経正都落
	C 青山之沙汰	C 青山之沙汰
		15 忠盛都落
		17 聖主臨幸
		19 畠山等解放
18 頼盛逃亡	18 頼盛逃亡	
19 畠山等解放		
20 一門都落	20 一門都落	20 一門都落
21 貞能東国下向	21 貞能東国下向	21 貞能東国下向
22 福原落	22 福原落	22 福原落

持っている」とする結論を踏まえて考察することにする。

八坂系一類本と二類本は、記事配列の点については、全巻を通じて、かなり近い関係にある。比較のために、巻七について、屋代本・覚一本との違いを表にまとめてみる（前頁）。巻七後半の「都落」話群は、諸本間でかなり記事配列の異同の激しい部分だが、一類本と二類本は、微細な異同を除いてほぼ完全に一致する。

記事配列については、八坂系一類本と二類本はほぼ一致するが、本文自体は、それほどの近接関係を示さない。特に、二類本の後次的性格は顕著である。

例えば、城方本巻七の冒頭に、二類本（城方本）は他本にはない独自記事（廿二社官幣）を有する。

寿永二年・正月廿二日に・前の内大臣・宗盛公・従《ジュ》一位に・あかり給ふ・但・内大臣をは・辞し申されけり・同き廿三日に・伊勢・石清水を・始奉つて・廿二社に・官幣あり・是は今度・東国・兵乱の・御祈りの・御為とそ・覚たる・四海に・宣旨を・なしくたし・諸国へ・院宣を下されけれ共・一向・平家の下知と・のみ心得て・参り近付く・者もなし・熊野・金峯山の・僧等・南都・北嶺の大衆・伊勢・石清水の・神人・宮人に至るまて・一向・平家を・背て・源氏に・心をそかよはしける

一類本（中院本）は、

寿永二年正月廿二日に、主上てうきんのために、ほうちう寺とのへきやうかうなる、鳥羽院六さいにてきやうかうなり、たりし今度其礼とそきこえける、なんとほつ京の大衆、くまの、きんふうのそうと、伊勢太神宮のみなくわん宮人にいたるまて、皆平家をそむいて、源氏に心をかよはしけり

とあり、巻七冒頭では、官幣の事には触れない。が、中院本は巻六の「横田河原合戦」のところで、

おなしき五月三日、いせいわし水をはしめ奉りて、廿二社にくわんへいあり、是は今度の、ひやうらんの、御い

のりのためとそおほえたる、おなしき十七日にかいけんあて、寿永元年とそ申として、前年（養和二年）の五月の出来事として記している。

延慶本・覚一本・屋代本等も、廿二社官幣記事は養和二年のこととし、その目的として、覚一本・延慶本は「兵乱の祈り」のためでなく、「飢饉疾疫」のためとしている（屋代本は目的を記さない）。さらに延慶本は、それに先だって、『方丈記』の本文を引用しながら所謂「養和の飢饉」の有様を詳述し、また、貞能の合戦のために米穀が都に運び込まれず、餓死者がさらに増えたことなどを記している。

恐らく、延慶本のような形態が本来であり、覚一本は本筋から外れる養和飢饉に関する記事を切り落とし、「廿二社官幣」記事だけは残した（そのために官幣の目的である「飢饉疾疫」が浮いてしまった）。屋代本は、浮いてしまった「飢饉疾疫」を落とし、また、八坂系一類本（中院本）は官幣の目的を「飢饉疾疫」から文脈に合う「兵乱の祈り」に変更した。さらに八坂系第二類本（城方本）は、おそらく巻七冒頭の「熊野・金峯山の・僧等・南都・北嶺の大衆・伊勢・石清水の・神人・宮人に至るまて・一向・平家を・背て・源氏に・心をそかよはしける」の表現の類似に引かれて、「廿二社官幣」記事を養和二年（巻六末）から寿永二年（巻七冒頭）に移したものと考えられる。

また、巻七「忠度都落」の一類本（中院本）の本文は以下の通りである。

さつまのかみたゝのりは、いつくよりか帰きたられたりけん、さふらひ五き、わらは一人めしくして、五条の三位しゆんせいのきやうの、もとにうちよりて、かとをほとく〳〵とうちたゝき、「たゝのりと申ものかまいりて候、門をはなひらかれ候そ、このきはまて、たちよらせ給へ」と申されたりけれは、（中略）さつまのかみ、大によろこひ給て、「いまは、野辺にかはねをさらさはさらせ、さうかいのそこにも、しつまはしつめ、こんしやうに、おもひをく事候はす、此世のわかれこそ、只今はかりにて候とも、来世にては、かならす一所へまいりあふへし、

さらはいとま申て」とて、いてられけれは、

俊成の自宅までやって来た忠度が、門を叩いて名乗りながら、わざわざ「門を開かないで下さい」(波線部)と言い、来世での再会を一方的に約束(傍線部)して別れるのだが、これを覚一本の、

薩摩守忠教は、いづくよりやかへられたりけん、侍五騎、童一人、わが身ともに七騎取て返し、五条の三位俊成卿の宿所におはして見給へば、門戸をとぢて開かず。「忠教」と名のり給へば、「おちうと帰りきたり」とて、その内さはぎあへり。薩摩守馬よりおり、身づからたからかにの給ひけるは、「別の子細候はず。三位殿に申べき事あて、忠教がかへりまひて候。門をひらかれずとも、此きはまで立よらせ給へ」との給へば、俊成卿「さる事あるらん。其人ならばくるしかるまじ。いれ申せ」とて、門をあけて対面あり。(中略)薩摩守悦で、「今は西海の浪の底にしつまば沈め、山野にかばねをさらさばさらせ、浮世におもひをく事候はず。さらばいとま申て」とて、馬にうちのり甲の緒をしめ、西をさいてぞあゆませ給ふ。

のような自然な描写と比べると、やはりやや調和の崩れた大げさな表現になっていると言えよう。屋代本もこの部分は覚一本に近い描写になっている。

二類本(城方本)は、さらに、

中にも・さつまの守忠教は・いつくよりかは・帰られけむ・侍五騎わらは一人・召具して・五条の三位俊成の卿の許に・おはして・み給ふに・門戸を閉たり。薩摩守・馬よりおり・門を・ほと〳〵と敲て・「是は忠教と申者か・聊申へき事・あつて・参つて候。門をはな・開られ候ひそ。此きはまて・たちよらせ給ふへうもや候らん」と・申されけれは、(中略)薩摩守・斜ならす・喜ひ給ひて・「今は野へに・骸を・曝さはさらせ。蒼海の底に・しつまは・沈め。今生に・おもひ置事も・候はす。縦・此世の・別こそ・只今はかりにて候共・来世にては・か

ならす一仏浄土の縁と・参りあひ・参らせ候へし。さらは・暇申て」とて・涙を・おさへて・出られけり。（中略）其後・薩摩守は・門前にて・物具し・馬に打乗て・出られけれは・いつくよりか・来りけん・侍二三百騎か程・出来つて・薩摩守を中に・とりこめ奉つて・おとし奉る時に、

とあって、波線部は中院本と共通だが、傍線部に「一仏浄土の縁」が加わっており、俊成邸を辞した忠度のもとに、「いつくよりか来たりけん侍二三百騎か程出来つて、薩摩守を中にとりこめ奉つておとし奉る」（二重傍線部）と、「経正都落」に類似した描写がさらに加わっている。

これは、中院本の後次性を、さらにそれを上回る城方本の後次性をも示しているとみてよいだろう。

四　八坂系第一・二類本と、屋代本・覚一本・延慶本の関係

次に八坂系第一・二類本と、屋代本・覚一本・延慶本の関係の関係を考察する。

まず巻七「都落」の一部、二五日の卯の刻に平家一門が安徳天皇を伴い都を落ちる場面の覚一本の本文を見てみよう。

「さりとては行幸はかりなり共なしまいらせよ」とて、卯剋はかりに、既に行幸の御こしよせたりけれは、主上は今年六歳、いまたいとけなうましませは、なに心もなうめされけり。国母建礼門院御同輿にまいらせ給ふ。内侍所、神璽、宝剣わたし奉る。「印鑰、時の札、玄上、鈴かなともとりくせよ」と平大納言下知せられけれとも、あまりにあはてさはいてとりおとす物そおほかりける。日の御座の御剣なともとりわすれさせ給ひけり。

御輿を寄せ、安徳帝と建礼門院が乗り、「内侍所・神璽・宝剣」も乗せ、「印鑰・時札・玄上・鈴鹿など」も取り具せとの命令があったにも係わらず、取り落としたものも多かった、ということで、特に不自然なところもない。延慶

本も表現は異なるが、同じ内容の記述になっている。

ところが、屋代本は、

「サリトテハ行幸計成共成進ヨ」トテ、廿五日ノ卯《ノ》刻計ニ、御輿寄《コシヨセ》タレハ、主上六《ハ》歳ニ成セ給、何《ナニ》心《ロ》モ渡ラセ給ハス、聽《テ》御輿ニソ被レ召ケル。国母《モ》建礼門院モ同ク御輿ニ被《レ》レ召ケリ。（▶）其外、「印鎰《インヤク》、時《トキ》ノ簡《フタ》、玄象《ソウ》、鈴鹿《スヽカ》マテモ奉二取《リ》具《シ》一レ」ト平大納言被《レ》二下知一ケレトモ、余《リ》ニアハテヽ、取落ス物共ソ多カリケル。

とあって、覚一本の傍線部にあたる本文が脱落している（「▶」部分）。斯道文庫蔵百二十句本も屋代本と同じ脱落を起こしているので、これは単なる現存伝本の脱落と考えることはできない。

八坂系諸本では、一類本（中院本）は「建礼門院同輿」記事を欠くが、それ以外は覚一本とほぼ一致する。ところが二類本（城方本）は、

さてしも・有へきならねは・今は・行幸はかりを成とも・なし参らせよやとて・同き廿五日の・卯の刻に・玉の御輿を・さしよせまゐらせ・たりけれは・主上は・今年・六歳にならせ・おはしましけるか・何心もなふそ・めされける。平大納言・時忠卿の北方・帥の佐殿そ・御同輿には・まいられける。中にも・平大納言・時忠の卿承つて・神璽・宝剣・内侍所・印鑰・時の札鈴鹿に・至まて・みな・取奉れやと・下知せられけれ共・余にあはてゝ・とり落す・物のみおほかりけり。

とあって、同輿したのが「平大納言時忠卿の北方帥の佐殿」（波線部）となっており、傍線部のように、三種の神器もその他の物も同列に下知の対象になってしまっている。これは、やはり不自然な記述であろう。

また、「福原落」の場面で、延慶本には次のような記述がある。

権亮三位中将ノ外ハ、大臣殿ヲ初トシテ、棟トノ人々、北方ヲ引具シ給ヘトモ、下サマノ者共ハ、妻子ヲ都ニ留

置シカハ、各ノ別ヲヲシミツヽ、行モ留モ互ニ袖ヲソシホリケル。夕ヽカリソメノヨカレヲタニモ恨ミシニ、後会其期ヲシラヌ事コソ悲ケレ。相伝譜代ノ好モ浅カラス、年来日来ノ恩モ争ワスルヘキナレハ、涙ヲヽサヘテ出タレトモ、行空モナカリキ。

この部分は、あくまでも、「下さまの者ども」が、妻子を残して平家一門に付き従って都落ちすることの悲しみを述べた部分である。延慶本には、まったく不自然な部分はない。

ところが、屋代本は、次のような記述になっている。

小松《ノ》三《ノ》位中将惟盛ノ外、大臣殿以下、皆《ナ》妻子ヲソ具《ク》セラレケル。①其外、行モ留モ互《ヒ》ニ袖ヲソ泣《シヲ》リケル。②夜《ヤ》雁タニモ後　会《コウクワイ》不レ知二其期《ノコヲ》一、妻子ヲ捨《ステ(ママ)》テヽソ落行ケル。③相伝譜《フ》代ノ好《ヨシ》ミ、年来日比ノ重恩、争《テ》カ忘ルヘキナレハ、若《キ》モ老《ヒ》タルモ、只後《ロ》ヲノミ顧《カヘリミ》テ、更ニ前《キ》ヘハ進《ミ》モ不レ遣《リ》ケリ。

まず、傍線部①は、明らかに「其外」の後に「下さまの者は妻子を残して都落ちしたので」といった語句が脱落している。また傍線部②の「夜雁だにも」は明らかに、「夜離れだにも」の誤りと思われる（延慶本は「カリソメノヨガレヲダニモ」とあって正しい）。さらに続く「後　会《コウクワイ》不レ知二其期《ノコヲ》一、妻子ヲ捨《ステ(ママ)》テヽゾ落行ケル」も脱落のために意味が通らない。ここは延慶本にあるように、「仮初めの夜離れでさえも恨んだりするのだから、再びいつ会えるかもわからない（後会其の期を知らず）のは悲しいことだ」とあるのが本来の形と思われる。傍線部③も脱落のために不自然な記述になってしまっている。「争カ忘ルヘキナレハ」の後に、「仕方なく平家に付き従ったけれど」という意味の記述がなければ意味は通らない。屋代本の記事はかなり劣化した本文であると言えよう。

覚一本も屋代本と共通の誤りも犯しているが、屋代本よりはまだ不自然な部分は少ない。

平家は小松《ノ》三《ノ》位中将維盛《ノ》卿の外は、大臣殿以下妻子を具せられけれ共、①つぎざまの人共はさのみひきしろふに及ばねば、後会其期をしらず、皆うち捨てぞ落行ける。A人はいづれの日、いづれの時、必ず立帰るべしと、其期を定をくだにも久しきぞかし。況や是はけふを最後、唯今限りの別なれば、ゆくもとゞまるも、たがひに袖をぞぬらしける。③相伝譜代のよしみ、年ごろ日比、重恩争かわするべきなれば、老たるもわかきも、うしろのみかへりみて、さきへはすゝみもやらざりけり。

傍線部①は、屋代本に欠けている「つぎざまの人共はさのみひきしろふに及ばねば」という語句があるために意味は通る。波線部Aは、文脈的には不自然なところはないが、屋代本・延慶本にも見えない独自な表現を含みつつ、後半は屋代本・延慶本の傍線部①と共通の語句になっている。そして傍線部③は、ほぼ屋代本と同文で、やはり脱落を含んでいる。

この本文から、この三本の関係を想定するならば、延慶本のような形が本来のものであり、次に屋代本・覚一本共通祖本（すでに傍線部③の誤りを犯した形）があり、その次に、屋代本（傍線部①②の誤りを犯した形）と覚一本（波線部Aの独自表現を持った形）が枝分かれした、と考えることができよう。

さらに、八坂系一類本（中院本）・二類本（城方本）は、以下のような本文を持っている。

〔中院本〕小松三位中将、きやうたいの外は、おほいとのをはしめ奉り、みなさいしをくせられたり。①つきさまのものはこうゐそのこをしらねは、ゆくもとまるも、たかいに袖をそぬらしける。③さうてんふたいのちうをん、年比日比のよしみ、なしかはわするへきなれは、ほの〴〵平家にしたかひて、おちゆきけるこそあはれなれ。たかきもいやしきも、たゝうしろをのみかへりみて、さきへはすゝみも、やらさりけり。

〔城方本〕中にも・小松の三位の中将維盛の外は・おほい殿を・始奉つて・みな・妻子を・引具してそ・下られける。①其外次さまの者共は・後会・其期を・知されは・みな打すて〳〵そ・下りける。②或は・年比・日比の・よしみ・なしかは・忘るへきなれはゆくもとゝまるも・只・うしろをのみ・かへりみて・さきへは・すゝみも・やらさりける。

中院本は、二重傍線部に「（維盛の）兄弟の外は」という語句が加わっており、これは誤りと言える。また傍線部①は、「つきさまのものは」の後に、「妻子を残して行ったので」という語句が脱落している。これは屋代本に近いが、むしろ屋代本の方が脱落語句が多い。傍線部③は、屋代本や覚一本が脱落している「仕方なく平家に付き従ったけれど」という意味の記述（二重傍線部）を持っており、独自である。ただ、「たかきもいやしきも」とあるのは誤りで、ここは屋代本や覚一本のように「若きも老いたるも」でなければならない（延慶本はこの本文を持たない）。ここは「次さまの者」の話題なのだから、「（身分の）高い」ものは該当しないからである。

城方本は、傍線部①で、やはり中院本と同様の脱文を有しながら、末尾は「みな打すてくそ下りける」とあって、屋代本に近い不自然な本文になっている。傍線部②は中院本が有している「ほのく《ママ》平家にしたかひて」といった語句を持たず、また中院本が「たかきもいやしきも」とする部分を「ゆくもとゝまるも」としている点、さらに後次性は顕著である。「次さまの者共」が、みな後ろ髪を引かれながら平家に付き従ったことを述べているのに、「行くも留まるも」では文脈が完全に破綻してしまうことになる。

次に引用するのも「福原落」の一部である。

［延慶本］平家ハ、①或ハ礒部ノ波ノウキマクラ、②八重塩路ニ日ヲ経ツヽ、③船ニ棹ス人モアリ。④或ハ遠ヲワケ、⑤嶮キヲ陵ツヽ、⑥馬ニ鞭打人モアリ。前途ヲイツクト定メス、生涯ヲ闘戦ノ日ニ期シテ、思々心々ニソ被レ零ケル。

平家一門が、京から福原へ、思い思いに落ちていくさまを記した部分である。傍線部①④、二重傍線部②⑤、波線部③⑥がそれぞれ対句仕立てになった、整然とした記述になっている。前半の①②③が水路、後半の④⑤⑥が陸路となっている。

ところが、覚一本になると、

①或磯べの浪枕、②やへの塩路に日をくらし、④或遠きをわけ、⑤けはしきをしのぎつゝ、⑥駒に鞭うつ人もあり、③舟に棹さす者もあり、思ひ〱心々におち行けり。

となっており、波線部③が最後に回ってしまったために、文章に破綻はないものの、本来の整然とした対句表現が少し崩れてしまっている。

屋代本になると、その崩れはさらに進む。

A習《ナラ》ハヌ磯部《イソヘ》ノ波枕、②八重塩路ニ日ヲ暮シ、B入江漕行《コキ》楷《カイ》ノシツク、落ル涙ニ諍《アラソヒ》テ、袂《タモト》モ更ニ不レ敢《アヘ》レ干《ホシ》。⑥或ハ駒《コマ》ニ鞭《ムチ》ウツ人モアリ、③或ハ棹《サヲサス》レ船《ニ》者モアリ。思々心々ニ落ゾ行。

わずかに波線部⑥と③に対句の片鱗は残っているものの、傍線部①は対句から逸脱して点線部Aとなり、傍線部②と対になる語句は消されて、②の延長線的表現として波線部Bが追加されてしまっている。

この三者を見る限り、延慶本→覚一本→屋代本、という順に崩れていったと考えざるをえない。

八坂系の一類本（中院本）・二類本（城方本）は、ここでもやはり、さらに崩れた様相を見せている。

〔中院本〕　C平家は西のうみ、②八へのしほちに日をくらす。①いそへのなみのうきまくら、B入えこき行、かいのしつく、おつる涙にあらそひて、たもともさらにほしあへす。③あるひは舟にさほさす人もあり、⑥あるひはこまにむちうつものもあり。おもひ〱、心こゝろに、おちそゆく。

〔城方本〕去程に・C平家は・西の海・②八重の塩路に・日を暮し・①磯辺の床の・草枕・B入江・漕行・かいの雫・露も・涙にあらそひて・袂も更に・ほしあへす。D明ければ・③舟に・棹さす・人もあり・⑥駒に・鞭うつ者もあり。おもひく／＼・こゝろ／＼に・落そゆく。

中院本は、最初に点線部Cを置き、海上関係の表現（二重傍線部②、傍線部①、点線部B、波線部③）をまとめてしまい、最後に陸上関係の波線部⑥を置いた。このため、対句の片鱗は幽かに残っているものの、ほぼ完全に崩れてしまっている。そして城方本はさらに、「波の浮枕」を「床の草枕」と替え、「落つる涙」を「露も涙」と替え、「或ひは」を「明けければ」と替えてしまい、それが対句であった痕跡は完全に消えてしまっている。

また、覚一本の章段名でいうと「一門都落」の一部、東国出身の武士三名を都に留まらせるという記事を延慶本はこのように描く。

日来召ヲカレタリツル東国者共、宇津宮左衛門尉朝綱、畠山庄司重能、小山田別当有重ナムト、ヲリフシ在京シテ大番勤テ有ケルカ、鳥羽マテ御共シテ、「何クノ浦ニモ、落留ラセマシマサム所ヲミヲキ進セム」ト申ケレハ、大臣殿宣ケルハ、「志ハ誠ニ神妙也。サワアレトモ、汝等カ子トモ多ク源氏ニ付テ東国ニアリ。心ハヒトヘニ東国ヘコソ通ラメ。ヌケカラ計具テハ何カハセム。トク／＼カヘレ。世ニアラハワスルマシキソ。汝等モ尋来レ」ト宣ヒケレハ、「何クマテモ御共シテ、ミヲキ進セムト思ケレトモ、弓矢ノ道ニ此程心ヲヲカレ進テ参リタラハ、何事ノアラムソ」トテ、トマリニケリ。廿余年ノ好ミナレハ、ナコリハヲシク思ケレトモ、各ノ悦ノ涙ヲヲサヘテ罷留ニケリ。其中ニ宇津宮左衛門ヲハ、貞能カ預テ、日来モ事ニヲキテ芳心有リケルトカヤ。源氏ノ世ニ成テ後、貞能、宇津宮ヲ恃テ東国ヘ下タリケレハ、昔ノ恩ヲワスレス、申預テ芳心シタリケリ。

宇都宮・畠山・小山田の三名が、随行しようとしたところ、宗盛が留まるように説得し、三名は名残惜しく思いながらも、「悦ノ涙ヲヲサヘテ」留まることにした、と記している。さらに、後に貞能が宇都宮から芳心を受けたことにも触れる。叙述に特に不自然なところはない。

覚一本には、

去治承四年七月、大番のために上洛したりける畠山庄司重能・小山田別当有重・宇津宮左衛門朝綱、寿永までめしこめられたりしか、其時既にきらるへかりしを、新中納言知盛卿申されけるは、「御運たにつきさせ給ひなは、これら百人千人か頸をきらせ給ひたり共、世をとらせ給はん事難かるへし。古郷には妻子所従等いかに歎かなしみ候らん。若不思議に運命ひらけて、又宮こへたちかへらせ給はん時は、ありかたき御情てこそ候はんすれ。たゝ理をまけて本国へ返し遣さるへうや候らん」と申されけれは、大臣殿「此儀尤しかるへし」とて、いとまをたふ。これらかうへを地につけ、涙をなかいて申けるは、「去治承より今まで、かひなき命をたすけられまいらせて候へは、いつくまでも御供に候て、行幸の御ゆくゑをみまいらせん」と頻に申けれ共、大臣殿「汝等か魂は皆東国にこそあるらんに、ぬけからはかり西国へめしくすへき様なし。いそき下れ」と仰られけれは、力なく涙をさへて下りけり。これらも廿余年のしうなれは、別の涙おさへかたし。

とある。召し籠められていた三名が斬られるはずであったところを、知盛の進言により宗盛は許すことを決定し、その三名はお供することを切望したが、宗盛の説得により留まることにした、という内容である。ここにも内容は異なるものの、特に不自然なところはない。

ところが、屋代本以下の三本は少々不自然な叙述になっている。

まず、屋代本は、

畠山《ノ》庄司重義、弟《オトヽ》小山田《ノ》別当有重、宇津宮左衛門朝綱、是三人ハ去《ル》治承三年ヨリ被《レ》㆓召籠《シ》㆒テ有シヲ、大臣殿計《ノハカラヒ》ニ、「此等カ首ヲ可《ヘシ》㆑被《レ》㆑刎《ハネ》」ト宣ヒケルヲ、平大納言、新中納言ノ被㆑申ケルハ、「此等百人千人切《キ》ラセ給テ候共、御運尽サセ給ナン後ハ、世ヲ取セ給ハン事難カルヘシ。東国ニ候彼等カ妻子共カ、サコソ歎《ハナケキ》候ラメ。今ヤ下ル

〳〵ト待候覧ニ、切レ進セタリト聞ヘ候ハ、何計ノ思ニテカ候ハンスラン。只東国ヘ可《シ》レ被《レ》二返遣《シツカハ》一トコソ覚ヘ候ヘ」ト、ヒラニ申サレケレハ、「実《ケニ》モ」トテ、此等三人ヲ召寄給テ、「汝等ニ暇《イトマ》タフ。急キ東国ヘ可《シ》レ下」ト宣ヘハ、三人者共畏《カシコマツ》テ、「何クマテモ行幸ノ御共可レ仕」之由申ケリ。大臣殿、「汝等カ色代ハサル事ナレトモ、魂《タマシイ》ハ皆《ナ》東国ニコソ有覧《ン》ニ、ヌケカラ計西国ニ召具《シクス》ヘキ様ナシ。トウ〳〵可《シ》レ下」ト、仰《ヲヽセ》及《ヒ》二再三《ニ》一ケレハ、不レ及レ力押《オサヘ》レ涙《ヲ》テ下ラントス。是等モサスカニ廿余年ノ主ナレハ、別離ノ涙難《シ》レ推《ヲサヘ》。

とあって、大筋の話の流れは覚一本と一致するのだが、最初三名の頸を切ろうとするのが宗盛ということになっている（傍線部）。ところが、時忠・知盛に説得されて宗盛は三名を斬ることを思い留まり、そして宗盛が三名を説得する、というストーリーになっており、やや不自然な設定となっている。

さらに、中院本は、

其比東国の、大名、小名、おりふし都に候けり。むねとの大名には、はたけ山のしやうし、しけよし、おとゝ、小山田の別当ありしけ、宇津の宮のさゑもん、ともつななり。是らは東国に、子ともかありけれは、さために源氏にとうしんせんすらんとて、治承のころより、めしこめられて候けるか、平家都をおちられけるに、おほいとの、「かれらかかうへをはねん」との給けるを、平大納言、新中納言なとの給けるは、「かれら十人、百人、きらせ給て候とも、御うんつきさせ給なは、御世をさめられん事もありかたし。かれらかさいしともの、東国にのこりてなけかん事こそふひんに候へ。たゝまけて、御ゆるされ候へかし」と、申あはれけれは、おほいとの、ちからをよひ給はす、かれらをゆるして、東国へこそくたされけれ。これら御なこりをゝしみまいらせて、よとのさがみのつしまで、御をくりにまいりたり。おほいとの、「はや〳〵とゝまるへし」とのたまひけれは、「いつくまでも、御とも申候へき」よしを申けり。おほいとの、「心さしの程は、しんへうなれ共、なんしらかたましゐは、一から東国にのみぞあるらん。めしくしたりとても、何のせんかあるへき。はやくかへりくたりて、もし又当家の代ともなりて、都へかへりのほる事あらは、其時は、かならす、まいるへし」とそのたまひける。これらちからをよはす、涙をゝさへてとゝまりけり。これらも、此廿よ年のしうくんなれは、さこそはなこりおしかりけめ。

とあって、宗盛が最初三名の頸を斬ろうとし(傍線部)、時忠・知盛の説得にあって、「力及ばず、彼等を許し」たことになっている(二重傍線部)。にもかかわらず、その宗盛が三名を説得するのは明らかに不自然だと言っていいだろう。また、「力及ばず」といった類型的表現の繰り返しも見られる。

城方本は、

其比・都に候ひける・東国の・大名には・畠山の庄司重能・弟・小山田の別当有重・宇津宮の左衛門朝綱なり。去ぬる・治承の比より・囚人にて・都に・候ひけるを・おほい殿・都を出るとて・「彼等・三人か・頸をはねん」と・宣ひけるを・平大納言と・新中納言の・申されけるは・「縦・彼等・十人百人か・首を・はねさせ・給ひて候共・御運つきさせ給ひなは・御代を・めされん事・有かたし。其上・彼等は・東国に・子共あまたもつて・候へは・彼等か・歎かんする・跡こそ・誠に・不便に候へは・只枉けて・たすけさせおはしませ」と・宣ひあはれけれは・おほい殿も・此上は・力及給はす。彼等・三人淀の・相撲の辻まて・行幸の・御供仕り・「いつくまても・参るへき」よしを・申けれは・おほい殿・「彼等は子共は・東国にのみ・あんなれは・汝か魂は・一向東国にのみそ・あるらん。からたはかり・召具して・何の詮か・あるへき。もし・当家の・代とも・なつて・ふたゝひ・都へ帰りのほる・事あらは・其時は・急・参るへし。只枉て・とゝまれ」と・宣へは・かれら力及はす・涙を・おさへて・留りけり。是も・此廿余年の・主なりけれは・さこそ名残・惜かりけめ。

とあり、「力及ばず」だけでなく、さらに「ただ枉《ま》げて」（波線部）といった類型的表現が見られ、また宗盛の発言の中に、二人称に向かって「彼等」と三人称で呼ぶ（点線部）といった誤りも見える。これら八坂系一類本・二類本の後次性はあきらかだろう。

次に、「聖主臨幸」における『和漢朗詠集』依拠の記事を見てみよう。

屋代本は、このように記述する。

強呉《キヤウコ》忽《チ》滅《ヒ》テ、姑蘇台露《ノ》移《ウツリ》二荊《ケイ》棘《ニ》一、暴秦《ホウシン》衰《ヲシロヘテ》、無《シ》二虎狼一、感《カン》陽宮之《ノ》烟《リ》隠《カクシ》二萍《ヘイ》景ヲ一ケニモ角《ク》ヤト覚《ヘ》テ哀ナリ。（中略）昨日為《ハテ》二雲上降《ニフラス》レ雨《ヲ》飛竜一、今日如《ハシ》二轍《テツ》中失《ニウシナフ》レ洞《ホラヲ》角《カク》魚《ノ》一。

このうち、前半の傍線部が、『和漢朗詠集』依拠部分だが、延慶本のように、「強呉滅兮有二荊蕀一、姑蘇台露瀼々。暴秦衰兮無二虎狼一、感陽宮煙片々タリケム」とあるのが正しい。また後半の対句部分の二重傍線部「轍《テツ》中失《ニウシナフ》レ洞《ホラヲ》角魚《カクノ》二」は、このままでは意味が通じない。ちなみに、屋代本から直接的な影響を受けて作られたと考えられる斯道文庫蔵片仮名交じり百二十句本にはこの部分「轍中如二失レ水涸魚一」とある。

覚一本は、

強呉《キヤウコ》忽《タチマチ》にほろひて、姑蘇《コソ》台《タイ》の露《ツユ》荊棘《ケイキヨク》にうつり、暴秦《ホウシン》すでに衰《ヲトロヘ》て、咸陽宮の煙へいけいをかくしけんも、かくやとおほえて哀也。（中略）昨日は雲の上に雨をくたす神竜《シンリウ》たりき。今日は、肆《イチクラ》の辺に水をうしなう枯魚《コギヨ》の如し。

とあって、屋代本と近い本文を持ち、前半では、「暴秦すでに衰て」の後の「虎狼無し」を脱落させながら、後半では、「肆の辺に水をうしなう枯魚の如し」と正しい本文になっている。

八坂系本のうち、一類本（中院本）は、

きやうこほろひて、けいきよくあり。こそたいの露、しやう〱たり。ほうしんおとろへて、こらうなし。かんやうきうのけふり、へん〱たりけんも、是にはすきしとそ見えし。（中略）きのふは、雲上に、雨をくたすしんりうたり、けふはいちく〈ママ〉しのほとりに、水をうしなふこきよたり。

とあって、前半も後半も正しい記述になっている。なお、二類本は、中院本とほぼ一致するが、「（咸陽宮の煙）へん〱たりけん」とある部分のみ「（咸陽宮の煙）睥睨をかくしけむも」とあって、屋代本や覚一本に近い形となっている。

以上に見てきた本文のありようから考えると、当該語り本系諸本に先行する本文として、延慶本のような形が想定できるが、現存の延慶本にも問題があることを、最後に確認しておこう。

次に引用するのは、「一門都落」の後半部である。

［延慶本］法皇ハ仙洞ヲ出テ見サセ給ワス。主上ハ鳳闕ヲ去テ、「西国ヘ」トテ行幸成リヌ。関白殿ハ「吉野奥ニコモラセ給ヌ」トキコユ。院宮々原ハ、八幡、賀茂、嵯峨、大原、北山、東山ナムトノ片ホトリニ付テ逃隠給ヘリ。平家ハ零タレトモ、源氏ハ未《タ》《ス》入替一。此都ハ、既ニ主モナク人モナキサマニソナリニケル。天地開闢ヨリ以来、今日カヽル事アルヘシトハ、誰カハ思ヨリシ。聖徳太子ノ未来記ニモ、今日ノ事コソユカシケレ。淀ノ渡リノ辺ニテ、船ヲタツネテ乗給、御心ノ中コソ悲シケレ。日来召ヲカレタリツル東国者共、宇津宮左衛門尉朝綱、畠山庄司重能、小山田別当有重ナムト、ヲリフシ在京シテ大番勤テ有ケルカ、鳥羽マテ御共シテ、（中略）平家ハ、或ハ礒部ノ波ノウキマクラ、八重塩路ニ日ヲ経ツヽ、船ニ棹ス人モアリ。或ハ遠ヲワケ嶮キヲ陵ツヽ、馬ニ鞭打人モアリ。前途ヲイツクト定メス、生涯ヲ闘戦ノ日ニ期シテ、思々心々ニソ被レ零ケル。

後白河院、安徳帝、関白、院々宮々の動静を記した後、聖徳太子の未来記の事に触れ、突然脈絡もなく傍線部へ続く。主語も示されておらず、誰の「御心ノ中」なのかも明らかではない。何らかの脱落があるか、編集上の不手際があったと想像される。ちなみに、語り本系には当該本文はない。
また、語り本系の「維盛都落」に相当する記事は、延慶本は、二カ所に分けて載せるが、その前半部分に、このような記述がある。

十日、林六郎光明ヲ大将軍トシテ五百余騎、天台山ヘキヲヒ上リテ、惣持院ヲ城廓トス。三塔ノ大衆皆同心シテ、「只今大嶽ヲ下リテ、平家ヲ打ムトス」ト訇ル。凡東坂本ニハ、源氏ノ軍兵充満セリ。此上ハ新三位中将モ宇治ヨリ京エ帰リ入。新中納言、本三位中将モ山科ヨリ都ヘ帰入ヌ。又東ハ十郎蔵人行家、伊賀国ヲ廻テ、大和国奈良法師、共ニイツノ木津ニ着ヌト聞ユ。西ハ足利判官代義清、丹波国ニ打越テ、大江山ヲ打塞クト聞ユ。南ハ多田蔵人行綱已下、摂津、河内ノアフレ源氏トモ、川尻、渡辺ヲ打塞ト訇リケレバ、平家ノ人々色ヲ失テサワキアヘリ。

三位中将惟盛、北方ニ宣ヒケルハ、「我身ハ人々ニ相具シテ都ヲ出ヘキニテ有ヲ、何ナラム野末山末ヘモ相具シ奉ルヘキニテコソアレトモ、少キ者共有。何クニ落付ヘシトモ不レ覚。源氏トモ道ヲ切テ打落サムトスレハ、ヲタシカラム事モカタシ。世ニナキ者ト聞ナシ給トモ、アナカシコ、サマナムトヤツシ給ナ。イカナラム人ニモミヘ給ヒテ、少キ者トモヲモハククミ、我身ノ後世ヲモ助給ヘ。サリトモナトカ、『アワレ、イトヲシ』ト云人モナカルヘキ」ト宣ヘハ、北方是ヲ聞給テ、袖ヲ顔ニ押アテヽ、モノモ宣ハス。良久有テ宣ケルハ、「年来日来ハ志シアサカラヌヤウニモテナシ給ツレハ、我モサコソタノミ奉リツルニ、イツヨリ替リケル心ソヤト思コソ口惜ケレ。前生ニ契アリケレハ、我ヒトリコソ哀ト思給トモ、人毎ニナサケヲカクヘキニアラス。又人ニミヘ候ヘシトモ思ワス。少者共モ打捨ラレ奉リテハ、イカニシテカハアカシクラスヘキ。誰ハククミ、誰アワレムヘシトテ、カヤウニ留メ給ソ」トテ、涙モカキアヘス泣給ヘハ、

この場面では、まだ一門の都落ちは決定していない。それなのに、唐突に維盛は北の方に、「我身ハ人々ニ相具シテ都ヲ出ヘキニテ有ヲ」と言う。もちろん、結果はそのようになるのだし、維盛には未来を見る能力があるという設定だから、と言えないこともないが、やはりこれが本来の形であるとは言えないだろう。

また、北の方が維盛に反論する発言の中に、二人称の「我」を使っているが、これも本来のものではないだろう。ちなみに長門本はこの「我ヒトリ」が「御身ひとり」となっている。現存の延慶本自体にも、何らかの後次的編集の手が加わっているとみてよいだろう。

以上、関連する諸本の本文の関係を見てきたが、その結論として、以下のようにまとめることができよう。

① 語り系四本の本文は、いずれも、現存延慶本の本文を遡り得ない。つまり、《延慶本→覚一本》《延慶本→屋代本》《延慶本→中院本》《延慶本→城方本》という影響関係を想定すれば説明可能な異同は多数見られるが、その逆を証明する本文異同は見られない。

② ただし、現存延慶本の本文が完全であるというわけではなく、延慶本自体も本文編集上の不手際を露呈していると思われる。しかしそれは、語り系諸本の影響とは考えられない。

③ 覚一本と屋代本では、屋代本の方に編集上の不手際（延慶本のような本文を改編して本文を編集した際の不手際）が多く見られる。

④ 中院本・城方本は、記事の配列については近接するが、本文自体は、やや離れている。本文の近接度は「覚一本・屋代本」間の方が、「中院本・城方本」間よりも高い。

⑤ 中院本・城方本は、覚一本・屋代本よりも、本文の後次性が強い。

⑥ 城方本は、中院本よりもさらに、後次性が強い。

⑦　中院本・城方本は、それぞれ部分的に屋代本や覚一本や延慶本に近い本文要素を持つが、それを一概に後次的な再取り込みによるものと決めることはできない。

⑧　語り系諸本は、現存延慶本に近い不完全で冗長な本文をもとに本文を整理編集する動きの中で生み出されたと思われる。基本的な流れは、［繁→簡］であると考えられる。そのプロセスの比較的早い時期に覚一本（のもとになるもの）が生まれ、屋代本（のもとになるもの）が枝分かれし、八坂系のもとになるものが生まれたと考えられる。

注

（1）拙稿「八坂系『平家物語』〈第一類・二類〉の本文について―巻三・七を中心として―」（『平家物語八坂系諸本の研究』三弥井書店、一九九七年）

（2）山下宏明『平家物語研究序説』（明治書院、一九七二年）、『平家物語の生成』（明治書院、一九八四年）

（3）山下宏明『平家物語研究序説』（明治書院、一九七二年）、三三二頁。

（4）注（1）に同じ。

（5）注（1）に同じ。

解説　中院本平家物語の句切り点について

鈴木孝庸

一　概観

中院本の本文に施されている「句切り点」に関して、報告する。問題の「点」は、一種類「・」である。この点が、平家語りの実際と関係があるのか、あるいはないのかが、課題の中心である。この「点」の呼称は、「読点」「句点」「句読点」等も考えられるが、本稿では「句切り点」で進めることとする。

課題に関して、高橋貞一の先行意見がある。高橋は、『平家物語（中院本）と研究』（未刊国文資料）において、八坂系伝本のうちの國民文庫本（城方本）が『重訂御書籍来歴志』に「城方流ノ句読アリ」と紹介されていることをふまえて、これに近い中院本は、國民文庫本よりは厳密ではない（粗だとの意）と指摘（「解説」）しながらも、「八坂流の読み方と関係があることも認められる」（「凡例」）と述べている。

今日、「八坂流」の平曲および譜本が、「八坂流訪月《つきみ》」を例外として、残されていないのは、まことに残念だが、平家語り（平曲、平家琵琶）の実態に関わる現存の平曲譜本では、昭和女子大本、『秦音曲鈔《しんおんきょくしょう》』、波多野流譜本、『吟譜《ぎんぷ》』、也有《やゆう》自筆本、青洲文庫本『平家正節《まぶし》』などでは、相対的に言って、こまかく句切り点が施されている。中院本の句切り点に関する全体的な印象は、譜本よりは粗い。中院本の句切り点が平家語りを密接に反映しているとは言い難いと

思う。一例をあげると、中院本では、

祇園しやうしやのかねのこゑ・しよきやうむしやうのひゝきあり・しやらさうしゆの花の色・しやうしやひつすいのことはりをあらはす・

とあるが、平曲譜本では、

祇園精舎ノ。鐘ノ声。諸行無常ノ。響有リ。沙羅雙樹ノ。花ノ色。盛者必衰ノ。理ヲ顕ハス。（『吟譜』）

祇園精舎の。かねの聲。諸行無常の。響きあり。沙羅雙樹の。花の。色。盛者必衰の。理はりを顕す。（県立山口図書館蔵『小秘事』）

となっている。実際の口語りに関わる譜本の句切り点が密であることがわかる。中院本の句切り点は、読者の読書のためにということが第一の目的であろう。

しかし、今回全巻を一通り見たところで、注目すべきは、句切り点の付し方が、たとえば巻によって異なるわけではなかったことである。どの位置に句切り点を付すのかは、点を付す個々人の読み方（物語の解釈。息継ぎのくせ等も）に関わるのであろうから、中院本平家物語全巻を通して、それほど大きな違いが感じられないとすれば、一人の作業で行われたと考えるのが自然である。

以下、句切り点に関連することで気づいたことを報告する。

二　句（章段）末の句切り点

「句」と言えば、平家語り（平曲、平家琵琶）の用語として、語りのひとまとまり（章段）を言う「句」があり、紛らわしい。たとえば「祇園精舎一句」「奈須与市一句」などという、ひとまとまりの話を平曲では「句」と呼ぶ。ここでは、そのような意味での「一句」末に「点」があるかないかに注意する。平家物語のことばの伝達が、途中に息継ぎ、小休止を挟みながら行われるのは自然なことであるが、ひとまとまりの話の終止符を「点」として記すかどうかという事である。先に挙げた、句切り点のある平曲譜本は、途中は細かく句切り点があっても、最後はナシというのが普通だが、宮崎文庫記念館蔵平家物語（『平家吟譜』）のように、「…殿上ノ。仙籍ヲバ。未許サレス。」（「祇園精舎」）、「陸ニハ源氏、箙ヲ扣テ、響キケリ。」（「那須与市」）と、終止符を記す譜本もある。

中院本の各章段の末尾は、句切り点がないのが一般である。気づいた例外は、二例である。

二―(1)　第二「ゆきつなかへりちうの事」の末尾。

…其後百き二百きをしよせ〳〵・む／ほんのともから一々したいにからめとる・｜

　さいくわう法師ちうせらるゝ事

中にもさいくわうは・…

二―(2)　第八「ねこまの中納言木曾たいめんの事」

…あまりに・はう／しやくふしんなりけれは・いそき帰給けり・｜

　木曾しゆつしの事

木曾は・…

三　和歌と句切り点

中院本の和歌は、すべて改行されて一字下げ、二行書き（五七五／七七）で表記し、本文（地の文等）と扱いを異にしている。和歌であることは、視覚的に明瞭である。読み方も明瞭であるためか、句切り点はない。気づいた例外は、一例のみである。

三―(1) 第十「本三位中将上人にたいめん并くわんとうけかうの事」

いかにせんみやこの春も・｜おしけれと／なれしあつまの花やちるらん

四 今様・朗詠と句切り点

和歌と同様に、作中人物が歌う「今様」「朗詠」等は、本文中に組み入れられたり、改行されて和歌と同じような形になったりと、扱い方は一定ではない。また、和歌には句切り点はないが、今様・朗詠等には句切り点がある。

四―(1) 第一「きわうきによ事」 ※ 本文中。

…君をはし／めて見る時は・｜千代もへぬへしひめこ松・｜御／まへのいけなるかめをかに・｜つるこそむれ／ゐてあそふめれと・｜…

四―(2) 第一「きわうきによ事」 ※ 本文中。

…ほとけもむかしはほんふなり・｜／われらもおもへは仏なり・｜いつれもふつ／しやう具せる身を・｜へたつるのみこそをろ／かなれと・｜…

四―(3) 第三「たんはの少将とうしまにおいてくまの／山そうきやうの事」 ※ 本文中。

…よろつのほとけのくわんよりも・｜」千しゆのちかひそたのもしき・｜かれたる草／木もたちまちに・｜花さきみのなるとこそき／けと・｜…

四―(4) 第五「徳大寺との上洛し給ふ事」 ※ これは改行されている。

…ふるき都をきて見れは・|あさちか原とそあ／れにける・|月のひかりはくまなくて・|秋風の／みそ身にはしむ」と是を…

「七五」を一句として四句で構成する今様を、各一句ごとに句切り点を付していることがわかる。

朗詠は、

四—(5) 第三「けくわんならひにるさいの事」

…ふかうてうの中には・|花ふんふくの／きをふくみ・|りうせんのきよくの間には・|月／せいめいのひかりをあらそふ・|ねかはくは／こんしやうせそくのもんしのけう・|きやう／けんききよのあやまりをもてといふ・らう／ゐいをしつゝ・…

四—(6) 第五「平家関東よりにけのほらるゝ事」

…きよしうのひかけはさむくしてなみを／やく・|ゐきろのすゝのこゐはよる山をすくと・|／たうかをくちすさみ給へは…

これらは、対句を構成する一句一句を意識して、句切り点を付しているのだが、次のように対句の片方だけを引用する場合は、やや内容に入り込んで句切り点を付している。

四—(7) 第七「さつまのかみの歌の事」

…せんと程とをし・|おもひを・|かん山のゆふ」へのくもにはす／と・|たからかに…

四—(8) 第十「本三位中将上人にたいめん幷くわん／とうけかうの事」

…らきのてういたる・|なさけなき／事を・|きふにねたむ／といふ・|らうゐいを…

五　物名列挙と句切り点

「揃物《そろえもの》」は、平曲としても特別な曲群だが、「揃物」でなくても、本文中で物名列挙となる場合は、ひとつひとつに句切り点が付されている。引用は、「揃物」以外にした。

五―(1)　しんし・｜ほうけん・｜ないしところ・｜をたに・／返し入まいらさせられ候は〻・…
（第十、これもり八しまよりしよしやうの事）

五―(2)　今度よしつねにをいては・きかい・｜かうらい・｜てんちく・｜しんたん・｜まても・
（第十一、九郎大夫の判官ゐんさんの事）

五―(3)　御所の御ふねには・女院・｜／北の政所・｜二ゐ殿・｜以下の女房たちめされけり・おほいとのふしは・｜一舟にそのり給ふ・／平大納言・｜平中納言・｜新中納言・｜しゆりの／大夫・｜以下の人々も・
（第十一、平家屋しまのたいりとうをやきはら／はる〻事）

五―(4)　同しき九月廿三日・平家のいけとりとも・国／〳〵へわかちつかはさる・平大納言時忠の／きやう・｜のとの国・｜くらのかみのふもと・｜さ／との国・｜さぬきの中将時実・｜いつもの国・｜／ひやうふのせう正明・｜とさの国・｜二位のそう／つせんしん・｜むさしの国・｜中納言のりつし」ちうくわい・｜さかみの国・｜ほつせう寺のしゆ／きやうのうゐん・｜いつの国・｜きやうしゆ房の／あしやりゆうゐん・｜あきの国・｜とそきこえし・／…
（第十二、平家のいけとりるさいの事）

物名列挙の句切り点は、列挙の最後の名のところまで付すことに特徴がある。右の例では「ないしところ・をたに」「しんたん・まても」「しゆりの大夫・以下の」「あきの国・とそ」のような付し方である。ここを句切り点を施さずに「ないしところをたに」「しんたんまても」「しゆりの大夫以下の」「あきの国とそ」とはしないのである。もちろん次のような例外がないわけではない。しかし、少数派である。

五―(5)　くにかより・さた／もり・これひら・まさのり・まさひら・まさもりにいたるまで・六代は…

（第一、たゝもりせうてんの事）

また、ごくわずかだが、列挙に句切り点のない例をあげておく。

五―(6)　五み／とは・にうらくしやうしゆくそたいこみ是／なり・

（第十、しうろんの事）

六　句切り点に問題ありと判断されるもの

A　終止しているが句切り点のない例

A―(1)　あゑてさいくわのさたなかりけり其子／ともしよゐのすけをへて…

（第一、たゝもりせうてんの事）

A―(2)　のとの国に御おんありける／とそきこえけるさる程に…

（第四、ほうわう鳥羽殿よりひふくもんゐんへ／御かうの事）

A―(3)　おきのう／は風身にしみて・はきか下葉も・露しけし／いつしかいなほ…

（第十、小松三位中将の北のかた出家の事）

A―(4)　いかてかしやうちうのおもひをなさん／身はこれ・しくれにそむるもみちは・

（第十二、大原御かうの事）

こうした例は、各巻から拾うことができる。気づいたのは総数27である。(3)(4)のように行末に関係する例は、他に

2例である。全体としては、付け忘れと考えるのが穏当であろう。

B　一単語（人名も）の途中に句切り点のある例

これについては、気づいた例を全てあげる。

B―(1)　そのほかしやう・ゐん／てん・はく・いくらといふ…（第一、わか身のゑいくわの事）

B―(2)　平治によしともう・／たれしかは・…（第一、きわうきによ事）

B―(3)　あるひはへんしのりよう・に／くをのかれんとほつす・（第四、おんしやうしよりはうへてう／ちやうの事）

B―(4)　右／官の別当蔵人のゐもんのこんのすけちか・まさ・南都しつめにとて…（第五、なんとめつはうの事）

B―(5)　かのたうの大そうの・ていしんきかむすめを・／けんくわ・てんに入しめ給はんと…（第五、あふひのまへの事）

B―(6)　かうつけの国にも・／な・はの太郎ひろすみをさきとして・（第六、きそのよしなかむほんの事）

B―(7)　けんたいふのはんくわんすゐさた・つのはん・／くわんもりすみをさきとして・…（第六、きそのよしなかむほんの事）

B―(8)　中納言のしそく・しよむそうつ三ゐ・はこ」よりゐほうしを…（第六、五条大納言くにつなの卿たかいの事）

B―(9)　おりふしふえん／のひら・たけもちたり・（第八、ねこまの中納言木曾たいめんの事）

B―(10)　かちはら源・太さゝ／きに・弓たけはかりそすゝみたる・（第九、さゝき宇治川わたりの事）

B―(11)　かまくらのこん五郎かけまさか・五・代の／はちよう・（第九、かちはら平次歌の事）

B―(12)　ぬしなきくらをき／馬の・二ひきをちたる事よ・からめてちか・／つくにこそと・（第九、平家一たう一の谷にをいてうちしに并いけとりの事）

B―⒀　今はありとしあるものとも。こゐをとゝ。／のへてなきさけふ。（第十二、六代御せんの事）

⑵⑺⑿⒀が、行末に絡むので、単純に句切りと捉えたものか、あるいは活字整版に絡む事情があるかとも推測されるのだが、少数派であるため、そのような外在的な要因を言うことができない。単純な誤解・誤読による句切り点と見るか、あるいは、次のCの例ともつながっていて、語りの際の、一語の分断に絡むのかもしれない。

C　体言と助詞との連続性など、語の組み合わせの関係で、句切り点の位置が不可解な例

これも、気づいた例を全てあげることにする。ここは、判断に主観的なものがまじるので、例数は動く可能性があるだろう。

C―⑴　六位／をもてうつほはしらより。うちすゝのつな／のへんに。…（第一、たゝもりせうてんの事）

C―⑵　きわうこそ／にし八条よりいとまたひていたされたる。／なれ。（第一、きわうきによ事）

C―⑶　くんひやう共をは。めしくせられ候はぬや。／らんと申けれは。…（第二、小松殿にし八条にまいらるゝ事）

C―⑷　北野の天神は。しへいのおとゝ／のさんそうにより。てうきなをさいかいの…（第二、小松殿にし八条にまいらるゝ事）

C―⑸　けんたいふの／はんくわんするさた。をもて申されけるは。…（第二、たんはの少将とうむほんのともからる／さい事）

C―⑹　あはれ野のするゐ山のをくにも。／子はもつへかりける。物かなとて。（第三、たんはの少将平のやすより帰洛の事）

C―⑺　あまりに御こゝろもとなくそんし。／候。…（第三、ありわうきかいかしまへ尋くたる事）

C―⑻　せめてのおもひのあまり／に。やふくはらへくたりて。…（第三、小松殿くま野さんけいの事）

C—(9)　鳥羽院六さいにてきやうからなり・たりし／今度其礼とそきこえける・　(第七、法住寺とのへきやうからの事)

C—(10)　日かすつもれは・をんなたゝならす／そなり・にけり・…　(第八、おかたの三郎惟義平家に向そむく事)

C—(11)　五百余騎のせいにてむかふたり・」ける…　(第九、さゝき宇治川わたりの事)

C—(12)　されはこそすゑしけ／も・とうによすへかり・つるを・…　(第九、一のたにかせんの事)

C—(13)　ゑつ中のせんし・おなしき二郎ひやうゑ・／のせう・…　(第九、一のたにかせんの事)

C—(14)　昔の人のかた見・にも見つる物を・　(第十二、六代御せんの事)

七　BCに関連して

BCの例は、あるいは〈語り〉との関連があるのかもしれない。平曲の譜本の一つ『平家正節』の曲節配分とことばとの関係で、似たような区切りをあげるならば、次の例が参考となるだろう。

…今は日本国残る所なう　皆随ひ附奉《キマ》つて候　さは候らへども　御弟《ン》　九郎大夫の判官殿こそ　終の御敵《ン》とは見えさせ　コハリ下　たまひ候らへ　(読物「腰越」)

…今日より後、如何成る御有様共にてか渡らせ玉ひ候らはんずらんと思ひ置き参らせ候ふにこそ、更に行く可き空も覚え間敷う候ふと申されたり　半下ケ　ければ…　(三之下「平大納言被流」)

中院本の句切り点の不可解な例それぞれが、『平家正節』との照合で解決できるわけではないが、〈平家語り〉の実際で、一語ないしひとまとまりの表現を、途中で区切ることは考えられることではある。

以上、中院本の句切り点のあり方について、気づいた点を報告した。当初の課題—〈語り〉との関連の有無—に関して言えば、これを積極的に認めることが出来るような材料は、ほとんどなかった。しかし、不可解な点の施され方に関しては、〈語り〉との関連を想像してもよさそうな事例を提示してみたのである。

テキスト・参考文献

凡例

・この一覧は、明治から平成二十一年十二月までに刊行された、中院本と下村本に関する参考文献を挙げたものである。
・テキスト、八坂系諸本概説、中院本及び八坂系第一類本に関するもの、下村本に関するものの四つに分類して配した。
・刊行年は和暦を用いた。
・作成にあたり、『平家物語八坂系諸本の研究』（三弥井書店　平成9年）所収の「八坂系平家物語・八坂流平曲参考文献一覧」を参考にした。

テキスト

○高橋貞一『未刊国文資料　平家物語（中院本）と研究（一）～（四）』（未刊国文資料刊行会、昭和36～37年）
○與謝野寛・正宗敦夫・與謝野晶子『日本古典全集　平家物語上・下（下村本）』（日本古典全集刊行会、大正15年。現代思潮社、昭和58年覆刻）

八坂系諸本概説

○山田孝雄『平家物語考』（国定教科書共同販売所、明治44年。勉誠社、昭和43年再版）
○高橋貞一「平家物語八坂流系統諸本の考察」（『書誌学』4―3・5―2～5、昭和10年3月・8～11月。『平家物語諸本の研究』冨山房、昭和18年再録）
○高橋貞一「平家物語の諸本について」（『国文学　解釈と鑑賞』22―9、昭和32年9月）
○高橋貞一「平家物語伝本概説」（『平家物語講座2』東京創元社、昭和32年）
○高木市之助・永積安明・市古貞次・渥美かをる『国語国文学研究史大成　平家物語』（三省堂、昭和35年。昭和52年増補版）
○渥美かをる『平家物語の基礎的研究』（三省堂、昭和37年、笠間書院。昭和53年復刊）
○山下宏明「平家物語八坂流諸本の研究（上）・（下）」（『国語と国文学』39―6・8、昭和37年6・8月。『平家物語研究序説』明治書院、昭和47年再録）
○山下宏明「諸本」（市古貞次編『平家物語必携』学燈社、昭和44年）
○松林靖明「諸本」（市古貞次編『諸説一覧平家物語』明治書院、昭和45年）

○山下宏明「平家物語八坂流諸本の研究（続）」（『名古屋大学教養部紀要』15、昭和46年2月。『平家物語研究序説』再録）
○高橋貞一『続平家物語諸本の研究』（思文閣出版、昭和53年）
○渥美かをる『軍記物語と説話』（笠間書院、昭和54年）
○山下宏明『平家物語の生成』（明治書院、昭和59年）
○西海淳二「平家物語の一方流と八坂流について」（『解釈』31—7、昭和60年7月）
○池田敬子「平家物語八坂流本における巻十二」（『軍記と語り物』22、昭和61年3月。『軍記と室町物語』清文堂出版、平成13年再録）
○弓削　繁「平家物語のテクスト—八坂流諸本—」（『国文学　解釈と教材の研究』31—7、昭和61年6月）
○山下宏明「『平家物語』当道系本文異同の意味—『平家物語』成立論のために—」（『名古屋大学文学部研究論集文学』34、昭和63年3月、『平家物語の成立』名古屋大学出版会、平成5年再録）
○高橋貞一『平家物語覚一本新考—八坂流本の成立流伝—』（思文閣出版、平成5年）
○兵藤裕己「八坂流の発生—「平家」語りとテクストにおける中世と近世と—」（久保田淳編『論集中世の文学　散文篇』明治書院、平成6年）
○今井正之助「八坂系テキストの展開」（『国文学　解釈と教材の研究』40—5、平成7年4月）
○松尾葦江「平家物語の本文流動—八坂系諸本とはどういう現象か—」（『國學院雑誌』96—7、平成7年7月。『軍記物語論究』若草書房、平成8年再録）
○山下宏明「『平家物語』の「八坂」ということ」（『愛知淑徳大学国語国文』19、平成8年3月。「八坂系諸本研究史」（改題）、『平家物語八坂系諸本の研究』再録）
○山下宏明編『平家物語八坂系諸本の総合的研究（科学研究費研究成果報告書）』（平成8年3月）
○山下宏明編『平家物語八坂系諸本の研究』（三弥井書店、平成9年）

中院本・八坂系第一類本に関するもの

○高橋貞一「平家物語八坂流中院本同類本の一について」（『仏教大学人文学論集』1、昭和42年9月。『続平家物語諸本の研究』再録）
○川瀬一馬『古活字版之研究上（増補版）』（日本古書籍商協会、昭和42年）
○井上宗雄「也足軒・中院通勝の生涯」（『国語国文』40—12、昭和46年12月）
○櫻井陽子「八坂系平家物語一類本の様相—清盛像との関わりについて—」（『富士フェニックス論叢』3、平成7年3月。『平家物語の形成と受容』汲古書院、平成13年再録）

○鈴木　彰「八坂系『平家物語』第一・二類本の関係について―研究史の再検討から―」(『早稲田大学大学院文学研究科紀要』41、平成8年2月)
○村上　學「中院本平家物語(十行古活字本)巻六の異版をめぐって」(『平家物語八坂系諸本の総合的研究』科学研究費研究成果報告書、平成8年3月)
○今井正之助「三条西家本・中院本について」(『平家物語八坂系諸本の総合的研究』科学研究費研究成果報告書、平成8年3月)
○櫻井陽子「八坂系平家物語(一、二類本)巻十二の様相―頼朝関係記事から―」(『軍記と語り物』32、平成8年3月。『平家物語の形成と受容』再録)
○今井正之助「中院本『平家物語』本文考―一方系補入詞章を中心に―」(『平家物語八坂系諸本の研究』三弥井書店、平成9年)
○千明守「八坂系『平家物語』〈第一類・二類〉の本文について」(『平家物語八坂系諸本の研究』三弥井書店、平成9年)
○今井正之助「『平家物語』『源平盛衰記』と『太平記』―日付操作のあり方をめぐって―」(『軍記文学研究叢書8、太平記の成立』汲古書院、平成10年3月)
○鈴木　彰「八坂系『平家物語』の本文生成と覚一本系本文―巻五における交渉関係をめぐって―」(『古典遺産』48、平成10年6月)

下村本に関するもの

○高木浩明「『平家物語』十行平仮名古活字本は下村本の粉本たり得るか」(『軍記と語り物』33、平成9年3月)
○高木浩明「下村本『平家物語』と制作環境をめぐって」(『二松学舎大学人文論叢』58、平成9年3月)
○高木浩明「下村本『平家物語』書誌解題稿」(『二松学舎大学人文論叢』59、平成9年10月)
○高木浩明「下村本『平家物語』とその周辺―國學院大學図書館蔵本から考えられること―」(『國學院雑誌』107―8、平成18年8月)

あとがき

本書は八坂系平家物語諸本を代表する本文の一つとして、一類本の正確な翻刻を公刊することを目的としている。詳細は凡例及び解題を参照されたいが、八坂系平家物語と一方系平家物語は語り本系諸本を二分するグループであり、古くは平曲（平家琵琶）の流派の相違によって分岐したと考えられていた。形態的には灌頂巻を分立させる一方系諸本に対し、八坂系諸本は断絶平家を以て全巻を閉じるところに特徴があり、一類本は八坂系諸本の中でも純度の高い、初期の本文であるとされてきた。現代では教育現場にも一般読者にも、一方系、中でも覚一本が平家物語を代表する本文として通用しているが、近世には八坂系諸本の一類本及び二類本も出版・書写され、重要視されていたらしい。一類本では中院本が古活字版として刊行され、しかも中院通勝の名を付して流通したこともあるようだ。しかし現在では、古活字版はもとより、未刊国文資料所収の中院本もすでに入手困難となった。また、もともと未刊国文資料の中院本には誤植や脱字が少なくなく、現在の研究水準に適う本文が必要となっていた。そこで我々は、中院本本文の正確な翻刻に、中院本が一方系の本文を取り込む以前の姿を残す写本、三条西本（尊経閣文庫蔵）との校異を付記して提供することを考えたのである。

本書の企画の出発は、平成五〜七年度に実施された科学研究費補助金による共同研究「平家物語八坂系諸本の総合的研究」（総合研究（A）課題番号05301054　研究代表者山下宏明）に溯る。この共同研究の成果は成果報告書（平8　非売品）及び『平家物語八坂系諸本の研究』（山下宏明編　三弥井書店　平9）によって公開されているが、全国に散在する八坂系諸本の伝本を悉皆調査すると共に、山下を除く研究分担者六名により中院本の輪読会を行なって、拠るべき八坂系本文がどんなものか、追究しようとした。その結果、八坂系の本文の基本的なかたちは一類本に見いだされること、中でも最も純粋で、しかも全巻揃って現存する一類本の本文は三条西本であるとの見通しに達した。しかし現実には中院本が近世初期に古活字版として出版され、現代でも未刊国文資料に翻刻されて、八坂系本文として広く認知されているといえる。それゆえ、我々は中院本と三条西本の対校を一頁に収めた本文を公刊しようと考えた。さまざまな技術的な問題を議論しながら準備を進めてきたが、六名の一身上の事情が必ずしも揃わず、いつのまにか十五年が経ってしまった。この度、再度公刊作業を発進させるに当たり、各人無理なく、しかしあまり長期に亘らずに実現できることを考えて、二名の若手研究者に新たに参加して貰い、一部、担当を変更して作業をした。解題は中院本・三条西本について緻密な調査を重ねてきた今井正之助、覚一系周辺本文及び八坂系諸本について精密な対校作業をしてきた千明守が執筆し、今回の公刊に伴う作業のまとめ役も果たした。八坂系版本にしばしば見られる句読点については、一時、平曲の息継ぎとの関係を想定する説もあったところから、鈴木孝庸が検討を加えた。

底本とした慶長古活字中院本、対校した三条西本を初め参照資料の各所蔵者、及び調査に際してお世話になった方々に、あつく御礼を申し上げる。本書は、平家物語の本文研究には勿論、室町期の文化活動、近世初期の古活字版の版行などの研究にも貢献するところがあるものと信じる次第である。

平成二十三年早春

松尾葦江

編者・執筆者一覧

今井正之助（いまい　しょうのすけ）

1950年生

愛知教育大学教育学部教授

「城《ジヤウ》の系譜」(『軍記と語り物』44号)　2008年、「城《ジヤウ》と城《シロ》」(『愛知教育大学大学院国語研究』16号)　2008年

櫻井陽子（さくらい　ようこ）

1957年生

駒沢大学文学部教授

『平家物語の形成と受容』汲古書院　2001年、『平家物語大事典』(共編) 東京書籍　2010年

鈴木孝庸（すずき　たかつね）

1947年生

新潟大学人文学部教授

『平曲と平家物語』知泉書館　2007年、『平家吟譜―宮崎文庫記念館蔵平家物語―』(共編) 瑞木書房　2007年

千明守（ちぎら　まもる）

1959年生

國學院大學栃木短期大学教授

『平家物語が面白いほどわかる本』中経出版　2004年、『日本文学における生と死』(共著) おうふう　2009年

原田敦史（はらだ　あつし）

1978年生

東京大学大学院人文社会系研究科助教

『校訂延慶本平家物語（十一）』(共編)　汲古書院　2009年、「延慶本『平家物語』における平頼盛像の一側面」(『国語国文』77 ― 12)

松尾葦江（まつお　あしえ）

1943年生

國學院大学文学部教授

『軍記物語論究』若草書房　1996年、『軍記物語原論』笠間書院　2008年

村上學（むらかみ　まなぶ）

1936年生

入覚寺住職

『曾我物語の基礎的研究』風間書房　1984年、『語り物文学の表現構造』風間書房　2000年

山本岳史（やまもと　たけし）

1982年生

國學院大學大学院文学研究科文学専攻博士課程後期在学中

「〈翻刻と解説〉『恋塚物語』屏風」(『國學院大學で中世文学を学ぶ』第 2 集)、「國學院大學図書館所蔵『舟のゐとく』の解題と翻刻」(『國學院大學校史・学術資産研究』2)

函表：国立国会図書館所蔵　中院本 平家物語 第三
函裏：（同）第十一

校訂 中院本平家物語（下）　中世の文学 第三十八回配本

定価は函に表示してあります。

平成二十三年三月二十八日　初版第一刷発行

©編者　今井正之助　千明守

発行者　吉田榮治

製版者　ぷりんてぃあ第二

〒一〇八―〇〇七三
東京都港区三田三―二―三九
発行所　株式会社　三弥井書店
電話　（〇三）三四五二―八〇六九
振替口座　〇〇一九〇―八―二一一二五番

ISBN978-4-8382-1040-4　C3391

シナノ印刷